BASTEI
LÜBBE

Über den Autor

Michael Peinkofer, Jahrgang 1969, studierte in München Germanistik, Geschichte und Kommunikationswissenschaft. Seit 1995 arbeitet er als freier Autor, Filmjournalist und Übersetzer. Unter diversen Pseudonymen hat er bereits zahlreiche Romane verschiedener Genres verfasst. Bekannt wurde er durch die Bestseller DIE BRUDERSCHAFT DER RUNEN (Bd. Nr. 15249) und DIE ERBEN DER SCHWARZEN FLAGGE (Bd. 15417). Nach DER SCHATTEN VON THOT (Bd. 15648) ist dies das zweite Abenteuer um die Archäologin Sarah Kincaid. Michael Peinkofer lebt mit seiner Familie im Allgäu.
Weitere Informationen zum Autor unter www.michael-peinkofer.de

MICHAEL PEINKOFER

DIE FLAMME VON PHAROS

HISTORISCHER ROMAN

Nach den Aufzeichnungen
von Lady Kincaid

BASTEI
LÜBBE

BASTEI LÜBBE TASCHENBUCH
Band 15 838

1. Auflage: April 2008

Vollständige Taschenbuchausgabe

Bastei Lübbe Taschenbücher in der Verlagsgruppe Lübbe

Originalausgabe

Die Veröffentlichung dieses Werkes erfolgt auf Vermittlung der
Autoren- und Verlagsagentur Peter Molden, Köln
Lektorat: Stefan Bauer
Zeichnungen: Daniel Ernle
Titelillustration: getty-images/David Higgs
Umschlaggestaltung: Bianca Sebastian
Satz: Urban SatzKonzept, Düsseldorf
Druck und Verarbeitung: GGP Media GmbH, Pößneck
Printed in Germany
ISBN: 978-3-404-15838-6

Sie finden uns im Internet unter
www.luebbe.de
www.lesejury.de

Der Preis dieses Bandes versteht sich einschließlich
der gesetzlichen Mehrwertsteuer.

In liebevoller Erinnerung an
Anna Weigelt

PROLOG

Kälte.

Stille.

Dunkelheit.

Der Odem von mehr als zwei Jahrtausenden dringt aus dem Stollen, dessen Wände aus glatt gehauenem Stein bestehen. Das Licht der Öllampe reicht nicht aus, um das Ende des Ganges zu erfassen, das in unergründlicher, drohender Schwärze liegt.

Das Knirschen der Stiefel auf dem feuchten und sandigen Boden stört die jahrtausendealte Stille. Mit jedem Schritt bringt der flackernde Fackelschein ein wenig mehr von jenem Ort ans Licht, den seit Menschengedenken niemand mehr betreten hat.

Vorsichtig setzt der Eindringling seinen Weg fort. Und obgleich sein keuchender Atem und das Pochen seines eigenen Herzens ihn beständig daran erinnern, dass er sich auf verbotenes Terrain begibt, ist er einen Augenblick lang unaufmerksam, lässt sich hinreißen vom süßen Gedanken an unsterblichen Ruhm.

Er bemerkt nicht, dass eine der sandbedeckten Fliesen, auf die er tritt, ein wenig nachgibt, und er hört auch nicht das Knacken hinter uralten Mauern. Ein Luftzug reißt ihn aus seinen Gedanken, und er blickt in die dunklen Nischen seitlich des Ganges, aus denen ihm im nächsten Moment blankes Verderben entgegenschlägt.

Einer jähen Eingabe folgend, wirft sich der Eindringling nach vorn auf den steinernen Boden, während die Wände des Stollens zusammenzurücken scheinen. Ein wuchtiges Geräusch erfüllt die modrige Luft, und er spürt, wie etwas ihn nur um Haaresbreite verfehlt, sich wie ein Vorhang hinter ihm schließt. Die tönerne Lampe entwindet sich seinem

Griff und rollt kullernd davon – und als der Eindringling sich stöhnend aufrichtet, erkennt er, mit welch knapper Not er seinem Ende entgangen ist. Eiserne Speere, rostbesetzt, aber noch so tödlich wie vor zwei Jahrtausenden, ragen von beiden Seiten in den Gang, eine Falle, gebaut, um jeden unerwünschten Besucher bei lebendigem Leib zu pfählen.

»Die Phalanx der Makedonen«, flüstert der Eindringling.

Er weiß, dass er auf dem richtigen Weg ist, und trotz der Todesgefahr ergreift erneut die Neugier des Forschers von ihm Besitz. Er hebt die Lampe vom Boden auf und folgt dem Stollen immer weiter in die dunkle Tiefe, bis er auf einen steinernen Torbogen stößt.

Fünf Schriftzeichen sind in den Sandstein gemeißelt. Mit zitternden Händen zeichnet der Eindringling sie nach, um sich ganz sicher zu sein.

Α Β Γ Δ Ε

Er kennt die Bedeutung dieser Zeichen, und mehr als je zuvor glaubt er sich dem Ziel seiner Suche nahe. Er durchschreitet den Bogen, und während sich der Stollen um ihn verbreitert und die Wände zurückweichen, schält sich im Schein der Flamme eine Pforte aus dem Dunkel.

Der Eindringling hält den Atem an, denn er ist kurz davor, das Geheimnis zu ergründen und mit eigenen Augen zu erblicken, was Jahrtausende verborgen war. Gefangen im Sog der Vergangenheit und hungernd nach wissenschaftlicher Erkenntnis, nach der Antwort auf die letzten Fragen, nähert er sich der Pforte – während ihm unbemerkt die Hand mit der Klinge folgt, ein züngelnder Schattenriss an der Wand …

In diesem Moment war die Vision zu Ende.

Wie ein Blitz aus heiterem Himmel hatte sie Maurice du Gard ereilt, zum denkbar ungünstigsten Zeitpunkt.

Du Gard blinzelte, brauchte einen Augenblick, um sich im Hier und Jetzt zurechtzufinden. Zu seiner Verblüffung fand er sich auf einer Bühne wieder. Ein purpurner Vorhang erhob sich vor ihm wie eine Wand, dahinter konnte er Hunderte Stimmen ungeduldig murmeln hören. Der Vergleich mit einem Bienenstock drängte sich du Gard auf, aber es waren keine Insekten, die auf der anderen Seite des Vorhangs warteten.

Es war sein Publikum ...

»*Mesdames et Messieurs*«, ließ sich in diesem Augenblick eine heisere Stimme vernehmen, die nach Aufmerksamkeit heischte und das Gemurmel im Saal jäh verstummen ließ, »begrüßen Sie mit mir den Meister des Übersinnlichen, den Magier des Tarot, den Herrn der Hypnose – den großen Maurice du Gard ...«

Applaus brandete auf, und der Vorhang teilte sich. Grelles Licht blendete du Gard, jenseits dessen er die sensationslüsterne Menge wusste. Er wusste, was von ihm erwartet wurde, und mit einem festen Schritt trat er aus der Benommenheit seiner Vision hinein ins gleißende Rampenlicht.

Es hatte begonnen ...

1. Buch

PARIS

1.

GEHEIME REGIERUNGS-
DEPESCHE 128:

Verehrte Lady Kincaid!

Mit diesem Schreiben möchten wir Ihnen versichern, dass entgegen allen Befürchtungen, die Sie hegen mögen, Ihr Vater wohlauf und in Sicherheit ist. Lord Kincaid bedauert, Ihnen dies nicht persönlich mitteilen zu können, aber seine Anwesenheit im Rahmen eines Ausgrabungsprojektes, das er im Regierungsauftrag durchführt, ist gegenwärtig unabdingbar. Da seine ursprünglichen Pläne, am Symposion des internationalen Forschungskreises für Archäologie in Paris teilzunehmen, dadurch durchkreuzt werden, möchte er Sie überdies bitten, ihn dort zu vertreten. Bitte haben Sie Verständnis dafür, dass wir keine näheren Angaben bezüglich der Örtlichkeit, der Natur und des Standes der aktuellen Arbeit Ihres Vaters machen können – zu vielfältig und zu weitreichend sind die Interessen, die davon betroffen sind.

Ihr Vater ist überzeugt davon, dass Sie als treue Untertanin Ihrer Majestät der Königin Ihre Pflichten kennen und in jedem Falle wissen werden, was zu tun ist. Er lässt Sie herzlich grüßen und wünscht Ihnen alles erdenklich Gute.

Gez. Sir Wilfred Pommeroy
Sekretär des Schatzkanzlers
London, 8. Juni 1882

Musée du Louvre, Paris
Acht Wochen zuvor

Die Luft in dem kleinen Arbeitszimmer, dessen Regale bis unter die Decke mit Folianten, Dokumenten, Tonscherben, Gipsabdrücken und Abklatschen gefüllt waren, war schwül und stickig. Früher war der strenge Geruch von Staub und Sulfat Pierre Recassin wie ein Lebenselixier erschienen; an diesem Abend wurde ihm übel davon.

»Wo ist es?«

Die Stimme, die aus der Dunkelheit drang, war kalt und schneidend wie der rasiermesserscharfe Stahl, der an Recassins Kehle gepresst wurde.

»Allmählich werde ich es leid, immer dieselbe Frage zu stellen, *Monsieur le Conservateur*«, fuhr die Stimme fort, deren kehliger Klang Recassin eisige Schauer über den Rücken jagte. »Wo ist es? Wo haben Sie es versteckt?«

»I-ich weiß es nicht«, antwortete Recassin zum wiederholten Male. »Bitte glauben Sie mir doch, wer immer Sie sind ...«

Noch immer konnte er das Gesicht des Mannes nicht sehen, der über ihm stand und auf ihn herabblickte. Der Lichtkreis der Gaslampe, die auf dem Schreibtisch stand, erfasste den Fremden nur bis zum Kinn; seine restlichen Züge blieben verborgen, nur hin und wieder hatte Recassin den Eindruck, ein mitleidlos blickendes Auge in der Finsternis blitzen zu sehen. Eine unheilvolle Aura schien den Besucher zu umgeben, Schwärze sein Begleiter zu sein.

Recassin wollte schlucken, aber die Klinge an seiner Kehle hinderte ihn daran. Blut rann an seinem Hals herab, tränkte den Kragen seines Hemdes und das Revers des Rocks.

»Ozymandias«, stieß er hilflos hervor, »Ozymandias kennt die Antwort ...«

»Ist das alles?«, krächzte die Stimme, die einen eigenartigen Akzent hatte. »Wollen Sie mich mit Rätseln abspeisen? Angesichts der bedauerlichen Lage, in der Sie sich befinden, erscheint mir das mehr als unangebracht.«

»Mehr ... weiß ich ... nicht.« Recassins Antwort kam stoßweise, seine Stimme war kaum noch zu hören.

»Das ist nicht wahr. Auch wenn Sie alles unternommen haben, um die Spuren Ihrer Herkunft zu verwischen, weiß ich dennoch, wer Sie sind. Und deshalb weiß ich auch, was sich in Ihrem Besitz befindet. Ich frage Sie also zum letzten Mal, Recassin: Wo ist es? Lassen Sie sich gesagt sein, dass ich allmählich die Geduld mit Ihnen verliere ...«

Es war weder der fremdländische Akzent noch die hochgestochene Ausdrucksweise seines Peinigers, die Recassin verstörte, sondern die Ruhe, mit der der Fremde sprach. Sie allein ließ keinen Zweifel daran, dass der Mann von der mörderischen Waffe in seiner Hand Gebrauch machen würde, wenn er nicht bekam, wonach er verlangte.

»I-ich habe ... ihn nicht mehr«, erwiderte Recassin deshalb, am ganzen Leib vor Furcht zitternd.

»Wir machen Fortschritte«, erkannte der andere so leise wie spöttisch an. »Immerhin geben Sie jetzt zu, zu wissen, von welchem Gegenstand ich spreche.«

»I-ich weiß es«, gestand Recassin ein, während ihm Tränen der Angst und der Verzweiflung über die bärtigen Wangen rannen.

»Dann geben Sie ihn mir, und ich werde Sie nicht länger behelligen.«

»D-das kann ich nicht.«

»Warum nicht?«

»Weil ich ihn ... nicht mehr habe.«

»Monsieur le Conservateur«, sagte die Stimme in geheucheltem Bedauern. »Sie wollen mich doch nicht etwa belügen? In Ihrer Situation wäre dies ein törichtes Unterfangen.«

»Aber ich sage Ihnen die Wahrheit ... glauben Sie mir ... ich habe ihn weggegeben.«

»Nachdem er sich generationenlang in Ihrem Besitz befunden hat?« Die gesichtslose Gestalt schnaubte. »Wen versuchen Sie hier zu täuschen, Recassin?«

»Bitte glauben Sie mir … habe Ihnen alles gesagt, was ich weiß … Gegenstand ist nicht mehr … in meinem Besitz.«

»Wer hat ihn dann?«, wollte der Fremde wissen, und einmal mehr hatte Recassin den Eindruck, dass die Augen seines Peinigers gnadenlos blitzten.

»Ein Freund.«

»Wer?«

»Sie kennen ihn nicht.«

»Die Entscheidung darüber sollten Sie mir überlassen. Ich frage Sie also zum letzten Mal: Wem haben Sie den Gegenstand gegeben? Antworten Sie, Recassin, oder Ihr Schweigen wird der letzte Fehler sein, den Sie auf dieser Welt begehen.«

Der Fremde verstärkte den Druck der Klinge. Recassin konnte spüren, wie sie tiefer durch seine Haut schnitt, der Halsschlagader nahe kam – und er wusste, dass dies das Ende war.

So sehr seine Furcht ihn dazu drängte, den Namen dessen preiszugeben, dem er das Kleinod anvertraut hatte, so sehr wusste er, dass es sinnlos gewesen wäre. Der Tonfall seines Peinigers sagte ihm, dass dieser genoss, was er tat. Was immer Recassin auch unternahm, was immer er auch offenbarte, es würde nichts nützen. Am Ende würde der Fremde seiner Lust zu töten freien Lauf lassen. Recassin würde sterben, dessen wurde er sich in diesem Augenblick mit einer Klarheit und Nüchternheit bewusst, die ihn selbst überraschte.

Sein Tod war unausweichlich.

Also konnte er auch schweigen.

»Fahren Sie zur Hölle«, stieß er hervor und starrte trotzig dorthin, wo er das Gesicht des Fremden vermutete.

»Ist das Ihr letztes Wort?«

»Mein letztes«, bestätigte Recassin flüsternd.

»Wie recht Sie haben«, kam die zynische Antwort aus dem Dunkel. Der Fremde beugte sich vor, sodass der Lichtkreis der Lampe sein Gesicht erfasste – und mit Entsetzen erkannte Recassin, dass es nicht zwei Augen waren, sondern tatsächlich nur eines, das hasserfüllt auf ihn starrte.

Der Schrei, den er ausstoßen wollte, verließ seine Kehle nie.

Ohne zu zögern oder auch nur zu zittern, führte die Hand des Fremden die rasiermesserscharfe Sichel. Ein Blutschwall schoss aus Recassins Kehle und tränkte die Aufzeichnungen auf dem Schreibtisch vor ihm.

Einen Augenblick später schlug das Haupt des Kurators mit dumpfem Poltern zu Boden.

2

Persönliches Tagebuch
Sarah Kincaid

Paris!

Seit zwei Tagen weile ich nun in der Stadt an der Seine und bereite mich auf das Symposion vor, an dem ich an Vaters Stelle teilnehmen soll – und noch immer ist mir rätselhaft, was genau es mit der Regierungsdepesche auf sich hatte, die mich in London erreichte.

Nachdem ich mehr als zwei Monate lang nichts von Vater gehört habe, wurde mir darin lapidar mitgeteilt, dass er wohlauf sei und an einem geheimen Ausgrabungsprojekt der Regierung teilnehme, über dessen Details allerdings nichts bekannt werden dürfe; dafür bat man mich, Vater beim Jahrestreffen des internationalen Forschungskreises für Archäologie an der Pariser Sorbonne zu vertreten.

So sehr es mir einerseits schmeichelt, nach Frankreich reisen und vor solch gelehrten Häuptern sprechen zu dürfen, so verwundert bin ich andererseits. Den ganzen Winter über, während er sich in seinem Arbeitszimmer und der Bibliothek von Kincaid Manor vergrub, sprach Vater von kaum etwas anderem als davon, seine Theorien, die assyrische Geschichte betreffend, den Wissenschaftskollegen vorzustellen – und nun, da sich im Rahmen des Symposions eine willkommene Gelegenheit dazu bietet, nimmt er sie nicht wahr.

Ich kann nur annehmen, dass es gute Gründe dafür gibt und dass diese Gründe in den »vielfältigen und weitreichenden Interessen« liegen, von denen in der Depesche die Rede war. Weder weiß ich, worum es dabei geht, noch kann ich mir vorstellen, dass eine archäologische Ausgrabung von solcher Wichtigkeit sein soll. Doch ich empfinde großen Stolz bei dem Gedanken, dass mein Vater diese Expedition leitet, und natürlich werde ich ihm jede Unterstützung zukommen lassen, zu der ich fähig bin. Deshalb habe ich keinen Augenblick gezögert, seiner Bitte nachzukommen und nach Paris zu reisen – noch lieber freilich hätte ich Vater wie in früheren Tagen begleitet.

Ein geheimes Ausgrabungsprojekt der Regierung ...

Unablässig frage ich mich, was damit wohl gemeint sein mag. Damaskus, Kairo, Jerusalem – die Namen ferner und exotischer Orte gehen mir durch den Kopf. Alleine ihr Klang sorgt dafür, dass mein Herz schneller schlägt und ich mich zurücksehne nach jener Freiheit, die ich vor Jahren erfahren durfte. Nun hat mich die Realität unserer Tage wieder eingeholt. Vorbei die Zeiten, in denen ich meinen Vater auf seinen Streifzügen rund um die Welt begleiten und an jenem großen Abenteuer teilhaben durfte, das die Vergangenheit birgt. Nach seinem Willen soll ich eine Lady werden, soll all das lernen, was meinem Titel entspricht – dabei würde ich den Samt meiner Kleider und die frühsommerliche Wärme Europas jederzeit gegen staubigen Drillich und die sengende Sonne der Wüste tauschen.

In London hatte ich das Gefühl, inmitten trister Mauern und eng geschnürter Korsette zu ersticken – umso gelegener kam mir die Reise nach Paris, das es an Exotik zwar nicht mit Konstantinopel oder Samarkand aufnehmen kann, mir aber dennoch ein wenig Abwechslung bietet – und nicht zuletzt die Möglichkeit, vor einem anerkannten Fachpublikum zu beweisen, dass die Archäologie meine wahre Leidenschaft ist ...

GRANDE AMPHITHÉÂTRE, LA SORBONNE, PARIS
16. JUNI 1882

»... aus diesem Grund, geschätzte Zuhörer, komme ich zu dem Schluss, dass die historische Rolle von König Assurbanipal neu überdacht werden sollte. Die moderne Forschung sollte aufgeklärt genug sein, in diesem letzten bedeutenden Herrscher des Assyrerreiches das zu sehen, was er wohl auch gewesen ist: einen von Größenwahn und Machthunger zerfressenen Menschen, der buchstäblich über Leichen ging.«

Sarah Kincaid blickte von dem Manuskript auf, das vor ihr auf dem Rednerpult lag und nicht in ihrer Handschrift, sondern in der ihres Vaters verfasst war. Sie gab sich Mühe, die Aufregung zu verbergen, die sie empfand, denn nach all den Jahren, in denen sie ihren Vater auf seinen Reisen begleitet und sich dem Studium der Archäologie verschrieben hatte, war dies ihr erster großer Auftritt vor einem fachkundigen Publikum. Entsprechend schnell schlug ihr Herz, entsprechend weich waren ihre Knie.

Das Auditorium war bis zum letzten Rang hinauf besetzt, selbst auf den schmalen Gängen, die zwischen den Sitzreihen verliefen, drängten sich Zuschauer, vom Erstsemester bis hinauf zum Doktoranden. Sarah war klar, dass dieses rege Interesse nicht so sehr den Theorien Gardiner Kincaids galt, sondern der Tatsache, dass sie von seiner Tochter vorgetragen wurden. Zwar war es, im Gegensatz zu den englischen Universitäten, durchaus nicht ungewöhnlich, dass Frauen an der Sorbonne studierten; sie jedoch in solch hervorgehobener Position agieren und an einem wissenschaftlichen Symposion teilnehmen zu sehen sorgte auch hier für Erstaunen, und nicht wenigen der ergrauten Professoren, die in den ersten Sitzreihen Platz genommen hatten und in ihren hochgeschlossenen Krägen schier zu ersticken schienen, war deutlich anzusehen, was sie davon hielten.

Sarah stand in einem schlichten, beigefarbenen Kleid am Pult, das lange, dunkle Haar zu einem Zopf geflochten und hochgesteckt. Ihr für eine Lady etwas zu dunkler Teint und die Sommersprossen über ihrer keck hervorspringenden Nase waren von einer schlichten Schönheit; weder trug sie Schmuck noch sonstigen Putz; davon hielt sie nicht viel. Sie wollte in diesem Augenblick nicht in erster Linie als Frau wahrgenommen werden, sondern als Wissenschaftlerin, die die jüngsten Theorien ihres Lehrers vortrug.

»Geschätzte Zuhörer, so weit die Ausführungen Gardiner Kincaids die assyrische Spätzeit betreffend. Ich danke Ihnen sehr für Ihre Aufmerksamkeit«, brachte Sarah den Vortrag zu Ende – Applaus, wie er an dieser Stelle üblich gewesen wäre, blieb jedoch aus.

»Sollte es noch Fragen bezüglich der angesprochenen Hypothesen geben«, fügte Sarah deshalb hinzu, »bin ich gerne bereit, diese mit Ihnen zu diskutieren, wobei ich mich nach Kräften bemühen werde, meinen Vater würdig zu vertre ...«

»Fragen habe ich allerdings!« Die Stimme, die diese Worte rief, schnitt wie ein Messer durch die Luft. In der vordersten Sitzreihe erhob sich ein hagerer Mann, der wie seine Kollegen Hemd und Rock trug. Obwohl Sarah sein Alter erst auf Mitte dreißig schätzte, strahlte er jene gravitätische Würde aus, die für gewöhnlich nur ergrauten Häuptern zu eigen war. Sein dunkles Haar stand wirr in alle Richtungen, die silberumrandete Brille auf seiner Nase bebte, während er Sarah mit vorwurfsvollen Blicken musterte.

»Wie können Sie es wagen?«, zeterte er und schien dabei Mühe zu haben, an sich zu halten. »Wie können Sie das Erbe eines der bedeutendsten Herrscher Assyriens derart in Zweifel ziehen? Die Bedeutung Assurbanipals für die abendländische Kultur ist gar nicht hoch genug einzuschätzen. Oder sollte Ihnen entgangen sein, dass er die erste Großbibliothek der Geschichte gegründet hat?«

»Im Gegenteil, *Monsieur* ...«

»... Hingis«, vervollständigte der Angesprochene, dessen Schnurrbart vor Zorn bebte. »Dr. Friedrich Hingis vom Archäologischen Institut der Universität Genf.«

Hingis.

Sarah kannte den Namen. Ihr Vater hatte ihn wiederholt erwähnt. Hingis war ein Schüler Schliemanns, was bedeutete, dass er auf Gardiner Kincaid nicht gut zu sprechen war ...

»Im Gegenteil, Dr. Hingis«, nahm Sarah den Fehdehandschuh auf, den der Schweizer Gelehrte ihr so unvermittelt hingeworfen hatte. »Wie Sie meinen Ausführungen entnehmen konnten, sind uns Assurbanipals Verdienste um die abendländische Geistesgeschichte durchaus bekannt. Allerdings bezweifelt mein Vater, dass Assurbanipal der erste Bibliotheksgründer war, den das Altertum kannte. Diverse Quellen deuten darauf hin, dass es schon zu wesentlich früherer Zeit bedeutende Schriftensammlungen in Ebla und Hattusa gab. Und mein Vater nimmt weiter an, dass auch in Assur selbst eine Bibliothek existierte, die bereits von Tiglatpileser eingerichtet wurde, und zwar rund ein halbes Jahrtausend zuvor.«

»Er nimmt es an!«, schmetterte Hingis spöttisch in das weite Halbrund des Hörsaals. »Und hat er dafür auch schlüssige Beweise vorgelegt?«

»Durchaus«, versicherte Sarah mit einem Lächeln, das ebenso charmant wie hintergründig war, »und ich nahm eigentlich an, ich hätte die vergangenen beiden Stunden damit zugebracht, Ihnen diese Beweise zu erläutern ...«

In den oberen Rängen, wo die Erstsemester saßen, die mit den Regeln der akademischen Ordnung noch wenig vertraut waren, wurde laut gelacht. Weiter unten ließ sich verhaltener Applaus vernehmen, und einige der Gelehrten in den vordersten Reihen bedachten Hingis mit tadelnden Blicken. Dem Schweizer wurde bewusst, dass er sich bloßgestellt hatte, und er errötete. Mit gehetztem Blick schien er einen Weg aus seiner peinlichen Lage zu suchen – und fand ihn prompt ...

»Ich habe Ihnen durchaus zugehört«, versicherte er, allem Anschein zum Trotz, »dennoch bin ich nicht bereit, den Theorien Ihres Vaters in allen genannten Punkten zu folgen.«

»Das steht Ihnen frei«, erwiderte Sarah gelassen. »Aber ich möchte zu bedenken geben, dass die Sammlung Assurbanipals, von der wir seit der britischen Grabung in Ninive wissen, weder eine Bibliothek im modernen noch eine im Sinn der antiken Tradition gewesen ist. Es war vielmehr eine Privatsammlung, einzig und allein dazu angetan, den Bedürfnissen des Herrschers zu dienen.«

»Das schmälert nicht die Bedeutung der Tat«, wandte Hingis ein.

»Wohl nicht, aber sie verdient auch nicht den Stellenwert, den wir ihr bislang eingeräumt haben. Um zu seinen Beständen zu gelangen, hat Assurbanipal rücksichtslos die Bestände anderer Bibliotheken, sei es in Assur oder in Babylon, geplündert. Und wir dürfen annehmen, dass er dabei ebenso wenig zimperlich zu Werke ging, wie er es bei der Festigung der Reichsgrenzen getan hat – ich erinnere in diesem Zusammenhang nur an sein Vorgehen während des babylonischen Aufstands.«

»Assurbanipal tat, was zur Sicherung seiner Herrschaft nötig war«, hielt Hingis dagegen. »Wie uns die Geschichte lehrt, sind bisweilen Opfer nötig, um die Vision von einem historisch bedeutsamen Großreich Realität werden zu lassen.«

»Die Vision von einem historisch bedeutsamen Großreich?« Sarah hob die Brauen. »Wollen Sie behaupten, dies wäre Assurbanipals Ziel gewesen?«

»Warum nicht?«

»Weil ich sehr bezweifeln möchte, dass die altorientalischen Herrscher an ihren Nachruhm dachten«, erklärte Sarah. »Was immer diese Männer taten, geschah aus persönlicher Gier nach Reichtum und Macht, und dazu war ihnen jedes Mittel recht.«

»Woher wollen Sie das wissen? Das Assyrerreich war unter Sargon das größte, das es bis dahin auf Erden gegeben hatte, und es ist völlig unstrittig, dass die Assyrer den von ihnen unterworfenen Völkern Frieden und Stabilität gebracht haben, dazu eine Kultur, die zur damaligen Zeit in der Welt führend war. Wer möchte ernstlich bestreiten, dass dies eine Vision von historischer Bedeutung ist?«

Diesmal war es Hingis, der Beifall erntete, vor allem von Seiten seiner ergrauten Kollegen, aber auch von den Rängen. Einige Professoren erhoben sich gar von ihren Sitzen, um ihrer Zustimmung Ausdruck zu verleihen.

»Eigenartig«, sagte Sarah, nachdem der Applaus verebbt war, »wieso habe ich den Eindruck, dass es bei diesem Disput nicht wirklich um das Reich der Assyrer geht?«

»Vielleicht deshalb, weil diese Thematik sehr viel aktueller ist, als Sie es sich vorstellen können«, konterte Hingis, was erneut für lautstarke Zustimmung sorgte.

»Offensichtlich«, knurrte Sarah mit Blick auf die eifrig nickende Professorenriege.

»Wenn ich Sie recht verstanden habe«, fuhr der Schweizer fort, der jetzt erst richtig in Fahrt zu kommen schien, »behaupten Sie, dass die Dominanz einer Kultur über eine andere etwas Verwerfliches ist, dessen sich die Geschichtsschreibung im Nachhinein schämen müsste.«

»Zunächst einmal«, wandte Sarah mit ruhiger Stimme ein und versuchte erneut ein Lächeln, auch wenn es ihr angesichts der zunehmend kritischen Blicke schwerfiel, »handelt es sich nicht um meine Theorien, sondern um die meines Vaters, die ich hier in aller Bescheidenheit vorgetragen habe. Dennoch bin ich wie er der Ansicht, dass kulturelle Dominanz kein angeborenes Privileg ist.«

»Was soll das heißen?« Einer der Professoren, der einen Lehrstuhl in Cambridge bekleidete und wie Sarah als Gast am Symposion teilnahm, sprang auf. »Will Ihr Vater etwa die Rechtmäßigkeit der kolonialen Idee in Zweifel ziehen? Jeder weiß, dass die moderne Welt nicht nur das Recht, sondern auch die Pflicht hat, sich den Herausforderungen der Zeit zu stellen und dafür zu sorgen, dass die primitiven Völker dieser Welt mit den Segnungen von Fortschritt und Technik bekannt gemacht werden. Nicht von ungefähr engagiert sich Großbritannien an vielen Schauplätzen dieser Welt, und unsere französischen Freunde« – er nickte gönnerhaft in Richtung seiner Pariser Kollegen – »nehmen seit dem vergangenen Jahr verstärkt ihre Verantwortung im Norden des afrikanischen Kontinents wahr. Wollen Sie all das in Frage stellen?«

»Nein«, stellte Sarah klar. »Wenngleich mein Vater die Methoden der kolonialen Bewegung nicht immer billigt, ist er stets ein treuer Untertan der Krone und ein vehementer Verfechter moderner Ideen gewesen. Aber er verwehrt sich dagegen, die Geschichte als Rechtfertigung zu missbrauchen.«

»Was soll das heißen?«

»Das soll heißen, dass die Geschichte der Menschheit eine Geschichte ständiger Veränderung ist«, erläuterte Sarah. »Im Augenblick mag unsere Kultur in der Welt führend sein, aber dieser Zustand muss nicht von Dauer sein – und am Ende sind wir es vielleicht, die von anderen kolonisiert und beherrscht werden.«

»Das ist unerhört!«, ereiferte sich nun auch einer der französischen Professoren. »Ein Affront! Ein Affront!«

»Nein«, widersprach Sarah gelassen, »nur die konsequente Anwendung dessen, womit wir uns täglich beschäftigen. Aus der Geschichte zu lernen sollte das oberste Ziel unserer Wissenschaft sein – oder sehen Sie das anders, meine Herren?«

Im Auditorium war Unruhe ausgebrochen. Während einzelne Studenten sich über den lautstark geführten Disput köstlich zu amüsieren schienen, ergriffen andere für ihre Lehrer und Doktorväter Partei. Immer wieder ab es Zwischenrufe, sodass Justin Guillaume, der vom Dekanat eingesetzte Sprecher des Symposions, sich schließlich genötigt sah, die Anwesenden zur Ordnung zu rufen.

»Alles, was recht ist, Lady Kincaid«, rief Hingis in das Rund der Zuschauer, die sich nur ganz allmählich wieder beruhigten. Seine Stimme triefte dabei vor Sarkasmus. »Eines muss man Ihrem Vater lassen – er hat in der Tat viel gewagt, als er Sie zu seiner Vertretung geschickt hat.«

»Was wollen Sie damit sagen?«, fragte Sarah.

»Nun, bei alldem musste er doch wissen, dass man ihn heftig angreifen und für seine Theorien zur Rede stellen würde. Wie überaus mutig von ihm, seine Tochter zu entsenden, die noch nicht einmal einen akademischen Grad besitzt.«

Erneut wurde Beifall laut. Das Lächeln verschwand aus Sarahs Zügen, der Blick ihrer blauen Augen wurde streng und eisig. Für eine Hypothese kritisiert zu werden gehörte zur akademischen Kultur und machte ihr nichts aus. Hingis allerdings war dabei, den wissenschaftlichen Disput zum persönlichen Schlagabtausch zu machen. Und obwohl eine Stimme in ihrem Hinterkopf sie davor warnte, ließ Sarah sich auf diesen Schlagabtausch ein ...

»Es ist wohl wahr, dass ich keinen akademischen Grad besitze«, erwiderte sie offen und mit einer Stimme, die nicht mehr vor Aufregung bebte, sondern vor Entrüstung. »Die Gründe dafür dürften zumindest dem Gentleman aus Cambridge wohlbekannt sein. Dennoch bin ich bei einem Meister des Fachs in die Lehre gegangen, der mich wohl unterwiesen hat – nicht anders als Sie, Dr. Hingis.«

»Das lässt sich wohl kaum vergleichen.« Hingis lachte höhnisch auf. »Mein Lehrer hat, wie alle hier wissen, die Mauern Trojas wiederentdeckt, vor denen schon die Helden der homerischen Epen gefochten haben. Er hat einen Mythos aus den Nebeln der Geschichte gehoben und Wirklichkeit werden lassen – von einer solchen Entdeckung kann Ihr Vater doch nur träumen.«

»Sie ist ihm bislang verwehrt geblieben, das ist wahr«, räumte Sarah ein. Die Tatsache, dass Gardiner Kincaid dem Geheimnis von Troja ebenfalls auf der Spur gewesen, Schliemann ihm jedoch zuvorgekommen war, ließ sie unerwähnt – Hingis hätte es nur gegen sie verwendet. »Dafür«, fuhr sie fort, »hat er sich in vielen anderen Bereichen um die Geschichtsforschung im Allgemeinen und die Archäologie im Besonderen verdient gemacht und gilt als anerkannte Kapazität.«

»Wenn das so ist, warum ist er dann nicht hier?«, wandte Hingis mit überlegenem Grinsen ein. »Wieso schickt ein respektabler Gelehrter vom Schlage Lord Kincaids seine Tochter zu einer so wichtigen Zusammenkunft wie dieser?«

»Weil er verhindert ist«, entgegnete Sarah und versuchte, ihr eigenes Unwissen über den Aufenthaltsort ihres Vaters hinter einer entschlossenen Miene zu verbergen.

»Verhindert? Inwiefern?«

»Mein Vater befindet sich auf einer archäologischen Mission, über deren Details ich Ihnen allerdings nichts verraten darf.«

»Dürfen Sie es nicht? Oder können Sie es nicht?« Hingis' Grinsen wurde immer breiter. Mit dem Gespür eines Aasfressers, der über seiner Beute kreist, tastete er sich an Sarahs wunden Punkt heran.

»Ich darf es Ihnen nicht sagen, bedaure«, erwiderte diese kühl, aber offenbar nicht überzeugend genug.

»Ich glaube Ihnen nicht«, erklärte der Schweizer in seinem geschliffenen Französisch, das anders als Sarahs frei von jedem Akzent war. »Ich denke, Sie wissen nicht, wo sich Lord Kincaid tatsächlich aufhält, was wiederum bedeutet, dass er als unentschuldigt gilt.«

»Was?« Sarah horchte auf. »Aber ...«

»Laut den Statuten des Forschungskreises hat jeder Gelehrte, der dem Symposion aus welchen Gründen auch immer fernbleibt, sich unter Angabe seines gegenwärtigen Aufenthaltsortes zu entschuldigen. Andernfalls droht ihm der Ausschluss aus dem Kreis.«

»Das könnte Ihnen so passen«, ereiferte sich Sarah, die in diesem Moment nicht anders konnte, als ihrer ungestümen Natur zu folgen. »Jeder hier weiß, dass mein Vater und Sie in wissenschaftlichen Belangen erbitterte Gegner sind, Doktor. Sie tun das nur, um ihn in Misskredit zu bringen und ...«

»Ich bitte Sie!« Hingis brachte es fertig, gleichzeitig pikiert und amüsiert zu klingen. »Wollen Sie mir ernstlich unterstellen, ich würde diese ehrwürdige Einrichtung dazu missbrauchen, um persönliche Fehden auszutragen?« Er schüttelte verständnislos den Kopf, und nicht wenige der Anwesenden folgten seinem Beispiel.

»Natürlich nicht«, entgegnete Sarah bissig, die nicht wusste, was sie darauf noch erwidern sollte. Sie kam sich in diesem Augenblick unendlich dumm vor. Hingis hatte sie vorgeführt, und sie hatte es noch nicht einmal bemerkt. Statt souverän aufzutreten, wie es ihre Absicht gewesen war, hatte sie durch ihre Unbeherrschtheit und ihre Art, die Dinge offen auszusprechen, nicht nur sich selbst bloßgestellt, sondern auch ihren Vater. Hingis hatte keine Gelegenheit ausgelassen, Gardiner Kincaids Ruf als seriöser Wissenschaftler zu untergraben – und Sarah hatte ihm sogar noch zugearbeitet ...

»Ich denke, wir haben genug gehört, Lady Kincaid«, sagte Dekanatssprecher Guillaume. »Die Herren sehen sich in ausreichendem Maße informiert, um eine Entscheidung treffen zu können.«

»Eine Entscheidung? In welcher Sache?«

»Wie Dr. Hingis schon ankündigte, wird es darum gehen, ob Professor Kincaid noch weiterhin als Mitglied dieses Kreises zu gelten hat. Nicht genug damit, dass er es versäumt hat, uns über seine laufende Grabung zu unterrichten, hat er es auch nicht für nötig befunden, uns über seinen derzeitigen Aufenthalt in Kenntnis zu setzen. Dass die Statuten in solch gravierender Weise missachtet werden, kann das Gremium nicht ungestraft hinnehmen.«

»A-aber ich bin doch hier«, wandte Sarah stammelnd ein. »Mein Vater hat mich zu seiner Vertretung geschickt.«

»Auch in diesem Punkt sind die Statuten eindeutig. Nur anerkannten Gelehrten ist der Zutritt zu diesem Symposion gestattet. Aus alter Verbundenheit zu Ihrem Vater haben wir in Ihrem Fall eine Ausnahme gemacht, aber ich fürchte, das war ein Fehler.«

»Aber ...«

»Mit Ihrem Erscheinen«, fuhr Guillaume unbeirrt fort, »haben Sie Ihrem Vater keinen guten Dienst erwiesen, Lady Kincaid –

und wenn ich offen sein soll, bezweifle ich, dass er Sie dazu autorisiert hat.«

»Wollen Sie behaupten, ich wäre ohne Vaters Wissen hier?«

»Der Verdacht drängt sich auf.«

»Das ist eine infame Unterstellung«, beschwerte sich Sarah.

»Dann beweisen Sie uns das Gegenteil«, verlangte Hingis grinsend. »Verraten Sie uns, wo sich Ihr Vater gegenwärtig aufhält, und retten Sie damit sowohl seinen Ruf als auch den Ihren. Andernfalls müssen wir Sie auffordern, das Auditorium unverzüglich zu verlassen.«

Obwohl man ihr in London eingeschärft hatte, dass es sich für eine Dame von hohem Rang nicht schickte, biss Sarah sich auf die Lippen.

Jetzt erst erkannte sie das ganze Ausmaß von Hingis' Ränkekunst auf der einen und ihrer eigenen Naivität auf der anderen Seite. Der Disput hatte von Anfang an nur darauf abgezielt, sie in Zugzwang zu bringen. Gardiner Kincaids Konkurrenten wollten wissen, woran er arbeitete, und unabhängig davon, was Sarah ihnen antwortete: Sie würde ihrem Vater auf jeden Fall schaden. Wenn sie weiterhin so tat, als wollte sie die Wahrheit für sich behalten, würde man Gardiner Kincaid aus dem Forschungskreis ausschließen – ebenso, wenn sie zugab, dass auch sie über seinen Aufenthalt nicht informiert war.

Es widerstrebte Sarah, keine Wahl mehr zu haben, und der Gedanke, dass Ihr Vater ihretwegen einen Nachteil erlitt, war ihr unerträglich. Sie war nach Paris gekommen, um ihn auf dem Symposion würdig zu vertreten, und nicht, um alles zu zerstören, wofür er die letzten zehn Jahre hart gearbeitet hatte.

Sarah war klar, dass es nur eine Möglichkeit gab, wie sich Gardiner Kincaids Name reinhalten ließ, eine Möglichkeit freilich, die das Ende ihrer eigenen akademischen Karriere bedeutete, noch ehe sie überhaupt richtig begonnen hatte. Dekanatssprecher Guillaume hatte ihr den Weg gewiesen, und ihrem Vater zuliebe war Sarah bereit, diesen Weg zu beschreiten. Denn bei allem, was die Archäologie ihr bedeutete – ihre persönliche Ehre lag ihr noch mehr am Herzen ...

»In diesem Fall«, sagte sie so leise, das nur die obersten Gelehrten in den ersten Reihen sie verstehen konnten, »ist es wohl an der Zeit, Ihnen allen ein Geständnis zu machen, meine Herren. Monsieur Guillaume hatte recht, was seinen Verdacht betraf.«

»Wie dürfen wir das verstehen?«, erkundigte sich Hingis.

»Mein Vater weiß nicht, dass ich hier bin«, erklärte Sarah mit fester Stimme, »und er weiß auch nichts von dieser Zusammenkunft.«

»Aber – wie ist das möglich?«, fragte Guillaume. »Die Einladungen dazu wurden bereits vor einem halben Jahr versandt.«

»Ich weiß.« Sarah nickte. »Ich habe den Brief abgefangen, mit dem Vorsatz, die Abwesenheit meines Vaters für mein eigenes Vorankommen zu nutzen. Leider ist dieses Vorhaben kläglich gescheitert, und ich bitte Sie und ihn, mir zu verzeihen. Meinen Vater trifft keine Schuld an seinem unentschuldigten Fehlen, verehrte *Messieurs* – mir allein ist alles anzulasten.«

»Nun«, erwiderte der Sprecher des Dekanats einigermaßen verblüfft, »wenn das so ist ...«

Die Gelehrten begannen miteinander zu tuscheln. Sarah schaute in empörte Mienen. Nasen wurde gerümpft und Brauen entrüstet hochgezogen, während die Mitglieder des Kreises sich berieten. Nur einer nahm am allgemeinen Disput nicht teil – Friedrich Hingis.

Über die ergrauten Häupter seiner Kollegen hinweg sandte er Sarah einen Blick, der nicht schwer zu deuten war. Der intrigante Gelehrte hatte gehofft, Gardiner Kincaid zu diskreditieren und womöglich auch in Erfahrung zu bringen, woran sein Erzrivale arbeitete. Dabei hatte er geglaubt, ein leichtes Spiel zu haben – dass Kincaids Tochter es vorziehen würde, sich selbst zu belasten, ehe sie ihren Vater offener Kritik aussetzte, damit hatte Hingis nicht gerechnet. Wohl deshalb, dachte Sarah, weil er selbst zu einer solchen Handlung niemals fähig gewesen wäre. Es war ein stiller Sieg für Sarah – und zugleich einer, der zu einem hohen Preis erkauft wurde, denn das Gremium reagierte mit aller Härte.

»Sarah Kincaid«, verkündete Guillaume den soeben gefassten Beschluss (und Sarah hatte das Gefühl, in seiner Stimme einen Hauch von Genugtuung zu vernehmen), »Sie haben zugegeben, ein ehrbares Mitglied dieses Forschungskreises vorsätzlich getäuscht und hintergangen zu haben. Dass es sich dabei um Ihren eigenen Vater handelt, schmälert die Tat in keiner Weise, sondern lässt sie nur noch ruchloser erscheinen. Wegen Anmaßung und vorsätzlichen Betrugs werden Sie deshalb mit augenblicklicher Wirkung dieser Räumlichkeiten verwiesen und gelten fortan auf dem gesamten Campus als unerwünschte Person. Sollten Sie diesem Beschluss zuwiderhandeln, behalten wir uns weitere Schritte vor, ansonsten werden wir mit Rücksicht sowohl auf ihr Geschlecht als auch auf Ihren Stand auf eine Anzeige bei der Polizei verzichten.«

»Danke, sehr freundlich«, sagte Sarah, ohne mit der Wimper zu zucken, aber es war ihr anzusehen, dass es ihr mit ihrer Verbundenheit nicht sehr ernst war.

»Die Gelehrten und ich können nur unsere tiefe Abscheu über Ihr Handeln zum Ausdruck bringen – es angemessen zu bestrafen sowie erzieherische Maßnahmen zu ergreifen, die eine Wiederholung in der Zukunft ausschließen, ist alleine Sache Ihres Vaters, den wir über diesen Vorfall *en detail* in Kenntnis setzen werden.«

»Tun Sie das«, erwiderte Sarah ruhig, »ich bin sicher, er wird es mit Interesse vernehmen.«

Mit wenigen Handgriffen packte sie ihre Unterlagen zusammen und klemmte sie sich unter den Arm. Dann verließ sie erhobenen Hauptes das Rednerpult, verfolgt von anklagenden Blicken, die erst von ihr abließen, als die schweren, goldbeschlagenen Türen des Hörsaals hinter ihr ins Schloss fielen.

Erst jetzt gab Sarah ihren Gefühlen nach.

In ihren Augenwinkeln blitzte es feucht. Sie ballte die Fäuste und bebte am ganzen Körper vor hilfloser Wut. Sarah war von sich selbst enttäuscht, von ihrer himmelschreienden Naivität, mit der sie Hingis auf den Leim gegangen war. Und nicht zuletzt ertappte Sarah sich dabei, dass ein kleiner Teil ihres Zorns auch jenem Mann galt, der sie in diese Situation gebracht hatte.

Ihrem Vater ...

Eine knappe Regierungsdepesche mit der Aufforderung, nach Paris zu kommen und ihn zu vertreten – das war alles, was sie in zweieinhalb Monaten von Gardiner Kincaid gehört oder gesehen hatte. Nicht nur, dass er seine Arbeit vor ihr verheimlichte, was er noch nie zuvor getan hatte, er ließ sie auch noch ins offene Messer rennen, was das Gremium und seine Statuten betraf. Für einen Augenblick gab Sarah ihrer Frustration nach, fühlte sich einsam und im Stich gelassen – aber schon im nächsten Moment rief sie sich wieder zur Vernunft.

Sie kannte ihren Vater gut genug, um zu wissen, dass es für all dies Gründe geben musste – Gründe, die so gewichtig waren, dass sie sowohl die Geheimhaltung rechtfertigten als auch das unentschuldigte Fehlen auf einem Symposion. Der alte Gardiner hatte sicher nicht gewollt, dass Sarah seinetwegen in Schwierigkeiten geriet, also schuldete sie ihm Loyalität, was immer andere auch sagen mochten.

Sarah atmete tief durch und straffte ihre zierliche Gestalt. Vom Wunsch beseelt, den Ort der Niederlage rasch zu verlassen, passierte sie den hohen Gang mit der stuckverzierten Decke und erreichte den Haupttrakt des weitläufigen Universitätsgebäudes zwischen Boulevard Saint Michel und Rue Saint Jacques, das in seinen Grundzügen auf Richelieu zurückging und zu Beginn des Jahrhunderts beträchtlich erweitert worden war. Sarah durchquerte die von Säulen getragene Aula und hielt zielstrebig auf die hohe Pforte des Ausgangs zu – als sich aus dem Schatten einer der Säulen unvermittelt eine Gestalt löste.

»Lady Kincaid?«

Sarah, die in Gedanken versunken gewesen war, erschrak heftig, wofür es allerdings keinen Grund zu geben schien. Der Mann, der sie angesprochen hatte, war korrekt gekleidet und von fortgeschrittenem Alter. Sein schwarzer Gehrock war makellos und bot einen augenfälligen Kontrast zu seinem schlohweißen Haar und Vollbart, die ein blasses, milde blickendes Gesicht umrahmten. In seinen Händen hielt er Stock und Zylinder, der Ausdruck seiner Augen hatte etwas Jungenhaftes – und obwohl sie sich nicht erinnern konnte, ihm je zuvor begegnet zu sein, hatte Sarah den Eindruck, dass sie den Mann kennen musste ...

»Ja?«, fragte sie überrascht.

»Ein Freund bat mich, Ihnen das hier zu geben«, erwiderte der fremde Gentleman, der nur auf sie gewartet zu haben schien, und händigte ihr ein mit Wachs versiegeltes Kuvert aus, das sie verblüfft entgegennahm.

»Merci beaucoup«, hörte sie sich selbst sagen, während der Fremde mit unbestimmtem Lächeln nickte, den Zylinderhut aufsetzte und zwischen den Säulen verschwand.

»Monsieur?«, rief Sarah ihm hinterher – aber der geheimnisvolle Gentleman reagierte nicht.

Ein wenig verwundert blickte Sarah auf den Brief, den er ihr gegeben hatte und der einen eigenartigen Geruch verströmte. Sie schnupperte daran und roch süßlichen Tabak, was ihre Neugier nur noch mehr entfachte. Sarah erbrach das Siegel, dessen Initialen »MG« lauteten, öffnete das Kuvert und entnahm ihm eine Karte, die handbeschrieben war. Das Wort *invitation* – Einladung – sprang Sarah förmlich ins Auge, und gespannt las sie weiter:

»Lady Kincaid, da uns zu Ohren gekommen ist, dass Sie in der Stadt weilen, möchten wir Sie in höflichster Form ersuchen, uns die Ehre Ihres Besuchs zu erweisen. In der Hoffnung, dass Sie Ihre wertvolle Zeit in dieser wunderbaren Stadt noch nicht anderweitig vergeben haben, würden wir uns freuen, Sie am morgigen Abend zu unserer Darbietung im Varieté ›Le Miroir Brisé‹, Rue Lepic, Montmartre, als unseren Ehrengast begrüßen zu dürfen. In hochachtungsvoller Ergebenheit: Maurice du Gard, Wahrsager und Hypnotiseur.«

Nun, da sie den Inhalt des Schreibens kannte, war Sarah noch verwunderter als zuvor. Wer, in aller Welt, war dieser Maurice du Gard? Woher kannte er ihren Namen und wusste, dass sie sich in Paris aufhielt? Und wie, in aller Welt, kam er dazu, sie zu seiner Varietédarbietung einzuladen?

In einer ersten Reaktion blickte Sarah in die Richtung, in der der rätselhafte Überbringer der Karte verschwunden war, aber von ihm war weit und breit nichts mehr zu sehen und also auch keine Antwort zu erwarten. Was aber sollte das sein? Ein schlechter Scherz? Ein Trick, den Hingis und seine Gefolgsleute sich ausgedacht hatten, um sie noch einmal vorzuführen?

Nach dem, was im Auditorium vorgefallen war, konnte Sarah sich so ziemlich alles vorstellen – aber es änderte nichts daran, dass ihr die Einladung schmeichelte. Wahrsagerei und Hypnose waren zwar beileibe nichts, wofür sie sich erwärmen konnte – im Gegenteil, sie war davon überzeugt, dass das eine wie das andere billiger Hokuspokus war, mit dem man allenfalls schlichte Gemüter beeindrucken konnte – jedoch gefiel ihr nach der herben Behandlung, die ihr vor dem Gremium zuteil geworden war, der freundliche Wortlaut der Einladung. Wenigstens, sagte sie sich, schien ihr nicht ganz Paris feindlich gesonnen zu sein …

Sarah warf einen Blick auf die Adresse.

Montmartre.

Zweifellos würden ihre Zofe und ihr Kutscher, die sie nach Paris begleitet hatten, nicht sehr erbaut darüber sein, wenn sie ausgerechnet jenem Teil von Paris einen Besuch abstattete, den ehrbare Bürger abschätzig als *demimonde* bezeichneten, als Halbwelt, die die Heimat von Gaunern und Prostituierten, aber auch von Künstlern und Mäzenen war. Zudem hatten sich dort seit einigen Jahren kleine Theater und Varietés niedergelassen, sodass der Montmartre auf dem besten Weg dazu war, sich zum Amüsierviertel von Paris zu entwickeln, zum schillernden Tummelplatz obskurer Gestalten und vergnügungshungriger Bürger.

Ein verwegenes Grinsen huschte über Sarahs Züge. Niedergeschlagen, wie sie sich fühlte, war die Halbwelt des Montmartre vielleicht der rechte Ort für sie, und ein wenig Zerstreuung konnte ihr nach allem, was ihr widerfahren war, tatsächlich nicht schaden. Vielleicht, sagte sie sich, würde sie so auf andere Gedanken kommen und ihren Ärger und die Enttäuschung für ein paar Stunden vergessen.

Einen Abend lang würde sie ihr bürgerliches Dasein hinter sich lassen und dem Leben der Boheme frönen, eintauchen in eine andere, fremde Welt, in der alles möglich, aber nichts so war, wie es schien.

Sarah Kincaid ahnte nicht, dass es eine Reise ohne Rückkehr sein würde.

3

Persönliches Tagebuch Sarah Kincaid
Nachtrag

Ich staune, wie sich der Montmartre verändert hat.

Als ich zuletzt hier war, war ich noch ein junges Mädchen. Sanfte Hügel und Weinberge prägten damals das Bild der Landschaft, auf deren Kuppen sich malerische Windmühlen erhoben. Die Weinberge gibt es noch, aber sie sind umbaut von Häusern, die sich in engen Straßen und Gassen rings um die Hügel winden, und über allem thront der begonnene, aber noch längst nicht vollendete Bau der Basilika vom Heiligen Herzen Jesu, dessen Türme und Kuppel die Stadt einst weit überblicken werden.

Was sich am Montmartre abspielt, ist schwer zu beschreiben und für englische Begriffe kaum zu verstehen. Prunk, wie er in London nur an der Pall Mall anzutreffen ist, und Elend wie in den Gassen des East End begegnen einander scheinbar ohne Scheu; wohlhabende Damen und Herren flanieren zu den Lokalen und Varietés, während zwielichtige Gestalten in dunklen Nischen kauern und Dirnen ihre Dienste feilbieten, mit derselben Selbstverständlichkeit, mit der junge Maler ihre Bilder zum Kauf anbieten. Hier liest ein mittelloser Künstler für ein paar Centimes Oden und Gedichte, dort versucht ein Taschenspieler, den Leuten ihr Geld abzuluchsen.

Harte Wirklichkeit und schöner Schein liegen nah beisammen an diesem Ort. Allenthalben ist Musik in den Gassen zu hören, die von den unterschiedlichsten Gerüchen beherrscht werden, einige davon Ekel erregend, andere betörend. Selbst nach Einbruch der Dunkelheit herrscht auf den Hauptstraßen ein quirliges Schieben und Drängen. Das Viertel scheint bei Tag und Nacht auf den Beinen zu sein, überall wird diskutiert und parliert. Moderne und Fortschritt scheinen greif-

bar an diesem Ort, und nach den Erlebnissen des Tages bin ich dankbar und glücklich, ein Teil davon zu sein …

Rue Lepic, Montmartre
Abend des 17. Juni 1882

Im Foyer des »Miroir Brisé« herrschte drückende Enge.

Von außen machte das Theater, das in den Mauern eines alten Weingehöfts Platz gefunden hatte, einen wenig Vertrauen erweckenden Eindruck: Von Rissen durchzogene Mauern, von denen der Putz an vielen Stellen abgesprungen war, umgaben das Etablissement, und wäre das von flackernden Gaslaternen beleuchtete Schild nicht gewesen, das das Theater als das »Haus der tausend Sensationen« anpries, hätte wohl niemand einen derart illustren Ort hinter solch trister Kulisse vermutet. Dass dieser äußere Eindruck täuschte, merkte der Besucher erst, wenn er durch die breite Eingangstür trat.

Denn wie so vieles am Montmartre war auch das »Miroir Brisé« nicht, was es auf den ersten Blick zu sein schien. Ein mit roten Teppichen ausgeschlagener Raum, dessen Wände mit ebenfalls roten Seidentapeten versehen waren, die kunstvoll verschlungene Muster aufwiesen, empfing denjenigen, der die Welt des »zersprungenen Spiegels«, betrat. Kristallene Lüster hingen von der Decke des Foyers, das die treffende Bezeichnung *la chambre rouge* trug. Hier drängten sich die Gäste, während ihnen von beflissenen Dienern in blauen Livrées Mäntel und Hüte abgenommen wurden und grell geschminkte junge Frauen mit wahren Ungetümen von Federputz Champagner servierten.

Sarah Kincaid verzichtete darauf, von dem perlenden Getränk zu probieren; ihr bereitete es ungleich mehr Vergnügen, am Rand zu stehen und all die illustren Gestalten zu beobachten, die das Foyer bevölkerten: Da waren ein beleibter Herr in Gehrock und

Zylinder, der ein honoriges Amt zu bekleiden schien, dessen schrille Begleiterin jedoch offensichtlich einem weitaus weniger angesehenen Gewerbe nachging; ein junger Bonvivant, der zur Freude seiner applaudierenden Freunde von seinen amourösen Eskapaden berichtete; eine hagere Dame, deren pikierter Gesichtsausdruck darauf schließen ließ, wie sehr sie sich über diesen Ort empörte (was sie jedoch nicht daran hinderte, ihn aufzusuchen); schließlich ein Zwergwüchsiger, der durch die Reihen der Wartenden huschte und sich einen Spaß daraus machte, die Damen zu necken. Das Gelächter, das die von Zigarrenrauch geschwängerte Luft erfüllte, zeigte die ganze Bandbreite menschlicher Heiterkeit, vom verschämten Kichern bis zum ordinären Dröhnen. Es übertönte das Klavier, das mit frivolem Klimpern einen Musette-Walzer intonierte, und über allem lag eine unausgesprochene Spannung, die ihren Höhepunkt erreichte, als die Pforten zum Theatersaal sich öffneten.

Mit lautstarken »Aaahs« und »Ooohs« auf den Lippen drängten die Besucher in den Zuschauerraum, wobei mancher feine Herr in Rock und Schleife höchst unfein die Ellbogen zum Einsatz brachte. Sarah, die dem Treiben aus der Distanz beiwohnte, wartete ab, bis das ärgste Gedränge sich gelegt hatte. Dann erst zeigte auch sie ihre Platzkarte vor, worauf ein Theaterdiener sie zu ihrem Sitz geleitete.

Einmal mehr kam Sarah nicht umhin zu staunen. Hatte schon das Foyer mit überladenem Dekor überrascht, so galt dies umso mehr für den Zuschauerraum. Dass es sich dabei ursprünglich um die Scheune des alten Weinguts gehandelt hatte, war nicht mehr zu erkennen. Auch hier bedeckten seidene Tapeten die Wände, und funkelnder Glitter an der Decke sorgte für die Illusion eines Sternenhimmels bei klarer Nacht. Die Sitze – Sarah schätzte, dass der Raum an die zweihundert Besucher fasste – waren samtbeschlagen. Die meisten Reihen hatten sich bereits gefüllt, nur in den Logen waren noch Plätze frei. Verwundert nahm Sarah zur

Kenntnis, dass der Theaterdiener sie eben dorthin führte, zu einem Sitz in der ersten Reihe, der uneingeschränkte Sicht auf die Bühne bot.

»Sind Sie sicher, dass dies mein Platz ist?«, erkundigte sie sich verwundert.

»Bien sûr, Madame«, gab der Diener mit würdevoller Miene zurück. »Monsieur du Gard hat diesen Platz eigens für Sie ausgewählt.«

»Demnach kennt er mich?«

»Gewiss«, erwiderte der Diener rätselhaft. »Monsieur du Gard kennt viele Menschen. Und er weiß alles über sie ...«

Er wartete ab, bis Sarah sich gesetzt hatte, dann verbeugte er sich höflich und entfernte sich. Ein wenig ratlos blieb Sarah zurück. Noch immer fragte sie sich, wie besagter Maurice du Gard, der ein ziemlich geheimnisvoller Zeitgenosse zu sein schien, dazu gekommen war, sie einzuladen. Kannte er sie tatsächlich? Oder war er vielleicht ein Bekannter ihres Vaters?

Sie sann darüber nach, während der Saal sich vollends füllte. Auch die Logenplätze zu Sarahs Seiten wurden eingenommen, von Männern in Fräcken und Frauen, deren süßlich-blumiger Duft Sarah fast den Atem raubte. Unvermittelt erlosch der künstliche Sternenhimmel, und es wurde dunkel. Ein einzelnes Bühnenlicht flammte auf, das einen hellen Lichtkreis auf den Vorhang warf. Ein Trommelwirbel erklang, und eine Beifall heischende Stimme verkündete: *»Mesdames et Messieurs*, begrüßen Sie mit mir den Meister des Übersinnlichen, den Magier des Tarot, den Herrn der Hypnose – den großen Maurice du Gard!«

Beifall brandete auf, zu dem sich der Vorhang teilte – und aus der Dunkelheit trat ein schlanker Mann ins Rampenlicht.

Die glitzernde, mit allerlei fremdartigen Zeichen bestickte Robe, die er trug, sah nach billigem Kirmeszauber aus, wodurch Sarah ihre Vorurteile nur bestätigt fand. In Maurice du Gards Gesicht jedoch entdeckte sie etwas, womit sie nicht gerechnet hatte: Tiefer

Ernst stand in den blassen, von schulterlangem schwarzem Haar umrahmten Zügen zu lesen, deren Alter unmöglich zu schätzen war. Und in du Gards Augen entdeckte Sarah die geweiteten Pupillen eines Menschen, der Opiate zu sich nahm.

So befremdet sie einerseits von du Gards Erscheinung war, so fasziniert war Sarah auf der anderen Seite. Und diese Mischung blieb bestehen, während du Gard sich auf der Bühne alle Mühe gab, die Zuschauer das Staunen zu lehren. Das Rampenlicht erlosch, und im Schein zweier Kerzen begann du Gard, die Zukunft zu deuten, indem er Tarotkarten legte und eine funkelnde Kristallkugel befragte. Augenblicke ausgelassener Heiterkeit – etwa wenn er einem Herrn in der vierten Reihe prophezeite, dass diesen schon bald ein dringendes Bedürfnis überkommen werde, was prompt auch kurz darauf geschah – folgten solche von atemloser Dramatik, als er in zwei Menschen aus dem Zuschauerraum, die einander vorher niemals begegnet waren, zwei in einem früheren Leben getrennte Geschwister erkannte und wieder zusammenführte. Tatsächlich stellte sich heraus, dass beide von denselben Dingen träumten, was du Gard als Beweis für eine frühere Existenz deutete und wofür er tosenden Beifall erntete.

So sehr Sarah sich gegen all dies sträubte, und so sehr sie nach rationalen Lösungen suchte (die freilich einfach zu finden waren), konnte sie nicht anders, als sich von der allgemeinen Begeisterung mitreißen zu lassen. Wehrte sie sich am Anfang noch dagegen, in du Gard etwas anderes zu sehen als einen gewitzten Scharlatan, nötigte die Art und Weise, wie er sich auf der Bühne präsentierte und das Publikum in seinen Bann schlug, ihr Respekt ab. Unwillkürlich fragte sie sich, wie ein Mann vom Schlage du Gards wohl mit einem Intriganten wie Friedrich Hingis umgesprungen wäre, und wünschte sich, auch nur einen Hauch des Selbstbewusstseins und der Ausstrahlung zu besitzen, die du Gard auf der Bühne verströmte.

Dankbar für die Zerstreuung, die die Darbietung ihr bot, gab

Sarah schließlich jeden rationalen Widerstand auf und machte das, was alle im Saal taten: Sie ließ sich unterhalten und folgte bereitwillig jedem Trick und jeder Manipulation du Gards – auch dann, als er sich zwei Freiwillige aus dem Publikum aussuchte (einer von ihnen der beleibte Herr, der Sarah im Foyer aufgefallen war) und sie unter Hypnoseeinfluss dazu brachte, den Cancan zu tanzen. Das Gelächter der Zuschauer ließ den Saal erbeben, und auch Sarah ertappte sich dabei, dass sie sich ausschütten wollte vor Lachen. Ihre Heiterkeit verschwand allerdings jäh, als du Gard ankündigte, nun das Meisterstück des Abends präsentieren zu wollen, wofür er eine Dame aus dem Publikum bräuchte – und sein Blick geradewegs auf Sarah fiel.

»Die Dame in der ersten Reihe«, sagte er mit charmantem Lächeln. »Würden Sie zu mir auf die Bühne kommen?«

»Ei-eigentlich nicht«, erwiderte Sarah, die sich unversehens im Mittelpunkt des Zuschauerinteresses sah. Der Bühnenscheinwerfer erfasste sie und riss sie aus der dunklen Anonymität.

»*Pourquoi??* Sie werden sich doch nicht vor mir fürchten? Keine Sorge, *ma chère* – der kleine Maurice ist ein artiger Junge. All die Zuschauer hier können das bezeugen ...«

Spontaner Beifall brandete auf. Das Publikum fraß du Gard inzwischen aus der Hand. Sich seinem Willen zu widersetzen wäre einer Ohrfeige gleichgekommen, also rang sich Sarah ein gequältes Lächeln ab und beschloss, gute Miene zum bösen Spiel zu machen.

»*Alors*, das lobe ich mir. Applaus für meine mutige Freiwillige, *Messieurdames*. Applaus ...«

Unter dem tosenden Beifall der Zuschauer stieg Sarah die Stufen zur Bühne hinauf, wo sie von du Gard in seinem Glitzerhemd in Empfang genommen wurde. Aus der Nähe betrachtet, wirkte der Franzose noch um vieles unwirklicher, aber einmal mehr fiel Sarah auf, wie ernst seine Augen blickten, selbst dann, wenn er das Publikum zum Lachen brachte.

»Bitte«, sagte er und deutete auf einen Samt beschlagenen Stuhl, der in der Mitte der Bühne stand. »Nehmen Sie Platz.«

»Und dann?«, wollte Sarah wissen.

»Du meine Güte.« Er grinste. »Sie sind misstrauisch.«

»Besser misstrauisch, als das Tanzbein zu schwingen wie La Goulue*«, erwiderte Sarah schlagfertig.

Du Gard blickte erstaunt drein und ließ ein langgezogenes »Oooh« vernehmen, in das das Publikum mit einfiel. »Sollte mich hier jemand durchschaut haben?«, fragte er mit jungenhafter Unschuldsmiene. »Keine Angst, *Mademoiselle.* Ich versichere Ihnen, dass ich Ihnen weder Schmerz zufügen noch Sie zwingen werde, Ihre Beine zu zeigen – was allerdings sehr schade ist.«

Sarah bedachte du Gard mit einem strafenden Blick, während ein neuerliches »Oooh« durch den Saal ging. Dann ließ sie sich widerstrebend auf den Stuhl nieder, sodass sie dem Publikum zugewandt saß. Du Gard trat hinter sie und hielt seine Hände flach über ihren Kopf, so dicht, dass er fast ihr Haar berührte.

»Was ich nun tun werde«, kündigte er an, während erneut ein Trommelwirbel anschwoll, »grenzt an Zauberei. Es ist die höchste Weihe, die einem Vertreter meiner Kunst zuteil werden kann. *Mesdames et Messieurs* – ich werde nun versuchen, die Gedanken dieser jungen Frau zu lesen. Bitte verhalten Sie sich still, damit ich mich völlig konzentrieren kann ...«

Jegliches Geräusch im Zuschauerraum verstummte, nur der Trommelwirbel blieb bestehen, der du Gard eigenartigerweise nicht zu stören schien. Sarah konnte nicht sehen, welche Vorstellung der Franzose hinter ihr ablieferte, aber sie war überzeugt davon, dass er alle Register seines schauspielerischen Könnens zog.

Sollte er.

Es war wissenschaftlich erwiesen, dass es nicht möglich war, die

---

* populäre Pariser Tänzerin, später Star des »Moulin Rouge«

Gedanken eines Menschen zu lesen, zu erahnen oder was auch immer. Du Gard, so lautete die enttäuschende Einsicht, war eben doch nichts weiter als ein windiger Betrüger, auch wenn er seine Lügen mit ungewöhnlich viel Charme verkaufte ...

»Ich empfange etwas«, verkündete er jetzt mit Effekt heischender Stimme, was Sarah nur ein müdes Lächeln entlockte. »Ich sehe es jetzt deutlich vor mir ...«

»Was?«, wollte Sarah ungeduldig wissen.

»Finsternis ...«, erwiderte du Gard leise.

»Das wundert mich nicht weiter«, konterte Sarah trocken.

»Sie haben die Finsternis hinter sich gelassen«, fuhr der Franzose unbeirrt fort. »Sie sind sich nicht im Klaren darüber, woher Sie kommen und wer Sie wirklich sind ...«

»Wer ist das schon?«, hielt Sarah dagegen, während sie gleichzeitig merkte, wie ihre Nackenhaare sich sträubten.

War es tatsächlich möglich?

Konnte es wirklich sein?

Hatte du Gard tatsächlich in ihren Gedanken gelesen?

Natürlich nicht, es handelte sich um puren Zufall, nichts weiter. Allerdings um einen der besonders frappierenden Sorte, das musste selbst Sarah eingestehen ...

»Sie kommen von weit her«, fuhr du Gard fort. »Aus einer Stadt, die in Nebeln verborgen ist ...«

»Sehr gut«, erkannte sie spöttisch an, nun schon wieder ein wenig ruhiger. »Allerdings muss man kein Wahrsager sein, um meinen britischen Akzent zu bemerken.«

»Richtig«, räumte du Gard ungerührt ein, während er sich weiter zu konzentrieren schien. »Sie sind nach Paris gekommen, um jemanden in einer dringlichen Angelegenheit zu vertreten ... Jemanden, der Ihnen nahe steht ... sehr nahe.«

»D-das stimmt.« Sarah kam nicht umhin, verblüfft zu bejahen.

»Es ist jemand, den Sie sehr lieben. Jemand, an dem Ihr Herz mehr hängt als an jedem anderen Menschen auf dieser Welt. *Mes-*

dames et Messieurs, befinden wir uns etwa auf der Spur eines gut gehüteten Geheimnisses? Sollte diese junge Engländerin nach Frankreich gekommen sein, um ihren heimlichen Geliebten zu treffen?«

Gegen derlei Spekulationen wollte Sarah entschieden Einspruch erheben, aber der abermals anschwellende Trommelwirbel und die erneuten »Aaahs« und »Ooohs« der Zuschauer ließen sie nicht zu Wort kommen. Knisternde Spannung lag in der Luft, die sich aus unverhohlenem Voyeurismus nährte. Jeder schien dabei sein zu wollen, wenn eine junge Frau aus offenbar gutem Hause, noch dazu eine Engländerin, öffentlich zum Flittchen deklariert wurde.

»*Mais non*!«, gab du Gard in diesem Augenblick zu aller Enttäuschung kund. »Ich habe mich geirrt! Es ist ihr Vater, den diese junge Frau mehr als alles andere auf der Welt liebt und dessentwegen sie nach Paris gekommen ist. Applaus, *Messieurdames*, für diese tugendhafte junge Dame ...«

Du Gard verstand sein Publikum meisterlich zu lenken. Waren die Zuschauer eben noch enttäuscht darüber gewesen, dass an diesem Abend kein Skandal ans Licht kommen würde, reagierten sie jetzt mit Erleichterung und klatschten artig Beifall, der sich noch verstärkte, als du Gard sich vor Sarah galant verbeugte und sie mit Handkuss und zuckersüßem Lächeln entließ.

Der Saal tobte und verlangte nach Zugaben, die du Gard bereitwillig gewährte. Einmal mehr waren die Besucher des »Miroir Brisé« begeistert und würden nur Gutes über das Theater an der Rue Lepic zu berichten wissen.

Anders als Sarah Kincaid.

War die Vorstellung erst vorüber, hatte sie noch eine Rechnung zu begleichen – mit einem angeblichen Wahrsager namens Maurice du Gard ...

4

Die Schlussmusik, zu deren Klängen die begeisterten Zuschauer den Theatersaal verließen, war noch nicht verklungen, als sich Sarah Kincaid bereits auf dem Weg hinter die Bühne befand.

Einen Bediensteten, der sie aufhalten wollte, rempelte sie wenig damenhaft zur Seite und stand im nächsten Moment vor einer Tür, die du Gards Namen trug. Ohne einen Augenblick zu zögern, drückte Sarah die Klinke und platzte in die Garderobe, schnaubend vor Wut.

Im ersten Augenblick – sah sie gar nichts.

Glitzernde Vorhänge hingen von der Decke und versperrten ihr die Sicht, und Sarah brauchte einen Augenblick, um darauf zu kommen, dass es gar keine Vorhänge waren, sondern Mäntel wie der, den du Gard auf der Bühne getragen hatte: Umhänge aus rot, blau, silber und grün glitzerndem Stoff, die, wie Sarah fand, einen betrügerischen Gecken wie du Gard geradezu perfekt bekleideten.

Wütend wühlte sie sich durch das Labyrinth der Kleider und gelangte so in die eigentliche Garderobe, einen Raum, der kleiner war, als sie angenommen hatte und in dem sie das Objekt ihres Zorns vor einem großen Spiegel sitzen und sich die Theaterschminke aus dem Gesicht wischen sah. Sarah musste zugeben, dass du Gard ungeschminkt nicht ganz so geckenhaft wirkte wie auf der Bühne. Tatsächlich besaßen seine Züge sogar etwas Edles, Anmutiges, das Sarah in diesem Moment allerdings nicht sehen wollte. Schon viel eher stach ihr die schlanke Flasche ins Auge, die entkorkt auf dem Schminktisch stand und in der eine giftig grüne Flüssigkeit schimmerte …

»Was fällt Ihnen ein?«, fuhr sie du Gard grußlos an. »Wie können Sie es wagen, mich vor all diesen Menschen dort draußen derart bloßzustellen?«

Wenn du Gard überrascht war, so zeigte er es nicht. Weder erhob er sich, noch würdigte er sie eines Blickes, während er bedächtig den Schwamm beiseitelegte, zur Bürste griff und sich mit gleichmütiger Miene das Haar kämmte. *»Ma chère*, ich wusste, dass Sie kommen würden«, sagte er lediglich auf Englisch.

»Sie ... Sie wussten es?«, fragte Sarah verblüfft. »Woher?«

Ungerührt starrte du Gard weiter auf sein Spiegelbild. »Ihr Charakter, *ma chère*, machte das unvermeidlich.«

»Ich vergaß«, erwiderte Sarah säuerlich und mit resolut in die Hüften gestemmten Armen. »Sie haben ja in meinen Gedanken gelesen.«

»Das war in diesem Fall nicht nötig. Ihr Vater hat mir genug über Sie erzählt.«

»Mein Vater?« Sarah horchte auf.

Erst jetzt wandte sich du Gard ihr zu, und ein unwiderstehliches Lächeln glitt dabei über seine filigranen Züge. *»Alors*, jetzt sind Sie überrascht, nicht wahr?«

»Ein wenig«, gab Sarah zu. Zwar hatte sie vermutet, dass du Gard ihren Vater kannte, jedoch gehörten Lokalitäten wie diese nicht unbedingt zu Gardiner Kincaids bevorzugten Aufenthaltsorten.

»Bevor Ihr Vater zu seiner Reise aufbrach, war er hier im Theater. Er sagte mir, dass Sie kommen würden, und bat mich, ein Auge auf Sie zu haben.«

»E-er bat Sie, ein Auge auf mich zu haben?« Sarahs Erstaunen wurde immer größer. Dass Gardiner Kincaid auch Schausteller und Scharlatane zu seinem Bekanntenkreis zählte, war ihr neu ...

»Oui, und genau das habe ich getan«, erklärte du Gard schlicht, »was bei Ihrem unsteten Lebenswandel alles andere als einfach gewesen ist.«

»Mein Lebenswandel, *Monsieur*, geht Sie überhaupt nichts an«, stellte Sarah klar. »Und was soll das überhaupt bedeuten? Haben Sie mir etwa nachspioniert? Sind Sie mir hinterhergeschlichen?«

»Das war nicht notwendig.«

»Wieso nicht? Ach natürlich, ich vergaß – Sie haben einfach einen Blick in Ihre Glaskugel geworfen, richtig?«

»Sie besteht aus einem sehr seltenen und überaus wertvollen Kristall«, verbesserte du Gard sie, ohne eine Miene zu verziehen. »Sie sollten sich über meine Kunst nicht so despektierlich äußern.«

»Warum nicht?« Sarah lachte auf. »Wollen Sie behaupten, es steckte mehr dahinter als Scharlatanerie?«

»Ich dachte, meine kleine Vorstellung vorhin hätte Sie überzeugt . . .«

»Noch lange nicht. Zumal nicht, da ich nun weiß, dass Sie mir nachspioniert haben. Da ist es nicht sehr schwer, Gedanken zu lesen, nicht wahr?«

»Zugegeben.« Du Gard lächelte hintergründig.

»Was soll das überhaupt alles?«, fragte Sarah verärgert, die sich ein wenig hintergangen fühlte, nicht so sehr von du Gard, den sie ohnehin für einen Schwindler hielt, als vielmehr von ihrem Vater. »Warum die Einladung? Wozu die ganze Vorstellung?«

»Aus Vorsicht«, sagte der Franzose nur.

»Aus Vorsicht? Was soll das heißen?«

»Dass Sie Paris möglichst rasch verlassen sollten, Lady Kincaid«, erwiderte du Gard ernst. Jene freche Unbekümmertheit, die Sarah eben noch in Rage gebracht hatte, war plötzlich aus seiner Stimme verschwunden.

»Ich soll Paris verlassen?« Sarah schüttelte verständnislos den Kopf. »Wieso?«

»Weil ich einen Traum hatte, deshalb.«

»Sie haben geträumt? Von mir? Das wird ja immer besser . . .«

»*Non*. Von Ihrem Vater.«

»Von meinem Vater?« Sarah horchte auf. »Dann ... dann wissen Sie, wo er ist?«

»Soll das heißen, Sie glauben plötzlich an meine Kunst?«

»Treiben Sie keine Spielchen mit mir, du Gard«, verlangte Sarah streng. »Wenn Sie etwas von meinem Vater wissen, dann sagen Sie es mir.«

»Wollen Sie das wirklich?«

»Natürlich«, schnaubte Sarah entnervt. »Was sollen diese dämlichen Fragen?«

»Ich frage, weil zu viel Wissen eine Last sein kann, Lady Kincaid«, sagte du Gard, und zu ihrer eigenen Überraschung konnte Sarah in seiner Stimme weder Häme noch Überheblichkeit erkennen. »Ihr Vater, Lady Kincaid befindet sich in Lebensgefahr.«

»In Lebensgefahr? Woher wollen Sie das wissen?«

»Ich weiß es.«

»Woher?«

»Ich sagte es Ihnen schon ...«

»Aus einem Traum.« Sarah rümpfte die kecke Nase. »Und das soll ich Ihnen glauben?«

»Natürlich steht es Ihnen frei, mich weiterhin für einen Lügner und Scharlatan zu halten, *ma chère*«, konterte du Gard gelassen. »Sie können sich auch damit begnügen, mich zu beschimpfen und wütend meine Garderobe zu verlassen – aber dann werden Sie nicht bekommen, was Ihr Vater für Sie hinterlegt hat.«

»Mein Vater ... hat etwas für mich hinterlegt? Bei Ihnen?«

Du Gard musste lächeln. *»Alors*, aus Ihrem Munde hört sich das an, als hätte er es ebenso gut in den Fluss werfen können.«

»Keineswegs, ich ...« Sarah blickte beschämt zu Boden. Dass du Gard sie zum Erröten brachte, obwohl er viel mehr Anlass dazu gehabt hätte, wäre ein weiterer Grund gewesen, ihm die Leviten zu lesen. Aber die Aussicht, etwas von ihrem Vater zu erfahren, ließ Sarah ihre Empörung vergessen. »Hören Sie, mir ist klar, dass wir einen schlechten Anfang hatten«, sagte sie, »aber daran sind

Sie nicht unschuldig. Sie haben mich da draußen vor das Publikum gezerrt und Dinge öffentlich gemacht, die niemanden etwas angehen.«

»Dafür entschuldige ich mich«, antwortete du Gard zu ihrer Verblüffung. »Aber bisweilen ist der auffälligste Weg der unauffälligste, wenn Sie verstehen.«

»Ehrlich gesagt, verstehe ich kein Wort.«

»Mir war klar, dass meine Vorstellung Ihren Zorn erregen und Sie dazu bringen würde, mich hinter den Kulissen zu besuchen. *Et alors* – hier sind Sie, und wir können uns unbeobachtet unterhalten.«

»Unbeobachtet? Von wem?«

»Von den Leuten, die Ihnen möglicherweise auf den Fersen sind.«

»Was für Leute?«

»Das weiß ich nicht. Ihr Vater machte nur einige Andeutungen, als er hier war, aber es war deutlich zu erkennen, dass er sich vor etwas fürchtete.«

»Vater und sich vor etwas fürchten?« Sarah lachte auf. »Sind Sie sicher, dass Sie von Gardiner Kincaid sprechen.«

»Allerdings.«

»Dann kennen Sie meinen Vater entweder nicht, oder Sie sollten sich eine neue Kristallkugel besorgen, du Gard – denn solange ich ihn kenne, hat mein Vater sich noch niemals vor etwas gefürchtet.«

»Nun, vielleicht kennen Sie ihn ja nicht so gut, wie Sie denken«, wandte du Gard mit mattem Lächeln ein und traf damit unbewusst – oder in voller Absicht? – Sarahs verwundbarste Stelle.

»Wie gut ich meinen Vater kenne, geht Sie nichts an, *Monsieur*«, beschied sie ihm steif. »Ich brauche mich deshalb vor Ihnen nicht zu rechtfertigen.«

»*Non*, aber Sie sollten auf mich hören. Als Ihr Vater hier gewesen ist, machte er einen sehr gehetzten Eindruck.«

»Wann soll das gewesen sein?«, fragte Sarah.

»Vor etwa acht Wochen.«

Sarah biss sich auf die Lippen – kurz zuvor hatte ihr Vater London verlassen. Was du Gard sagte, widersprach also zumindest nicht dem, was sie wusste ...

»Er sagte mir nicht, woran er arbeitete oder was ihn nach Paris verschlug, aber er verriet mir, dass Sie möglicherweise bald nachkommen würden. Und er bat mich, Ihnen das hier zu geben.«

Du Gard griff nach einem Schlüssel, den er um den Hals hängen hatte, und öffnete damit die oberste Schublade seines Garderobentisches. Er griff hinein und beförderte ein kleines, würfelförmiges Paket hervor, das in Ölpapier gewickelt war.

Verwundert nahm Sarah den Gegenstand in Empfang. Beinahe wäre er ihren Händen entglitten, da er sehr viel schwerer war, als sie aufgrund seiner Größe angenommen hatte.

»Und sonst hat mein Vater nichts gesagt?«, erkundigte sie sich, während sie daran ging, das Paket zu öffnen.

»*Non*. Tags darauf ist er mit unbekanntem Ziel abgereist.«

»Und Sie haben seither nichts von ihm gehört?«

»*Non* – ebenso wenig wie Sie, nehme ich an.«

Sarah überhörte du Gards Sarkasmus und widmete ihre Aufmerksamkeit ganz dem Päckchen. Es knisterte, als sie das Ölpapier zurückschlug und entfernte, und endlich kam der Gegenstand zum Vorschein, den Gardiner Kincaid angeblich für sie deponiert hatte.

Es war ein metallener Würfel, wie Sarah ihn noch nie zuvor zu Gesicht bekommen hatte.

Die Kantenlänge mochte an die vier Inches betragen, das Material war Eisen, das von Rost überzogen war. Die Seiten des Würfels waren mit Gravuren versehen, die trotz der Korrosion noch gut zu erkennen waren; während Sarah den Gegenstand in ihrer Hand drehte, erkannte sie die fünf ersten Buchstaben des griechischen Alphabets, von denen jedes eine Seite des Würfels zierte.

Die sechste Seite war mit einem Zeichen oder Symbol versehen, das Sarah nicht kannte: einer mit strahlenförmigen Ornamenten versehenen Ellipse, deren stilistischer Ursprung eindeutig nicht in Griechenland lag. Das Gewicht des Artefakts gab weitere Rätsel auf, denn der Kubus war zu leicht, um massiv zu sein, aber wiederum zu schwer für einen Hohlkörper.

»Was ist das?«, flüsterte Sarah an sich selbst gewandt und ohne eine Antwort zu erwarten.

»Je ne sais pas«, erwiderte du Gard kopfschüttelnd. »Wie ich schon sagte, schien Ihr Vater in großer Eile zu sein, deswegen hatte er wohl nicht genügend Zeit, es mir zu verraten. Aber er bat mich, dieses Ding für ihn aufzubewahren und es an Sie zu übergeben, wenn Sie nach Paris kämen.«

»Und sonst hat er nichts gesagt?«

»Mais oui!«, versicherte du Gard. »Er schärfte mir ein, dass Sie, falls er jemals in Gefahr geraten sollte, den Gegenstand nehmen und damit nach England zurückkehren sollten. London wäre zu unsicher, sagte er, deshalb sollten Sie umgehend nach Yorkshire reisen und in Kincaid Manor auf seine Rückkehr warten.«

»Und der Würfel?«

»Darüber sagte er nichts – nur, dass Sie ihn hüten sollten wie Ihren Augapfel, da es sich um ein Stück von unschätzbarem Wert handelte.«

»Und Sie erwarten von mir, dass ich Ihnen all das glaube?«, erkundigte sich Sarah misstrauisch. »Immerhin haben Sie mir nicht einen einzigen Beweis für Ihre abenteuerlichen Behauptungen vorgelegt.«

»Concédé. Aber Sie halten den Würfel in Ihren Händen. Und wenn ich recht verstanden habe, ist er das erste Lebenszeichen, das Sie von Ihrem Vater in den letzten Monaten bekommen haben, *n'est-ce pas?«*

»Das stimmt«, räumte Sarah ein und wog den Würfel in ihrer Hand.

»Sie werden also mit meinem Ehrenwort vorliebnehmen müssen, Lady Kincaid«, folgerte du Gard. »Bedenken Sie die Bedingungen, unter denen wir uns kennen lernten. Ich habe Ihnen eine Einladung zu meiner Vorstellung zukommen lassen – warum sollte ich das tun, wenn nicht aus Verbundenheit zu Ihrem Vater?«

»Wer weiß?«, erwiderte Sarah bissig. »Vielleicht, um mich vor versammeltem Publikum vorzuführen?«

»Meine Güte, ich habe mich doch bei Ihnen entschuldigt. Sind britische Frauen immer so nachtragend?«

»Bisweilen.« Sarah nickte grimmig. »Öffentlich hingerichtet zu werden wird mir allmählich zur schlechten Gewohnheit.«

»Alors, glauben Sie mir nun oder nicht?«

»Das muss ich wohl«, schnaubte Sarah, während widersprüchliche Gefühle in ihrer Brust tobten. Zum einen war da die Freude darüber, von ihrem Vater zu hören, die freilich dadurch gedämpft wurde, dass das Artefakt keine Auskunft darüber gab, ob Gardiner Kincaid wohlauf und am Leben war. Zudem hatte Sarah daran zu beißen, dass sowohl der Würfel als auch die Nachricht von ihrem Vater ihr von einem ihr völlig Fremden übergeben worden waren. Sie hatte den Namen Maurice du Gard nie zuvor gehört, und er wollte ein enger Freund ihres Vaters sein? Wenn es so war, weshalb hatte der alte Gardiner ihn Sarah dann niemals vorgestellt? Mehr noch, wieso hatte er nie von ihm gesprochen?

Zugegeben, auf seinen Forschungsreisen rund um die Welt hatte Gardiner Kincaid unzählige Menschen kennen gelernt, die Sarah unmöglich alle bekannt sein konnten – aber ein Charakter wie du Gard wollte nach ihrem Verständnis ganz und gar nicht zu ihrem Vater passen. Und was, in aller Welt, hatte es mit dem geheimnisvollen Artefakt auf sich, das ihr Vater angeblich für sie hinterlegt hatte?

Es kränkte Sarah, auf all diese Fragen keine Antwort zu wissen, und obwohl sie sich einredete, dass es kindisch und albern war, kam sie sich ausgeschlossen vor. Warum hatte sie denn letztlich eingewilligt, in England zu bleiben und zumindest den Versuch zu unternehmen, eine respektable Lady zu werden? Doch nur ihrem Vater zuliebe! Um ihm einen Gefallen zu tun, hatte sie sich den Zwängen der Gesellschaft gefügt und war nach London gegangen, mit dem ehrlichen Vorsatz, ihrem Vater dort alle Ehre zu machen – aber sie wurde das Gefühl nicht los, dass dies ein Fehler gewesen war ...

»Sie sagten vorhin, dass mein Vater in großer Gefahr schwebe«, hakte sie nach.

»Oui, c'est vrai.«

»Woher wissen Sie das? Und kommen Sie mir nicht wieder mit irgendwelchen Kristallkugeln ...«

»Ich hatte einen Traum«, erwiderte du Gard näselnd.

»Darauf möchte ich wetten«, konterte Sarah säuerlich und deutete auf die halb geleerte Flasche. »Diese Wirkung stellt sich wohl öfter ein, nachdem Sie ein Tête-à-tête mit der grünen Fee hatten.«

»Im Absinth liegt manche Wahrheit verborgen«, bestätigte du Gard ernst, ihren vorwurfsvollen Tonfall ignorierend. »Aber in diesem Fall hat das eine nichts mit dem anderen zu tun. Vielleicht ist ›Traum‹ auch das falsche Wort. Es war mehr eine Vision, die ich von Ihrem Vater hatte ...«

»Eine Vision?«

»Sie ereilte mich vor ein paar Tagen, kurz vor Beginn der Vorstellung. Ich stand hinter dem Vorhang und wartete auf meinen Auftritt, da sah ich Ihren Vater, wie er ...«

»Ja?«, wollte Sarah wissen.

»Nicht wichtig.« Du Gard schüttelte den Kopf. »Es ist nicht gut für die Menschen, zu viel über ihre Zukunft zu wissen.«

»Das sagen ausgerechnet Sie? Ein Mann, der sich mit Wahrsagen sein Geld verdient?«

»Ce n'est pas la même chose«, verbesserte du Gard. »Ein Wahrsager führt den Leuten nur vor Augen, was bereits vorhanden ist. Ein Seher vermag in die Zukunft zu blicken.«

»Und Sie sind ein Seher?«

»Wenigstens sieht es so aus.«

»Verdammt, du Gard!«, ereiferte sich Sarah. »Hören Sie auf, in Rätseln zu sprechen. Dafür ist die Situation zu ernst.«

»Ich bin mir dessen durchaus bewusst, Lady Kincaid. Und ich darf Ihnen versichern, dass ich mich deutlicher ausdrücken würde, wenn ich es könnte.«

»Wie soll ich das verstehen?«

»Dass ich es nicht kann. Ich weiß nicht, woher diese Vision gekommen ist. Ich hatte sie einfach.«

»Sie meinen, es ist einfach so passiert?«

Du Gard nickte. »Weder hatte ich an diesem Tag an Ihren Vater gedacht, noch fühlte ich mich in diesem Augenblick bereit für eine Zukunftsoffenbarung – immerhin stand ich kurz vor meinem Auftritt, und meine Konzentration war auf völlig andere Dinge gerichtet. Dennoch ist es geschehen, ich kann mir das ebenso wenig erklären wie Sie. Es war wirklich, verstehen Sie? Es war real!«

»Sie meinen, im Gegensatz zu dem, was Sie auf der Bühne abziehen«, folgerte Sarah gnadenlos.

»Ich gebe zu, dass ich vor dem Publikum hier und da ein wenig nachhelfe, um den dramatischen Effekt zu steigern. Aber diese Vision war etwas völlig anderes. Ich sah diese Bilder so deutlich vor mir, als würde ich den Drachen jagen, dabei war ich völlig nüchtern.«

»Den Drachen jagen?« Sarah hob die Brauen. »Meinen wir dasselbe?«

»Warum dieser vorwurfsvolle Blick? Die einen benutzen Opiate, um ihre Schaffenskraft zu entfesseln, die anderen, um der Tristesse ihres Alltags zu entfliehen. Ich hingegen versuche damit mein Bewusstsein zu erweitern.«

»Und? Funktioniert es?«

»Gelegentlich.« Du Gard nickte. »Opium hilft dem menschlichen Geist dabei, sich aus der Wirklichkeit zu lösen und ihn für das Übernatürliche zu öffnen. Aber vielleicht bedarf ich seiner schon bald nicht mehr, denn jene Vision hatte nichts damit zu tun. Ich sah Ihren Vater so deutlich vor mir wie Sie in diesem Augenblick. Ich konnte deutlich erkennen, dass er in Lebensgefahr schwebte – und zugleich wusste ich, dass es die Zukunft war, die ich sah.«

»Woher wussten Sie das?«

»Fragen Sie nicht. Ihr Vater hat meinen Fähigkeiten vertraut, also tun Sie es auch. Ich habe Ihnen den Würfel übergeben, zusammen mit der von ihm geäußerten Bitte, Sie möchten nach England zurückkehren und dort auf ihn warten.«

»Und Sie erwarten, dass ich das tue?«

»Was denn sonst?«

»Ich fürchte«, sagte Sarah voller Genugtuung, »dass Sie nicht sehr viel von Frauen verstehen, Monsieur du Gard, und von englischen Frauen schon gar nicht. Ich kenne die Gepflogenheiten in Ihrem Land nicht, aber wir Britinnen pflegen die Menschen, die wir lieben, nicht einfach im Stich zu lassen, wenn sie unsere Hilfe brauchen.«

»*C'est vrai*, ich kenne Sie nicht«, gab du Gard zu, »aber ich kenne Ihren Vater. Und deshalb denke ich, Sie sollten tun, worum er sie bat, und möglichst rasch nach England zurückkehren.« Er lachte leise, aber es wirkte gezwungen. Überhaupt schien du Gard nicht mehr von derselben Frische erfüllt zu sein wie noch zuvor; matt und abgeschlagen saß er vor dem Spiegel, dunkle Ränder hatten sich um seine Augen gebildet. Der Auftritt schien ihn mehr erschöpft zu haben, als es zunächst den Anschein gehabt hatte …

»Das werde ich keinesfalls tun«, verkündete Sarah trotzig. »Stattdessen werde ich versuchen, meinen Vater zu finden. Und wenn er wirklich in Gefahr schwebt, wie Sie sagen, werde ich alles daransetzen, ihn zu retten.«

»Das ist keine gute Idee.«

»Was erwarten Sie? Dass ich nach allem, was Sie mir erzählt haben, brav nach Hause gehe und abwarte?«

»Da Sie nicht wissen, wo sich Ihr Vater befindet ...«

»Ich habe den Würfel«, wandte Sarah ein und betrachtete abermals den Gegenstand in ihrer Hand. »Er ist ein erster Hinweis. Ich werde herausfinden, was es mit ihm auf sich hat. Danach werde ich weitersehen.«

Du Gard seufzte und rieb sich die Schläfen, er wirkte noch müder als zuvor. »Wissen Sie, Ihr Vater ahnte, dass Sie so etwas sagen würden.«

»Und?«

»Er trug mir auf, es Ihnen auszureden.«

»Das können Sie nicht«, meinte Sarah überzeugt und wandte sich entschlossen zum Gehen, »und auch mein Vater könnte es nicht. Gute Nacht, Monsieur du Gard. Haben Sie vielen Dank für ...«

»Warten Sie.«

Sie drehte sich um. »Was ist noch?«

»Sind Sie sicher, dass es dabei wirklich um Ihren Vater geht?«

»Was soll das heißen?«

»Nichts weiter. Vielleicht irre ich mich ja auch«, erwiderte du Gard und schnitt eine Grimasse, die Sarah nicht gefallen wollte. Wieso nur hatte sie das Gefühl, dass du Gard sich über sie lustig machte? Nicht genug damit, dass er sich in Angelegenheiten mischte, die ihn nichts angingen – seine Art, auf Dinge anzuspielen, sie dann aber nicht offen auszusprechen, war in höchstem Maße enervierend.

»Überlassen Sie das mir«, wies Sarah ihn deshalb brüsk zurecht. »Sie sollten sich um Ihren eigenen Kram kümmern und Ihre Nase nicht unablässig in Dinge zu stecken, die Sie nichts angehen.«

»Glauben Sie mir, das würde ich gerne«, versicherte du Gard, »aber das ist leider nicht möglich.«

»Warum nicht?«, schnaubte sie.

»Weil ich es Ihrem Vater versprochen habe«, erklärte du Gard müde und ein wenig resignierend. »Würden Sie mir die Ehre erweisen, morgen mit mir zu Abend zu essen?«

Einmal mehr war Sarah verblüfft. »Zuerst beleidigen Sie mich, und dann laden Sie mich zum Essen ein?«

»Warum nicht?« Ein Hauch von Amüsiertheit spielte um seine Augen. Zu echter Heiterkeit schien er nicht mehr fähig.

»Aber ich kenne Sie doch kaum.«

»Wenn Sie Ihrem Urteil nicht vertrauen, dann vertrauen Sie dem Ihres Vaters. Ich bin ein Freund, Sarah. Ich will Ihnen helfen.«

»Was Sie nicht sagen – etwa hiermit?« Sie deutete auf die Flasche mit dem Absinth. Dass du Gard sie vertraulich beim Vornamen genannt hatte, war ihr nicht einmal aufgefallen.

»Sie sollten nicht darüber spotten«, erwiderte er und wirkte verletzt. »Vielleicht wird die Wahrheit aus dem Absinth Ihnen eines Tages noch nützlich sein.«

Einmal mehr ertappte sie sich dabei, dass Sie seinetwegen ein schlechtes Gewissen hatte. Maurice du Gard schien zugleich ihre schlechtesten und ihre besten Eigenschaften zu Tage zu fördern, und seine Gegenwart verwirrte Sarah in einem Maß wie kein anderer Mann zuvor – auch wenn sie dies in erster Linie dem rätselhaften Artefakt und den beunruhigenden Neuigkeiten zuschrieb.

»Also gut«, erklärte sie sich bereit. »Ich bin einverstanden. Ich logiere im Hotel ...«

»Ich weiß«, sagte er nur. »Ich werde Sie gegen sieben Uhr abholen lassen.«

»Sieben Uhr?« Sie hob die Brauen. »Ein wenig spät für ein Dinner.«

»Wir sind hier nicht in England, *ma chère*«, erwiderte du Gard achselzuckend. »Solange Sie in Paris weilen, sollten Sie sich an die hiesigen Gepflogenheiten halten.«

»In Ordnung«, sagte sie nur.

»Soll ich Sie nach Hause bringen lassen?«

»Nicht nötig – mein Kutscher wartet nur eine Häuserzeile entfernt.«

»Passen Sie auf sich auf, Sarah.«

»Keine Sorge«, erwiderte sie, und mit einem letzten Blick auf den exzentrischen Franzosen, der inzwischen nicht nur mehr müde und erschöpft, sondern um Jahre gealtert wirkte, wandte sie sich ab und verließ die Garderobe.

5

PERSÖNLICHES TAGEBUCH SARAH KINCAID
NACHTRAG

Ich gebe zu: Ich war wütend.

Wütend auf Maurice du Gard, der mehr zu wissen schien, als er zugab, und der mich behandelte wie ein törichtes Schulmädchen – und sagte er überhaupt die Wahrheit? Konnte ich ihm trauen?

Mein Vater hatte es offenbar getan, aber auch dafür gab es letztlich keinen Beweis. Mein einziger Anhaltspunkt war der Würfel, den ich bei mir trug und dessen Gewicht mich bei jedem Schritt daran erinnerte, dass ich sein Rätsel lösen musste.

Hätte du Gard mir nicht dabei behilflich sein können, statt mich mit dreisten Vorwürfen zu behelligen? Was geht es ihn an, weshalb ich mich auf die Suche nach meinem Vater begebe? Weiß er überhaupt, was es bedeutet, jemanden zu lieben und zu fürchten, ihn zu verlieren?

Wütend, verwirrt und ratlos verließ ich an jenem Abend das Theater – nur so ist zu erklären, was weiter geschah …

Durch das Foyer trat Sarah ins Freie.

Wenn sie jedoch geglaubt hatte, damit aus der glitzernden Scheinwelt des Varietés zurück in eine nüchterne Realität zu gelangen, so war dies ein Irrtum – denn jenseits der Kristalllüster und des roten Samts des »Miroir Brisé« war, umhüllt vom Mantel der Nacht, die *demimonde* zum Leben erwacht.

In ihrem Hotel hatte Sarah Leute davon sprechen hören, was es bedeutete, wenn sich die engen und steilen Gassen des Montmartre in ein Panoptikum wildester Gestalten verwandelten, die weder Traum noch Wirklichkeit zu entspringen schienen, sondern nur hier ihr Zuhause haben konnten. Eine Welt der Gegensätze: Das Schöne paarte sich mit dem Hässlichen. Freude mit Trauer. Licht mit Dunkelheit. Überfluss mit bitterer Armut.

Und das oft genug im wörtlichen Sinn ...

Loderndes Feuer, das die schäbigen Fassaden grell beleuchtete, ließ Sarah herumfahren – aber es war nur ein Straßenartist, dessen dunkle Hautfarbe und Turban auf eine exotische Herkunft schließen ließen und der die Passanten unterhielt, indem er lodernde Feuerbälle zum nächtlichen Himmel spie.

Die Straßen rund um den Place du Tertre waren dicht bevölkert, ein wildes Drängen und Treiben herrschte auf den Bürgersteigen und in den Gassen. Feine Herren, die Zylinderhüte und Fräcke trugen und deren Augen vom Alkohol glänzten, waren ebenso anzutreffen wie grell geschminkte junge Frauen, die ihre üppigen Körper in schreiend bunte Seidenkleider gezwängt hatten, mit Dekolletees, so tief, dass sie mehr enthüllten als verdeckten. Mit bittersüßem Lächeln suchten sie Kundschaft in die Lokale und Bordelle zu locken und brauchten sich meist nicht lange zu bemühen – wohlhabende *messieurs*, die ungeachtet jeder Moral nach Zerstreuung hungerten, schien es mehr als genug zu geben. Dazu spielten hier und dort Musikanten auf, und Harlekine huschten umher und neckten die Leute mit derben Streichen. Alles schien erlaubt zu sein und nichts verboten an diesem seltsamen Ort, an dem alle Geschlechter und Hautfarben zueinander gefunden zu haben schienen.

Die Versuchung war allgegenwärtig: Eine Gruppe kindlich kichernder Liliputaner zog umher, um für eine Varietédarbietung zu werben, und von den bunt bemalten Schildern und Reklametafeln, die den brüchigen Putz der Mauern überdeckten, lockte Vergnügen in jeder nur denkbaren Form: Theater, Tanz, Musik und Zerstreuung für jene, die die leichte Unterhaltung suchten – Absinth und käufliche Liebe für die anderen. Niemand hörte auf den Prediger, der am Ende einer Häuserzeile stand und vom Jüngsten Gericht sprach, von Sodom und Gomorrha und vom Zorn des Herrn, der alle Sünder erfassen und hinwegraffen werde. Unstillbare Gier nach Lust und Zerstreuung schien allen Menschen des Viertels gemein zu sein.

Die Elektrizität hatte in Paris, der modernsten Stadt der Welt, bereits Einzug gehalten, und so waren viele der Fassaden, die sich von der Rue Lepic zum Place du Tertre und Richtung Place Pigalle erstreckten, hell beleuchtet. Einigen in Fachwerk errichteten Gebäuden war ihre rustikale Herkunft noch anzumerken, andere waren hinter üppigen Dekorationen verschwunden – hier grüßten römische Musen, dort der griechische Weingott Dionysos. Die Fenster der Bars waren weit geöffnet, sodass die Animierdamen sich nach draußen beugen und dabei wie zufällig ihre Oberweite entblößen konnten, sehr zur Freude der vergnügungshungrigen Herren. Die zahllosen Künstler, die am Montmartre zu Hause waren und sich vom bunten, sündhaften Treiben inspirieren ließen, waren nur noch vereinzelt anzutreffen, meist in Gestalt blasser junger Männer, die mit wirrem Haar und sinnentleertem Blick die Bars und Lokale bevölkerten. Nach Einbruch der Dunkelheit vereinigten sich Boheme und Bürgertum ungeachtet aller politischen Schranken zu einem bizarren Reigen, der jeden erfasste, der sich im Viertel aufhielt.

Nur Sarah Kincaid nicht.

War sie zu Beginn noch fasziniert gewesen von der bedingungslosen Freiheit, die am Montmartre zu herrschen schien, so entging ihr nicht, dass dieser Ort auch einer gewissen Dekadenz nicht entbehrte. Das Vergnügen um seiner selbst willen zu suchen, war zu allen Zeiten der Menschheitsgeschichte ein Zeichen von drohendem Niedergang gewesen, und nach allem, was Sarah bei Maurice du Gard gesehen und erfahren hatte, konnte sie nicht anders, als in vom Absinth glänzenden Augen und zu grinsenden Masken erstarrten Mienen ein schlechtes Omen zu sehen. Das allgegenwärtige Lachen mutierte in ihren Ohren zum dämonischen Kichern, untermalt von den scheppernden Klängen von Klavieren und Ziehharmonikas.

Dieses seltsame Artefakt, das Sarah in Ölpapier gewickelt bei sich trug – was hatte es damit auf sich? Warum hatte in der Depesche nichts davon gestanden? Warum hatte ihr Vater es du Gard gegeben, statt es ihr nach London zu schicken? Und vor allem: Wo war er?

Wohin war Gardiner Kincaid gegangen, nachdem er Paris verlassen hatte? Wo hielt er sich gegenwärtig auf? Und worin bestand die Gefahr, die ihm angeblich drohte?

Mit der Macht der Vernunft kämpfte Sarah die Furcht nieder, die in ihr aufkommen wollte. Sie hatte Angst um ihren Vater, aber natürlich wusste sie auch, dass diese Angst von der Ohnmacht herrührte, die sie empfand. Zu wissen, dass der alte Gardiner in Gefahr schwebte, ohne ihm helfen zu können, war beinahe noch schlimmer, als überhaupt nichts von ihm zu wissen. So vage die Informationen auch waren, die sie bekommen hatte, sie wollte sie nutzen, um ihren Vater zu finden und ihn zu warnen. Vorausgesetzt, es war noch nicht zu spät …

Du Gard hatte weder gesagt, wann die Ereignisse eintreffen würden, die er in seiner Vision gesehen hatte, noch ob sie sich verhindern ließen, und Sarah hatte wohlweislich nicht danach gefragt. Es war ihr gleichgültig, wie ihre Chancen standen. Niemand konnte sie davon abhalten, ihren Vater zu suchen.

Nicht einmal ihr Vater selbst …

Während sie von Strömen ausgelassener Menschen durch die Gassen des Viertels gedrängt wurde, dachte Sarah über die Symbole nach, die in die Flächen des Würfels eingraviert waren: Die ersten fünf Buchstaben des griechischen Alphabets, dazu ein weiteres Zeichen, das Sarah zwar nicht kannte, das aber dennoch nicht einer gewissen Vertrautheit entbehrte. Hätte sie die Herkunft einordnen müssen, hätte sie den Stil als frühorientalisch beschrieben – hethitisch, möglicherweise auch assyrisch oder babylonisch.

Aber was sagte das über den Würfel selbst?

Welchem Zweck diente das Artefakt, das ihr Vater wie seinen Augapfel gehütet zu haben schien?

Warum hatte Gardiner ihr keine Nachricht hinterlassen, ihr nicht wenigstens mit knappen Worten beschrieben, worum es sich dabei handelte? Aus Zeitmangel? Aus Gründen der Sicherheit?

Mit Unbehagen erinnerte sich Sarah, dass du Gard ihren Vater als gehetzt und furchtsam beschrieben hatte. Angst war etwas, das in ihrer Vorstellung nicht zu Gardiner Kincaid passte. Aber natürlich war auch ihr Vater nur ein Mensch, und eine böse Ahnung beschlich sie, dass er sich mit Mächten eingelassen haben mochte, die sowohl seine Fähigkeiten als auch seinen Mut weit überstiegen. Und noch während Sarah sich fragte, wie all das zusammenhing, bemerkte sie, dass das Gelächter und die Stimmen um sie herum verebbt waren, ebenso wie die blechernen Klänge der Musik.

Der Pulk der Vergnügungshungrigen, der sie erfasst und mitgerissen hatte, war in einem der zahllosen Lokale verschwunden, und so fand sich Sarah allein inmitten einer schmalen Gasse, die sich zwischen verkommenen Fassaden erstreckte und deren einzige Beleuchtung das blasse Mondlicht war, das zwischen den Dächern hindurchsickerte.

Befremdet blickte sich Sarah um und stellte fest, dass sie sich verlaufen hatte. Statt dem Menschenstrom nur eine Häuserzeile weit zu folgen, wie sie es beabsichtigt hatte, war sie in Gedanken versunken am Droschkenstand vorbeigegangen und ohne es zu wollen tief in die wirren, dunklen Eingeweide des Montmartre gelangt.

Je mehr ihre Augen sich an die Dunkelheit gewöhnten, desto deutlicher ging Sarah auf, dass sie keineswegs so allein war, wie sie zunächst angenommen hatte. Denn in Nischen und Kellerlöchern hockten elend aussehende Gestalten, die die Kehrseite von Genusssucht und Völlerei verkörperten. Sarah sah in Fetzen gehüllte Kinder mit tief liegenden Augen und hohlen Wangen, die sich weinend an ihre Mütter drängten; Betrunkene, die in Hauseingängen lungerten und sinnloses Zeug brabbelten; Männer mit tief in die Stirn gezogenen Hüten, deren von Narben entstellte Gesichter nichts Gutes verhießen; schließlich eine langhaarige Gestalt, deren Geschlecht nicht eindeutig zu bestimmen war. Mit ihrem zahnlosen Mund, aus dem der Gestank von Fäulnis und billigem Fusel drang, grinste sie Sarah an, während der Blick ihrer milchigen Augen geradewegs durch sie hindurchzugehen schien.

»Na, schönes Kind? Suchst du Vergnügen? Ich fürchte, hier wirst du es nicht finden ...?«

Er oder sie kicherte geistlos, worauf sich Sarah erschrocken zurückzog – nur um mit dem Stiefelabsatz auf etwas zu treten. Ein durchdringendes Quieken war zu vernehmen, und ein Rudel grauer, gedrungener Körper huschte über das schmutzige Pflaster davon, die dünnen Schwänze hinter sich herziehend.

Ratten ...

Sarah verzog das Gesicht, worauf die langhaarige Gestalt, die ganz offenbar den Verstand verloren hatte, nur noch lauter lachte. Ihr Gelächter überschlug sich und hallte von den schäbigen Fassaden wider, begleitete Sarah, die auf dem Absatz kehrtmachte, um die unerbauliche Gesellschaft rasch hinter sich zu lassen.

Sie kam nicht weit.

Denn gerade, als sie sich dem Ausgang der Gasse näherte und dem beruhigend hellen Licht der Straßenbeleuchtung, das von dort hereindrang, trat Sarah eine ebenso große wie düstere Gestalt entgegen und versperrte ihr den Weg.

Instinktiv blieb Sarah stehen.

Zwar konnte sie im Gegenlicht nur die Silhouette des Fremden erkennen, doch spürte sie die Bedrohung, die von ihm ausging.

Ein schwarzer Umhang bauschte sich um seine hünenhafte Gestalt, eisige, tödliche Kälte schien ihm vorauszueilen.

Sarah sog scharf den Atem ein – dann tat sie das, wozu ihre von zahllosen Abenteuern geschulten Instinkte ihr rieten.

Sie ergriff die Flucht.

Ohne sich auch nur einen Augenblick mit der Frage aufzuhalten, wer der Fremde war oder was er von ihr wollte, fuhr sie herum und lief zurück, soweit das nach Pariser Mode geschnittene Kleid und das Schuhwerk mit den angeschnittenen Absätzen es zuließen, vorbei an der verrückten Person mit den langen Haaren, deren Gelächter sich in ein irres Kreischen gesteigert hatte. Einer der Männer mit den Hüten sah in Sarah wohl ein leichtes Opfer und wollte ihr folgen, doch sein Kumpan hielt ihn zurück. Eingeschüchtert starrten beide auf den großen Schatten, der die Gasse herabkam und sich an die Fersen der jungen Frau heftete.

Gehetzt blickte Sarah über die Schulter. Ihre Ahnung hatte sie nicht getrogen – die dunkle Gestalt folgte ihr mit entschlossenen Schritten. Wer war der Kerl, und was wollte er von ihr? Sarah war klar, dass dies weder der richtige Zeitpunkt noch der rechte Ort war, um sich danach zu erkundigen. Sie musste fort, nur rasch fort, zurück auf die Straße und zu der Kutsche, die dort auf sie wartete …

In der Befürchtung, sich immer weiter von ihrem eigentlichen Ziel zu entfernen, bog sie in eine Nebengasse ein, die sich über steile Stufen und in engem Zickzack durch das Gewirr der Häuser wand. Der betäubende Geruch von Opium schlug ihr entgegen, und im schmutzig gelben Licht, das aus Kellerfenstern drang, erblickte Sarah Männer, deren entrückte, steinerne Mienen kaum noch etwas Menschliches an sich hatten. Der Blick ihrer Augen war glasig und leblos, als wollte er niemals wieder zurück in die Wirklichkeit finden. Schaudernd hastete Sarah weiter, stellte entsetzt fest, dass der Schatten ihr noch immer folgte.

Sie beschleunigte ihren Schritt. Am liebsten hätte sie sich der

Stiefel entledigt, die mehr hinderlich als nützlich waren, aber wenn sie stehen blieb, um die Verschnürung zu lösen, würde ihr Verfolger sie nur noch eher eingeholt haben ...

Sie hastete weiter und stolperte im Halbdunkel über Unrat, der auf dem Boden lag. Sie versuchte sich abzufangen – vergeblich. Sarah schlug der Länge nach auf das schmutzige Pflaster, stieß sich dabei Ellbogen und Knie blutig. Sie merkte, wie jemand von der Seite an sie herantrat, und schaute instinktiv nach oben, blickte in ein grässlich entstelltes Gesicht, das keine Nase mehr besaß. Sarah konnte nicht anders, als einen entsetzten Schrei auszustoßen, dann raffte sie sich auf die Beine und rannte weiter. Eine weitere deformierte Gestalt, die einen schmutzigen Uniformrock trug, kam aus der Dunkelheit gehumpelt.

»Eine milde Gabe für die Veteranen ...«, hauchte sie heiser – aber Sarah war schon vorbei.

Sich gehetzt umblickend, hastete sie weiter durch die Gasse, die zwischen den schwarzen Fassaden mäanderte. Im Schatten des Mondlichts war ihr Verfolger kaum noch zu erkennen, aber Sarah wusste dennoch, dass er ihr auf den Fersen war. Sie konnte seine Schritte und seinen schnaubenden Atem hören und erkannte entsetzt, dass er aufgeholt hatte. Bei ihrem Sturz hatte sie wertvolle Sekunden verloren – Sekunden, die sie vielleicht das Leben kosten würden.

Sarah lief, so schnell sie nur konnte, getrieben von Furcht und nackter Panik, und erwartete halb, dass eine Pranke heranschießen und sie im Genick packen, sie in die Finsternis zerren würde, aus der es kein Entkommen mehr gab ...

Atemlos folgte sie einer Biegung, die die Gasse vor ihr beschrieb und die sie in der Dunkelheit mehr erahnen als wirklich sehen konnte. Sich mit beiden Händen an den feuchten Wänden entlang tastend, hastete und stürzte sie weiter – und konnte plötzlich das Ende der Gasse erkennen, das wie ein fernes, lockendes Leuchtfeuer vor ihr erschien. Stimmengewirr und Musik drangen ihr von dort entgegen, die ausgelassene Heiterkeit der *demimonde*, die Sarah jetzt falsch und aufgesetzt erschien. Ein wenig wie eine Frucht, die von außen süß und verlockend aussah, obgleich ihr Inneres von Fäulnis und Maden zerfressen war.

Ein Blick zurück über die Schulter ...

In ihrem eigenen Schatten, den sie gegen das Licht der Straßenbeleuchtung warf, konnte Sarah auch weiterhin nichts erkennen, aber sie hörte noch immer den Atem ihres Verfolgers. Von Entsetzen getrieben, rannte sie weiter und stieß einen verzweifelten Schrei aus, den im allgemeinen Treiben freilich niemand zur Kenntnis nahm. Unerreichbar fern schien ihr das Ende der Gasse zu sein, unendlich langsam ihr Schritt.

Jene vernichtende Kälte, die sie vorhin schon gespürt zu haben glaubte, holte sie ein, und sie ahnte, dass in diesem Moment eine klamme Hand nach ihr griff. Instinktiv duckte sich Sarah und spürte einen Luftzug im Nacken, hatte den Eindruck, dass etwas sie nur um Haaresbreite verfehlte. Stolpernd lief sie weiter – und erreichte im nächsten Moment das Ende der Gasse.

Grelles Licht und schrille Werbeplakate, kleinwüchsige Männer in bunten Harlekinskostümen, Zylinderhüte über von Alkohol geröteten Gesichtern, ein Chanson in rauchigem Alt und das erbärmliche Gewürge eines teuer gekleideten Monsieur, der sich übergab – all diese Eindrücke brachen, Streiflichtern gleich, über Sarah herein. Hals über Kopf stürzte sie aus der Gasse und geriet vor einen Zweispänner, der die Straße herabkam. Die Pferde wieherten und scheuten, als der Kutscher das Gefährt abrupt zum Stehen brachte. Erschrocken wich Sarah zurück und eilte weiter, erreichte endlich die andere Straßenseite.

Rücklings presste sie sich an eine brüchige, von Plakatresten übersäte Mauer. Das Herz schlug ihr bis zum Hals, während sie keuchend nach Atem rang und auf die gegenüberliegende Straßenseite starrte, wo die Mündung der Gasse ihr wie ein gefräßiger Rachen entgegenglotzte. Jeden Augenblick erwartete sie, jenen großen, drohenden Schatten aus der Gasse stürzen zu sehen, der ihr so dicht auf den Fersen gewesen war – aber nichts geschah.

Weder ließ jene unheimliche Gestalt sich blicken, noch tauchte sonst jemand am Ende der Gasse auf. Ihr Verfolger – wer immer er gewesen war – schien die Jagd aufgegeben zu haben.

Sarah holte so tief Luft, wie das Korsett ihres Kleides es zuließ, und gönnte sich ein erleichtertes Aufatmen. Die Schlaglichter, in denen sie ihre Umgebung wahrgenommen hatte, verblassten, und der Montmartre präsentierte sich wieder als das, was er tatsächlich war, nämlich als lärmender und bunter Fluss, der Sarah schließlich wieder aufgenommen hatte.

Plötzlich fiel ihr auf, dass sie gar nicht wusste, wohin sie im Zuge ihrer wilden Flucht gerannt war. Wo befand sie sich überhaupt? Wie lautete der Name dieser Straße?

Sarah löste sich von der Wand und ging einige Schritte den Bürgersteig hinab – als eine grobe Hand sie plötzlich an der Schulter berührte und Sarah aus dem Augenwinkel eine dunkle Gestalt in einem weiten Umhang wahrnahm ...

»Mylady ...?«

Zu Tode erschrocken fuhr Sarah herum – um in die grobschlächtigen Züge von Henderson zu blicken, ihrem Kutscher.

»Du meine Güte!«, entfuhr es ihr, während sie merkte, wie ihre Knie weich wurden. Ihr leicht gebräunter Teint war ungesunder Blässe gewichen, kalter Schweiß stand ihr auf der Stirn.

»Bitte verzeihen Sie, Mylady«, brummte der Kutscher mit unverkennbarem Yorkshire-Akzent, »ich wollte Sie nicht erschrecken. Aber als Sie nicht zur vereinbarten Zeit zurück waren, da habe ich mir große Sorgen um Sie gemacht ...«

»Mein guter Henderson.« Trotz der Übelkeit, die sie nach all den überstandenen Schrecken befiel, konnte Sarah nicht anders, als zu lächeln. »Meine Furcht war völlig überflüssig. Ich hätte mir denken können, dass mein treuer Henderson sich auf die Suche begibt.«

»Mylady hatten Angst?« Die von Wind und Wetter gegerbten Gesichtszüge des Kutschers weiteten sich, seine Sorge schien nur noch größer zu werden. Seit vielen Jahren stand er in den Diensten der Familie Kincaid und kannte Sarah, seit sie ein junges Mädchen war. In Abwesenheit ihres Vaters hatte Henderson es stets als seine persönliche Aufgabe betrachtet, für Sarahs Sicherheit zu sorgen, und daran hatte sich auch später nie etwas geändert. Nur widerwillig hatte der Kutscher sie nach Montmartre gebracht, und er hatte es alles andere als gerne gesehen, dass sie sich allein auf den Weg gemacht hatte. Zu Recht, wie Sarah im Nachhinein eingestehen musste ...

»Ein wenig«, wiegelte sie deshalb ab und versuchte ein Lächeln, das Zuversicht ausstrahlen sollte, allerdings ziemlich ramponiert wirkte. »Aber nun ist ja alles gut. Du hast mich gefunden und wirst mich von hier fortbringen.«

»Das werde ich, Mylady«, versicherte Henderson und blickte sich grimmig um, den Peitschenstiel in der Hand, um etwaige Angreifer abzuschrecken. Aber von all den ehrenwerten und weniger ehrenwerten Gestalten, die die Straße und den Bürgersteig herabkamen, schien sich niemand wirklich für sie zu interessieren. An den entrückten Blicken, die die meisten von ihnen zur Schau trugen, konnte man ablesen, dass ihre Sinne ohnehin nicht mehr im Hier und Jetzt weilten.

»Lassen Sie uns gehen, Mylady«, knurrte Henderson missbilligend. »Ihrem Vater würde es gar nicht gefallen, dass Sie hier sind.«

»Sei dir da nicht so sicher, mein guter Henderson«, erwiderte Sarah mit Blick auf das würfelförmige Päckchen in ihren Händen, das sie die ganze Zeit über krampfhaft umklammert hatte. »Sei dir da nicht so sicher ...«

Musée du Louvre
zur selben Zeit

PIERRE RECASSIN, CONSERVATEUR
DEPARTEMENT ANTIQUITES ORIENTALES

stand in nüchternen Lettern auf dem Milchglasfenster der Tür geschrieben, an der sich eine maskierte und von Kopf bis Fuß schwarz gekleidete Gestalt zu schaffen gemacht hatte.

Im Halbdunkel, das durch hohe Korridorfenster auf die Gänge des Verwaltungstraktes fiel und nur vom spärlichen Mondlicht durchbrochen wurde, hatte der Eindringling Schwierigkeiten, den Schlüssel in das Schloss zu führen. Endlich gelang es ihm, und mit zitternden Händen drehte er ihn herum.

Das klickende Geräusch, das dabei entstand und ungewollt laut durch den Korridor hallte, ließ ihn für einen Moment verharren. Vorsichtig blickte er sich um, dann drückte er die Klinke, öffnete die Tür und verschwand im dunklen Inneren des fensterlosen Zimmers.

Ein Streichholz flammte auf und löste die Einrichtung aus der Dunkelheit – leere Regale und einen alten Schreibtisch, der in der Mitte der Kammer stand. Auf dem Teppichboden war ein dunkler Fleck zu sehen, den man offenbar zu entfernen versucht hatte, der jedoch allen Reinigungsversuchen erfolgreich getrotzt zu haben schien.

Der Eindringling verharrte und starrte wie gebannt darauf, und vielleicht wäre er noch weiter so stehen geblieben, hätte das herunterbrennende Streichholz in seinen Fingern ihn nicht schmerzhaft daran erinnert, dass er eine Mission zu erfüllen hatte. Rasch huschte er zum Schreibtisch und entzündete die Gaslampe, die dort stand, stellte sie auf kleinste Flamme, damit ihr Schein nicht sofort gesehen wurde. Dann begann der Eindringling seine Suche.

Zuerst nahm er die Schubladen des Schreibtisches in Augenschein, zog sie ganz heraus, um sicher zu sein, dass sie keine Geheimfächer oder doppelten Böden besaßen; dann ging er daran, die Regale zu überprüfen, pochte allenthalben gegen das Holz, wenn er dahinter ein Versteck vermutete. Fündig wurde er jedoch nicht.

Schließlich ging er daran, die Wände zu untersuchen, klopfte auch hier jede Stelle ab, die ihm verdächtig erschien – und rief damit unerwünschte Gesellschaft auf den Plan.

In seine Suche vertieft, bemerkte der Eindringling nicht, wie zwei uniformierte Wächter den Korridor herabkamen. Die Klopfgeräusche, die zu gezielt und regelmäßig waren, um von einem Tier zu stammen, hatten sie alarmiert, und als sie das gedämpfte Licht gewahrten, das durch das Milchglas auf den Gang fiel, zückten sie ihre Revolver. Entschlossen nickten sie einander zu – und platzten in jenem Augenblick durch die Tür, in dem der vermummte Eindringling erkannt hatte, dass seine Suche vergeblich war.

Mit einem gellenden Schrei fuhr er herum, als die Tür gegen die Wand krachte. Seine vor Schreck weit aufgerissenen Augen erkannten die Uniformierten und die Waffen in ihren Händen, und er wusste, dass sein Spiel aus war.

»Keine Bewegung, oder wir schießen«, rief einer der Wächter mit bebender Stimme. »Haben wir dich, Bursche!«

Der Eindringling machte weder Anstalten, die Flucht zu ergreifen, noch Widerstand zu leisten. Gehorsam reckte er die Hände empor und zeigte so, dass er unbewaffnet war. In den Sehschlitzen seiner Maske funkelte es feucht.

»Wer bist du, und was willst du hier?«, blaffte der Wächter. »Die Maskerade herunter, sofort!«

Der Vermummte zögerte. Wie zur Salzsäule erstarrt, stand er da, bebend am ganzen Leib. Der harsche Ton schien ihn einzuschüchtern.

»Hast du nicht gehört? Du sollst das verdammte Ding abnehmen, und zwar augenblicklich, oder wir werden dich …«

Der Eindringling kam auch dieser Aufforderung nach. Mit zitternden Händen griff er nach der Maske, packte sie und zog sie sich mit einem Ruck vom Kopf.

Diesmal waren es die Wächter, die überrascht waren – denn unter dem schwarzen Stoff kam langes blondes Haar zum Vorschein, dazu ein Gesicht, das sie nur zu gut kannten.

»Madame Recassin«, entfuhr es einem von ihnen voller Entsetzen. »Was, in aller Welt, tun Sie hier ...?«

6

Persönliches Tagebuch
Sarah Kincaid

An diesem Morgen bin ich mit einem seltsamen Gefühl erwacht, denn in der Geborgenheit der Zimmerflucht, die ich in einem Hotel nahe des Pont Neuf bezogen habe, erinnerte mich nichts mehr an die Schrecken der zurückliegenden Nacht.

Ich schlug die Augen auf und fand mich inmitten weißer Möbel, roséfarbener Tapeten und nach Blüten duftender Vorhänge wieder. Das Licht eines klaren Sommermorgens, das durch die Lamellen der Fensterläden sickerte, ließ die Erinnerung an meinen Verfolger verblassen, zusammen mit den Eindrücken der Halbwelt, deren Gast ich eine Nacht lang gewesen war. Frischen Mutes trat ich ans Fenster und öffnete es, und während ich meinen Blick über den Fluss und die Île de la Cité schweifen ließ, auf der sich eindrucksvoll die Formen des Justizpalastes und die stumpfen, ehrwürdigen Türme von Notre-Dame erheben, da vermochte ich nicht mehr zu sagen, was vergangene Nacht tatsächlich geschehen war.

War ich wirklich von einer unheimlichen, gesichtslosen Gestalt verfolgt worden, die einen Umhang trug, schwarz wie die Nacht? Oder war jenes albtraumhafte Erlebnis nur eine Täuschung gewesen, eine Inkarnation jener bizarren Wirklichkeit, die zu nächtlicher Stunde am Montmartre herrscht und deren Opfer ich geworden war?

Ich habe beschlossen, darüber nicht weiter nachzudenken und mich an die Fakten zu halten, die wahrlich interessant und anregend genug sind. Denn der mysteriöse Würfel, den ich von Maurice du Gard erhalten habe, scheint nicht nur das erste Lebenszeichen zu sein, das ich seit vielen Wochen von meinem Vater erhalten habe, er gibt mir auch in wissenschaftlicher Hinsicht Rätsel auf: Welchem Kulturkreis gehört das seltsame Artefakt an? Woher stammt es, und wie alt ist es? Und vor allem: Welchem Zweck hat es einst gedient?

Die Beantwortung dieser Fragen scheint mir dringlicher zu sein als die Jagd nach einem Phantom, das womöglich nur in meiner Vorstellung existiert, deshalb habe ich den Tag mit wissenschaftlichen Recherchen verbracht. Da mir der Zutritt zur Bibliothek der Sorbonne verwehrt ist, habe ich jene des Musée du Louvre aufgesucht und mich bemüht, dort mehr über das Artefakt und seine Herkunft herauszufinden – bislang ohne Erfolg. Ich nehme an, dass die griechischen Buchstaben auf den Würfelseiten Abkürzungen sind, kryptische Botschaften, wie sie in der Antike gebräuchlich waren. Aber solange ich keinen Anhaltspunkt habe, was sich dahinter verbirgt, gleicht die Suche nach der Herkunft des Kubus jener nach der berühmten Nadel im Heuhaufen.

Frustriert von einer erfolglosen Suche, die mich nicht vorangebracht, sondern nur noch mehr Fragen aufgeworfen hat, hoffe ich, dass jener Mann mir mehr Informationen geben kann, von dem ich den Würfel erhalten habe und der mich für diesen Abend zum Essen eingeladen hat.

Ein Wahrsager namens Maurice du Gard …

PARIS, RUE DE LA BASTILLE
18. JUNI 1882

Sarah Kincaid gab es nicht gerne zu, aber sie war beeindruckt – das Restaurant, das Maurice du Gard ausgewählt hatte, bot einen überaus prächtigen Anblick.

Ein Kutscher namens Justin hatte Sarah um Viertel nach sieben am Hotel abgeholt – nicht nur, dass Franzosen zur Unzeit ihr Nachtmahl einzunehmen pflegten, sie schienen auch nichts von britischer Pünktlichkeit zu halten. In einem schnittigen zweirädrigen Gefährt, dessen Bauweise einem Hansom Cab nicht unähnlich war, war Sarah schließlich davongefahren, sehr zum Missfallen des guten Henderson, der seine Herrin nur sehr ungern alleine ziehen ließ. Sarah jedoch war sicher, dass sie du Gard zumindest in dieser Hinsicht vertrauen konnte. Der Franzose mochte ein zweifelhaftes Gewerbe betreiben, aber er war auch ein Gentleman. Ungleich argwöhnischer war Sarah da schon, was du Gards Geschmack betraf – zu Unrecht, wie sich herausstellte.

Durch prächtige Eingangstüren, die uniformierte Portiers vor ihr öffneten, betrat sie den weitläufigen Speisesaal, der von riesigen Lüstern beleuchtet wurde. Die Fenster waren aus buntem Glas zusammengesetzt, Kirchenfenstern nicht unähnlich, der Boden mit Teppichen belegt. An runden Tischen saßen vornehm aussehende Damen und Herren, denen livrierte Kellner dezent servierten; am eindrucksvollsten jedoch war die große gläserne Kuppel, die sich über dem Saal wölbte und durch die der orangerote Abendhimmel zu sehen war. Während das Licht des Tages allmählich verblasste, spendete das Kristall an den Lüstern glitzernden Schein. Zudem war jeder Tisch mit einer eigenen Lampe versehen, deren stetes Licht verriet, dass sie nicht mit Gas betrieben wurden, sondern dass hier bereits die moderne Zeit in Form von Elektrizität Einzug gehalten hatte.

Ein gravitätisch aussehender Maître nahm Sarah in Empfang und geleitete sie zu einem Tisch, der sich exakt unter dem Zenit der Kuppel befand, in der Mitte des Saales. Wie Sarah feststellte, schien du Gard mehr von Pünktlichkeit zu halten als sein Kutscher – er war bereits anwesend, und sein bemühtes Lächeln verriet, dass er schon eine Weile wartete.

»Lady Kincaid«, sagte er, während er sich erhob, verbeugte und dabei Anstalten machte, ihr einen Handkuss zu geben, »schön, dass Sie es einrichten konnten. Ich dachte schon, Sie hätten meine Einladung ausgeschlagen ...«

»Mitnichten, lieber du Gard«, erwiderte Sarah zuckersüß und

setzte sich, wobei sie den Franzosen in gebückter Haltung und unverrichteter Dinge stehen ließ, »aber Sie selbst empfahlen mir ja, mich an die örtlichen Gepflogenheiten zu halten, und da Ihr Kutscher sich verspätete ...«

»*D'accord*, Sie gewinnen.« Er setzte sich ebenfalls, und das Lächeln verschwand aus seinen Zügen. »Wollen wir dieses Spiel den ganzen Abend hindurch fortsetzen?«, erkundigte er sich.

»Welches Spiel?«

»Ich demütige Sie, Sie demütigen mich ... Ich dachte, wir könnten das vielleicht hinter uns lassen.«

»Das hängt ganz von Ihnen ab«, erwiderte Sarah.

»Inwiefern?«

»Ich brauche Informationen«, stellte Sarah klar.

»Informationen? Worüber?«

»Das wissen Sie doch genau. Über den Würfel, den mein Vater Ihnen gegeben hat.«

»*Oui*, ich kann mir vorstellen, dass Sie mehr darüber wissen möchten«, räumte du Gard ein. »Deshalb bedaure ich es sehr, Ihnen gestehen zu müssen, dass sich solche Informationen nicht in meinem Besitz befinden.«

»Unsinn.« Sarah schüttelte unwirsch den Kopf. »Sie verbergen etwas, du Gard.«

»Ich verberge etwas?« Der Blick des Franzosen war unverhohlen vorwurfsvoll. »*Alors*, bekommen Sie in England keine Manieren beigebracht? Ich lade Sie zum Essen ein, und alles, was Ihnen dazu einfällt, ist, mir Vorhaltungen zu machen?«

»In jedem Fall wissen Sie mehr, als Sie sagen«, beharrte Sarah, die fest gewillt war, sich diesmal nicht von du Gards Schauspielkunst beeindrucken zu lassen.

»Das mag wohl sein, *ma chère*. Aufgrund meines Berufes erfahre ich manches, das ich besser für mich behalte – aber nichts davon betrifft Ihren Vater oder das Artefakt.«

»Sind Sie sich da auch ganz sicher?«

»Bien sûr.«

»Woher stammt der Würfel?«

»Ich sagte es Ihnen schon – Ihr Vater kam zu mir und hat ihn mir gegeben.«

»Und er hat nichts dazu gesagt? Kein erklärendes Wort?«

»Non«, antwortete du Gard ebenso schlicht wie endgültig.

Sarahs Augen verengten sich, während sie ihn prüfend taxierte. Aber so sehr sie sich auch bemühte, hinter die Fassade von Maurice du Gards blassem Gesicht zu blicken – sie vermochte es nicht. Entweder, du Gard ist der gerissenste Lügner, dem ich je begegnet bin, oder er spricht schlicht und einfach die Wahrheit, dachte Sarah. Aber welchen Grund hätte er haben sollen, sie zu belügen ...?

»Haben Sie versucht, etwas über den Würfel herauszufinden?«, erkundigte sich du Gard.

»Allerdings.«

»Und?«

»Ohne Erfolg.« Sarah biss sich auf die Lippen. »Ich bin sicher, dass die griechischen Buchstaben darauf für irgendetwas stehen, aber solange ich nicht herausfinde, was das ist, komme ich nicht weiter.«

»Und das Emblem?«

»Der Stil kommt mir bekannt vor, aber ich bin nicht in der Lage, ihn zuzuordnen. Andererseits hat dieses Zeichen etwas Vertrautes, auch wenn ich nicht genau benennen kann, was es ist. Fast kommt es mir vor, als hätte ich das Emblem schon einmal gesehen, dabei ...« Sie unterbrach sich und schüttelte den Kopf. »Das alles ist ziemlich verwirrend, wissen Sie.«

»Offensichtlich.« Du Gard nickte. »Vielleicht sollten Sie sich eine Pause gönnen und versuchen, ein wenig Abstand zu gewinnen.«

»Wie darf ich das verstehen?«

»Mon dieu, ihr Briten seid stets so verbissen, genau wie *les Alle-*

mands – dabei vergesst ihr völlig, dass das Leben seinen eigenen Rhythmus hat, der sich nicht vorherbestimmen lässt.«

»Nun, Ihre französischen Landsleute haben es zweifellos eingesehen«, erwiderte Sarah spöttisch. »Das erklärt, weshalb Ihr Kutscher zu spät am Hotel erschien. Sieben Uhr hat wohl einfach nicht in seinen Rhythmus gepasst ...«

»Haben Sie noch nie etwas vom französischen *savoir vivre* gehört?«, erkundigte sich du Gard, ihren Spott schlicht überhörend, »von der Kunst zu leben? Sie sollten die Dinge nicht so verkrampft angehen, Sarah. Versuchen Sie, zumindest einen Abend lang zu vergessen, was Sie belastet.«

»Das ist leichter gesagt als getan«, wandte Sarah ein.

»Ich weiß. Dennoch sollten Sie auf mich hören und es versuchen. Danach wird Ihnen alles sehr viel leichter fallen, Sie werden sehen.« Um seine Worte zu unterstreichen, hob du Gard sein Glas, in dem eine rubinrote Flüssigkeit schimmerte. *»Santé«*, sagte er lächelnd.

Sarah zögerte einen Augenblick – dann konnte sie nicht anders, als ebenfalls zu lächeln und dem Vorschlag nachzugeben. Der Mann, den Sie noch gestern um dieselbe Stunde für einen windigen Betrüger gehalten hatte, hatte etwas an sich, dem sie sich nur schwer entziehen konnte, und dabei wusste sie nicht zu sagen, ob es an seinem Charme, seinem Akzent, seiner Klugheit oder nur an den Blicken lag, mit denen er sie unentwegt bedachte. Vielleicht auch an allem zusammen ...

»Cheers«, erwiderte sie und erhob ebenfalls ihr Glas, das der Kellner inzwischen gefüllt hatte. Über das blitzende Kristall und die hellrot schimmernde Flüssigkeit darin tauschten sie einen langen Blick. Dann stießen sie an und tranken.

Der Rotwein war mild und trocken, dabei von jener Leichtigkeit, von der du Gard eben noch gesprochen hatte. »Ausgezeichnet«, lobte Sarah, während sie ihr Glas zurück auf den Tisch stellte. »Wie heißt diese Sorte?«

»Seltsam, dass Sie danach fragen«, erwiderte du Gard. »Es ist ein Clairet. Zwar stammt er aus Bordeaux, aber soweit ich weiß, erfreut er sich bei Ihren Landsleuten überaus großer Beliebtheit. Ich bin ziemlich sicher, dass Ihr Vater als Mann von Welt etwas davon in seinem Weinkeller hat.«

»Gut möglich, ich weiß es nicht.« Sarah lächelte verschämt. »Den Weinkeller von Kincaid Manor habe ich offen gestanden noch nie betreten.«

»Was für eine Schande!« Du Gard schnalzte mitleidig mit der Zunge. »Sie sollten sich mehr mit den schönen Dingen des Lebens befassen, Sarah, und Ihre Nase nicht so viel in Bücher stecken.«

»Meine Bücher«, hielt Sarah schlagfertig dagegen, »sind meine besten Freunde. Sie sind immer für mich da und lassen mich an ihrem Wissen teilhaben – und im Gegensatz zu manch anderen Lehrern scheren sie sich nicht im Geringsten um mein Geschlecht.«

»Das ist sehr zuvorkommend von ihnen«, kommentierte du Gard lächelnd und gönnte sich einen weiteren Schluck Wein. »Und auch ziemlich langweilig …«

Sarah wollte du Gard gerade fragen, wie er dies meinte, als zwei Kellner am Tisch erschienen und den ersten Gang kredenzten. Silberne Glocken lagen über den Tellern, sodass auf den ersten Blick nicht zu erkennen war, was es gab. Sarah lief das Wasser im Mund zusammen – im Zuge ihrer Recherchen hatte sie den Tag über kaum etwas gegessen, entsprechend ausgeprägt war ihr Hunger. Als die Glocken über den Tellern jedoch gelüftet wurden, wurde Sarahs Appetit jäh gedämpft …

»Was ist das?«, erkundigte sie sich mit argwöhnischem Blick.

»Schnecken in Kräutersauce«, erwiderte du Gard im Tonfall der Selbstverständlichkeit. »Sagen Sie nur, Sie haben noch nie welche gegessen?«

»Offen gestanden, nein«, und als sie sah, wie du Gards Grinsen noch breiter wurde, fügte sie rasch hinzu: »Aber ich habe in Siam gerösteten Skorpion und fauligen Fisch gegessen und in Indien Schlangenfleisch. Ich weiß, wie eine rohe Wüstenagame schmeckt, und in Hongkong wurde mir Hund serviert.«

»C'est tout à fait exceptionnel«, entfuhr es du Gard, dem das Grinsen spontan vergangen war. »Ich fürchte, mit derart ausgefallenen Genüssen kann die französische Küche nicht konkurrieren. Aber wenn Sie mir vertrauen und die Schnecken versuchen möchten – sie sind wirklich vorzüglich.«

»Ich vertraue Ihnen«, versicherte Sarah lächelnd. »Zumindest in dieser einen Sache.«

»Sehr beruhigend, das zu hören«, erwiderte du Gard, und ihre Blicke trafen sich einen Augenblick länger, als Sarahs gestrenge Sittenwächter in London es noch als gebührlich empfunden hätten.

Sie schaute zu, wie du Gard zu der kleinen Zange griff, die die Kellner bereitgelegt hatten, und sich damit eines der gewundenen Schneckenhäuser angelte. Anschließend benutzte er seine Gabel, um das Fleisch aus dem Gehäuse zu pulen und es zusammen mit reichlich Kräutersauce auf einem Löffel zu platzieren, den er sich – wie es schien – vorzüglich munden ließ. Er lachte, als er Sarahs Zögern bemerkte. Um sich keine weitere Blöße zu geben, griff sie zu und tat es du Gard gleich – mit überraschendem Erfolg. Die Schnecken schmeckten weit köstlicher, als sie es sich vorgestellt hatte.

»Nun«, fragte du Gard erwartungsvoll, »erachten Sie Schnecken als genießbar?«

Sarahs Grinsen war ein wenig breiter, als es sich schickte. »Wenn es dem Überleben dient ...«

Nur noch einen Augenblick gelang es beiden, ernst zu bleiben, dann brachen sie in schallendes Gelächter aus, was nicht nur die Aufmerksamkeit der anderen Gäste auf sich zog, sondern auch jene des Maître, der sie mit einem tadelnden Blick bedachte.

»Wir sollten uns benehmen«, ermahnte Sarah sowohl sich als auch ihren Begleiter. »Ich glaube nicht, dass unser Verhalten einem Ort wie diesem angemessen ist.«

»Ach was, haben Sie sich nicht so.« Du Gard machte eine wegwerfende Handbewegung, ehe er eine weitere Schnecke in die Zange nahm. »Sie sollten sich nicht so viel um das kümmern, was andere denken oder sagen. Schließlich sind wir hier nicht in London, sondern in Paris, der Stadt der Freiheit.«

»In der Tat«, sagte Sarah nur.

»Rassen, Religionen, Geschlechter, Schichten«, fuhr du Gard fort, »all diese Unterschiede existieren nur in unseren Köpfen. Sie sind eingebildet, weiter nichts.«

»Nun, aber sie sind höchst real.«

»Aber nur, weil sie von den Menschen zur Realität gemacht werden. Das ist ein Unterschied, *n'est-ce pas?«*

Sarah bedachte ihr Gegenüber mit einem verblüfften Blick. Nicht nur, dass du Gard ihr aus der Seele sprach – der Mann, den sie noch vor vierundzwanzig Stunden am liebsten auf dem Grund des Meeres gesehen hätte, wurde nicht müde, sie zu überraschen.

»Was ist?«, erkundigte er sich kauend.

»Nichts weiter.« Sie schüttelte den Kopf. »Ich stelle lediglich fest, dass Sie ganz anders sind, als ich dachte.«

»Tatsächlich?« Er schien belustigt, während er sich die Hände an der Serviette abwischte und dabei mit penibler Sorgfalt zu Werke ging. »Wie, wenn es erlaubt ist zu fragen, dachten Sie denn, dass ich wäre?«

»Anders eben«, gestand Sarah offen. »Auf den Schein bedacht und oberflächlich. Und wenn ich ehrlich bin, habe ich Sie zudem für einen Feigling gehalten.«

»Mich? Maurice du Gard?« Er lachte.

»Was ist daran so amüsant?«

»Erstens, *ma chère*, ist es mein Beruf, hinter die Fassaden zu blicken, die Menschen um sich herum zu errichten pflegen – schon aus diesem Grund ist Oberflächlichkeit ein Luxus, den ich mir nicht leisten kann.«

»Und zweitens?«, fragte Sarah.

»Ist niemand feige zu nennen, der sich, in welcher Form auch immer, mit der Suche nach der Wahrheit befasst. Das sollten Sie eigentlich am besten wissen. Denken Sie nur an Ihren Herrn Vater.«

Erneut begegneten sich ihre Blicke, und obwohl Sarah diesmal auf der Hut gewesen war, ertappte sie sich dabei, dass sie einmal mehr ein schlechtes Gewissen hatte.

Was war es nur, das dieser Franzose an sich hatte?

Im einen Augenblick fühlte Sarah sich ihm auf eine Art und Weise verbunden, wie es nur bei wenigen Menschen der Fall war – nur um kurz darauf wieder den Eindruck zu haben, dass sie Welten voneinander trennten. Woran mochte das liegen? An du Gard, der Sarah immer wieder an sich herankommen ließ, um sie dann brüsk abzuweisen? Oder war sie selbst es, die sich zunächst annäherte und dann wieder entfernte, aus Furcht, sich ihm zu sehr zu offenbaren?

Sarah sträubte sich dagegen, es sich einzugestehen, aber sie fühlte sich von diesem Mann auf eigenartige Weise zugleich angezogen und abgestoßen – und vermutlich hatte sie sich ihm schon weiter genähert, als gut für sie war ...

»Wie haben Sie meinen Vater kennen gelernt?«, fragte sie, um das Thema zu wechseln.

»Das liegt einige Jahre zurück. Soweit ich weiß, weilte der gute Gardiner damals wegen einer Vorlesungsreihe in Paris.«

»Wie sind Sie ihm begegnet?«

»Eigentlich war es eher umgekehrt.« Du Gard grinste. »Ihr Vater ist mir begegnet, und zwar gerade im rechten Augenblick.«

»Wie darf ich das verstehen?«

»Damals verdiente ich meinen Lebensunterhalt als Wahrsager für wohlhabende Pariser Bürger«, erklärte du Gard. »Bedauerlicherweise war eine meiner Kundinnen über das, was ich ihr zu erzählen hatte, so erbost, dass sie mir ihre gesamte Dienerschaft auf den Hals hetzte, einschließlich eines sehr schlagkräftigen Kutschers und eines mit einer Mistgabel bewaffneten Stallknechts.«

»Und was ist dann passiert?«, wollte Sarah wissen.

»Alors, während ich Hals über Kopf flüchtete, lief ich einem Mann in die Arme, einem Engländer, der offenbar fremd in der Stadt war, der meine missliche Lage jedoch sofort erkannte. Freundlicherweise bot er mir an, mich in seiner Droschke vor der wütenden Meute zu verstecken, und so kam ich ungeschoren davon.«

»Und dieser Engländer – war mein Vater?«

»C'est ça. Gardiner und ich kamen ins Gespräch und verstanden uns so gut, dass wir uns fortan nie mehr aus den Augen verloren haben.«

»Seltsam, dass er Sie nie erwähnt hat ...«

»Wer weiß?« Du Gard zuckte mit den Schultern. »Vielleicht wollte er seine Tochter nur vor meinem Einfluss bewahren. Ich nehme es ihm nicht übel, denn an jenem Tag hat er mir – wie soll ich es bildlich ausdrücken? – den Allerwertesten gerettet.«

»Das war ziemlich bildlich«, bestätigte Sarah. »Warum waren diese Leute denn hinter Ihnen her? Geben Sie es zu, Sie haben die arme Frau nach Strich und Faden betrogen.«

»Keineswegs, *ma chère«*, antwortete du Gard unerwartet ernst, »ich habe ihr die Wahrheit gesagt, aber sie wollte sie nicht hören.«

»Nämlich?«

»Dass ihr Ehemann ein gern gesehener Gast in den Freudenhäusern dieser Stadt wäre und es nicht mehr lange dauern würde, bis er ihr Vermögen durchgebracht hätte.«

»Das haben Sie ihr gesagt?« Sarah hob die Brauen. »Kein Wunder, dass Sie Ihnen die Dienerschaft auf den Hals gehetzt hat.«

»Die Wahrheit, *ma chère*, ist ein zweischneidiges Schwert. Die meisten Menschen würden von sich behaupten, auf der Suche nach ihr zu sein, aber nur wenige können mit ihr umgehen. Denn wie ich schon sagte, erfordert es großen Mut.«

»Warum betonen Sie das immer wieder? Glauben Sie, dass ich auch nicht mit der Wahrheit umgehen kann?«

»Je ne sais pas«, gestand der Franzose offen. »Aber ich lasse mich gerne vom Gegenteil überzeugen.«

»Ich brauche Sie nicht zu überzeugen«, brachte Sarah in Erinnerung. »Mein Entschluss steht bereits fest. Ich werde alles daran setzen, meinen Vater zu finden.«

»Und dann?«

»Werde ich ihn warnen.«

»Und wenn das, was ich in meiner Vision gesehen habe, unabänderlich feststünde? Wenn es nicht mehr zu ändern wäre, was immer Sie auch unternehmen?«

»Selbst dann würde ich es tun«, antwortete Sarah voller Überzeugung. »Nach allem, was ich erfahren habe, kann ich nicht einfach nach England zurückkehren, verstehen Sie das nicht?«

»Ich verstehe durchaus, *ma chère«*, versicherte du Gard. »Ich wollte nur wissen, wie ernst es Ihnen damit ist.«

»Verdammt ernst«, betonte Sarah und ballte entschlossen die Faust, »und wenn es meinen Vater betreffend noch etwas gibt, das Sie mir zu sagen haben, dann bitte ich Sie inständig . . .«

»Non, ich habe Ihnen alles gesagt, was Ihr Vater mir aufgegeben hat«, wehrte du Gard ab und strich sich über sein bartloses Kinn. »Aber vielleicht kann ich Ihnen anders helfen . . .«

»Wie denn? Ich habe den ganzen Tag über recherchiert, ohne den geringsten Erfolg. Dieser Würfel gibt mir Rätsel auf. Er ist die einzige Spur, die mein Vater hinterlassen hat, aber ein Artefakt wie dieses habe ich noch nie gesehen.«

»In diesem Fall sollten sie vielleicht einfach abwarten.«

»Abwarten? Ist das Ihre ganze Weisheit?« Sarah schnaubte. »Ich habe keine Zeit zu verlieren. Mein Vater schwebt in Lebensgefahr, und ich werde nicht untätig abwarten, bis er . . .«

»Manche Rätsel pflegen sich von ganz allein zu entwirren, wenn die Zeit reif dafür ist«, wandte du Gard unbeirrt ein.

»Seltsam«, erwiderte Sarah, »genau das pflegt mein Vater auch immer zu sagen.«

»Und er hat recht damit«, meinte du Gard überzeugt. Damit griff er in die Innentasche seines Gehrocks, der nicht modisch schwarz, sondern aus königsblauem Damast geschneidert war, und zog ein Stück Papier hervor, das er vor Sarah entfaltete.

»Was ist das?«, wollte sie wissen.

»Das Titelblatt der Abendausgabe des ›Petit Parisien‹«, erklärte du Gard und legte ihr die Zeitungsseite hin.

»Und?«, fragte Sarah verständnislos. »Steht vielleicht etwas über meinen Vater darin?«

»Das nicht, aber ich dachte, dass dieser Artikel hier« – er deutete auf einen Bericht in der rechten Spalte – »Sie vielleicht interessieren würde ...«

»Tatsächlich?« Flüchtig las Sarah den Artikel. Ihr Französisch war gut genug, um den Inhalt sofort zu erfassen. »Vergangene Nacht wurde in den Louvre eingebrochen«, fasste sie zusammen. »Die Täterin war eine offenbar geistig verwirrte Frau, die in die Verwaltungsräume der altorientalischen Sammlung eingedrungen ist. Bei der Vernehmung durch die Polizei gab sie an, im Auftrag ihres Bruders gehandelt zu haben, der vor zwei Monaten einem Mordanschlag zum Opfer fiel.«

»Hm«, machte du Gard. »Eine rätselhafte Geschichte, *n'est-ce pas?*«

»Allerdings.«

»Und sie wird noch rätselhafter – denn vor just zwei Monaten wurde Pierre Recassin ermordet, seines Zeichens Kurator der altorientalischen Sammlung im Musée du Louvre.«

»Und?«

»Verstehen Sie nicht, was das bedeutet? Dass die ominöse Einbrecherin keine andere als Francine Recassin gewesen ist, die Schwester des Ermordeten.«

»Sie kennen die Dame?«

»Nur flüchtig. Aber raten Sie, wer sie mir einst vorgestellt hat.«

»Woher sollte ich das wissen?« Sarah zuckte mit den Schultern.

»Es war Ihr Vater«, ließ du Gard die Katze aus dem Sack – und zauberte damit Erstaunen auf Sarahs angespannte Züge.

»Mein Vater? Sie meinen, er kennt diese Leute?«

»Er hat sie mir vorgestellt, als wir vor ein paar Jahren Gäste bei einem Empfang im Museum waren, und wenn ich mich recht entsinne, bezeichnete er Recassin als seinen Freund.«

»Eigenartig«, flüsterte Sarah, die den Namen noch nie zuvor gehört hatte. Einmal mehr kam sie nicht umhin, sich einzugestehen, dass ihr Vater offenbar längst nicht alles mit ihr geteilt hatte. Noch vor ein paar Wochen hätte sie einen solchen Verdacht als lächerlich abgetan – inzwischen wusste sie nicht mehr, wie sie darüber denken sollte ...

»Der Mord an Recassin fand vor acht Wochen statt«, fuhr du Gard fort. »Genau zu dieser Zeit hielt sich auch Ihr Vater in der Stadt auf und übergab mir den Würfel.«

»Was wollen Sie damit sagen?«

»Ganz sicher nicht das, was Sie mir gerade unterstellen«, beschwichtigte der Franzose. »Natürlich kann all das« – er deutete auf die Zeitungsseite – »auch ein seltsamer Zufall sein, aber meine Erfahrung hat mich gelehrt, dass es Zufälle dieser Art nicht gibt.«

»Sie meinen, diese Frau – Francine Recassin – weiß etwas über meinen Vater?«

»In jedem Fall könnte es nicht schaden, sie danach zu fragen.«

»Möglich«, räumte Sarah nachdenklich ein, während große Servierwagen herangefahren wurden und man den nächsten Gang auftrug.

»Wie ich schon sagte.« Du Gard ließ sich eine frische Serviette umlegen. »Die meisten Rätsel entwirren sich dann, wenn die Zeit reif dafür ist, *n'est-ce pas?*«

»Es sieht ganz so aus.«

»Offenbar«, fügte der Franzose hinzu und bedachte Sarah mit einem durchdringenden Blick, »sind wir beide Pilger auf der Suche nach der Wahrheit. Vielleicht haben wir mehr gemeinsam, als uns bislang klar gewesen ist.«

»Vielleicht«, erwiderte Sarah nur – und lächelte.

7

Persönliches Tagebuch
Sarah Kincaid

Wie sich zeigte, besaß du Gard gut funktionierende Beziehungen zur Pariser Polizei, die es ihm ermöglichten, binnen kürzester Zeit herauszufinden, wohin Francine Recassin nach ihrer Verhaftung gebracht worden war.

Ich ertappe mich dabei, dass ich dem Treffen mit gemischten Gefühlen entgegenblicke. Möglicherweise erhalte ich Hinweise darauf, wo sich mein Vater gegenwärtig aufhält, und das Rätselraten um das mysteriöse Artefakt, das er für mich zurückgelassen hat, findet ein Ende. Andererseits ist Madame Recassin der lebende Beweis dafür, dass mein Vater mir einige Dinge verheimlicht hat. Was, so frage ich mich, wird noch zum Vorschein kommen, von dem ich nichts weiß? Wie vielen Menschen werde ich noch begegnen, die meinen Vater gut zu kennen scheinen und denen ich noch nie zuvor begegnet bin?

Bislang habe ich stets geglaubt, Vaters volles Vertrauen zu genießen und ihn besser zu kennen als jeder andere Mensch auf der Welt – aber je mehr ich über ihn herausfinde, desto mehr drängt sich mir der Verdacht auf, dass Vater ein zweites, mir unbekanntes Leben führt, dass es auch noch einen anderen Mann namens Gardiner Kincaid gibt, den ich nicht halb so gut kenne, wie ich stets geglaubt habe.

Ich schäme mich, es mir einzugestehen, aber ich fühle mich gekränkt. Natürlich liegt es mir fern, diese Empfindung über das Wohl meines Vaters zu stellen, aber ich kann sie nicht leugnen.

Immer wieder rede ich mir ein, dass Vater gute Gründe für sein Handeln hatte und dass diese Gründe alles erklären werden – aber was, wenn es solche Gründe nicht gibt?

Dies ist die geheime Furcht, die ich im Herzen trage und die ich vor allem vor du Gard zu verheimlichen trachte. Noch immer weiß ich nicht, was ich von ihm halten soll. Ist er tatsächlich das, was er von sich behauptet? Kann ich ihm wirklich trauen?

Noch kenne ich keine eindeutige Antwort auf diese Frage, aber da der exzentrische Franzose die einzige Hilfe ist, die sich mir bietet, kann ich es mir nicht leisten, sie abzulehnen.

Meine Überzeugungen beginnen zu wanken.

Veränderungen stehen bevor ...

Clinique St. James
Neuilly-sur-Seine
19. Juni 1882

Maurice du Gards Beziehungen wirkten wahre Wunder – schon tags darauf wurden Sarah Kincaid und er zu einem Besuch bei Francine Recassin vorgelassen.

Wenn Sarah jedoch geglaubt hatte, dass sie die Frau, die beim Einbruch in den Louvre auf frischer Tat gefasst worden war, in einem städtischen Untersuchungsgefängnis vorfinden würden, so war dies ein Irrtum. Stattdessen hatte man Madame Recassin in die geschlossene Abteilung der Anstalt von St. James in Neuilly-sur-Seine eingeliefert, einem westlichen Vorort von Paris.

Zu ihrem eigenen Schutz, wie es hieß ...

»Offen gestanden, ist es mir ein Rätsel, wie es Ihnen gelingen konnte, eine Besuchserlaubnis zu erwirken«, gestand Dr. Jean Didier, der zuständige Arzt, während er die Besucher durch die endlos scheinenden Korridore des Gebäudes führte. Didier war ein streng aussehender Gelehrter mit militärisch getrimmtem Schnauzbart und pomadisiertem Haar; die missbilligenden Blicke, die er durch die Gläser seiner Nickelbrille warf, ließen keinen Zweifel daran aufkommen, dass er nicht sehr erbaut über die Störung war. »Ich weise immer wieder darauf hin, wie wichtig für unsere Patienten die strikte Absonderung von der Umwelt ist.«

»Die Anstaltsleitung war so freundlich, Lady Kincaid zuliebe eine Ausnahme zu machen«, erklärte du Gard höflich, »und das wäre sicher nicht so, wenn es sich nicht um eine Angelegenheit von äußerster Dringlichkeit handeln würde.«

»Dennoch muss ich Sie ersuchen, sich kurz zu fassen«, mahnte Didier. »Patientin 87 befindet sich in einem äußerst labilen Zustand, der sich seit ihrer Einlieferung nicht verbessert hat.«

»Wie lautet die Diagnose?«, wollte Sarah wissen.

»Geistige Umnachtung«, erklärte der Mediziner lakonisch.

»Geistige Umnachtung? Nichts weiter?«

»Lady Kincaid.« Didier schenkte Sarah ein mitleidiges Lächeln. »Natürlich könnte ich Ihnen auch eine Aneinanderreihung lateinischer Fachbegriffe aufzählen, aber ich denke nicht, dass dies zu Ihrer Erhellung beitragen würde. Darüber hinaus bekommt man eine gewisse Routine, wenn man derart lange in diesem Metier arbeitet, wie ich das tue. Ich erkenne Wahnsinn, wenn ich ihn sehe.«

»Ist es bei Madame Recassin denn so schlimm?«

»Schlimm genug, um sie hier zu behalten – zu ihrem eigenen Schutz und dem der Menschen dort draußen.«

»Wie kam es dazu?«

Der Doktor blieb stehen und bedachte Sarah mit einem tadelnden Blick. »Haben Sie die Zeitungen nicht gelesen? Wissen Sie nicht, was sich vor zwei Monaten abgespielt hat?«

»Lady Kincaid hält sich erst seit einigen Tagen in Paris auf«, sprang du Gard ihr bei, noch ehe Sarah etwas erwidern konnte. »Und das meiste von dem, was hier auf dem Festland geschieht, dringt nicht bis ins ferne London. Ist es nicht so, meine Liebe?«

»Genauso ist es«, bestätigte Sarah. »Aber ich nehme an, der Doktor spricht vom Mord an Madame Recassins Bruder ...«

»Das tue ich allerdings.« Didier nickte, und sein Gesicht nahm einen despektierlichen Ausdruck an. »Diese Mörder kannten weder Gnade noch Rücksicht. Andernfalls hätten sie sich wohl damit begnügt, ihrem unglücklichen Opfer die Kehle durchzuschneiden und hätten sein Haupt auf den Schultern belassen.«

»Moment«, hakte Sarah ein. »Wollen Sie damit sagen, dass Recassins Mörder ihm den Kopf abgeschnitten haben?«

»Genau das, Lady Kincaid – und Patientin 87 war diejenige, die den Leichnam fand. Muss ich Ihnen immer noch erklären, weshalb diese arme Kreatur den Verstand verloren hat?«

»Nein«, räumte Sarah ein, während ihr ein kalter Schauder über den Rücken lief. »Aber warum ist sie in das Arbeitszimmer ihres Bruders eingebrochen? Was wollte sie dort?«

Didier seufzte. »Es ist die kennzeichnende Eigenschaft von Wahnsinn, dass er seine Opfer Dinge tun lässt, die für Außenstehende nicht nachzuvollziehen sind. Versuchen Sie niemals, einen vom Wahnsinn befallenen Menschen zu verstehen, Lady Kincaid – Sie würden darüber nur selbst den Verstand verlieren. In dem Augenblick, in dem Patientin 87 den enthaupteten Leichnam ihres Bruders erblickte, ist etwas in ihr zerbrochen. Etwas, das ihr Bewusstsein in einen dunklen Abgrund gestürzt hat, aus dem es bei allen Fortschritten, die die Medizin in den letzten Jahrzehnten gemacht hat, kein Zurück mehr gibt. Phillipe Pinel, der Gründer dieser Anstalt, hat bewiesen, dass Wahnsinn bis zu einem gewissen Grad heilbar ist – in diesem Fall können wir jedoch nicht mehr tun, als dafür zu sorgen, dass die Patientin keine Gefahr darstellt, weder für sich noch für andere. Habe ich mich deutlich ausgedrückt?«

»Vollkommen«, versicherte Sarah, die die herablassende Art des Mediziners nicht leiden konnte. Vielleicht weil sie sich dadurch an ihre Niederlage auf dem Symposion erinnert fühlte, vielleicht auch nur, weil Arroganz in jeder Form sie empörte.

Ohne noch weitere Fragen zu stellen, folgten Sarah und du Gard dem Arzt über eine breite Treppe, die vor einer Metalltür endete. Davor standen zwei kräftig aussehende Männer, die weiße

Kittel trugen und in deren Gesichtern grimmige Entschlossenheit zu lesen war.

»Guten Tag, *Monsieur le Docteur*«, grüßten sie beflissen, als die Besucher sich näherten. Weder erwiderte Didier den Gruß, noch hatte er sonst ein freundliches Wort für seine Untergebenen übrig. Mit einem energischen Nicken bedeutete er ihnen, die Tür zu öffnen.

Die Wärter kamen der Aufforderung umgehend nach. Geräuschvoll drehte sich der Schlüssel im Schloss, das mit metallischem Klicken aufsprang. Die Flügel der Pforte, deren Innenseiten mit dicken, schalldämpfenden Polstern beschlagen waren, schwangen auf – und eine wahre Flut an unheimlichen, bizarren Geräuschen brach schlagartig über die Besucher herein.

Es waren Schreie aus menschlichen Kehlen, auch wenn viele davon kaum noch etwas Menschliches an sich hatten; ein Kreischen, Brüllen und Krakeelen, wie es sonst wohl nur Tiere zustande brachten, dazu ein wütendes Stampfen und Klopfgeräusche auf Metall. Nur hier und da waren dem Gewirr Worte zu entnehmen, die freilich geistlos gefaselt waren und keinen Sinn ergaben. Über allem lag eine hohe Gesangsstimme, die das Konzert aus der Tiefe nur noch grässlicher erscheinen ließ.

»Claire Laroche«, erklärte Didier, noch ehe Sarah oder du Gard fragen konnten. »Eine einstmals berühmte Sopranistin.«

»Weshalb ist sie hier?«, wollte Sarah wissen.

Der Doktor lächelte freudlos. »Weil sie Stein und Bein schwört, mit Napoleon verheiratet zu sein, dem Kaiser der Franzosen.«

»Ein Fall von Wiedergeburt?«, erkundigte sich du Gard, und es schien ihm völlig ernst damit zu sein.

»Unsinn – die offensichtliche Manifestation eines kranken Gehirns«, antwortete Didier barsch. »Hören Sie, sind Sie sicher, dass Sie das wirklich wollen? Die geschlossene Abteilung ist kein Ort für zart besaitete Gemüter, wenn Sie mir die Bemerkung gestatten.«

»So zart besaitet bin ich nicht«, versicherte Sarah, auch wenn sie merklich blass geworden war und der üble Geruch, der ihnen aus dem kahlen, grell beleuchteten Korridor entgegenschlug, ihr fast den Magen umdrehte. Ein unbestimmtes Gefühl riet ihr, augenblicklich umzukehren und den Gang nicht zu betreten. Aber zum einen wollte sie sich vor dem Arzt keine Blöße geben, zum anderen war da die wenn auch schwache Aussicht, an Informationen über den Verbleib ihres Vaters zu gelangen ...

»Wie Sie meinen«, brummte Didier und trat ohne Zögern ein. Mit höflichem Lächeln ließ du Gard Sarah den Vortritt, dann erst folgte er selbst. Seine Züge waren dabei zur Maske erstarrt, gerade so, als müsste er sich gegen den Wahnsinn schirmen, der diesen Ort umgab.

Obwohl der fensterlose Korridor von elektrischen Glühbirnen beleuchtet wurde, die nackt und kahl von der gewölbten Decke hingen, war er so anheimelnd wie eine Gruft: Hohe gekachelte Wände begrenzten ihn zu beiden Seiten, in die grau gestrichene Metalltüren eingelassen waren. Darin waren winzig kleine, vergitterte Öffnungen, durch die Sarah hier und dort einen Blick auf die unglücklichen Insassen erhaschen konnte. Was sie sah, ließ sie nur noch mehr erschaudern.

Ausgemergelte, blasse Gesichter.

Augen, aus denen jede Vernunft gewichen war.

Vor Verzweiflung schreiende Münder.

Grässliche Bilder, die sich unauslöschlich in Sarahs Gedächtnis einbrannten. Zusammen mit dem beißenden Geruch von Äther, der die feuchtkalte Luft tränkte und sich mit dem Gestank von Fäulnis und Exkrementen mischte, bewirkten sie, dass ihr Magen nur noch mehr rebellierte und sich ein leises Ächzen ihrer Kehle entrang.

»Alles in Ordnung?«, raunte du Gard ihr zu.

»Ich denke schon. Es ist nur, dieser Ort ...«

»Ich weiß«, erwiderte du Gard, und sein Gesichtsausdruck verriet, dass seine Worte mehr waren als eine bloße Floskel.

»Hier sind wir«, verkündete Didier plötzlich und blieb vor einer der Zellentüren stehen. »Nummer 87.«

»Sind die Patienten denn nicht nach Geschlechtern getrennt?«, erkundigte sich Sarah.

»Natürlich – Frauen befinden sich auf dieser Seite des Ganges, Männer auf der anderen.« Der Doktor grinste. »Glauben Sie mir, Lady Kincaid – in ihrem Zustand sind diese armen Teufel kaum in der Lage zu erkennen, wo sie sich befinden, geschweige denn, so etwas wie Schamgefühl zu entwickeln.«

»Dennoch sollte man ihnen ihre Würde lassen, finden Sie nicht?«, fragte Sarah in einem Anflug von Trotz, der nicht so sehr dem Doktor selbst galt als vielmehr den Bedingungen, unter denen die Patienten hier leben mussten – dabei war die Anstalt von Neuilly noch bekannt dafür, besonders human zu arbeiten …

»Natürlich«, erwiderte Didier achselzuckend und winkte einen weiteren der weiß bekittelten Wärter herbei. »Ganz wie Sie meinen.«

Der Bedienstete, dessen hünenhafte Gestalt darauf schließen ließ, dass rohe Körperkraft an diesem Ort mehr gefragt war denn profunde medizinische Kenntnis, kam und öffnete die Zellentür. Quietschend schwang das eiserne Blatt auf und gab den Blick auf eine nur etwa zwei Yards im Quadrat messende Kammer frei. Durch ein vergittertes Oberlicht fiel fahles Licht, das lange Schattenstreifen auf die steinernen Bodenkacheln warf.

»Gehen Sie nur hinein«, ermunterte Didier Sarah und du Gard. »Falls die Patientin Anzeichen von Aggression an den Tag legen sollte, rufen Sie den Wärter.«

»Verstanden.« Sarah und du Gard wechselten einen Blick, dann betraten sie die Kammer, wobei sie sich bücken mussten, um sich am niederen Türsturz nicht die Köpfe zu stoßen.

Schummriges Halbdunkel herrschte im Inneren der kargen Bleibe, die Sarah mehr an eine Gefängniszelle als an ein Krankenzimmer erinnerte. Eine karge Pritsche diente als Schlafstätte, eine

Rinne im Boden dazu, die Notdurft zu verrichten. Die weiß getünchten Wände waren, zu Sarahs größter Verblüffung, von Zeichnungen übersät. Nicht das Gekritzel eines vom Wahnsinn Befallenen, sondern filigrane Kunstwerke, die Tiere, Gebäude und Personen abbildeten.

Die meisten waren mit Kohle gezeichnet, andere einfach in den Kalk geritzt worden; zusammen schienen sie eine Art Muster zu ergeben, eine Spiralform, die sich über alle vier Wände erstreckte und in deren Mittelpunkt die Bewohnerin der Zelle hockte: eine elend aussehende Gestalt in einem farb- und formlosen Kleid, die im hintersten Winkel der Kammer kauerte. Langes Haar fiel in schmutzigen Strähnen auf ihre schmalen Schultern, ihr Gesicht hatte sie hinter zitternden Händen verborgen. Als die drei Besucher eintraten, zeigte sie keinerlei Reaktion.

»Apathie ist kennzeichnend für Patienten in ihrem Zustand«, erklärte Dr. Didier und gab sich keine Mühe, leise zu sprechen. »Die überwiegende Zeit ist sie nicht ansprechbar. Sie sitzt einfach nur da und murmelt wirres Zeug.«

»Was ist mit den Zeichnungen?«, wollte du Gard staunend wissen. »Hat sie sie angefertigt?«

»Unglücklicherweise.« Didier machte ein betretenes Gesicht. »Anfangs hat sie die Bilder mit den bloßen Fingernägeln in die Wand gekratzt. Wir haben versucht, es ihr auszutreiben, aber daraufhin hat sich ihr Zustand so dramatisch verschlechtert, dass wir nachgeben mussten. Wir haben ihr Kohle gegeben.«

»Die Qualität der Zeichnungen ist erstaunlich«, bemerkte Sarah mit Blick auf die Darstellung eines Raubvogels, der unschwer als Falke zu erkennen war.

»Kein Wunder«, erwiderte der Arzt. »Patientin 87 hat an der Sorbonne Kunst studiert, ehe sie ... Ich meine, ehe all diese Dinge passiert sind.«

»Warum nennen Sie sie immer nur ›Patientin 87‹?«, fragte Sarah. »Sie hat einen Namen, oder nicht?«

»Glauben Sie mir, Lady Kincaid – innerhalb dieser Wände sind Namen ohne Bedeutung. Viele dieser armen Teufel wissen ja selbst kaum, wer sie sind – sollten wir uns da die Mühe machen, uns ihre Namen zu merken? Sprechen Sie mit Patientin 87, wenn Sie unbedingt wollen, aber ich sage Ihnen, Sie verschwenden damit nur Ihre Zeit.«

»Wir werden sehen«, entgegnete Sarah. »Würden Sie Monsieur du Gard und mich mit der Patientin allein lassen, Doktor?«

»Nichts lieber als das.« Der Arzt grinste säuerlich. »In diesem Fall ist es tatsächlich nur Ihre Zeit, die Sie verschwenden, und nicht meine. Guten Tag, Lady Kincaid. Monsieur du Gard.«

Mit einem Nicken verabschiedete sich Didier und verließ die Kammer, nicht ohne dem Wärter noch genaue Anweisungen zu erteilen, wie lange der Besuch im Höchstfall zu dauern und wie sich die Besucher zu benehmen hätten. Dann entfernte er sich. Man konnte hören, wie seine Schritte den Korridor hinab verklangen, bis sie schließlich in dem unheimlichen Chor untergingen, der jeden Winkel der Abteilung zu durchdringen schien.

Endlich waren sie mit der Patientin allein.

Beklommen blickte Sarah auf die zusammengesunkene Gestalt am Boden, und zu den zwiespältigen Gefühlen, die ihren Vater betrafen, gesellte sich noch ein weiteres: Mitleid ...

»Madame Recassin?«, erkundigte sich du Gard, während er behutsam näher trat. Die kauernde Gestalt, deren Gesicht die Besucher noch nicht zu sehen bekommen hatten, reagierte noch immer nicht.

»Madame Recassin, können Sie mich hören? Mein Name ist Maurice du Gard. Erinnern Sie sich an mich?«

Keine Antwort.

»Auch Ihr Bruder war dabei, wissen Sie nicht mehr? Ein gemeinsamer Freund hat uns einander vorgestellt ...«

Nicht nur, dass du Gard auch weiterhin keine Antwort erhielt – es war noch nicht einmal erkennbar, ob Francine Recassin seine

Worte überhaupt zur Kenntnis nahm. War sie so in ihre eigene Welt versunken, dass sie ihre Umwelt nicht mehr wahrnahm? Dass sie nicht mehr begriff, was um sie herum vor sich ging? Vielleicht, dachte Sarah beklommen, hat Dr. Didier recht gehabt, und es gibt tatsächlich nichts, das Francine Recassin noch für uns tun kann. Aber zumindest wollte sie nichts unversucht lassen ...

»Madame Recassin«, sagte sie deshalb leise, »mein Name ist Sarah Kincaid. Ich bin die Tochter von Lord Kincaid, der, wenn ich es recht verstanden habe, ein Freund Ihres kürzlich verstorbenen Bruders gewesen ist ...«

Sie unterbrach sich, um zu sehen, ob ihre Worte irgendeine Wirkung hervorriefen – aber noch immer kauerte die Patientin am gekachelten Boden, das Gesicht in den Händen, und rührte sich nicht.

»Ich weiß, wie seltsam das für Sie klingen muss, Madame Recassin, aber ich bin hier, weil ich Sie um Ihre Hilfe bitten möchte«, fuhr Sarah dennoch fort. »Mein Vater ist verschollen, und ich habe Anlass zu der Vermutung, dass er sich in großer Gefahr befindet. Ich möchte ihn warnen, aber dazu muss ich zunächst herausfinden, wo er sich aufhält – und da er vor rund zwei Monaten in Paris gewesen ist, zu einer Zeit also, da ihr Bruder noch lebte, hatte ich gehofft, dass Sie mir vielleicht etwas darüber sagen können ...«

Wieder eine Pause.

Noch immer keine Reaktion.

»Haben Sie meinen Vater gesehen? Bitte, Madame Recassin, es ist sehr wichtig für mich. Ich weiß, dass Sie Schreckliches erlitten haben, und Sie haben mein ganzes Mitgefühl. Aber falls Sie sich an etwas erinnern, so bitte ich Sie von Herzen, es mir zu sagen und nicht einfach ...« Sie verstummte resignierend, denn die Patientin gab ihr das Gefühl, gegen eine Mauer anzureden.

Entweder war Francine Recassin der Realität schon zu entrückt, um zu begreifen, was Sarah von ihr verlangte; oder aber sie wollte ganz einfach nicht antworten – in beiden Fällen waren die Aussichten, etwas über Gardiner Kincaid in Erfahrung zu bringen, mehr als gering.

»Es ist zwecklos«, seufzte Sarah enttäuscht. »Sie wird uns nicht helfen können.«

»Offenbar.« Du Gard nickte. »Der Doktor hatte wohl recht mit dem, was er sagte. Ihr Zustand scheint noch um vieles schlimmer zu sein, als ich es vermutet habe. Anfangs dachte ich, eine Regression könnte helfen, aber nun ...«

»Wovon sprechen Sie?«

»Hypnose«, antwortete du Gard wie selbstverständlich.

»Was denn?« Sarah schnitt eine Grimasse. »Wollen Sie die arme Frau den Cancan tanzen lassen?«

»Nicht doch. Sie sollten das, was ich auf der Bühne treibe, nicht mit ernsthafter Arbeit verwechseln. Es besteht die Möglichkeit, Menschen mittels Hypnose in eine Art Traumzustand zu versetzen, in dem sie sich an Dinge erinnern, die sie unter normalen Umständen längst vergessen haben.«

»Ist das Ihr Ernst?« Sarah wusste nicht, ob sie darüber spotten oder sich nur wundern sollte. »Und so etwas funktioniert?«

»Durchaus – allerdings kann die Regression nicht bei Patienten in labilem geistigem Zustand angewandt werden.«

»Warum nicht?«

»Weil die Hypnose schwerwiegende Schädigungen zur Folge haben könnte, und wir wollen schließlich nichts unternehmen, das Madame Recassin in irgendeiner Weise zum Nachteil gereichen könnte, richtig?«

»Ganz recht«, bestätigte Sarah, auch wenn es ihr nicht leicht fiel. Die Versuchung, durch du Gards Methoden doch noch an Informationen zu gelangen, die ihr dabei helfen konnten, ihren Vater zu finden und das Rätsel um sein Verschwinden zu lösen, war groß – aber natürlich war Sarah nur zu klar, dass du Gard recht hatte und dass auch Gardiner Kincaid keinesfalls gewollt hätte, dass sein Leben mit der geistigen Gesundheit eines anderen erkauft wurde.

»Wir werden uns also zurückziehen«, sagte du Gard entschieden und wandte sich bereits dem Ausgang zu.

»Sie wollen einfach gehen?«

»Natürlich – oder haben Sie einen besseren Vorschlag?«

Sarah dachte kurz nach, dann schüttelte sie den Kopf. Sie bedachte die reglose Patientin mit einem bedauernden Blick, murmelte ein Abschiedswort und wollte sich dann ebenfalls zum Gehen wenden – als sich eine leise Stimme vernehmen ließ, kaum mehr als ein Wispern.

»Wissen Sie, wo es ist?«

Sarah und du Gard blieben wie angewurzelt stehen. Noch immer hockte Francine Recassin bewegungslos am Boden, aber es war unleugbar, dass sie gesprochen hatte.

»Was?«, erkundigte sich du Gard. »Was haben Sie gerade gesagt?«

Einen Augenblick lang blieb es still. Dann ließ sich die wispernde Stimme erneut vernehmen. »Ich habe Sie gefragt, wo es ist.«

»Wo was ist?«, hakte Sarah nach – eine Antwort erhielt sie jedoch nicht. »Madame Recassin?«

Diesmal regte sich die kauernde Gestalt, wenn auch langsam und wie in Trance. Widerstrebend hob sie den Kopf, und unter Strähnen von aschblondem, verfilztem Haar lugte ein blasses Gesicht hervor, bei dessen Anblick Sarah schlucken musste. Nach allem, was du Gard ihr erzählt hatte, war Francine Recassin eine Frau in den frühen Vierzigern – diese Züge jedoch ähnelten denen einer Greisin, ausgemergelt, fahl und von Furchen durchzogen; die Lippen waren graue Striche, die in Panik starrenden Augen gerötet und von dunklen Rändern umgeben. Ohne Zweifel hatten sie Schreckliches mitangesehen ...

»Guten Tag«, sagte Sarah und rang sich trotz der Düsternis des Ortes ein freundliches Lächeln ab. Der Klang ihrer Stimme schien jedoch zu genügen, um die Züge der Patientin noch mehr zu verfinstern.

»Keine Angst«, fügte du Gard deshalb beschwichtigend hinzu, »wir sind Freunde. Wir wollen Ihnen nichts tun.«

»Wer hat Sie geschickt?«, tönte es mit brüchiger Stimme.

»Wie darf ich das verstehen?«

»Wie ich es sage. Wer hat Sie geschickt?«

Sarah und du Gard tauschten einen verwunderten Blick. In Francine Recassins Augen flackerte helle Panik, ihre Wortwahl und ihre Art zu sprechen deuteten jedoch nicht auf einen Menschen hin, der nicht mehr Herr seines Verstandes war ...

»Niemand«, entgegnete Sarah. »Wir sind in eigener Sache hier.«

»In was für einer Sache?«

»Das sagte ich bereits. Ich bin die Tochter von Gardiner Kincaid und auf der Suche nach ihm.«

»Lord Kincaid ist Ihr Vater?«

»Demnach kennen Sie ihn?«

»Er war ein Freund meines Bruders. Aber ich wusste nicht, dass er eine Tochter hat ...«

»In der Tat«, erwiderte Sarah und gab sich Mühe zu vertuschen, wie sehr Francines Worte sie trafen. Nicht nur, dass ihr Vater ganz offenbar ein Leben geführt hatte, von dem sie nicht das Geringste geahnt hatte. Er hatte in diesem Leben auch verheimlicht, dass er eine Tochter besaß ...

»Sie werden Ihren Vater nicht finden, Lady Kincaid.«

»Was soll das heißen?«, fragte Sarah. »Wissen Sie, wo er ist?«

»Er ist tot.«

»Was?« Sarah sog scharf die Luft ein, ihre Gesichtszüge wurden kreidebleich.

»Er ist tot«, bekräftigte Francine Recassin unbarmherzig, »genau wie mein Bruder.«

»Woher wissen Sie das?«, fragte du Gard anstelle von Sarah, die ob der grässlichen Neuigkeit um ihre Fassung rang.

»Ich weiß es.«

»Haben Sie seinen Leichnam gesehen?«

»Das war nicht notwendig.«

»W-was soll das bedeuten?«, erkundigte sich Sarah mit bebender Stimme.

»Ich weiß auch so, dass Lord Kincaid tot ist, denn er hatte *es* in seinem Besitz. Und wer *es* sein Eigen nennt, und wäre es nur für kurze Zeit, der findet ein grausames Ende, so ist es immer gewesen ...«

»Wer was sein Eigen nennt?«, wollte Sarah wissen.

»Das Erbstück«, drang es flüsternd zurück.

»Welches Erbstück?«

»Dieses hier.« Ohne sich vom Boden zu erheben, kroch Francine ein Stück weiter und gab den Blick auf jene Stelle der Wand frei, die sie bislang mit ihrem schmächtigen Körper verdeckt hatte.

Eine weitere Zeichnung kam so zum Vorschein, die, zu Sarahs größter Bestürzung, einen nur zu vertrauten Gegenstand abbildete – nämlich jenes Artefakt, das ihr Vater für sie hinterlegt hatte ...

Den geheimnisvollen Würfel!

Sarah erkannte, dass sie sich geirrt hatte: Die spiralförmig angeordneten Zeichnungen an den Wänden zentrierten sich nicht etwa um die Insassin der Zelle, sondern um die Darstellung des Kubus, um den sich alles andere zu drehen schien, und das im wörtlichen Sinn.

»Francine«, fragte sie und hatte Mühe, ihre plötzliche Neugier und ihre Aufregung zu zügeln, »haben Sie das gezeichnet?«

»Natürlich.«

»Demnach kennen Sie diesen Gegenstand?«

»Allerdings – er hat sich über viele Jahre im Besitz meiner Familie befunden.«

»Und jetzt nicht mehr?«

»Nein.«

»Wo ist er?«

»Das weiß ich nicht.« Francine Recassin lachte heiser auf. »Glauben Sie mir, wenn ich es wüsste, bräuchte ich meine Zeit nicht an diesem finsteren Ort zu verbringen.«

»War es das, was Sie suchten, als Sie in das ehemalige Arbeitszimmer Ihres Bruders eindrangen?«, erkundigte sich du Gard.

»Das spielt keine Rolle mehr.« Francine schüttelte den Kopf.

»Was, wenn wir Ihnen sagten, dass wir uns im Besitz des Würfels befinden?«

»Ich würde Sie für einen Lügner halten, *Monsieur*«, entgegnete Francine offen.

»Nicht, wenn ich es Ihnen beweisen könnte«, fügte Sarah hinzu, griff in die Tasche aus gewachstem Canvas, die sie am Riemen über der Schulter trug, und entnahm ihr einen schweren, in Ölpapier geschlagenen Gegenstand. Während sie ihn auswickelte, weiteten sich Francines Augen mehr und mehr, bis sie schließlich fast aus den Höhlen zu treten drohten.

»Das Erbstück«, flüsterte sie heiser, als Sarah ihr den Gegenstand hinhielt. Von jener apathischen Person, die völlig in sich selbst versunken und nicht ansprechbar war, schien nichts geblieben zu sein. »Woher haben Sie ihn?«

»Mein Vater hat ihn mir hinterlassen.«

»Ihr Vater? Aber dann ...« Francines schmale Augen blitzten, während sie angestrengt überlegte. »Ich verstehe«, flüsterte sie schließlich. »Pierre muss das Erbstück an Ihren Vater übergeben haben, als er an jenem Abend bei uns war ...«

»Wann ist das gewesen?«, wollte Sarah wissen.

»Vor etwa zwei Monaten. Bevor all diese schrecklichen Dinge geschahen, die ...« Sie unterbrach sich, als die Stimme ihr versagte und die Erinnerung an das erlebte Grauen sie zu überkommen schien.

»Hat mein Vater gesagt, weshalb er sich in Paris aufhielt? Oder wohin er anschließend wollte?«

»Nein. Aber er sprach davon, dass der Feind ihm auf den Fersen wäre – und dass es dieselben Leute seien, die auch Pierre und mich verfolgt hätten.«

»Was für Leute?«, fragte Sarah beklommen.

»Wer wohl?« Francine lachte grimmig auf. »Die Eigentümer des Erbstücks, seine früheren Herren.«

»Und seither haben Sie meinen Vater nicht mehr gesehen?«

»Nein.«

»Wie kommen Sie dann darauf, dass er tot ist?«

»Weil ich sein Gesicht an jenem Abend gesehen habe, Lady Kincaid. Weil ich die Furcht in seinen Augen sah. Und weil dieser Feind keine Gnade kennt, das hat er wenig später bewiesen.«

»Ich verstehe.« Sarah merkte, wie etwas ihr die Kehle zuschnürte. Als du Gard behauptet hatte, dass ihr Vater bei seinem Besuch in Paris einen verängstigten Eindruck gemacht hatte, hatte sie das für eine maßlose Übertreibung, wenn nicht gar für eine dreiste Lüge gehalten. Allmählich jedoch verdichteten sich die Hinweise darauf, dass der alte Gardiner sich mit Gegnern eingelassen hatte, die weitaus mächtiger waren als er selbst ...

Betroffen blickte Sarah auf den Würfel in ihrer Hand. Was auch immer ihren Vater beschäftigt hatte, es schien mit diesem Artefakt zusammenzuhängen. Je eher sie herausfand, worum es sich handelte, desto eher würde sie auch Antworten, ihren Vater betreffend, erhalten. Der Gedanke, dass ihm bereits etwas zugestoßen sein und jede Hilfe zu spät kommen könnte, brachte sie an den Rand einer Panik. Mit aller Macht redete sie sich ein, dass es nicht einen einzigen Beweis für Madame Recassins Behauptung gab, dass es die haltlosen Mutmaßungen einer Frau waren, die in der geschlossenen Anstalt saß. Allerdings machte Francine Recassin einen sehr viel weniger verrückten Eindruck, als es Sarah in dieser Sache recht gewesen wäre ...

»Was hat es mit dem Kubus auf sich?«, erkundigte sie sich direkt und blickte der Patientin dabei tief in die Augen.

»Ich weiß es nicht.«

»Sagten Sie nicht, er hätte sich lange Zeit im Besitz Ihrer Familie befunden?«

»Das sagte ich – aber das bedeutet nicht, dass ich seine Bedeutung kenne.«

»Wusste Ihr Bruder, was es mit dem Würfel auf sich hat?«

»Das nehme ich an.«

»Sie haben nie darüber gesprochen?«

»Nein, Lady Kincaid, und Sie sollten es auch nicht tun. Blut klebt an diesem Gegenstand. Von alters her haben Menschen gemordet, um in seinen Besitz zu gelangen, und viele sind einen grausamen Tod dafür gestorben, genau wie mein Bruder. Sie haben ihm das Haupt von den Schultern ...« Sie unterbrach sich, als der Schmerz sie überwältigte. Krämpfe schienen sie zu schütteln, und es hatte den Anschein, als ob sie weinen wollte, es jedoch nicht konnte; als ob ihre Tränen nach Wochen der Trauer endgültig versiegt wären.

»Es ist gut, Francine«, sagte du Gard leise. »Was immer gewesen ist, es ist vorbei.

»Das ist nicht wahr.« Sie blickte ihn an, der Ausdruck in ihren von wirrem Haar umrahmten Zügen wirkte noch gehetzter als zuvor. »Es geht weiter, begreifen Sie das nicht? Die Eigentümer des Erbstücks sind zurückgekehrt, und solange sie nicht bekommen haben, wonach sie suchen, werden sie weiter morden. Meinen Bruder haben sie bereits getötet, und wir werden die nächsten sein.« Nervös begann sie, an ihren Fingernägeln zu nagen.

»Wer?«, verlangte Sarah erneut zu wissen. »Wer sind diese Leute?«

»Ich weiß es nicht«, kam die leise Antwort, »aber sie sind alt, sehr alt.«

»Wie darf ich das verstehen?«

»In ihrem Besitz hat sich das Erbstück einst befunden, ehe es im Sturm der Zeit verloren ging – nun jedoch sind sie zurückgekehrt, um sich zu nehmen, was ihnen gehört. Sie sind in großer Gefahr, Lady Kincaid. Wenn Sie nicht wollen, dass Sie dasselbe Schicksal ereilt wie meinen Bruder, sollten Sie ihnen geben, wonach sie verlangen. Nur so können Sie Ihr Leben und das Ihres Vaters retten.«

»Nicht, solange ich nicht weiß, was es mit diesem Artefakt auf sich hat«, widersprach Sarah störrisch. »Mein Vater hat es bestimmt nicht ohne Grund für mich zurückgelassen.«

»Was gilt es Ihnen? Retten Sie Ihr Leben, solange sie noch können, und wenden Sie den Fluch, der auf uns allen lastet.«

»Was für ein Fluch?«

»Der Fluch, der jeden ereilt, der seine Hand an das Erbstück legt. Tod und Verderben folgen ihm, so ist es immer gewesen.«

»Madame Recassin«, sagte Sarah streng. »Ich glaube nicht an Flüche und abergläubischen Hokuspokus, sondern an den aufgeklärten Geist der Wissenschaft. Was Ihrem Bruder widerfahren ist, ist schrecklich, aber ich bezweifle, dass es mit einem antiken Fluch zu tun hat. Wenn jemand hinter dem Kubus her ist, dann aus guten Gründen – und ich bin sicher, dass diese Gründe höchst weltlicher Natur sind.«

»Wenn Sie meinen.« Francine lachte leise, während sie blicklos vor sich hin starrte. »Hätten Sie gesehen, was ich gesehen habe, würden Sie anders denken. Ich weiß nicht, wer diese Leute sind, aber ich habe gesehen, zu welcher Barbarei sie fähig sind. Und eines weiß ich bestimmt: Menschen tun so etwas nicht, Lady Kincaid.«

»Ich glaube, da irren Sie sich«, entgegnete Sarah.

»Als ich sah, was sie meinem Bruder angetan hatten, da bekam ich schreckliche Angst, denn ich wusste, ich würde die nächste sein«, hauchte die Patientin flüsternd und mit nur mühsam zurückgehaltener Hysterie. »Meine einzige Chance bestand darin, das Erbstück zu finden und es ihnen zu geben. Also setzte ich alles daran, es zu finden. Meine letzte Hoffnung bestand darin, dass mein Bruder es in seinem alten Arbeitszimmer versteckt hatte – ich konnte ja nicht wissen, dass er es Ihrem Vater gegeben hat. Als ich das Erbstück nicht finden konnte, unternahm ich alles, um an einen Ort zu gelangen, wo ich vor den Nachstellungen der Feinde sicher sein würde ...«

»Was?«, fragte du Gard verblüfft, der noch vor Sarah begriff, was Francine ihnen damit zu verstehen geben wollte. »Soll das heißen, Sie haben sich freiwillig einliefern lassen? Dass Sie Ihre Geisteskrankheit nur vorgetäuscht haben?

»Brillant, nicht wahr?« Sie lächelte. »Wahnsinn vorzugaukeln ist weit weniger schwierig, als man annehmen sollte. Sind die Ärzte erst einmal davon überzeugt, dass man den Verstand verloren hat, sehen sie alles, was man tut und sagt, in einem anderen Licht.«

»Aber das ist nicht richtig«, ereiferte sich Sarah, der allein der Gedanke, an diesem tristen Ort eingesperrt zu sein, schlicht unerträglich war. »Sie sollten sich nicht verstecken.«

»Was sollte ich denn Ihrer Ansicht nach stattdessen tun?«

»Herausfinden, was es mit dem Kubus auf sich hat, und den Mördern Ihres Bruders das Handwerk legen.«

»Ihnen das Handwerk legen.« Erneut lachte Francine, diesmal in unverhohlenem Spott. »Es klingt sehr einfach, wie Sie das sagen. Und so mutig und entschlossen – dabei sind Sie selbst von Angst erfüllt.«

»Ich fürchte um das Leben meines Vaters«, räumte Sarah ein, »das ist wohl wahr.«

»Das allein ist es nicht«, beharrte die Patientin. »Sie fürchten sich vor so vielen Dingen. Vor dem, was Sie sind, und vor dem, was Sie sein könnten. Vor dem, was Sie gesehen haben und noch entdecken könnten. Am meisten jedoch fürchten Sie sich davor zu versagen. Sie wollen sich und der Welt beweisen, wozu Sie fähig sind, und das Erbstück gibt Ihnen dazu Gelegenheit. Ist es nicht so?«

»Unsinn«, widersprach Sarah entrüstet. »Es geht mir nur darum, meinen Vater zu finden.«

»Wenn Sie das glauben, belügen Sie sich selbst. Ich blicke in

Ihre Augen, Lady Kincaid, und sehe darin denselben Glanz, den ich auch in den Augen meines Bruders gesehen habe – bis zu jenem Morgen, als ich sie blicklos fand und stumpf. Passen Sie auf, dass Ihre Neugier und Ihre Leichtfertigkeit Sie nicht das Leben kosten.«

»Keine Sorge, ich werde auf der Hut sein«, versicherte Sarah unterkühlt. »Wir alle haben Ängste, aber wir sollten uns ihnen stellen. Andernfalls« – sie blickte sich in der Zelle um – »macht es keinen großen Unterschied, ob Sie noch am Leben sind oder nicht.«

»Sie haben nicht gesehen, was ich gesehen habe«, konterte Francine. »Glauben Sie mir – es *macht* einen Unterschied. Und kommen Sie nicht auf den Gedanken, Dr. Didier mein kleines Geheimnis zu verraten – er würde Ihnen ohnehin nicht glauben.«

»Keine Sorge«, versicherte Sarah. »Wenn Sie unbedingt hier bleiben wollen, werden wir Sie nicht daran hindern.«

»Vielleicht werden Sie mich eines Tages besser verstehen. Bis dahin geben Sie auf sich Acht – denn der Wahnsinn ist näher, als Sie es sich vorstellen können.«

Sarah wusste weder, was Francine ihr damit sagen wollte, noch fiel ihr eine passende Erwiderung ein. Soweit es sie betraf, war alles gesagt. Sie hatte ihre Fragen gestellt und Antworten erhalten, auch wenn diese weniger üppig ausgefallen waren, als sie es sich erhofft hatte. Der dringende Wunsch, den düsteren Ort zu verlassen, erfüllte sie, also packte sie das Artefakt wieder ein und steckte es zurück in ihre Tasche, verabschiedete sich und wandte sich gemeinsam mit du Gard zum Gehen. Auf der Schwelle rief Francine sie jedoch noch einmal zurück.

»Eines noch ...«

»Ja?«, fragte Sarah.

»Mein Bruder hat mit mir kaum über das Erbstück gesprochen, deswegen kann ich Ihnen nichts über seine Bedeutung sagen. Aber Pierre pflegte zu sagen, dass Ozymandias das Geheimnis kennt. Hilft Ihnen das weiter?«

»Wir werden sehen«, erwiderte Sarah. »Danke.«

»Keine Ursache«, gab Francine zurück – und brach in hysterisches Gelächter aus, das von der hohen Decke und den bemalten Wänden widerhallte und voller Hohn und Spott über den Besuchern zusammenschlug. Sarah schauderte, während sie einen letzten Blick auf die elende Gestalt in ihrem grauen Kleid warf, die auf dem Boden hockte und sich das wirre Haar raufte – und hätte sie es nicht besser gewusst, hätte sie gesagt, dass dies tatsächlich das geistlose Lachen einer Wahnsinnigen war.

»Gehen wir«, raunte sie du Gard zu, der nicht weniger entsetzt zu sein schien als sie selbst. »Ich muss hier raus.«

Sie verließen die Zelle, worauf der Wärter die Eisentür hinter ihnen schloss und verriegelte. Das Gelächter von Patientin 87 verfolgte sie, bis es im allgemeinen Schreien und Zetern unterging – aber Sarah hatte das Gefühl, Francine Recassins keifendes Organ auch dann noch zu hören, als sie die Anstalt längst verlassen hatten und wieder in der Droschke saßen, die sie zurück nach Paris brachte.

»Was, zum Henker, war das?«, fragte Sarah wenig damenhaft.

»Wer weiß?« Du Gard zuckte mit den Schultern. »Ich denke, dass Madame Recassin sich auf einem schmalen Grat bewegt, zwischen Normalität und Wahnsinn. Verrückt, *n'est-ce pas?«*

»In der Tat«, knurrte Sarah. »Was sollte das ganze Gerede über meinen Vater und meine angeblichen Ängste? Wie kommt Sie dazu, so etwas über mich zu behaupten? Sie kennt mich nicht einmal.«

»Sehen Sie es ihr nach, Sarah. Sie ist ein armes Geschöpf, das einen geliebten Menschen verloren hat.«

»Dennoch sollte sie nicht vorschnell über andere urteilen. Und sie sollte sich nicht in einem dunklen Loch verkriechen.«

»Vielleicht werden Sie sie irgendwann besser verstehen«, gab du Gard zu bedenken, »wenn Sie ebenfalls einen schweren Verlust erlitten haben und sich am liebsten in einem dunklen Loch verkriechen würden.«

»Sprechen Sie von der Zukunft?«, fragte Sarah.

»Nein.« Du Gard schüttelte den Kopf. »Ich spreche von der Vergangenheit. Wie sehr die Menschen einander verstehen, hängt von den Erfahrungen ab, die sie machen.«

»Sie wussten es von Anfang an, nicht wahr?«

»Was soll ich gewusst haben?«

»Dass Francines Apathie nur gespielt war. All dieses Gerede über Hypnose und dass Sie nichts tun wollten, was ihr Schaden zufügen könnte – es diente nur dazu, ihr Vertrauen zu gewinnen.«

»Schuldig im Sinne der Anklage.« Du Gard lächelte. »Die Macht der Hypnose kann sehr nützlich sein – aber in diesem Fall war ein wenig Menschenkenntnis nicht weniger hilfreich.«

»Sie erstaunen mich immer wieder.«

»Darf ich das als Kompliment verstehen?«

»Wenn es Ihnen Freude macht.« Sarah erwiderte sein Lächeln. »In jedem Fall wissen wir jetzt, dass wir keinem Hirngespinst nachjagen. Bei diesem Würfel muss es sich um etwas sehr Wertvolles handeln, andernfalls würden Menschen nicht bedenkenlos dafür töten.«

»Das ist anzunehmen – allerdings erklärt es auch, weshalb Ihr Vater wollte, dass Sie mit dem Artefakt nach England zurückkehren.«

»In der Tat«, gab Sarah zu. »Nur hat Vater leider übersehen, dass es nicht meine Art ist, mich zu verstecken. Wenn Francine recht hat, sind die Mörder auch hinter ihm her.«

»*Oui*, und hinter uns ebenfalls«, fügte du Gard hinzu. »Sollten wir nicht die *sûreté* verständigen?«

»Und riskieren, dass das Artefakt beschlagnahmt wird und ich dadurch die einzige Verbindung verliere, die ich zu meinem Vater habe? Sie wissen genau, dass die Polizei im Dunkeln tappt, was Recassins Mörder betrifft – es gibt also keinen Grund, uns an sie zu wenden.«

»*D'accord*«, beugte sich du Gard Sarahs Argumenten. »Was wollen Sie stattdessen tun?«

»Weiter versuchen, herauszufinden, was es mit diesem Würfel auf sich hat«, meinte Sarah bestimmt. »Ich bin überzeugt davon, dass er uns nicht nur zu meinem Vater, sondern auch zu Recassins Mördern führen wird – hoffentlich in dieser Reihenfolge.«

»War Ihnen Madame Recassins Hinweis denn nützlich?«

»Nicht wirklich.« Sarah schürzte die Lippen. »Wenn ich mich recht entsinne, ist ›Ozymandias‹ die griechische Bezeichnung für den ägyptischen Pharao Ramses II., aber mir ist nicht klar, worin die Verbindung zu dem Kubus bestehen könnte.«

»Nun, immerhin ist es ein Hinweis auf Ägypten«, folgerte du Gard. »Möglicherweise hält sich Ihr Vater dort auf.«

»Wer weiß?« Sarah zuckte mit den Schultern und blickte gedankenverloren aus dem Seitenfenster der Droschke, an dem gedrungene Fachwerkhäuser vorüberhuschten. »Ägyptische Geschichte ist immerhin eines von Gardiners Fachgebieten. Allerdings bringt uns diese Vermutung nicht weiter, denn es gibt unzählige Ausgrabungsprojekte, an denen britische Archäologen ...« Sie hielt abrupt inne, wandte sich vom Fenster ab und schickte du Gard einen durchdringenden Blick.

»Was haben Sie?«

»Warum ist mein Vater nach Paris gekommen?«, fragte Sarah triumphierend. Das Beben in ihrer Stimme ließ vermuten, dass sie die Antwort bereits kannte.

»Nun – wegen des Würfels, nehme ich an.«

»Falsch. Wäre es so gewesen, hätte Vater sicher Vorbereitungen für die Übergabe getroffen. Recassin wusste, dass man ihm auf den Fersen war, folglich wäre es klüger gewesen, sich außerhalb der Stadt zu treffen, an einem geheimen Ort. Ich gehe also davon aus, dass Recassin sich spontan dazu entschlossen hat, Vater das Artefakt zu geben – wahrscheinlich, weil er es vor seinen Verfolgern in Sicherheit bringen wollte.«

»*Oui*, und ihr Vater hat es mir gegeben«, fügte du Gard sarkastisch hinzu. »Erinnern Sie mich, dass ich mich bei ihm dafür bedanke.«

»Vater wollte Ihr Leben sicher nicht gefährden«, beschwichtigte Sarah. »Ihm war wohl klar, dass man das Artefakt am allerwenigsten bei einem Varietékünstler vermuten würde.«

»Bei einem Varietékünstler?« Du Gard blickte beleidigt drein. »Haben Sie noch mehr solcher Komplimente parat?«

»Wenn schon – Vater hatte recht. Ihnen ist nichts zugestoßen.«

»*Non*, aber was nicht ist, kann ja noch werden – schließlich sind es inzwischen zwei Kincaids, die sich um mein Wohlergehen sorgen«, witzelte der Franzose. »Aber worauf wollen Sie hinaus?«

»Darauf, dass Vater nicht des Kubus wegen nach Paris gekommen ist«, antwortete Sarah. »Er könnte auch hier gewesen sein, um eine Expedition nach Ägypten vorzubereiten.«

»Was bringt Sie auf den Gedanken? Könnte Ihr Vater derlei Vorbereitungen nicht ebenso gut von London aus treffen? Schließlich verfügt das Britische Museum über eine nicht unbeträchtliche Sammlung, wenn ich recht informiert bin. Und auch die Privatbibliothek Ihres Vaters soll ausnehmend gut bestückt sein ...«

»Das ist sie«, räumte Sarah ein. »Dennoch gibt es hier in Paris etwas, das sich in diesem Umfang weder in Kincaid Manor noch in den Archiven des britischen Museums findet.«

»Und das wäre?«

»Landkarten«, eröffnete Sarah. »Als Napoleon 1798 sein Heer nach Ägypten führte, wurde er von einer ganzen Schar europäischer Künstler und Wissenschaftler begleitet, die das Land der Pharaonen in Karten und Skizzen erfassen sollten. Ein Großteil der Arbeiten wurde später als ›Description de l'Egypte‹ veröffentlicht. Dominique Vivant Denon jedoch, der französische Leiter der Kommission, begründete eine eigene Sammlung von Bild- und Kartenmaterial, das nie in vollem Umfang publiziert wurde und den Grundstock der ägyptischen Abteilung im Musée du

Louvre bildet. Obwohl Denons Zeichnungen und Skizzen mehr als achtzig Jahre alt sind, sind sie bis heute ein unverzichtbares Hilfsmittel für Archäologen.«

»Und Sie denken, dass Ihr Vater deswegen in Paris weilte?«

»Es wäre denkbar – und es lässt sich leicht überprüfen. Soweit ich weiß, führt die Bibliotheksverwaltung aus Furcht vor Diebstählen genaue Aufzeichnungen darüber, wer welche Karte zu welchem Zeitpunkt eingesehen hat.«

»Alors – dann sollte unser nächster Weg uns in den Louvre führen, *n'est-ce pas?«*

»Sind Sie sicher, dass Sie mich weiter begleiten wollen?« Sarah sandte du Gard einen ehrlich besorgten Blick. »Sie haben schon mehr für mich getan, als ich erwarten konnte, und ich möchte nicht, dass Ihnen meinetwegen etwas zustößt. Auch mein Vater würde das nicht wollen, unabhängig davon, was Sie ihm versprochen haben.«

»Da wäre ich mir nicht so sicher«, meinte du Gard und zwinkerte ihr schelmisch zu. »Ich bin Franzose, Sarah, kein Engländer. Sie sollten nicht alles wörtlich nehmen, was ich sage – ganz besonders nicht, wenn es dabei um Sie oder um Ihren Vater geht. Gardiner Kincaid hat mir einst geholfen, ich stehe in seiner Schuld. Außerdem habe ich ihm versprochen, ein Auge auf Sie zu haben, und das kann ich nur, wenn ich in Ihrer Nähe bin. Was immer Sie also zu tun beabsichtigen, ich bin dabei.«

»Schön«, erwiderte Sarah entschlossen, »dann also zum Louvre. Wir haben keine Zeit zu verlieren.«

»Sarah?«

»Ja?«

»Ihr Vater ist am Leben«, sagte du Gard leise. »Ich weiß es.«

Sarahs Blick verriet Überraschung. Einmal mehr kam sie sich durchschaut vor und hatte das Gefühl, ein offenes Buch zu sein, in dem der exzentrische Franzose nach Belieben lesen konnte.

War Maurice du Gard doch mehr als ein talentierter Aufschneider, der sich auf der Bühne ins rechte Licht zu setzen verstand? Es hatte den Anschein, und Sarah ertappte sich dabei, dass sie darüber nicht entsetzt oder erbost war, sondern auf seltsame Weise beruhigt.

»Danke, Maurice«, erwiderte sie.

8

PERSÖNLICHES TAGEBUCH
SARAH KINCAID

Sind wir auf der richtigen Spur?

Habe ich die richtigen Schlüsse gezogen?

Noch immer sind die Nachforschungen über den Verbleib meines Vaters ein Fischen im Trüben. Ich habe keine Ahnung, worauf ich mich eingelassen habe, aber ich beginne zu ahnen, dass sich hinter diesem Rätsel weit mehr verbirgt, als es zu Beginn den Anschein hatte.

Was hat es mit dem geheimnisvollen Würfel auf sich, dessentwegen Pierre Recassin getötet wurde? Sind jene, die ihn so grausam ermordeten, nun tatsächlich auch meinem Vater auf den Fersen? Oder vermuten sie längst, wo sich das Artefakt befindet, und haben sich schon an meine Fersen geheftet? Der Gedanke beunruhigt mich, zumal er mich vermuten lässt, dass ich in jener Nacht auf dem Montmartre doch nicht nur von den Schemen meiner Einbildung verfolgt wurde. Aber ich verdränge alle Bedenken, weil ich weiß, dass sie mir nicht helfen werden, meinen Vater zu finden.

Was ich davon halten soll, einen wahrsagenden Franzosen zum Beschützer zu haben, weiß ich noch immer nicht, aber je mehr Zeit ich mit Maurice du Gard verbringe, desto mehr erkenne ich, dass sich hinter seinem gekünstelten Gebaren und der Koketterie bezüglich seiner fragwürdigen Fähigkeiten ein äußerst kluger und empfindsamer Geist verbirgt. Ich beginne zu verstehen, weswegen Vater ihn zu seinen Freunden zählt, auch wenn ich nach wie vor nicht begreife, weshalb er mir nie von ihm erzählt hat.

Rätsel umgeben mich, Fragen, auf die ich keine Antwort kenne, und ich bin diesen Zustand leid. Ich hoffe, dass meine Recherchen in den Archiven des Louvre ein Ergebnis zeitigen werden, sodass ich nicht länger gezwungen bin zu warten. Denn zumindest in dieser Hinsicht hatte Francine Recassin recht. Warten zu müssen und zur Untätigkeit verdammt zu sein, macht mir tatsächlich Angst . . .

Archiv des Musée du Louvre, Paris
20. Juni 1882

Die Luft im Büro des obersten Archivars war trocken und zum Schneiden dick. Nichts deutete darauf hin, dass draußen früher Morgen war, denn durch die zugezogenen Vorhänge der Fenster drang kaum Licht. Inmitten von mit Büchern und ledergebundenen Folianten angefüllter Regale stand ein wahres Ungetüm von einem Schreibtisch, auf dem sich ganze Stapel von Formularen und immer noch weitere Bücher türmten. Dazwischen hockte ein kahlköpfiger Mann, der Hemd und Weste trug und dessen Haut die Farbe und Beschaffenheit von angegrautem Papier angenommen zu haben schien. Im Licht einer Gaslampe ging er eine Liste mit Eintragungen durch, wobei er leise vor sich hin murmelte – fündig wurde er dabei jedoch nicht.

»Es tut mir leid«, erklärte er, hob seinen Blick und schaute die beiden Besucher über die Ränder seiner halbmondförmigen Brillengläser an. »In dem von Ihnen beschriebenen Zeitraum hat niemand, der auf den Namen Gardiner Kincaid hört, die Kartensammlung benutzt.«

»Sind Sie ganz sicher?«, fragte Sarah ungeduldig nach.

Die ganze Nacht über hatte sie kaum Schlaf gefunden. Immer wieder hatte sie an das denken müssen, was sie von Francine Recassin erfahren hatte, und je länger sie darüber nachgedacht hatte, desto überzeugter war sie davon gewesen, auf der richtigen Spur zu sein.

»Teuerste.« Der Archivar setzte eine säuerliche Miene auf. »Als oberstem Leiter dieser Abteilung obliegt es mir, jeden Zugriff auf das hier gesammelte Kartenmaterial peinlich genau zu dokumentieren – und ich versichere Ihnen: Wenn es auf dieser Liste nicht verzeichnet ist, dann ist Ihr Vater auch nicht hier gewesen.«

»Ich verstehe«, sagte Sarah und konnte ihre Enttäuschung nicht verbergen. Die Steine des Mosaiks hatten gerade erst begonnen, sich zusammenzufügen – und nun stellte sich bereits heraus, dass ihre Annahmen falsch gewesen waren. Dabei war sie sich so sicher gewesen, dass Ihr Vater nicht nur des Kubus wegen nach Paris gekommen war ...

»Hat Gardiner möglicherweise einen anderen Namen benutzt?«, gab du Gard zu bedenken. Auch wenn der Wahrsager in seinem königsblauen Samtrock und seinem rüschenbesetzten Hemd einen etwas auffälligen Anblick bot, war Sarah froh über seine Gesellschaft – insgeheim hatte sie nämlich befürchtet, dass ihr der schlechte Ruf, den sie sich an der Sorbonne erworben hatte, bereits bis zum Louvre vorausgeeilt war. Zwar hatte sich diese Befürchtung als unbegründet erwiesen, dennoch war es für Sarah ein beruhigendes Gefühl, einen Freund an ihrer Seite zu wissen – auch wenn Sie sich lieber die Zunge abgebissen hätte, als du Gard dies zu gestehen ...

»Einen anderen Namen?« Sie hob die Brauen.

»Nach allem, was wir wissen, muss ihm klar gewesen sein, dass er verfolgt wurde – da läge es doch nahe, sich zu tarnen, *n'est-ce pas?«*

»Das ist allerdings wahr«, räumte Sarah ein – wenngleich sie sich nicht vorstellen konnte, dass sich ihr Vater hinter einem Pseudonym versteckt haben sollte. »Darf ich selbst einen Blick auf die Liste werfen?«, erkundigte sie sich deshalb. »Möglicherweise findet sich der eine oder andere Name, der meinen Verdacht erregt.«

»Bitte, wie Sie wünschen.« Ein wenig widerwillig drehte der Archivar die Liste herum, sodass Sarah sie von der Stirnseite des Schreibtischs her einsehen konnte. Offenbar vermutete er, dass Sarah an seiner Sorgfalt zweifelte und deshalb selbst nach ihrem Vater suchen wollte – entsprechend pikiert war seine Miene.

In Windeseile überflog Sarah die Einträge jener Tage, in denen ihr Vater sich nach den Berichten du Gards und Francine Recassins in Paris aufgehalten hatte. Der Name Gardiner Kincaid fehlte tatsächlich, dafür stieß Sarah auf eine andere Eintragung, die ihr Interesse erregte.

»Sieh an«, sagte sie leise.

»Schon fündig?« Du Gard trat vor.

»Nicht direkt. Aber ein gewisser Friedrich Hingis ist hier gewesen.«

»Ein Freund von Ihnen?«

Sarah lachte grimmig auf. »Wohl kaum. Hingis ist einer der schärfsten Konkurrenten meines Vaters. Er gehörte zu denen, die mir auf dem Symposion das Fell über die Ohren gezogen haben.«

»Ein unerfreulicher Zeitgenosse.«

»In der Tat.«

»Glauben Sie, dass ein Zusammenhang besteht?«

»Ich weiß nicht.« Sarah überlegte. »Hingis ist ein Schüler Schliemanns und gehört dem archäologischen Forschungskreis an. In dieser Eigenschaft ist es völlig normal, wenn er ... Moment mal!«

»Was ist?« Du Gard schaute sie fragend an. »Haben Sie einen Verdacht?«

»Eher eine vage Idee«, verbesserte Sarah. »An jenem Tag an der Sorbonne war Hingis ganz wild darauf, herauszubekommen, woran mein Vater gerade arbeitet.«

»Et quoi?«

»Nun ja – möglicherweise hat er meinen Vater in Paris gesehen. Vielleicht sind Sie sich ja hier in der Bibliothek über den Weg gelaufen, und Hingis hat vergeblich versucht, herauszufinden, was der Gegenstand von Vaters derzeitigen Forschungen ist. Das würde sein aggressives Auftreten an der Sorbonne erklären.«

»Peut-être«, räumte du Gard ein. »Allerdings ist es nur eine Vermutung. Ein Beweis dafür, dass Ihr Vater hier gewesen ist, ist das noch längst nicht.«

»Zugegeben«, gestand Sarah, die die Liste unterdessen weiter durchgegangen war und triumphierend auf einen weiteren Eintrag deutete. »Aber das hier ist ein eindeutiger Beweis.«

»Tatsächlich?«

»Am 4. April«, eröffnete Sarah, »hat ein gewisser Mortimer Laydon dem Kartenarchiv einen Besuch abgestattet.«

»Und? Kennen Sie den Monsieur?«

»Das will ich meinen.« Sarah nickte. »Dr. Laydon ist der beste Freund und engste Vertraute meines Vaters und überdies auch mein Patenonkel. Es kann kein Zufall sein, dass er sich just zur selben Zeit in Paris aufhielt wie mein Vater.«

»Sie meinen, Gardiner hat ihn um Hilfe gebeten?«

»Einen anderen Grund dafür, dass ein Leibarzt Ihrer Majestät der Königin ein Archiv für altes Kartenmaterial aufsucht, kann ich mir beim besten Willen nicht vorstellen«, erwiderte Sarah – und schlagartig verflog die Euphorie, die sie eben noch empfunden hatte, und machte Ernüchterung Platz.

So erfreut sie eben noch darüber gewesen war, dass ihre Vermutung wohl richtig gewesen und ihr Vater tatsächlich nach Paris gekommen war, um eine Expedition vorzubereiten, so sehr quälte sie nun eine nagende Frage: Wieso, in aller Welt, rief ihr Vater Mortimer Laydon zu Hilfe, wenn er in Schwierigkeiten war, und nicht sie? Wäre seine Tochter, die ebenfalls Archäologin war und die er selbst unterwiesen hatte, dafür nicht geeigneter gewesen?

Was hatte das nun wieder zu bedeuten?

Hatte der Mann, den sie mehr als alles andere auf dieser Welt liebte und dem sie stets bedingungslos vertraut hatte, sich von ihr abgewandt? Misstraute ihr Vater ihr? War das der Grund, weshalb er sie nach London geschickt hatte ...?

»Ich bin sicher, Ihr Vater hatte gute Gründe dafür«, sagte du Gard leise, für den ihre Gedanken einmal mehr ein offenes Buch zu sein schienen, sehr zu Sarahs Verdruss.

»Natürlich hatte er seine Gründe«, erklärte sie gereizt. »Oder glauben Sie, ein königlicher Leibarzt würde ohne einen triftigen Grund die weite Reise von London nach Paris auf sich nehmen?«

»*N-non*«, stammelte du Gard, der mit einem solchen Ausbruch nicht gerechnet zu haben schien. »Wie auch immer – Sie kennen Ihren Vater besser als ich.«

»So ist es«, bestätigte Sarah – und wünschte sich von Herzen, sich ihrer Sache wirklich so sicher zu sein.

»Diese Archivnummern«, sagte sie und deutete auf die entsprechende Spalte der Liste, »was haben sie zu bedeuten?«

»Das sind die Karten, die von Dr. Laydon eingesehen wurden?«, erklärte der Archivar.

»Um was für Karten handelt es sich dabei?«

»Lassen Sie mich nachsehen.« Die Nummern beständig vor sich hinmurmelnd, wandte sich der Mann einem dicken, ledergebundenen Verzeichnis zu, das er aufschlug und nach den entsprechenden Ziffern durchforstete. »Hier«, erklärte er schließlich. »Bei den betreffenden Karten handelt es sich um Pläne aus Alexandria.«

»Alexandria«, echote Sarah ebenso ehrfürchtig wie überrascht, während sie aus dem Hintergrund ihres Bewusstseins jenes Wissen abrief, das sie sich in der Bibliothek von Kincaid Manor angeeignet hatte.

Von Alexander dem Großen im Jahr 331 vor Christus gegründet, sollte die nach ihm benannte Stadt die Kapitale seines Reiches werden – eine Vision, die allerdings niemals Wirklichkeit wurde. Denn mit dem frühen Tod Alexanders im Jahr 323 zerfiel sein Reich, und seine Generäle lieferten sich blutige Kriege um die Nachfolge. Aus diesen Auseinandersetzungen gingen die Diadochenreiche hervor, deren reichstes unbestritten das Ägypten der Ptolemäer war, mit Alexandria als Hauptstadt. Über Jahrhunderte hinweg galt die Stadt als Zentrum des Handels und der Kultur, das in der antiken Welt seinesgleichen suchte, bis in die Zeit des Römischen Reiches Bestand hatte und mit dem großen Leuchtturm von Pharos eines der sieben Weltwunder sein Eigen nannte. Bis heute barg Alexandria unzählige Geheimnisse – und eben jene Geheimnisse gedachte Gardiner Kincaid offenbar zu lüften …

»Ist das die Antwort auf unsere Frage?«, erkundigte sich du Gard unbedarft. »Hält sich Ihr Vater in Alexandria auf?«

»Es sieht ganz danach aus.«

»Pourquoi? Was gibt es dort zu entdecken?«

Sarah sandte dem Franzosen einen amüsierten Blick zu. »Von Geschichte verstehen Sie nicht sehr viel, was?«

»Alors, ich …«

»Alexandria war nicht nur eines der Zentren der antiken Welt, es war auch ein Schmelztiegel der verschiedensten Kulturen und Einflüsse. Griechen, Ägypter, Perser, Juden – sie alle kamen nach Alexandrien, um dort Handel zu treiben und sich auszutauschen. Glaubt man den zeitgenössischen Quellen, so war es zugleich ein Hort der Kultur und des Lasters, unermesslicher Reichtümer und bedrückender Armut. Und über lange Zeit galt Alexandria als der fortschrittlichste Ort der Welt, an dem sich Moderne, Wissen und Kunst begegneten.«

»Klingt mir eher nach Paris«, erwiderte du Gard grinsend.

»Wenn Sie so wollen, war Alexanders Stadt das Paris der Antike«, räumte Sarah ein, »und wie immer, wenn solche Gegensätze an einem einzigen Ort zutage treten, sorgte das für …« Sie unterbrach sich, als ihr ein spontaner Gedanke kam. Rasch öffnete sie die leinene Tasche, die sie wie immer bei sich trug, und entnahm ihr den in Ölpapier eingeschlagenen Kubus. »Alexander«, flüsterte sie dabei, »natürlich, das ist die Lösung …«

»Was haben Sie?«, wollte du Gard wissen. »Ist Ihnen etwas aufgefallen?«

»In der Tat.« Sarah nickte. »Diese Buchstaben, die in den Würfel eingraviert sind, die ersten fünf des griechischen Alphabets …«

»Was ist mit ihnen?«

»Es ist das Alexandersiegel«, enthüllte Sarah, während sie das

Artefakt prüfend in ihren Händen drehte. »Jene Initialien, die Alexander einst in die Grundmauern Alexandrias meißeln ließ. ›Alpha‹ steht für den Namen Alexander, das ›Beta‹ für das griechische Wort *basileus*, was ›König‹ bedeutet. ›Gamma‹ steht für *genos*, das Wort für ›Königsgeschlecht‹, und ›Delta‹ für *theos*, das griechische Wort für ›Gott‹. ›Epsilon‹ schließlich steht nach Ansicht meines Vaters für *ergon*, den griechischen Ausdruck für ›Werk‹.«

»Nach Ansicht Ihres Vaters? Demnach ist er ein Spezialist auf diesem Gebiet?«

»Eigentlich nicht.« Sarah schüttelte den Kopf. »Die Geschichte Altägyptens und des Vorderen Orients sind seine Spezialgebiete, aber ich weiß, dass Alexandria ihn von jeher fasziniert hat. Die Stadt gibt der Archäologie unzählige Rätsel auf, die ...« Den Gedanken brachte Sarah zu Ende, den Satz jedoch nicht. Erschrocken schlug sie die Hand vor den Mund.

»Was ist?«, wollte du Gard wissen.

»Ich glaube, ich weiß, wonach Vater in Alexandrien sucht.«

»Tatsächlich?«

»Es sucht den ›Friedhof der Götter‹«, eröffnete Sarah tonlos, »jenen Ort, an dem sich der Überlieferung nach das Grab von Alexander dem Großen befinden soll.«

»Das Grab von Alexander? Wie kommen Sie darauf?«

»Es ist die Erfüllung eines alten Forschertraumes. Es geht darum, einen Mythos Wirklichkeit werden zu lassen. Hingis, dieser elende Ränkeschmied, hatte recht ...«

»Was soll das bedeuten?« Du Gard schüttelte den Kopf. »Ehrlich gesagt, verstehe ich kein Wort ...«

»Bei unserem Streit an der Sorbonne behauptete Friedrich Hingis, dass Vater noch keine Entdeckung vom Range Schliemanns gemacht hätte, und bedauerlicherweise hatte er recht damit. Der Vergangenheit ihre Mythen zu entreißen und sie zu einem Teil der Geschichte zu machen ist etwas, wovon jeder Archäologe träumt, aber nur sehr wenigen ist ein solcher Erfolg vergönnt.«

»Und das Alexandergrab ist ein solcher Mythos?«

»Allerdings.« Sarah nickte. »Über Jahrhunderte hinweg hat man vergeblich danach gesucht. Verschiedene Quellen deuten darauf hin, dass Alexanders Leichnam nach seinem Tod nach Ägypten gebracht und in einem eigens für ihn errichteten Mausoleum beigesetzt wurde, an einem Ort, den man ›Friedhof der Götter‹ nannte. Es existieren sogar Beschreibungen der Grabstätte, die sich angeblich unter einem großen Erdhügel befinden soll – gefunden wurde sie jedoch nie. Wenn es Vater gelingen würde, Alexanders Grab zu entdecken, hätte endlich auch er sein Troja gefunden und würde die Anerkennung bekommen, die er verdient.«

»Ich verstehe«, meinte du Gard. »Das würde auch erklären, weshalb die Grabung solcher Geheimhaltung unterliegt, nicht wahr? Gardiner hat Angst, dass ihm jemand zuvorkommen könnte.«

»In der Tat. Und es liefert auch einen möglichen Grund dafür, dass die Londoner Schatzkanzlei an der Grabung beteiligt ist – denn wenn man Alexanders Rolle in der Geschichte bedenkt und die Tatsache, dass seine letzte Ruhestätte noch von niemandem zuvor entdeckt wurde, so ist anzunehmen, dass sich dort unermessliche Reichtümer häufen.«

»Und Sie glauben, der Würfel steht damit in Zusammenhang?«, fragte du Gard, auf das Artefakt in Sarahs Händen deutend.

»Wer weiß?« Sie zuckte mit den Schultern. »Die Sache mit den Initialien kann jedenfalls kein Zufall sein.«

»Vielleicht haben Sie recht, und Pierre Recassin musste aus diesem Grund sterben«, überlegte du Gard. »Es wäre nicht das erste Mal, dass aus schnöder Gewinnsucht ein bestialischer Mord begangen wird.«

»Auch das ist wahr«, räumte Sarah ein, die im Lauf des Wortwechsels immer blasser geworden war. »Beunruhigt bin ich allerdings aus einem ganz anderen Grund.«

»Und der wäre?«

»Alexandria, Maurice! Lesen Sie keine Zeitung?«

»Mon dieu, Sie haben recht!« Maurice du Gards ohnehin nicht eben dunkle Züge wurden noch um einige Nuancen bleicher. »Der Aufstand in Ägypten, die Revolte Urabi Paschas ...«

»Vor rund einer Woche kam es in Alexandria zu blutigen Übergriffen auf alle Ausländer, die sich zu diesem Zeitpunkt in der Stadt aufhielten«, fügte Sarah hinzu. »Briten sollen wegen der Interventionsdrohungen unserer Regierung davon besonders betroffen gewesen sein. Ein Augenzeuge hat in der ›Times‹ von einem entsetzlichen Massaker berichtet, von Anarchie in den Straßen. Von allen Orten auf dieser Welt hat Vater sich ausgerechnet den unsichersten und gefährlichsten ausgesucht ...«

»Das muss nichts bedeuten«, wandte du Gard beruhigend ein.

»Diese Vision, von der Sie mir berichteten«, verlangte Sarah zu wissen, »dieser Wachtraum, nach dem Sie wussten, dass mein Vater in Lebensgefahr schwebt – wann hatten sie ihn? Und bitte sagen Sie die Wahrheit, Maurice ...«

»Lassen Sie mich kurz nachdenken.« Du Gard überlegte. »Ich stand an jenem Abend auf der Bühne, und es war kurz vor meinem Auftritt. Wenn ich mich recht entsinne, müsste es der Elfte des Monats gewesen sein.«

»Der elfte Juni?«

»Oui. Pourquoi?«

»Weil just an jenem elften Juni die Übergriffe in Alexandria stattgefunden haben«, erwiderte Sarah schaudernd. »Und erzählen Sie mir nicht, dass Sie nicht an einen Zusammenhang glauben.«

»Ob ich daran glaube oder nicht, spielt keine Rolle, *ma chère* – seit wann glauben *Sie* denn an Visionen und Wahrsagerei? Sagten Sie nicht selbst, das wäre alles nur Hokuspokus?«

»Das meiste davon, ja, das glaube ich noch immer«, verteidigte sich Sarah. »Aber wenn die Zeichen so eindeutig sind wie in diesem Fall ...«

»... kann es dennoch ein Zufall sein, wenn auch ein ziemlich eigenartiger, das gebe ich zu.«

»Sie sprechen von Zufall? Ausgerechnet Sie?«

»*Oui, ma chère*, und aus gutem Grund. In meiner Vision sah ich keine Unruhen. Und ich bin auch ziemlich überzeugt davon, dass es die Zukunft war, die ich sah, nicht die Gegenwart. Es spricht also viel dafür, dass Ihr Vater noch am Leben ist.«

»Ich hoffe es von ganzem Herzen – aber ich glaube es erst, wenn ich ihn mit eigenen Augen sehe.«

»Was soll das heißen?«

»Dass ich nach Alexandria reisen werde«, gab Sarah ebenso schlicht wie entschlossen bekannt.

»Sie wollen nach Alexandria?« Du Gard starrte sie fassungslos an. »Sagten Sie nicht soeben selbst, es wäre gegenwärtig der unsicherste und gefährlichste Ort dieser Welt?«

»In der Tat – und mein Vater befindet sich dort. Ich muss zu ihm.«

»*Ma chère*.« Du Gard holte tief Luft und legte sich seine Argumente zurecht. »*D'abord*, werden Sie Ihrem Vater sicher nicht dadurch helfen, dass Sie sich selbst in Gefahr begeben. *Ensuite,* würde er selbst ganz sicher nicht wollen, dass Sie um seinetwillen Ihr Leben riskieren. *Troisièmement*, hat er zweifellos gewusst, worauf er sich einließ und ist das Risiko ganz bewusst eingegangen.«

»Vielleicht«, gab Sarah zu. »Oder aber, er war so in seine Forschungen vertieft, dass er von den Ereignissen vor Ort völlig überrascht wurde. Möglicherweise war er auch zu sehr in Eile, um mitzubekommen, was in Alexandrien vor sich geht. Immerhin wurde er verfolgt . . .«

»*Oui*, auch das ist möglich. Aber ich glaube nicht, dass Sie zur Verbesserung seiner Lage beitragen, indem Sie sich Hals über Kopf in ein Abenteuer stürzen, dessen Ausgang völlig unabsehbar ist.«

»Wenn es Ihnen nicht gefällt, können Sie ja einen Blick in Ihre Glaskugel werfen«, schlug Sarah achselzuckend vor. »Vielleicht ist der Ausgang der Expedition dann ja ein wenig absehbarer. Und

Sie«, wandte sich Sarah auf Französisch an den Archivar, der noch immer hinter seinem Schreibtisch saß und dem in englischer Sprache geführten Gespräch mit großen Augen gefolgt war, »suchen mir bitte die Karten heraus, die auch Dr. Laydon angefordert hat.«

»Sehr wohl«, erwiderte der Grauhäutige und entfernte sich, offenbar froh darüber, dem Disput zu entgehen.

»Ich sagte Ihnen schon einmal, dass es sich um eine Kristallkugel handelt«, wies du Gard Sarah brüskiert zurecht, »aber ich brauche nicht erst hineinzusehen, um zu ahnen, dass diese Expedition in einer Katastrophe enden wird. Bleiben Sie hier, Sarah, ich beschwöre Sie!«

»Mein Entschluss steht fest, Maurice. Versuchen Sie gar nicht erst, ihn mir auszureden.«

»Warum wollen Sie nach Alexandrien? Um Ihren Vater zu retten, oder weil Sie um jeden Preis herausfinden wollen, ob er sich Ihnen gegenüber loyal verhalten hat?«

»Fangen Sie schon wieder damit an? Ich habe Ihnen bereits gesagt, dass Sie das nichts angeht.«

»Ach nein? Sie sind so leicht zu durchschauen, Sarah.«

»Inwiefern?«

»Ich weiß genau, was Sie denken. Allenthalben treffen Sie auf Menschen, denen Sie noch nie zuvor begegnet sind, die Ihren Vater aber gut zu kennen scheinen. Und er hat nicht Sie um Hilfe gebeten, sondern seinen alten Freund Mortimer Laydon. Das hat Sie verletzt.«

»Unsinn, ich ...«

»Wissen Sie, ich denke, dass Madame Recassin nicht Unrecht hatte mit dem, was sie sagte. Sie sind tatsächlich eine sehr ängstliche Frau, Sarah Kincaid. Sie würden lieber sterben, als sich eingestehen zu müssen, dass der Mann, zu dem Sie Ihr Leben lang wie zu einem Denkmal aufgeblickt haben, ein Mensch ist wie jeder andere.«

»Schweigen Sie«, verlangte Sarah streng.

»Das werde ich, *ma chère*, aber erst, wenn ich losgeworden bin, was ich Ihnen zu sagen habe. Überlegen Sie sich gut, wofür Sie Ihr Leben riskieren wollen – um eine Rettungsaktion zu starten, die Ihren Vater möglicherweise gar nicht retten kann, oder um Ihre Ängste und Ihre persönliche Eitelkeit zu befrie ...«

Weiter kam du Gard nicht– die schallende Ohrfeige, die Sarah ihm versetzte, unterbrach ihn mitten im Satz.

»Schweigen Sie!«, wiederholte sie energisch, und in ihren Augenwinkeln blitzten Tränen. »Ich habe Sie weder um Ihre Meinung noch um Ihre Kritik gebeten, Maurice.«

»*D'accord*, das haben Sie nicht.« Der Franzose rieb sich seine schmerzende Wange. »Aber ich kann es nun einmal nicht gutheißen, wenn jemand sein Leben aus den falschen Gründen wegwirft. Und ich bezweifle, dass Ihr Vater es gutheißen würde. Immerhin hat er angeordnet, dass Sie nach England zurückkehren sollen.«

»Und ich widersetze mich dieser Anordnung«, erklärte Sarah mit bebender Stimme. »Sie selbst haben mir gesagt, dass mein Vater in Lebensgefahr schwebt. Und nun, da ich weiß, wo er sich aufhält, soll ich ihm nicht zu Hilfe kommen? Sie können sagen, was Sie wollen, Maurice – aufhalten werden Sie mich damit nicht.«

»*Bien.*« Du Gard nickte. »Dann werde ich Sie begleiten.«

»Sie wollen mich ...« Sarah glaubte, nicht recht zu hören. Obwohl sie du Gard nun schon einige Tage kannte, steckte er für sie noch immer voller Überraschungen. »Warum?«

»Vielleicht, weil ich nicht tatenlos zusehen kann, wenn sich eine Lady in Gefahr begibt.«

»Darüber sollten Sie sich keine Sorgen machen – ich kann ganz gut auf mich aufpassen.«

»... vielleicht aber auch«, fuhr du Gard unbeirrt fort, »weil ich es liebe, von Frauen geschlagen und beschimpft zu werden.«

Sarah zögerte einen Moment, in dem sie du Gard mit einem

prüfenden Blick bedachte. »Sie werden es überleben«, sagte sie dann und lächelte. »Sie wollen also unbedingt mitkommen?«

»*Oui.*«

»Was ist mit dem Theater? Mit Ihrem Engagement?«

»Das wird wohl eine Weile ruhen. Wenn ich ehrlich sein soll, hatte ich ohnehin allmählich genug davon. Es soll Leute geben, die meine Darbietung auf der Bühne für reinen Hokuspokus halten.«

»Tatsächlich?« Sarah hob die Brauen. »Unvorstellbar.«

»Nicht wahr?« Du Gard lachte leise. »Einer Frau wie Ihnen bin ich noch nie zuvor begegnet, Sarah Kincaid.«

»Ist das ein Kompliment oder ein Vorwurf?«

»Beides«, gab du Gard unverblümt zu. »Sie würden jederzeit Ihr Leben riskieren, wenn es darum geht, auch nur einen Hauch von Wahrheit herauszufinden. Das ist selten geworden in diesen Zeiten, und es verdient Unterstützung. Außerdem«, fügte er mit charmantem Lächeln hinzu, »glaube ich, dass Ihre Aussichten, Ihr Ziel lebend zu erreichen, sehr viel größer sind, wenn ich Sie begleite.«

»Was bringt Sie darauf?«

»Meine Verbindungen werden uns von Nutzen sein. *Par exemple* kenne ich jemanden, der uns bei der Passage behilflich sein könnte.«

»Stellen Sie sich das nicht zu einfach vor – das wird keine Spazierfahrt. Als Reaktion auf das Massaker hat die britische Regierung eine Reihe von Kriegsschiffen in die Region entsandt. Ihr Befehlshaber Admiral Seymour hat den Auftrag, eine Blockade um den Hafen zu errichten – nach Alexandria zu gelangen wird also alles andere als einfach sein.«

»Dessen bin ich mir bewusst«, versicherte du Gard mit jungenhaftem Grinsen, während sie weiter auf die Pläne warteten – und ein grauhäutiger Archivar einer schattenhaften Gestalt Bericht erstattete.

Paris, unbekannter Ort
Etwas später

Inmitten drückender Schwärze, die von spärlich flackerndem Kerzenlicht nur mühsam zurückgehalten wurde, unterhielten sich zwei Stimmen. Die eine leise und kehlig, die andere sonor und mit einem fremdartigen Akzent.

»Nun?«

»Sie haben richtig vermutet. Kincaid hat den Codicubus seiner Tochter hinterlassen.«

»Ich wusste es.« Die kehlige Stimme lachte leise. »Warum nur sind jene, die für das Gute zu kämpfen glauben, stets so leicht zu durchschauen?«

»Ich weiß es nicht, Meister.«

»Natürlich nicht. Ihre Aufgabe ist es nicht, sich über derlei Dinge Gedanken zu machen – Sie sollen mir nur besorgen, was wir zur Durchführung unserer Pläne brauchen.«

»Das werde ich«, versicherte der andere.

»Das hoffe ich sehr. Und wann?«

»Der Zeitpunkt muss klug gewählt werden. Solange Kincaids Tochter sich in der Stadt aufhält, riskieren wir, entdeckt zu werden, wenn wir ihr den Codicubus mit Gewalt abnehmen. Die *sûreté* ist seit Recassins Tod wachsamer geworden.«

»Was schlagen Sie stattdessen vor?«

»Ich werde abwarten und sie im Auge behalten – früher oder später wird sich eine Gelegenheit ergeben.«

»Je früher, desto besser. Das Artefakt darf nicht in noch mehr fremde Hände gelangen. Sein Geheimnis muss gewahrt bleiben.«

»Dessen bin ich mir bewusst.«

»Was ist mit Kincaids Tochter? Wie viel weiß sie?«

»Ich werde es herausfinden und entsprechend verfahren. Die Erbin birgt beides, Nutzen und Gefahr.«

»Ihr Glaube in allen Ehren, aber ich will nicht, dass wir ein

Risiko eingehen. Ich verlasse mich auf Sie. Die *gesamte Organisation* verlässt sich auf Sie. Enttäuschen Sie uns nicht.«

Die sonore Stimme zögerte einen unmerklichen Augenblick. Dann verbeugte sich ihr Besitzer, ein hünenhafter Schatten, vor dem selbst der Schein der Kerze furchtsam zurückzuweichen schien.

»Das werde ich nicht, Meister ...«

9

Persönliches Tagebuch
Sarah Kincaid

Alexandrien also.

Bei allem, was ich inzwischen über meinen Vater herausgefunden habe, frage ich mich fast, weshalb ich nicht früher darauf gekommen bin. Nicht irgendein archäologisches Projekt ist es, das er unter dem Siegel strengster Geheimhaltung verfolgt, sondern sein alter Traum, von dem er mir erzählt hat, solange ich zurückdenken kann.

Dem Finder des Alexandergrabes, so hat Vater mir einst versichert, winken Reichtum im Überfluss und unvergänglicher wissenschaftlicher Ruhm. Zwar kann ich mir nicht vorstellen, dass Gardiner Kincaid es auf weltliche Güter abgesehen hat, auf akademische Anerkennung dafür jedoch umso mehr. Was für eine Genugtuung müsste es für ihn sein, als Entdecker eines der größten Rätsel der Antike gefeiert zu werden! Selbst Schliemanns Ruhm würde dagegen verblassen, und das Rennen der Konkurrenten wäre auf ewig entschieden.

Aber so sehr ich Vaters Beweggründe verstehe, so groß sind meine Zweifel. Weshalb, so frage ich mich, hat er mich nicht in seine Pläne eingeweiht? Warum hat er mir verschwiegen, dass er an der Verwirklichung seines Traumes arbeitet? Warum nahm er gar in Kauf, dass ich an der Sorbonne von seinen Gegnern gedemütigt wurde?

Bislang habe ich stets versucht mir einzureden, dass Vater dafür einen guten Grund gehabt haben muss. Je länger ich darüber nachdenke und je deutlicher das Rätsel zutage tritt, desto mehr glaube ich, diesen Grund inzwischen zu kennen.

Mein Vater traut mir nicht …

Hotel L'Ambassadeur
Quai de la Megisserie, Paris
21. Juni 1882

Das Foyer des Hotels, in dem Sarah Kincaid übernachtete, war ein weitläufiger Saal, der in barockem Prunk schwelgte. Vergoldeter Stuck und aufwendige Malereien zierten die Decke, die Wände waren mit großen Spiegeln beschlagen. An kleinen Tischen saßen Reisende und Geschäftsleute, die man in allerlei Sprachen parlieren hörte – hier schnappte Sarah einen Fetzen Englisch auf, dort einen Brocken Deutsch, während sich an einem weiteren Tisch vier gewichtig aussehende Herren auf Russisch unterhielten.

In ihrer Jugend hatte Sarah es geliebt, an Orten wie diesem zu verkehren; sie hatte sich dann vorzustellen versucht, woher all diese Menschen mit ihren fremden Sprachen kamen und wie es dort aussehen mochte. Und sie hatte sich vorgenommen, jedes einzelne dieser Länder zu bereisen und mit eigenen Augen zu sehen – ein Vorsatz, der freilich schwerlich einzuhalten war, noch dazu für eine Frau.

Die Enthüllungen der letzten Tage hatten allerdings gezeigt, dass Sarah zumindest eine weitere Reise antreten würde.

Ins ferne Alexandria ...

Für fünf Uhr – also genau zu jener Zeit, zu der man in Sarahs Heimat den Tee zu reichen pflegte – hatte Maurice du Gard sie zum Treffen mit dem geheimnisvollen Helfer bestellt, über den er im Vorfeld nichts weiter hatte verraten wollen.

Sarah hatte nicht angenommen, dass du Gard pünktlich sein würde, umso überraschter war sie, den eigenwilligen Franzosen zusammen mit einem anderen Monsieur bereits an einem der kleinen Tische sitzen zu sehen. Ihre Überraschung steigerte sich allerdings noch, als ihr klar wurde, dass sie den fremden Herrn kannte.

Es war kein anderer als der, der ihr in der Aula der Sorbonne die

Einladung zu du Gards Vorstellung überreicht hatte, damals, an jenem schrecklichen Tag ...

Die Herren erhoben sich, als sie Sarah kommen sahen. Der Tageszeit entsprechend, trug Sarah ein Kleid aus dunkelroter Seide, dessen Ärmel weit geschnitten waren und über die Ärmel der beigefarbenen Bluse fielen; ein fransenverzierter Schal aus ebenso beiger Seide komplettierte ihre Erscheinung. Du Gard war wiederum mit einer seiner bunten Samtjacken bekleidet, mit denen er in London fraglos Aufsehen erregt hätte, die hier jedoch niemanden zu stören schienen. In krassem Gegensatz zum illustren Äußeren des Wahrsagers stand sein Begleiter, der wie beim ersten Zusammentreffen einen schwarzen Gehrock trug, aus dessen Revers ein blütenweißer Kragen mit korrekt gebundener Schleife lugte.

»Schön, dass Sie hier sind, Sarah«, grüßte du Gard. »Wir haben bereits auf Sie gewartet.«

»Das ist wohl schwerlich möglich«, entgegnete Sarah ein wenig pikiert. »Monsieur, darf ich Ihre Aufmerksamkeit auf die aktuelle Uhrzeit lenken? Es ist exakt fünf.«

»Was habe ich Ihnen gesagt?«, wandte du Gard sich amüsiert an seinen Begleiter. »Britin durch und durch.«

»Es sieht ganz danach aus«, erwiderte der bärtige Mann, dessen Alter Sarah auf etwas über fünfzig schätzte. Er lächelte milde, während aus seinen Augen wieder jene Jugendlichkeit sprach, die Sarah schon bei ihrer ersten Begegnung aufgefallen war.

»Ich kenne Sie«, stellte sie fest. »Sie waren es, der mir die Einladung zum Varietébesuch überreicht hat, richtig?«

»Das stimmt.« Der Bärtige nickte. »Ich habe öfter an der Universität zu tun, deshalb bat mich Maurice um diesen Gefallen.«

»Vielleicht wäre dies der angemessene Zeitpunkt, um Sie einander vorzustellen«, meinte du Gard. »Jules – dies ist Lady Kincaid. Sarah – ich freue mich, Ihnen Jules Verne vorstellen zu dürfen.«

»Jules Verne?«, fragte Sarah nach, während sie verblüfft in die sympathischen Züge blickte, die ihr schon bei ihrem ersten Zusammentreffen seltsam vertraut erschienen waren. »*Der* Jules Verne?«

»Nun, es mag wohl sein, dass es noch mehr Menschen dieses Namens gibt, Lady Kincaid«, entgegnete der Vorgestellte und verbeugte sich höflich, »aber wenn Sie wissen möchten, ob ich jener Jules Verne bin, von dem allenthalben zu lesen ist, so muss ich Ihre Frage bejahen.«

»Jules Verne«, echote Sarah mit vor Staunen geöffnetem Mund und ließ sich in einen der goldbetressten Cordsessel fallen, worauf sich auch die Herren wieder setzten. »Der berühmte Schriftsteller ...«

»Auch ich freue mich, Ihre Bekanntschaft zu machen, Lady Kincaid.« Verne lächelte wieder.

»A-aber nein, die Freude ist ganz meinerseits«, versicherte Sarah stammelnd. »Ich meine, es ist mir eine Ehre. Wissen Sie, dass ich ›Die Reise zum Mittelpunkt der Erde‹ acht Mal gelesen habe? Das Buch war einer der Gründe dafür, dass ich Archäologin werden wollte.«

»Ich fühle mich geschmeichelt. Wenngleich es mich überrascht, dass eine junge Frau wie Sie ...«

»Ich habe alle Ihre Bücher gelesen«, versicherte Sarah begeistert. »Um ehrlich zu sein, konnte ich mit Romanen, die nur von Herzschmerz handeln, nie viel anfangen. Mich dürstete nach Abenteuern und exotischen Begebenheiten, und in Ihren Büchern fand ich beides zur Genüge. Allerdings hätte ich nie zu hoffen gewagt, Sie einmal persönlich kennen lernen zu dürfen.«

»Ich danke Ihnen, Lady Kincaid. Sie sind sehr großzügig.«

»Sarah«, verbesserte sie entgegen aller Etikette. Dass ausgerechnet jener Schriftsteller, den sie seiner Schöpferkraft und Erzählkunst wegen mehr bewunderte als jeden anderen, sie bei ihrem Adelstitel nennen wollte, erschien ihr unpassend. Zudem erinnerte sie Monsieur Verne in seiner besonnenen, ruhigen Art ein wenig an ihren Vater ...

»Sarah.« Er nickte und lächelte ihr zu. »Auch mir ist es eine Ehre. Maurice hat mir viel über Sie erzählt.«

»Davon bin ich überzeugt.« Sie sandte du Gard ein säuerliches Lächeln. »Und sicher nur Gutes.«

»Wohl kaum«, widersprach du Gard trocken.

»Glauben Sie Maurice kein Wort«, riet Monsieur Verne. »Hinter all dieser Dreistigkeit verbirgt sich ein wertvoller Freund.«

»Ich werd's mir merken«, versprach Sarah lächelnd. »Wie heißt es doch so schön? ›Sage mir, mit wem du gehst, und ich sage dir, wer du bist‹. Wenn der gute Maurice Freunde wie Sie sein Eigen nennt, kann es um seinen Charakter nicht so schlecht bestellt sein.«

»Sie schmeicheln mir«, entgegnete Verne.

»Oui, und sie macht mir ein Kompliment, während sie mich gleichzeitig beleidigt. Haben Sie das bemerkt, Jules?«

»Ich habe es bemerkt.« Der Schriftsteller lächelte wieder. »Sarah scheint wie ich jemand zu sein, der mit Worten umzugehen weiß. Und wir haben noch etwas gemeinsam.«

»Und das wäre?«, fragte Sarah wissbegierig.

»Dass wir bei den gelehrten Häuptern dieser Stadt beide nicht recht gelitten sind.«

»Wie darf ich das verstehen? Ich meine, ich verfüge weder über ein wissenschaftliches Studium noch über einen akademischen Grad, sodass es nicht weiter verwunderlich ist, dass man mich nicht anerkennt. Sie hingegen sind ein erfolgreicher und bekannter Schriftsteller, der sicher über einigen Einfluss verfügt und ...«

»Dennoch sind auch meinem Ehrgeiz Grenzen gesetzt«, versicherte Verne bescheiden. »Seit geraumer Zeit bemühe ich mich um Aufnahme in die Académie Française, aber allem Anschein nach gibt es Parteien, die einen Phantasten wie mich nicht im erlauchtesten wissenschaftlichen Kreis dieses Landes sehen wollen. Im nächsten Jahr will man endgültig über meinen Beitritt befinden, aber allem Anschein nach wird man meinem Ersuchen wohl eine Absage erteilen.«

»Das ist bedauerlich«, erwiderte Sarah, »und in höchstem Maße unverständlich.«

»Wie auch immer – Sie sehen, Sie befinden sich in bester Gesellschaft. Zumal Maurice mir berichtet hat, dass Sie bei einem speziellen Problem meine Hilfe benötigen.«

»Sie wollen uns helfen?«, fragte Sarah hoffnungsvoll.

»Soweit es mir möglich ist. Sie müssen wissen, dass ich dem guten Maurice – trotz der offensichtlichen Fehler, mit denen er behaftet ist – zu großer Dankbarkeit verpflichtet bin.«

»Inwiefern?«

»Nun, er hat seine Fähigkeiten freundlicherweise dazu benutzt, mir einige sehr aufschlussreiche Hinweise zu geben – Hinweise, die mir bei meiner Arbeit überaus nützlich gewesen sind.«

»Was wollen Sie damit sagen?«, fragte Sarah verblüfft. »Dass Sie beim Schreiben Ihrer Romane die Hilfe eines Wahrsagers in Anspruch genommen haben?«

»Das Geheimnis der Schriftstellerei besteht darin, gute Quellen zu haben und sie zu nutzen, Sarah«, erklärte Verne. »Zu meinem Freundeskreis gehören Geographen, Biologen und Ingenieure – und eben auch der gute Maurice, der mir dort weiterhilft, wo die Wissenschaft derzeit noch nicht weiterweiß.«

»Dann schildern Ihre Romane tatsächlich die Zukunft?«

»Eine *mögliche* Zukunft«, drückte Verne es ein wenig versöhnlicher aus. »Die Technik von heute in einem neuen Morgen.«

»Einen Flug zum Mond halten Sie also für durchführbar?«

»Nicht heute und wohl auch nicht in zehn Jahren. Aber irgendwann wird es so weit sein, dessen bin ich gewiss. Unsere Welt braucht Menschen mit Visionen, Sarah. Sie allein sind es, die die Entwicklung unserer Spezies vorantreiben.«

»Glauben Sie das wirklich?«, fragte Sarah.

»Sie etwa nicht?«

»Nun, ich stimme Ihnen zu, was Menschen mit Visionen angeht. Die moderne Welt braucht ihre großen Erfinder und Denker, ohne sie wäre kein Fortschritt möglich.«

»Dennoch entnehme ich Ihrem Tonfall, dass Sie Zweifel hegen.«

»Ein wenig.« Sarah nickte. »Offen gestanden, glaube ich, dass der Blick in die Vergangenheit mindestens ebenso wichtig ist wie jener in die Zukunft. Nur wenn die Menschheit aus den Fehlern der Geschichte lernt, kann sie sich weiterentwickeln. Oder, wie mein Vater es wohl ausdrücken würde: Nur was Wurzeln hat, kann wachsen.«

»Nun sehe sich einer das an«, meinte Verne. »Sie haben mir eine junge Engländerin mit wissenschaftlichen Ambitionen angekündigt, Maurice – und was bringen Sie mir? Eine Philosophin!«

»Bitte entschuldigen Sie«, erwiderte Sarah und errötete. »Ich wollte nicht belehrend wirken, das steht mir überhaupt nicht zu ...«

»Aber ganz im Gegenteil! Ein offenes Wort ist mir allemal lieber als die Heuchelei dieser blutarmen Gelehrten. Davon abgesehen, haben Sie vielleicht nicht Unrecht. Vielleicht sollte der moderne Mensch tatsächlich mehr auf seine Vergangenheit achten und versuchen, aus ihr zu lernen, statt sich in immer neue Unwägbarkeiten zu stürzen.«

»Ich bin überzeugt, dass dadurch manches Unrecht auf dieser Welt verhindert werden könnte«, bekräftigte Sarah.

»Damit könnten Sie recht haben – in Ihrem Fall allerdings scheint moderne Technik die einzig mögliche Antwort zu sein.«

»Wie darf ich das verstehen?«

»Maurice hat mir berichtet, dass Sie nach Alexandrien reisen möchten, und das möglichst unauffällig.«

»Das ist wahr.«

»Nun, infolge der aktuellen politischen Entwicklung, über die Sie zweifellos informiert sind, dürfte sich dies nur sehr bedingt bewerkstelligen lassen, zumal der Hafen von Alexandria von britischen Kriegsschiffen blockiert wird.«

»Ich weiß«, räumte Sarah ein, »deshalb habe ich an eine Schiffspassage nach Abusir gedacht. Dort würden wir uns einen ortskundigen Führer und Kamele mieten und die Reise auf dem Landweg fortsetzen.«

»Ich verstehe.« Verne schürzte die Lippen. »Ganz abgesehen von den Gefahren, die eine solche Reise birgt – wie viel Zeit würde der Umweg über Land Sie kosten? Drei Wochen? Vier?«

»Zweieinhalb, wenn alles glattgeht«, erwiderte Sarah grimmig.

»Zweieinhalb Wochen also.« Der Schriftsteller nickte. »Zweieinhalb Wochen, um die Ihre Ankunft in Alexandria sich verzögern wird. Zweieinhalb Wochen, die Sie vielleicht zu spät kommen werden, um Ihren Vater zu retten.«

»Monsieur Verne«, wandte Sarah ein, »mir ist durchaus bewusst, dass die Lösung nicht ideal ist, aber in Anbetracht der Bedingungen denke ich nicht, dass mir eine andere Wahl bleibt, als ...«

»Und wenn doch?«

»Wie bitte?«

»Gesetzt den Fall, es gäbe eine Chance, innerhalb weniger Tage auf dem Seeweg nach Alexandrien zu gelangen, ungeachtet der britischen Schiffe – würden Sie sie nutzen wollen?«

»Ohne Frage«, erklärte Sarah sofort, »aber eine solche Möglichkeit gibt es nicht.«

»Ich fürchte, da irren Sie sich, meine Teure«, entgegnete der Schriftsteller und tauschte einen vielsagenden Blick mit du Gard, der bereits eingeweiht zu sein schien. »Haben Sie jemals meinen Roman ›Zwanzigtausend Meilen unter dem Meer‹ gelesen?«

»N-natürlich«, bestätigte Sarah verblüfft. »Aber was hat das hiermit zu tun? Sie wollen doch hoffentlich nicht behaupten, dass ...«

Monsieur Verne sagte kein Wort, aber sein wissendes Lächeln sprach Bände.

»Wollen Sie mir allen Ernstes weismachen, es gäbe so etwas wie ein *Unterseeboot?*«, erkundigte sich Sarah voller Unglauben.

»Sagen wir, es gibt einen mir bekannten Ingenieur, dessen Arbeit mich beim Schreiben des Romans sehr inspiriert hat. Er hat etwas konstruiert, das die meisten Zeitgenossen wohl als wahres Wunderwerk der Technik empfinden würden ...«

»Sagen Sie es nicht«, bat Sarah ächzend.

»... nämlich ein Fahrzeug, das in der Tat in der Lage ist, sowohl über als auch unter Wasser zu reisen«, fuhr Verne fort, »ein ›Submarin‹, wie er es nennt.«

»Monsieur Verne«, sagte Sarah mit tadelndem Blick, »wie ich Ihnen schon sagte, bin ich eine große Bewunderin Ihrer Kunst – aber Sie sollten sich nicht über mich lustig machen.«

»Das tue ich nicht, Teuerste. Durchaus nicht.«

»Soll das heißen, Sie kennen *tatsächlich* jemanden, der ein Unterseeboot sein Eigen nennt?«

»Nicht nur sein Eigen.« Erneut spielte ein Lächeln um Vernes bärtige Züge. »Er hat es auch konstruiert und gebaut.«

»Aber ich dachte, Unterseeboote funktionierten nicht«, wandte Sarah ein. »Nach allem, was ich darüber gelesen habe, seien sie viel zu schwerfällig, um sich unter Wasser manövrieren zu lassen. Zudem gebe es Probleme mit dem Antrieb, von der Atemluft unter Wasser ganz zu schweigen. Angeblich gab es während des amerikanischen Bürgerkriegs einige Versuche, die allerdings sämtlich fehlgeschlagen sein sollen.«

»Sie sind erstaunlich gut informiert.« Verne nickte. »Es stimmt, dass sich die Unterseeboote sowohl der Konföderierten als auch der Union als nicht seetauglich erwiesen haben. Was Sie allerdings nicht zu wissen scheinen, ist, dass es einem Spanier namens Monturiol bereits lange vor dem Krieg gelungen ist, ein funktionstüchtiges Unterseeboot zu bauen, dem er den Namen ›El Ictineo‹ gab. Und in Italien wird schon seit Jahrhunderten nach Wegen gesucht, den Grund der Ozeane zu befahren – wie es heißt, war bereits Leonardo da Vinci im Besitz von Plänen für ein tauchfähiges Vehikel.«

»Das wusste ich tatsächlich nicht«, gab Sarah zu.

»Sie haben natürlich recht, wenn Sie auf die Schwierigkeiten beim Unterwasserantrieb sowie bei der Rückgewinnung von Atemluft hinweisen. Meine Landsleute Claude Goubet und Gustave Zédé, die seit einigen Jahren an der Entwicklung seetüchtiger Unterseeboote arbeiten, beschäftigen sich sehr intensiv mit diesen Problemen – von einer Lösung sind sie allerdings noch Jahre entfernt. Unserem wackeren Kapitän unterdessen ist es bereits jetzt gelungen, Antworten auf all diese Fragen zu finden. Und anders als die Figur in meinem Roman bedient er sich dabei nicht geheimnisvoller Kräfte, die im Inneren der Erde schlummern, sondern greift auf die Segnungen der Elektrizität und der chemischen Forschung zurück.«

»Unglaublich«, kommentierte Sarah.

»Allerdings«, pflichtete du Gard ihr bei.

»Unglaublich mag die Erfindung sein, aber sie ist so real wie Sie und ich.«

»Warum weiß dann niemand etwas davon?«, erkundigte sich Sarah, die noch immer skeptisch war.

»Lassen Sie mich mit einem Zitat Leonardo da Vincis antworten«, bat Verne. »Leonardo sagte, dass er sein Verfahren, unter Wasser zu bleiben, nicht öffentlich machen wolle, aufgrund der bösen Natur des Menschen, der es nur dazu nutzen würde, auf dem Grund des Meeres Morde zu begehen. Aus diesem Grund hält auch mein Bekannter seine Erfindung geheim. Die friedliche Erforschung der Meere ist sein Ziel, jedoch könnte das Submarin sehr leicht auch zu kriegerischen Zwecken eingesetzt werden.«

»Ich verstehe.« Sarah nickte. »Sie verdanken Ihrem Freund tatsächlich viel Inspiration, nicht wahr?«

»Das ist richtig – zumal ich von mir behaupten darf, schon an Bord seines Schiffes zu Gast gewesen zu sein.«

»Sie sind mit dem Submarin gereist?«, fragte Sarah verblüfft.

»Mehrmals.«

»Und?« In Sarahs Augen blitzte die Abenteuerlust. »Wie ist es gewesen?«

»Unheimlich«, entgegnete der Schriftsteller ohne Zögern, »und zugleich wunderbar. Die Welt der Tiefe ist so unberührt und jungfräulich wie vor Millionen von Jahren. Sie zu erforschen wird eine der großen Herausforderungen der Zukunft sein.«

»Und Sie glauben, mit Hilfe des Submarins wäre es möglich, unter den britischen Kriegsschiffen hindurchzutauchen und so trotz der Blockade ungehindert den Hafen von Alexandria zu erreichen?«

»Wenn ich das nicht glauben würde, Sarah, wäre ich nicht hier«, bestätigte Verne. »Als Maurice mir die Lage schilderte, war mir augenblicklich klar, dass nur jener befreundete Kapitän Ihnen würde helfen können, also habe ich ihm sofort telegraphiert.«

»Und?«, fragte Sarah gespannt.

»Er erwartet Sie in vier Tagen in einem kleinen Fischerdorf unweit von Marseille. Aufgrund der ungewöhnlichen Natur seiner Erfindung ist ihm daran gelegen, möglichst wenig Aufsehen zu erregen.«

»Das ist mehr, als ich erwarten konnte«, hauchte Sarah, die ihr Glück kaum fassen konnte. Neugier, Abenteuerlust und die Aussicht, viel früher nach Alexandrien zu gelangen, als sie ursprünglich geplant hatte, erfüllten sie mit Euphorie. »Wie kann ich Ihnen nur danken?«

»Erwähnen Sie mich in Ihren Memoiren«, erwiderte Verne schelmisch. »Ansonsten danken Sie nicht mir, danken Sie Maurice. Im Grunde war er es, der den Einfall hatte.«

»Danke«, sagte Sarah auch in du Gards Richtung und schickte ein Lächeln hinterher, das sich für alle Spitzen und abfälligen Bemerkungen der letzten Tage entschuldigte.

»Gern geschehen«, erwiderte der Wahrsager und revanchierte

sich mit einem verwegenen Grinsen. »Ich hatte Ihnen ja gesagt, dass ich einflussreiche Freunde habe.«

»Offensichtlich.« Sarah nickte. »Wann soll die Reise beginnen?«

»Schon morgen. Jules hat bereits alle Vorbereitungen getroffen. Der Zug, der uns nach Orléans bringen wird, verlässt den Gare d'Austerlitz am frühen Morgen. Von dort geht es weiter nach Marseille, wo wir bereits erwartet werden.«

»Verstanden.« Sarah nickte erneut.

»Nur eine organisatorische Frage gäbe es vorab noch zu klären«, wandte Monsieur Verne ein, und seinen errötenden Zügen war anzusehen, dass ihm das Thema unangenehm war.

»Nämlich?«, wollte Sarah wissen.

»Die Bezahlung der Passage«, eröffnete der Schriftsteller rundheraus.

»Nun«, erwiderte Sarah, »ich nehme an, dass eine derart ungewöhnliche Art der Fortbewegung einen gewissen Preis hat, aber natürlich bin ich gerne bereit, dafür aufzukommen.«

»Auch wenn dieser Preis zehntausend Pfund Sterling beträgt?«

»Zehntausend Pfund Sterling«, wiederholte Sarah und hatte Mühe, die Fassung zu wahren. »Das ist sehr viel Geld ...«

»Dessen bin ich mir bewusst«, versicherte Verne. »Und ich darf hinzufügen, dass ich persönlich keinen Vorteil aus der Vermittlung dieses Geschäftes ziehe. Allerdings hat jener mir bekannte Kapitän – wie soll ich es ausdrücken? – sehr klare Vorstellungen, was den Wert seiner Dienste angeht.«

»Offensichtlich«, bestätigte Sarah atemlos. »Der Jahresetat zur Verwaltung von Kincaid Manor beträgt gerade einmal zweitausend Pfund. Für zehntausend könnte ich andernorts ein Schiff kaufen.«

»Vielleicht – allerdings keines, das in der Lage wäre, unter dem Meer zu reisen«, wandte du Gard ein. »Und damit stünden wir wieder vor unserem alten Problem.«

»Das ist wahr.« Sarah nickte.

»Zudem sollten Sie erwägen, dass eine Reise wie jene nach Alexandrien mit unwägbaren Risiken verbunden ist«, fügte Verne hinzu. »Risiken, gegen die der Kapitän sich absichern will.«

»Das verstehe ich«, beteuerte Sarah, »und natürlich ist das Leben meines Vaters jeden Betrag wert. Die Sache ist nur, dass Monsieur mich überschätzen, wenn Sie mich oder meine Familie für so wohlhabend halten. Zwar wurde mein Vater von Ihrer Majestät Königin Victoria für seine Verdienste um die Wissenschaft geadelt und mit Ländereien in Yorkshire bedacht, jedoch werfen diese gerade genug ab, um Kincaid Manor zu unterhalten. Sein persönliches Vermögen hat Vater von jeher in wissenschaftliche Literatur und archäologische Expeditionen investiert. Seiner Auffassung nach sind dies gewinnbringendere Anlagen, als sein Vermögen zur Bank zu tragen und es einem – wie er es wohl ausdrücken würde – ruchlosen Geldhai in den Rachen zu werfen.«

»Ein wahrer Gelehrter.« Jules Verne lächelte. »Ihr Vater hat meine ganze Sympathie. Allerdings fürchte ich, dass er sich dadurch in eine böse Lage gebracht hat, denn ohne Bezahlung wird aus der geplanten Rettungsaktion nichts werden.«

»Ich könnte einen Wechsel unterschreiben«, schlug Sarah vor. »Nach seiner Rückkehr könnte mein Vater Ländereien verkaufen und seine Schuld auf diese Weise begleichen.«

»Wie ich schon andeutete, lebt jener Kapitän sehr zurückgezogen und nennt weder ein Bankkonto noch eine Postadresse sein Eigen. Schon aus diesem Grund ist die Zahlungsweise auf Bargeld limitiert.«

»Ich soll also innerhalb weniger Tage zehntausend Pfund Sterling auftreiben?«, hakte Sarah ungläubig nach.

»So ist es.«

»Wieso Pfund und nicht Francs?«

»Der Kapitän pflegt viel zu reisen. Er bevorzugt eine Währung, die auf der ganzen Welt Gültigkeit hat.«

»Und wenn ich diese Summe nicht beschaffen kann?«

»Dazu wird es nicht kommen«, sprang du Gard ihr bei. »Ich habe selbst einige Ersparnisse, die ich Ihnen leihen könnte.«

»Wie viel?«, wollte Verne wissen.

»Umgerechnet etwa achthundert Pfund.«

»Ich selbst habe etwa dreitausend Pfund, über die ich sofort verfügen könnte, zuzüglich weiterer zweitausend innerhalb einer Woche«, überlegte der Schriftsteller. »Aber ich fürchte, auch das wird nicht genügen, um unserer Freundin zu helfen.«

Betretenes Schweigen setzte ein. Während Maurice du Gard und Jules Verne beschämte Blicke wechselten, arbeitete es fieberhaft hinter Sarahs Stirn. Mit einer Präzision und Sachlichkeit, die sie von ihrem Vater geerbt zu haben glaubte, wog Sarah ihre Möglichkeiten ab.

Natürlich, sie konnte Vernes Angebot ausschlagen und zu ihrem ursprünglichen Plan zurückkehren, Alexandria auf dem Landweg anzusteuern, was freilich einen beträchtlichen Zeitverlust nach sich zog – Zeit, die Gardiner Kincaid vielleicht nicht mehr hatte. Bedauerlicherweise vermochte du Gard nicht zu sagen, wann seine Vision Wirklichkeit werden würde oder wie viel Zeit ihnen blieb, um dies zu verhindern. Aber der Gedanke, dass ihrem Vater etwas zustoßen könnte, nur weil sie nicht in der Lage gewesen war, für die Überfahrt aufzukommen, war Sarah unerträglich.

Sie wollte auf Monsieur Vernes Angebot eingehen – und sie war bereit, jeden Preis dafür zu zahlen.

In jeder Hinsicht …

»Ich danke Ihnen, meine Herren«, sagte Sarah deshalb gefasst, »aber ich fürchte, angesichts einer derart hohen Forderung werde ich gezwungen sein, mich anderweitig nach einer Lösung umzusehen.«

»Was wollen Sie tun? Einen Kredit aufnehmen?«, erkundigte sich Verne besorgt. »Tun Sie das nicht, Sarah, diese Leute sind eiskalt und berechnend. Sie werden nicht …«

»Keine Sorge, Monsieur. Das habe ich nicht vor.«

»Dann – wollen Sie aufgeben?«, fragte du Gard ungläubig. »Nach allem, was Sie herausgefunden haben? Wo Sie nun endlich wissen, wo sich Ihr Vater aufhält?«

»Von aufgeben habe ich ebenfalls nichts gesagt, werter Maurice«, entgegnete Sarah gelassen. »Vielmehr habe ich einen anderen Geldgeber im Blick. Jemanden, der ohne Frage über die entsprechenden Mittel verfügt und der nur allzu gerne bereit sein wird, sie mir zu geben.«

»Tatsächlich?« Du Gards Miene verriet Überraschung. »Und wer sollte das sein?«

»Das überlassen Sie getrost mir. Monsieur Verne, ich danke Ihnen für alles, was Sie für meinen Vater und mich tun wollen. Wir stehen tief in Ihrer Schuld.«

»Nicht doch«, erwiderte der Schriftsteller verlegen, »ich wünschte, ich hätte mehr für Sie tun können.«

»Das können Sie«, versicherte Sarah. »Dürfte ich Sie noch um einen letzten Gefallen bitten?«

»Natürlich – worum geht es?«

»Sie müssten Ihre Beziehungen zur Universität für mich bemühen – ließe sich das einrichten?«

»Ohne Frage.« Verne nickte. »Sagen Sie mir nur, was ich für Sie tun kann, und betrachten Sie es als bereits geschehen.«

»Danke, Monsieur Verne. Das ist sehr freundlich.«

»Warum?«, wandte du Gard ein, den eine hässliche Ahnung beschlich. »Was haben Sie vor?«

»Das werden Sie sehen, wenn es so weit ist«, wich Sarah aus.

»Sollten wir nicht wenigstens darüber reden? Ich meine, ich denke nicht, dass Ihr Vater ...«

»Mein Vater ist nicht hier«, stellte Sarah klar. »Was immer entschieden werden muss, habe ich allein zu verantworten.«

»Wie Sie meinen.« Du Gards hagere Gestalt straffte sich, sein Mund wurde zu einem schmalen Strich.

»Ich wäre Ihnen also sehr verbunden, Monsieur Verne«, wandte sich Sarah wieder an den Schriftsteller, »wenn Sie dem Kreis für Archäologische Forschung, der derzeit an der Sorbonne ein Symposion abhält, eine Nachricht zukommen lassen könnten, die ich rasch aufsetzen werde.«

»Weiter nichts?« Verne schaute sie fragend an.

»Nein, Monsieur – nur eine Frage hätte ich gerne noch beantwortet.«

»Nämlich?«

»Dieser Ihnen bekannte Kapitän, der Konstrukteur des Submarins ...«

»Was ist mit ihm?«

»Er scheint nicht gerade ein selbstloser Menschenfreund zu sein, oder irre ich mich?«

»Bedauerlicherweise«, antwortete Verne seufzend, »irren Sie sich nicht.«

»Sein Name lautet nicht zufälligerweise Nemo, oder?«, erkundigte sich Sarah und wusste selbst nicht, ob es ihr ernst damit war oder ob sie nur scherzte.

Das Lächeln im Gesicht des Schriftstellers verriet einmal mehr den Jungen, der sich hinter Jules Vernes angegrauten Zügen zu verbergen schien. »Nein, Sarah«, gab er offen zu. »Sein Name ist Hulot. Hectoire Hulot ...«

10

PERSÖNLICHES TAGEBUCH
SARAH KINCAID

Eine griechische Sage berichtet, wie der einfallsreiche Erfinder Daidalos aus der Gefangenschaft des kretischen Königs Minos entkam – nämlich indem er für sich und seinen Sohn Ikaros Flügel aus Federn und Wachs konstruierte, mit deren Hilfe sich beide in die Lüfte schwangen. Anfangs ging alles gut; Daidalos und sein Sohn entkamen ihrem Inselgefängnis, indem sie sich wie Vögel auf ihren künstlichen Flügeln durch die Lüfte bewegten. Dann jedoch missachtete der leichtsinnige Ikaros die Warnung seines Vaters, der Sonne nicht zu nahe zu kommen, und flog immer höher. So geschah, was geschehen musste: Das Wachs der Flügel schmolz, und Ikaros stürzte ins Meer, das fortan seinen Namen trug ...

Ich war noch ein junges Mädchen, als mein Vater mir diese Geschichte zum ersten Mal erzählte, aber schon damals hatte ich Mitleid mit dem armen Ikaros, dem seine jugendliche Unbekümmertheit zum Verhängnis geworden war – und bis zum heutigen Tage frage ich mich, ob ich es anders oder besser gemacht hätte.

Folge ich noch dem richtigen Kurs?

Beschreite ich noch das antike Ideal der goldenen Mitte zwischen Rettung und Verderben? Oder bin ich der Sonne bereits zu nahe gekommen und drohe die Errungenschaft meines Vaters zu verraten, wie einst der leichtfertige Ikaros es tat ...?

Chapelle Ste. Ursule
Sorbonne, Paris
Abend des 21. Juni 1882

»Sie sind mutig, das muss man Ihnen lassen.«

Als Sarah erneut jene Stimme hörte, die sie vor wenigen Tagen öffentlich bloßgestellt und erniedrigt hatte, kostete es sie einige Überwindung, nicht aufzustehen und die Kapelle zu verlassen. Sie atmete tief durch und zwang sich zur Ruhe, ehe sie sich umwandte und den Mann, der in der Sitzbank hinter ihr Platz genommen hatte, mit einem kühlen Blick bedachte.

»Sieh an«, sagte sie nur. »Ich hätte nicht gedacht, dass Sie persönlich erscheinen würden, Dr. Hingis.«

Der Schweizer, dessen Anzug so korrekt und dessen Haar so wirr war wie bei ihrer letzten Begegnung, lachte nur. »Warum nicht?«, fragte er dagegen. »Im Gegensatz zu Ihnen habe ich nichts zu verlieren. Sie sind es, die das Campusgelände widerrechtlich betreten hat, nicht ich.«

»*Monsieur*, wir befinden uns hier in der Universitätskapelle«, brachte Sarah spitz in Erinnerung und machte eine ausladende Handbewegung, die das ganze Gebäude einschloss, von der hintersten Bank bis zum Grab Richelieus, der in Ste. Ursule seine letzte Ruhestätte gefunden hatte. »Wollen Sie mir etwa zu verstehen geben, dass Ihr Verbot sich auch auf geweihten Boden bezieht?«

»Lassen wir das«, schlug Hingis vor, dem der Sinn nicht nach einem weiteren Schlagabtausch zu stehen schien. »Sprechen wir lieber über die Nachricht, die Sie uns haben zukommen lassen.«

»Wie Sie möchten.«

»Sie bieten mir also an, mich in das laufende Forschungsprojekt Ihres Vaters einzuweihen und mich an der Ausgrabung zu beteiligen?«

»In der Tat.«

»Ich dachte, Sie dürften nichts darüber verraten? Dass alles streng geheim wäre und Ihr Vater nicht einmal wüsste, dass Sie ihn in Paris vertreten?«

»Eine Lüge, um seine Interessen zu wahren«, erklärte Sarah knapp. »Sie werden zugeben, dass die wissenschaftliche Fachwelt einem Haifischbecken gleicht.«

»Wohl wahr.« Hingis nickte. »Wieso?«

»Wieso was?«

»Warum gerade ich?«, wurde der Gelehrte präziser, und der Blick der kleinen Augen, die durch die silberne Nickelbrille starrten, wurde stechend. »Warum unterbreiten Sie ausgerechnet mir diesen Vorschlag? Immerhin sind Ihr Vater und ich nicht gerade Freunde ...«

»Eine gute Frage.« Einmal mehr hatte Sarah Mühe, an sich zu halten. Natürlich hätte sie Hingis am liebsten ins Gesicht gesagt, was sie von ihm hielt; dass sie der festen Überzeugung war, dass er seinem ausgeprägten Hang zur Intrige weitaus mehr zu verdanken hatte als seiner wissenschaftlichen Brillanz und dass sie sich unter anderen Voraussetzungen lieber die Zunge abgebissen hätte, als mit ihm zu verhandeln. Aber hier ging es nun einmal nicht um sie, und es stand ungleich mehr auf dem Spiel als selbstsüchtiger Stolz ...

»Und bekomme ich auch eine Antwort auf diese Frage?«, hakte Hingis nach. »Weshalb bieten sie ausgerechnet mir, einem der schärfsten Konkurrenten Ihres Vaters, die Mitarbeit an?«

»Ich habe es Ihnen geschrieben«, erwiderte Sarah.

»Wegen des Geldes.« Der Schweizer grinste freudlos. »Zehntausend Pfund sind allerdings sehr viel Geld.«

»Das Gremium wird die Summe bewilligen«, war Sarah sicher, »wenn es dadurch Gelegenheit erhält, Einblick in die Arbeit Gardiner Kincaids zu bekommen.«

Hingis' Mundwinkel verzogen sich spöttisch. »Mit Verlaub, Madame – überschätzen Sie die Bedeutung, die ihr Vater innerhalb unserer Disziplin hat, nicht ein wenig?«

»Das denke ich nicht«, konterte Sarah, »und Sie denken es auch nicht, sonst hätten Sie ihm nicht nachspioniert und herauszufinden versucht, in welches Kartenmaterial er im Archiv des Louvre Einsicht genommen hat.«

»Was? Wer ...?« In Hingis' Zügen zuckte es, während er sich einen Augenblick lang zu fragen schien, woher Sarah diese Information hatte. »Lassen wir das«, sagte er dann. »Warum kommen Sie damit ausgerechnet zu mir? Jede Universität in England würde Ihnen das Geld geben, von den privaten Organisationen ganz zu schweigen.«

»Möglicherweise, Doktor. Aber zum einen reden wir hier nicht über ein Almosen, sondern über eine erkleckliche Summe. Zum anderen ist England weit entfernt, und ich brauche das Geld innerhalb von drei Tagen.«

»Innerhalb von drei Tagen?« Hingis stockte hörbar der Atem. »Weshalb so schnell?«

»In drei Tagen muss das Geld in Marseille bereitliegen«, beharrte Sarah, ohne die Frage zu beantworten. »Die Sache duldet keinen Aufschub.«

»Warum nicht?«

»Glauben Sie mir, Doktor, es wäre nicht gut für Sie, zu viel darüber zu wissen.«

»Sie versuchen, mir Angst zu machen«, stellte Hingis argwöhnisch fest. »Ich sage Ihnen voraus, dass Ihnen das nicht gelingen wird.«

»Das Wahrsagen sollten Sie Leuten überlassen, die etwas davon verstehen«, beschied Sarah ihm kühl. »Ob Sie sich fürchten oder nicht, ist Ihre Sache. Ich weiß nur, dass bereits Menschen gestorben sind, und ich will verhindern, dass es noch mehr werden, deshalb ist höchste Eile geboten.«

»Rührend, wirklich.« Hingis lächelte dünn. »Und so selbstlos, nicht?«

»Denken Sie, was Sie wollen. Geben Sie mir das Geld, und ich verspreche Ihnen, dass der Forschungskreis der bevorzugte Nutznießer der Expedition sein wird. Mein Vater wird die Ergebnisse seiner Grabung zuerst dem Gremium vorstellen, und er wird Sie als seinen Assistenten nennen. Eine Menge Anerkennung wird Ihnen damit zuteil, und Sie brauchen noch nicht einmal einen Finger dafür zu rühren. Das sollte Ihnen die Beschaffung von zehntausend Pfund wert sein, zumal Sie das Geld nach unserer Rückkehr bis auf den letzten Penny zurückerhalten werden.«

»Klingt gut«, gab Hingis zu. »Aber wer sagt mir, dass Sie die Wahrheit sagen? Immerhin haben Sie auch das Gremium belogen, und jeder hat Ihnen geglaubt.«

»Das war nicht weiter schwierig – Ihre Kollegen haben geglaubt, was Sie glauben wollten. Sie hingegen können frei entscheiden, ich zwinge Sie zu nichts.«

»Schön und gut, aber mit nichts in der Hand außer ein paar Andeutungen kann ich das Gremium nicht überzeugen, mir das Geld zu geben. Dazu reicht selbst mein Einfluss nicht aus.«

»Bescheiden wie immer.« Sarah nickte.

»Ich will zumindest einen Beweis«, verlangte der Schweizer. »Und ich will Fakten. Wo findet die Ausgrabung statt? Was hat Ihr Vater vor? Geben Sie mir einen handfesten Hinweis, und Sie bekommen das Geld, ich verspreche es Ihnen.«

Sarah taxierte den Gelehrten.

Sie war vorsichtig genug, um aufzuhorchen, wenn ein Intrigant wie Friedrich Hingis etwas versprach. Andererseits brauchte sie ihn; von allen Möglichkeiten, die sie erwogen und durchgespielt hatte, war ihr diese am aussichtsreichsten erschienen, und so weit sah es aus, als hätte sie recht gehabt. Dennoch war Sarah klar, dass sie vorsichtig sein musste. Wenn sie Hingis zu viel verriet, würde er nur zum Schein auf ihr Angebot eingehen, sich jedoch im letzten Moment anders besinnen und das Geld lieber dazu verwenden, sich selbst auf die Suche zu machen. Es galt, Hingis' Begehrlichkeit zu wecken und sich dabei selbst unentbehrlich zu machen …

»Also schön«, erklärte sie sich bereit und griff in ihre Leinentasche. »Sie sollen Ihren Hinweis bekommen.«

Unter den staunenden Augen des Gelehrten beförderte sie einen in Ölpapier gewickelten Gegenstand zutage, den sie auswickelte und zwischen Hingis und sich auf die Kirchenbank stellte.

»W-was ist das?«, erkundigte sich der Schweizer verwundert.

»Ein Artefakt«, antwortete Sarah nur. »Mein Vater hat es für mich zurückgelassen, und es hat mir den Weg zu ihm gewiesen.«

»Einen solchen Gegenstand habe ich noch nie gesehen.« Hingis berührte das Artefakt so vorsichtig, als befürchtete er, es könnte sich plötzlich in Luft auflösen. »Die Oberflächen sind rostbesetzt, aber völlig glatt. Eine wunderbare Arbeit.«

»Nicht wahr?« Sarah nickte.

»Wie haben Sie datiert?«

»Eine eindeutige Zuordnung war bislang nicht möglich«, gestand Sarah ein. »Die eingravierten Zeichen deuten auf einen antiken Ursprung hin. Der außergewöhnlich gute Zustand des Kubus und die Art, wie das Metall bearbeitet wurde, lassen hingegen an das späte Mittelalter denken.«

»Ein Rätsel«, flüsterte Hingis, auf dessen Oberlippe sich kleine Schweißperlen gebildet hatten, so sehr schien ihn das Artefakt in seinen Bann zu schlagen.

»In der Tat.«

»Dieses Symbol hier« – er deutete auf das Oval – »könnte hethitischen Ursprungs sein.«

»Wahrscheinlicher noch ist es assyrischer Herkunft«, entgegnete Sarah. »Ich habe Vergleiche zu Siegeln aus Ninive angestellt. Allerdings kenne ich seine Bedeutung nicht.«

»Und die Zeichen?«

»Das sind griechische Buchstaben«, erklärte Sarah trocken.

»Das sehe ich auch«, zischte Hingis beleidigt. »Aber was haben sie zu bedeuten? Wofür stehen sie?«

»Sie bergen einen Hinweis auf die Herkunft des Würfels.«

»Wie darf ich das verstehen?«

»Im Grunde ist die Lösung des Rätsels ganz einfach. Stellen Sie sich die fünf Buchstaben alphabetisch geordnet vor, nicht in Metall graviert, sondern in Stein gemeißelt, und dann fügen Sie …«

»Nein!«, rief Hingis so laut, das es von der Decke der Kapelle widerhallte und eine junge Frau, die am Altar der Heiligen Ursula eine Kerze entzündet hatte, aufgeschreckt herüberblickte. »Das kann nicht sein. Das ist nicht möglich …«

»Es ist möglich«, versicherte Sarah mit gedämpfter Stimme.

»Das Alexandersiegel«, hauchte der Schweizer voll wissenschaftlicher Ehrfurcht. »Soll das etwa heißen …?«

»Ganz recht«, bestätigte Sarah gelassen. »Nach allem, was ich weiß, befindet sich mein Vater auf der Suche nach dem Alexandergrab – und Sie, Doktor, haben damit die Möglichkeit, nach der Ausgrabung Trojas an einer weiteren großen Entdeckung in der Geschichte der Archäologie teilzuhaben, wenn nicht der größten überhaupt.«

»Das Grab Alexanders des Großen«, flüsterte Hingis, und Sarah entging nicht das begehrliche Flackern in seinen Augen. »Ich erinnere mich, dass Ihr Vater vor einigen Jahren einen Vortrag darüber gehalten hat, aber niemand hat ihn wirklich ernst genommen …«

»Ein Fehler«, konterte Sarah. »Also, wie steht es, Doktor? Wollen Sie sich in die Annalen der Wissenschaft eintragen? Wollen Sie Ihren Namen unsterblich machen? Dann willigen Sie in die Abmachung ein. Sie werden es nicht bereuen.«

»Was, wenn doch?« Hingis zögerte. »Was, wenn Sie mich in eine Falle zu locken versuchen?«

»Monsieur, nicht jeder ist so verschlagen wie Sie. Außerdem bin ich sicher, dass Sie für diesen Fall bereits einen Plan in der Tasche haben. Nach allem, was gewesen ist, wird es Ihnen ein Leichtes sein, meinen Vater und mich vor der Fachwelt zu diskreditieren. Sie haben also nichts zu verlieren – wir hingegen alles.«

Hingis' von wirrem Haar umgebene Stirn legte sich in Falten, und er schien angestrengt nachzudenken. »Ich werde Ihnen sagen, wie wir es machen«, verkündete er schließlich. »Mir missfällt der Gedanke, dass Sie sich mit zehntausend Pfund aus dem Staub machen. Nach allem, was ich über Sie weiß, sind Sie mir nicht vertrauenswürdig genug, um Ihnen eine solche Summe anzuvertrauen. Ich werde Sie also begleiten.«

»Auf keinen Fall«, lehnte Sarah ab. »Das kommt nicht in Frage.«

»Über diesen Punkt wird nicht verhandelt«, stellte Hingis klar. »Überlegen Sie es sich, Lady Kincaid. Wenn Sie das Geld wirklich so dringend brauchen, wie Sie behaupten, willigen Sie ein. Andernfalls werde ich es zutiefst bedauern, dass Sie abermals meine Zeit verschwendet haben.«

Erneut hatte Sarah Mühe, sich zu beherrschen. Alles in ihr verlangte danach, Hingis für seine Dreistigkeit zurechtzuweisen und ihm wenig damenhaft, dafür aber umso bildhafter zu verstehen zu geben, was er mit den zehntausend Pfund anstellen könne. Aber sie war nun einmal auf seine Hilfe angewiesen.

Es war eine unheilige Allianz, die Sarah eingegangen war. Auf dem eingeschlagenen Pfad gab es keinen Weg zurück.

Nicht mehr ...

Dass Hingis, den sie für einen reinen Hörsaalgelehrten gehalten hatte, darauf bestehen könnte, selbst an der Expedition teilzunehmen, hatte Sarah nie ernsthaft erwogen. Es verkomplizierte die Dinge und machte die Situation noch verworrener – aber es war die einzige Möglichkeit, rasch nach Alexandria zu gelangen.

»Also schön«, erklärte sie sich zögernd bereit und bedachte Hingis dabei mit einem scharfen Blick. »Aber wir werden getrennt nach Marseille reisen.«

»Aus welchem Grund?«

»Wie ich schon andeutete, gibt es noch weitere interessierte Parteien, und ich habe Grund zu der Annahme, dass diese keinerlei Skrupel haben. Sollte man planen, uns unterwegs zu überfallen, werden wenigstens nicht das Geld *und* das Artefakt verloren sein.«

»Einverstanden«, erwiderte Hingis. »Obgleich ich gestehen muss, dass Ihre Gruselgeschichten mich allmählich langweilen. Geben Sie es auf, Lady Kincaid. Ich lasse mich nicht einschüchtern.«

»Dann ist es ja gut.« Sarah nickte. »Wir treffen uns also in drei Tagen in Marseille. Der Name des Hotels lautet Graivenant.«

»Sie haben bereits eine Reservierung vorgenommen?« Hingis schien überrascht. »Sie haben wohl fest mit meiner Zusage gerechnet?«

»Natürlich«, bestätigte Sarah und konnte sich ein Grinsen nicht verkneifen, was den Gelehrten zu verärgern schien.

»Ich warne Sie, Kincaid«, fauchte er. »Versuchen Sie nicht, mich zu manipulieren, das wird Ihnen nicht gelingen. Und sollten Sie vorhaben, mich zu hintergehen, so kann ich Sie nur davor warnen. Seien Sie versichert, dass mir die geeigneten Mittel zur Verfügung stehen, Ihren Vater zu demontieren. Wenn ich mit ihm fertig bin, wird kein ernstzunehmender Wissenschaftler dieser Welt auch nur noch ein Stück trockenes Brot für ihn übrig haben.«

Sarah schaute den Gelehrten mit einer Mischung aus Verblüffung und Amüsiertheit an, dann lachte sie laut.

»Können Sie mir verraten, was daran so komisch sein soll?«, schnarrte Hingis.

»Ich lache nur, werter Doktor, weil Sie ganz offenbar den Ernst der Lage noch nicht begriffen haben. In Ihrem Misstrauen und Ihrem Ehrgeiz haben Sie sich auf etwas eingelassen, das Ihren Horizont ein wenig zu übersteigen scheint – sonst wüssten Sie, dass mein Vater und ich Ihre geringsten Sorgen sind.«

»Wieso? Was soll das heißen?«

»Monsieur, beschäftigen Sie sich mit den Ereignissen der Tagespolitik?«

»Natürlich nicht. Mein Interesse gilt ausschließlich der Forschung. Zudem bin ich als Schweizer Landsmann ohnehin der Neutralität verpflichtet.«

»Schön für Sie«, erwiderte Sarah mit bittersüßem Lächeln. »Dennoch rate ich Ihnen, dieses eine Mal eine Ausnahme zu machen und die Zeitung zu lesen. Über Alexandria werden Sie dort das ein oder andere erfahren, das für Sie von Interesse sein könnte ...«

11

Reisetagebuch
Sarah Kincaid

Am frühen Morgen haben wir Paris verlassen.

Ich fühlte eine seltsame Melancholie, als ich der Stadt an der Seine den Rücken kehrte, und in den Tiefen meines Herzens forsche ich nach dem Grund dafür. Vielleicht, sage ich mir, liegt es daran, dass ich trotz aller Sorgen und Ängste um meinen Vater in Paris etwas wiedergefunden habe, das ich bereits verloren glaubte.

Befreit von den Zwängen, die mir in London auferlegt wurden, bin ich endlich wieder meine eigene Herrin und darf tun, was mir beliebt – eine Freiheit, die ich lange nicht genossen und schmerzlich vermisst habe. Gleichzeitig regen sich tief in meinem Inneren Schuldgefühle, denn es ist die Notlage meines Vaters, die dies erst möglich macht. Ist es wirklich allein die Sorge um ihn, die mich dazu antreibt, das Wagnis dieser Reise auf mich zu nehmen?

Es beunruhigt mich, dass ich keine eindeutige Antwort auf diese Frage finde. Doch welcher Grund auch immer den Ausschlag dafür gegeben haben mag – wichtig ist nur, dass ich Vater finde und ihn vor den Gefahren warne, die ihm drohen.

Wenn er überhaupt noch am Leben ist …

Der Gedanke, dass ihm etwas zugestoßen sein könnte, lässt mich nicht zur Ruhe kommen. Trotz der Zusicherungen Maurice du Gards, der meine Furcht zu spüren scheint und niemals müde wird, mich zu beruhigen, spüre ich, dass die Angst, die ich um meinen Vater habe, immer stärker wird.

Wird es uns gelingen, die Blockade zu umgehen und Alexandrien unbeschadet zu erreichen? Werde ich Vater finden? Und wenn ja, wird er wohlbehalten und am Leben sein? Hat er gefunden, wonach er suchte? Ist es ihm gelungen, das Rätsel des Alexandergrabs zu lösen und herauszubekommen, wo der ›Friedhof der Götter‹ liegt?

So viele Fragezeichen begleiten unsere Reise und versetzen mich in Unruhe. Eine eigenartige Mischung aus Neugier und ehrlicher Sorge erfüllt mich, wie ich sie nie zuvor empfunden habe. Selbst Maurice ist offenbar nicht frei davon. Um mich zu begleiten, hat er sein Gastspiel im »Miroir Brisé« für unbestimmte Zeit unterbrochen, und ich gestehe, dass ich froh über seine Begleitung bin.

Meinen Kutscher und meine Zofe habe ich in Paris zurückgelassen mit der Anweisung, nach England zurückzukehren. Ganz abgesehen davon, dass ich es nicht verantworten könnte, wenn sie sich meinetwegen oder um meines Vaters willen in Gefahr begäben, ist die Passage auf Kapitän Hulots Schiff nur für drei Personen gebucht. Gespannt sehe ich der Begegnung mit dem geheimnisvollen Erbauer des Submarins entgegen, und ich habe den Eindruck, dass …

HOTEL DESCARTES, ORLÉANS
SPÄTER ABEND DES 22. JUNI 1882

Sarah Kincaid blickte auf, als leise an die Tür ihres Hotelzimmers geklopft wurde. Am Sekretär sitzend, die Feder in der Hand, hatte sie im Schein einer Gaslampe über ihrem Tagebuch gebrütet, während strömender Regen gegen das Fenster prasselte.

Es war Sarah nicht leichtgefallen, die Worte zu Papier zu bringen, aber sie wusste, wie befreiend es sein konnte, Gefühle in Worte zu fassen und sie den Seiten eines Buches anzuvertrauen.

Erneut klopfte es an die Tür.

»Ja?«, fragte sie laut.

»Ich bin es, du Gard. Ich muss mit Ihnen sprechen.«

Sarah warf einen Blick auf die Standuhr, die bereits nach zehn anzeigte – eine Uhrzeit, zu der anständige Bürger längst in ihren Betten zu liegen und zu schlafen pflegten.

Ein wenig erschrocken blickte Sarah an sich herab. Sie hatte sich ihres Kleides bereits entledigt und ihr Nachtgewand angelegt, und natürlich kam es nicht in Frage, dass du Gard sie so sah. Sorgfältig legte sie die Feder beiseite und verschloss das Tintenfass, schlug das Tagebuch zu und ließ es in ihrer Tasche verschwinden. Dann stand sie auf, warf sich kurzerhand die in blütenweißes Tuch geschlagene Bettdecke über und trat so bewehrt an die Tür.

»Was wollen Sie?«, erkundigte sie sich mit energischem Unterton. »Ist Ihnen nicht klar, wie spät es ist?«

»Durchaus, *ma chère*«, kam es dumpf zurück, und Sarah hatte den Eindruck, dass du Gards Zunge ein wenig schwerer war als sonst. »Dennoch sollten wir uns kurz unterhalten.«

»Worüber?«, fragte Sarah.

»Über uns«, kam es entwaffnend ehrlich zurück.

Weshalb Sarah du Gards Ersuchen nachkam, wusste sie später nicht mehr zu sagen. Vielleicht lag es daran, dass das von ihm vorgeschlagene Thema sie interessierte, vielleicht wollte sie den lallenden Franzosen aber auch nur vom Hotelflur entfernen, um zu verhindern, dass er die anderen Gäste weckte. Jedenfalls zog sie energisch den Riegel beiseite und öffnete die Tür.

Du Gard bot einen desolaten Anblick.

Seinen Rock hatte er abgelegt, ebenso wie die Schleife. Die Ärmel seines weißen, mit Rüschen besetzten Hemdes hatte er aufgekrempelt und die obersten Knöpfe geöffnet, sodass darunter blasse Haut zu sehen war. Seine Gesichtszüge waren leicht gerötet, einige Strähnen seines langen Haars hingen ihm wild und wirr ins Gesicht. In der einen Hand hielt er eine längliche Flasche, in der anderen zwei kunstvoll geschwungene Gläser.

»Im Weinkeller habe ich diesen exzellenten Spätburgunder gefunden, *ma chère*«, verkündete er mit dem charmantesten Lächeln, das Sarah je auf seinen Zügen gesehen hatte.

»Und?«, erkundigte sie sich dennoch ungerührt.

»Ich weiß nicht, wie man es in Ihrer Heimat hält – aber hierzulande käme es einer Katastrophe gleich, einen solch edlen Tropfen allein zu trinken.«

»In meiner Heimat, *Monsieur*, pflegen Gentlemen nicht zu später Stunde an die Tür einer Dame zu klopfen und Einlass zu begehren«, wies Sarah ihn brüsk zurecht, »und schon gar nicht in angetrunkenem Zustand.«

»Oui, c'est vrai.« Du Gard nickte, und ein Anflug von Bedauern vertrieb das Grinsen aus seinem Gesicht. »Ich habe ein wenig getrunken. Sehen Sie es mir nach, Sarah. Es ist der Preis dafür, dass ich nicht von Ihrer Seite weiche.«

»Wie darf ich das verstehen?«

»Stimmen, Sarah«, flüsterte er. »Wohin ich auch gehe, höre ich sie. Sie drängen sich mir auf, stürzen von allen Seiten auf mich ein, und ich kann nichts dagegen tun. Die Welt spricht zu mir.«

»Ich spreche auch zu Ihnen«, entgegnete Sarah schlagfertig, »und ich sage Ihnen, gehen Sie auf Ihr Zimmer und schlafen Sie. Morgen ist ein anstrengender Tag.«

»Morgen«, echote du Gard. »Warum alles verschieben?«

»Weil es besser ist, glauben Sie mir«, versicherte Sarah mit indigniertem Augenaufschlag.

»Sind Sie sicher?« Du Gard grinste noch breiter. »Was hat Ihr Vater Ihnen eigentlich beigebracht? Wissen Sie nicht, was der gute Epikur uns lehrte? *Carpe diem* ...«

»Mein Vater ist der Lehre der Stoa stets mehr gefolgt als jener des Epikur«, entgegnete Sarah, »und in diesem Sinn hat er mich auch erzogen.«

»Wie schade.« Du Gard rümpfte die Nase. *»Mais alors*, es erklärt manches.«

»Was soll das nun wieder heißen?«

»Das wollen Sie nicht hören«, war du Gard überzeugt und wollte sich zum Gehen wenden. *»Bonne nuit, ma chère.«*

»Hiergeblieben«, befahl Sarah streng. »Was wollten Sie damit sagen, ›es erklärt manches‹.«

»*Eh bien*, Sie haben es so gewollt.« Du Gard nickte entschlossen. »Ihr britisches Gehabe, Ihre Herrschsucht, Ihre Furcht davor, die Kontrolle zu verlieren ...«

»Ich fürchte mich nicht, die Kontrolle zu verlieren«, widersprach Sarah entschieden.

»Ach nein? Warum verstecken Sie sich dann unter dieser lächerlichen Kostümierung?« Er deutete auf die Decke, die sie um ihre Schultern geschlungen hatte. »Und warum geben Sie nicht einfach zu, dass Sie einen Heidenspaß an dieser ganzen Sache haben.«

»Was?«

»*Mais oui*, Sie wissen, was ich meine. Verborgene Hinweise, ein geheimnisvolles Artefakt und eine – wenn auch vage – Spur, die womöglich zu einem der größten archäologischen Funde der Geschichte führt – das alles ist doch ganz nach Ihrem Geschmack.«

Sarah holte tief Luft. »Wie können Sie es wagen, so etwas zu behaupten?«, platzte sie dann heraus. »Mein Vater schwebt in Lebensgefahr!«

»*Oui*, und wenn es nicht so wäre, wären Sie schon längst wieder zu Hause in England. Warum wohl waren Sie so darauf versessen, die Gefahren dieser Reise auf sich zu nehmen?«

»Weil es um das Leben meines Vaters geht«, entgegnete Sarah.

»*Non* – weil Sie den Gedanken nicht ertragen können, dass er sich von Ihnen abgewandt hat. Sie fragen sich, was Ihren Vater zu alldem getrieben haben mag, und Sie haben verdammt recht damit. Warum hat dieser egoistische alte Bastard Sie nicht in seine Pläne eingeweiht? Warum hat er Sie in England zurückgelassen?«

»Sie vergreifen sich im Ton, Monsieur du Gard«, schnaubte Sarah. »Es steht ihnen nicht zu, meinen Vater zu beschimpfen.«

»Warum nicht, *mince alors*? Sie haben noch sehr viel Schlimmeres als das getan, Sarah – Sie haben Ihren Vater verraten!«

»Das ist nicht wahr!«

»Tatsächlich nicht? Wollen Sie mir weismachen, er wäre begeistert, wenn er wüsste, dass Sie seinen schärfsten Konkurrenten auf seine Fährte gelockt haben?«

»Friedrich Hingis ist ein notwendiges Übel«, stellte Sarah klar. »Nicht mehr und nicht weniger.«

»Wirklich? Dann ist es ja sicher nur Zufall, dass sich dadurch auch eine Chance ergibt, es Ihrem Vater heimzuzahlen.«

»Was?« Sarah lachte freudlos auf. »Sie sind betrunken, du Gard. Sie wissen nicht, was Sie sagen.«

»Vielleicht habe ich tatsächlich etwas zu tief ins Glas geschaut«, gab der Wahrsager zu, »aber schon morgen werde ich wieder einen klaren Kopf haben – Sie hingegen werden sich weiterhin belügen, statt sich die Wahrheit einzugestehen.«

»Welche Wahrheit?«

»*Mince alors* – dass Sie Archäologin sind. Dass es in Ihrer Natur liegt, alten Geheimnissen nachzuspüren, und dass Sie dafür weder Ihren Vater noch sonst einen Vorwand brauchen. Sie lieben den alten Narren von ganzem Herzen, aber bei dieser Reise geht es nicht nur darum, ihn zu retten. Sie wollen sich beweisen, wollen das tun, wonach jede Faser Ihres Körpers sich sehnt – und Sie wollen es so sehr, dass Sie dafür bereit sind, mit den Gegnern ihres Vaters zu paktieren.«

»Sie sind betrunken«, sagte Sarah noch einmal, die sich trotz der Decke um ihre Schultern nackt und durchschaut vorkam.

»Das bin ich«, bestätigte du Gard, »aber wie heißt es so schön? Im Wein liegt Wahrheit.«

»Es kommt darauf an, wie viel man davon trinkt«, konterte Sarah, die fühlte, wie ohnmächtige Wut in ihre Adern schoss. Wut auf du Gard und seine klugen Reden, aber auch auf ihren Vater, der ihr all dies eingebrockt hatte ...

»Vielleicht sollten Sie auch einen Schluck davon nehmen, damit Sie endlich Ihre Hemmungen verlieren«, forderte du Gard sie auf. »Warum blicken Sie der Wahrheit nicht ins Auge und gestehen sich ein, dass Sie ein Mensch wie jeder andere sind, mit Kanten und mit Fehlern?«

»Weil ich es mir nicht leisten kann«, gab Sarah zurück.

»C'est vraiment absurde!« Du Gard schüttelte den Kopf. »Ich glaube eher, Sie fürchten sich viel zu sehr davor, Ihre wahren Empfindungen zu zei ...«

Weiter kam er nicht – denn mit einer Entschlossenheit, die allen Zorn, alle Furcht, alle Frustration und Sorge, aber auch alle Zuneigung enthielt, zu der sie in diesem Augenblick fähig war, hatte Sarah ihn am rüschenbesetzten Kragen seines Hemdes gepackt und über die Schwelle ihres Zimmers gezogen. Und noch ehe die Tür geräuschvoll hinter ihm ins Schloss fiel, hatte Sarah bereits ihre Lippen auf die seinen gepresst, so als wäre es die einzige Möglichkeit, den lästernden Mund des Franzosen zum Verstummen zu bringen.

Sie fühlte den herben Geschmack seiner Lippen auf ihren, roch seinen von Alkohol schwangeren Atem und fühlte, wie ihre Begierde erwachte. Dass die Decke um ihre Schultern herunterfiel und sie auf eine Weise zeigte, die für eine Lady äußerst unschicklich war, scherte sie nicht. Verlangend drängte sie ihren Körper an den seinen, auf der verzweifelten Suche nach einer nie gekannten Freiheit.

Einen Augenblick schien es, als wollte du Gard sie ihr gewähren; er erwiderte ihren Kuss mit einer Innigkeit, die sie betörte, und ein Schauer durchrieselte sie, als ihre Zungen einander berührten. Im nächsten Moment jedoch riss du Gard sich von ihr los und wich einen Schritt zurück.

»Un moment«, bat er sich aus. »Nicht so schnell.«

»Was hast du?«, fragte sie. Ein Träger ihres Nachthemdes war herabgeglitten und hatte ihre Schulter und den Ansatz ihrer Brust entblößt, die sich heftig hob und senkte. »Sagtest du nicht, du wolltest den Augenblick genießen?«

»D'accord, aber nicht so«, widersprach du Gard und hob die

Weinflasche und die Gläser, die er noch immer in den Händen hielt. »Habt ihr Briten denn keinen Sinn für Romantik?«

Er stellte die Gläser auf den Sekretär und füllte sie mit dunkelrotem Rebensaft, der im schwächer werdenden Licht der Gaslaterne bedeutungsvoll schimmerte. Du Gard nahm eines der Gläser und roch daran. Das andere reichte er an Sarah weiter.

»Hier, *ma chère*«, sagte er lächelnd. »Auf den Augenblick.«

»Auf den Augenblick«, erwiderte Sarah und nahm das Glas entgegen. Über die gefüllten Gläser hinweg blickten sie einander an, und es schien, als versuchte jeder, die Gedanken des anderen zu lesen. Dann tranken sie, nicht in kleinen Schlucken, wie es bei Tisch und in Gesellschaft üblich war, sondern in einem Zug. Du Gard machte es vor, und Sarah, die nicht nachstehen wollte, tat es ihm gleich. Erfüllt von plötzlicher unersättlicher Lebenslust leerte auch sie ihr Glas bis auf den Grund – und spürte schon im nächsten Augenblick die Wirkung des Alkohols.

»Ein guter Tropfen, *n'est-ce pas?*«, erkundigte sich du Gard.

»In der Tat.« Sarah merkte, wie ihre Knie weich wurden, und sie ließ sich auf das von einem Seidenhimmel überspannte Bett sinken, das sie weich und warm willkommen hieß. Du Gard lachte leise und schenkte ihnen beiden nach, dann setzte er sich neben sie.

»Wie fühlst du dich?«, wollte er wissen.

»Ich weiß nicht, wo mir der Kopf steht«, gab sie zu und rieb sich eine Schläfe. »Das muss am Wein liegen.«

»Non.« Du Gard schüttelte den Kopf. »Das ist nicht der Wein. Du bist verwirrt und durcheinander, und nach allem, was geschehen ist, ist das auch nicht verwunderlich.«

Sarah gönnte sich ein tiefes Seufzen. »Du gibst nicht auf, oder?«

»Non.« Er grinste.

»Bin ich denn wirklich so leicht zu durchschauen?«, fragte Sarah, die merkte, wie ihr innerer Widerstand, sich du Gard zu offenbaren, mit jedem Augenblick schwächer wurde. Sie schwieg und lauschte dem prasselnden Regen, der nach wie vor gegen das Fenster trommelte, und nahm einen weiteren tiefen Schluck Wein. »Als Vater mich nach London schickte, hat mich das sehr verletzt«, gab sie dann zu. »Es war nicht leicht, Yorkshire zu verlassen und in die große Stadt zu gehen. Anfangs schrieb mein Vater mir regelmäßig, dann immer seltener. Nachdem ich über Monate nichts von ihm gehört hatte und keiner meiner Briefe beantwortet worden war, erhielt ich schließlich eine kurze Notiz, der zufolge er zu einer Forschungsreise mit unbekanntem Ziel aufbräche. Das Nächste, was ich von ihm hörte, war die Depesche aus London.«

»In der du aufgefordert wurdest, ihn auf dem Symposion in Paris zu vertreten«, erinnerte sich du Gard.

»Genau.« Sarah nickte. »Als mich die Depesche erreichte, war ich unglaublich stolz. Ich sah es als Beweis dafür an, dass mein Vater seinen Entschluss bereute, und war fest entschlossen, aller Welt zu zeigen, was für eine brillante Archäologin ich wäre.« Sie nahm einen weiteren Schluck, um sich Mut zu machen für das, was sie noch nie zuvor offen ausgesprochen hatte. »Mein Vortrag geriet zum Fiasko. Ich habe versagt und alles falsch gemacht, musste meinen eigenen Ruf ruinieren, um den meines Vaters zu retten. Ich habe ihm blind vertraut – und nun erfahre ich, dass er mir sein Vertrauen offenbar längst entzogen hat.«

»*Oui*, und das tut weh«, sagte du Gard leise und mit vom Alkohol rauer Stimme.

»Ich liebe meinen Vater, und ich werde alles daransetzen, ihn zu retten«, fuhr Sarah fort, »aber er hat Dinge getan, die ich nicht verstehe und für die ich eine Erklärung will.«

»Das ist verständlich«, versicherte du Gard, »aber lass dir gesagt sein, dass du das nicht nötig hast, Sarah. Du musst niemandem auf dieser Welt etwas beweisen, weder dir selbst noch deinem Vater.«

»Du bist ein Schmeichler, Maurice.«

»*Non, ma chère* – ich bin Wahrsager.«

Sie schaute ihn an, und die Augen, mit denen sie ihn betrachtete, waren andere als jene, mit denen sie ihn noch vor wenigen Tagen angesehen hatte. Damals war Maurice du Gard für sie nichts weiter gewesen als ein Schwindler und Scharlatan, und ein besonders dreister noch dazu. Inzwischen wusste sie es besser und hatte erkannt, dass sich hinter all der Nonchalance und der gespielten Arroganz ein einfühlsames, verständnisvolles Wesen verbarg, das die Gefühle und Empfindungen anderer nicht nur zu erspüren, sondern auch in Worte zu kleiden vermochte. Zwar gab es in Sarahs Hinterkopf nach wie vor auch eine warnende Stimme, die ihr sagte, dass du Gard dennoch ein Bonvivant und Lebemann war, aber sie verhallte ungehört angesichts des Weins und des charmanten Lächelns in du Gards Gesicht.

»Danke, Maurice«, flüsterte sie und kämpfte die Rührung nieder, die in ihr aufsteigen wollte. Sie hatte sich du Gard ohnehin schon weit mehr anvertraut, als sie je beabsichtigt hatte.

»Au contraire.« Er hob abwehrend die Hand. »Ich habe für deine Offenheit zu danken, zumal ich dir ebenfalls etwas gestehen muss.«

»Und das wäre?«

»Alors«, knurrte du Gard, wie um Zeit zu gewinnen, »ich habe dir gesagt, dass ich dich um des Versprechens willen begleite, das ich deinem Vater gegeben habe ...«

»... aber das war gelogen«, vervollständigte Sarah. »Ich weiß.«

»Du weißt es? Woher?«

»Ich kann vielleicht keine Gedanken lesen, aber ich habe dir dennoch angesehen, dass du nicht die Wahrheit gesagt hast. Du bist kein besonders guter Lügner, Maurice.«

»Offensichtlich.« Er nickte zerknirscht.

»Worum also geht es dir wirklich? Um Geld?«

»Non. Erinnerst du dich, wie ich dir von der Vision erzählte? Dem Wachtraum, in dem ich deinen Vater sah?«

»Was ist damit?«

»So etwas ist mir noch nie zuvor passiert«, gestand du Gard ein. »Es war das erste Mal, dass ich eine solche Vision hatte. Weder hatte ich die Karten befragt noch den Drachen gejagt, dennoch kam diese Vision einfach zu mir, verstehst du? Es war, als hätte sie nach mir gesucht.«

»Warum?«

»Das weiß ich nicht, aber ich möchte es herausfinden. Deshalb bin ich hier.«

»Du glaubst, auf dieser Reise Antworten zu finden?«

»Pourquoi pas? Immerhin handelte die Vision von deinem Vater, und nach allem, was wir herausgefunden haben, geht es dabei um viel mehr, als es zunächst den Anschein hatte. Etwas ist da draußen, Sarah. Etwas Großes, Bedeutsames ...«

»Was genau«, wollte Sarah wissen.

»Das kann ich nicht sagen. Es ist wie ein Schemen, den man nicht zu greifen vermag, aber dennoch ist er da. Veränderungen stehen bevor, Sarah.«

»Welcher Art?«

»Auch das weiß ich nicht – und ich muss zugeben, dass mir das ein wenig Angst macht«, gestand du Gard und sandte ihr einen vieldeutigen Blick zu. Eine Pause trat ein, und durch das Rauschen des strömenden Regens, der sich über Orléans entlud, war Donnergrollen zu hören. Die Gaslampe auf dem Schreibtisch war fast leergebrannt, sodass nur noch der gelbe Schein der Straßenbeleuchtung, der durch das hohe Fenster fiel, das Zimmer spärlich erhellte.

»Bist du deshalb auf mein Zimmer gekommen«, fragte Sarah endlich, »um mir das zu sagen?«

»Non«, gab er zu und stellte sein Weinglas ab.

»Du dürftest nicht hier sein, und das weißt du.« Sarah leerte ihr Glas und stellte es ebenfalls beiseite.

»Pourquoi pas?«

»Weil es sich nicht schickt, deshalb.«

»*Ma chère*. Wenn du dich um das scheren würdest, was sich schickt, hätte ich die Schwelle nie übertreten ...«

Unaufhaltsam neigten ihre Gesichter sich einander zu, und während sie einander tief in die Augen blickten, hatte Sarah das Gefühl, in einen tiefen Schacht zu stürzen und dabei zu wissen, dass ihr nichts geschehen würde.

Gleichmut befiel sie, alle Furcht und alle Sorge rückten in weite Ferne. Mit halb geöffneten Lippen beugte sie sich zu du Gard, der ihr auf halbem Wege entgegenkam, und erneut begegneten sich ihre Münder in einem Kuss, der beider Leidenschaft entfachte.

Und diesmal zog du Gard sich nicht zurück.

Ein lauter Knall riss Sarah aus dem Schlaf – als sie jedoch die Augen aufschlug, wusste sie nicht mehr zu sagen, ob das Geräusch real oder nur Teil eines Traumes gewesen war.

Sie blieb liegen und blickte sich blinzelnd um, erkannte die vertrauten Formen des Hotelzimmers. Beleuchtet wurden sie von blauem Licht, das flackernd durch das Fenster fiel. Das Gewitter tobte also noch immer, Blitze zuckten über den Nachthimmel, auch wenn der Regen nachgelassen zu haben schien.

Sarah fröstelte in ihrem Nachthemd. Sie drehte sich im Bett herum und fand du Gard schlafend neben sich. Seine nackte Brust hob und senkte sich unter gleichmäßigen Atemzügen.

Zu ihrer Überraschung empfand Sarah keine Reue. Sich einem französischen Liebhaber hinzugeben entsprach sicher nicht dem Kodex, den man ihr in London beizubringen versucht hatte. Aber zum einen war England weit entfernt, zum anderen war die Nacht mit du Gard eine der beglückendsten Erfahrungen ihres noch jungen Lebens gewesen.

Seit sie nach London gegangen war, hatte Sarah sich eingeengt und bedrückt gefühlt, hatte das Gefühl gehabt, an den Zwängen zu ersticken, die die Gesellschaft ihr auferlegte – in diesem Augenblick jedoch, umgeben von flackerndem Irrlicht und der Einsamkeit der Nacht, war davon nichts zu spüren. Sarah fühlte sich frei und lebendig, und obwohl sie sich sträubte, es sich einzugestehen, stand fest, dass du Gard diese Veränderung bewirkt hatte.

Mit einem Lächeln auf den Lippen wandte sie sich ihm zu. Zärtlich strich sie eine Haarsträhne aus seinem blassen Gesicht, während sie sich fragte, wie man gleichzeitig solche Abneigung und solches Zutrauen zu jemandem empfinden konnte, den man bis vor wenigen Tagen noch nicht einmal ...

Sarahs Gedanke riss wie ein dünner Faden, und schon einen Lidschlag später war er ohne Bedeutung. Denn urplötzlich erkannte sie, dass du Gard und sie nicht allein im Zimmer waren.

Ein greller Blitzstrahl, der von Donner begleitet aus dem nächtlichen Himmel fuhr, beleuchtete die Kammer und riss eine hünenhafte Gestalt aus der Finsternis, die schweigend in der Ecke gestanden und gelauert hatte.

Sarah öffnete den Mund zu einem entsetzten Schrei, der ihre Kehle jedoch nicht verließ. Eine grobe Pranke schoss heran und versiegelte ihre Lippen. Gleichzeitig erhellte ein weiterer Blitz das Zimmer, sodass Sarah einen Sekundenbruchteil lang das Gesicht des Eindringlings erkennen konnte.

Zu ihrem Entsetzen – sah sie nichts.

Der Hüne trug eine Kapuze, deren Schatten seine Züge verhüllte. Eine Aura von Kälte schien ihn zu umgeben, genau wie in jener Nacht, in der Sarah auf dem Montmartre von einer dunklen Gestalt verfolgt worden war ...

Sie wehrte sich nach Kräften, schlug mit geballten Fäusten auf ihren Peiniger ein, der jedoch nicht nachgab und sie mit einer Pranke niederdrückte, während die andere sie weiter am Schreien hinderte. Plötzlich spürte Sarah, wie ihr etwas Feuchtes, Kaltes auf Mund und Nase gepresst wurde. Instinktiv hielt sie den Atem an, aber infolge des Schocks, unter dem sie stand, und ihres rasenden Herzschlags hielt sie nicht lange durch.

Ächzend schnappte sie nach Luft. Der beißende Geruch des Äthers stach ihr in die Lungen und fuhr wie ein Messer durch ihre Eingeweide. Sie merkte, wie ihre Sinne sich eintrübten, und nahm nur noch wie durch dichte Schleier wahr, dass du Gard erwachte.

Sarah war gerade noch lange genug bei Bewusstsein, um zu sehen, dass die dunklen Pranken auch ihn ergriffen – dann hatte sie erneut das Gefühl, in einen bodenlosen Abgrund zu stürzen.

Und diesmal gab es nichts, das ihren Sturz auffing.

2. Buch

IN DER TIEFE

1

Das Erwachen war hässlich.

Modriger Geruch drang an Sarahs Bewusstsein und holte sie aus der Bewusstlosigkeit – in die sie sich am liebsten wieder geflüchtet hätte, als sie den hämmernden Schmerz in ihrem Kopf verspürte. Ein Stöhnen entrang sich ihrer Kehle, so tonlos und heiser, dass sie selbst darüber erschrak. Blinzelnd öffnete sie die Augen, in der schwachen Hoffnung, dass alles nur ein schrecklicher Albtraum wäre – aber diese Hoffnung war vergeblich.

Zunächst sah Sarah nichts als tiefe Schwärze, in der hier und dort gelbe, verschwommene Lichter flackerten. Erst ganz allmählich traten Einzelheiten hervor und machten ihr die Ausweglosigkeit ihrer Lage deutlich.

Sie saß auf einer Art steinernem Thron, gegen kalten Fels gelehnt und mit im Rücken gefesselten Händen. Auch um ihre Fußgelenke hatte man derbe Lederschnüre geschlungen, so eng, dass sie tief einschnitten und zusätzliche Schmerzen verursachten.

Soweit Sarah es erkennen konnte, befand sie sich in einer oval geformten Höhle, deren Wände allerdings künstlich behauen waren. Darin eingelassen waren unzählige mit Inschriften versehene Steintafeln, was den Schluss nahelegte, dass es sich bei dem Gewölbe um eine Grabkammer oder Gruft handelte. Unterhalb der Fackeln, die das längliche Rund säumten, standen aus Stein gehauene Sitze wie der, auf dem Sarah hockte; in der Mitte des Gewölbes hingegen erhob sich etwas, das wie ein Opferstein aussah, zylindrisch geformt und an die drei Fuß hoch, mit einer Vertiefung in der Oberseite.

Mehr noch als der Zylinder selbst erregte das Zeichen Sarahs Aufmerksamkeit, das in die Vorderseite der Stele eingemeißelt war – denn es war jenes elliptische Symbol, das auch auf der sechsten Seite des Kubus prangte und dessen Herkunft und Bedeutung ihr bislang verborgen geblieben war.

Vielleicht, dachte Sarah trotz ihrer Benommenheit und der Schmerzen, die ihren Schädel als Nachwirkung des Äthers malträtierten, würde sich das Rätsel nun bald lösen ...

Sie fror erbärmlich in dem Nachthemd, das sie noch immer trug und das von Schmutz und Blut besudelt war. Wie lange sie schon gefangen war, wusste Sarah nicht zu sagen; auch war sie nicht in der Lage zu bestimmen, ob es noch immer Nacht oder schon Tag war. Überhaupt hatte sie keine Ahnung, wie sie an diesen düsteren Ort gelangt war – und wo genau sie sich befand? War da nicht fernes Meeresrauschen zu vernehmen? Oder war es nur das eigene Blut, das sie in ihrem Kopf rumoren hörte? Das Letzte, woran Sarah sich erinnerte, waren die Pranke ihres Häschers und der beißende Geruch des Äthers – dann war Dunkelheit über sie gekommen.

Erneut blinzelte sie. Der Schmerz und die Erschöpfung drohten sie wieder in den Schlund der Ohnmacht zu reißen, aber sie zwang sich dazu, bei Bewusstsein zu bleiben.

Sie wollte wissen, wem sie diese missliche Lage zu verdanken hatte. Wohin war sie verschleppt worden? Und was war mit Maurice du Gard geschehen? Die Erinnerung an ihre gemeinsame Nacht schien mit jedem Augenblick weiter zu verblassen ...

Erneut drohten sich Sarahs Gedanken in tiefe Abgründe zu verirren, als sie plötzlich das Geräusch von Stiefeltritten vernahm, die sich über feuchten Stein näherten.

»Wer ist da?«, fragte sie halblaut und war entsetzt über die Laute, die aus ihrer Kehle drangen.

Sie erhielt keine Antwort, dafür bekam sie Gesellschaft in ihrem düsteren Gefängnis. Sie spürte einen eisigen Luftzug, und einen Lidschlag später trat eine dunkle, monströse Gestalt an ihr vorbei in die Mitte des Gewölbes. Zunächst konnte Sarah den Besucher nur von hinten sehen, aber der schwarze Umhang, der ihn umwehte, sowie die Aura der Kälte, die ihn zu umgeben schien, weckten unliebsame Erinnerungen ...

Der Fremde erreichte den Opferstein, blieb kurz davor stehen und deutete eine Verbeugung an. Dann wandte er sich zu Sarah um, die einmal mehr erkennen musste, dass ihr unheimlicher Peiniger kein Gesicht besaß. Die Kapuze des Umhangs fiel so tief in sein Gesicht, dass die Züge darunter nicht zu sehen waren. In Höhe seines Herzens prangte auf dem sonst rabenschwarzen Stoff des Umhangs noch einmal das elliptische Symbol, das Sarah in ihrer Benommenheit wie ein glotzendes Auge erschien.

»W-wer sind Sie?«, presste sie mühsam hervor.

»Nur, damit keine Missverständnisse aufkommen, Lady Kincaid – die Fragen stelle ich«, entgegnete der Vermummte mit tiefer Stimme, die mit einem fremdartigen Akzent behaftet war. »Ihre Situation ist weder dazu angetan, Fragen zu stellen noch irgendwelche Forderungen anzubringen.«

Wer, zum Henker, ist der Kerl, fragte sich Sarah. Wieso verbirgt er sein Gesicht? Und woher kennt er meinen Namen ...?

»Wo ist du Gard?«, erkundigte sie sich trotz der Warnung.

»Später«, drang es barsch unter der Kapuze hervor. »Glauben Sie mir, Ihr wahrsagender Freund ist Ihre geringste Sorge.«

»Wirklich?« Trotz der Schmerzen, die sie quälten, rang sich Sarah ein Grinsen ab. »Und ich dachte, ich wäre zum Vergnügen hier.«

»Das Spotten wird Ihnen noch vergehen«, orakelte der Hüne. »In Ihrem Tatendrang haben Sie sich in Angelegenheiten gemischt, die Ihnen besser für immer verborgen geblieben wären.«

»Was Sie nicht sagen.«

»Sie sind wie ein ungehorsames, störrisches Kind. Aber Ihre Neugier wird schon bald befriedigt werden – für immer.«

»Wer sind Sie, verdammt?«, wollte Sarah wissen. »Warum haben Sie mich entführt? Und wo, in aller Welt, bin ich hier? Ich verlange meine Freilassung, und zwar sofort!«

Der Vermummte lachte auf. »Was Sie verlangen, interessiert uns nicht. Mit wem, glauben Sie, haben Sie es zu tun? In kindlicher Neugier betrachten Sie die Welt und stellen alle möglichen Fragen – dabei fürchten Sie sich vor den Antworten.«

»Ich fürchte mich nicht«, behauptete Sarah trotzig.

»Glauben Sie das wirklich?« Der Vermummte lachte erneut. »Sich selbst können Sie betrügen, aber nicht uns. Wir kennen Ihre wahren Absichten, haben in Ihre innerste Seele geblickt ...«

Sarah hielt den Atem an. Zusammenhanglose Bilder tauchten plötzlich vor ihrem inneren Auge auf: eine dunkle, niedrige Kammer; eine Gaslaterne, die von einer hölzernen Decke hing; ein Becher mit brackigem Wasser und eine tiefe Stimme, die unablässig auf sie einsprach ...

»Was haben Sie mit mir gemacht?«, wollte sie schaudernd wissen.

»Wir haben Ihnen nur einige Fragen gestellt.«

»Wozu?«

»Um herauszubekommen, was Sie wissen. Offen gestanden waren wir enttäuscht, festzustellen, wie wenig Sie bislang herausgefunden haben. Dabei hätten Sie nur die richtigen Folgerungen zu ziehen brauchen, um seine Bedeutung zu erfassen.«

»Wessen Bedeutung? Wovon sprechen Sie?«

»Hiervon«, eröffnete der Vermummte, griff unter den weiten Stoff seines Umhangs und zog unvermittelt den metallenen Würfel hervor, den Gardiner Kincaid seiner Tochter anvertraut hatte.

»Dieses Artefakt gehört mir«, protestierte Sarah hilflos. »Mein Vater hat es mir gegeben. Sie haben kein Recht, es zu ...«

»Ich habe *jedes* Recht, den Codicubus zu besitzen«, stellte der Hüne klar, »denn ich handle im Auftrag derer, denen er einst gehörte, ehe die Menschen ihn widerrechtlich an sich brachten und vor unserem Auge verbargen.«

»Den Codicubus?« Sarah hörte das Wort zum ersten Mal.

»Ein mittelalterlicher Begriff«, erklärte der Vermummte. »Die Menschen der alten Zeit haben ihm andere Namen gegeben. So lange existiert er nämlich bereits, und in all dieser Zeit bestand seine Aufgabe stets darin, Geheimnisse zu wahren.«

»Was für Geheimnisse?«

»Was auch immer ihm anvertraut wurde«, antwortete der Hüne. »Nicht wahr, Sie haben keine Ahnung, wovon ich spreche? Ihr ganzes angebliches Wissen hat Ihnen nicht geholfen, das Rätsel des Codicubus zu entschlüsseln.«

»Nein«, gab Sarah zu.

»So will ich es Ihnen verraten – Sie werden ohnehin keine Gelegenheit mehr haben, Ihr Wissen zu nutzen. Der Codicubus, Lady Kincaid, ist ein technisches Wunderwerk, geschaffen in grauer Vorzeit. Im Grunde ist er ein winziger Panzerschrank und zugleich sehr viel mehr als das, nämlich eine luftdichte, nahezu unzerstörbare Siegelkammer *abdere, quod omnia tempora manendum.*«

»Zu verbergen, was alle Zeiten überdauern soll«, übersetzte Sarah tonlos. Vor ihren Augen tanzten helle und dunkle Flecken, das Pochen in ihrem Kopf hielt weiter an – aber ihre Begierde danach, endlich zu erfahren, was es mit dem Würfel auf sich hatte, zwang sie dazu, bei Bewusstsein zu bleiben.

»Genau das.« Der Kapuzenmann nickte. »Wussten Sie, dass dieser Würfel einst Alexander dem Großen gehört hat?«

»Unsinn«, widersprach Sarah. »Sehen Sie sich den Zustand des Kubus an. Er ist höchstens fünfhundert Jahre alt.«

»Lady Kincaid« – ein leises Lachen drang aus dem Schatten der Kapuze – »ist Ihnen nie der Gedanke gekommen, dass frühere Generationen der Vergangenheit größeren Respekt gezeugt haben, als Sie das heute tun? Was, wenn ich Ihnen sagte, dass der Codicubus weit über zweitausend Jahre alt ist? Dass er Alexander während seines Besuches auf der Oase Siwa anvertraut wurde, von einer Macht, die außerhalb Ihres kindlichen Begreifens liegt?«

»Ich würde Sie für einen Lügner halten«, gestand Sarah offen.

»Weil Sie nichts verstanden haben.« Der Hüne schüttelte den Kopf. »Alexander sollte den Codicubus benutzen, um aufzubewahren, was für seine Nachwelt von Bedeutung sein sollte, für künftige Generationen, auf dass sein Reich Jahrhunderte Bestand hätte. Auf Anraten seines Lehrers, des verschlagenen Aristoteles, wandte sich Alexander jedoch von der reinen Lehre ab.«

»Von welcher Lehre?«, erkundigte sich Sarah, aber die Frage blieb unbeantwortet.

»Der König«, fuhr der Vermummte unbeirrt fort, »starb daraufhin einen ebenso frühen wie unerwarteten Tod. Was blieb, war sein Vermächtnis an die Nachwelt, aufbewahrt im Inneren des Codicubus. Und an einem weit entfernten Ort gingen seine Erben daran, Alexanders letzten Willen zu erfüllen – die Errichtung einer Stadt, die seinen Namen tragen sollte ...«

»Alexandria«, hauchte Sarah, in deren von Schmerz gepeinigter Vorstellung Geschichte und Mythos zu einer geheimnisumwitterten Einheit verschmolzen. Natürlich wusste Sarah nicht, ob ihr vermummter Häscher die Wahrheit sagte, aber auf rätselhafte Weise schien alles Sinn zu ergeben. Mehr noch, Sarah *fühlte* tief in ihrem Inneren, dass dies die Zusammenhänge waren, nach denen sie bislang vergeblich gesucht hatte ...

»Alexandria«, bestätigte der Vermummte bitter, »die Stadt, die es niemals hätte geben dürfen, gegründet auf dem Fundament schmählichen Verrats. Der Codicubus jedoch ging in den Besitz der Ptolemäer über, die die Nachfolge Alexanders in Ägypten antraten. Sie befolgten seine Pläne und fügten ihre eigenen hinzu, begründeten ein mächtiges Herrschergeschlecht, das jedoch die Saat des Untergangs bereits in sich trug. In den Kriegswirren des Jahres 47 schließlich, die die Herrschaft der Ptolemäer beendeten, ging der Codicubus verloren. Kleopatra war die Letzte, die ihn in ihren Händen hielt, danach verschwand er für viele Jahrhunderte aus dem Blick der Menschen. Wie es hieß, hätten arabische Stammesfürsten ihn nach Osten gebracht, aber Beweise dafür gab es nicht – bis zum Jahr 1565 ...«

»Warum?«, fragte Sarah. »Was geschah 1565?«

»Wenn Sie das nicht wissen«, entgegnete der Vermummte barsch, »waren Sie es nicht wert, den Codicubus auch nur wenige Tage zu besitzen. In jenem Jahr brachte Dragut Rais, der Anführer der Türken, das Artefakt nach Westen, zusammen mit der Flamme des Krieges. Doch im Verlauf der blutigen Schlacht wurde Rais getötet, und der Codicubus fand neue Herren. Sie besaßen ihn für lange Zeit, selbst über das Ende ihrer Herrschaft hinaus, das durch Bonaparte erfolgte – bis ein verräterischer Dieb namens Gardiner Kincaid ihn in seinen Besitz brachte.«

»Sie sollten auf Ihre Worte achten«, empfahl Sarah. »Mein Vater ist weder ein Verräter noch ein Dieb.«

»Die Wahrheit liegt im Auge des Betrachters. Wollen Sie bestreiten, dass Sie auf höchst ungewöhnliche Weise in den Besitz des Artefakts gelangt sind? Dass sich Ihr Vater in letzter Zeit überaus seltsam benommen und sich mit zwielichtigen Leuten umgeben hat?«

»Davon weiß ich nichts«, behauptete Sarah.

»Ihr Vater, Lady Kincaid, hat denselben Fehler begangen, der auch Alexander zum Verhängnis wurde – er glaubte, uns hintergehen zu können.«

»Was soll das heißen?«, fragte Sarah, die plötzlich von panischer Furcht erfüllt war. »Was wissen Sie über meinen Vater? Wo ist er?«

»Das wissen Sie doch ganz genau.«

»G-geht es ihm gut?«

»Allerdings – und zwar so lange, bis er gefunden hat, wonach wir ihn dort suchen lassen.«

»Wonach Sie ihn suchen lassen?« Sarah lachte freudlos auf. »Mein Vater arbeitet für die britische Regierung.«

»Wie wahr – und die Regierung arbeitet für uns«, konterte der Vermummte und lachte tief und grollend.

»Für Sie? Wer soll das sein?«

»Jene, deren Wurzeln weit in die Vergangenheit reichen«, erklärte der Vermummte schlicht. »Jahrhunderte. Jahrtausende ...«

»Sie haben den Verstand verloren«, stellte Sarah angewidert fest.

»Glauben Sie, was Sie wollen. Wozu, denken Sie, sind wir hier?«

»Wer weiß?« Sarah ließ einen argwöhnischen Blick umherschweifen. »Vielleicht haben Sie vor, mich in dieser Gruft zu verscharren?«

»Ein amüsanter Gedanke, zugegeben.« Die tiefe Stimme lachte gefährlich. »Aber der wahre Grund ist ein anderer. Dieser Stein« – er deutete auf die Stele in der Mitte – »ist der letzte noch existierende Schlüssel, mit dem sich der Codicubus öffnen lässt.«

»Der Würfel lässt sich ... *öffnen?*«

»Sehen Sie her«, forderte der Hüne Sarah auf, und mit ungläubig geweiteten Augen verfolgte sie, wie er den Würfel auf die Steinsäule legte. Das Verblüffende war, dass das Metall die Stele nicht berührte, sondern über der Vertiefung wie von unsichtbaren Händen gehalten in der Luft schwebte. Der Vermummte versetzte dem Würfel einen Stoß, woraufhin er um seine diametrische Achse zu wirbeln begann, langsam zunächst, dann immer schneller – und obwohl seine Umrisse immer mehr verwischten, glaubte Sarah zu erkennen, dass sich die Form des Würfels veränderte.

Endlich verlangsamte sich die Rotation wieder, und über der Stele schwebte etwas, das nur noch entfernt an das ursprüngliche Artefakt erinnerte. Fast sah es aus, als wäre das Metall des Würfels in zahlreiche Splitter zersprungen, die allerdings einer festen geometrischen Ordnung unterworfen waren. Noch immer beschrieben sie einen Würfel, aber die Abstände waren so weit auseinander gerückt, dass das hohle Innere des Kubus zu sehen war – und mit ihm die unzähligen kleinen Schriftrollen, die darin aufbewahrt wurden.

»Unglaublich«, entfuhr es Sarah.

»Nicht wahr?« Der Vermummte nickte zufrieden. »Das Wunder des Magnetismus hat diese einzigartige Konstruktion hervorgebracht, und das schon vor undenklich langer Zeit.«

»Also ist es wahr«, folgerte Sarah atemlos.

»Wovon sprechen Sie?«

»In der Überlieferung heißt es, dass es in Alexandria einen Tempel gab, der unter der Herrschaft von Arsinoë II. errichtet wurde. Weder weiß man, welcher Gottheit er geweiht war, noch wo genau er sich befunden hat, aber antike Quellen berichten von einer Statue, die unter einer erzenen Kuppel schwebte ...«

»Sieh an.« Für einen kurzen Augenblick schien der Vermummte überrascht. »Sollte ich Sie und Ihre Fähigkeiten etwa doch unterschätzt haben? Nur wenige haben je vom Arsinoeion gehört, und die meisten von ihnen leugnen seine Existenz.«

»Die Parallelen sind offensichtlich«, war Sarah überzeugt. »Womit also wollen Sie mich beeindrucken? Mit einem Taschenspielertrick, den schon die alten Ptolemäer kannten?«

»Ich bin kein Taschenspieler«, brach es unter der Kapuze hervor, so laut und zornig, dass Sarah zusammenzuckte. »Hüten Sie Ihre vorlaute Zunge, wenn ich sie Ihnen nicht bei lebendigem Leib herausschneiden soll. Glauben Sie mir, ich habe Übung darin ...«

»Das glaube ich Ihnen aufs Wort.«

»Sie wollen wissen, welchen Mächten Königin Arsinoë huldigte? Ich will es Ihnen sagen – denselben Mächten, in deren Diensten auch ich stehe und die einst Alexander diesen Würfel gegeben haben. Das Geheimnis des Magnetismus ist nur eines von vielen, die sie von alters her hüten, aber ich erwarte nicht, dass ein räuberischer Kleingeist wie der Ihre dies begreift.«

Ohne Sarahs Antwort abzuwarten, griff der Hüne ins offen liegende Innere des Kubus und beförderte eine der winzigen Papierrollen zutage, die er entrollte und eingehend betrachtete.

»Und?«, erkundigte sich Sarah, die in ihrer wissenschaftlichen

Neugier einmal mehr vergaß, dass sie eine Gefangene war und keine Fragen zu stellen hatte. Die Zusammenhänge, die sich in diesen Augenblicken ergaben, waren ebenso frappierend wie bestürzend. »Was steht dort geschrieben?«

»Lesen Sie selbst«, forderte ihr Häscher sie auf und warf ihr das Schriftstück vor die Füße. »Wenn Sie so klug sind, wie allenthalben behauptet wird, werden Sie das Rätsel lösen können.«

Sarah beugte sich vor, soweit ihre Fesseln es zuließen. Dass es sich nicht um Papyrus handelte, sondern um gewöhnliches Papier, konnte sie auf den ersten Blick erkennen. Offenbar handelte es sich nicht um ein antikes Original, sondern um eine spätere Abschrift, was die Sache allerdings nicht weniger interessant machte.

Angestrengt und mit vor Erschöpfung verschwimmendem Blick begann Sarah, die filigranen Zeichen des in Altgriechisch abgefassten Textes zu entziffern: »Erathosthenes von Kyrene, Geometer und Arzt, Vorsteher des Museions; Verfasser der geographischen Schriften ...«

»Was haben Sie?«, erkundigte sich der Vermummte, als Sarah innehielt. »Warum lesen Sie nicht weiter?«

»Erathosthenes war ein berühmter Gelehrter, der im dritten vorchristlichen Jahrhundert lebte«, erwiderte Sarah. »Seine Leistungen auf dem Gebiet der Mathematik und der Astronomie sind bis in unsere Zeit ein Begriff, aber seine geographischen Schriften, von denen hier die Rede ist, gelten als verschollen ...«

»Sieh an. Sie scheinen Ihrem Ruf ja doch gerecht zu werden. Was haben Sie hierzu zu sagen?«

Er warf ihr eine weitere Rolle hin, deren Inhalt Sarah wiederum überflog. »Hypatia von Alexandria«, las sie vor, »Tochter von Theon, bewandert in Mathematik, Astronomie und Philosophie; Verfasserin des Sternenkanons sowie des Kommentars zur Arithmetik des Diophantos ...«

»Und?«, tönte es herausfordernd aus dem Dunkel der Kapuze. Sarahs unbekannter Häscher schien das Geheimnis des Codicubus genau zu kennen, es jedoch nicht ohne weiteres offenbaren zu wollen.

»Auch Hypatias Schriften sind größtenteils verschollen – woher stammt diese Auflistung?«

»Ja«, kam es grollend zurück, »woher stammt sie? Wie fügen sich die Teile des Rätsels zusammen, Lady Kincaid? Worum handelt es sich bei diesen Texten, die all jene literarischen Werke zu enthalten scheinen, die Sie in der Asche des dunklen Zeitalters verloren glaubten? Wer könnte eine solche Auflistung verfasst haben?«

»Die Schriftensammlungen des Alten Orients kannten keine alphabetische Gliederung«, wusste Sarah, »und auch etwas wie ein Katalog oder eine Übersicht war ihnen unbekannt. Der Erste, der etwas in dieser Art versuchte, war Kallimachos von Kyrene. Er verfasste die sogenannten *pinakes*, Verzeichnisse sämtlicher in der Bibliothek von Alexandria vertretener Autoren und ihrer Werke. Allerdings sind auch diese leider verloren gegangen.«

»Nicht ganz«, wandte der Vermummte ein.

»Soll das heißen, dass …?« Sarah starrte auf die Schriftstücke zu ihren Füßen. »Wollen Sie behaupten, dass es sich hierbei um Abschriften der *pinakes* handelt?«

»Allerdings.«

»Das kann nicht sein«, widersprach Sarah. »Hypatia lebte knapp sieben Jahrhunderte nach Kallimachos. Er kann also unmöglich über ihre Werke informiert gewesen sein.«

»Ist das alles, was Ihnen dazu einfällt? Sind das die Grenzen Ihrer Vorstellungskraft? Ihr Vater hat weit weniger Zeit benötigt, um das Rätsel zu lösen, Lady Kincaid.«

»Tut mir leid, wenn ich Ihre Erwartungen nicht erfülle«, knurrte Sarah. »Dann sagen Sie mir doch einfach, was diese Schriften zu bedeuten haben.«

»Nein, sagen Sie es mir!«, verlangte der Vermummte streng. »Verraten Sie mir, weshalb im vierten Jahrhundert Ihrer Zeitrechnung noch immer Verzeichnisse nach dem Vorbild des Kallimachos angefertigt wurden, die sich noch dazu bis zum heutigen Tag erhalten haben.«

»Weil die originalen *pinakes* bis in diese Zeit existierten?«, riet Sarah ein wenig lustlos.

»Ihre Gedanken sind so kurzatmig wie die Lunge eines altersschwachen Greises. Wo bleibt Ihr Mut zu Visionen?«

»Visionen worüber?«

»Über einen alten Menschheitstraum, Lady Kincaid. Einen Ort, der Muse und der Kontemplation gewidmet, an dem das gesammelte Wissen der Welt aufbewahrt wird. Eine universale Bibliothek, gegründet nur aus dem einen Grund, die Menschen den Göttern ebenbürtig zu machen.«

»Alexandria«, flüsterte Sarah atemlos. Eisige Schauer rannen ihr über den Rücken, als sie die Wahrheit hinter allem zu erahnen begann. »Das Museion, die sagenumwobene Bibliothek ...«

»Endlich.« Das Haupt unter der Kapuze nickte.

»Diese Kataloge stammen aus dem Museion von Alexandria?

»Allerdings.«

»Aber es heißt, die Bibliothek wurde vernichtet, im großen Brand des Jahres 47 ...«

»So nimmt man an – obwohl es viele Gelehrte gibt, die anderer Ansicht sind. Unter anderem auch Ihr Vater ...«

Sarah spürte einen Stich in ihrem Herzen. Wieder etwas, das sie von ihrem Vater nicht wusste – im Gegenteil, der vermummte Hüne schien besser informiert zu sein als Gardiner Kincaids eigene Tochter ...

»Die Bibliothek von Alexandria wurde also nicht von Cäsars Truppen zerstört?«, fragte sie.

»Nur ein geringer Teil davon, der in den Lagerhäusern unweit des Hafens untergebracht war. Der Rest existierte weiter – nicht nur bis in die Zeit der römischen Kaiser und der osmanischen Kalifen, sondern weit darüber hinaus.«

»Bis zum heutigen Tag«, ergänzte Sarah flüsternd, auf die Abschriften zu ihren Füßen starrend. »Ist das das Geheimnis, das das Artefakt gehütet hat?«

»Allerdings.«

Sarah kniff die Lippen zusammen. Was sie da erfuhr, war ebenso außergewöhnlich wie bestürzend – und es hatte Folgen, die ihr eben erst klar zu werden begannen. Wenn ihr Vater den Inhalt des Codicubus gekannt und ihn für sie hinterlassen hatte, ließ das im Grunde nur einen Schluss zu …

»Mein Vater ist nicht auf der Suche nach dem Alexandergrab«, hauchte Sarah atemlos und wurde kreidebleich, als sich auch noch die letzten Teile des Mosaiks zusammenfügten. »Sein Ziel ist das Museion, die verlorene Bibliothek …«

»Ganz recht.« Der Vermummte nickte.

»Weshalb wissen Sie davon?«, fragte Sarah argwöhnisch. »Welche Rolle spielen Sie dabei?«

Der Hüne lachte nur. »Für Sie und Ihresgleichen ist das Ausgraben antiker Artefakte nichts als ein zielloses Stochern im Staub der Zeit. Aasfresser sind Sie, nichts weiter – unsere Ambitionen hingegen gehen weiter. Wir wissen, dass Jahrtausende nichts bedeuten und dass die Vergangenheit auch heute noch wirksam ist.«

»Sie hören sich an wie jemand, der den Verstand verloren hat«, kommentierte Sarah geringschätzig.

»Ich erwarte nicht, dass Sie mich verstehen, unwissend, wie Sie sind. Schließlich hat sich auch Ihr Vater von uns abgewandt, und er wusste ungleich mehr als Sie.«

»Was soll das Gerede?«, fragte Sarah. »Wieso waren Sie so erpicht darauf, den Würfel an sich zu bringen, wenn Sie den Inhalt ohnehin schon kannten? Warum musste Pierre Recassin sterben?«

»Weil der Codicubus das letzte Glied in einer langen Kette von Beweisen ist, die die Existenz der Bibliothek von Alexandria belegen – und weil dieses Wissen niemals ans Licht kommen darf.«

»Warum nicht?«, fragte Sarah. »Eine Universalbibliothek, in

der das Wissen der Welt gesammelt wird, ist ein alter Menschheitstraum, und Alexandria ist der Inbegriff einer solchen Institution. Wenn bekannt würde, dass die Bibliothek noch existiert, käme das einer Sensation gleich. Wissenschaftler aus aller Welt würden nach Ägypten strömen, um …« Sie unterbrach sich, als der Kapuzenmann in spöttisches Gelächter verfiel.

»Warum lachen Sie?«, wollte Sarah wissen.

»Weil Ihre Naivität mich amüsiert, Lady Kincaid. Sagen Sie, sind Sie mit der Geschichte der antiken Bibliotheken vertraut?«

»Nur ein wenig«, räumte Sarah ein.

»Haben Sie sich nie gefragt, warum sie alle in Flammen aufgegangen sind? Warum die antiken Quellen einstimmig darüber berichten, dass berühmte Bibliotheken wie die von Pergamon, von Antiochia, von Athen, von Rom, von Byzanz und sogar ein Teil jener von Alexandrien allesamt in feuriger Glut vernichtet wurden?«

»Nein«, gab Sarah zu, worauf der Vermummte nur noch lauter lachte.

»Können Sie in alldem kein Muster erkennen? Keine Fügung des Schicksals?«

»An solche Dinge glaube ich nicht«, stellte Sarah klar. »Ich bin Wissenschaftlerin.«

»Ich vergaß.« Das Haupt unter der Kapuze nickte wieder. »Als solche sind Ihnen wundersame Schicksalsfügungen natürlich ebenso verhasst wie alles andere, was Sie mit ihrem Kleingeist nicht zu erfassen vermögen – aber lassen Sie sich gesagt sein, dass die Geschichte mehr ist als eine Aneinanderreihung von Ereignissen und dass sie Geheimnisse birgt, die Sie zutiefst erschrecken würden. All diese Bibliotheken, Lady Kincaid, existieren nur aus einem Grund nicht mehr: Weil jemand nicht *wollte*, dass sie noch existieren.«

»Warum nicht?«

»Sehr einfach, Lady Kincaid – weil Wissen Macht bedeutet und die Menschen nicht zu viel erfahren dürfen. Wissen sollte allein jenen vorbehalten sein, die es weise zu nutzen verstehen.«

»Was Sie nicht sagen«, knurrte Sarah. »Gehören Sie etwa auch zu denen, die fürchten, man könnte ihnen ihre Domäne streitig machen?« Sie lachte freudlos auf. »Ich muss gestehen, dass ich eurer allmählich überdrüssig werde.«

»Sie wissen nichts, gar nichts«, beschied ihr der Vermummte höhnisch. »Durch Alexanders Verrat wurde die erste Bibliothek gegründet, der erste Versuch, denen das Wissen zu entreißen, die es über Jahrtausende gehütet haben. Von Alexandrien aus hat sich die Seuche weiter verbreitet. Eine Bibliothek nach der anderen entstand – und eine nach der anderen wurde vernichtet.«

»Bis auf Alexandria selbst«, wandte Sarah ein.

»In der Tat. Die Keimzelle des Verrats hat sich als äußerst zäh erwiesen, aber bald werden wir auch sie ausfindig gemacht und vernichtet haben – und Ihr Vater ist uns dabei behilflich.«

»Träumen Sie weiter.« Sarah schüttelte ihren noch immer dröhnenden Kopf. »Mein Vater würde niemals etwas tun, das der Wissenschaft schaden könnte. Er hat sein Leben der Archäologie geweiht, der Erforschung der Wahrheit.«

»Hehre Worte«, spottete der Vermummte, »und ich gebe Ihnen recht. Ihr Vater glaubt tatsächlich, im Auftrag der Wissenschaft zu handeln – in Wahrheit jedoch sind es andere, in deren Diensten er steht ...«

Er lachte erneut, und Sarah begann zu begreifen, dass ihr Vater in einer teuflischen Intrige verstrickt war. Im festen Glauben, auf der richtigen Seite zu stehen, lief Gardiner Kincaid Gefahr, all das zu verraten, woran er je geglaubt und wofür er je gearbeitet hatte.

Mehr noch als je zuvor von dem Gedanken beseelt, ihn zu finden und zu warnen, zerrte Sarah an ihren Fesseln – aber es war nur ein hilfloses Aufbäumen, dessen einziger Erfolg darin bestand, dass das Leder noch tiefer in ihre Handgelenke schnitt.

Der Vermummte schüttete spöttisches Gelächter über sie aus,

während er in den Codicubus griff und die übrigen Schriftrollen hervorholte, die Hinweise auf die Bibliothek und ihre als verloren geltenden Schätze gaben. Achtlos warf er die Abschriften in die Kuhle der Stele, dann nahm er eine der Fackeln von der Wand.

»Was tun Sie da?«, rief Sarah entsetzt.

»Was getan werden muss«, erklärte der Vermummte, »was mir aufgegeben wurde von jenen, die das geheime Wissen hüten.« Damit senkte er die Fackel und setzte die Schriftrollen in Brand.

»Nein!«, schrie Sarah, als sie die Verzeichnisse in Flammen aufgehen sah. »Das dürfen Sie nicht tun! Die *pinakes* sind für die Archäologie von unschätzbarem Wert ...«

»Deshalb werden sie vernichtet«, gab der Hüne ihr zur Antwort.

Mit aller Kraft stieß Sarah sich von dem Steinthron ab, und es gelang ihr tatsächlich, auf die Beine zu kommen. Benommen tat sie ein, zwei Schritte, dann gaben ihre Knie nach, und sie brach zusammen.

Das Letzte, was sie sah, ehe der Schmerz und die Erschöpfung sie übermannten und es erneut dunkel wurde, war das Gesicht im Schatten der Kapuze – und ein entsetzter Schrei entfuhr ihr, als sie in eine entstellte Fratze blickte.

2

Als Sarah erneut erwachte, war ihre Lage noch unbequemer als zuvor. Das Erste, was sie durch den dichten Nebel ihrer Bewusstlosigkeit wahrnahm, war der strenge Geruch von Salz und Fisch. Dazu war wieder das Rauschen zu hören, näher diesmal und eindeutig als Brandung zu erkennen, die gegen Klippen schlug und sich daran brach.

Es war kalt.

Feucht.

Dunkel.

Die Kopfschmerzen hatten nachgelassen, dafür fühlten sich Sarahs Hände und Füße taub und leblos an, was nicht nur an der klammen Kälte lag, sondern auch daran, dass sie noch immer gefesselt waren und die ledernen Riemen tief in die Gelenke schnitten. Wer immer Sarahs Peiniger war, er schien sein Handwerk zu verstehen. Schaudernd rief sie sich noch einmal jene grässlichen Züge ins Gedächtnis, die sie aus der Kapuze angestarrt hatten – und riss entsetzt die Augen auf.

Tiefes Blau umgab sie, das Halbdunkel einer sternklaren Nacht. Ringsum sah sich Sarah von meterhohen Wänden aus Fels umgeben, nur wenn sie den Kopf ganz in den Nacken legte (worauf sich die Kopfschmerzen hämmernd zurückmeldeten), konnte sie hoch über sich eine kreisrunde Öffnung mit gezacktem Rand erkennen, über der ein schmaler Mond am Himmel stand. Stufen, die in den von Korallen und Muscheln verkrusteten Fels gehauen waren, wanden sich spiralförmig empor, unerreichbar fern.

Ein unheimliches Gurgeln ließ Sarah vollends zu sich kommen.

Die Quelle des Geräuschs war ein Salzwasserpfuhl, der in der Mitte der Höhle klaffte und, soweit es sich im Mondlicht erkennen ließ, in unergründliche Tiefen reichte. Schäumende Blasen stiegen an die Oberfläche, wie aus dem Rachen eines gefräßigen Untiers. Was Sarah jedoch ungleich mehr erschreckte, waren die bleichen Knochen, die rings um den Pfuhl verstreut lagen. Menschliche Knochen, die Überreste anderer Gefangener ...

Sarah versuchte, ihre Gliedmaßen zu bewegen – es gelang ihr nicht. Die Riemen, mit denen sie an einen von Miesmuscheln übersäten Felsblock gefesselt war, waren so straff, dass sie kaum eine Bewegung zuließen. Nur mühsam gelang es Sarah, den Kopf zu drehen, und sie erkannte, dass sie nicht allein in der Höhle war.

Mit einer Mischung aus Erschrecken und Erleichterung stellte sie fest, dass Maurice du Gards Lage nicht weniger prekär war als ihre eigene: Auch er stand aufrecht an einen Fels gefesselt, war nur mit seinen baumwollenen Unterhosen bekleidet und fror erbärmlich. Seine rechte Schläfe war von verkrustetem Blut bedeckt, seine Gesichtszüge so fahl und teigig wie der Mond. Alles in allem sah der Franzose ziemlich elend aus, was ihn jedoch nicht daran hinderte, ein schwaches Lächeln zu versuchen.

»In meinem Land«, drang seine Stimme krächzend herüber, »bezeichnet man eine solche Lokalität als *oubliette*, als ›Ort des Vergessens‹. Der Ausdruck dürfte zutreffen, denn ich fürchte, aus genau diesem Grund hat man uns hergebracht.«

»Sieht ganz so aus«, stimmte Sarah düster zu.

»*Mon dieu*, Kincaid. Ich habe das Gefühl, als säße eine Dampfmaschine auf meiner Brust.«

Sarah zwang sich ebenfalls zu einem Lächeln. Noch vor wenigen Tagen hätte sie nichts als Verachtung für du Gards so offen zur

Schau gestelltes Selbstmitleid übrig gehabt – nun jedoch schmerzte es sie, ihn so zu sehen. Ihre gemeinsame Liebesnacht schien Ewigkeiten zurückzuliegen. Bruchstückhafte Erinnerungen daran steckten wie Splitter in Sarahs Bewusstsein und schmerzten bei jedem Atemzug.

»Das kommt vom Äther«, erwiderte sie. »Du musst tief atmen, dann wird es rasch vergehen.«

»Mon dieu«, sagte du Gard erneut. »Wie sind wir nur in diese jammervolle Lage geraten? Ich kann mich kaum an etwas erinnern ...«

»Ich erinnere mich durchaus«, versicherte Sarah, und in aller Kürze berichtete sie ihrem Begleiter, was nach ihrem ersten Erwachen geschehen war und was sie von ihrem geheimnisvollen Häscher erfahren hatte.

»Mon dieu.« Als du Gard die Worte zum dritten Mal wiederholte, klangen sie nicht mehr nach einer beiläufigen Floskel, sondern nach einem echten Fluch oder einem Stoßgebet. Vielleicht war es beides zusammen. »Wer ist dieser impertinente Mensch, der uns an diesen tristen Ort verschleppt hat?«

»Ich weiß es nicht«, erwiderte Sarah tonlos.

»Er trug also eine Kapuze?«

»In der Tat.«

»Und sein Gesicht war nicht zu sehen? Zu keinem Zeitpunkt?«

Sarah zögerte einen unmerklichen Augenblick. Sollte sie du Gard sagen, was sie gesehen hatte? Was sie *gesehen zu haben glaubte ...*?

»Nein«, behauptete sie steif.

»Mince alors. Wer mag der Kerl sein? Und woher wusste er all diese Dinge? Für wen arbeitet er?«

»Auch das weiß ich nicht.« Sarah schüttelte den Kopf. »Er sagte nur, dass er den Auftrag hätte, die Bibliothek von Alexandria zu zerstören, und dass er sich von niemandem dabei aufhalten ließe, weder von meinem Vater noch von mir. Vielleicht gibt es diesen

Auftraggeber auch gar nicht, und wir haben es lediglich mit einem gemeingefährlichen Irren zu tun.«

»Das glaube ich nicht«, widersprach du Gard. »Ich denke, ich weiß, in wessen Diensten dieser Geisteskranke steht.«

»Tatsächlich?«

»*Alors*, Kincaid, bist du blind? Abgesehen von Monsieur Verne und uns beiden gab es nur einen, der über unsere Abreise nach Marseille informiert war.«

»Du meinst doch nicht etwa ...?«

»*Naturellement*, wen denn sonst?«, knurrte du Gard. »Es war ein Fehler, Hingis einzuweihen. Er hat uns verraten, *ça saute aux yeux.*«

»Das glaube ich nicht.«

»*Pourquoi pas?* Sagtest du nicht selbst, dass Friedrich Hingis ein ruchloser Intrigant wäre?«

»Das sagte ich, und dieser Ansicht bin ich noch immer«, räumte Sarah ein. »Aber ich denke nicht, dass er etwas mit dieser Sache zu tun hat. Erstens wusste der Vermummte Dinge, die Hingis unmöglich wissen konnte. Zweitens wäre es aus Hingis' Sicht viel zu früh, uns aus dem Verkehr zu ziehen. Schließlich weiß er noch nicht einmal, wohin genau die Reise geht, und er braucht uns, um nach Alexandria zu gelangen. Und drittens ...«

»Nun?«, hakte du Gard nach, als er Sarahs Zögern bemerkte.

»... bin ich dem Vermummten bereits einmal begegnet«, gestand sie ein wenig kleinlaut.

»*Pardonne-moi?*«

»Ich sagte, dass ich dem Vermummten bereits einmal begegnet bin«, wiederholte Sarah.

»Wann und wo ist das gewesen?«

»Auf dem Montmartre. In der Nacht, als ich deine Vorstellung besuchte.«

»*Mais pourquoi* ... Warum hast du nichts davon gesagt?«

»Weil ich mir nicht sicher war. Dieser große, dunkle Schatten verfolgte mich, aber kaum war ich ihm entkommen, da erschien mir die Bedrohung nicht mehr … *wirklich.*«

»Nicht mehr wirklich? Ein vermummter Hüne verfolgt dich mitten in der Nacht, und das ist dir nicht wirklich genug? Wie wirklich muss es denn deiner Ansicht nach werden?«

»Es war ein Fehler«, gestand Sarah ein. »Die Wahrheit ist, dass man mich in Paris die ganze Zeit über beobachtet hat. Der Vermummte wusste, dass sich das Artefakt in meinem Besitz befand, und er hat den geeigneten Augenblick abgewartet, um es sich zu holen.«

»Oui«, maulte du Gard und blickte an seiner halbnackten Gestalt herab, »der geeignete Augenblick, *c'est vrai.* Wir wissen also gar nichts, richtig? Weder, in wessen Gewalt wir uns befinden, noch, wohin man uns verschleppt hat.«

»Nach Malta«, eröffnete Sarah schlicht.

»Quoi?«

»Malta«, wiederholte sie. »Eine Insel im südlichen Mittelmeer, ihres Zeichens britische Kronkolonie.«

»D'accord, ich weiß, wo Malta liegt«, beteuerte du Gard angesäuert. »Woher willst du wissen, dass wir dort sind?«

»Die Vermutung liegt nahe«, antwortete Sarah. »Der Vermummte erwähnte das Jahr 1565 und die türkische Invasion unter Dragut Rais.«

»Und?«

»Unser anonymer Peiniger nahm an, ich wüsste das nicht, aber in jenem Jahr wurde Malta von der türkischen Flotte angegriffen«, erklärte Sarah. »Den Rittern des Johanniterordens, in deren Besitz sich die Insel damals befand, gelang es, den Angriff nach langer Belagerung zurückzuschlagen. Dragut Rais fand dabei den Tod.«

»Das erklärt noch nicht, warum du glaubst, dass wir uns auf Malta befinden«, wandte du Gard ein.

»Der Vermummte sagte weiter, dass der Codicubus im Lauf der Schlacht neue Herren gefunden hätte, die ihn hüteten, bis ihre

Herrschaft durch Bonaparte beendet wurde – damit können nur die Großmeister des Ordens gemeint sein, die Napoleon gegen Ende des vorigen Jahrhunderts von der Insel vertrieb. Über Generationen hüteten sie den Codicubus und erschufen einen Ort, an dem er sich öffnen ließ, um sein Geheimnis preiszugeben – nämlich jene finstere Gruft, in der ich gefangen war. Aus diesem Grund nehme ich an, dass wir uns auf Malta befinden.«

»Schön und gut – aber das würde bedeuten, dass wir mehrere Tage lang ohne Bewusstsein waren.«

»Nach meinen Berechnungen rund eine Woche«, bestätigte Sarah. »So lange hätte es mindestens gedauert, um von Orléans nach Marseille und von dort mit dem Schiff nach Malta zu gelangen.«

»Aber wie ist das möglich? Ich erinnere mich nicht ...«

»Ich nehme an, dass man uns jedes Mal, wenn wir zu uns zu kommen drohten, sofort wieder betäubt hat. Zu den Mahlzeiten hat man uns zu essen gegeben und uns dazwischen immer wieder befragt.«

»Alors«, stöhnte der Franzose, »und ich wundere mich, dass mir der Schädel brummt. Wir können von Glück sagen, dass wir noch klaren Verstandes sind.«

»Ob das wirklich ein Glücksfall ist, wird sich zeigen«, erwiderte Sarah mit einem argwöhnischen Blick auf die menschlichen Überreste. »Ich teile deine Ansicht, dass wir nur aus einem einzigen Grund an diesen Ort gebracht wurden, nämlich, um vergessen zu werden ...«

Wie um ihre Worte zu bestätigen, ließ sich erneut ein dumpfes Gurgeln vernehmen, und aus dem Salzwasserpfuhl schoss unvermittelt eine schäumende Fontäne, die nach allen Seiten zersprang.

»Das ist die Flut«, rief Sarah gegen das Tosen an, das plötzlich die Höhle erfüllte. »Sie wird die Grotte überschwemmen.«

»Du sprichst das sehr gelassen aus, *chérie*«, meinte du Gard, dem das wachsende Unbehagen anzusehen war. »Offen gestanden, verspüre ich wenig Verlangen danach zu ertrinken.«

»Das wirst du vielleicht auch gar nicht.«

»So? Und aus welchem Grund nicht?«

»Weil wir schon vorher Gesellschaft bekommen«, antwortete Sarah lakonisch und deutete mit dem Kinn auf den Boden der Höhle, der sich plötzlich zu bewegen schien.

Im Mondlicht, das in den Schacht einfiel, waren Myriaden kleiner, gepanzerter Körper zu erkennen, die sich auf acht Beinen seitwärts bewegten, während sie unablässig mit ihren Scheren klapperten.

»Krabben«, kommentierte Sarah mit vor Ekel gesenkten Mundwinkeln. »Normalerweise fressen sie nur Aas, das sich auf dem Meeresgrund absetzt, aber im Fall zweier Menschen, die gefesselt und wehrlos sind, werden sie auch eine Ausnahme machen.«

»Eine Ausnahme?« Du Gards Augen weiteten sich, sodass sie aus den Höhlen zu treten drohten. »Aber ich will keine Ausnahme sein. Ich habe kein Verlangen danach, bei lebendigem Leibe gefressen zu werden.«

»Unser anonymer Entführer schert sich offenbar nicht um deine Vorlieben«, konterte Sarah trocken. »Wenn die Krabben ihre Mahlzeit beendet haben, wird nichts mehr von uns übrig sein, und genau das will er. Nur aus diesem Grund hat er mich in das Geheimnis des Codicubus eingeweiht – weil er wusste, dass ich die Insel nicht mehr verlassen würde.«

»Dieser elende, impertinente ...«

Was du Gard sagte, ging in einem neuerlichen Brausen und Gurgeln unter, als die Flut eine weitere Fontäne in die Höhle spie. Der Wasserspiegel des Pfuhls hob sich, schäumende Gischt überspülte den glattgewaschenen Fels und kroch auf die Gefangenen zu – ebenso wie die Krabben, von denen immer mehr aus der dunklen Tiefe quollen.

»Ich gestehe freimütig, dass ich diese Viecher schon wiederholt gegessen habe«, räumte du Gard ein, »aber das bedeutet nicht, dass ich auch von ihnen gefressen werden möchte.«

»Gleiches Recht für alle«, erwiderte Sarah, obwohl ihr nach allem anderen als Scherzen zumute war. Mit vor Abscheu geweiteten Augen starrte sie auf die Krustentiere, die nur noch wenige Schritte von ihr entfernt waren. Nicht mehr lange, und sie würden ihre Beine erreichen und daran heraufkriechen ...

Wieder schoss Wasser aus dem Pfuhl, und diesmal war die Fontäne so gewaltig, dass sie Sarah und du Gard erreichte. Beide schrien, als der eisig kalte Schwall sie traf und ihre ohnehin schon spärliche Kleidung durchnässte, Salzwasser brannte in ihren Augen und nahm ihnen die Sicht. Dazu stieg der Pegel im Schacht sprunghaft an, sodass ihnen das Wasser plötzlich bis zu den Knöcheln reichte.

Die Krabben freilich ließen sich davon nicht beirren.

Du Gard war der Erste, den sie erreichten.

Der Franzose verfiel in bittere Verwünschungen, als er merkte, wie kleine Scheren nach seinen nackten Füßen tasteten und etwas den Versuch unternahm, an seinem rechten Bein emporzukriechen. Trotz der Fesseln um seine Fußgelenke gelang es ihm, die Ballen zu heben und so wenigstens einige der Angreifer zu zertreten.

»Hier, nehmt das«, rief er dazu, »ihr widerwärtige Ausgeburt der Tiefe! Ich werde euch zeigen, was es heißt, Maurice du Gard fressen zu wollen ...«

Es war freilich ein aussichtsloses Unterfangen.

Auf ihren dünnen Beinen krochen die Tiere kurzerhand weiter, nur ein paar wenige blieben zurück, um sich über die zerquetschten Kadaver ihrer Artgenossen herzumachen – und im nächsten Augenblick hatten sie auch Sarah erreicht.

Sie hielt den Atem an und schloss die Augen, als sie die winzigen Beine auf ihrer nackten Haut und die Bisse der Scheren spürte. Vor Entsetzen hätte sie am liebsten laut geschrien, aber sie zwang sich zur Ruhe, schon weil sie wusste, dass Panik ihr nicht geholfen hätte. Ihr Vater hatte ihr beigebracht, in jeder Lage einen kühlen Kopf zu bewahren – ob er dabei auch an Situationen wie diese gedacht hatte, bezweifelte Sarah allerdings ...

Du Gard erlegte sich weniger Zurückhaltung auf. »Diese elenden Krabbeltiere sind überall«, beschwerte er sich. »Ich würde sie alle zerquetschen, aber ich kann mich nicht bewegen ...«

»Das ist der Sinn der Sache«, erwiderte Sarah lakonisch, während sie sich verzweifelt nach einem Ausweg umsah. Immer wieder blickte sie sehnsüchtig zu den Stufen, die am Fels empor aus dem Schacht führten – und die unerreichbar für sie waren.

Erneut schoss ein Wasserschwall aus dem Schlund, und eine ringförmige Welle breitete sich aus, brach sich schäumend an den Gefangenen und schwappte von den Felswänden zurück. Auf dem Grund des Schachtes schien ein Sturm zu toben. Schon reichte Sarah und du Gard das Wasser bis an die Hüften.

Der einzige Vorteil des plötzlichen Wellengangs war, dass der Vormarsch der Krabben wenn schon nicht aufgehalten wurde, so doch ins Stocken geriet. Die meisten Tiere, die versucht hatten, an den Beinen der Gefangenen emporzukriechen, wurden von der Strömung erfasst und fortgerissen, aber es war nur eine Frage der Zeit, bis sie es erneut versuchen würden.

»Irgendwie schon komisch«, meinte du Gard.

»Was meinst du?«

»*Tu sais*, eigentlich bin ich ein guter Schwimmer – dass ich ausgerechnet ertrinken werde, hat eine gewisse Komik.«

»Es ist nicht gesagt, dass du ertrinkst«, tröstete ihn Sarah.

»*Non?*«, fragte der Franzose hoffnungsvoll.

»Nein – du könntest vorher auch bei lebendigem Leibe gefressen werden. Wir könnten eine Wette darüber abschließen, die Chancen dürften ziemlich ausgeglichen stehen.«

»Ziemlich ausgeglichen?« Du Gard klang entnervt. »*Mon dieu*, Kincaid, du bist wirklich eine Britin, wie sie im Buche steht. Wie kannst du in einem solchen Augenblick ans Wetten denken? Ich hätte dich nicht für so abgebrüht gehalten.«

»Bin ich auch nicht«, versicherte Sarah halblaut, aber die Worte gingen in einem erneuten Tosen unter, das aus der Tiefe drang, gefolgt von einer weiteren Flutwelle, so hoch, dass sie über die Gefangenen hinwegschwappte. Zwar sank der Wasserspiegel sofort wieder, aber Sarah und du Gard hatten einen schrecklichen Ausblick auf das bekommen, was in Kürze geschehen würde. Nicht nur, dass die Flut sich nicht aufhalten ließ – durch das glasklare Wasser konnten sie auch sehen, wie die Krabben sich erneut formierten und zu einer weiteren Attacke ansetzten. Ein Augenblick der Stille trat ein, in der nur das ferne Rauschen der Brandung und der unheimliche Gesang der Tiefe zu hören waren.

»Vielleicht der richtige Zeitpunkt für ein paar letzte Worte«, regte Sarah an.

»Was willst du hören?«, schnappte du Gard. »Dass es schön war mit dir? Dass ich die gemeinsame Nacht nie vergessen werde?«

»Etwas in der Art«, gab sie zu.

»Bon. Es *war* schön«, bestätigte du Gard panisch, »und in den geschätzten zehn Minuten, die mir noch bleiben, werde ich es ganz sicher nicht vergessen? *Ça suffit?«*

»Besser als nichts.« Sie rang sich ein Lächeln ab. »Es tut mir leid, Maurice. Nur meines Eigensinns wegen bist du hier.«

»C'est vrai. Du hättest auf deinen Vater hören und nach England zurückkehren sollen, dann wäre uns dies erspart geblieben.«

Sarah nickte. »Vielleicht hattest du recht, Maurice.«

»Womit?«

»Mit dem, was du in Orléans gesagt hast. Dass ich das alles nicht für meinen Vater tue, sondern für mich. Dass ich ihm etwas beweisen und mich an ihm rächen will. Als ich das hörte, war ich wütend und wollte es mir nicht eingestehen, aber inzwischen ...«

»... hast du den Eindruck, dass ich die Wahrheit gesagt habe«, vervollständigte du Gard, der die Augen infolge des Salzwassers, das wie Feuer darin brannte, fest zusammenkniff. »Ein bisschen spät für Reue, *n'est-ce pas?* Immerhin werden wir deinen Starrsinn beide mit dem Leben bezahlen ... Aber auch ich muss dir ein Geständnis machen, Kincaid. Noch nie zuvor in meinem Leben bin ich einer Frau wie dir begegnet, und ich ... Ich weiß nicht, wie ich es sagen soll, ohne mich anzuhören wie ein liebeskranker *crétin* – aber ich liebe dich, Sarah Kincaid, hörst du ...?«

Er öffnete die Augen, um zu sehen, wie sie auf sein Geständnis reagierte, das er sich mit viel Überwindung und nur angesichts der Tatsache abgerungen hatte, dass sie ohnehin in wenigen Augenblicken tot sein würden – und stellte entsetzt fest, das Sarah nicht mehr da war. Der Felsblock, an dem sie eben noch gestanden hatte, an Armen und Beinen gefesselt, war leer.

Ein heiserer Schrei entrang sich du Gards Kehle, der jäh abbrach, als eine weitere Welle in den Schacht flutete und über ihn schwappte – und plötzlich stand ihm das Wasser buchstäblich bis zum Hals.

»Sarah!«, schrie er aus Leibeskräften. »Sarah ...!«

Aber er erhielt keine Antwort. Mit tränenden Augen schaute er sich um, sah ringsum nichts als schäumendes Wasser, das im Mondlicht glitzerte und sich unablässig hob und senkte. Jeden Augenblick drohte es ihn zu ertränken, während er erneut bemerkte, wie dürre Beine an ihm emporkrabbelten und Scheren nach seinem Fleisch schnappten ...

»Elle est perdue«, rief er panisch. *»ces petits bâtards!* Mon dieu, *je ne veux pas mourir ...«*

Plötzlich packte ihn etwas an den Beinen, das ungleich größer war als eine Krabbenschere. Du Gard schrie vor Entsetzen, als er im bleichen Mondlicht vor sich einen langen Schatten erkannte, der im Wasser dahinglitt – und unvermittelt vor ihm auftauchte.

Du Gards Stimme überschlug sich, sein Herzschlag wollte aussetzen – als er unvermittelt in Sarah Kincaids vertraute Züge blickte.

»Nicht erschrecken«, sagte sie nur.

»Z-zu spät«, stieß er hervor, »du hast mich zu Tode erschreckt.«

»Das war nicht meine Absicht,«, beteuerte sie, während sie sich inmitten der wogenden Flut daranmachte, seine Fesseln zu lösen.

»Quoi? Comment ...?«, stammelte du Gard in maßloser Verblüffung. »Wie hast du es geschafft ...?«

»Das Salzwasser«, erklärte Sarah knapp. »Während wir uns unterhielten, stellte ich fest, dass sich die Riemen unserer Fesseln lockerten, sobald sie sich unter Wasser befanden. Es gelang mir, meine Handgelenke zu befreien, dann tauchte ich unter, um auch die Fußfesseln loszuwerden. Und dann ...«

»... hast du auch mich losgebunden«, fügte du Gard hinzu, der sich in diesem Moment wieder frei bewegen konnte. *»Merci beaucoup«*, sagte er, während er sich wie wild im Wasser bewegte, um die gefräßigen Krabben von sich abzuschütteln.

»Gern geschehen.« Sie grinste flüchtig. »Nun lass uns verschwinden.«

»D'accord.«

Hastig wateten und schwammen sie zu den Stufen, die aus dem Schacht führten, während der Wasserpegel abermals stieg. Wieder breitete sich eine Welle nach allen Seiten aus, die sie beide erfasste und gegen den Fels prallen ließ. Sarah, die sich an dem von Muscheln übersäten Gestein abfangen wollte, schnitt sich die Handflächen blutig und wäre um ein Haar abgetrieben worden, hätte du Gard, der die Stufen bereits erklommen hatte, nicht den Kragen ihres Nachthemdes zu fassen bekommen. Unnachgiebig hielt er sie fest und half ihr dabei, das Trockene zu erklimmen, was infolge des durchnässten Stoffes, der klamm und schwer an ihr zerrte, zur Strapaze wurde. Indem sie sich gegenseitig stützten, schleppten sie sich die schmalen Stufen hinauf, während die Felsen, an denen sie eben noch gefesselt gestanden hatten, unter schäumender Gischt verschwanden.

Die Gefahr, auf den glitschigen und im Halbdunkel kaum auszumachenden Stufen auszugleiten und wieder in den Pfuhl zurückzustürzen, war beträchtlich. Vorsichtig setzten Sarah und du Gard einen Fuß vor den anderen und erreichten endlich die gezackte Öffnung des Schlundes.

»Warte«, raunte Sarah ihrem Begleiter zu und zwängte sich an ihm vorbei, warf zuerst einen vorsichtigen Blick über den Rand für den Fall, das dort jemand Wache hielt. Aber das felsige Halbrund, das den Schacht säumte und sich zum Meer hin öffnete, war menschenleer, und so kletterte Sarah vollends heraus und blickte sich weiter um.

Am Fuß der lotrecht ansteigenden Klippen gewahrte sie eine Tür aus rostigem Eisen. Darüber, hoch über dem steilen Fels und im Mondlicht nur schemenhaft zu erkennen, waren die Umrisse einer Burgruine auszumachen, über denen der Sternenhimmel funkelte. Zur schäumenden See hin, die in tosenden Wellen heranbrandete, fiel der sandige Boden steil ab. Sarah versuchte ihr Glück an der eisernen Pforte, die jedoch weder Knauf noch Klinke besaß und von innen verriegelt war.

»Verdammt!«, schrie Sarah und hämmerte mit ihren blutigen Fäusten verzweifelt dagegen – wenn es du Gard und ihr nicht gelang, die Bucht zu verlassen, ehe sie von der Flut überspült wurde, würden sie ihren Tod nur ein wenig hinausgezögert haben. Die Klippen ringsum standen senkrecht und unbezwingbar wie die Mauern eines Gefängnisses, und aufs offene Meer hinauszuschwimmen bedeutete das sichere Verderben ...

»*Chérie!*«, rief du Gard plötzlich, der sich auf der Seeseite umgesehen hatte. »Komm hierher! Hier ist ein Boot ...«

Sarah traute ihren Ohren nicht. Am ganzen Körper zitternd und der Erschöpfung nahe, stürzte sie durch den Sand zur anderen Seite der Bucht. Du Gard hatte recht. An einem metallenen Pflock, der in den Fels gerammt war, lag ein kleiner Nachen vertäut, der in den Wogen heftig schaukelte.

Schon hatte du Gard den Fels erklommen und löste die Leine. Sarah stieg bis zu den Knien in die eisige Flut und nahm das Boot in Empfang, sprang kurzerhand hinein, während du Gard es bereits vom Ufer abstieß. Ein wenig unbeholfen wollte er über das Heck einsteigen, worauf Sarah ihn beherzt packte und an Bord zog. Rasch griffen sie nach den Paddeln, die auf dem Boden des Nachens lagen, und stießen sich vom Ufer ab.

Es gab einen harten Stoß, als das kleine Boot frontal auf eine Welle traf, die am Bug zerschellte und als weiße Gischt auf die Insassen herabregnete. Der Nachen stellte sich so steil auf, dass Sarah fürchtete, er würde kentern – aber schon im nächsten Moment hatte das Boot die Welle hinter sich gelassen und dümpelte weiter auf die offene See. Eilig legten Sarah und du Gard die Paddel in die Pinnen und ruderten um ihr Leben. Mit aller Kraft, die ihnen noch geblieben war, legte sie sich in die Riemen. Dabei galt es nicht nur, sich vor neuen Brechern in Acht zu nehmen, sondern auch davor, von der Strömung erfasst und gegen die Uferfelsen geschmettert zu werden, die die Bucht säumten.

»Weiter!«, rief Sarah ihrem Begleiter zu, der ganze Kanonaden wüster französischer Verwünschungen in die Nacht hinausschickte. »Nicht nachlassen, weiterrudern ...!«

Sie selbst hatte das Gefühl, als wollten ihre Glieder von ihr abfallen. Gleichzeitig fror sie erbärmlich, während ihr Schweißperlen auf der Stirn standen – oder war es nur die Gischt, die auf sie niederprasselte, während der Nachen durch immer neue Wellen schnitt?

Die Strapazen der Gefangenschaft und die Nachwirkungen des Äthers sorgten dafür, dass die Kräfte der Flüchtlinge bald aufgezehrt waren. Aber mit dem Mut der Verzweiflung und angetrieben von eisernem Überlebenswillen, gelang es ihnen, den Kampf gegen die Brandung für sich zu entscheiden. Je weiter sie sich vom Ufer entfernten, desto ruhiger wurde die See, und endlich konnten Sarah und du Gard die Riemen loslassen und sich eine Pause gönnen.

Keuchend vor Erschöpfung, holten sie die Paddel ein und sanken ins Innere des Bootes. Das Ufer erhob sich in einiger Entfernung als scharf gezacktes Band, das sich mit der Dünung auf und ab zu bewegen schien. In Wahrheit war es freilich der Nachen, der wie ein Korken auf dem Wasser schwamm und sich im Rhythmus des Meeres wog – so sehr, dass es du Gard auf die Verdauung schlug.

In seinem Magen befand sich nicht allzu viel, dessen er sich entledigen konnte – so begnügte er sich damit, sich nach der See zu drehen, würgende Geräusche von sich zu geben und mehr tot als lebendig auszusehen.

»Alles in Ordnung?«, erkundigte sich Sarah, die infolge ihrer Erschöpfung kaum fähig war, sich zu bewegen.

»Mais oui«, drang es leicht indigniert zurück. »Ich habe mir gerade die Seele aus dem Leib gekotzt, aber ich fühle mich wunderbar.«

»Es hätte schlimmer kommen können«, gab Sarah zu bedenken. »Wir könnten auch längst ertrunken sein.«

»Chérie, was nicht ist, kann noch werden. Immerhin treiben wir mutterseelenallein auf offener See, und dabei wissen wir noch nicht einmal mit Bestimmtheit, wo wir uns befinden. Entkommen sind wir fürs Erste, aber wohin sollen wir?«

»Wir werden hier draußen bleiben, bis der Morgen dämmert«, verkündete Sarah. »Bei Tagesanbruch werden wir ans Ufer zurückrudern und versuchen, die nächste Siedlung zu erreichen.«

»Bei Tagesanbruch?« Du Gard blickte skeptisch zum nächtlichen Himmel. »Das sind noch Stunden! Bis dahin werden wir erfroren sein.«

»Nicht, wenn wir uns gegenseitig wärmen«, schlug Sarah vor, wogegen ihr Begleiter nichts einzuwenden hatte. Im Heck des Nachens drängten sie sich aneinander und spendeten sich die Körperwärme, die ihnen geblieben war.

»Wir sollten uns abwechseln«, schlug Sarah vor. »Jeweils einer von uns kann schlafen, während der andere aufpasst, dass wir uns nicht zu weit vom Ufer entfernen.«

»Pas de problème«, versicherte du Gard. »Schlaf ruhig, ich werde die erste Schicht übernehmen.«

»Bist du sicher?«

»Bien sûr. Vertraust du mir etwa nicht?«

Ein flüchtiges Lächeln huschte über ihre ausgemergelten Züge. »Doch, Maurice. Ich traue dir.«

»Dann schlaf jetzt – ich könnte ohnehin kein Auge zutun.«

Er hob den Arm, damit sie ihr Haupt an seine Schulter betten konnte, und legte ihn sanft um sie. Und er genoss das Gefühl, das ihn dabei durchströmte.

»Kincaid?«, fragte er.

»Hm?«

»Dis donc, hast du gehört, was ich dort unten gesagt habe? Ich meine, kurz bevor es dir gelang, dich zu befreien?«

»Nein«, drang es schläfrig zurück.

Du Gard schürzte die Lippen. »Ich verstehe.«

»Wieso? Habe ich etwas verpasst?«

Der Franzose zögerte einen unmerklichen Augenblick.

»Non«, sagte er dann, während er weiter in die blaue Dunkelheit starrte. *»Ce n'est pas important.«*

»Was?«

»Nicht weiter wichtig ...«

3

Reisetagebuch Sarah Kincaid
Nachtrag

Von früher Jugend an wurde mir beigebracht, mich auf niemanden zu verlassen. Vertrauen, pflegte mein Vater stets zu mir zu sagen, ist wie eine hohe Auszeichnung – man verleiht sie selten und nur an jene, die sie wirklich verdienen. Wem man es jedoch einmal geschenkt hat, dem entzieht man es niemals wieder.

Ich habe stets versucht, diese Regel zu berücksichtigen – dass ich sie ausgerechnet vernachlässigte, als mein Überleben davon abhing, mag man für unentschuldbar halten; inzwischen weiß ich, dass es nur die Reaktion darauf war, dass ausgerechnet mein Lehrer den Grundsatz gebrochen hatte. Mein Vater hatte mir das Vertrauen entzogen, also suchte ich neue Freunde.

War das ein Fehler …?

Es war das dritte Mal in Folge, dass Sarah Kincaid beim Erwachen eine hässliche Überraschung erlebte.

Die klamme Kälte des Morgens ließ sie frösteln und sorgte dafür, dass sie die Augen aufschlug – nur um gehetzt in die Höhe zu fahren, als sie über sich nichts als milchige Leere erblickte und nicht wusste, wo sie war. Sie fand sich in einem Nachen liegend, umgeben von Meerwasser und Nebel, der so dicht war, dass die graue See sich schon nach wenigen Yards darin verlor.

Die Sonne war aufgegangen; wie weit sie bereits über den Horizont gestiegen war, ließ sich infolge der trüben Schleier allerdings nicht feststellen. Die See war ruhig; sanft dümpelte das Boot auf und ab, von der rettenden Küste jedoch war nichts mehr zu sehen.

Jäh erinnerte sich Sarah daran, dass sie nicht allein in dem Boot war und dass sie mit du Gard eine Übereinkunft getroffen hatte. Als sie sich schnaubend umwandte und ihren Begleiter schlafend fand, schoss blanke Wut in ihre Adern.

»Du Gard!«, fuhr sie ihn an und stieß ihn unsanft mit dem Fuß. »Wach auf!«

Der Franzose machte kaum Anstalten zu erwachen, sodass Sarah ihm einen weiteren Tritt versetzte.

»Qu'est-ce qu'il y a?«, erkundigte er sich daraufhin schläfrig, die Augen weiter geschlossen.

»Ich werde dir verraten, was es gibt«, erwiderte Sarah entrüstet. »Anstatt Wache zu halten, wie du es versprochen hast, bist du eingeschlafen.«

»Quoi ...?«

Der säumige Wächter bequemte sich jetzt doch dazu, die Augen zu öffnen. Von dem Moment, in dem er sich aufsetzte und sich verschlafen umblickte, bis zu dem, da ihm zu dämmern schien, was geschehen war, verstrich allerdings noch eine kleine Ewigkeit, im Laufe derer Sarahs Geduld auf eine harte Probe gestellt wurde.

»C'est la brume«, stellte er schließlich wenig geistreich fest.

»Dass das Nebel ist, sehe ich auch«, blaffte Sarah. »Die Frage ist, weshalb du mich nicht geweckt hast, als er aufzog.«

»C'est vrai.« Ein wenig verlegen kratzte du Gard sich am Hinterkopf. »Das muss mir wohl entgangen sein.«

»Findest du das amüsant?«, erkundigte sich Sarah fassungslos. »Wir haben das Ufer aus dem Blick verloren. Ist dir nicht klar, was ...?« Sie unterbrach sich, als ein dumpfer, unheimlicher Ton durch den Nebel hallte.

Das Geräusch, das von allen Seiten gleichzeitig zu kommen schien und durch Mark und Bein ging, wiederholte sich. Fraglos war es der Klang eines Nebelhorns, wie große Schiffe es zu besitzen pflegten. Mit einer Mischung aus spontaner Hoffnung und maßloser Verblüffung schaute sich Sarah um – und entdeckte plötzlich schemenhafte Formen, die sich groß wie ein Gebirge aus den Nebelschleiern erhoben.

Ein senkrecht aufsteigender Bug mit hoher Schanzung war zu erkennen, über dem sich kantige Aufbauten abzeichneten. Geschützrohre ragten in das milchige Grau, darüber thronten kahle Masten und zwei turmhohe Schlote. Und über allem war das Stampfen der mächtigen Maschinen zu vernehmen, die den stählernen Koloss durch die Wellen trieben.

Mit angehaltenem Atem identifizierte Sarah die eindrucksvollen Konturen als jene des Kriegsschiffs »Inflexible« – jener schwimmenden Festung, die erst im vergangenen Jahr in den Dienst der königlich britischen Marine gestellt worden war und die aufgrund ihrer überlegenen Feuerkraft und Panzerung als uneingeschränkte Herrscherin der Meere galt. Sarah erinnerte sich, in den »London Illustrated News« Zeichnungen des Schiffes gesehen zu haben, jedoch hätte sie niemals geglaubt, dieses Bollwerk moderner Waffentechnik schon so bald zu Gesicht zu bekommen, noch dazu als Retter in einer solch verzweifelten Situation.

»Ahoi!«, begann sie zu rufen und sprang auf, ruderte wie wild mit den Armen. »Ahoi, ›Inflexible‹ . . .!«

Die Bugwelle des Kreuzers erfasste den Nachen und brachte ihn bedenklich ins Wanken. »Hier sind wir! Können Sie uns hören . . .?«

Es kam keine Antwort, deshalb folgte du Gard Sarahs Beispiel und begann ebenfalls zu rufen und zu winken. Es war ihr Glück, dass das Kriegsschiff mit gedrosselten Maschinen fuhr – bei voller Fahrt hätte es sie wohl schneller passiert, als sie auf sich hätten aufmerksam machen können, vom infernalischen Getöse der Maschinen ganz zu schweigen. So jedoch zog der Koloss, der immer höher und steiler vor ihnen aufragte, mit träger Langsamkeit an ihnen vorüber, und als ihre sowohl von der Erschöpfung als auch von der harschen Luft belegten Stimmen ihnen bereits zu versagen drohten, erhielten Sarah und du Gard endlich Antwort.

»Ahoi«, drang es durch die trüben Schleier. »Ist da jemand . . .?«

Sarah und du Gard antworteten mit lautem Rufen – und tatsächlich drehte das riesige Schiff bei. Im sich allmählich lichtenden Nebel konnten Sarah und ihr Begleiter sehen, wie ein Rettungsboot zu Wasser gelassen wurde. Erneut riefen sie, um den Seeleuten darin den Weg zu weisen – und schon kurz darauf ging die Schaluppe längsseits zu ihrem Nachen.

Gerettet . . .

»Wie es aussieht, Kincaid«, bemerkte du Gard grinsend, während sie sich anschickten, das kleine Boot zu verlassen, »bin ich ein Schoßkind des Glücks.«

»Ja«, gab Sarah zu. »Aber vielleicht wird deine Glückssträhne irgendwann enden.«

Du Gards Grinsen verschwand augenblicklich. *»Oui«*, räumte er ein, »vielleicht wird sie das . . .«

Wie sich herausstellte, hatte Sarah recht gehabt, und zwar in jeder Hinsicht.

Das Schiff, dessen eindrucksvolle Konturen so unvermittelt aus dem Nebel aufgetaucht waren, war die ›Inflexible‹, und tatsächlich kreuzte sie in maltesischen Gewässern, was all jene Vermutungen bestätigte, die Sarah bezüglich des Ortes und der Dauer ihrer Gefangenschaft angestellt hatte.

Aus der Nähe betrachtet, wirkte die ›Inflexible‹ noch um vieles Furcht einflößender als aus der Ferne. Mit einer Länge von 115 Yards und einer Breite von rund 25 Yards war sie in der Tat eine schwimmende Festung, über deren Mauern aus vernietetem Stahl sich trutzige 80 Tonnen-Geschütze erhoben. 440 Mann Besatzung versahen auf dem von 12 Kesseln angetriebenen Koloss ihren Dienst, der es bei voller Fahrt auf eine Geschwindigkeit von fast 15 Knoten brachte –Zahlen, die Sarah so beeindruckt hatten, dass sie ihr im Gedächtnis haften geblieben waren.

Man führte die Geretteten unter Deck und brachte sie zur Krankenstation, wo sich der stellvertretende Schiffsarzt um ihre Blessuren kümmerte und sie frische, wärmende Kleider erhielten. Da es auf einem Kreuzer der königlichen Kriegsmarine freilich nichts gab, das für eine Dame passend gewesen wäre, bekam auch Sarah einen Matrosenanzug verordnet, der natürlich um ihre schmalen Hüften schlotterte und dessen Ärmel und Hosenbeine sie umkrempeln musste. All das änderte allerdings nichts daran, dass die weiße Arbeitshose und die kurze Jacke aus blauer Wolle sie wunderbar wärmten. Nachdem sie in der Kombüse eine fettreiche Mahlzeit eingenommen hatten, die zum allergrößten Teil aus gepökeltem Speck bestand, enterten sie zur Brücke auf, die sich quer über das Oberdeck erstreckte und deren einziger Wetterschutz aus einem Dach aus Canvas bestand, das sich über Ruder, Maschinentelegraph und Kompass spannte. Hier wurden Sarah und du Gard bereits erwartet – die Kunde, dass sich eine junge Frau von Adel an Bord der ›Inflexible‹ befand, hatte sich wie ein Lauffeuer verbreitet.

Captain John Fisher war ein Mann mit Traditionsbewusstsein – anders waren der säuberlich gestutzte Bart und die Tatsache, dass er seine Paradeuniform angelegt hatte, wohl kaum zu erklären. Die Orden und die Säbelglocke blitzten, ebenso wie die Knöpfe, die den dunkelblauen Uniformmantel zierten. Indem er seine Mütze abnahm und sich galant verbeugte, hieß Captain Fisher die beiden Besucher willkommen. »Sieh an«, rief er, »da sind ja unsere Schiffbrüchigen. Ich hoffe, Lady Kincaid, Sie haben alles an Bord zu Ihrer Zufriedenheit vorgefunden?«

»Durchaus, werter Captain«, bestätigte Sarah lächelnd, die noch immer müde und erschöpft war, sich infolge der Stärkung jedoch schon um vieles besser fühlte, »und ich möchte mich – auch im Namen von Monsieur du Gard – in aller Form für unsere Rettung bedanken.«

»Es war uns ein Vergnügen«, versicherte Fisher mit charmantem Lächeln, ehe er sich, ungleich weniger zuvorkommend, Sarahs Begleiter zuwandte. »Du Gard?«, fragte er nach. »Demnach sind Sie Franzose?«

»*Oui*, das ist korrekt«, bestätigte der Wahrsager und verbeugte sich ebenfalls. »Auch ich möchte mich bedanken für ...«

»Danken Sie nicht mir, danken Sie Lady Kincaid«, beschied der Kapitän ihm barsch. »Hätten Sie allein in diesem Nachen gesessen, hätten Sie meinethalben auch dort bleiben können.«

»*Quoi?*«

»Aber Captain«, empörte sich auch Sarah, »wie können Sie so etwas sagen?«

»Verzeihen Sie mir, Lady Kincaid.« Fisher verbeugte sich erneut. »Natürlich kenne ich meine Pflichten – aber gerettet zu werden und seine Rettung zu verdienen, sind zwei verschiedene Dinge.«

»*Bien sûr.*« Du Gard nickte. »Und darf ich fragen, weshalb ich Ihrer Ansicht nach keine Hilfe verdient habe?«

»Sehr einfach, *mon ami*«, erwiderte der Kapitän, die beiden letzten Worte sarkastisch betonend, »weil Ihr Land schließlich auch nicht bereit ist, uns bei der Lösung der Ägypten-Frage zu helfen.«

»Der Ägypten-Frage?«

»Natürlich. Vielleicht wissen Sie es ja noch nicht, aber die Lage in Ägypten droht außer Kontrolle zu geraten. Nachdem dieser selbsternannte Pascha Urabi und seine Aufständischen die Macht im Land an sich gerissen und ein Blutbad unter den dort ansässigen Europäern angerichtet haben, drohen sie jetzt den Suez-Kanal zu besetzen, was wir freilich nicht dulden können.«

»Natürlich nicht«, räumte du Gard ein. »Der Kanal ist das Tor zum Indischen Ozean und damit zum östlichen Teil dieser Welt. Aber was hat das mit meinen Landsleuten zu tun?«

»Ihre Landsleute, *mon ami*, profitieren nicht weniger als wir durch den Kanal. Dennoch macht Ihre Regierung keine Anstalten, sich dort militärisch zu engagieren, sondern überlässt alles uns. Finden Sie das ritterlich?«

»Um die Wahrheit zu sagen, habe ich mich nie sehr um Politik gekümmert, Captain«, gestand du Gard. »Aber offen gestanden bezweifle ich sehr, dass Ritterlichkeit dabei eine Rolle spielt. Hier geht es um Profit, *n'est-ce pas?* Um die zukünftige Kontrolle der Handelswege – und wer möchte in Abrede stellen, dass das britische Empire diese Verantwortung ebenso geschickt wie weise wahrnehmen wird?«

Fishers zorngerötete Züge verrieten Überraschung. Der Kapitän hatte wohl Widerspruch erwartet und innerlich schon die Messer gewetzt, um mit dem vermeintlichen Drückeberger wenigstens verbal die Klingen zu kreuzen – aber der dachte gar nicht daran, sich auf den Schlagabtausch einzulassen, sondern machte dem Herausforderer noch ein Kompliment. Sarah kam nicht umhin, sich einmal mehr über du Gard zu wundern, der nicht nur in mysteriösen Künsten bewandert schien, sondern auch auf den verschlungenen Pfaden der Diplomatie. Eine Fähigkeit, die ihr selbst schon immer gefehlt hatte ...

»Werden Sie Urabi angreifen?«, erkundigte sie sich indiskret.

»Mylady.« Das alte Lächeln kehrte auf Fishers Züge zurück. »Ich denke nicht, dass Kriegspolitik ein Thema ist, mit dem eine junge Frau sich befassen sollte. Schon in wenigen Tagen werden Sie zurück in England sein, und all das wird Ihnen wie ein ferner Traum vorkommen. Wirklich, Sie sollten nicht ...«

»Mein Vater, Captain, hält sich in Alexandria auf. Ich bitte also um Ihr Verständnis, wenn ich der Politik in diesen Tagen einige Aufmerksamkeit zuwende.«

»Ihr Vater?« Fisher errötete ein wenig. »Nun, ich nehme an, unter diesen Voraussetzungen ... Er hält sich in Alexandria auf, sagen Sie?«

»In der Tat.«

»Und haben Sie Nachricht über seinen Verbleib?«

»Noch nicht.«

»Mylady ...« Der Kapitän schürzte die Lippen und schien nach passenden Worten zu suchen. »Von einigen Überlebenden wissen wir, was sich in Alexandrien abgespielt hat. Die Schergen dieses Verbrechers Urabi haben wie Schlächter dort gewütet. Es besteht die Möglichkeit, dass Ihr Vater ...«

»Mein Vater ist noch am Leben, Captain«, stellte Sarah klar.

»Woher wissen Sie das?«

»Ein Brief«, kam du Gard Sarah mit einer Flunkerei zur Hilfe, ehe diese in Erklärungsnot geraten konnte, »abgeschickt am zwölften Juni, dem Tag nach dem Massaker.«

»Eigenartig – wie es hieß, hätte das Postamt geschlossen ...«

»Die Nachricht erreichte mich auf ungewöhnlichem Wege«, fügte Sarah erklärend hinzu, was keineswegs gelogen war. »Darin bat mein Vater mich dringend um Hilfe, weshalb ich zusammen mit Monsieur du Gard, der ein alter Freund meines Vaters ist, aufgebrochen bin, um nach ihm zu suchen.«

»Sie waren auf dem Weg nach Alexandria, als Sie Schiffbruch erlitten?«

»Gewissermaßen«, bestätigte Sarah – von ihrer Entführung und der Sache mit dem Codicubus zu berichten, hätte die Dinge nur unnötig verkompliziert. Mit Informationen, hatte der alte Gardiner ihr beigebracht, galt es hauszuhalten wie mit barem Vermögen ...

»Was für ein törichtes Unterfangen«, kommentierte Fisher undiplomatisch und so laut, dass die anderen Offiziere, die auf der Brücke ihren Dienst versahen, verwundert herüberblickten. »Verstehen Sie mich recht, Lady Kincaid – ich bewundere Sie für Ihren Mut und Ihre Loyalität. Aber auf den Gedanken, sich in diesen Tagen nach Alexandria einzuschiffen, kann wirklich nur ein Frauenzimmer kommen.«

»Weshalb?« Sarah stellte sich unwissend.

»Haben Sie mir denn nicht zugehört? Die Aufständischen drohen den Suez-Kanal unter ihre Kontrolle zu bringen. England rüstet zum Krieg, Mylady, und der Hafen von Alexandria wird blockiert.«

»Und das bedeutet?«

»Dass kein Schiff den Hafen anlaufen oder ihn verlassen darf – andernfalls wird es von den Kanonieren Ihrer Majestät auf den Grund des Meeres geschickt.«

»Ist das wahr?«

»Allerdings – und das ist erst der Anfang. Eine Flotte von Kriegsschiffen wird derzeit vor der Küste Ägyptens zusammengezogen. Was das bedeutet, brauche ich Ihnen wohl nicht zu erklären.«

»Auch dieses Schiff?«, erkundigte sich Sarah beiläufig.

»Das will ich meinen. Sollte es zu Kampfhandlungen kommen – und darauf deutet alles hin –, wird die ›Inflexible‹ das Rückgrat unseres Angriffs bilden. Allein bei ihrem Anblick werden Urabi und seine Strauchdiebe die Flucht ergreifen.«

»Schön.« Sarah lächelte humorlos. »Wäre es Ihnen in diesem Fall nicht ein Leichtes, uns mitzunehmen?«

»Was?«

»Wenn dieses Schiff ohnehin in einigen Tagen Kurs nach Südosten nimmt, wäre es Ihnen dann nicht möglich, Monsieur du Gard und mich nach Alexandrien zu befördern?«

»Wie stellen Sie sich das vor? Dies ist kein Passagierschiff, Lady Kincaid, und Sie beide sind keine Angehörigen des Militärs ...«

»*Non*, glücklicherweise nicht«, sagte du Gard halblaut, was ihm einen strafenden Blick eintrug.

»Ich weiß, dass meine Bitte ungewöhnlich ist«, räumte Sarah ein, »und ich würde sie nicht stellen, wenn mein Anliegen nicht von solcher Dringlichkeit wäre. Aber mein Vater schwebt in Lebensgefahr, und ich muss zu ihm. Durch unseren *Schiffbruch* haben wir bereits mehr als eine Woche verloren. Die Zeit zerrinnt mir unter den Händen, Captain, und es gibt nur einen Mann, in dessen Macht es steht, dies zu ändern – nämlich Sie.«

»Sie schmeicheln mir«, erwiderte der Offizier und zupfte verlegen an seinem Bart, »dennoch kann ich Ihrer Bitte nicht entsprechen. Wie stellen Sie sich das vor? Dieses Schiff zieht in den Krieg gegen ägyptische Nationalisten! Das wird keine Ausflugsfahrt, meine Teure.«

»Dessen bin ich mir durchaus bewusst«, versicherte Sarah. »Aber wenn ich meinen Vater nicht rechtzeitig finde, wird er vielleicht sterben, und das kann und will ich nicht zulassen.«

»Wie ich schon sagte – ich bewundere Ihre Haltung. Sicher ist Ihr Vater sehr stolz auf Sie. Aber ich kann leider nichts für Sie tun.«

»Auch dann nicht, wenn ich Ihnen sage, dass mein Vater Lord Gardiner Kincaid ein verdienter Untertan der Krone ist? Dass er im Regierungsauftrag in Alexandrien weilt und dort ein streng geheimes Ausgrabungsprojekt leitet?«

»Von diesen Dingen weiß ich nichts. Ich kann nur von dem ausgehen, was mir mitgeteilt wurde – und in diesen Plänen ist kein Platz für Passagiere an Bord eines Kriegsschiffs. Ich bedaure das sehr, aber ich habe meine Befehle.«

»Natürlich.« Sarah schnaubte. »Ich verstehe.«

»Heute Abend wird dieses Schiff in Valletta einlaufen, dort werden Sie von Bord gehen. Von Malta aus werden Sie ohne Schwierigkeit eine Passage zurück nach England bekommen, sodass Sie schon in einigen Tagen wieder zu Hause sein werden. Was Ihren Vater betrifft, so werde ich das Flottenkommando informieren. Vielleicht kann – allerdings erst nach erfolgreichem Abschluss der Kampfhandlungen – ein Expeditionskorps nach Alexandria entsandt werden, um etwas über seinen Verbleib in Erfahrung zu bringen. Mehr kann ich bedauerlicherweise nicht für Sie tun.«

»Ja, Captain«, bestätigte Sarah tonlos, »bedauerlicherweise ...«

Als sie hörte, dass die ›Inflexible‹ Alexandria ansteuern sollte, hatte Sarah jähe Hoffnung geschöpft, die Stadt vielleicht doch noch in Bälde zu erreichen und so ein wenig von der Zeit, die sie verloren hatten, wieder wettzumachen. Diese Hoffnung war jedoch an militärischer Arroganz gescheitert, sodass Sarah weitere wertvolle Tage verlieren würde.

Aufzugeben und zurück nach England zu reisen, wie Fisher es ihr vorschlug, kam allerdings nicht in Frage. Die Entführung und die Begegnung mit dem Vermummten hatten Sarahs Entschlossenheit in keiner Weise gemindert; im Gegenteil: Sie brannte nur noch mehr darauf, ihren Vater zu finden und das Geheimnis des Codicubus zu enträtseln. War der alte Gardiner tatsächlich auf der Suche nach der verschollenen Bibliothek? Hatten Werke wie die Bücher des Aristoteles und die Schriften Hypatias tatsächlich bis in die Gegenwart überdauert?

Wenn ja, würde das viele der Fragen beantworten, auf die Sarah in letzter Zeit gestoßen war; es lieferte den Grund für die Geheimniskrämerei, die ihr Vater betrieben hatte, und es erklärte auch, weshalb Menschen dafür mordeten. Der verschollene Wissensschatz von Alexandria war von unschätzbarem Wert und in Sarahs Augen nur noch mehr Grund, nach Ägypten zu reisen – und zu ihrer Überraschung schien auch du Gard dies so zu sehen. Obwohl sie nur mit knapper Not dem Tod entgangen waren, schien ihr Begleiter nicht gewillt, sich einschüchtern zu lassen. Trotz seines Versäumnisses auf See war Sarah insgeheim froh darüber.

»Sagen Sie, Captain«, wandte er sich an Fisher, »besteht denn wenigstens die Möglichkeit, von Valletta aus eine telegraphische Nachricht nach Paris zu senden?«

»Auf direktem Weg? Schwerlich.« Der Captain schürzte die Lippen. »Allerdings existiert eine Verbindung nach Marseille – von dort aus wird man Ihre Nachricht sicher weiterleiten. Wenn ich Ihnen allerdings einen gut gemeinten Rat geben darf – versuchen Sie nicht, auf eigene Faust nach Alexandria zu gelangen. Der erste Versuch hat Sie nur fast das Leben gekostet, beim zweiten haben Sie vielleicht weniger Glück. Überdies ist die Stadt dem Untergang geweiht.«

»Was soll das heißen?«, erkundigte sich Sarah.

»Mylady – was glauben Sie wohl, weshalb ein Schiff wie die ›Inflexible‹ in südliche Gewässer beordert wird? Unsere neuen Geschütze werden Urabi und seinen Spießgesellen so ordentlich einheizen, dass ihnen die Lust am Revoltieren gründlich vergehen wird. Wenn ihre Festung erst in Schutt und Asche liegt, werden die Aufständischen bald Ruhe geben.«

»Ich verstehe«, sagte Sarah leise – und plötzlich ließ die Angst um ihren Vater sich nicht mehr verdrängen.

4

Reisetagebuch Sarah Kincaid
Nachtrag

Wie Captain Fisher angekündigt hatte, erreichte das Schiff noch am Abend den Hafen von Valletta.

Vorbei an den Türmen von Fort St. Elmo und den trutzigen Mauern von Abercrombie und St. Lazarus fuhr die ›Inflexible‹ in den Großen Hafen ein, wo sie inmitten weiterer Schiffe der Royal Navy vor Anker ging. Die Kriegsflotte, von der der Kapitän gesprochen hatte, war dabei sich zu sammeln, und der Anblick der stahlgepanzerten Rümpfe mit waffenstarrenden Decks machte mir unmissverständlich klar, dass die Zeit drängte.

Nachdem wir von Bord gegangen waren – nicht ohne von Captain Fisher noch einmal ausdrücklich gewarnt worden zu sein, ja das nächste Schiff nach England zu besteigen –, nahmen wir eine Droschke, die uns vom Hafen hinauf zur Stadt brachte, die einem riesigen steinernen Reptil gleich auf dem Grat einer Halbinsel liegt und zu beiden Meeresarmen hin steil abfällt. Über die Hauptstraße gelangten wir zu den trutzigen Bollwerken, die die Stadt im Südwesten begrenzen, und passierten das Stadttor. 1566, in dem Jahr nach dem verheerenden Angriff der Türken gegründet, war Valletta die erste Stadt Europas, die am Reißbrett entworfen wurde: Die Straßen und Gassen verlaufen zueinander in rechten Winkeln, entsprechend leicht fällt die Orientierung.

Unweit des ehemaligen Großmeisterpalastes, der heute dem britischen Gouverneur als Verwaltungssitz dient, befindet sich das Telegraphenamt, von wo aus du Gard eine Nachricht nach Paris via Marseille absetzte. Ob Monsieur Verne unsere Botschaft allerdings bekommen und ob es ihm gelingen wird, Capitaine Hulot rechtzeitig zu kontaktieren, ist schwer zu sagen. Entsprechend groß ist die Unruhe, die ich empfinde. Wir haben schon so viel Zeit verloren – was, wenn es uns nicht gelingt, noch vor Beginn des britischen Angriffs nach Alexandria zu gelangen? Werde ich meinen Vater jemals wiedersehen?

Um die bohrenden Fragen zu verdrängen, die mich von früh bis spät plagen, habe ich mich entschlossen, die Zeit, die wir notgedrungen hier verbringen müssen, bestmöglich zu nutzen und die Untätigkeit aufzugeben, zu der wir scheinbar verdammt wurden …

Zebbug, Malta
1. Juli 1882

»Und? Schmeckt es dir?«

Maurice du Gards Gesichtsausdruck war eher bekümmert denn erfreut. Die Straße, die sich südwestlich von Valletta über die Insel erstreckte, war brüchig und von Schlaglöchern übersät. Staub war allgegenwärtig, von der drückenden Hitze ganz zu schweigen, und die Hackney-Kutsche, die Sarah und ihr Begleiter für ihre Erkundungstour gemietet hatten, war zwar groß und geräumig, allerdings auch alt und schlecht gefedert. Sarah nahm an, dass das Gefährt einst in England Dienst getan hatte, ehe es, wie so vieles, das im Mutterland ausgedient hatte, in die Kolonie verkauft worden war. In Casal Fornaro, einem kleinen Dorf, das sie unterwegs passierten, hatten sie sich mit Brot versorgt, das die Einheimischen in großen Fladen zu backen pflegten und das, zumindest nach Sarahs Befinden, ganz ausgezeichnet schmeckte.

Du Gard schien anderer Ansicht zu sein. Seine blassen Gesichtszüge hatten eine ungesunde grüne Färbung angenommen, was allerdings weniger dem Brot zuzuschreiben war als dem unentwegten Schaukeln der Kutsche.

»Casal Fornaro bedeutet übersetzt ›Dorf der Bäcker‹«, erklärte

Sarah, die ihm im Fond der Kutsche gegenüber saß, während sie sich einen weiteren Brocken des knusprigen Backwerks genehmigte. »In der Sprache der Einheimischen heißt dieses Brot *ftira* – das Rezept ist Hunderte von Jahren alt.«

»Was du nicht sagst«, knirschte du Gard, dem das Sprechen sichtlich schwerfiel. »Woher weißt du das alles?«

»Mein Vater hat es mir beigebracht, wie so vieles. Früher bin ich öfter hier gewesen – nicht weit von hier gibt es antike Katakomben, wo Vater einst Ausgrabungen abhielt.«

»Du bist ziemlich rumgekommen, was?«

»Ein wenig«, gab sie zu. »Als ich noch ein Mädchen war, kam Vater irgendwann auf den Gedanken, dass das, was er mir beibrachte, nicht ausreichen würde, um eine Dame aus mir zu machen. Also schickte er mich nach London auf ein Internat, das sich ›Kingsleys Schule für höhere Töchter‹ nannte.«

»Und? Wie ist es dort gewesen?«

»Schrecklich«, gab Sarah lachend zu. »Ich bin gerade lange genug geblieben, um zu erkennen, dass das Leben einer jungen Dame von Adel aus sehr vielen Pflichten und sehr wenigen Rechten besteht.«

»Alors?«

»Bin ich ausgerissen«, erklärte Sarah knapp.

»Du bist ausgerissen?«

»Genau das. Ich reiste meinem Vater nach und bat ihn, sich die Sache noch einmal zu überlegen, und da der alte Gardiner schon immer ein weiches Herz hatte, gelang es mir, ihn umzustimmen. Die darauf folgenden Jahre waren die glücklichsten meines Lebens. Ich begleitete meinen Vater auf seinen Reisen um die Welt, und er lehrte mich unzählige Dinge, die ich in zehn Studienjahren nicht besser hätte lernen können.«

»Offensichtlich«, bestätigte du Gard, dem es allmählich ein wenig besser zu gehen schien – die Kutsche hatte die Pforte von de Rohan passiert und befuhr die Hauptstraße des Örtchens Zebbug, die ungleich weniger Unebenheiten aufwies als die raue Landstraße und zu deren beiden Seiten sich die hübschen Häuser der Segeltuchmacher erhoben. »Die Geschichte scheint sich also zu wiederholen – auch damals bist du deinem Vater gegen seinen Willen gefolgt.«

»In der Tat.« Sarah nickte nachdenklich. »Nur mit dem Unterschied, dass damals nicht sein Leben in Gefahr war.«

»Du verdankst ihm viel, nicht wahr?«

»Alles«, bestätigte sie. »Gleich, was er getan oder was er vor mir verheimlicht haben mag – er ist mein Vater, Maurice. Ich kann nicht einfach aufgeben und nach England zurückkehren. Ich muss nach ihm suchen, und weder vermummte Mörder noch britische Granaten werden mich daran hindern.«

»Beruhige dich.« Du Gard hob beschwichtigend die Hände. »Ich habe nicht vor, dich davon abzuhalten. Ich frage mich eher, was geschehen wird, wenn Capitaine Hulot unsere Nachricht nicht bekommt.«

»Dann werde ich zu meinem ursprünglichen Plan zurückkehren und versuchen, auf dem Landweg nach Alexandria zu gelangen«, erwiderte Sarah ohne Zögern.

»Mince alors. Du bist wirklich das starrköpfigste Frauenzimmer, das mir je untergekommen ist.«

»Beharrlich«, drückte Sarah es freundlicher aus.

»D'accord. Allerdings frage ich mich, weshalb wir diese unerfreuliche Fahrt hier auf uns nehmen müssen. Hätten wir nicht auch einfach in Valletta bleiben und dort auf Antwort warten können?«

Du Gards Einwand kam nicht von ungefähr – die Kutsche hatte Zebbug verlassen und rumpelte jetzt wieder über die Landstraße, die wie zuvor nur aus Rissen und Schlaglöchern zu bestehen schien. Die Gesichtsfarbe des Franzosen war dementsprechend schon wieder einige Nuancen grüner geworden.

»Nein.« Sarah schüttelte den Kopf.

»Et pourquoi pas?«

»Weil ich nicht vorhabe, Zeit zu verschwenden, wenn es ein Geheimnis zu lüften gilt.«

»Ein Geheimnis? Wovon sprichst du?«

»Ich spreche von der Höhle, in der wir gefangen gehalten wurden – ich will sie finden.«

»Die Höhle? Diesen schrecklichen Ort, an dem wir beinahe unser Leben gelassen hätten?« Du Gard schüttelte verständnislos den Kopf. »Was willst du dort? Bist du nicht froh, entkommen zu sein?«

»Natürlich, genau wie du«, versicherte Sarah. »Aber möglicherweise hat unser vermummter Häscher dort Spuren hinterlassen, die Rückschlüsse auf seine Identität zulassen.«

»In der Höhle? Aber da war nichts außer Knochen und Sand ...«

»Erinnerst du dich an die Tür, die verschlossen war?«

»Bien sûr – und?«

»Ich erinnere mich, über den Klippen die Überreste einer Burg gesehen zu haben. Ich nehme an, dass die Tür zu einem Verbindungsgang führt, der die Festung und die Höhle einst miteinander verband. Und ich vermute außerdem, dass jene Kammer, in der ich gefangen gehalten wurde, sich im Innern der Ruine befindet.«

»Schön und gut, aber wie willst du diese Ruine finden? Wir haben nicht den geringsten Anhaltspunkt, oder?«

»Nun«, – Sarah griff in die Tasche, die sie nebst eines neuen Kleides in Valletta erstanden hatte, ein khakifarbener Beutel aus Canvas, dessen eigentliche Bestimmung es war, Munition zu tragen, und entnahm ihr eine Landkarte, die sie vor du Gard entrollte –, »ein paar Indizien gibt es in der Tat ...«

»Woher hast du die Karte?«, fragte du Gard verblüfft.

»Eine Leihgabe von Captain Fisher.« Ihr Lächeln war von blütenreiner Unschuld.

»Eine Leihgabe? Weiß er davon?«

»Das nun gerade nicht – aber ich bin sicher, er hätte mir die Karte ohne Zögern gegeben, wenn ich ihn darum gebeten hätte.«

»Ganz sicher.« Du Gard verdrehte die Augen.

»Jedenfalls«, fuhr Sarah fort, »habe ich in jener Nacht einen Blick auf den Himmel geworfen und den Polarstern gesucht. Und weißt du, was ich dabei festgestellt habe?«

»*Non,* aber du wirst es mir bestimmt gleich sagen.«

»Mit Vergnügen.« Sarah lächelte wissend. »Als wir das Boot bestiegen, stand der Polarstern unmittelbar vor uns, während wir die Klippen im Rücken hatten.«

»*D'accord.*«

»Schön und gut«, fuhr Sarah fort, »aber das würde bedeuten, dass wir uns auf der Nordseite Maltas befanden, während die ›Inflexible‹ uns nach Fishers Angaben südlich der Insel aufgegriffen hat. Wie also, frage ich dich, konnten wir innerhalb weniger Stunden von einer Seite der Insel auf die andere gelangen?«

»Vielleicht hat uns die Strömung abgetrieben ...«

»Um die ganze Insel herum?« Sarah lachte freudlos auf. »Das dürfte eher unmöglich sein. Bleibt also nur eine Möglichkeit.«

»Nämlich?«

»Dass wir uns nicht auf der Insel selbst, sondern auf einem vorgelagerten Eiland befunden haben – das würde auch die Worte des Vermummten bestätigen, der sagte, dass es sich um ein Geheimversteck der Ordensritter handelte.«

»Klingt vernünftig.« Du Gard schürzte die Lippen. »Hast du einen bestimmten Verdacht?«

»Allerdings.« Sarah drehte die Karte so, dass auch ihr Gegenüber Einsicht nehmen konnte. »An dieser Stelle hier« – sie deutete auf einen Punkt, der an die vier Meilen vor der Südwestküste Maltas lag –, »hat die ›Inflexible‹ uns aufgefischt. Nur eine vergleichsweise kurze Distanz entfernt liegt Fifla, eine kleine Felseninsel, die der Küste rund drei Meilen vorgelagert ist.«

»Und du glaubst, dass wir dort gewesen sind? Dass wir dort gefangen gehalten wurden?«

»Es wäre möglich«, bestätigte Sarah, »und diesen Verdacht

würde ich gerne überprüfen, ehe wir ... Was hast du?«, erkundigte sie sich, als sie das Entsetzen in du Gards Zügen bemerkte.

»Um auf die Insel zu gelangen, brauchen wir ein Boot, *n'est-ce pas?*«

»Natürlich, aber das sollte keine Schwierigkeit darstellen. In einem der Fischerdörfer entlang der Küste werden wir sicher fündig.«

»Darum geht es nicht«, maulte du Gard vor sich hin. »Ich fürchte nur, dass dieser elende Kahn noch ungleich heftiger schaukeln wird als diese Kutsche ...«

Einmal mehr erwiesen sich Maurice du Gards Voraussagen als nur zu wahr; grüngesichtig und elend kauerte er am hoch aufragenden Bug eines *luzzu*, eines traditionellen maltesischen Fischerbootes, dessen blau-gelb gestrichener Rumpf durch die Wellen schnitt, der Insel entgegen, die sich am Horizont abzeichnete.

»Was wollen Fifla?«, erkundigte sich der Fischer, ein sonnengebräunter, grobschlächtiger Mann, der derbe Leinenhosen und ein zerschlissenes, quer gestreiftes Hemd trug, in gebrochenem Englisch. »Insel nur Stein, sonst nichts.«

»Ich weiß«, erwiderte Sarah nur, die zwischen Schwimmern aus Kork und zu Ballen gebundenen Netzen, die nach Salz und Fisch rochen, auf der Ducht hockte. »Dennoch möchten wir gerne dorthin.«

Der Fischer erwiderte etwas Unverständliches in seiner eigenen, wie eine Mischung aus Italienisch und Arabisch anmutenden Sprache. Mit routinierten Handgriffen drehte er das kleine Segel und brachte es vor den Wind, woraufhin das *luzzu* noch mehr Fahrt aufnahm – und sich ein entsetztes Stöhnen aus Maurice du Gards geschundener Kehle entrang. Sarah ertappte sich dabei, dass ein schadenfrohes Grinsen über ihre Züge huschte. Zwar hatte sie ihre Vorbehalte gegenüber du Gard aufgegeben, jedoch konnte sie ihre Genugtuung darüber nicht verhehlen, dass der Franzose, der stets alles besser zu wissen schien, endlich einmal verstummt war.

Zumindest fast …

Begleitet von den erbärmlichen Geräuschen, unter denen du Gard das Brot, das er zum Frühstück gegessen hatte, an die Fische verfütterte, näherte sich das Boot der kleinen Insel, die aus der Nähe um einiges eindrucksvoller wirkte, als von der Küste aus betrachtet.

Zumindest in dieser Hinsicht hatte der Fischer recht – Fifla schien tatsächlich nicht viel mehr zu sein als ein riesiger Felsblock, den eine Laune der Natur ins Meer geworfen hatte: ein an die siebzig Yards hohes Felsplateau, das wie eine Mauer im Wasser stand und dessen schroffe Felswände fast senkrecht aufragten. Einen Strand, eine Bucht oder auch nur eine zugängliche Stelle schien es nicht zu geben – der im gleißenden Licht der Mittagssonne hell leuchtende Kalkstein erhob sich direkt aus dem blauen Meer, dessen Wellen sich schäumend an ihm brachen.

»Was gesagt?«, rief der Fischer Sarah zu. »Nur Stein, sonst nichts.«

»Ich würde die Insel dennoch gerne umrunden«, erwiderte Sarah. »Lässt sich das einrichten?«

»Wie Lady wollen. Aber Fifla nur Stein. Stein und Möwenschiss.« Der Fischer lachte über seinen eigenen Scherz, tat jedoch, wie Sarah ihn geheißen hatte. Indem er das Ruder am Heck des *luzzu* betätigte, änderte er den Kurs und schickte sich an, die Insel zu umfahren.

Gebannt blickte Sarah auf die schroffen Felswände, die einen atemberaubenden Anblick boten; Schwärme von Vögeln, die ihre Brutstätten auf der Insel zu haben schienen, umkreisten die Klippen in schwindelerregender Höhe, nicht nur die Heringsmöwen, von denen der Fischer gesprochen hatte, sondern auch Schwalben und Sturmtaucher. Sarah schaute zu, wie sie im Sturzflug herabstießen, um im nächsten Moment wieder steil emporzuflattern, lauschte den Schreien, die von den Felswänden widerhallten – und im nächsten Moment entdeckte sie etwas, das sie erschaudern ließ.

»Maurice«, wandte sie sich an du Gard, der ihr aus schwarz geränderten Augen einen fragenden Blick zuwarf. Statt zu antworten, deutete Sarah nur die Klippen hinauf. Du Gard folgte ihrem Fingerzeig, und trotz seines elenden Zustands war ihm sofort klar, was sie meinte.

»Mon dieu«, rief er laut, »du hattest recht!«

Das Fischerboot, das nur etwa hundert Yards von der Insel entfernt kreuzte, hatte deren westliches Ende erreicht, und über dem steilen Fels der Klippen kam etwas zum Vorschein, dessen Anblick Sarah nur zu vertraut war: die Überreste eines mittelalterlichen Turmes!

Die Basis der Ruine war von unten nicht zu sehen, lediglich der verfallene Turm, der die Insel wie ein Denkmal überragte. Nur eine Hälfte des aus groben Steinen gemauerten und einst von Zinnen gekrönten Bauwerks stand noch, der Rest war zerstört, durch den Beschuss feindlicher Kanonen oder die Gewalt von Wind und Wetter. Aber Sarah war sicher, dass dies jener Ort war, an dem sie erst vor zwei Tagen mit knapper Not dem Tod entronnen waren ...

Als der Fischer sah, was die Aufmerksamkeit seiner Passagiere erregt hatte, spuckte er aus, murmelte etwas in seiner Sprache und bekreuzigte sich.

»Was haben Sie gesagt?«, wollte Sarah wissen.

»Dass Insel verflucht«, antwortete der Fischer schlicht.

»Verflucht?« Sarah hob die Brauen. »Was soll das bedeuten?«

»Bedeuten, dass gefährlicher Ort. Ruine einst Burg von Orden. Verflucht, als Franzosen kommen.«

»Ich verstehe.« Sarah nickte.

»Moi, je ne comprends pas«, wandte du Gard ein. »Wovon spricht der Mann?«

»Erinnerst du dich an das, was ich dir über Malta erzählt habe? Dass sich die Insel über Jahrhunderte im Besitz des Ritterordens der Johanniter befand?«

»Natürlich. Und?«

»Nun, offenbar haben die Johanniter auf dieser Insel einst eine Burg unterhalten, und in der einheimischen Bevölkerung geht das Gerücht, dass die Ritter das Gemäuer verfluchten, als Napoleon sie dazu zwang, Malta zu verlassen.«

»Ort des Todes«, fügte der Fischer düster hinzu. »Leute gehen hin, aber kommen nicht zurück.«

»Was für Leute?«

»Fischer aus Kalafrana. Sehr jung, fast Kinder noch.«

»Sie sind auf der Insel gewesen?«

»Ja.« Der Fischer deutete am schroffen Kalkstein empor. »Junge Männer machen Mutprobe, klettern Felsen hinauf, aber kehren nie zurück. Geister von Rittern sie getötet.«

»Wann ist das gewesen?«, wollte Sarah wissen.

»Vor zwei Monaten, vielleicht auch drei.« Der Fischer machte eine unbestimmte Handbewegung. »Zeit nicht wichtig.«

»Verstehe.« Sarah nickte grimmig. Natürlich glaubte sie weder an Flüche noch an Geister, die sich an wehrlosen jungen Männern vergriffen – viel eher hatte sie den Verdacht, dass der vermummte Hüne, dem auch du Gard und sie um ein Haar zum Opfer gefallen wären, schon eine ganze Weile sein Unwesen auf der Insel getrieben hatte. Vielleicht, sagte sich Sarah, ist er noch immer dort ...

»Gehen Sie näher ran«, wies sie den Fischer entschlossen an.

»Was?«

»Ich möchte, dass Sie das Boot näher an die Insel heranbringen«, wiederholte Sarah.

»Was haben vor?«

»Wir werden an Land gehen«, verkündete Sarah entschieden, während sie nach der Leinentasche griff und sie öffnete.

»An Land? Aber nur Wände aus Stein ...«

»Vertrauen Sie mir, es gibt einen Zugang«, versicherte Sarah.

»Und was mit Fluch?«

»Auch darauf bin ich vorbereitet«, versicherte sie – und hielt unvermittelt einen Revolver in der Hand, den sie aus der Tasche gezogen hatte.

»Sarah! *Mon dieu!*«, rief du Gard entgeistert. »Was ist das?«

»Ein Revolver der Marke Enfield«, erklärte Sarah beiläufig, während sie die Trommel ausklappte und mit geübtem Blick die Ladung prüfte. »Die Marineausführung, um genau zu sein.«

»Die Marineausführung? Soll das heißen, du hast dir außer der Karte noch etwas aus dem Besitz der Royal Navy *geliehen?*«

»Sag's nicht weiter«, bat Sarah grinsend – und ließ die Trommel wieder zurückschnappen.

»Nicht gut«, jammerte der Fischer bekümmert. »Das nicht gut ...«

Die Waffe schien den Mann vollends davon zu überzeugen, dass er sich den Anordnungen seiner Passagiere zu fügen hatte. Gehorsam steuerte er das Boot näher an die Klippen, an deren Fuß das Wasser an vielen Stellen Höhlungen ausgespült hatte, die Sarah aufmerksam musterte.

»Dort!«, rief sie plötzlich. »Das ist es, ich bin ganz sicher!«

»*Vraiment*, Sarah! Du hast recht ...«

Sie wiesen den Fischer an, die betreffende Stelle anzusteuern – eine rund vier Yards breite Öffnung im Fels. Was sich dahinter verbarg, lag im Schatten und war zunächst nicht zu erkennen. Erst als das *luzzu* sich weiter näherte, zeigte sich, dass es sich um eine winzige Bucht handelte. Sand war angeschwemmt worden und hatte einen steil ansteigenden Strand gebildet, auf dem das Boot knirschend auf Grund lief.

»Überhaupt nicht gut«, beharrte der Fischer, als Sarah und du Gard an Land sprangen, Letztgenannter unbeschreiblich froh darüber, wieder festen Boden unter den Füßen zu haben.

»Bleib hier, und warte auf uns«, wies Sarah den Malteser an.

»U-und wenn nicht zurückkommen?«

»Dann fährst du zurück und alarmierst die britische Garnison«, rief du Gard zurück, noch ehe Sarah antworten konnte. »Verlange einen gewissen Captain Fisher zu sprechen. Er kennt uns und wird wissen, was er zu tun hat.«

»Wird er das?« Sarah sandte du Gard einen zweifelnden Blick.

»*Chérie*, du vergisst, dass du von Adel bist. Die Royal Navy mag bislang nicht sehr kooperativ gewesen sein, aber sie wird nicht einfach zusehen, wenn eine junge Lady spurlos verschwindet.« Er bückte sich über das niedere Seitenbord des *luzzu* und griff nach dem rostigen Fischerbeil, das dort lag. »Das hier«, sagte er dazu, »würde *ich* mir gerne ausborgen – und ich lege Wert darauf, es persönlich wieder zurückzubringen.«

»Wünschen viel Glück«, erwiderte der Fischer, dessen besorgter Miene deutlich anzusehen war, dass er um das Leben seiner Passagiere fürchtete. »*Sahha.*«

»Auf Wiedersehen«, bestätigte Sarah, dann wandte sie sich um und stieg gemeinsam mit du Gard den kurzen Strand hinauf, der sie tiefer in den von schroffem Gestein umgebenen Felsspalt führte.

Am oberen Ende stießen sie auf das Loch im Boden und starrten hinein in den dunklen Schacht, der ihnen beinahe zum Verhängnis geworden wäre. Als Sarah das dumpfe Gurgeln aus der Tiefe hörte und die bleichen, abgenagten Knochen sah, die rings um den Salzwasserpfuhl verstreut lagen, wurde sie von Grauen geschüttelt.

»Beinahe«, sagte sie leise.

»*Oui*«, pflichtete du Gard ihr bei.

»Aber eben nur beinahe«, knurrte Sarah. Sie fasste sich ein Herz, umrundete die Schachtöffnung und trat auf die eiserne Tür zu, die in die Felswand eingelassen war.

Du Gard folgte ihr, das Beil in der Hand. Da das vernietete Türblatt an seiner Außenseite weder Schloss noch Riegel besaß, bearbeitete der Franzose stattdessen die in die Felswand eingemauerten Scharniere. Er brauchte sich nicht lange zu mühen, bis sowohl der Kalkstein als auch das vom Salzwasser angegriffene Eisen nachgaben. Mit einem metallischen Ächzen brach die Tür aus den Angeln, und mit vereinter Kraft gelang es Sarah und du Gard, sie so weit aufzubiegen, dass sie hineinschlüpfen konnten.

»Bist du sicher, dass wir das wirklich tun sollten?«, erkundigte sich du Gard, in den bedrohlich dunklen Gang deutend.

»Allerdings«, versicherte Sarah und hob den Enfield-Revolver an.

»Eh bien ...«

Sarah war die Erste, die sich an dem halb geöffneten Türblatt vorbei in den Stollen zwängte, der fraglos von Menschenhand in den Fels gehauen worden war. Zwar gab es eiserne Halterungen an den Wänden, in denen jedoch keine Fackeln steckten, sodass sich das spärliche Licht, das von außen in den Felsengang fiel, schon nach wenigen Yards verlor und es stockdunkel wurde. Den Revolver in der Rechten, tastete sich Sarah mit der linken Hand den Gang entlang, hinein in unergründliche Schwärze.

»Was ist?«, erkundigte sich du Gard, der unmittelbar hinter ihr ging, das Beil noch in den Händen. »Kannst du etwas erkennen?«

»Nein, ich ...« Sie verstummte.

»Was ist?«

»Ich bin gegen etwas gestoßen. Eine Stufe ...«

Vorsichtig setzte Sarah ihren Fuß auf das, was sich als das untere Ende einer Treppe herausstellte, und tastete sich weiter voran. Die Stufen waren schmal und unterschiedlich hoch, sodass Sarah und du Gard sich vorsehen mussten, um nicht zu stürzen. Dazu betrug die Höhe des Ganges nur anderthalb Yards, was bedeutete, dass sie sich nur in gebückter Haltung fortbewegen konnten.

»Wer immer diesen Stollen gegraben hat, scheint ein winziges Kerlchen gewesen zu sein«, frotzelte du Gard.

»In der Tat«, stimmte Sarah zu. »Die Menschen im Mittelalter waren kleiner, als wir es heute sind.«

»Im Ernst?«

»Allerdings.«

Du Gard kicherte albern.

»Was ist daran so komisch?«, erkundigte sich Sarah.

»Alors, wenn die Menschen vor vierhundert Jahren kleiner waren, als wir es heute sind, so dürften sie in der Antike noch ein wenig kleiner gewesen sein, *n'est-ce pas?«*

»Möglich, wieso?«

»Na ja – sehr groß kann Alexander der Große unter diesen Voraussetzungen nicht gewesen sein.«

Sarah seufzte. »Du bist ein Ignorant, Maurice.«

»Merci beaucoup.«

»Moment mal«, zischte Sarah plötzlich.

»Was ist?«

»Ich glaube, es wird heller. Ich kann plötzlich meine Füße sehen.«

»Moi aussi«, bestätigte du Gard.

»Leise jetzt«, ordnete Sarah an. »Wir wissen nicht, was dort oben ist ...«

Auch du Gard hatte kein Interesse, in einen weiteren Hinterhalt zu geraten. So lautlos er es vermochte, schlich er hinter Sarah drein, und tatsächlich ließ die Dunkelheit mit jeder Stufe nach, die sie erklommen. Schließlich endete der Stollen und mündete in eine in den Fels gehauene Kammer, von der zwei weitere Gänge abzweigten. Das blasse Licht, das den Raum erhellte, drang aus dem linken Stollen, der hinauf an die Oberfläche zu führen schien; der andere Gang führte wiederum in unergründliches Dunkel ...

»Das Gewölbe, in dem ich zuerst erwachte, besaß keine Fenster – ich nehme also an, dass es sich unter Tage befand«, überlegte Sarah flüsternd. »Wir werden den rechten Stollen nehmen.«

»Ich habe geahnt, dass du das sagen würdest ...«, erwiderte du Gard.

Unerschrocken, den schussbereiten Revolver in Händen, drang Sarah in den Felsengang vor. Mehrmals blieb sie stehen und lauschte, aber kein Geräusch war zu vernehmen außer der Brandung, die sie auch während ihrer Gefangenschaft als fernes Rauschen wahrgenommen hatte. In einer Wandhalterung steckte eine halb herabgebrannte Fackel, die Sarah kurzerhand nahm und an du Gard reichte, der sie mit einem Streichholz entfachte. Im flackernden Schein setzten sie ihre Erkundung fort.

»*Qu'est-ce que tu penses,* Sarah?«, fragte du Gard leise. »Glaubst du auch, dass die Ordensritter einst die Herren dieser Gewölbe waren?«

»Ich nehme es an.« Sarah nickte. »Wenn der Vermummte die Wahrheit sagte und ich mit meinen Vermutungen richtig liege, dann diente dieser Ort einst dazu, das Geheimnis des Codicubus zu entschlüsseln. Vielleicht wurde er auch hier aufbewahrt – im Mittelalter dürfte ein Ort wie dieser als uneinnehmbar gegolten haben.«

»Bis Napoleon kam.«

»Allerdings«, bestätigte Sarah. »Der Vermummte sagte allerdings, dass sich der Codicubus auch darüber hinaus im Besitz der Ordensherren befunden hätte – ich nehme an, dass einer der letzten Großmeister ihn an seine Nachkommen weitergegeben hat.«

»An seine Nachkommen? Ich dachte, einem Ordensritter wäre es aufgrund seines Gelübdes verboten gewesen zu heiraten und Nachkommen zu zeugen ...«

»Das stimmt zwar – aber wer ist schon vollkommen?« Über Sarahs Züge huschte der Anflug eines Lächelns. »Die Existenz eines illegitimen Erben hätte natürlich niemals bekannt werden dürfen – und wer wäre geeigneter, ein streng gehütetes Artefakt zu hüten, als jemand, den es offiziell gar nicht gibt?«

»Du hast recht«, erkannte du Gard verblüfft an.

»Francine Recassin sagte, dass sich der Codicubus seit Generationen im Besitz ihrer Familie befunden hätte – vielleicht war einer ihrer Vorfahren ein solch illegitimer Spross. Natürlich ist es bislang nur eine Theorie, aber ich nehme an, dass ...«

Sarah verstummte für einen Moment. Als sie wieder sprach, hatte sich ihre Stimme verändert. »Sieh dir das an«, flüsterte sie.

Rostige Gittertüren säumten den Gang; dahinter befanden sich kleine, dunkle Höhlen. Keine davon war hoch genug, um aufrecht darin zu stehen, nicht einmal nach mittelalterlichen Maßen. Die schroffen Felswände waren von Schimmel überzogen, an den Wänden hingen rostige Ketten.

»Kerkerzellen«, stellte Sarah angewidert fest. »Offenbar diente die Insel nicht nur als Versteck des Codicubus.«

»Oui«, erwiderte du Gard gepresst. Die Miene des Franzosen war einmal mehr zur Maske erstarrt, genau wie im Krankenhaus von St. James, als sie Francine Recassin besucht hatten. Sarah glaubte zu ahnen, weshalb du Gard sich stets so unbekümmert gab und kindische Scherze trieb – er wappnete sich damit gegen die Aura des Leids und des Elends, die diesen Ort umgab und die er selbst nach Jahrhunderten noch zu fühlen schien ...

Der Stollen mündete in ein Gewölbe, das offenbar halb natürlichen, halb künstlichen Ursprungs war. Weiße Tropfsteine hingen von der hohen Decke, die mit Fackeln versehenen Wände jedoch waren von Menschenhand bearbeitet. Ungleich mehr als die Bauweise der Kammer erregte jedoch ihre Einrichtung die Aufmerksamkeit der beiden Eindringlinge – denn was Sarah und du Gard erblickten, ließ sie bis ins Mark erschaudern.

Folterwerkzeuge.

Eine Streckbank und ein Ständer, in dem Zangen und Brandeisen steckten, dazu eine Esse, um sie zum Glühen zu bringen. An den rußgeschwärzten Wänden hingen noch mehr Vorrichtungen, deren einziger Zweck darin bestand, wehrlosen Kreaturen Schmerz zuzufügen: Brustkrallen, Halskrausen und Knieschrauben – ein Arsenal des Grauens. Von der Decke baumelten, von groben Ketten gehalten, mannshohe Käfige aus rostigem Eisen. Und in einem dieser Käfige kauerte – Sarah und du Gard trauten ihren Augen nicht – eine menschliche Gestalt.

Oder vielmehr das, was noch von ihr übrig war ...

Wohin Sarah auch blickte, sah sie nur dünne, pergamentartige

Haut, die sich über den Knochen spannte. Die Kleider des armen Teufels hingen in Fetzen, sein verwahrlostes Haar reichte ihm bis zur Schulter. Das Gesicht, das Sarah und du Gard durch die Gitterstäbe anstarrte, war wie versteinert; glasige Augen blickten aus Zügen, die einst straff und jugendlich gewesen sein mochten, nun jedoch bleich und ausgezehrt waren, vom nahen Tod gezeichnet.

Am entsetzlichsten jedoch war die Stimme, die erklang, als der Gefangene den Mund öffnete, denn jedes Leben schien bereits aus ihr gewichen. *»Jekk joghgbok«*, hauchte sie fast unhörbar, *»ayut . . .«*

»Wie schrecklich«, flüsterte du Gard, während Sarah wie erstarrt war und kein Wort hervorbrachte.

»Ayut«, wiederholte der junge Greis – und Sarah und du Gard handelten. Zwar verstanden sie kein Maltesisch, aber sie wussten auch so, was zu tun war. Gemeinsam betätigten sie die Winde, über die der Käfig an der Decke befestigt war, und senkten, begleitet vom hässlichen Rasseln und Knirschen der Ketten, das makabre Behältnis ab, bis es auf dem Höhlenboden aufsetzte.

Du Gard war sofort zur Stelle. Ein einziger Hieb seiner Axt genügte, um dem rostigen Schloss den Rest zu geben. Quietschend schwang die Käfigtür auf, der Gefangene fiel heraus und sackte kraftlos in seine Arme. *»Grazzi«*, murmelte er dabei immerzu, *»grazzi . . .«*

»Mon dieu«, knurrte du Gard, während er den bis auf die Knochen Abgemagerten vorsichtig auf den Boden bettete. »Was hat man ihm nur angetan?«

»Seinem Zustand nach zu urteilen, hat er seit Wochen nichts zu essen bekommen«, stellte Sarah fest, die sich trotz ihres Entsetzens um Sachlichkeit bemühte.

»Oui«, bestätigte du Gard und blickte auf die blutigen, zerschundenen Finger des Gefangenen. »Offenbar hat er die Feuchtigkeit von der Höhlenwand gekratzt, um nicht zu verdursten.«

Sarah nahm die Feldflasche aus ihrer Tasche, schraubte den

Verschluss ab und gab dem Mann zu trinken. »Hier«, sagte sie leise dazu. »Trink langsam, hörst du? Ganz langsam ...«

Der Gefangene, dessen tatsächliches Alter erst fünfzehn oder sechzehn Jahre betragen mochte, nickte dankbar. Aufgrund seiner spröden Lippen und seiner geschwollenen Zunge lief das meiste von dem, was Sarah ihm einzuflößen versuchte, an Wangen und Hals hinab. Dennoch schien sich sein Zustand ein wenig zu bessern.

»Das muss einer der Jungen aus Kalafrana sein, die spurlos verschwunden sind«, überlegte Sarah.

»Aber – der Fischer berichtete von fünf Verschollenen«, wandte du Gard ein. »Wo sind die anderen vier?«

»Tot«, stieß der Gefangene in gebrochenem Englisch hervor. »Freunde alle tot ...«

»Wer?«, wollte Sarah wissen. »Wer hat das getan?«

»Geist«, hauchte der Junge und deutete auf den dunklen Gang, der aus dem Folterkeller führte. »Geist von Ritter. Sein Auge sieht alles. Auf uns gewartet, alle getötet ...«

Vor Grauen schüttelte er sich wie unter schmerzhaften Krämpfen, zudem schien er erbärmlich zu frieren. Du Gard nahm seine Jacke ab und legte sie ihm um die Schultern.

»Armer Teufel«, sagte er dazu. »Er hat den Verstand verloren.«

»Nicht unbedingt«, erwiderte Sarah beklommen und blickte in die Richtung, in die der Junge gezeigt hatte. »Ich glaube, ich weiß, wovon er spricht ...«

»Quoi?«, fragte du Gard, aber er bekam keine Antwort. Entschlossen erhob sich Sarah und entzündete eine weitere Fackel, mit der sie den Stollen betrat. Da der Gang eine enge Biegung zu beschreiben schien, war der gelbe Feuerschein schon im nächsten Moment kaum noch zu sehen.

»Merde!«, zischte du Gard. Da der Gefangene in seinem geschundenen Zustand nicht würde gehen können, lud er ihn sich kurzerhand auf die Arme und trug ihn, um weder Sarah noch ihn

allein zu lassen. Zusätzlich mit dem Beil und der Fackel beladen, kam du Gard sich wie ein Lasttier vor, entsprechend grob waren die Verwünschungen, die er ausstieß. Er verstummte jedoch, als der Stollen plötzlich endete und in ein oval geformtes Gewölbe führte, das in alter Zeit eine Art Ratskammer gewesen sein mochte.

Die glatt behauenen Wände wurden von steinernen Sitzen gesäumt, während sich im Zentrum eine zylindrische Stele erhob. Darin eingemeißelt fand du Gard jenes rätselhafte Zeichen, das sich auch auf dem Codicubus befunden hatte.

»Das Auge«, stieß der Gefangene hervor, als er das Symbol ebenfalls erblickte. »Auge sieht alles! Fort, rasch fort …«

Mit der letzten Kraft, die ihm verblieben war, wehrte sich der Junge gegen du Gards Griff, worauf dieser ihn absetzte und auf einen der Steinsitze bettete. Dann wandte er sich Sarah zu, die in der Mitte der Kammer stand und betroffen auf die Stele starrte. Erst jetzt bemerkte du Gard, dass sich in der Oberseite eine Vertiefung befand, die zur Hälfte mit Asche gefüllt war.

»Hier ist es gewesen«, flüsterte Sarah erschüttert, in deren Augen du Gard es feucht blitzen sah – oder lag es am Rauch, den die Fackeln verbreiteten? »Hier bin ich erwacht. Hier enthüllte mir der Vermummte das Geheimnis des Codicubus, und hier begriff ich, wonach mein Vater tatsächlich sucht.«

»Was ist das?«, fragte du Gard, auf die Asche in der Kuhle deutend.

»Die Überreste der *pinakes*, der Kataloge der Bibliothek von Alexandrien«, erwiderte Sarah leise. »Das Werk der Zerstörung hat bereits begonnen. Wir dürfen nicht zulassen, dass es sich fortsetzt.«

»Aber Sarah«, wandte du Gard ein. »Was willst du tun? Diese Leute, wer immer sie auch sein mögen, schrecken vor keiner Untat zurück.«

»Offensichtlich«, bestätigte Sarah mit bebender Stimme und ließ offen, ob sie damit den Mord an Pierre Recassin, den halbtoten Gefangenen oder das Verbrennen der *pinakes* meinte.

»Womit wir es hier zu tun haben, ist pure Aggression, barbarischer Zerstörungswille. Du hattest recht, als du sagtest, dass es hierbei um mehr ginge, als wir ahnten, Maurice. Nicht nur das Leben meines Vaters steht auf dem Spiel, sondern alles, wofür Archäologen jemals gearbeitet haben.«

»Oui«, räumte du Gard ein, der in der Asche herumgestochert hatte, »vielleicht hast du re ...«

Er verstummte jäh, und seine Züge nahmen einen seltsam starren Ausdruck an, den Sarah noch nie bei ihm gesehen hatte. Gleichzeitig schienen seine Blicke in weite Ferne zu schweifen, als gäbe es ringsum keine undurchdringlichen Felswände.

»Maurice, was hast du?«, fragte Sarah erschrocken. »Was ist los?«

Eine Antwort bekam sie nicht, aber sie sah, wie du Gards Pupillen hin und her zuckten, als beobachteten sie etwas, das sehr schnell vor seinen Augen ablief.

»Non«, murmelte er dabei mehrmals, *»ce n'est pas possible«*, aber er schien weder zu Sarah zu sprechen noch seine Umgebung überhaupt bewusst wahrzunehmen.

Dann, so plötzlich, wie der Zustand eingesetzt hatte, fiel die eigenartige Trance wieder von du Gard ab. Sein Gesichtsausdruck veränderte sich abermals, der Blick seiner Augen fokussierte sich wieder auf das Hier und Jetzt.

»Maurice, ist alles in Ordnung?« Aus Sarahs Zügen sprach ehrliche Besorgnis.

»Qu'est-ce qui s'est passé«, fragte du Gard und blickte sich staunend um. Erst ganz allmählich schien ihm wieder bewusst zu werden, wo er sich befand.

»Sag du es mir«, verlangte Sarah. »Du warst plötzlich so anders ...«

»Es ist wieder geschehen, Sarah«, entgegnete du Gard geheimnisvoll.

»Was meinst du?«

»Ich hatte eine Vision. Genau wie an jenem Abend im Theater ...«

»Und?« Sarah wagte kaum, danach zu fragen. »Hast du ... wieder meinen Vater gesehen?«

»Non.« Er schüttelte den Kopf.

»Was war es dann? Was hast du gesehen?«

»Das willst du nicht wissen«, meinte du Gard überzeugt, noch sichtlich unter dem Schock der Eindrücke stehend, die so unvermittelt über ihn hereingebrochen waren.

»Was soll das heißen? Natürlich will ich es wissen, dazu sind wir schließlich hier, oder nicht? Wir wollen Antworten.«

»Non!« Du Gard schüttelte den Kopf. »Der Fischer hatte recht – hierherzukommen war ein Fehler.«

»Weshalb?«

»Dieser Ort ist verflucht«, erwiderte du Gard und wollte sich bereits zum Gehen wenden. »Wir werden die Insel augenblicklich verlassen.«

»Nein.« Sarah packte ihn am Arm. »Ich glaube nicht an Flüche.«

»Chérie, das ist deine Sache«, beschied er ihr in einem Tonfall, der so ruhig und dennoch so bestimmt war, dass Sarah augenblicklich von ihm abließ. »Die Spur führt nach Ägypten, mehr brauchst du nicht zu wissen.«

»Mehr?«, hakte sie nach. »Worüber?«

»Über das Ende, Sarah Kincaid«, erwiderte du Gard schnaubend. »Über das Ende.«

Damit bückte er sich, lud sich erneut den halb bewusstlosen Gefangenen auf die Schulter und trug ihn rasch hinaus.

Ratlos blieb Sarah zurück. Ihr Blick fiel auf das rätselhafte Symbol, das in die Stele eingemeißelt war. Hatte der Gefangene recht? Symbolisierte es tatsächlich ein Auge? Je länger Sarah darauf starrte, desto mehr hatte sie das Gefühl, dass es ihren Blick erwiderte. Ihre Nackenhaare sträubten sich, und für einen kurzen Moment überkam sie das Gefühl, dieses Zeichen zu kennen, wie überhaupt dieser Ort und all seine Schrecken eine gewisse alte Vertrautheit verströmten.

Schon einen Lidschlag später jedoch war dieser Eindruck wieder verflogen. Sarah erinnerte sich an du Gards warnende Worte, und plötzlich war auch sie von dem Bedürfnis erfüllt, den düsteren Schauplatz so rasch wie möglich zu verlassen. Sie wusste nun mit letzter Sicherheit, dass sie nicht geträumt, dass sie sich die Begegnung mit dem Vermummten nicht nur eingebildet hatte.

Es war real gewesen, ebenso wie der Codicubus und die Jagd nach dem Geheimnis, das er über Jahrhunderte verborgen hatte.

Ein geheimer Krieg war im Gange, der mit äußerster Brutalität geführt wurde, in dem Gefangene gemacht wurden und der bereits Tote gefordert hatte.

Ein Krieg, in dem all das auf dem Spiel stand, womit sich Archäologie befasste.

Wissen.

Und Wahrheit ...

5

Reisetagebuch Sarah Kincaid
Nachtrag

Den bis auf die Knochen abgemagerten Jungen, den wir im Verlies von Fifla aufgelesen hatten, ließen wir in der Obhut des Fischers zurück, der versprach, sich um ihn zu kümmern und ihn in seinen Heimatort Kalafrana zurückzubringen. Die Blicke, mit denen der Junge uns auf dem Rückweg zur Insel bedachte, werde ich nie vergessen, und noch immer frage ich mich, was er in du Gard und mir gesehen haben mag. Er lud uns ein zu bleiben und ihn nach Kalafrana zu begleiten, wo man uns mit allen Ehren empfangen und uns Dank erweisen würde. Wir lehnten jedoch mit der Begründung ab, nach Valletta zurückkehren zu müssen, wo wir auf eine dringende Nachricht warteten.

Das war nicht gelogen, aber weder Maurice noch ich ahnten, dass diese Nachricht inzwischen bereits eingetroffen war. Bei unserer Rückkehr nach Valletta erwartete uns ein Bote des örtlichen Telegraphenamtes, der uns eine Mitteilung übergab. Der Absender war ein gewisser Conseil, in dem wir freilich keinen anderen als unseren gemeinsamen Freund Jules Verne erkannten.

Monsieur Vernes Nachricht war so knapp wie erfreulich. In aller Kürze teilte er uns mit, dass das Submarin bereits in See gestochen sei und Capitaine Hulot uns in drei Tagen in Fomm ir-Riħ, einer entlegenen Bucht an der Westküste Maltas, an Bord zu nehmen gedachte. Das war weit mehr, als wir erwarten konnten, und trotz der jüngsten Enthüllungen und der alarmierenden Neuigkeiten, die wir erfahren hatten, atmete ich innerlich auf.

Seither zähle ich die Stunden.

Eine Anfrage an den britischen Gouverneur, den ehemaligen

Großmeisterpalast besuchen zu dürfen, um mich dort nach Hinweisen auf den Codicubus und seine wechselhafte Geschichte umzusehen, wurde abgelehnt. So bleibt mir nichts, als die Zeit bis zur Abreise damit zu verbringen, die steilen Gassen Vallettas zu durchstreifen, wobei Maurice mir ein treuer, wenn auch nicht sehr gesprächiger Begleiter ist. Immer wieder spreche ich ihn auf sein Verhalten auf der Insel an, aber er weicht mir aus. Da er sich weiterhin weigert, mir zu sagen, was er in jener neuerlichen Vision gesehen hat, kann ich nur Vermutungen anstellen, was all die ungelösten Fragen betrifft.

Wer, so rätsle ich immerzu, ist der geheimnisvolle Feind, mit dem wir es zu tun haben und der das Wissen der Vergangenheit zu vernichten trachtet? Der Vermummte sprach von Wurzeln, die weit in die Vergangenheit reichen – war das die Wahrheit? Steht er tatsächlich, wie er behauptet hat, in den Diensten einer übergeordneten Organisation? Oder ist er in Wirklichkeit ein Renegat, ein Einzelgänger, der womöglich von Irrsinn befallen ist?

Noch immer steht mir jener grässliche Moment vor Augen, in dem ich das Antlitz des Fremden gesehen habe. Dennoch weiß ich, dass meine gepeinigten Sinne mir einen Streich gespielt haben müssen, denn was ich gesehen habe, kann unmöglich wahr sein. Was in aller Welt, so frage ich mich immerzu, hat mein Vater mit diesem Kerl zu schaffen? Steht er tatsächlich in seinen Diensten? Ist das der Grund, warum er alles vor mir verheimlicht hat?

Mehr als zuvor brenne ich darauf, nach Alexandrien zu gelangen und meinem Vater zu begegnen. Es geht längst nicht mehr nur darum, sein Leben zu retten – sondern auch alles, was er mir jemals beigebracht hat und was mir etwas bedeutet.

Seine Seele …

Bucht von Fomm ir-Riħ
Abend des 4. Juli 1882

Steile und hohe Klippen, von denen nur ein schmaler und verschlungener Pfad zum Wasser führte, säumten Fomm ir-Riħ in einem weiten Halbkreis. Von der Landseite her war die Bucht daher uneinsehbar. Zur See hin schützte die Dunkelheit die beiden einsamen Gestalten, die auf einem Felsvorsprung über der schäumenden Brandung standen und auf die dunkle Fläche des Meeres blickten.

Fast hatte Sarah erwartet, es zischen und brodeln zu hören, als der Glutball der Sonne den westlichen Horizont erreicht hatte und – so hatte es jedenfalls den Anschein gehabt – in die glitzernden Wogen eingetaucht war. Doch der Widerstreit der Elemente hatte nicht stattgefunden, und statt sich in Wolken von heißem Dampf zu hüllen, hatte die Sonne sich damit begnügt, lautlos zu verschwinden, freilich nicht ohne den Himmel dabei lichterloh in Brand zu stecken. Ein feuriger Nachglanz überzog die Hemisphäre, vom orangeroten Leuchten am Horizont zu den sanften Lilatönen, die sich in der Schwärze der heraufziehenden Nacht verloren.

»Und du bist sicher, dass dies die Bucht ist, von der Jules in seinem Telegramm gesprochen hat?«, erkundigte sich Maurice du Gard ein wenig misstrauisch. »Hier ist weit und breit keine Menschenseele zu sehen.«

»Was der Grund dafür sein dürfte, dass Capitaine Hulot sich für diese Bucht als Treffpunkt entschieden hat«, vermutete Sarah. »Wie wir von Monsieur Verne wissen, legt der Kapitän Wert auf Diskretion und verspürt keinerlei Verlangen, seine ungewöhnliche Erfindung publik zu machen. Kein Wunder also, dass er uns an einen Ort wie diesen bestellt hat.«

Du Gard erwiderte etwas Unverständliches, und beide blickten sie wieder auf die See hinaus. Das grandiose Naturschauspiel, das am Himmel stattgefunden hatte, verblasste mit jedem Augenblick. Die Nacht breitete ihre dunklen Schwingen über die Bucht, und eine kühle Brise kam auf. Du Gard schlug den Kragen seines Rocks hoch, Sarah zog ihren Seidenschal enger. Noch immer trug sie das khakifarbene Kleid, das sie in Valletta erstanden hatte, dazu einen passenden Hut und einen Schirm, der nun freilich nutzlos geworden war. Geeignetere Kleidung würden sie an Bord des Submarins bekommen – wie Jules Verne ihnen mitgeteilt hatte, war ihr Gepäck von Orléans nach Marseille befördert und an Bord des Submarins genommen worden.

Vorausgesetzt, Capitaine Hulot hielt Wort ...

Der Kutscher, der Sarah und du Gard auf diese Seite der Insel gebracht hatte, hatte nicht schlecht gestaunt, als sie ihn aufgefordert hatten, sie an den Klippen abzusetzen, wo es weit und breit keine Siedlung gab. Fragen hatte er allerdings nicht gestellt, und damit dies auch so blieb, hatte Sarah ihn mit einem üppigen Trinkgeld bedacht. Zwar nahm sie nicht an, dass der Vermummte ihnen noch immer folgte – schließlich musste er sie für tot halten –, aber Sarah wollte dennoch Vorsicht walten lassen, zumal sie wachsende Unruhe verspürte und nicht zu sagen vermochte, woran genau es lag.

»Regarde!«, rief du Gard plötzlich aus. *»Regarde cela ...!«*

Aufgeschreckt blickte Sarah in die Richtung, in die der Wahrsager deutete. In der Mitte der Bucht gab es eine Stelle, an der die dunkle Fläche der See in Bewegung geraten war. Das Wasser sprudelte dort, als würde es kochen, und im nächsten Augenblick schoss eine Fontäne empor, die im letzten Licht des Tages glitzerte und Sarah an einen Walfisch denken ließ. Tatsächlich konnten sie im Wasser plötzlich Formen ausmachen, die tatsächlich denen eines großen Meerestieres entsprachen, vom bulligen Haupt über den mächtigen Rumpf bis hin zur breiten Schwanzflosse. Von der Mitte des riesigen Gebildes aus schienen ihnen leuchtende Augen entgegenzuglotzen – und einen Herzschlag später durchstieß der Koloss aus der Tiefe die Meeresoberfläche.

Das Erste, was zum Vorschein kam, war ein oval geformter Turm aus vernietetem Stahl, in den kreisrunde, von innen beleuchtete Bullaugen eingelassen waren – die »Augen«, die Sarah und du Gard eben noch von unter Wasser angestarrt hatten. Im nächsten Moment wurde auch der Rest des riesigen Gebildes sichtbar, und Sarah und ihr Begleiter konnten nicht anders, als beeindruckt zu sein.

»*C'est incredible*«, murmelte du Gard.

»Beim Heiligen Georg«, entfuhr es Sarah.

Die Gesamtlänge von Hectoire Hulots erstaunlicher Erfindung mochte fünfzig oder sechzig Yards betragen. Die Außenhülle bestand aus Stahl, der jedoch an keiner Stelle Rost angesetzt zu haben schien; fast nahtlos schienen die Platten miteinander verbunden zu sein und formten einen riesigen Körper, der dem eines Fisches nicht unähnlich war: Der Bug war konisch geformt, mit einem Buckel auf der Oberseite, der, so nahm Sarah an, dazu diente, dem Submarin beim Tauchen mehr Lastigkeit zu verleihen. Die walzenförmige Mittelsektion des Unterseebootes, die sich zum Ende hin leicht verjüngte, trug den Turm auf ihrem breiten Rücken; ansonsten schien die Außenhülle völlig glatt zu sein und weder Bullaugen noch Schotten zu besitzen. Ein gutes Stück vor dem Turm, etwa dort, wo sich bei einem Fisch die Brustflossen befanden, waren Tiefenruder im Wasser zu erkennen.

Während die Gesamtkonstruktion des Submarins damit im Großen und Ganzen der Anatomie eines Fisches nachempfunden war, fand sich am Heck der wohl augenfälligste Unterschied zwischen beiden. Das Unterseeboot verfügte nämlich nicht über eine, sondern gleich über zwei Schwanzflossen, die einander senkrecht kreuzten und ein weiteres Tiefenruder sowie die Antriebsschraube zu beherbergen schienen.

»*Alors*«, knurrte du Gard halblaut. »Ich frage mich, ob das verdammte Ding unter Wasser schaukelt ...«

Sarah indes war sprachlos. In ihrer Jugend hatte sie sich stets gefragt, wie es sein mochte, einem der in Jules Vernes Romanen beschriebenen technischen Wunderwerke gegenüberzustehen – in diesem Augenblick war es so weit, und das Gefühl war unbeschreiblich, schwankte zwischen Euphorie und Ehrfurcht.

Wie gebannt starrte sie auf den stählernen Koloss, der sich gegen den dunkler werdenden Himmel abzeichnete und an dessen gedrungener Form das Wasser plätschernd abtroff. Ein metallisches Geräusch erklang, und im nächsten Moment waren oben auf dem Turm die Silhouetten mehrerer Männer zu erkennen. Über in die Turmwandung eingelassene Stufen kletterten sie auf das schmale Deck des Submarins, in den Händen eine längliche Kiste, die sie abstellten und öffneten. Was sie daraus entnahmen, konnte Sarah zunächst nicht erkennen, aber dann wurde ein Blasebalg betätigt, und kurz darauf lag eine Art Floß auf dem Vordeck des Submarins, das aus mit Luft gefüllten Kammern zu bestehen schien.

Es wurde zu Wasser gelassen, und drei Mann gingen an Bord und paddelten zum Ufer herüber. Da die See ruhig war und es kaum Wellengang gab, erreichten sie die Felsen ohne Schwierigkeit. Die Männer kamen an Land, und ein bärtiger Fahrensmann in einer abgetragenen grauen Arbeitsuniform trat auf Sarah zu.

»Lady Kincaid?«, erkundigte er sich forschend.

Sarah nickte.

»Sehr erfreut, Ihre Bekanntschaft zu machen.« Der Bärtige entblößte seine Zähne zu einem breiten Grinsen. »Capitaine Hulot erwartet Sie an Bord seines Schiffes.«

»Demnach sind Sie nicht Hulot?«, erkundigte sich du Gard wenig geistreich.

»Kaum.« Der Uniformierte wandte sich ihm zu und streckte ihm eine ölverschmierte Pranke entgegen. »Mein Name ist Caleb. Ich bin Erster Maat an Bord der ›Astarte‹ und habe den Befehl, Sie überzusetzen.«

»Der ›Astarte‹?«, fragte Sarah erstaunt und nahm du Gard damit aus der Pflicht, sich die Hände schmutzig zu machen.

»Das ist der Name unseres Bootes.« Der Maat nickte. »Warum fragen Sie?«

»Nur so.« Sarah zuckte mit den Schultern. »Ein schöner Name.«

»Das finden wir auch«, versicherte der Bärtige grinsend und deutete ein wenig unbeholfen auf das Floß. »Wenn Sie nun einsteigen möchten – wir haben nicht weit von hier die Positionslichter eines britischen Schiffes gesichtet, und der Kapitän legt keinen besonderen Wert auf Gesellschaft.«

»Davon haben wir schon gehört«, versicherte Sarah. Zusammen mit du Gard kletterte sie von dem Felsvorsprung und bestieg das Floß, das tatsächlich aus geteerten und luftgefüllten Leinensäcken bestand, die durch eine Konstruktion von Stangen und Seilen zusammengehalten wurden. Ein wenig skeptisch ließen die beiden sich auf dem abenteuerlichen Gefährt nieder, woraufhin der Maat und die beiden ebenfalls grau gewandeten Matrosen es vom Ufer abstießen und zurückruderten.

Die Überfahrt war kurz und für du Gard schmerzlos, was zum einen der ruhigen See, zum anderen aber auch den kräftigen Paddelschlägen zu verdanken war, mit denen Caleb und seine Leute das Floß durch die Wellen trieben. Bereits nach wenigen Minuten erreichte es den stählernen Rumpf des Submarins. Helfende Hände reckten sich Sarah und ihrem Begleiter entgegen und halfen ihnen beim Erklimmen des Decks, das sich in der Tat wie der gewölbte Rücken eines Wals aus dem Wasser erhob.

Es war ein seltsames Gefühl, seinen Fuß auf das Unterseeboot zu setzen. Weder gab es eine Reling noch eine Back; auf dem Deck des Submarins stehend, hatte man den Eindruck, der Naturgewalt des Meeres hilflos ausgeliefert zu sein, was besonders du Gard nicht zu gefallen schien. Einzig der Turm, der sich trutzig mittschiffs erhob, versprach ein wenig Sicherheit – dorthin brachte Caleb die beiden Passagiere, und wie zuvor die Matrosen benutzten Sarah und du Gard die in die Außenhülle eingelassenen Stufen, um den Turm zu besteigen.

Auf der ovalen, etwa drei Yards langen, aber nur halb so breiten und von einem hüfthohen Schanzkleid umgebenen Turmplattform erwartete sie ein Mann, in dem sie sofort den Kapitän des Schiffes erkannten. Hectoire Hulot sah anders aus, als Sarah ihn sich vorgestellt hatte; weder war er von besonders eindrucksvoller Statur, noch verströmte er jene Aura des Geheimnisvollen, die Sarah in Erinnerung an Jules Vernes Roman erwartet hatte. Der eher schmächtige Mann, dessen langer, bis zu den Knien reichender Uniformrock ihn noch kleiner wirken ließ, hatte glattes schwarzes Haar und einen gepflegten Oberlippenbart. Die kleinen Augen in seinem Gesicht verrieten eine gewisse Heiterkeit, als er die beiden Besucher erblickte.

»Lady Kincaid und Monsieur du Gard, wie ich annehme?«, erkundigte er sich lächelnd.

»In der Tat.« Sarah nickte. »Und Sie sind Capitaine Hulot, richtig? Monsieur Verne hat uns viel über Sie erzählt.«

»Der gute Jules beliebt zu übertreiben, was meine Person betrifft«, erwiderte der kleinwüchsige Mann gelassen, »vielleicht ist dies ja ein Kennzeichen seines Berufs. Im Grunde bin ich nur ein bescheidener Erfinder, der im Rahmen der ihm gesteckten Grenzen sein Möglichstes zu geben versucht.«

»Ich weiß nicht recht«, meinte du Gard und ließ seinen Blick vom gewölbten Vordeck bis zum Heck schweifen, wo die Schwanzflosse der ›Astarte‹ steil aus dem Wasser ragte, »offen gestanden kommt mir das alles andere als bescheiden vor.«

»Sie werden sich daran gewöhnen«, prophezeite Hulot lächelnd, »und wenn es so weit ist, werden Sie mir zustimmen.« Beiläufig griff er in eine der Taschen seines Uniformrocks und beförderte eine Uhr zutage, die an einer goldenen Kette hing. »Bitte begeben Sie sich nun rasch unter Deck«, drängte er. »Nicht genug damit, dass wir bereits wertvolle Zeit verloren haben, wurden wir kurz vor Sonnenuntergang auch noch von einem britischen Kriegsschiff gesichtet, das uns ...«

»Alarm!«, brüllte in diesem Moment der Matrose, der auf dem Turm Wache hielt und mit Argusaugen hinaus auf die See gespäht hatte. »Schlachtschiff voraus!«

»Verdammt«, stieß Hulot hervor, stürzte zur Schanzung und blickte in die Richtung, die sein Untergebener ihm bedeutete. Tatsächlich war zu sehen, wie die schwarz drohende Silhouette eines Kriegsschiffes hinter den Klippen hervorkam und sich langsam vor die Bucht schob. Die Masten waren abgetakelt und ragten wie knochige Gerippe in die Höhe, während der bullige Schornstein mittschiffs dunkle Rauchwolken spie, die den mattroten Himmel nur noch mehr zu verfinstern schienen.

Hectoire Hulots sanftmütige Züge veränderten sich, wurden hart und entschlossen. Seine eben noch so unscheinbare Gestalt straffte sich, und seine Stimme nahm einen anderen Tonfall an, als er den Befehl gab, die Brückenbeleuchtung zu löschen, die durch das Turmluk heraufdrang, und das Unterseeboot zum Tauchen bereit zu machen.

Die eben noch so beschauliche Stimmung an Bord des Submarins wich hektischer Betriebsamkeit. Jeder der Männer, die an Bord der ›Astarte‹ ihren Dienst versahen, schien genau zu wissen, was er zu tun hatte, jeder Handgriff war eingeübt.

Mit waghalsiger Behändigkeit sprangen einige Matrosen an Sarah vorbei durch das Turmluk, stürzten sich todesmutig ins dunkle Innere des stählernen Kolosses, während diejenigen, die noch auf Deck waren, das Boot tauchklar machten.

»Bitte«, wandte Kapitän Hulot sich drängend an seine Passagiere, »steigen Sie ein. Ich glaube nicht, dass diese *messieurs* besonders gut auf uns zu sprechen si ...«

Der Rest des Satzes wurde von gewaltigem Donner verschluckt, der die ganze Bucht erschütterte. Eine Feuerwolke flammte auf dem Vordeck des britischen Schiffes auf, im nächsten Moment lag ein schrilles Pfeifen in der Luft.

»In Deckung!«, rief Maat Caleb, und noch ehe Sarah und du

Gard reagieren konnten, wurden sie von schinkengroßen Pranken gepackt und unter das Schanzkleid des Turmes gedrückt.

Im nächsten Moment verstummte das pfeifende Geräusch. Es gab einen platschenden Einschlag, gefolgt von Tosen und Zischen – und ein prasselnder Salzwasserregen ging über der Turmbesatzung nieder.

»Das war knapp«, stellte Caleb fest. »Einschlag achteraus, nur fünfzig Yards entfernt.«

»Noch drei, vier Versuche, dann haben sie uns«, erwiderte Hulot grimmig. »Zeit zu verschwinden ...«

Wie um seine Worte zu bestätigen, erhob ein weiteres Bordgeschütz seine donnernde Stimme – und diesmal war der Einschlag noch näher. Ein Wasserschwall brach über den Brückenturm herein, der alle bis auf die Haut durchnässte.

»Verdammt und zugenäht«, wetterte du Gard, »und das wollen Gentlemen sein? Wo haben deine Landsleute nur ihre Manieren gelassen. Kincaid?«

»Nun«, erwiderte Sarah grimmig, während sie in den Einstieg sprang und die Sprossen der Leiter hinabsetzte, so schnell ihr triefnasses Kleid es zuließ, »ich schätze, wir haben soeben die Seiten gewechselt ...«

»Ihnen muss das doch gefallen, du Gard«, rief Hulot, während sich erneut dumpfer Geschützdonner vernehmen ließ.

»Wieso sollte mir das gefallen?« Du Gard hastete hinter Sarah drein und stieß sich dabei heftig den rechten Ellbogen.

»Nun – heute ist der vierte Juli, oder nicht? Soweit ich weiß, pflegen Amerikaner den Gründungstag ihrer Nation doch mit einem Feuerwerk zu begehen.«

»Amerikaner? Ich ein Amerikaner?« Du Gard war so empört, dass er seinen schmerzenden Ellbogen darüber ganz vergaß. *»Monsieur*, ich bin Franzose wie Sie! Ich mag in den Vereinigten Staaten aufgewachsen sein, aber das ändert nichts daran, dass ich ...«

Er verstummte, als die nächste Granate einschlug, diesmal so nahe, dass das Schiff von einer schweren Erschütterung durchlaufen wurde. Während es Sarah noch gelang, sich an einer stählernen Verstrebung festzuhalten, taumelte du Gard gegen ein Stellrad und stieß sich den Kopf, worauf er in wüstes Lamentieren verfiel.

»Zur Kenntnis genommen«, sagte Hulot nur, der bis zuletzt auf dem Turm geblieben war und nun das Luk von innen verriegelte. »Tauchen!«, befahl er daraufhin mit lauter Stimme, und ein hohles Gurgeln ließ sich aus den Tiefen des Unterseebootes vernehmen, das bereits langsam Fahrt aufgenommen hatte.

Erst jetzt kam Sarah dazu, sich umzusehen. Die Kammer, in der sie standen, besaß denselben Grundriss wie die Turmplattform; ringsum waren runde Bullaugen in den grauen Stahl eingelassen, die einen Blick nach draußen ermöglichten; auf ehernen Säulen ruhten mehrere Instrumente, darunter ein Kompass und ein Manometer, das die Tauchtiefe anzeigte. Die vordere Hälfte des Ruderstandes wurde von dem großen Steuerrad eingenommen, das sich auf den ersten Blick in nichts von dem eines gewöhnlichen Schiffes unterschied – ein Steuermann, der wie alle Matrosen der ›Astarte‹ graue Hosen und ein blauweiß gestreiftes Arbeitshemd trug, versah davor seinen Dienst. Von der Mitte der Zentrale aus führte eine schmale Wendeltreppe ins eigentliche Innere des Submarins – ob Sarah und du Gard diese allerdings je zu sehen bekommen würden, war im Augenblick mehr als fraglich ...

Das Gurgeln aus den Tiefen des Bootes verstärkte sich, und durch eines der Bullaugen konnte Sarah sehen, wie rings um das Submarin Luftblasen emporstiegen. Die Tauchkammern wurden geflutet, und schon im nächsten Moment war das Vordeck des Unterseebootes nicht mehr zu sehen. Der Bug neigte sich, und mit einer Lastigkeit von dreißig, vierzig Grad schoss das Submarin in die Tiefe.

»Allmächtiger!«, rief du Gard aus, als der Wasserspiegel die Bullaugen erreichte, und auch Sarah hielt instinktiv den Atem an.

Für einen Augenblick war ringsum nichts als schäumende Gischt zu erkennen – die im nächsten Moment blaugrüner Unendlichkeit wich.

Die Geräusche im Boot veränderten sich, wurden plötzlich dumpf und unheimlich, und man glaubte zu hören, wie die Tiefe ihre Stimme erhob, sich als fernes Klopfen, als leises Brodeln oder als metallisches Ächzen bemerkbar machte. Wieder war eine Detonation zu vernehmen, die jedoch achteraus zu liegen schien – offenbar hatte die Granate genau dort eingeschlagen, wo sich das Submarin noch vor wenigen Augenblicken befunden hatte. Die Druckwelle erfasste das Boot und ließ es leicht erbeben – die Gefahr jedoch schien gebannt ...

»Sie können ruhig wieder einatmen«, sagte Kapitän Hulot, ohne seinen Blick vom Frontbullauge zu wenden. »Die ›Astarte‹ verfügt über ein ausgefeiltes chemisches System, das der Erneuerung der Atemluft dient. Sie brauchen die Luft also nicht anzuhalten.«

»Du meine Güte«, entfuhr es Sarah, der erst jetzt bewusst wurde, dass sie tatsächlich nicht geatmet hatte. »Sind wir in Sicherheit?«

»Davon gehe ich aus. Allerdings ärgert es mich, dass die Briten uns gesehen haben – sie werden ihre Entdeckung zweifellos an die Admiralität melden, was bedeutet, dass ich mich in Zukunft noch ungleich mehr vorsehen muss.«

»Wie können Sie das Submarin bei Dunkelheit manövrieren?«, wollte Sarah mit Blick auf die Bullaugen wissen, auf deren anderer Seite jetzt undurchdringliches Dunkel herrschte.

Hulot lächelte schwach. »Eigentlich können wir es nicht. In diesem Fall navigieren wir nach Kompass und benutzen exakt dieselbe Fahrtrinne, auf der wir in die Bucht gelangt sind. So etwas in unbekannten Gewässern zu versuchen könnte für das Boot und seine Besatzung tödlich enden.«

»Haben Sie keine Scheinwerfer?«, erkundigte sich du Gard.

»Natürlich, aber sie einzuschalten wäre so, als würden wir den Briten dort oben eine Einladung zum Zielschießen schicken. Zwar haben sie keine Ahnung, womit sie es zu tun haben, aber versenken wollen sie uns trotzdem – so sind die Menschen, nicht wahr?«

»Ich fürchte, so ist es.« Du Gard nickte.

»Wir werden also unserer bekannten Route folgen. Sobald wir sicher sein können, unseren Verfolgern entkommen zu sein, werden wir auftauchen und die weitere Reise über Wasser fortsetzen, damit wir ...« Der Kapitän unterbrach sich plötzlich, und seine Züge nahmen wieder die anfängliche Heiterkeit an. »Aber, aber!«, rief er aus. »Wo habe ich nur meine Manieren gelassen? Willkommen an Bord, Lady Kincaid – und Sie natürlich auch, Monsieur du Gard. Fühlen Sie sich an Bord meines Unterseebootes ganz wie zu Hause.«

»Haben Sie vielen Dank, *Monsieur le Capitaine*«, erwiderte Sarah. »Und bitte entschuldigen Sie die Verzögerung und den Umweg, den Sie unseretwegen machen mussten. Eigentlich hatten wir nicht vor, Malta einen Besuch abzustatten, aber ...«

»Wie das Leben so spielt, nicht wahr?«, schmunzelte Hulot.

»Sie sagen es.«

»Keine Ursache, Lady Kincaid – in Anbetracht des hohen Preises, den Sie für Ihre Passage entrichten, betrachte ich derlei Änderungen als zum Service gehörend. Und nennen Sie mich ruhig bei meinem Namen, denn ich bekleide weder einen militärischen Rang, noch besitze ich im eigentlichen Sinn ein Kapitänspatent. Der ›*capitaine*‹ ist lediglich ein Ehrentitel, den meine Mannschaft mir verliehen hat und der mir dabei hilft, die Ordnung an Bord aufrechtzuerhalten, obwohl ich jede Art von militärischem Popanz zutiefst verabscheue.«

»Sehr gerne, Monsieur Hulot«, erwiderte Sarah, »ich wollte nur nicht ...« Plötzlich ließ sich aus den Tiefen des Schiffes lautes Gejammer vernehmen, und eine keifende Stimme war zu hören, die Sarah nur zu vertraut vorkam.

»... ist mir noch nicht untergekommen! Ich protestiere in aller Entschiedenheit und verlange, dass Sie mir augenblicklich erklären, was dieser infernalische Lärm zu bedeuten hat ...!«

Sarah seufzte.

Hingis.

Im Eifer des Augenblicks hatte sie den misslaunigen Gelehrten fast vergessen. Dafür brachte er sich nun umso lautstärker in Erinnerung, gerade als ob antike Rätsel, vermummte Entführer und die blindwütig feuernde Royal Navy nicht schon Schwierigkeiten genug wären ...

Hulot, der Sarahs Gesichtsausdruck bemerkte, konnte sich ein Grinsen nicht verkneifen. »Um der Wahrheit die Ehre zu geben, Lady Kincaid, bin ich froh, dass Sie endlich an Bord sind. Ihr Mitreisender ist auf die Dauer – wie soll ich es ausdrücken? – ein wenig anstrengend.«

»Oh, ja«, versicherte Sarah, während das Gejammer im Bauch des Schiffes ohne Unterlass weiterging, »das kann ich mir lebhaft vorstellen.«

Sie folgte dem Kapitän über die Wendeltreppe, die vom Ruderstand in die Zentrale des Unterseebootes führte. An zwei großen Stellrädern, die für die Betätigung der seitlichen und hinteren Tiefenruder zuständig waren, sowie an einer Unzahl von Ventilen und Skalen standen Männer in grauen Uniformen, deren bleiche Haut darauf schließen ließ, dass sie selten Sonnenlicht zu sehen bekamen. Unterhalb der Ventile, die die Pressluftzufuhr zu den Tauchkammern regulierten, war ein schmaler Tisch angebracht, auf dem Seekarten lagen; dicke Rohrleitungen aus Messing verliefen unterhalb der Decke; zu beiden Seiten hin wurde die von elektrischem Licht erhellte Zentrale von schweren Schotten begrenzt.

Inmitten dieser wohlgeordneten Mechanik bot Friedrich Hingis einen geradezu desolaten Anblick. Der Schweizer trug wie immer seinen schwarzen Rock und eine Schleife um den Hemdkragen – die beträchtlichen Temperaturen, die im Inneren des

Submarins herrschten, hatten ihm jedoch sichtlich zugesetzt. Der sonst blütenweiße Kragen seines Hemdes war fleckig, das Haar noch wirrer als sonst, die Gläser der Nickelbrille hatten sich beschlagen. Ob dies allerdings von der feuchten Hitze im Inneren des Unterseebootes rührte oder daran lag, dass Hingis schnaubte wie ein wilder Stier, war schwer zu sagen.

»Da sind Sie ja endlich!«, blaffte er, als er Sarah erblickte, denn natürlich hatte er keine Ahnung, was ihr und du Gard in der Zwischenzeit widerfahren war. »Ich hätte es wissen müssen.«

»Was hätten Sie wissen müssen?«, erkundigte sich Sarah, die ebenso auf eine Begrüßung verzichtete wie der echauffierte Gelehrte.

»Dass auf eine Frau kein Verlass ist. Es hieß, wir würden uns in Marseille treffen, aber natürlich ist niemand gekommen. Stattdessen wird mir unter abenteuerlichen Bedingungen eine Nachricht zugespielt, und ich finde mich in einem verlassenen Nest am Ende der Welt wieder, von wo aus man mich in diesen ... diesen Eisensarg verschleppt.«

»Monsieur«, mahnte Hulot, »wählen Sie Ihre Worte mit ein wenig mehr Bedacht. Die ›Astarte‹ kann Sie hören.«

»Das bezweifle ich«, schnaubte Hingis, der vor Wut förmlich schäumte. »Wenn Sie mich fragen, werden wir alle noch jämmerlich ertrinken in diesem verdammten Ding.«

»Wenn Ihnen das Submarin so verhasst ist, warum haben Sie es denn überhaupt betreten?«, erkundigte sich du Gard, der inzwischen ebenfalls in der Zentrale angelangt war.

»Sehr einfach – weil man mir keine andere Wahl gelassen hat. Man hat mir den Koffer mit dem Geld abgenommen und ihn an Bord gebracht, also musste ich wohl oder übel folgen. Allerdings ist das letzte Wort in dieser Sache noch nicht gesprochen. Ich protestiere in aller Entschiedenheit.«

»Wogegen?«, wollte Sarah wissen.

»Dagegen, dass Sie mir von alldem nichts gesagt haben. Dass

Sie mich vorsätzlich und ganz bewusst über die Natur der Reise im Unklaren gelassen haben.«

»Hätte es denn einen Unterschied gemacht?«

»Der Meinung bin ich allerdings«, schnarrte Hingis. »Hätte ich die Wahl gehabt, hätte ich mich niemals freiwillig auf dieses Vehikel begeben. Ich bin schließlich nicht so lebensmüde, als dass es mir Plaisir bereiten würde, mich in einer stählernen Kiste im Meer zu versenken. Das ist doch Wahnsinn!«

»Was schlagen Sie stattdessen vor, Doktor?«, fragte Sarah ruhig. »Dass wir uns mit der britischen Marine anlegen, die den Hafen von Alexandria blockiert und sicher nicht gewillt sein wird, unseretwegen eine Ausnahme zu machen? Oder dass wir es auf dem Landweg versuchen und damit wertvolle Zeit verlieren?«

»Ganz abgesehen von den Piraten«, fügte Hulot hinzu.

»Pi-Piraten?« Die Augen hinter der beschlagenen Nickelbrille zwinkerten.

»Ganz recht«, pflichtete Sarah bei. »Algerische Seeräuber, die vor der afrikanischen Mittelmeerküste kreuzen und für die jedes wehrlose Schiff eine willkommene Beute ist. Die Männer pflegen sie an Ort und Stelle zu massakrieren und ihre Überreste ins Meer zu werfen, die Frauen auf dem Sklavenmarkt zu verkaufen. Entspricht das eher Ihren Vorstellungen von einer sicheren Überfahrt?«

Hingis starrte einen nach dem anderen aus großen Augen an, woraufhin einmal mehr kleine Schweißperlen auf seine Oberlippe traten. Dann machte er auf dem Absatz kehrt, stürzte aus der Zentrale und verschwand durch das kreisrunde Schott in Richtung Bug.

»Schön, dass wir das geklärt haben«, kommentierte Kapitän Hulot trocken. »Monsieur Caleb – anblasen und auf Periskoptiefe gehen. Kurs aufs offene Meer.«

»Verstanden, *Monsieur le Capitaine*.«

»Wenn Sie mir bitte folgen möchten, Lady Kincaid – und Sie natürlich auch, Monsieur du Gard. Mit Ihrer Erlaubnis, werde ich

Ihnen zunächst Ihre Quartiere zeigen. Ihr Gepäck erwartet Sie dort bereits – nach dieser feuchten Begrüßung werden Sie sich sicher umziehen wollen.«

»Das ist sehr freundlich.« Sarah nickte dankbar.

»Kein Problem.« Der Kapitän, der so ganz und gar nicht dem Bild des menschenscheuen Eigenbrötlers entsprach, das sich Sarah gemacht hatte, lächelte. »Danach würde ich Sie gerne in der Offiziersmesse zum Abendessen begrüßen. Und da Jules mir versichert hat, dass Sie beide in der hohen Kunst der Verschwiegenheit bewandert sind ...«

»Das sind wir«, versicherte Sarah schnell.

»... wird es mir anschließend ein Vergnügen sein, Sie an Bord herumzuführen und Ihnen alles zu zeigen. Sicher brennen Sie darauf, das Submarin zu besichtigen.«

»Nun, wenn es sich einrichten lässt ...«

»Ich werde Ihnen alles zeigen bis auf den Maschinenraum, dessen Innereien nur den Maschinisten und mich selbst etwas angehen – ganz abgesehen davon, dass Sie die Technik dort wahrscheinlich nicht verstehen würden.«

»Zugegeben«, räumte Sarah ein.

»Genießen Sie die Fahrt«, empfahl Hulot, »Sie brauchen sich um nichts zu sorgen. Trotz der Geräusche, die Sie hören und die Ihnen ungewohnt und vielleicht auch ein wenig bedrohlich erscheinen werden, darf ich Ihnen versichern, dass das Submarin ein durch und durch verlässliches Fortbewegungsmittel ist. Ein Gutteil der Reise werden wir an der Oberfläche zurücklegen, da diese Art der Fortbewegung schneller und effizienter ist – sobald die See jedoch unruhig wird und ein Sturm aufzuziehen droht, werden wir uns in die Tiefe verabschieden, wo immerwährende Ruhe und Stille herrschen.«

»Ich weiß«, erwiderte du Gard gepresst und blickte sich in der von Röhren, Ventilen und Stellrädern beherrschten Enge der Zentrale um, »genau das bereitet mir ein wenig Sorge.«

»Inwiefern?«, wollte der Kapitän wissen.

»Die Tiefe birgt auch viele Geheimnisse«, erklärte der Wahrsager mit einer Stimme, die Sarah nicht gefallen wollte, »und ich bin mir nicht sicher, ob wir daran rühren sollten ...«

6

Reisetagebuch Sarah Kincaid
6. Juli 1882

Zwei Tage sind wir nun auf See.

Wie Kapitän Hulot uns zu Beginn der Reise versichert hat, sind wir den Unwägbarkeiten des Wetters an Bord der ›Astarte‹ tatsächlich nicht ausgesetzt, und selbst während der Fahrt über Wasser scheint mir die ungewöhnliche Konstruktion des Bootes größere Sicherheit zu bieten als jedes andere Schiff.

Die Quartiere, die man uns zugewiesen hat, befinden sich ganz vorn im Bug und sind einfach, aber funktionell gehalten – sogar an ein Waschbecken und ein Wasserklosett wurde gedacht. Da es nur zwei Passagierkabinen gibt, müssen Maurice du Gard und Friedrich Hingis sich ihr Quartier teilen, worüber beide ungehalten sind und es schon des Öfteren Streit gegeben hat.

An die Passagierkabinen schließt sich jene des Kapitäns an, die Hectoire Hulot nicht nur als Schlafraum dient, sondern auch als Arbeitszimmer. Auf einem Schreibtisch, der in der Mitte des Raumes von der Decke hängt, entdecke ich Zeichnungen und Pläne von Dingen, die mir nichts sagen und die Hulot uns auch nicht näher erklärt. Seiner zur Schau gestellten Jovialität zum Trotz scheint der Kapitän nicht gerne über sich oder seine Arbeit zu sprechen, sodass ihn trotz seines freundlichen und zuvorkommenden Wesens eine geheimnisvolle Aura umgibt, und einmal mehr wird mir klar, wie viel Monsieur Verne Kapitän Hulot zu verdanken hat.

Dem Quartier des Kapitäns folgen die nicht weniger geräumige Messe sowie die Kombüse des Schiffes, in der ein feister Koch namens Zibarry seiner Arbeit nachgeht und Genüsse auf den Tisch bringt, die ich an einem solchen Ort nicht für möglich gehalten hätte.

Die Mitte des Unterseebootes wird von der Zentrale eingenommen, über der sich der Turm mit dem Ruderstand und dem Ausstieg befindet, der zugleich auch die einzigen Sichtluken beherbergt, die das Schiff besitzt. Oft halte ich mich dort auf, und obwohl meine Augen sich kaum sattsehen können an den Wundern der Tiefe, die oft nur wenige Armlängen entfernt sind, an Schwärmen silbrig glänzender Makrelen, an Haien und Rochen, die lautlos vorübergleiten, ertrage ich den Anblick meist nur für kurze Zeit. Vielleicht, so sage ich mir, hat Maurice uns nicht zu Unrecht gewarnt …

Jenseits der Zentrale befinden sich die Quartiere des Maats und der Mannschaften. Während Caleb noch eine kleine Kammer mit eigener Koje bewohnt, sind die Matrosen der ›Astarte‹ ungleich schlechter gestellt; ihre Schlafstatt besteht aus Hängematten, die zwischen Rohren und Frachtstücken angebracht sind, oft genug eingezwängt zwischen Vorräten, die in der Kombüse keinen Platz mehr fanden und deshalb in die Hecksektionen ausgelagert wurden. Wie ich gehört habe, ist es üblich, dass sich mehrere Matrosen eine Hängematte teilen, die sie im Schichtdienst abwechselnd besetzen – was dies im Hinblick auf die Hygiene an Bord des Submarins bedeutet, mag ich mir nicht vorstellen. Die strengen Gerüche, die das Unterseeboot durchziehen, sprechen in dieser Hinsicht Bände.

Der Maschinenraum, der sowohl den Antrieb für die Überwasserfahrt als auch die Batterien für die Stromversorgung beherbergt, befindet sich am Heck des Schiffes. Den Maschinisten habe ich noch nie zu Gesicht bekommen – sie nennen ihn »le fantôme« –, *und das nicht nur, weil er sich so selten zeigt, sondern auch, weil seine Haut infolge des ständigen Aufenthalts unter Tage inzwischen leichenblass geworden sein soll.*

Auch wenn derlei Details in den Büchern meiner Jugend fehlten, weiß ich nun, woher Monsieur Verne seine Ideen hat. Der Aufenthalt an Bord der ›Astarte‹ ist auch mir ein Quell ständiger Inspiration – die allerdings die Sorge nicht übertünchen kann, die ich für meinen Vater empfinde und die von Stunde zu Stunde wächst …

9. Juli 1882

Der fünfte Tag der Überfahrt.

An die knarrenden, ächzenden Geräusche, mit denen die Hülle des Unterseebootes gegen den Druck der Tiefe zu protestieren scheint, habe ich mich gewöhnt und nehme sie kaum noch wahr. Dort unten scheint man der Welt entrückt. Ob an der Oberfläche Kriege oder Stürme toben – man nimmt nichts davon wahr. Man gleitet durch die dunkle Tiefe, und ich beginne zu verstehen, weshalb sich Kapitän Hulot und seine Mannschaft jener anderen Welt nicht mehr zugehörig fühlen.

Dennoch wird, um die Batterien und die chemischen Aufbereiter zu schonen, nur getaucht, wenn Gefahr droht, und dann auch nur für einige Stunden. Zudem erreicht das Submarin in getauchtem Zustand eine Geschwindigkeit von nur sechs Knoten, während es über Wasser gut acht Knoten Fahrt macht. Da Strömung und Wetterverhältnisse günstig sind, hat Kapitän Hulot uns in Aussicht gestellt, dass wir Alexandria schon morgen erreichen werden. Doch je mehr die Reise sich ihrem Ende zuneigt, desto größer wird meine Besorgnis.

Wird es mir gelingen, meinen Vater zu finden, und das noch zur rechten Zeit? Werde ich ihn retten können vor dem düsteren Schicksal, das ihm droht?

Ich gestehe freimütig, dass meine Zuversicht schon größer war, und weder die einsamen Stunden, die ich in meinem Quartier verbringe, noch Friedrich Hingis' fortwährende Kritteleien tragen dazu bei, sie wiederherzustellen. Ich muss an das denken, was mir einst ein Veteran über die letzten Stunden vor Sedan berichtet hat, und wie ein Soldat vor der Schlacht suche ich Ablenkung und Zerstreuung.

Ich finde Trost in den Armen des Mannes, der mich durch alle Fährnisse bis hierher begleitet hat und mir trotz aller Gegensätze, die uns trennen, ein treuer Freund geworden ist – und vielleicht auch sehr viel mehr als das ...

SÜDÖSTLICHES MITTELMEER
9. JULI 1882

Die drückende Hitze, die ohnehin schon im Inneren des Submarins herrschte, hatte sich in Sarah Kincaids Kabine zu einer geradezu tropischen Schwüle gesteigert. Schweißperlen standen auf bloßer Haut, und keuchender Atem war zu hören, als die Liebenden endlich voneinander abließen, um in der schmalen Koje nebeneinander zu liegen.

Minuten verstrichen, ohne dass auch nur ein Wort gesprochen wurde. Zu groß war die Erschöpfung, zu betörend der Zauber des Augenblicks, um ihn zu zerstören.

»Das war unglaublich«, flüsterte Sarah schließlich.

»Ich weiß«, kam es trocken zurück.

»Du weißt es?« Sie drehte sich zu ihm herum, stützte den Kopf auf den Unterarm. »Bescheidenheit ist nicht deine Sache, was?«

»Non«, gab der Franzose unumwunden zu, ehe er sich ebenfalls herumdrehte und die Schweißperlen von ihrer Stirn küsste. »Du schmeckst nach Salz«, stellte er fest. »Das kommt vom Pökelfisch.«

Sarah musste lachen. »Komplimente zu machen scheint dir ebenfalls nicht sehr zu liegen.«

»Wozu?« Er grinste dreist. »Das eindrucksvollste Kompliment, das zu machen ich in der Lage bin, habe ich dir bereits mehrmals unterbreitet.«

»Du bist ein Aufschneider«, konterte sie, während er begann, ihren nackten Rücken zu massieren, »allerdings ein ziemlich talentierter, dass muss ich wohl zugeben.«

»Merci beaucoup.«

»Du bist ein Mann der Widersprüche, Maurice du Gard«, flüsterte Sarah, während sie sich bäuchlings auf das Laken sinken ließ und es genoss, seine weichen Hände über ihren Rücken wandern zu fühlen. »Als ich dir das erste Mal begegnete, hätte ich dich am liebsten in der Seine ertränkt – und nun ...«

»Vorsicht, *chérie.*«

»Vorsicht? Wovor?«

»Du bist dabei, dich in mich zu verlieben«, stellte du Gard fest.

»Ich? Mich in dich verlieben?« Sie lachte freudlos auf. »Wie sollte das wohl geschehen? Ich weiß nicht das Geringste über dich.«

»Trotzdem.«

»Keine Sorge«, versicherte Sarah, »ich werde vorsichtig sein. Allerdings hätte ich gerne mehr über dich erfahren.«

»Was denn zum Beispiel?«, fragte er.

»Ich möchte wissen, wer du bist. Was dich bewegt. Was dich nach Paris verschlagen hat. Offen gestanden, war ich ziemlich überrascht zu erfahren, dass du in den Vereinigten Staaten aufgewachsen bist ...«

»Das wäre wohl auch zu viel gesagt.« Du Gard lächelte matt. »Als Junge habe ich eine Weile in New Orleans gelebt – die Franzosen dort unterhalten allerdings ihr eigenes Viertel, in dem sie unter sich zu bleiben pflegen.«

»Wie kam es dazu?«, wollte Sarah wissen.

»Mein Vater war ein französischer Kaufmann, der häufig in Übersee zu tun hatte. Dort lernte er meine Mutter kennen. Sie war Kreolin und hat ihm wohl auf den ersten Blick den Kopf verdreht.«

»Ich verstehe.« Sarah schnitt eine Grimasse. »Das scheint bei dir in der Familie zu liegen ...«

»Sie wurde von ihm schwanger und bekam einen Sohn, den sie nach seinem Vater ›Maurice‹ nannte.«

»Dich«, folgerte Sarah.

»Meine Mutter«, fuhr du Gard nickend fort, »hat später oft gesagt, dass das die glücklichste Zeit ihres Lebens war – leider hat sie nicht sehr lange gedauert.«

»Was ist passiert?«

»Mein Vater wurde das, was man ein geachtetes Mitglied der Gesellschaft nennt. Durch seine Geschäfte gelangte er zu Wohlstand und Ansehen, aber seine Gier nahm immer noch zu. Er wurde amerikanischer Staatsbürger, und die Speichellecker, die ihn umgaben, redeten ihm ein, eine politische Karriere anzustreben und für den Senat zu kandidieren. Alles, was ihn daran hinderte, waren eine kreolische Geliebte und ein uneheliches Kind – also trennte er sich von beidem. Er gab meiner Mutter zweihundert Dollar und verschwand.«

»Dieser Bastard!« Sarah biss sich auf die Lippen. »Das muss furchtbar für euch gewesen sein.«

»Es geht«, erwiderte du Gard gepresst. »Immerhin hat mein Vater mir zwei wichtige Dinge vermacht.«

»Nämlich?«

»Zum einen die französische Staatsbürgerschaft, die mir nicht mehr aberkannt werden konnte – und zum anderen die Erkenntnis, dass irdisches Glück nicht von Bestand ist.«

»Und dafür bist du ihm dankbar?«, fragte Sarah ungläubig.

»Oui, allerdings. Denn es hält mich davon ab, wie ein Narr meine Zeit zu verschwenden und nach etwas zu suchen, das es nicht gibt.«

»Aber strebt denn nicht jeder Mensch danach, sein Glück zu finden und es festzuhalten, es dauerhaft zu bewahren?«

»Man kann sein Glück nicht festhalten«, meinte du Gard überzeugt, »auch du wirst das irgendwann begreifen. *Carpe diem*, Sarah – nutze den Tag.«

Sarah widersprach nicht, weil du Gards Tonfall und die Endgültigkeit in seiner Stimme sie erschütterten – tief in ihrem Inneren war sie anderer Meinung. Auch wenn Maurice recht haben mochte und es kein Glück gab, das von langer Dauer war, so wollte sie dennoch danach suchen, genau wie ihr Vater es sein Leben lang getan hatte. Es war die Profession des Archäologen …

»Was ist aus dir und deiner Mutter geworden, nachdem dein Vater euch verlassen hatte?«, wechselte sie das Thema.

»Sie war eine starke Frau«, gab du Gard zur Antwort, während er gefühlvoll seine Fingerspitzen über ihrem Nacken kreisen ließ, »sie wusste sich durchzusetzen. Um sich den Lebensunterhalt zu verdienen, tat sie wieder das, was sie getan hatte, ehe sie meinem Vater begegnet war.«

»Nämlich?«, wollte Sarah wissen.

»Sie legte die Karten des Tarot und weissagte zahlungswilligen Kunden die Zukunft.«

»Ist das dein Ernst?«

»Allerdings. Meine Mutter war keine gewöhnliche Frau, Sarah. Sie war in Künsten bewandert, die andere Menschen für abnorm und gefährlich halten und die in New Orleans gepflegt werden, seit die schwarzen Sklaven sie in die Neue Welt brachten.«

»Einen Augenblick.« Sarah hob den Kopf, sodass du Gard die Massage unterbrechen musste. »Sprichst du von Zauberei? Von schwarzer Magie und Voodoo-Künsten?«

»Die Macht des Voodoo kann sowohl zum Guten als auch zum Schlechten eingesetzt werden«, belehrte sie du Gard, »für das Licht oder die Finsternis. Mit allem anderen jedoch hast du recht. Meine Mutter war eine Meisterin des Übersinnlichen. Sie war es, die mich in die Geheimnisse des Tarot einweihte, von ihr habe ich alles gelernt.«

»So wie ich von meinem Vater«, erwiderte Sarah.

»Oui – mit dem Unterschied, dass das Vermächtnis meiner Mutter mich verfolgt wie ein Fluch.«

»Wie meinst du das?«

Du Gard antwortete nicht sofort. Er beendete die Massage, setzte sich auf und ließ seine nackten Beine aus der Koje baumeln. »Meine Mutter«, berichtete er schließlich in ungewohntem Ernst, »war Zeit ihres Lebens davon überzeugt, dass ich eine besondere Fähigkeit besäße, die tief in mir verborgen sei und nur darauf warte hervorzubrechen.«

»Und?«, fragte Sarah.

Du Gard lächelte müde. »Ich habe nahezu mein ganzes bisheriges Leben damit zugebracht, diese besondere Fähigkeit auszumachen. Bislang hatte ich dabei keinen Erfolg, und du kannst mir glauben, dass ich an vielen Orten danach gesucht habe. Schließlich, als ich schon nicht mehr damit rechnete, geschah es.«

»Was?«

»Die Vision von deinem Vater. Sie traf mich wie ein Blitz aus heiterem Himmel, mit einer Klarheit, als würde ich alles tatsächlich vor meinen Augen sehen. In diesem Moment hatte ich zum ersten Mal in meinem Leben den Eindruck zu wissen, wovon meine Mutter gesprochen hatte. Es war, als hätte ich für einen unermesslich kurzen Augenblick die Chance, alle Fragen zu stellen und alle Antworten zu erhalten – dabei kann ich nicht behaupten, auch nur im Ansatz begriffen zu haben, was diese Vision – oder was immer es war – mir offenbart hat.«

»Ich verstehe«, sagte Sarah und setzte sich auf, schlang von hinten die Arme um du Gards Brust und schmiegte sich an seine sehnige Gestalt. »Aus diesem Grund bist du hier. Um Antworten zu finden, genau wie ich.«

»*C'est ça*. Und was ist mit dir?«

»Was meinst du?«

»Du hast mir ebenfalls noch nie etwas über deine Herkunft erzählt. Oder darüber, weshalb du dich mit Archäologie befasst.«

»Weil es da nichts zu berichten gibt«, erwiderte Sarah lakonisch.

»Wie darf ich das verstehen? Du hast mir von deiner Jugend in London berichtet und von den Reisen mit deinem Vater – aber was ist davor gewesen? Wie hast du deine Kindheit verbracht?«

Sarah ließ sich mit der Antwort Zeit.

»Ich weiß es nicht«, eröffnete sie schließlich flüsternd.

»*Quoi?*«

»Ich sagte, ich weiß es nicht«, wiederholte sie ein wenig energischer. »An meine frühe Kindheit kann ich mich nicht erinnern, ebenso wenig wie an das, was damals gewesen ist.«

»Aber – wie ist das möglich?«

»Ich war acht Jahre alt«, berichtete Sarah, »als ich von einem rätselhaften Fieber befallen wurde, das mich über Wochen in seinen Klauen hielt und um ein Haar mein Ende gewesen wäre. Mein Vater unternahm jede nur denkbare Anstrengung, um mich zu heilen, und ließ nichts unversucht, um mein Leben zu retten. Tatsächlich ging das Fieber irgendwann zurück, und ich erwachte aus der Ohnmacht, in die ich gefallen war. Von diesem Tag an jedoch konnte ich mich an nichts erinnern, das vorher gewesen war.«

»Was soll das heißen?« Du Gard löste sich aus ihrer Umarmung und wandte sich überrascht zu ihr um.

»Das heißt, dass alles, was vor meinem achten Geburtstag geschehen ist, unter einem Schleier des Vergessens verborgen liegt«, erklärte Sarah. »Alles, was ich über meine Herkunft weiß oder über meine Mutter, weiß ich nur deshalb, weil mein Vater mir davon erzählt hat. In Wirklichkeit reicht meine Erinnerung nicht so weit zurück.«

»Mais c'est horrible!«

»Man gewöhnt sich daran«, erwiderte Sarah und versuchte ein unbekümmertes Lächeln. »Die ersten Jahre haben mein Vater und ich alles darangesetzt, die verlorenen Erinnerungen zurückzuholen. Auf der Suche nach einem Arzt, der uns helfen könnte, sind wir um die halbe Welt gereist, jedoch ohne Erfolg. Also haben wir uns allmählich damit abgefunden. Mein Vater hat sogar einen wissenschaftlichen Begriff für jene verlorenen Jahre meiner Kindheit erfunden – er nennt sie ›*tempora atra*‹ – die Dunkelzeit.«

»Eine passende Bezeichnung, fürwahr.« Du Gard nickte und erhob sich. Schweigend las er seine Kleider auf, die er im Sog der Leidenschaft von sich geworfen hatte, und zog sich wieder an, ebenso wie Sarah, die ihr Unterkleid überstreifte.

»Habt ihr es je mit einer Regression versucht?«, erkundigte sich du Gard nach einer Weile.

»Du meinst mit Hypnose?«, fragte Sarah in Erinnerung an du Gards Ausführungen in der Anstalt von St. James.

»*Oui*. Bisweilen ist sie das geeignete Werkzeug, um verschüttete Erinnerungen zurück ans Licht zu bringen.«

»Nein, niemals.« Sarah schüttelte den Kopf. »Ehrlich gesagt, haben weder mein Vater noch ich je besonders viel von diesen Dingen gehalten.«

»Ich glaube, da irrst du dich.« Du Gard lächelte nachsichtig. »Dein Vater besitzt einen wachen Geist, der sich dem Übernatürlichen niemals verschließen würde. Und du selbst bist ihm weit näher, als du es jemals zugeben würdest.«

»Und du glaubst«, fragte Sarah ohne zu widersprechen, »dass eine Regression mir helfen könnte?«

»Wir könnten sie dazu benutzen, in die Tage deiner Kindheit zurückzukehren. Die Erinnerungen daran sind noch immer vorhanden, sie wurden lediglich verschüttet. Die Regression kann dir helfen, sie wieder freizulegen, allerdings ist es dazu notwendig, dass die Versuchsperson dem Hypnotiseur voll und ganz vertraut.« Du Gards Blick wurde prüfend, und seine Stimme nahm einen eigenartigen Klang an, als er fragte: »Vertraust du mir, Sarah Kincaid?«

»Stellst du mir diese Frage im Ernst?«, erkundigte sie sich verwundert. »Nachdem wir ... all diese Dinge zusammen getan haben?«

»Es war sehr schön, aber Vertrauen ist dafür keine notwendige Voraussetzung«, wandte du Gard ein. »Du musst dich fragen, Sarah, ob du die Wahrheit wirklich wissen willst. Ob du erfahren willst, was in deiner frühen Kindheit geschehen ist.«

»Warum sollte ich es nicht erfahren wollen?«

»Vielleicht, weil es einen Grund dafür gibt, dass all diese Erinnerungen verloren gegangen sind.«

»Einen Grund? Was für einen Grund?«

»Ich weiß es nicht, Sarah – aber es gibt einen Weg, es herauszufinden.«

Sarah schürzte die Lippen.

Ihr Leben lang hatte sie sich gewünscht, ihre Erinnerungen zurückzubekommen und den Schleier des Vergessens zu lüften – nun jedoch, da sich vielleicht die Möglichkeit dazu bot, befielen sie tatsächlich Zweifel. Hatte du Gard am Ende recht? War es besser, der Dunkelzeit ihre Rätsel zu belassen, statt sie ihr zu entlocken?

Unsinn!

Das Fieber und nichts anderes war der Grund dafür, dass Sarahs Erinnerungsvermögen blockiert war, und was immer nötig war, um ihre verlorene Kindheit zurückzugewinnen, das wollte sie tun.

»Ich bin dazu bereit«, erklärte sie entschlossen.

»Tu es sûre?«

»Allerdings.« Sie nickte entschieden. »Weißt du, wie es sich anfühlt, seine Wurzeln nicht zu kennen? Nicht wirklich zu wissen, woher man kommt?«

»Non.« Er schüttelte den Kopf.

»Sich selbst nur über die Erinnerungen eines anderen zu kennen ist seltsam«, erklärte sie. »Bisweilen habe ich das Gefühl, nur ein halber Mensch zu sein, weil ich auf jemanden angewiesen bin, der meine Erinnerungen für mich aufbewahrt ...«

»Dein Vater.«

»In der Tat.« Sie schluckte hörbar. »Vielleicht«, fügte sie leise hinzu, »ist dies der Grund dafür, dass ich mich ihm so verbunden fühle, auch wenn er mir manches verheimlicht hat.«

»Vielleicht«, sagte du Gard ebenso leise, »ist es für dich an der Zeit, dich von ihm zu lösen.«

Sie schaute auf, und beide wechselten einen Blick, der nicht von langer Dauer war, jedoch von unermesslicher Tiefe.

»Vielleicht«, bestätigte sie.

»Eh bien«, seufzte du Gard, »dann leg dich jetzt wieder hin. Versuche, deinen Geist von allem Ballast zu befreien. Es gibt nur noch dich und deine Vergangenheit, verstehst du? Nur dich allein ...«

Bereitwillig kam Sarah der Aufforderung nach und bettete sich auf das zerwühlte Laken. Doch wie eine verdorbene Speise, die man am Abend gegessen hat und die sich nächtens zurückmeldet, überkam sie plötzlich das hässliche Gefühl, dass sie dabei war, einen Fehler zu begehen …

Aus der Tasche seines Rocks beförderte du Gard einen kleinen Gegenstand zutage, der an einer silbernen Kette hing. Es war ein Kristall, in dessen glatt geschliffenen Seiten sich die Kabinenbeleuchtung dutzendfach brach und den du Gard vor Sarahs Augen hin und her baumeln ließ.

»Konzentriere dich ganz auf den Kristall, hörst du? Nichts anderes existiert in diesem Augenblick für dich als dieser Kristall. Der Kristall ist deine Welt. Hier findest du alles, was du zurückgelassen hast, deine Ängste und fernen Erinnerungen …«

Sarah hörte die Worte, aber sie fühlte sie nicht. Irgendetwas tief in ihr verweigerte sich dem Ansinnen, sich fallen zu lassen und hinüberzugleiten in jenen Dämmerzustand, in dem Wachen und Träumen eins zu sein scheinen. Jähe Furcht ergriff von ihr Besitz, aber statt ihr nachzugeben, redete Sarah sich ein, dass es nur die Angst vor dem Unbekannten wäre, und kein anderer als ihr Vater hatte ihr beigebracht, dass ein wacher Forschergeist gerade dieser Angst niemals nachgeben durfte …

»Der Kristall, Sarah«, brachte du Gard in Erinnerung, der merkte, dass seine Bemühungen nicht von Erfolg gekrönt waren. »Du musst dich auf den Kristall konzentrieren. Nur er existiert für dich und nichts sonst. Er ist deine Welt …«

Sie bejahte, und tatsächlich gelang es ihr, sich ein wenig zu entspannen. Mit jedem Augenblick, der verstrich, verloren ihre Blicke sich mehr im Lichterspiel des Kristalls.

»Bon«, lobte du Gard, »so ist es gut …«

Sarah beruhigte sich. Ihr Atem wurde flacher, und sie hatte das Gefühl, auf einer Woge der Zuversicht zu schwimmen, in einem Meer der Geborgenheit. Die Augen fielen ihr zu, und sie ließ es geschehen.

Sie war bereit ...

»Sarah, kannst du mich hören?«

»Ja.«

»Du wirst nun alle Fragen, die ich dir stelle, wahrheitsgemäß beantworten. Das Wort *expergitur* ...«

Weiter kam du Gard nicht – denn in diesem Augenblick klopfte jemand hart und energisch gegen die metallene Tür der Kabine.

»Lady Kincaid?«

Es war die Stimme von Caleb, dem Maat.

»Ja?«

Benommen schoss Sarah in die Höhe, halb noch in Trance und halb im Hier und Jetzt.

»Nachricht vom *capitaine*, Lady Kincaid«, drang es durch das Schott. »Er lässt Ihnen ausrichten, dass wir das Ziel der Reise in Kürze erreichen werden. Er erwartet Sie in der Zentrale.«

»Verstanden«, sagte Sarah nur, worauf Calebs Schritte sich stampfend entfernten. Sie atmete tief ein und massierte ihre Schläfen, um die Benommenheit zu vertreiben, die sich ihrer bemächtigt hatte. »Wie es aussieht«, sagte sie dazu, »müssen wir unsere Sitzung wohl ein anderes Mal fortsetzen, Maurice.«

»Non«, kam es entschieden zurück.

»Was soll das heißen?«

»Das heißt, dass es keine Fortsetzung dieser Sitzung geben wird«, erklärte du Gard bestimmt. »Das eben war ein Zeichen, und wir tun gut daran, es zu beachten.«

»Was für ein Zeichen? Wovon sprichst du?«

»Dein ganzes Leben lang hast du versucht, hinter das Geheimnis deiner Vergangenheit zu kommen – und just in dem Augenblick, da es dir gelingen könnte, werden wir unterbrochen? Ich weiß nicht, wie es dir dabei geht, aber für mich ist dieser Hinweis deutlich genug, *merci beaucoup*.«

»Das soll es also gewesen sein?«, fragte Sarah ungläubig. »Du willst es nicht noch einmal versuchen?«

»Das Schicksal bedient sich seiner eigenen Sprache, *chérie* – man muss nur aufmerksam zuhören.«

»Unsinn«, fauchte Sarah. »Ich will nichts hören vom Schicksal. An so etwas glaube ich nicht.«

»Aber ich – und es war ein Fehler, diese Regression zu versuchen, das ist mir nun klar.«

»Aber« – Sarah rang um passende Worte –, »das ist doch verrückt! Hätten wir unser Gespräch nur eine halbe Stunde früher geführt, wäre alles anders gekommen.«

»Wäre«, stimmte du Gard zu. »Ist es aber nicht.«

»Wie du willst«, schnaubte Sarah, wandte sich wütend ab und wälzte sich aus der Koje, um sich vollends anzukleiden. Du Gard bedachte sie mit einem bedauernden Blick – und dabei fiel ihm etwas auf, das ihm zuvor entgangen war, obwohl er jeden Zoll ihres Körpers aus nächster Nähe kennen gelernt zu haben glaubte ...

»Warte«, sagte er.

»Was ist noch?«

»Diese Narbe an deiner Schulter ...«

»Was soll damit sein?«

»Woher hast du sie?«

Sarahs Züge bebten. »Mein Vater hat mir erzählt, dass ich als kleines Mädchen von einem Pony gestürzt bin und mich dabei verletzt habe«, antwortete sie leise und mit einer Stimme, die vor Frustration bebte. »Erinnern werde ich mich daran wohl nie ...«

7

Reisetagebuch Sarah Kincaid
Nachtrag

Zehn Stunden früher als erwartet, haben wir unser Ziel erreicht. Zu der Erleichterung, die ich darüber empfinde, gesellen sich all jene Sorgen und Ängste, die ich während der letzten fünf Tage zu verdrängen suchte.

Einen weiteren Versuch, das Geheimnis meiner frühen Kindheit zu erforschen, haben wir nicht unternommen. Du Gard weigert sich beharrlich, und ich verfüge weder über die Zeit noch über die Argumente, ihn vom Gegenteil zu überzeugen. Andere, dringlichere Aufgaben liegen jetzt vor uns.

Wird es mir gelingen, meinen Vater zu finden? Ist er wohlauf und am Leben? Wie wird er darauf reagieren, mich zu sehen? Wird er bereit sein, sein Wissen mit mir zu teilen? Hält er das Heft des Handelns in Händen, oder ist er nur eine Figur in diesem geheimnisvollen Spiel?

Schon bald werde ich die Wahrheit erfahren ...

Südöstliches Mittelmeer
4 Seemeilen vor der Küste des Khedivats Ägypten
Nacht zum 10. Juli 1882

Über der Halbinsel von Pharos und Ras el-Tin, die kühn in die See hinausragt und den Hafen von Alexandria in zwei große Becken teilt, erstreckte sich ein rußig schwarzer Himmel.

Dichte Wolken hatten sich vor Sterne und Mond geschoben und ließen nur spärliches Licht hindurch, und so war nicht zu erkennen, was sich jenseits der dunklen Umrisse von Pharos befand, über denen die mächtigen Mauern von Fort Atta aufragten. Etwas weiter westlich davon erahnte man den neuen Leuchtturm sowie die Gebäude der Kaserne und des Palastes. Davor allerdings zeichneten sich überdeutlich die massigen Formen der Schiffe ab, die vor dem Hafen vor Anker lagen – stahlgepanzerte Zwei- und Dreimaster, die im kargen Licht schimmerten und auf deren Decks sich, trutzigen Türmen gleich, riesige Schlote erhoben.

Um ihre Interessen zu wahren und zu verhindern, dass die Aufständischen Kontrolle über den Kanal von Suez gewannen, hatte die britische Regierung nicht gezögert, die geballte Kampfkraft der Royal Navy einzusetzen: Schlachtschiffe, Fregatten und Kanonenboote umlagerten den Hafen wie Raubfische und schienen nur darauf zu warten, sich auf den Feind zu stürzen. Dennoch schien die Schlacht um Alexandria noch nicht begonnen zu haben ...

»Ich weiß nicht«, murmelte Kapitän Hulot, während er sein rechtes Auge gegen das Okular des Periskops presste. »Das alles gefällt mir ganz und gar nicht ...«

Sämtliche Maschinen der ›Astarte‹ hatten gestoppt. Das Unterseeboot trieb jetzt in der Strömung, die Beleuchtung im Ruderstand war gelöscht worden, damit durch die Bullaugen kein Lichtschein nach draußen drang.

»Was gefällt Ihnen nicht?«, erkundigte sich Sarah flüsternd.

»All die britischen Schiffe dort draußen scheinen auf etwas zu warten.«

»Worauf?«, wollte du Gard wissen, der ebenfalls zum Ruderstand aufgeentert war, zusammen mit Friedrich Hingis, der sich auch im Lauf von fünf Tagen nicht mit dem Gedanken hatte anfreunden können, auf einem Submarin zu reisen.

»Auf das Signal zum Angriff, nehme ich an.« Hulot schürzte die Lippen. »Die britische Regierung genießt den Ruf, sich nicht auf der Nase herumtanzen zu lassen. Sollten Urabi und seine Leute nicht die Waffen strecken und sich ergeben, wird es zu Kampfhandlungen kommen.«

»Wann wird das Ihrer Ansicht nach sein?«, erkundigte sich Sarah.

»Wer weiß?« Der Kapitän zuckte mit den Schultern. »Vielleicht im Morgengrauen. Oder am späten Abend. Vielleicht auch erst übermorgen. Ich nehme an, dass man den Besatzern ein Ultimatum gestellt hat, dessen Ende man erst abwarten will.«

»Dann sollten wir zusehen, dass wir den Hafen möglichst rasch erreichen«, drängte Sarah. »Je eher ich meinen Vater finde, desto eher sind wir wieder weg.«

»Ganz meine Meinung«, pflichtete Hingis ihr bei. »Ich kann es kaum erwarten, endlich wieder festen Boden unter den Füßen zu haben.«

»Ich kann Ihre Beweggründe nachvollziehen«, gab Hulot ruhig zur Antwort, »allerdings müssen wir die Flut abwarten.«

»Die Flut?«, erkundigte sich Sarah

Der Kapitän nickte. »Die Gezeiten haben an der nordafrikanischen Küste enorme Auswirkungen. Ein großer Teil der Küste, die sich nordwestlich der Halbinsel erstreckt, liegt bei Ebbe trocken, und der Pegel im Hafenbecken sinkt dramatisch. Mein Plan sieht vor, unter der Blockade hindurchzutauchen, sodann die Nordostspitze von Pharos zu umfahren und auf diese Weise in den Westhafen vorzudringen – aber das können wir nur, wenn die Wassertiefe dazu ausreichend ist.«

»Aber wenn wir noch länger warten, wird der Morgen dämmern«, wandte du Gard ein, »und sagten Sie nicht soeben selbst, dass die Briten bei Tagesanbruch vielleicht schon mit dem Beschuss der Stadt beginnen werden?«

»Vielleicht«, gab Hulot zu. »Sollte es so sein, werden wir uns augenblicklich zurückziehen.«

»Was?« Sarah sog scharf die Luft ein.

»Was erwarten Sie? Dass ich dieses Boot und seine Besatzung Ihrer Mission wegen in Gefahr bringe?«

»Durchaus«, versicherte Sarah. »Sie haben zugesichert, meine

Begleiter und mich ungehindert nach Alexandrien zu bringen, und Sie haben dafür eine Menge Geld kassiert – also tun Sie jetzt, wofür wir Sie bezahlt haben, und bringen Sie uns ans Ziel unserer Reise.«

»Ganz meine Meinung«, stimmte Hingis entrüstet zu.

»Sind Sie sicher?« Sarah streifte ihn mit einem Seitenblick.

»Allerdings. Wir mögen in vielen Dingen verschiedener Ansicht sein – in diesem Punkt allerdings stimme ich voll und ganz mit Ihnen überein.«

»Schön, dass Sie sich einig sind.« Hulots filigrane Züge verzogen sich zu einem freudlosen Lächeln. »Allerdings werde ich deshalb nicht riskieren, dass das Submarin beschädigt wird oder gar diesen gewalttätigen Kretins in die Hände fällt.«

»Darum geht es, nicht wahr?«, erkundigte sich Sarah in scharfem Tonfall. »Ihnen geht es nicht in erster Linie um die Sicherheit dieses Bootes oder seiner Besatzung – in Wirklichkeit dreht sich für Sie alles nur darum, Ihre Erfindung zu hüten, eifersüchtig wie ein kleines Kind.«

Hulots Augen verengten sich. »Ich schreibe Ihre Worte Ihrer Erregung und der Sorge um Ihren Vater zu Lady Kincaid«, erklärte er. »Andernfalls würde ich einen Passagier, der so mit mir zu sprechen wagt, augenblicklich von Bord schicken. Es ist mir durchaus klar, dass wir einen Handel geschlossen haben, und ich werde alles daransetzen, meinen Teil unseres Abkommens zu erfüllen – aber verlangen Sie nicht mehr, als ich geben kann.«

Ihre Blicke begegneten sich in der Enge der Zentrale, und die Luft um sie herum schien zu gefrieren. Sarah bebte am ganzen Körper. Die Anspannung, die sie während der letzten Tage und Wochen beständig gefühlt hatte, erreichte einen neuen Höhepunkt, und Sarah hatte das Gefühl, jeden Augenblick zu zerspringen.

Eine Hand legte sich beruhigend auf ihre Schulter. Sie gehörte du Gard, der ihr damit zu verstehen geben wollte, dass sie nicht allein war und er ihre Sorge verstand – aber Sarah wollte nichts davon wissen. Von seinem Standpunkt aus mochte Hulot durchaus recht haben, aber sie hatte es satt, mit Vorwänden abgespeist zu werden. Sie wollte endlich Antworten, und ihre Furcht davor, so kurz vor dem Ziel wieder umkehren zu müssen, war ungleich größer als jene vor feindlichen Granaten. Schnaubend riss sie sich los und wandte sich ab und verließ die Zentrale in Richtung Bug.

»Ich bin in meinem Quartier«, erklärte sie dazu mit bebender Stimme. »Ich habe Vorbereitungen zu treffen ...«

Das Warten kam Sarah endlos vor, obwohl sie genug zu tun hatte, womit sie sich ablenken konnte.

Daran, dass sie möglicherweise zur Umkehr gezwungen sein würden, verschwendete sie keinen Gedanken. Stattdessen notierte sie die jüngsten Ereignisse in ihrem Tagebuch und konzentrierte sich dann darauf, ihr Gepäck zusammenzustellen. In die Munitionstasche aus gewachstem Canvas gab sie alles, was ihr auf der bevorstehenden Mission von Nutzen sein mochte: ihren Kompass sowie Skizzen des alten und des neuen Alexandria, die sie auf der Basis der Karten aus dem Louvre angefertigt hatte; ein moleskingebundenes Notizbuch und Kohle sowie große Bögen holzhaltigen Papiers, mit dem sich Abklatsche herstellen ließen; dazu zwei Essensrationen und eine mit Wasser gefüllte Feldflasche sowie ein starkes Seil, Fackeln und Streichhölzer; und natürlich den Marinerevolver, den sie während ihres Aufenthalts auf der ›Inflexible‹ erbeutet hatte – die Patronen hatte sie sicherheitshalber aus der Trommel genommen und in einer mit Wachs versiegelten Blechdose verstaut.

Die Kleider, die Sarah während der Überfahrt getragen hatte, ließ sie zusammen mit ihrem Tagebuch und ihrem übrigen Gepäck auf der ›Astarte‹ zurück. Da ihr klar gewesen war, dass ihre Garderobe nichts enthielt, das bei einer Unternehmung wie der bevorstehenden Expedition hilfreich gewesen wäre, hatte sie in Valletta gebrauchte Uniformhosen erstanden, von der Art, wie die britischen Soldaten in Indien sie zu tragen pflegten, und einen örtlichen Schneider gebeten, sie auf ihre Größe zu ändern. Dazu trug sie Reitstiefel aus rotbraunem Leder sowie einen breiten Armeegürtel; eine helle Bluse und ein Halstuch, das sich auch um den Kopf tragen ließ und vor Erkennung ebenso schützte wie vor den Strahlen der Sonne, komplettierten ihr Äußeres, über das du Gard und Hingis nicht wenig staunten, als Sarah sich wieder in der Zentrale einfand.

Der Schweizer Gelehrte sah aus wie gewohnt. Schmale Augen blitzten angriffslustig aus geröteten Zügen, die wie immer aus einem mehr oder minder weißen Kragen lugten – nur auf die Schleife hatte Hingis verzichtet, und auch bei seinem Rock schien es sich um ein älteres, abgetragenes Modell zu handeln. Du Gard hatte dankenswerterweise darauf verzichtet, sich in bunten Samt zu hüllen, und trug eine Jacke aus dunkelbraunem Wildleder, die ihn in Anbetracht seines schulterlangen Haares ein wenig wie einen nordamerikanischen Ureinwohner aussehen ließ.

»Schön«, stellte Sarah fest. »Die Herren sind also bereit?«

»Oui«, bestätigte du Gard. »Ich finde, es wird Zeit, dass wir ein paar Antworten bekommen.«

»Der Ansicht bin ich auch«, bestätigte Sarah grimmig. »Was ist mit Ihnen, Hingis?«

»Was wollen Sie von mir hören?«, schnappte er zurück. »Ich kann weder die Art unserer Anreise gutheißen noch Ihren abenteuerlichen Aufzug. Eine Dame kleidet sich nicht so.«

»Das mag wohl stimmen, Doktor«, räumte Sarah ein, »aber eine Dame pflegt sich gemeinhin auch nicht auf lebensgefährliche Erkundungen einzulassen. Wenn Sie sich so sehr an meiner Kleidung stören, steht es Ihnen natürlich frei, an Bord zu bleiben ...«

Sie bemerkte, wie Kapitän Hulot, der an der Wendeltreppe zum Turm stand und immer wieder nervös auf die Uhr blickte, merklich zusammenzuckte – die Aussicht, Hingis weiter an Bord zu behalten, schien ihm nicht zu behagen. Die Sorge war allerdings unbegründet, denn so groß Hingis' Missmut auch sein mochte – sein Ehrgeiz und seine Geltungssucht waren noch größer.

»Um nichts in der Welt«, gab er bekannt. »Ich habe ein Vermögen ausgegeben und bin auf völlig indiskutable Weise von Marseille hierhergereist, eingesperrt in eine stählerne Röhre und mit einem offenkundigen Betrüger als Quartierskollegen.« Ein geringschätziger Seitenblick streifte du Gard. »Erwarten Sie tatsächlich, dass ich so kurz vor dem Ziel aufgebe? Das könnte Ihnen so passen, wie?«

»Am Ziel sind wir noch lange nicht«, rief Kapitän Hulot in Erinnerung.

»Etwas Neues von den Briten?«, erkundigte sich du Gard.

»Noch ist alles ruhig – ich kann nur hoffen, dass es nicht die Ruhe vor dem Sturm ist. Sollte der Beschuss beginnen, während wir ins Hafenbecken einfahren ...«

»Ich weiß«, sagte Sarah nur, und es war ihr anzusehen, wie schwer es ihr fiel. »Sie müssen an Ihr Schiff und seine Besatzung denken.«

»Danke, Lady Kincaid.« Hulot deutete eine Verbeugung an. »Ich weiß Ihr Verständnis sehr zu schätzen. Aber ich versichere Ihnen, dass ich alles Menschenmögliche unternehmen werde, um Sie sicher ans Ziel zu bringen.«

»Ich weiß, *Monsieur le Capitaine.«* Sie rang sich ein Lächeln ab, das er erwiderte – und der unselige Streit war vergessen.

»Kommen Sie mit«, sagte Hulot und enterte zum Ruderstand auf. Sarah und du Gard folgten ihm, während Hingis es vorzog, in der Zentrale zu bleiben, wo er sich ein wenig sicherer zu fühlen schien.

Durch die Bullaugen schimmerte sanftes, blaugrünes Licht. Die Morgendämmerung hatte eingesetzt, und Streifen von Lilatönen und dunklem Blau überzogen den östlichen Himmel, die über wie unter Wasser für geheimnisvolles Zwielicht sorgten.

»Jetzt oder nie«, murmelte Hulot und baute sich neben dem Steuermann auf, breitbeinig und mit im Rücken verschränkten Händen. »Langsame Fahrt, Kurs Süd-Südost, zehn Grad Lastigkeit.«

»Langsame Fahrt, Kurs Süd-Südost«, bestätigte der Steuermann.

»Zehn Grad Lastigkeit«, echote es von der Zentrale herauf, wo der Maat die Tiefenruder bediente.

Augenblicklich senkte die ›Astarte‹ ihren verstärkten Bug. Fast lautlos verrichtete der elektrische Antrieb seinen Dienst, und das Unterseeboot glitt weiter hinab in die grünblaue Tiefe.

Sarah und du Gard sprachen kein Wort. Angespannt schauten sie zu, wie Hulot mit meisterlicher Raffinesse sein Schiff dirigierte. Unablässig pendelten seine Blicke zwischen dem Kompass, dem Tiefenmesser und dem Frontbullauge hin und her, obwohl jenseits des dicken Glases kaum etwas anderes zu erkennen war als dunkle Schleier, die wabernd vorüberzogen. Dann jedoch schälten sich Konturen aus der Dunkelheit – und atemlos sah Sarah die riesigen stählernen Rümpfe, die über ihnen im Wasser lagen.

Die britische Kriegsflotte – sie hatten sie erreicht!

»Allmächtiger«, entfuhr es ihr, während sie atemlos verfolgte, wie Hulot das Submarin unter den stählernen Kolossen hindurchsteuerte. Von unter Wasser aus betrachtet, wirkten die Schlachtschiffe noch um vieles furchteinflößender, ihre schiere Größe war einschüchternd. Wie riesige schwarze Raubfische lagen sie im Wasser und schienen nur darauf zu warten, sich auf wehrlose Beute zu stürzen. – Sarah konnte nur hoffen, dass sie unentdeckt blieben ...

Die Fahrt ging weiter.

Mit zäher Langsamkeit durch die Tiefe gleitend, ließ die ›Astarte‹ die Blockadeschiffe hinter sich und steuerte den Osthafen an. An Steuerbord konnte Sarah jetzt schemenhaft die Sandbänke des Pharos erkennen, die sich vor der Halbinsel erhoben und das Tauchen noch vor ein paar Stunden unmöglich gemacht hätten. An ihnen vorbei dirigierte Hulot das Submarin zu den Felsen, über denen Fort Kait Bey thronte, eine der vielen Befestigungen, die den Hafen säumten und in denen die Aufständischen sich verschanzten.

»Neuer Kurs Süd-Südwest«, ordnete Hulot an. Unwillkürlich hatte der Kapitän seine Stimme gesenkt, obwohl es keinerlei Veranlassung gab, leise zu sprechen. Dort an der Oberfläche mochte dichtes Gedränge herrschen – hier unten hingegen waren sie die uneingeschränkten Herren der See.

Noch ...

Das Submarin neigte sich ein wenig zur Steuerbordseite, als der Steuermann den neuen Kurs anlegte. Gleichzeitig befahl Hulot dem Maat, ein Stück weit aufzutauchen und auf Periskoptiefe zu gehen – als eine Erschütterung das Unterseeboot durchlief.

»Festhalten!«, rief Hulot aus Leibeskräften – im nächsten Augenblick war ein hässliches Schrammen zu hören, so laut und durchdringend, dass es allen an Bord durch Mark und Bein ging. Ein schwerer Schlag erschütterte das Submarin – im nächsten Moment war alles schon wieder vorbei.

»Was war das?«, fragte Sarah gehetzt, die sich rasch an einer Verstrebung festgeklammert hatte.

»Sind wir beschossen worden?«, erkundigte sich du Gard.

»Nein, das war keine Granate.« Hulot schüttelte den Kopf. »Schon viel eher ein Riff oder ein Felsen ... Schadensmeldung?«, rief er in die Zentrale hinab.

Es dauerte eine Weile, bis sich die Antwort vernehmen ließ – und sie war niederschmetternd. »Das hintere Tiefenruder, *Monsieur le Capitaine*«, meldete Maat Caleb.

»Was ist damit?«

»Es lässt sich nicht mehr betätigen. Das Gestänge scheint etwas abbekommen zu haben.«

Hulot ließ einen derben Seemannsfluch vom Stapel, den Sarah ihm gar nicht zugetraut hätte. »Können wir es reparieren?«

»Sicher, aber nicht von innen.«

Ein weiterer Fluch, noch schlimmer als der erste.

»Was bedeutet das?«, wollte Sarah wissen.

»Sehr einfach, Lady Kincaid – es bedeutet, dass die Expedition zu Ende ist.«

»Das darf nicht sein!« Sarah schüttelte kategorisch den Kopf.

»Wir haben keine Wahl. Ohne das hintere Tiefenruder ist es nicht möglich, das Submarin exakt zu manövrieren und auf Periskoptiefe zu halten. Wenn wir zu weit auftauchen, werden wir entdeckt und unter Beschuss genommen.«

»Warum bleiben wir dann nicht einfach unten?«, wandte du Gard ein.

»Dämliche Frage«, – Hulot deutete nach den Bullaugen, auf deren anderer Seite nach wie vor trügerisches Dunkel herrschte – »weil wir dort draußen nicht genug sehen. Das Hafenbecken von Alexandria ist übersät von Trümmern, Wracks und Unrat, ganz zu schweigen vom Sand, der die Sicht unter Wasser trübt.«

»Aber wir dürfen nicht umkehren«, wandte Sarah ein, und die Hilflosigkeit war ihrer Stimme anzumerken. »Wir dürfen es nicht. Mein Vater ist in dieser Stadt! Er braucht meine Hilfe ...«

»Ich bin mir dessen bewusst, Lady Kincaid, und ich bedaure das sehr«, versicherte Hulot. »Aber wir brauchen das Periskop, um zu navigieren – andernfalls sind wir nichts als ein ...«

»Nein«, widersprach du Gard entschieden. »Wir brauchen es nicht.«

»Was soll das heißen?«

»Was ich soeben sagte: Wir brauchen das Periskop nicht.«

»Was schlagen Sie stattdessen vor? Einfach blindlings drauflos zu fahren?« Der Kapitän lachte freudlos auf. »Der gute Jules hat vergessen, mir zu sagen, welch seltsamen Humor Sie haben.«

»Ich treibe keine Scherze, Monsieur.« Du Gard trat an die metallene Wandung und legte beide Hände darauf. Dann schloss er demonstrativ die Augen. »Nehmen Sie langsam Fahrt auf.«

»Soll das ein Witz sein?«

»Los doch!«, herrschte du Gard ihn in einem Ausbruch von Temperament an, wie Sarah ihn noch nie zuvor bei dem sonst so beherrschten Franzosen erlebt hatte.

Selbst Hulot schien davon beeindruckt zu sein – als der Steuermann ihm einen fragenden Blick zuwarf, nickte er ihm kaum merklich zu. »Langsame Fahrt«, ordnete er an.

»Nach links«, flüsterte du Gard.

»Zehn Grad backbord«, übersetzte Hulot für seinen Steuermann.

»Links, links, links ...«

»Dreißig Grad«, verbesserte der Kapitän – tatsächlich konnte man kurz darauf undeutliche dunkle Formen erkennen, die auf der Steuerbordseite des Unterseebootes vorbeizogen und mit denen die ›Astarte‹ fraglos kollidiert wäre, hätte du Gard sie nicht daran vorbeigelotst.

Hulots Blicke pendelten ungläubig zwischen dem Bullauge und du Gard hin und her, auf dessen Stirn sich tiefe Falten gebildet hatten, während Schweiß über seine Schläfen rann. Sarah hatte keine präzise Vorstellung davon, was er da eigentlich tat, aber es schien ihm alles abzuverlangen ...

Die Anspannung war unerträglich.

Es war, als hätte die Hitze im Ruderstand sich noch um ein Vielfaches gesteigert. Die Luft, die wie stets nach Salz, Maschinenöl und Chemikalien roch, war zum Schneiden dick.

Du Gard flüsterte weiterhin Anweisungen. Mit geschlossenen Augen schien er etwas zu sehen, das allen anderen im Turm trotz weit geöffneter Augen verborgen blieb. Mit traumwandlerischer Sicherheit steuerte er das Submarin um Hindernisse, die stets erst im letzten Moment vor den Bullaugen auftauchten, wenn es schon viel zu spät gewesen wäre, sie zu umfahren und eine Kollision zu vermeiden.

Du Gard schien sie fühlen zu können, schien genau zu wissen, was sich außerhalb des Bootes befand, und wenn Sarah noch letzte Zweifel an den Fähigkeiten ihres Begleiters gehegt hatte, so ließ sie sie allesamt fahren. Nun endlich wusste sie, weshalb ihr Vater Maurice du Gard zu seinen Freunden zählte. Der exzentrische Franzose verfügte tatsächlich über Fähigkeiten, die das allgemein Begreifbare weit überstiegen – und Gardiner Kincaid hatte von jeher einen Hang dazu gehabt, sich mit außergewöhnlichen Talenten zu umgeben ...

Je weiter sie in das Hafenbecken einfuhren, desto geringer wurden die Hindernisse, die es zu umfahren galt. Schiffen, die an der Oberfläche fuhren, konnten sie ohnehin nicht gefährlich werden – einem Unterseeboot hingegen konnten die Überreste gekenterter Schiffe und die Trümmer versunkener antiker Bauten sehr wohl zum Verhängnis werden. Durch das trübe Wasser, in das hier und dort etwas Dämmerlicht fiel, erheischte Sarah einen Blick auf eine wunderliche Welt, unter deren dicken Sandschichten noch manches Geheimnis verborgen sein mochte – im Augenblick jedoch galt es nur jenes Rätsel zu lösen, das ihren Vaters betraf ...

Die Aussicht, Gardiner Kincaid nun vielleicht schon bald gegenüber zu stehen, erfüllte Sarah mit banger Freude. Reglos stand sie im Turm und klammerte sich so stark an der Verstrebung fest, dass die Knöchel weiß hervortraten. Immer wieder blickte sie auf du Gard, dessen Haar in schweißnassen Strähnen hing und der um Jahre gealtert schien – oder war dies nur eine Täuschung, die vom spärlichen Licht und von den Falten der Anstrengung rührte, die sich in seine blassen Züge eingegraben hatten?

Dann, irgendwann, die erlösenden Worte.

»Wir sind am Ziel.«

Nur noch der Schatten eines Flüsterns kam über du Gards Lippen. Der Franzose wandte sich um und öffnete die Augen, lächelte Sarah ermunternd zu – ehe er vor Erschöpfung zusammenbrach. Sofort war Sarah bei ihm, um sich um ihn zu kümmern, während Hulot den Befehl zum Auftauchen gab.

Lautlos und mit geringem Auftrieb stieg die ›Astarte‹ der Oberfläche entgegen. Ein tiefes Gurgeln war zu vernehmen, und die Lichtverhältnisse im Ruderstand veränderten sich. Das grüne Zwielicht wich grauer Dämmerung, als der Turm des Submarins die weite Fläche der See durchstieß.

Wasser rann an den Bullaugen herab, sodass man im ersten Augenblick nichts erkennen konnte. Dann jedoch traten hinter flüssigen Schleiern feste Formen hervor, die im ersten Licht des Morgens glänzten – die Molen und Kais des östlichen Hafens mit ihren Lagerhäusern und Kontoren, vor denen die Umrisse einzelner Schiffe auszumachen waren. Dahinter erstreckte sich schemenhaft das Häusermeer Alexandrias mit unzähligen Türmen, Kuppeln und Minaretten.

Du Gard, der für einen Moment das Bewusstsein verloren hatte, kam in Sarahs Armen blinzelnd zu sich. »Ha-haben wir ...?«

»Wir haben es geschafft«, bestätigte Sarah lächelnd und küsste ihn sanft auf die Stirn. »Wir sind in Alexandria ...«

3. Buch

ALEXANDRIA

1

Reisetagebuch
Sarah Kincaid

Das Husarenstück ist geglückt.

Mit Hilfe von Maurice du Gards Fähigkeiten, an die zu glauben ich inzwischen nicht mehr umhin komme, ist es uns gelungen, unter den britischen Kriegsschiffen hindurch den Port Vieux zu erreichen.

In aller Eile schreibe ich diese letzten Zeilen, ehe ich meinen Reisebericht wie alles überflüssige Gepäck der Obhut von Kapitän Hulot und seinen Leuten anvertraue …

Sollten wir von dieser Expedition nicht zurückkehren, so möge der, der diesen Bericht findet, wissen, dass wir in der besten Absicht gehandelt haben. Unser Ziel ist es, meinen Vater zu finden und ihm dabei zu helfen, das Rätsel um die Bibliothek von Alexandrien zu lösen. Gelingt uns dies nicht, so möge die Nachwelt dieses wohl größte Geheimnis der Antike enträtseln. Vielleicht können diese Aufzeichnungen dabei hilfreich sein.

Gez. Sarah, Lady of Kincaid
10. Juli 1882

Der Hafen von Alexandria lag wie verlassen.

Dunkle Wolkenfetzen, denen die Dämmerung die Farbe von rostigem Stahl verlieh, erstreckten sich über dem unüberschaubaren Häusermeer, das sich mit jedem Augenblick deutlicher aus der Finsternis schälte.

Was an den Kais vor Anker lag, waren nur traurige Überreste

einer ehemals stolzen Hafenanlage. Mit der Eröffnung des Suez-Kanals vor nunmehr dreizehn Jahren hatte Alexandrien schlagartig als Drehscheibe des internationalen Handels an Bedeutung gewonnen. Nicht nur die Schiffe großer Handelsgesellschaften machten hier fest, sondern auch die zahlloser kleinerer Reeder. Flaggen aus aller Herren Länder waren gewöhnlich an den Molen anzutreffen, wo es zu allen Tages- und Nachtzeiten vor Betriebsamkeit wimmelte. Die blutige Erhebung Urabi Paschas gegen den Khediven sowie die brutalen Übergriffe auf europäische Reisende hatten dies jedoch geändert.

Wer in der Lage gewesen war, Alexandria zu verlassen, der hatte dies ganz offenbar getan. Kaum ein Schiff lag noch im Hafen vertäut; wo sich sonst Linienschiffe und Schoner drängten, dümpelten nur noch einige abgetakelte Boote. Weit und breit war keine Menschenseele zu sehen, auch brannte nirgendwo künstliches Licht. Nicht eine Flamme war über der Kaimauer auszumachen, kein roter Schein drang aus den Kaminen. Aus Furcht vor einem bevorstehenden britischen Angriff hatten die Bewohner Alexandrias ihre Stadt verdunkelt, sodass sie sich still und leblos zeigte – eine Geisterstadt, wie Sarah schaudernd dachte.

Zusammen mit Hingis, du Gard und Kapitän Hulot war sie zur Turmplattform aufgeentert, von der aus man einen guten Überblick über den alten Osthafen hatte, von den Lagerhäusern bis hinüber zu den Verwaltungsgebäuden und den Türmen der Forts Atta und Kait Bey.

Nicht nur Sarah bereitete der Anblick der scheinbar entvölkerten Stadt Unbehagen – auch du Gard mochte er nicht gefallen. »Unheil liegt in der Luft, ich kann es fühlen«, raunte er Sarah zu. »Ein Sturm der Vernichtung steht dieser Stadt bevor ...«

Sarah merkte, wie ihre Hände zu zittern begannen, aber sie zwang sich zur Ruhe. Sie war nicht die weite Strecke gereist und hatte all die Fährnisse auf sich genommen, um im letzten Moment klein beizugeben. Es ging um das Leben ihres Vaters und um ein uraltes Rätsel – aus Sarahs Sicht war jeder dieser Gründe es wert, dafür alles zu riskieren.

»Sind Sie bereit?«, erkundigte sich Hulot flüsternd. »Wenn Sie an Land wollen, sollten Sie sich beeilen. Schon in Kürze wird die Sonne aufgehen, und dann ...«

»Schon gut«, unterbrach ihn Sarah und warf einen Blick zum Vordeck, wo einige Matrosen das Beiboot der ›Astarte‹ aufgeblasen hatten.

»Meine Männer werden Sie an Land bringen«, kündigte Hulot an. »Danach werden Sie auf sich gestellt sein.«

»Verstanden«, sagte Sarah nur. »Und Sie werden zur Stelle sein, um uns wieder abzuholen?«

»Versteht sich«, bestätigte Hulot und streckte ihr die Hand entgegen. »Lady Kincaid, für Ihre bevorstehende Unternehmung wünsche ich Ihnen viel Erfolg und alles Glück – Sie werden es brauchen, glauben Sie mir.«

»Ich danke Ihnen.«

»Es war mir eine Ehre, Sie an Bord gehabt zu haben.«

»Danke«, erwiderte Sarah lächelnd, während sie seine Hand ergriff und sie herzlich schüttelte. »Übrigens hätte ich in der Tat nichts dagegen, wenn mir diese Ehre ein zweites Mal zuteil würde.«

»Das hoffe ich sehr«, versicherte der Kapitän.

Sie stiegen vom Turm und eilten zum Vordeck, wo die Matrosen das Floß bereits zu Wasser gelassen hatten. Von den mit Luft gefüllten Säcken getragen, schwamm das Beiboot wie ein Korken und ging auch nicht unter, als Sarah, du Gard und Hingis samt ihrem Gepäck darauf Platz nahmen, gefolgt von zwei Matrosen, die sie mit kraftvollen Paddelschlägen an Land ruderten.

Da das Submarin unweit eines Landestegs aufgetaucht war, der weit ins Wasser reichte, nahm die Überfahrt nur kurze Zeit in Anspruch. Geschützt vom Zwielicht der Morgendämmerung erreichten Sarah und ihre beiden Gefährten den Steg und kletterten an einer morschen Holzleiter empor. Die Matrosen ruderten mit dem Floß zurück – und Sarah und ihre Leute waren auf sich gestellt.

»Was nun?«, raunte du Gard Sarah zu, nachdem sie hinter einigen Fässern Zuflucht gesucht hatten, die sich entlang des Steges stapelten.

»Es wird bald hell«, antwortete Sarah. »Wir müssen uns eine Zuflucht suchen und dort bis Tagesanbruch warten.«

»Und dann?«, erkundigte sich Hingis.

»Werden wir uns in Beduinenverkleidung unter das Volk mischen und mit der Suche nach meinem Vater beginnen.« Sie bedachte den Schweizer mit einem schelmischen Seitenblick. »Kaftan und Burnus werden Ihnen gut stehen, Doktor, da bin ich sicher.«

»Ich wünschte, ich hätte Ihre Zuversicht«, schnaubte Hingis. »Ihnen ist doch klar, was geschieht, wenn die uns erwischen?«

»Das hätten Sie sich überlegen sollen, bevor Sie sich entschlossen haben, uns zu begleiten«, beschied Sarah ihm kühl. »Kein wissenschaftlicher Ruhm ohne Risiko.«

»Sei's drum.« Er rückte seine Brille zurecht, deren Gläser infolge seiner Erregung beschlagen waren.

»Dann los«, flüsterte du Gard. »Könnt ihr das Lagerhaus dort drüben sehen? Das mit den hohen Fenstern?«

»Natürlich.«

»Ich gehe voraus, dann Sarah, zuletzt Monsieur Hingis.«

»Warum, in aller Welt, muss ich als Letzter gehen?«

»Sie können auch gerne den Anfang machen, Doktor«, schlug du Gard vor, aber Hingis erweckte nicht den Anschein, als wollte er die Offerte annehmen.

Nachdem er sich noch einmal vergewissert hatte, dass niemand in der Nähe war, der sie beobachtete, huschte du Gard aus der Deckung. Im Laufschritt eilte er den Landesteg hinab bis zur Kaimauer und von dort zu dem Lager – einem großen Lehmbau mit flachem Dach, dessen Tor weit genug offen stand, um hineinzuschlüpfen.

Sarah folgte ihm auf dem Fuß, zuletzt kam Hingis. Keuchend erreichte auch er das Lagerhaus und flüchtete sich in das kühle Halbdunkel, wo Sarah und du Gard warteten.

»Ziehen Sie das an.« Du Gard, der seinen Packsack abgenommen und geöffnet hatte, warf Hingis weite Kleidungsstücke aus weißer Baumwolle zu, die der Gelehrte verdrießlich aus der Luft griff.

»Ich bin Wissenschaftler«, wetterte er, »und kein verdammter Schauspieler. Was soll dieser Mummenschanz?«

»Er dient dem Überleben, Doktor«, stellte Sarah klar und wollte sich hinter einen der Kistenstapel zurückziehen, die sich in der Lagerhalle türmten – als sich von draußen ein alarmierendes Geräusch vernehmen ließ.

Stiefeltritte auf sandigem Boden.

Gleichschritt.

Soldaten ...

»Schhh«, machte du Gard überflüssigerweise und schmiegte sich neben dem hohen vergitterten Fenster an die Wand. Hingis huschte zur anderen Seite, während Sarah unterhalb der Öffnung Zuflucht suchte.

Die Schritte kamen näher.

Die genaue Zahl der Soldaten zu schätzen war unmöglich, aber Sarah vermutete, dass es mindestens ein Dutzend waren. Möglicherweise war das Auftauchen der ›Astarte‹ doch nicht so unbemerkt geblieben, wie sie gehofft hatten ...

Ein heiseres Kommando erklang, und der Gleichschritt setzte aus. Vorsichtig riskierte Sarah einen Blick über die Fensterkante. In einiger Entfernung erblickte sie eine Abteilung Soldaten, die ihnen dankenswerterweise den Rücken zuwandten. Bekleidet waren die Männer mit der weißen Sommeruniform der ägyptischen

Armee. Auf ihren Häuptern trugen sie den roten Fes, jene traditionelle Kopfbedeckung, die die Form eines umgekehrten Bechers besaß und im ganzen Osmanischen Reich als Sinnbild der türkischen Hoheit galt. Zwar war Urabis Erhebung gegen den von Konstantinopel eingesetzten Khediven ein Indiz dafür, dass jenes Reich im Niedergang begriffen war, der Fes jedoch war als Reminiszenz an einstige Größe geblieben ...

Der Befehlshaber des Trupps, der den blauen, mit goldenen Ornamenten versehenen Offiziersrock trug, erteilte seinen Leuten eine Reihe von Befehlen.

»Verstehst du, was er sagt?«, erkundigte sich du Gard flüsternd.

»Das meiste davon«, erwiderte Sarah, die der ägyptischen Ausformung des Arabischen mächtig war. »Er erteilt seinen Leuten Anweisungen ... Sie sollen sich entlang der Kais verteilen und die britischen Schiffe im Auge behalten. Offenbar rechnen sie mit einem baldigen Angriff.«

»Wir wurden also nicht entdeckt?«

»Wie es aussieht, nicht.« Sarah schüttelte den Kopf, wagte einen weiteren Blick und konnte sehen, wie die Männer in den weißen Uniformen in verschiedene Richtungen ausschwärmten. »Wir werden uns vorsehen müssen«, flüsterte sie. »Rasch, zieht euch um. Ich werde so lange Wache halten.«

Während Hingis ihrer Aufforderung augenblicklich nachkam und in die einheimisch anmutenden Kleider schlüpfte, die ein wenig Tarnung und Sicherheit versprachen, zögerte du Gard. Mit verkniffener Miene beobachtete er, wie Sarah den Revolver zückte. »Was soll das?«, zischte er. »Glaubst du wirklich, damit könntest du sie aufhalten? Nur ein einziger Schuss, und es wird hier vor Soldaten wimmeln.«

»Vielleicht«, gab sie zu. »Aber wenn sie uns entdecken, werde ich nicht einfach nur dasitzen und mich gefangen nehmen lassen, sondern mich verteidigen.«

»Sagte ich schon, dass ich jedwede Form körperlicher Gewalt verabscheue?«, fragte du Gard.

»Ich werde dich daran erinnern, wenn es um Leib und Leben geht«, beschied Sarah ihm kühl.

Sie wandte sich ab und behielt das Ufer und den nahen Kai im Auge, während du Gard und Hingis sich verkleideten. Als Sarah ihre Begleiter in Kostümierung erblickte, hätte sie beinahe laut aufgelacht, so deplatziert wirkten ihre blassen, pikierten Mienen unter den weißen Burnussen.

»Ihr müsst eure Gesichter beschmieren, um euch zu tarnen«, riet sie ihnen und ergriff selbst eine Hand voll Staub, mit der sie sich ohne Zögern das Gesicht puderte.

»Ich soll mich ... beschmutzen?« Hingis' Blick war verzweifelt. »Ist das denn wirklich nötig?«

»Durchaus nicht – Sie können auch so bleiben, wie Sie sind. Aber beschweren Sie sich nicht, wenn Sie von der erstbesten Patrouille erschossen werden ...«

Während der Schweizer ihren Ratschlag unter leise gezischten Verwünschungen befolgte, nahm Sarah ihre eigene Verkleidung und zog sich zwischen zwei Kistenstapel zurück, um einen Augenblick ungestört zu sein. Zwar hatte du Gard sie in weit verfänglicherer Situation gesehen, mit Hingis jedoch war sie keineswegs so vertraut ...

Gerade hatte sie den Kaftan übergeworfen, als sie ein verdächtiges Geräusch vernahm. Sarah widerstand der Versuchung, du Gards Namen laut auszusprechen. Stattdessen schlich sie auf leisen Sohlen zum Ende des Stapels und warf einen vorsichtigen Blick um die Ecke.

Ihr Herzschlag wollte aussetzen, als sie nur zwei Armlängen entfernt einen ägyptischen Soldaten gewahrte. Der Mann wandte ihr den Rücken zu, jedoch hatte er sein Gewehr mit aufgepflanztem Bajonett im Anschlag. Von Hingis und du Gard fehlte jede Spur.

Sarahs Gedanken rasten.

Sie wusste, dass sie sich vorsehen musste, dass der Soldat sich nur umzudrehen brauchte, um sie mit der Klinge des Bajonetts aufzuschlitzen. Aber was auch immer sie tat, sie musste rasch handeln. Rasch und entschlossen ...

Während ihr Blick auf den Ägypter geheftet blieb, der wachsam umherspähte, jedoch noch immer nicht in ihre Richtung schaute, bückte sie sich und hob den Enfield vom Boden auf. Den Spannhahn des Revolvers zurückzuziehen war ihr nicht möglich, da das Klicken sie verraten hätte. Sie würde auf das Überraschungsmoment setzen müssen, das stärker wog als jede Waffe.

Jetzt!

Lautlos wie eine Raubkatze setzte Sarah aus der Gasse und stand einen Lidschlag später hinter dem Soldaten – und noch ehe der Mann auch nur dazu kam, sich umzuwenden, spürte er bereits den kalten Lauf der Waffe in seinem Nacken.

»Fallenlassen«, schärfte Sarah ihm ein, »oder du bist tot!«

Obgleich ihr Arabisch ein wenig eingerostet war, schien der Soldat sie sofort zu verstehen. Ein krampfhaftes Nicken, dann ließ er das Gewehr los, das Sarah mit einem Tritt aus seiner Reichweite beförderte.

»Hände hoch und umdrehen«, verlangte sie, und erst, als der Ägypter sich zu ihr umwandte, spannte sie die Waffe, die sie beidhändig auf ihn gerichtet hielt.

Sarah war überrascht, denn das sonnengebräunte Gesicht, das sie von unter dem Fes anblickte, gehörte einem blutjungen Kerl, der kaum dem Knabenalter entwachsen war.

»Elender Grünschnabel«, knurrte sie auf Englisch. »Musstest du unbedingt hier Krieg spielen?«

Die Augen des Soldaten weiteten sich, als er sah, mit wem er es zu tun hatte. Vermutlich, dachte Sarah, stellte es für ihn eine Erniedrigung dar, von einer Frau übertölpelt zu werden, aber immerhin war er beeindruckt genug, um keine Dummheiten zu machen.

Fieberhaft überlegte sie, wie sie weiter verfahren sollte. Natürlich hätte sie es nicht übers Herz gebracht, einen Unbewaffneten zu erschießen, der zudem kaum das Mannesalter erreicht hatte. Aber ihr war auch klar, dass mit jedem Augenblick, den sie verstreichen ließ, die Gefahr wuchs, dass ihr Gefangener ihre Unsicherheit erkannte und zu fliehen versuchte oder um Hilfe rief.

Und was dann?

Sollte sie abdrücken und womöglich die gesamte Garnison alarmieren ...?

Sarah war noch zu keinem Entschluss gekommen, als sie es in den Augen des Jungen flackern sah.

»*La!*«, zischte sie auf Arabisch, aber der Junge scherte sich nicht darum. Blitzschnell fuhr er herum und ergriff Hals über Kopf die Flucht, stürzte zum Tor, das halb offen stand und durch das der gleißende Schein der Morgensonne ins Lagerhaus fiel.

Sarah wirbelte herum, den Revolver noch immer im Anschlag. Ihr Finger krümmte sich am Abzug, obwohl ihr klar war, dass sie nicht schießen würde, es einfach nicht *konnte* ...

Plötzlich wischte etwas von der Seite heran – ein großer, schwerer Gegenstand, der den Jungen traf und ihn ins Taumeln brachte. Der Soldat gab einen überraschten Laut von sich, der jäh erstarb, als ihn ein vernichtender Fausthieb traf und ins Reich der Träume schickte. Lautlos sackte der Ägypter zusammen und blieb bäuchlings liegen.

Erstaunt starrte Sarah auf du Gard, der über ihm stand und sich seine schmerzende Rechte rieb.

»*Alors*, was fällt dir ein?«, fuhr er den Bewusstlosen an. »Eine Lady beim Umkleiden zu stören, so etwas tut kein Gentleman.«

»W-woher ...?«, stammelte Sarah.

»Wir sahen ihn kommen und haben uns versteckt«, erklärte der

Franzose grinsend, während Hingis vorsichtig hinter dem Fässerstapel hervorlugte, hinter den sie sich geflüchtet hatten. »Leider blieb keine Zeit, dich zu warnen.«

»I-ich dachte, du verabscheust jede Form von körperlicher Gewalt ...«

»*Oui*, das tue ich – aber hätte ich diesen arglosen Gesellen nicht aufgehalten, hätte er uns verraten, und das wäre noch weitaus unerfreulicher gewesen.«

»Danke«, erwiderte Sarah atemlos.

»Schon gut.« Er sandte ihr einen Blick, der seiner unbekümmerten Rede zum Trotz eindringlich und voller Ernst war. »Aber merke dir für die Zukunft eines, Sarah – wenn du zu einer Waffe greifst, dann solltest du auch bereit sein, damit zu töten. Andernfalls wird dein Gegner sich deine Schwäche zunutze machen.«

»Verstanden.« Sie nickte schuldbewusst.

»Hast du schon einmal ...?«

Sie schüttelte den Kopf.

»Dann sollten wir es auch dabei belassen.« Er strich ihr sanft durchs Haar, ehe er sich Hingis zuwandte, der betroffen dastand und auf den reglos am Boden liegenden Soldaten starrte. Obwohl sich der Schweizer alle Mühe gegeben hatte, seine Gesichtszüge zur Tarnung einzufärben, waren sie kreidebleich.

»Fassen Sie mit an«, forderte du Gard ihn auf, »wir wollen unseren schlummernden Freund verstecken. Und du, Sarah, solltest deine Verkleidung komplettieren, ehe noch mehr dieser unerfreulichen *messieurs* hier auftauchen ...«

Im Schutz des Lagerhauses warteten sie ab, bis die Sonne vollständig aufgegangen und die Soldaten nicht mehr die Einzigen waren, die sich am Kai herumtrieben.

Allem Anschein nach hatten die Ägypter mit einem britischen Angriff im Morgengrauen gerechnet. Als er nicht erfolgte, verließen mehr und mehr Einwohner Alexandrias ihre Häuser, in denen sie sich verschreckt verschanzt hatten, und gingen – so gut es unter diesen Voraussetzungen eben möglich war – ihren Tagesgeschäften nach.

Im Hafen freilich blieb die Betriebsamkeit gedämpft. Alle Schiffe, die dazu in der Lage gewesen waren, hatten Alexandria bereits vor Tagen verlassen. Was jetzt noch dort vor Anker lag, hatte wenig Aussicht, die Passage heil zu überstehen, geschweige denn die britische Blockade zu überwinden. Dennoch fanden sich Arbeiter im Hafen ein – allerdings nicht, um Fracht zu löschen oder Schiffe zu beladen, sondern um unter bewaffneter Aufsicht entlang der Kaimauer Barrikaden aus Kisten, Fässern und Sandsäcken zu errichten. Man rechnete, folgerte Sarah, also nicht nur mit einem Bombardement, sondern auch mit einer Invasion – über die Folgen einer solchen Konfrontation für die Bevölkerung Alexandrias wollte sie lieber gar nicht nachdenken. Ihre Aufgabe war es, ihren Vater zu finden, und das möglichst rasch, ehe die einstmals blühende Stadt sich in ein Inferno der Zerstörung verwandelte, wie du Gard es prophezeit hatte.

Da das Lagerhaus nur das eine, zur Uferseite gewandte Tor besaß, konnten Sarah und ihre Begleiter nur darauf hoffen, dass sie im allgemeinen Durcheinander nicht auffallen würden. Nacheinander verließen sie das Gebäude, mit gesenkten Häuptern und raschen Schrittes, damit es so aussah, als wüssten sie genau, was sie zu tun hätten und wohin sie wollten.

Sie kamen nicht weit.

Noch ehe sie die Straße erreichten, die von der Uferzeile in Richtung Ras el-Tin und El-Gumruk abbog, der türkischen Altstadt Alexandrias, ließ sich hinter ihnen plötzlich ein heiserer Schrei vernehmen, der unmissverständlich ihnen galt.

Sarah zögerte einen Moment. Wenn sie die Flucht ergriffen, würden sie die Aufmerksamkeit der Soldaten erst recht auf sich ziehen – sie mussten also versuchen, den Schein zu wahren . . .

»Bleibt stehen«, raunte sie ihren Gefährten zu und wandte sich um. Den Kopf hielt sie dabei gesenkt, was der Korporal, der sie angerufen hatte, als Unterwürfigkeit interpretierte.

»Ihr da!«, blaffte er. »Bringt diese Fässer da rüber, und verstärkt diese Barrikade. Und beeilt euch, ihr faules Pack. Die Briten können jeden Augenblick angreifen ...«

»Naram«, erwiderte Sarah und verbeugte sich tief, und noch ehe der Unteroffizier auch nur dazu kam, Verdacht zu schöpfen, führte sie ihre Begleiter auch schon zu den Fässern, auf die er gedeutet hatte – mannshohe Exemplare aus dunklem Holz, von denen sie eines umlegten und gemeinsam über die gepflasterte Straße rollten.

»Du meine Güte«, hauchte Hingis dabei. »Ich dachte schon, wir wären entdeckt worden.«

»Oui, das dachte ich auch«, bestätigte du Gard flüsternd. »Dabei leistet uns dieses Fass wertvolle Dienste ...«

Damit hatte er zweifellos recht, denn inmitten der vielen, in bunte *djellabahs* und weiße Kaftane gehüllten Männer, die entlang des Kais ihren Dienst versahen, fielen drei Gestalten, die ein Fass die Straße entlangrollten, nicht weiter auf. Friedrich Hingis allerdings war trotz des offenkundigen Vorteils gewohnt verdrießlich.

»Da bin ich nun Tausende von Meilen gereist, um in Ägypten Frondienste zu verrichten«, maulte er. »Man könnte meinen, dass sich in den letzten dreitausend Jahren hier kaum etwas verändert hat ...«

Zusammen mit ihrem Fass verschwanden sie im Gedränge. Weit draußen auf See waren jenseits des Hafenbeckens und der Türme von Fort Kait Bey schemenhaft die britischen Kriegsschiffe zu erkennen, deren schimmernder Stahl im Sonnenlicht blitzte. Noch schwiegen die Kanonen, aber natürlich konnte sich das jederzeit ändern ...

Die Barrikade, zu der sie das Fass hatten bringen sollen, ließen

Sarah und ihre Begleiter im wörtlichen Sinne links liegen und steuerten stattdessen eine schmale Seitengasse an. Halb erwarteten sie, von einer barschen Stimme zurückgerufen zu werden, aber diesmal nahm niemand von ihnen Notiz. Ohne weiter aufzufallen, erreichten sie die Gasse und schlüpften hinein. Das Fass ließen sie am Eingang zurück.

»Wohin nun?«, wollte Hingis wissen.

»Dort entlang«, erwiderte Sarah, die unter den weiten Falten des Kaftans die Skizze eines Stadtplans hervorgezaubert hatte. »Dort befindet sich die Altstadt von Alexandria – oder vielmehr das, was nach all den Kriegen und den Erdbeben von 956 und 1303 noch davon übrig ist. Dort sollten wir mit unserer Suche beginnen.«

»Was heißt, ›dort sollten wir beginnen‹?«, erkundigte sich Hingis. »Bedeutet das, dass Sie nicht einmal wissen, wo genau Ihr Vater zu finden ist?«

»Ich habe im Archiv des Louvre Einsicht in die Karten genommen, die er vor seiner Abreise gesichtet hat, Doktor – genau wie Sie«, erwiderte Sarah. »Demnach kommen mehrere Orte als Ausgangspunkt für eine Grabung in Frage – und wenn es tatsächlich die verschollene Bibliothek ist, nach der mein Vater sucht ...«

»Das Museion von Alexandria!«, rief Hingis aus. »Ich kann es noch immer nicht glauben.«

»Glauben Sie's, aber tun Sie es leise«, rügte du Gard und blickte sich argwöhnisch in der Gasse um. »Wenn herauskommt, dass wir als Muselmanen verkleidete Europäer sind, hat unser letztes Stündchen geschlagen.«

»Verzeihen Sie«, flüsterte der Schweizer, der seit dem Augenblick, da Sarah ihm an Bord der ›Astarte‹ von der wahren Natur ihrer Suche erzählt hatte, stets ein fiebriges Leuchten in den Augen bekam, wenn die Rede vom Museion war. »Es ist nur – ich war schon einmal dabei, als Archäologiegeschichte geschrieben wurde, wissen Sie. Und es gibt nichts, das sich damit vergleichen lässt.«

»*Au contraire*«, widersprach du Gard mit neckischem Grinsen.

»Schwerenöter«, rügten Sarah und Hingis wie aus einem Munde, worauf sie erstaunte, fast erschrockene Blicke wechselten.

»Ihr seid derselben Meinung?«, erkundigte sich du Gard verblüfft.

»Offensichtlich«, gab Sarah widerstrebend zu.

»Zufall«, knurrte Hingis.

»Dass mir das nur nicht zur Gewohnheit wird«, tadelte der Franzose lächelnd. »Am Ende entsteht hier noch eine Freundschaft.«

»Sicher nicht«, antworteten Sarah und Hingis erneut gleichzeitig – und du Gards Grinsen wurde noch breiter.

Sie folgten einem Gewirr enger Gassen, die sich zwischen weißen, fensterlosen Mauern erstreckten. Da die Sonne noch nicht hoch am Himmel stand, war es dunkel und angenehm kühl. Die meisten der schmalen Hauseingänge, die zu beiden Seiten auf die Gassen mündeten, waren verbarrikadiert. Menschen hingegen waren nicht zu sehen, wahrscheinlich waren sie längst geflohen.

Um im Labyrinth der Gassen nicht die Orientierung zu verlieren, nahm Sarah den Kompass zu Hilfe, und schon bald erreichten sie die dicht gedrängten Häuserzeilen von El-Gumruk.

Das türkische Viertel befand sich dort, wo einst das mittelalterliche Alexandrien gestanden hatte, und es trug seinen Namen, weil es von der Architektur der osmanischen Herren geprägt war. Hohe, schmale Häuser, die in den ebenerdigen Etagen häufig Läden oder Lokale beherbergten und deren obere Stockwerke ausladende Erker mit hohen Fenstern besaßen, prägten das Bild, und erstmals trafen Sarah und ihre Begleiter hier wieder auf Bewohner der Stadt.

Das Treiben, das auf der Sharia Ras el-Tin herrschte – jener breiten Straße, die die türkische Stadt der Länge nach teilte –, war unbeschreiblich. Der berühmte Vergleich mit einem Termitenhügel, den Reisemaler David Roberts einst in Bezug auf Alexandria gebraucht hatte, kam Sarah unwillkürlich in den Sinn.

Ein Schieben, Stoßen und Drängen herrschte, gegen das die Betriebsamkeit auf dem Pariser Montmartre geradezu kläglich wirken musste: Ein nicht enden wollender Strom von Menschen, Pferden, Maultieren, Kamelen und Fuhrwerken ergoss sich die Sharia herab und bekam dabei immer noch Zuwachs aus den Seitenstraßen, sodass der Fluss längst ins Stocken geraten war. Allenthalben wurden wüste Verwünschungen gebrüllt und wütende Fäuste geballt, die Unruhe war fast körperlich zu spüren. Die Furcht vor dem bevorstehenden Angriff hatte die Menschen aus ihren Häusern zur Flucht getrieben.

Nicht wenige trugen ihre Habe mit bloßen Händen, andere hatten Lasttiere und Karren damit bepackt. Da es keine Macht gab, die ordnend einschritt, herrschte das Chaos: Während die einen nur das Nötigste mitgenommen hatten, schienen andere ihren gesamten Hausstand verladen zu haben. Wieder andere witterten in der Panik ihrer Mitmenschen Profit und nutzten die Gelegenheit, ihre Dienste als Kameltreiber oder Träger zu Wucherpreisen anzubieten.

Unbeschreiblicher Lärm lag über dem Treiben und reichte von schreienden Kindern und ihren zeternden Müttern bis hin zu blökenden Kamelen, die mit heiseren *»Yalla! Yalla!«*-Rufen angetrieben wurden. Staub lag über der Straße, so dicht, dass es Sarah schier den Atem raubte. Kurzerhand schlug sie das eine Ende des Burnus über die Schulter, sodass der Stoff Mund und Nase bedeckte und nur die Augenpartie freiließ. Du Gard und Hingis taten es ihr gleich.

»Und Sie glauben im Ernst, dass wir Ihren Vater inmitten dieses Durcheinanders finden werden?«, erkundigte sich der Gelehrte. »Die ganze Stadt scheint auf den Beinen zu sein.«

»Sieht ganz danach aus.« Sarah nickte. »Dennoch müssen wir

meinen Vater finden. Ohne ihn werden wir keine Antworten bekommen.«

Der Schweizer erwiderte etwas Unverständliches, dann schloss er sich Sarah und du Gard an, die trotz der Lawine an Menschen und Material, die sich zwischen den Häusern hindurchwälzte, die andere Straßenseite zu erreichen suchten. Irgendwie gelang es ihnen, sich durch eine Herde mit Säcken bepackter Maultiere zu kämpfen. Dem Strom der Masse folgend, erreichten sie eine schmale Gasse, die weniger dicht bevölkert war und in die sie sich flüchten konnten.

»Unser Ziel ist das Viertel Manschiya«, erklärte Sarah. »Eigentlich hätten wir dazu nur der Hauptstraße zu folgen brauchen, aber in Anbetracht der Lage ist daran wohl nicht zu denken.«

»Pourquoi?«, wollte du Gard wissen. »Was ist in Manschiya?«

»Dort und im angrenzenden Stadtteil Attarin befinden sich die letzten Überreste des antiken Alexandria«, sagte Hingis, noch ehe Sarah antworten konnte. »Lady Kincaid ist nicht die Einzige, die in klassischer Geschichte bewandert ist, wissen Sie.«

»Schön für Sie, *Monsieur*«, erkannte du Gard tonlos an, »ich fürchte nur, wir haben im Augenblick ganz andere Sorgen.«

»Wovon sprichst du?«, erkundigte sich Sarah.

»Von denen dort«, erwiderte der Franzose und deutete geradeaus. Sarah war augenblicklich klar, was er meinte.

Sie hatten das Ende der Gasse erreicht und waren auf eine Straße gelangt, die weniger belebt war. Auch hier versuchten verzweifelte Einwohner, sich und ihren Besitz in Sicherheit zu bringen, aber es herrschte längst kein solches Gedränge wie zuvor. Nur vereinzelt kamen Fuhrwerke und beladene Kamele die Straße herab – allerdings auch ein Trupp weiß uniformierter Soldaten. Noch waren sie rund fünfzig Yards entfernt, aber sie kamen genau in Richtung der Gasse ...

»Verdammt«, zischte Sarah. Ein jäher Impuls riet ihr, sofort die Flucht zu ergreifen, aber natürlich hätten sie sich damit nur verdächtig gemacht. Vernünftiger war es, so zu tun, als wären auch sie verängstigte Einwohner, die nichts anderes im Sinn hatten, als möglichst rasch die Stadt zu verlassen.

Das Problem war nur – die Soldaten hatten nicht vor, die Flüchtlinge einfach ziehen zu lassen ...

Sarah fuhr herum, als sie hörte, wie hinter ihnen Tumult ausbrach. Eine Frau rief laut um Hilfe. Wie Schafe, deren Herde von Wölfen überfallen wurde, beschleunigten die übrigen Passanten augenblicklich ihren Schritt und begannen zu laufen. Sie schienen genau zu wissen, was das Gekeife zu bedeuten hatte.

Betroffen sah Sarah, wie die Soldaten einen Knaben an sich rissen. Die hysterisch schreiende Frau – offenbar seine Mutter – klammerte sich an ihn und wollte ihn nicht gehen lassen, woraufhin einer der Soldaten sie brutal mit dem Gewehrkolben zurückstieß. Der Junge, der seiner am Boden liegenden Mutter zu Hilfe eilen wollte, wurde von zwei weiteren Uniformierten gepackt und davongeschleppt, begleitet vom höhnischen Gelächter eines Offiziers.

»Zwangsrekrutierungen«, entfuhr es du Gard. »Die Aufständischen haben es angesichts des Ungewitters, das sich vor der Küste zusammenbraut, wohl mit der Furcht zu tun bekommen.«

»Der Junge ist fast noch ein Kind«, stellte Sarah entrüstet fest und ballte zornig die Fäuste. »Die Frau hat eine Platzwunde an der Stirn. Man muss ihr helfen ...«

»Alors, und wer sollte das deiner Ansicht nach tun? Du etwa?«

Sarah erwiderte nichts, starrte nur wie gebannt auf das himmelschreiende Schauspiel. Welche Nationalität jene Frau besaß oder welchem Glauben sie anhing, war für Sarah ohne Bedeutung. Alles, was sie sah, war eine Mutter, der man auf brutale Weise ihr Kind genommen hatte – und ein Mann in goldbetresster Uniform, der sich darüber ausschütten wollte vor Lachen.

Du Gard kannte sie inzwischen gut genug, um zu wissen, dass das angriffslustige Blitzen in ihren Augen nichts Gutes zu bedeuten hatte. »Wenn du das tust, *chérie*«, raunte er ihr deshalb in aller Eindringlichkeit zu, »sind nicht nur wir verloren, sondern auch dein Vater und die Mission, auf der er sich befindet.«

»I-ich weiß ...«

»Dann handle entsprechend«, verlangte du Gard streng, packte sie am Oberarm und wollte sie zurück in den Schutz der Gasse ziehen – als der Offizier geradewegs in ihre Richtung blickte.

»Ihr drei da! Kommt her!«

»*Merde!*«, presste du Gard hervor, noch ehe Sarah übersetzen konnte – er hatte auch so verstanden, worum es ging, ebenso wie Hingis.

Abrupt fuhren alle drei herum und wandten sich zur Flucht, stürzten Hals über Kopf die Gasse hinab, aus der sie gekommen waren, zurück ins dichte Gewirr der Wände und Mauern. Aufgebrachte Rufe und hektische Stiefeltritte wurden hinter ihnen laut, worauf Sarah und ihre Begleiter nur noch schneller rannten.

»Lauft«, trieb du Gard sie überflüssigerweise an, »lauft um euer Leben. Wenn sie uns einholen, ist alles vorbei ...«

Mit ausgreifenden Schritten hasteten sie durch die Gasse, die scheinbar planlos zwischen den Häusern mäanderte. Die Orientierung ging ihnen schon nach wenigen Yards verloren, und dies umso mehr, da die Sonne über den Mauerschluchten noch immer nicht zu sehen war.

Eine Gasse öffnete sich zur Rechten. Sarah, die die Führung übernommen hatte, stürzte hinein, dicht gefolgt von du Gard und Hingis, der trotz seiner gedrungenen Statur erstaunliche Qualitäten als Läufer bewies. Der weite Stoff der Kaftane war ihnen bei der Flucht hinderlich, sodass sie ihn mit den Händen raffen mussten, während sie weiter und immer weiter rannten, die nächste Gasse hinab und über einen von hohen Mauern umgebenen Hof, der von Sonnensegeln beschattet wurde.

Die Schritte ihrer Verfolger ebbten ab, allerdings nur deshalb, weil die Soldaten sich an jeder Kreuzung aufteilten und folglich immer weniger wurden. Dennoch waren sie ihnen noch auf den Fersen, hatten sich auf das Viertel verteilt – und mit jeder neuen Gasse, auf die Sarah und ihre Gefährten trafen, erhöhte sich die Gefahr, auf weiße Uniformen zu stoßen …

»I-ich kann nicht mehr«, ächzte Hingis, dessen körperliche Verfassung sich nun doch bemerkbar machte.

»Sie müssen«, beharrte Sarah. »Wenn wir stehen bleiben, sind wir verloren.«

»K-können wir nicht mit denen verhandeln?«

»Naturellement«, erwiderte du Gard, »kurz bevor sie uns erschießen …«

Im Laufschritt ging es durch eine Gasse, die so schmal war, dass sie sie nur hintereinander passieren konnten. Dabei hatten sie das Gefühl, dass die Schritte und das zornige Geschrei hinter ihnen wieder lauter wurden.

»Sie holen auf«, stellte du Gard fest. »Nicht mehr lange, und sie haben uns.«

»Sagt dir das dein sechster Sinn?«, wollte Sarah wissen.

»Non, chérie – der gesunde Menschenverstand …«

Befehle wurden gebrüllt, die durch das Gewirr der Gassen hallten, und plötzlich wusste Sarah nicht mehr zu sagen, von wo genau die Stimmen kamen.

»Verdammt«, wetterte sie und blieb abrupt stehen, sodass Hingis und du Gard sie fast überrannten. »Sie wissen, wo wir sind. Sie versuchen, uns zu umzingeln.«

»Das ist nicht gut«, stellte Hingis fest, dessen Brillengläser einmal mehr beschlagen waren. Der Schmutz, den er sich ins Gesicht geschmiert hatte, rann ihm in grauen Bächen über die Wangen. »Das ist überhaupt nicht gut …«

»Sagen Sie bloß«, konterte du Gard trocken. »Darauf wäre ich von alleine nie gekommen.«

»Still, ihr beiden«, rief Sarah sie zur Ordnung, »hört auf, euch zu streiten. Wir müssen einen Weg finden zu verschwinden.«

»Wie sollen wir das anstellen? Willst du dich in Luft auflösen?«

»Das würde ich gerne – aber für übernatürliche Belange bist gemeinhin du zuständig ...«

Sie eilte weiter und bog in eine Seitengasse ab, die in dunklen Schatten lag. Ein weiterer Hof öffnete sich zur Rechten, und voller Dankbarkeit entdeckte Sarah eine steinerne Treppe, die zu einem Dachgarten führte.

»Dort hinauf«, stieß sie atemlos hervor.

»Wozu?«, maulte Hingis. »Die werden herausfinden, dass wir uns dorthin verkrochen haben.«

»Vielleicht, aber sie werden uns nicht so schnell erwischen wie hier unten.«

Damit erklomm Sarah auch schon die steilen Stufen, dicht gefolgt von ihren keuchenden Begleitern. Auf der Dachterrasse, die fünf Yards im Quadrat messen mochte, gab es eine hölzerne Bank und einen dazugehörigen Tisch. Ein Sonnensegel spannte sich darüber, durch dessen grob gewobenes Tuch grelles Licht fiel. Die Tür ins Innere des Hauses war verschlossen.

Hinter der hüfthohen Mauer aus Lehmziegeln, die den Dachgarten umgab, suchten Sarah und ihre Gefährten Zuflucht – und das keinen Augenblick zu früh. Denn kaum hatten sie sich hinter der Brüstung verschanzt, waren von unten auch schon die trampelnden Schritte ihrer Verfolger zu hören.

Keiner der drei Flüchtlinge wagte einen Blick, aber dem Lärm nach zu urteilen mussten es fünf oder sechs Soldaten sein. Ein Unteroffizier war bei ihnen, der sie zur Eile antrieb und ankündigte, all jene erschießen zu lassen, die sich dem Dienst für das Vaterland auf so schändliche Weise zu entziehen versuchten. Im nächsten Moment verlor sich ihr Getrampel wieder – in ihrer Erregung waren die Männer an der Treppe vorbeigestürmt.

»Nicht zu glauben«, kommentierte Hingis, der sein Glück kaum fassen konnte. »Sie müssen die Stufen übersehen haben.«

»Wie heißt es so schön?«, erwiderte Sarah grinsend. »Den Tapferen hilft das Glück.«

»So heißt es«, räumte du Gard ein, der sich halb erhoben hatte und vorsichtig über die Brüstung spähte, »aber manchmal lässt das Glück die Tapferen auch im Stich.«

»Was willst du damit sagen?«

»Sie kommen zurück, zwei von ihnen«, berichtete der Franzose aufgebracht. »Sie scheinen den Befehl zu haben, das Dach zu überprüfen ...«

Sarah erwiderte nichts – stattdessen zückte sie den Enfield. Ihre Miene verriet eiserne Entschlossenheit, als sie beidhändig den Griff umklammerte, den Spannhahn zurückzog und auf den Treppenaufgang anlegte. Schon hallte die Gasse von den Schritten der beiden Männer wider, die jeden Augenblick die Stufen heraufstürmen würden, die Gewehre mit den mörderischen Bajonetten im Anschlag ...

»Pssst«, ließ sich plötzlich eine leise Stimme vernehmen.

»Was ...?«

Verblüfft wandte sich Sarah um – und stellte fest, dass die Tür zum Dachgarten nicht länger verschlossen war. Ein Spalt hatte sich geöffnet, und ein rundliches, sonnengebräuntes Gesicht war erschienen, auf dessen Kinn ein spitzer Bart prangte und aus dem ein dunkles Augenpaar die Gefährten heiter anblickte.

»Wenn die Herrschaften bei mir Zuflucht suchen möchten ...«

Der Mann, der augenscheinlich Ägypter war, sich jedoch eines gut verständlichen Englisch bediente, hatte noch nicht ganz ausgesprochen, als Sarah und ihre Begleiter bereits aufsprangen – für lange Überlegungen blieb keine Zeit. In gebückter Haltung rannten sie zu der Tür, die der Fremde vollends für sie öffnete, und huschten in die dahinter liegenden Schatten. Knarrend wurde die Tür hinter ihnen geschlossen, der Riegel vorgeschoben.

Genau im richtigen Augenblick.

Atemlos beobachtete Sarah durch ein Astloch in der Tür, wie

die Soldaten das Dach erreichten. Argwöhnisch blickten sich die beiden Männer um, zielten mit den Läufen ihrer Gewehre bald hierhin und bald dorthin, aber natürlich konnten sie niemanden entdecken.

Sarah zuckte zusammen, als einer von ihnen herüberschaute, und sie für einen Moment das Gefühl hatte, dass ihre Blicke sich trafen. Dann trat der Mann auch schon vor.

»Leise«, konnte sie ihren Gefährten gerade noch zuflüstern, dann war schon der drohende Schatten unter der Tür zu sehen, und alle im Raum hielten den Atem an.

Der Soldat trat hin und her, rief seinem Kameraden etwas zu, das Sarah nicht verstand. Die Luft in der Dachkammer war zum Schneiden dick, die Hitze beinahe unerträglich. Sarah merkte, wie ihr Schweiß auf die Stirn trat und in ihre Augen rann, dennoch konnte sie ihren Blick nicht von der Tür wenden, an der im nächsten Moment heftig gerüttelt wurde.

Die Flüchtlinge schreckten zusammen, Hingis ließ ein leises Pfeifen vernehmen. Wie gebannt starrten sie auf den Riegel und hofften nur, dass er der rohen Gewalt standhalten würde.

Noch ein Rütteln, dann ein frustrierter Faustschlag gegen die Tür, der Sarah abermals zusammenzucken ließ.

Dann war es vorbei.

Bebend vor Anspannung, beobachtete Sarah, wie sich die Uniformierten entfernten. Dabei scherzten sie und raunten einander zu, dass ihr Vorgesetzter den Verstand eines Kamels besäße. Beide lachten laut und derb – dann waren sie vom Dach verschwunden.

Sekundenlang blieb es völlig still in der Kammer. Keiner wagte laut zu atmen, erst ganz allmählich begriffen Sarah und ihre Begleiter, dass die Gefahr tatsächlich gebannt war.

»Das war knapp, nicht wahr?«, fragte schließlich eine Stimme mit arabischem Akzent.

Sarahs Augen hatten sich inzwischen an das Halbdunkel gewöhnt, sodass sie ihren unbekannten Retter sehen konnte. Es war ein untersetzter Mann, der einen weißen Kaftan trug und weiche, volle Gesichtszüge hatte. Der Mund unter seinen winzigen Augen und der dicken Nase war zu einem breiten Grinsen verzogen.

»Am besten, Sie sagen mir erst gar nicht, wer Sie sind«, fügte er hinzu, »auf diese Weise kann ich Sie nicht verraten.«

»Klingt einleuchtend«, erwiderte Sarah und erhob sich. »Wer immer Sie sind – meine Begleiter und ich sind Ihnen zu großem Dank verpflichtet. Sie deutete eine Verbeugung an. *»Schukran.«*

»Sie sprechen Arabisch?«

»Ein wenig«, gab Sarah zu. »Genug, um zu verstehen, dass diese Männer dort gewillt waren, uns zu töten – und dass Sie Ihr Leben riskiert haben, indem sie uns vor ihnen retteten.«

»Der gute Ali Bey war schon immer zu gutmütig.« Der Fremde richtete den Blick zur von Holzbalken getragenen Decke der Kammer. »Allah ist mein Zeuge, dass dies mein einziges Vergehen ist.«

»Ali Bey?«, fragte Sarah.

»Mein bescheidener Name«, bestätigte der andere beflissen und verbeugte sich. »Ali Bey, Händler und Spezialist für Dienstleistungen aller Art.«

»War das eben auch eine Dienstleistung?«, erkundigte sich Hingis. »Wollen Sie dafür bezahlt werden?«

»Nicht doch.« Ali Bey schüttelte den Kopf.

»Wieso haben Sie uns dann geholfen?«, erkundigte sich du Gard.

»Vielleicht, weil ich diesem Großmaul Urabi und seiner nationalen Bewegung nichts abgewinnen kann.«

»Non? Ich dachte, die ägyptische Bevölkerung stünde geschlossen hinter Urabi und seiner Revolte?«

»Ich bin gewissermaßen nur ein halber Ägypter«, erklärte Ali

Bey mit entschuldigendem Lächeln. »Meine Mutter war eine Tochter der Wüste, mein Vater jedoch ein türkischer *effendi**. Schon aus diesem Grund war zumindest eine Hälfte von mir von jeher ein ergebener Untertan seiner Exzellenz des Khediven.«

»Und die andere Hälfte?«, wollte Sarah wissen.

»Ist weise genug, um schon vor langer Zeit erkannt zu haben, dass man die Hand nicht beißen sollte, die einen füttert«, erwiderte der Händler diplomatisch. »Ich habe nichts gegen Europäer. Auch wenn sie in meinen Augen allesamt Ungläubige sind, deren Umgangsformen sehr zu wünschen übrig lassen – Anwesende natürlich ausgenommen –, weiß ich sie als verlässliche Geschäftspartner zu schätzen.«

»In der Tat«, erwiderte Sarah, die einigermaßen verblüfft über so viel Offenheit war. »Wären Sie denn jetzt auch an einem Geschäft interessiert?«

»Es käme darauf an, um was für eine Sorte Geschäft es sich handelt. Leider sind meine Möglichkeiten in diesen unruhigen Zeiten ziemlich begrenzt ...«

»Dennoch haben Sie die Stadt nicht verlassen.«

»La.« Er schüttelte den Kopf. »Ich bin in Alexandria geboren, und weder ein selbsternannter Pascha noch schießwütige Briten werden mich von hier vertreiben. Sie hingegen sollten so rasch wie möglich fliehen. Gefahr droht Ihnen von allen Seiten, nicht nur von den Soldaten. Die Hetzreden Arabis und die Angst vor den Briten haben die Leute aufgebracht. Europäer, die ihnen in die Hände fallen, werden ohne Federlesens umgebracht.«

»Merde!«, kommentierte du Gard.

»Ich könnte Sie auf sicherem Wege aus der Stadt führen«, schlug Ali Bey vor, »gegen eine geringe Gebühr, versteht sich.«

»Nein danke«, lehnte Sarah ab. »Wir haben viel auf uns genommen, um trotz der Blockade nach Alexandria zu gelangen, und wir

---

* Beamter im osmanischen Reich

werden nicht gehen, ehe wir nicht gefunden haben, wonach wir suchen.«

»Tatsächlich?« In den Augen des Händlers, der bereits das nächste Geschäft zu wittern schien, flackerte es wissbegierig. »Und wonach suchen Sie, wenn es erlaubt ist zu fragen?«

»Nach einem Mann, einem Engländer«, erwiderte Sarah. »Sein Name ist Gardiner Kincaid ... Lord Kincaid. Er ist der Leiter einer britischen Expedition, die bis vor kurzem hier gearbeitet hat.«

»Naram«, bestätigte Ali Bey. »Bis die Schergen des Pascha die Europäer aus der Stadt vertrieben haben.«

»Kennen Sie Lord Kincaid etwa?« Sarah schöpfte jähe Hoffnung.

»La.« Ali Bey schüttelte den Kopf. »Aber ich kenne den Ort, an dem die Briten im Boden gewühlt haben – so lange, bis sie aus der Stadt gejagt wurden.«

»Aus der Stadt gejagt? Sie sind also nicht mehr hier?«

»Ein paar von ihnen wurden gefangen genommen, soweit ich weiß – ob sich der von Ihnen Gesuchte darunter befand, vermag ich allerdings nicht zu sagen.«

Sarah griff unter ihr Gewand und holte die Kartenskizzen hervor. »Wo befindet sich die Ausgrabungsstelle? Können Sie es mir zeigen?«

»Das könnte ich wohl, aber das wäre nicht sehr klug von mir, nicht wahr?« Der Alexandriner lachte. »Wenn ich Ihnen die Stelle zeige, werden Sie sich auf eigene Faust auf den Weg machen, und der arme Ali Bey wird dabei leer ausgehen.«

»Ich versichere Ihnen, dass das nicht geschehen wird«, versprach Sarah. »Ich werde dafür sorgen, dass Sie für jede nützliche Information angemessen entlohnt werden.«

»Das ist ein sehr großzügiges Angebot – aber kann ich mich darauf verlassen? Ich mache Ihnen einen Gegenvorschlag: Ich werde Sie persönlich dorthin führen, wo die Briten gegraben haben, allerdings erst nach Einbruch der Dunkelheit. Bei Tag wäre die Gefahr, entdeckt zu werden, viel zu groß.«

»Es ist noch nicht einmal Mittag«, wandte Hingis ein. »Was sollen wir Ihrer Ansicht nach den ganzen Tag tun?«

»Sie werden hier bleiben und abwarten. In meinem Haus sind Sie vor den Nachstellungen der Soldaten sicher. Ali Bey ist weithin als ehrbarer und gesetzestreuer Bürger bekannt.«

Das Lächeln, das der Händler seinen Worten folgen ließ, wollte Sarah nicht gefallen. Sie hatte vielmehr den Eindruck, dass Ali Bey als Schlitzohr bekannt war, aber obwohl es ihrer geradlinigen Art zuwider lief, hütete sie sich, dies offen auszusprechen.

Sollten sie sich auf den Handel einlassen?

Ali Bey war in Alexandria zu Hause. Vermutlich kannte er die Stadt bis in den letzten Winkel, und wenn er sie tatsächlich dorthin führen konnte, wo ihr Vater noch bis vor kurzem gearbeitet hatte, würde sie das dem Ziel ihrer Suche ein gutes Stück näher bringen. Andererseits gab es nicht einen einzigen Beweis dafür, dass der Händler tatsächlich wusste, wovon er sprach. Womöglich war er auch nur ein gerissener Betrüger, der aus der Situation Kapital schlagen wollte ...

»Trauen Sie ihm nicht«, flüsterte Hingis ihr zu. »Womöglich geht es ihm nur darum, uns an die Soldaten auszuliefern.«

»Wenn es so wäre, hätte er uns nicht erst vor ihnen zu retten brauchen«, wandte Sarah ein. Die Tatsache, dass ihr Rivale Ali Bey nicht mochte, machte den Händler in Sarahs Augen ein gutes Stück sympathischer, aber das allein genügte nicht.

»Maurice?«, fragte sie.

»Ich denke, wir sollten es riskieren. Bei all den Uniformen und dem Chaos da draußen können wir unsere Suche ohnehin erst bei Einbruch der Dunkelheit fortsetzen, *c'est vrai.*«

»Also schön«, erklärte sich Sarah bereit, »wir kommen ins Geschäft, Ali Bey. Über den Preis Ihrer Dienste werden wir uns sicher einig – bezahlt wird allerdings erst an Ort und Stelle.«

»Natürlich.« Die Zähne des Alexandriners blitzten, als er sie zu einem breiten Grinsen entblößte. »Sie sind eine überaus kluge Frau. Und ich versichere Ihnen, dass Sie Ihren Entschluss, Ali Bey Ihr Vertrauen zu schenken, nicht bereuen werden.«

»Das hoffe ich sehr«, erwiderte Sarah eindringlich. »Das hoffe ich wirklich sehr ...«

2

El-Gumruk, Alexandria
Abend des 10. Juli 1882

Sie verbrachten den Rest des Tages in der Geborgenheit von Ali Beys Haus, das sich am Rand des Zollviertels befand. Von der Dachkammer führte eine Leiter ins Erdgeschoß des Gebäudes, wo es nicht nur kühl war, sondern infolge der geschlossenen Fensterläden auch angenehm dunkel. Sarah und ihre Begleiter wechselten sich darin ab, an der Tür zu wachen und durch die Ritzen zu spähen, um notfalls sofort die Flucht ergreifen zu können.

Ihre Sorge war jedoch unbegründet.

Den ganzen Tag über bekamen sie keine Soldaten mehr zu sehen, sodass man fast hätte glauben können, die Krise wäre beigelegt – wären da nicht die Männer, Frauen und Kinder gewesen, die immer wieder die Gasse herabhetzten, ihre bescheidene Habe auf den Schultern und Panik in den Gesichtern.

Es deprimierte Sarah zu beobachten, was allein der Aufmarsch der britischen Kriegsflotte auslöste. Im fernen London würden die Zeitungen vermutlich etwas über die ruhmreiche Vergangenheit der Royal Navy schreiben, über das technische Wunder, das ein stahlgepanzertes Kriegsschiff wie die ›Inflexible‹ darstellte, und vermutlich auch darüber, warum man den Aufständischen die Kontrolle über den Kanal von Suez nicht überlassen dürfe. Niemand zu Hause in England würde jedoch das Elend und die Furcht in den Augen der Menschen zu sehen bekommen. Und niemand hörte das Wehklagen der Frauen und das Weinen der Kinder, die ihr Heim verlassen mussten und sich nun auf der Flucht befanden.

Zur Untätigkeit verurteilt, hing Sarah düsteren Gedanken nach, die zumeist mit ihrem Vater zu tun hatten. Immer wieder überkam sie die Angst, dass sie zu spät kommen, dass der alte Gardiner bereits verloren sein könnte – du Gard jedoch beruhigte sie. Aus irgendeinem Grund schien er überzeugt zu sein, dass Gardiner Kincaid am Leben war, und nach allem, was sie gesehen und erlebt hatte, sah Sarah keinen Grund mehr, an der Aufrichtigkeit seiner Worte zu zweifeln.

Aber was, wenn er sich irrte? Auch du Gard konnte nicht alles wissen. Seine Fähigkeiten mochten erstaunlich sein, aber zweifellos hatten sie Grenzen ...

Von drängender Unruhe erfüllt, sehnte Sarah das Ende des Tages herbei. Als er sich schließlich ankündigte und der Himmel im Westen sich rötlich färbte, machten die vier ungleichen Gefährten sich zum Aufbruch bereit. Ali Bey ließ es sich nicht nehmen, seinen Gästen noch ein Nachtmahl zu servieren, das aus mit Zwiebeln und Oliven gewürzten Saubohnen bestand, die er den ganzen Tag auf dem Feuer gehabt hatte. Dazu gab es Fladenbrot und Kaffee.

Zwar verspürte Sarah in Anbetracht ihrer inneren Anspannung weder Hunger noch Durst, doch sie griff trotzdem zu. Zum einen, weil unmöglich vorauszusagen war, wann sie die nächste warme Mahlzeit bekommen würden; zum anderen, weil sie Ali Bey nicht beleidigen wollte. In Anbetracht der britischen Blockade waren die Lebensmittel sicher rationiert worden. Dass der Händler ihnen zu essen gab, obgleich er wahrscheinlich selbst kaum genug hatte, imponierte Sarah und machte ihr einmal mehr klar, dass Gastfreundschaft in diesen Breiten nicht nur eine hohle Phrase war.

Nach dem Essen löschte Ali Bey sowohl das Feuer im Herd als auch die Öllampe über dem Tisch. »Anordnung des Militärs«, erklärte er dazu. »Als ob die Dunkelheit die Briten daran hindern würde, uns die Häuser über den Köpfen anzuzünden ...«

Sarah erwiderte nichts darauf – was hätte sie auch entgegnen sollen? Dass es ihr leid tat? Bisher hatte sie sich über koloniale

Belange kaum Gedanken gemacht und es mit Gleichmut zur Kenntnis genommen, wenn mit Kanonenbooten Politik betrieben wurde. In Zukunft würde sie sicher anders darüber denken ...

Sie warteten bis Sonnenuntergang, dann verließ Ali Bey als Erster das Haus. Er ging einige Schritte die Gasse hinab, zuerst in die eine, dann in die andere Richtung, und vergewisserte sich, dass die Luft rein war. Erst danach bedeutete er seinen Schützlingen, die wie am Morgen ihre Verkleidung trugen, nachzukommen.

Sie folgten dem Gewirr der Gassen, das sich scheinbar planlos nach Südosten erstreckte, Attarin und den Vorbezirken der Stadt entgegen, während der Himmel über ihnen sich weiter verfärbte, bis er schließlich ein tiefes Rot angenommen hatte, das Hausdächer und Mauerkronen erfasste und an den weißen Mauern herab in die Gassen zu fließen schien.

»Das ist kein gutes Zeichen«, meinte Ali Bey überzeugt. »Blut wird in Strömen fließen, meine Freunde. Unheil steht bevor in dieser Nacht, Unheil für Alexandria ...«

Sein Tonfall und der Ausdruck in seinen Zügen jagten Sarah eisige Schauer über den Rücken, trotz der schwülen Wärme, die über der Stadt lag. Sie sandte du Gard einen fragenden Blick, aber der Wahrsager zuckte nur mit den Schultern und wandte sich ab. Entweder, er hatte nichts zu sagen, oder, was Sarah wahrscheinlicher vorkam, er teilte Ali Beys düstere Sicht. Der britische Angriff schien unvermeidbar, die Suche nach Sarahs Vater wurde zu einem Wettlauf gegen die Zeit.

Die menschenleeren Gassen versanken in Dunkelheit. Kein Lichtschein drang mehr aus den Häusern, keine Glut stand über den Kaminen, und wo sonst flackernde Öllampen an den Vordächern von Läden und Lokalen hingen, gähnte tiefe Schwärze.

Anfangs versuchte Sarah noch, anhand ihrer Kartenskizzen dem Weg zu folgen, auf dem Ali Bey sie führte. Infolge der zunehmenden Dunkelheit und der Tatsache, dass viele der schmalen

Gassen, die sich durch El-Gumruk und Attarin zogen, auf den Karten nicht verzeichnet waren, gab sie es jedoch bald auf.

Von früheren Aufenthalten, die allerdings schon Jahre zurücklagen, kannte Sarah Alexandria immerhin gut genug, um zu wissen, dass sie sich in der Nähe der Moschee von Attarin befanden, deren charakteristisches, von einer Kugel gekröntes Minarett immer wieder über die Mauern lugte. Zudem erklang die Stimme eines Muezzin, der das Abendgebet vortrug – als Ali Bey abrupt stehen blieb.

Mit einer energischen Handbewegung wies er Sarah und die anderen an, in die Mauerschatten zu flüchten und sich so eng wie möglich an das warme Gestein zu pressen. Im nächsten Augenblick sahen sie den Grund dafür – eine Militärpatrouille kam die schmale Straße herab.

Sarah, Hingis und du Gard hielten den Atem an – die Soldaten kamen geradewegs auf sie zu! Fieberhaft überlegte Sarah, ob noch Zeit zur Flucht blieb, aber wenn sie sich jetzt bewegten, würden die Soldaten sie zweifellos entdecken und das Feuer auf sie eröffnen.

Es war Ali Bey, der den rettenden Gedanken hatte. Unbemerkt hatte ihr Führer sich gebückt und eine Hand voll Steine vom Boden aufgelesen, die er kurzerhand in eine abzweigende Gasse warf. Das Geräusch, das dabei entstand, ließ die Soldaten – Sarah zählte sieben – aufhorchen.

»Was war das?«, fragte der eine.

»Wahrscheinlich nur eine Ratte«, antwortete ein anderer. »Davon gibt es in diesem Viertel mehr als genug.«

»Lasst uns lieber nachsehen – der Sergeant lässt uns auspeitschen, wenn sich herausstellt, dass wir einen Spion haben entkommen lassen …«

Nacheinander verschwanden die Uniformierten in der Gasse, woraufhin Sarah und ihre Gefährten aus ihrem Versteck huschten. Lautlos schlichen sie die schmale Straße hinab und verschwanden um die Biegung, noch ehe die Soldaten feststellen konnten, dass sie einer Täuschung erlegen waren.

»Haben Sie verstanden, was die Männer gesagt haben?«, erkundigte sich Ali Bey halblaut bei Sarah.

»Allerdings – sie waren auf der Suche nach britischen Spionen.«

»Das macht die Lage für Sie kompliziert. Wenn Sie entdeckt werden, wird man kurzen Prozess mit Ihnen machen, das ist Ihnen doch klar?«

»In der Tat.«

»Und wollen Sie nicht lieber umkehren?« Ali Beys Blick verriet ehrliche Besorgnis. »Ich weiß nicht, was Sie dazu treibt, jenen Mann zu suchen, von dem sie mir erzählt haben. Aber ich bezweifle, dass er es wert ist, sein Leben für ihn zu ...«

»Er ist mein Vater«, eröffnete Sarah.

»Ihr Vater?«

»So ist es.« Sie nickte. »Wir sind hier, um ihn zu finden und zurück nach England zu holen.«

»Allah stopfe mir mein loses Mundwerk«, rügte sich der Alexandriner daraufhin selbst. »Und sollte er mir irgendwann ein Weib zur Seite geben, so möge er mir in seiner Güte eine Tochter wie Sie schenken«, fügte er hinzu. Dann schritt er kräftig aus und setzte sich an die Spitze der kleinen Gruppe.

Die Straßenzüge, die sie lautlos durchwanderten, stets wachsam um sich blickend und auf der Hut vor den Soldaten, wurden zu beiden Seiten von Läden gesäumt, die alle geschlossen waren. Wie Sarah jedoch wusste, waren sie streng nach Waren gegliedert.

Jeder Straßenzug war einem anderen Handwerk gewidmet: Hier gingen die Schreiber ihrer Tätigkeit nach, da die Töpfer und dort die Hersteller und Verkäufer von Duftwasser. Die Gerüche, die die Häuserzeilen durchzogen, waren entsprechend exotisch, und von früheren Besuchen erinnerte sich Sarah, dass die *souks* von Alexandria ein Ort bunter Farben und regen Treibens gewesen waren. In dieser Nacht jedoch wirkten sie wie ausgestorben.

Furcht hielt die Stadt in eisernen Klauen ...

Erneut wählte Ali Bey Wege, die Sarah nicht kannte. Die Häuser zu beiden Seiten der Straße wurden zunehmend älter und verfallener, ein untrügliches Zeichen dafür, dass sie sich dem Außenbezirk näherten, wo die Armen wohnten.

Inzwischen war die Nacht ganz hereingebrochen, und die einzige Lichtquelle war die fahle Sichel des Mondes, die hoch am Himmel stand, umlagert von abgerissenen Wolkenfetzen. Beinahe nahtlos gingen die vergleichsweise prunkvollen Häuser der Suks in die Baracken des Elendsviertels über. Hier hausten die Tagelöhner, deren Bleibe oft genug nur aus Ruinen bestand. Fast kam Alexandria Sarah wie ein gigantischer Organismus vor, der sich fortwährend selbst fütterte und verdaute. Eins türmte sich über dem anderen, Antike, Mittelalter und Moderne. Ein Ort, an dem die Geschichte lebendig war – und doch so tot, wie sie nur sein konnte.

Zur Linken erstreckten sich die Grabhügel des Friedhofs von Moham, während sich vor ihnen ein Ruinenfeld ausbreitete, dessen Trümmer bleich wie Knochen im Sand lagen. Die Überreste einer Ringmauer waren zu erkennen, die das Areal vor Urzeiten schützend umgeben haben mochten; jenseits des baufälligen Kranzes ragten die Ruinen von Türmen und Bauwerken auf, darunter eines, das mehr als jedes andere die Phantasie all jener beflügelt hatte, die Alexandrien in den vergangenen sieben Jahrhunderten besucht hatten.

Die Säule des Pompeius.

»Dies ist unser Ziel«, erklärte Ali Bey, als er sah, wie Sarahs Blick sich an der Säule festsog, die wie ein abgenagter Knochen aus dem steinernen Kadaver ragte.

»Wurde dort die Ausgrabung abgehalten?«, erkundigte sich Sarah.

»Nicht weit davon«, bejahte der Händler und schickte ihr einen zweifelnden Blick. »Glauben Sie mir etwa nicht?«

»Doch, ich glaube Ihnen«, versicherte ihm Sarah ohne Zögern – denn mit einem Mal ergab vieles Sinn ...

Ali Bey nickte zufrieden und ging erneut voraus. Die Pflastersteine der Straße hatten sich längst in Schutt und Sand verwandelt, sodass sie gezwungen waren, querfeldein zu gehen und über Hindernisse aller Art zu klettern, was Friedrich Hingis mit leisen Flüchen quittierte.

»*Qu'est-ce qui se passe, mon ami?*«, erkundigte sich du Gard. »Sollten Sie etwa schon genug haben vom großen Abenteuer Archäologie?«

»Von einem Abenteuer kann ja wohl nicht die Rede sein«, presste Hingis keuchend hervor, »schon eher von glattem Wahnwitz. Und je länger diese nächtliche Wanderung dauert, desto mehr bezweifle ich, dass sie uns überhaupt je ans Ziel bringen wird. Dieser Ali Bey ist nichts als ein windiger Betrüger, der uns um unser Geld erleichtern will.«

»Das denke ich nicht«, widersprach Sarah entschieden.

»Ach nein? Und was bringt Sie auf diesen Gedanken?«

»Die Tatsache, dass er uns hierher geführt hat«, erklärte sie. »Die Säule des Pompeius gehört nämlich zu jenen Örtlichkeiten, die ich als mögliche Ausgrabungsstellen in die engere Wahl genommen hatte. Nicht von ungefähr habe ich eine Kartenskizze davon angefertigt.«

»Das könnte auch reiner Zufall sein.«

»Kaum.« Sarah schüttelte den Kopf. »Haben Sie nie von der Theorie gehört, dass die Säule nicht wirklich zu Ehren des römischen Feldherrn Pompeius errichtet wurde? Dass es sich dabei um einen Irrtum handelt, dem schon die mittelalterlichen Kreuzfahrer erlegen sind?«

»Natürlich, aber ...«

»Manche Historiker«, fuhr Sarah unbeirrt fort, »vertreten auch die Ansicht, dass die Säule ursprünglich zur Peristasis* eines befestigten Tempels gehörte, der der ägyptischen Göttin Serapis ge-

---

* äußerer Säulengang

weiht war. Angeblich wurde er während der Regierungszeit Ptolemaios II. und Königin Arsinoës errichtet.«

»Arsinoë?«, erkundigte sich du Gard. »Ist das nicht die Dame, von der unser vermummter Freund berichtet hat? Die angeblich mit jener geheimnisvollen Macht im Bunde stand?«

»In der Tat.« Sarah nickte. »Und es wird weiter angenommen, dass das Serapeion einen Teil der Bibliothek von Alexandria beherbergt haben soll. Vielleicht schließt sich hier ja der Kreis.«

»Hypothesen, nichts weiter«, rügte Hingis. »Für keine davon gibt es auch nur einen einzigen stichhaltigen Beweis. Wenn Ihr Vater sich auf solch fragwürdige Annahmen stützt, räume ich dieser Unternehmung keine allzu großen Chancen ein.«

»Warten Sie es ab«, beschied Sarah ihm kühl, während sie ein steiles Geröllfeld überwanden, das die Überreste eines einst stolzen Bauwerks repräsentieren mochte. Auf der anderen Seite erwartete sie Ali Bey, verheißungsvoll grinsend wie ein Honigkuchenpferd – bis zur Säule war es nun nicht mehr weit.

Der Alexandriner führte die drei Gefährten über eine weite Sandfläche, die im bleichen Mondlicht lag und aus der hier und dort schartige Quadern und die Bruchstücke antiker Kapitelle ragten. Sarah fühlte, wie sich ihr Pulsschlag beschleunigte. Würde sie nun endlich zu sehen bekommen, woran ihr Vater die letzten Monate derart verbissen gearbeitet hatte? Würde sie auf Hinweise stoßen, die es ihr erlaubten, ihn zu finden?

Ein Teil von ihr hoffte noch immer, dass aller Vernunft und aller Wahrscheinlichkeit zum Trotz ihr Vater noch immer hier sein, dass sie ihm einfach begegnen und er sie in seine Arme schließen würde. Aber natürlich wusste sie, dass diese Hoffnung vergeblich war. Das Ruinenfeld lag verlassen, ein Friedhof längst vergangener Zeiten. Menschen waren weit und breit nicht zu sehen.

Und nicht nur das.

Je weiter sie sich der Säule näherten, desto deutlicher wurde, dass sich dort auch kein Grabungscamp befand – nicht einmal eines, das verlassen worden war. Weder waren Spuren eines Lagers zu erkennen, noch konnte Sarah Schächte im Boden ausmachen oder andere Indizien, die darauf hindeuteten, dass Ausgrabungsarbeiten abgehalten und überstürzt abgebrochen worden waren. Und ohne dass sie es verhindern konnte, überkamen auch sie Zweifel ...

»Was soll das?«, erkundigte sie sich forschend bei Ali Bey. »Warum haben Sie uns hierhergeführt? Ich kann weit und breit nichts von einer Ausgrabung sehen.«

»Geduld«, verlangte der Händler gelassen.

»Aber die Säule ...«

»Ich habe nichts von der Säule gesagt, Lady Kincaid. Das war Ihre Annahme.«

Dem konnte Sarah nicht widersprechen. Sie schwieg und beschloss, ihrem Führer noch eine Chance zu geben – allerdings würde sie ihn scharf im Auge behalten. Als die Säule des Gnaeus Pompeius nur noch an die fünfzig Yards entfernt war, änderte Ali Bey plötzlich die Marschrichtung und ging auf eine Ansammlung von Trümmern zu, die in einiger Entfernung im Sand lagen.

Und diesmal fand Sarah, wonach sie suchte.

Auf den ersten Blick waren die khakifarbenen Militärzelte kaum zu erkennen, zumal einige von ihnen eingestürzt und die Planen halb von Sand bedeckt waren. Aber es war klar ersichtlich, dass sich dort noch bis vor kurzem ein Lager befunden hatte – das Lager einer archäologischen Expedition ...

»Vater«, stieß Sarah leise hervor, und obwohl sie wusste, dass es töricht war, beschleunigte sie ihren Schritt und begann zu laufen.

»Lady Kincaid, nicht!«, rief Ali Bey ihr warnend zu, aber Sarah hörte nicht auf ihn.

Ihre weiten Kleider waren ihr hinderlich, und ihre Stiefel versanken bis zu den Knöcheln im Sand, aber sie rannte unbeirrt weiter, den Überresten des Lagers entgegen. Endlich würde sie Gewissheit bekommen, endlich auf Spuren stoßen, die ...

Das Erste, was Sarah wahrnahm, war der Geruch, den der laue Nachtwind vom Lager herübertrug und der so beißend war, dass sie das Gefühl hatte, gegen ein unsichtbares Hindernis zu stoßen.

Nur der widerwärtige Odem der Verwesung konnte für solch unerträglichen Gestank sorgen ...

Die Erkenntnis war für Sarah ein Schock, aber sie lief trotzdem weiter, konnte ihren Beinen nicht mehr Einhalt gebieten. In banger Erwartung erreichte sie das Lager – und musste das Tuch ihres Burnus auf Mund und Nase pressen, um von dem scheußlichen, alles durchdringenden Geruch nicht niedergerungen zu werden. Wohin sie auch blickte, sah sie Zerstörung.

Nur wenige Zelte standen noch; die meisten waren niedergerissen, von den Planen nur verbrannte Fetzen übrig. Der Sand war von Unrat übersät, der darauf schließen ließ, was sich hier abgespielt hatte: die Trümmer einer Holzkiste, ein abgebrochener Spaten, eine zerbrochene Laterne, ein zerschlagenes Feldbett. Allem Anschein nach war das Lager überfallen und völlig zerstört worden ...

... aber wo waren seine Bewohner?

Mit dem Fuß stieß Sarah auf etwas, das vor ihr im Sand lag und halb verschüttet war. Sie bückte sich und griff danach, fasste den ledernen Rücken eines Buches. Sie musste mit einiger Kraft daran zerren, um es dem Sand zu entwinden, dann betrachtete sie im Lichtschein des Mondes ihren Fund.

Es war ein Notizbuch, von dem allerdings wenig mehr als der Rücken übrig geblieben war – der Rest war schwarz verbrannt und zerfiel in Sarahs Händen. Asche rieselte herab und fiel zu Boden – und mit schreckgeweiteten Augen erblickte Sarah eine verkohlte Hand, die zur grotesken Klaue geformt aus dem Sand ragte.

Ein Ausruf des Entsetzens entrang sich ihrer Kehle.

Sie prallte zurück, machte ein, zwei Schritte, ehe sie erneut gegen ein Hindernis stieß. Sie ruderte mit den Armen, verlor jedoch das Gleichgewicht und fiel – in eines der wenigen Zelte, die noch standen. Der vom Sand zersetzte Stoff zerriss unter ihrem Gewicht, und Sarah stürzte ins Innere. Sie landete weich und warf sich herum, wollte sich wieder auf die Beine raffen – als sie in zwei leere Augenhöhlen blickte.

Der Tote lag auf dem Rücken, den Kopf zur Seite gedreht. Was er am Leib trug, waren die Überreste eines Tropenanzugs. An den Knochen seiner Füße und Hände klebte verwesendes Fleisch. Seine Züge hatten kaum noch etwas Menschliches, seine Augäpfel waren wohl ein Fraß von Krähen geworden.

Wie von einer Feder geschnellt, schoss Sarah in die Höhe. Dabei verhedderte sie sich in der zerrissenen Zeltbahn und gebärdete sich wie von Sinnen, um sich daraus zu befreien. Wohin sie auch blickte, sah sie weitere Leichen: ihrer Stiefel beraubte Beine, die aus dem Eingang eines weiteren Zeltes ragten; ein kopfloser Torso, der unweit der erloschenen Feuerstelle lag; schließlich eine elende, leblose Gestalt, die hoch an einem hölzernen Flaschenzug hing.

Trotz des beißenden Gestanks schnappte Sarah nach Luft. Sie wollte einen gellenden Schrei ausstoßen, der weithin zu hören gewesen wäre, ihre Kehle glücklicherweise jedoch nicht verließ. Eine Gestalt war plötzlich bei ihr und presste ihr die Hand auf den Mund.

Du Gard …

Die Berührung des Freundes beruhigte Sarah ein wenig. Sie zwang sich, ruhiger zu atmen, und kämpfte die Panik nieder, die von ihr Besitz ergriffen hatte.

»Wird es gehen?«, erkundigte sich du Gard.

Sarah nickte krampfhaft, worauf er seinen Griff lockerte und ihr dabei half, sich aus den Überresten des Zeltes zu befreien. »Sie sind tot«, presste sie dabei tonlos hervor. »Alle sind sie tot …«

»Je sais.« In du Gards Stimme schwang ehrliche Trauer mit, während er seinen Blick über die grausige Szenerie schweifen ließ. »Es tut mir leid, Sarah.«

»Warum ein solches Blutbad?« Sarah schüttelte fassungslos den Kopf. »Diese Männer waren Wissenschaftler, keine Soldaten. Ihre Arbeit diente friedlichen Zwecken …«

»Glauben Sie denn, das interessiert diese Bastarde?« Zusammen mit Ali Bey hatte Friedrich Hingis ebenfalls zu ihnen aufgeschlossen. Die Stimme des Schweizers überschlug sich fast vor Aufregung, blankes Entsetzen stand ihm ins Gesicht geschrieben. »Dies war ein Akt der rohen Barbarei! Diese Männer wurden geradezu abgeschlachtet.«

»Offensichtlich«, meinte du Gard leise, »hat man die Archäologen als Eindringlinge betrachtet, als Räuber, die den Ägyptern ihre Vergangenheit stehlen – und sich blutig dafür gerächt.«

»Allerdings«, gestand Sarah erschüttert ein.

»Es tut mir wirklich leid, Lady Kincaid«, versicherte Ali Bey. »Ich wollte nicht, dass Sie das sehen. Hätte ich gewusst, dass sich Ihr Vater unter diesen Leuten befindet, hätte ich mich niemals erboten, Sie hierherzuführen.«

»Seien Sie unbesorgt«, versicherte Sarah. Ihre schlanke Gestalt straffte sich, ihre Züge wurden zur unbewegten Maske, aber nicht eine Träne trat in ihre Augen. »Sie haben nur getan, worum wir Sie gebeten haben, nicht mehr und nicht weniger. Was wir jedoch brauchen, ist Gewissheit. Maurice, würdest du bitte …«

»*Naturellement*«, erklärte du Gard sich ohne Zögern bereit. »Hingis, kommen Sie, und helfen Sie mir.«

»Ihnen helfen? Wobei?«

»Lady Kincaid möchte Gewissheit.«

»Gewissheit worüber?«

Du Gard antwortete nicht, sondern bedachte den Schweizer mit einem Blick, der so unmissverständlich war, dass Hingis sofort begriff – was ihn allerdings nicht vom Zetern abhielt.

»Ich soll Ihnen dabei helfen, unter all diesen Leichen nach der von Gardiner Kincaid zu suchen?«, erkundigte er sich voller Unglauben. »Glauben Sie, ich hätte nichts Besseres zu tun?«

»Im Augenblick nicht«, meinte du Gard überzeugt. »Außerdem erweisen Sie einer gemeinsamen Freundin damit einen Gefallen.«

»Freundin? Was für eine Freundin?«, maulte Hingis vor sich hin, folgte du Gard jedoch. »Wir haben ein geschäftliches Abkommen, von Freundschaft war niemals die Rede ...«

Einmal mehr kam das Warten Sarah endlos vor.

Sie rechnete es ihren Gefährten – und insbesondere Hingis – hoch an, dass sie es ihr nicht zumuteten, persönlich nach dem Leichnam ihres Vaters zu suchen. Noch immer stand ihr der grässliche Anblick der Toten deutlich vor Augen. Den alten Gardiner so zu erblicken, hätte sie nicht verkraftet.

Sollten sich ihre geheimen Befürchtungen als wahr herausstellen, allen Beteuerungen du Gards zum Trotz? Hatte der Wahrsager ihr nur etwas vorgemacht? Hatte er womöglich längst gewusst, dass ihrem Vater etwas zugestoßen war, dass sein lebloser Körper im Wüstensand verrottete?

Ali Bey half bei der Suche, als könnte er so etwas von dem Unrecht wiedergutmachen, das hier geschehen war und für das er sich zum Teil verantwortlich zu fühlen schien. Natürlich war dies Unsinn – Sarah hatte genug von der Welt gesehen und erlebt, um zu wissen, dass ein Volk niemals nur gut oder böse war. Überall gab es das eine wie das andere, Licht und Schatten, und gerade dort, wo Grausamkeit und Niedertracht gediehen, erwuchs oft auch seltener Edelmut.

All dies war Sarah nur zu klar – aber würde diese Überzeugung auch dann noch Bestand haben, wenn sie vom Tod ihres Vaters erfuhr? Wenn alles, woran sie geglaubt und weswegen sie die weite Reise auf sich genommen hatte, mit einem Schlag zunichte gemacht würde?

Als sie du Gard und Hingis im blassen Mondlicht zurückkehren sah, zwei einsame Wanderer auf einem Feld des Todes, da hatte sie das Gefühl, als würde die Zeit stillstehen.

»U-und?«, erkundigte sie sich heiser.

»Non.« Du Gard schüttelte den Kopf. »Der alte Gardiner befindet sich nicht unter den Toten.«

»Sicher nicht?«

»Was soll die Fragerei?«, ereiferte sich Hingis, der noch bleicher war als zuvor. »So sicher, wie man eben sein kann, wenn man einem Dutzend halbverwester Leichen die Taschen durchwühlt und sie ihrer Papiere beraubt hat.«

»Und dabei haben Sie keine Spur von meinem Vater entdeckt?«

»Nicht eine einzige.«

Sarah atmete auf. Trotz der Schrecken, die sie gesehen hatte, huschte ein Lächeln über ihre Züge.

»Allerdings«, beeilte du Gard sich zu erklären, »muss das noch nichts bedeuten. Sie könnten ihn auch an einen anderen Ort verschleppt und ihn dort ermordet haben.«

»Und das sagst ausgerechnet du mir?«, fragte sie, »nachdem du mir die ganze Zeit über versichert hast, dass mein Vater am Leben wäre und ich mir um ihn keine Sorgen zu machen bräuchte?«

»Alors.« Du Gard, dessen Züge einmal mehr wie versteinert waren, blickte zu Boden. »Das war, bevor wir hierhergekommen sind. Bevor ich das Grauen gesehen habe ...«

Sarah widersprach nicht. So erstaunlich Maurice du Gards Fähigkeiten waren, sie schienen von seinen persönlichen Empfindungen abhängig zu sein. Offenbar konnte er sich nicht vorstellen, dass jemand dieses grauenvolle Massaker überlebt haben sollte. Tatsache war jedoch, dass sich Gardiner Kincaids Leichnam nicht unter den Toten befand, und das ließ nur zwei Schlüsse zu. Entweder Sarahs Vater war noch am Leben, oder ...

»Das beweist nichts, gar nichts«, echauffierte sich Hingis, dessen Bestürzung sich in purer Feindseligkeit entlud. »Ihr Vater könnte zum Zeitpunkt des Überfalls sonst wo gewesen sein. Wir wissen ja noch nicht einmal, ob wir an der richtigen Stelle nach ihm suchen.«

»Ich denke doch«, erwiderte Sarah. »Diese Zelte stammen aus

britischen Militärbeständen, ebenso wie diese Werkzeuge dort und die Kisten, in denen der Proviant gelagert wurde – und wie wir wissen, war die Expedition meines Vaters im Auftrag der Regierung hier. Zudem stimmt der Ausgrabungsort mit meinen Recherchen überein. Ich gehe also davon aus, dass wir ...«

»Lady Kincaid«, sagte Ali Bey plötzlich. Der Klang seiner Stimme hatte etwas Alarmierendes.

»Was ...?«

Sarah verstummte, denn als sie sich zu ihrem Führer umwandte, konnte sie sie bereits sehen:

Ägyptische Soldaten.

Mindestens zwei Dutzend.

In ihren weißen Uniformen waren sie auch bei Dunkelheit weithin auszumachen, ihre Bajonette blitzten im kalten Mondlicht.

Augenblicklich suchten Sarah und ihre Begleiter hinter einigen Trümmern Zuflucht. Noch waren die Soldaten weit entfernt und schienen sie nicht gesehen zu haben, aber sie marschierten direkt auf das Lager zu ...

»*Alors*, es sieht so aus, als wäre unsere nächtliche Exkursion nicht unbemerkt geblieben«, kommentierte du Gard.

»Entweder das, oder wir wurden verraten«, knurrte Hingis.

»Von wem?« Ali Bey sandte ihm einen befremdeten Blick. »Von mir etwa? Sie können mir glauben, *effendi*, dass ich über diesen Besuch nicht weniger entsetzt bin als Sie. Wer dabei erwischt wird, dass er mit dem Feind zusammenarbeitet, bekommt die Hände abgeschlagen.«

»Dazu wird es nicht kommen«, meinte Sarah bestimmt. »Ali Bey, Sie können gehen.«

»Was?«

»Ihr Teil der Abmachung bestand darin, uns zur Ausgrabungsstätte zu führen, und das haben Sie getan. Also gehen Sie jetzt. Bringen Sie sich in Sicherheit, so lange noch Zeit dazu ist.«

»Und wer kümmert sich dann um Sie? Mit Verlaub, Lady Kincaid – ohne mich werden Sie sich nicht zurechtfinden. Sie bedürfen meiner Dienste – so wie ich Ihres Geldes.« Das Grinsen, das über seine Züge huschte, war geradezu entwaffnend.

»Hören Sie nicht auf ihn«, zischte Hingis. »Er ist ein Verräter, der uns allesamt ans Messer liefern will.«

Sarah sandte dem Alexandriner, der sie aus großen Augen ansah, einen prüfenden Blick. »Das glaube ich nicht«, sagte sie dann. »Er hat uns hierher geführt, und er wird uns auch wieder von hier fortbringen, richtig?«

»Ich werde tun, was ich kann.« Ali Bey lächelte.

»Was immer Sie tun, tun Sie es schnell«, drängte du Gard. »Diese unerfreulichen *messieurs* kommen nämlich immer näher, und sie sehen nicht so aus, als wären sie zu Späßen aufgelegt.«

»Sicher nicht.« Der Händler schüttelte den Kopf. »Wir müssen uns verstecken. Am besten in der Grube, die Ihre Leute ausgehoben haben.«

»Sind Sie verrückt?«, ereiferte sich Hingis. »Dort sitzen wir doch erst recht in der Falle.«

»Nur, wenn sie uns finden«, entgegnete Ali Bey rätselhaft, und Sarah beschloss, seinem Plan zu folgen. Zurück konnten sie nicht, weil sie den Soldaten dann direkt in die Arme gelaufen wären, und nach den Seiten gab es ebenfalls kein Entkommen, da es freies Feld zu überqueren galt, auf dem sie sowohl den Blicken als auch den Kugeln der Soldaten schutzlos ausgeliefert gewesen wären.

Es blieb also nur die Flucht nach vorn.

Im eigentlichen Sinn des Wortes ...

Ali Bey übernahm die Führung. In gebückter Haltung huschte er davon, an zerstörten Zelten und grässlich entstellten Leichen vorbei, die allenthalben im Sand lagen und von denen viele keine Briten, sondern Einheimische waren. Wer mit dem Feind kollaborierte, schien von den Fanatikern tatsächlich keine Gnade erwarten zu können.

Sie erreichten den Rand des Lagers, wo der auf hölzernen Pfeilern errichtete Flaschenzug aufragte, samt der grausigen Staffage, die an ihm hing. Die Hitze und die Krähen hatten ganze Arbeit geleistet, sodass eine bleiche Schädelfratze auf Sarah und ihre Gefährten starrte.

»Dort hinab«, raunte Ali Bey ihnen zu, und über die Leitern, die am Rand des Ausgrabungsschachtes lehnten, stiegen sie hinab. Dabei erheischte Sarah einen letzten Blick auf die Soldaten, die bereits ein gutes Stück näher waren.

Die Zeit drängte ...

Hinter ihren männlichen Begleitern kletterte sie in die Tiefe. Die Wände der Ausschachtung wurden von einer provisorischen hölzernen Konstruktion gestützt, die hier und dort den Kampf gegen den Sand bereits verloren hatte.

Das Ausmaß der Grabung nötigte Sarah Anerkennung ab. Dafür, dass ihr Vater und seine Leute nur rund einen Monat Zeit gehabt hatten, hatten sie Erstaunliches geleistet. In rund acht Fuß Tiefe war eine Fläche von zehn Yards Länge und vier Yards Breite freigelegt worden, samt den Ruinen, die vom Sand verschüttet gewesen waren. Das Erste, was Sarah ins Auge fiel, war eine Statue, die sich inmitten der Grube erhob und die erst zur Hälfte freigelegt worden war, sich jedoch in außergewöhnlich gutem Zustand befand.

»Der Kopfform sowie den stilistischen Merkmalen nach, könnte es sich um eine Darstellung von Ramses II. handeln«, stellte Hingis fest, der über seinem fachlichen Interesse für einen Moment die Furcht vor den Soldaten vergaß. »Allerdings sehe ich nicht, was sein Bildnis in der Hochburg der Ptolemäer zu suchen haben sollte ...«

»Es ist Ramses«, meinte Sarah mit Nachdruck, »daran besteht nicht der geringste Zweifel.«

»*Pourqoui?*«, fragte du Gard.

»Erinnerst du dich an Francine Recassins Abschiedsworte? Sie sagte, dass Ozymandias die Antwort auf unsere Fragen kenne –

und Ozymandias ist, wie ich bereits erklärte, nichts weiter als der griechische Name für …«

»… Ramses II.«, vervollständigte du Gard verblüfft. »Und du glaubst, dass …?«

»Ich *weiß*, dass es einen Zusammenhang gibt«, unterbrach Sarah vehement, »aber mir ist noch nicht klar, worin er besteht.«

»Wir sollten uns beeilen, Lady Kincaid, sonst kann es sein, dass wir es niemals herausfinden werden«, brachte Ali Bey in Erinnerung. Die Nähe der Soldaten schien ihren Führer zunehmend nervös zu machen. »Wenn wir nicht rasch verschwinden, werden Arabis Schergen uns verhaften und dem Henker vorführen.«

»Schön, und wohin sollen wir?«, knurrte Hingis. »Sie haben uns in diese Sackgasse geführt, also sagen Sie uns gefälligst …«

»Dort entlang«, sagte Ali Bey nur und eilte einmal mehr voraus, auf die andere Seite der Statue, die sich wie ein Denkmal inmitten der Grube erhob. Jenseits der steinernen Figur bohrte sich ein weiterer Schacht noch tiefer in den Sand. Sein Ende war in der Dunkelheit nicht zu erkennen.

»Regarde!«, stellte du Gard verblüfft fest. »Ein doppelter Boden – wie in der Kiste eines Zauberers.«

Nacheinander kletterten sie die Leiter hinab in die dunkle Tiefe, in der sich das Mondlicht bereits nach wenigen Fuß verlor. Sarah hörte ein dumpfes Schmatzen, als Ali Bey den Boden erreichte. Offenbar war der Grund des Schachtes von Feuchtigkeit durchdrungen, was am nahen Kanal Mahmûdije liegen mochte, der südwestlich des Geländes verlief.

Sarah gelangte als Nächste nach unten. Sie brauchte einen Moment, um ihre Augen an die schlechten Lichtverhältnisse zu gewöhnen. Dann jedoch sah sie, dass sich der Schacht nach einer Seite hin erweiterte und es einen Stollen zu geben schien, der noch weiter in ungeahnte Tiefen führte.

»Vaters Ausgrabung drehte sich nicht um die Statue«, dämmerte es ihr. »Es ging ihm um diesen geheimen Gang.«

»Offenbar«, stimmte Ali Bey zu. »Und uns wird dieser Gang vielleicht das Leben retten.«

»Woher wussten Sie davon?«

Das Grinsen auf den wohlgenährten Zügen des Alexandriners war in der Dunkelheit nur zu erahnen. »Als aufmerksamer Händler habe ich meine Quellen, Lady Kincaid. Außerdem weiß jeder hier von der zweiten Stadt, die sich unter den Fundamenten der ersten erstreckt ...«

Sarah blieb keine Zeit, sich zu erkundigen, wovon genau Ali Bey da sprach. Sie nahm an, dass er auf die Katakomben von Kom El-Schugâfa anspielte, die nur eine Viertelmeile entfernt waren – konnte es sein, dass sie sich bis hierher erstreckten? Aber was hatte dies mit dem Grab Alexanders und mit der verschollenen Bibliothek zu tun, nach der ihr Vater angeblich suchte?

Auch du Gard und Hingis gesellten sich zu ihnen auf den Boden des Schachts, und beide verfielen in bittere Verwünschungen, als ihre Stiefel im schlammigen Nass versanken.

»Still jetzt«, brachte Sarah sie energisch zum Schweigen. »Die Soldaten können jeden Augenblick hier sein ...«

Tatsächlich waren schon kurz darauf Stimmen zu hören, die vom Rand des Schachts herabdrangen. Der Feind hatte das Lager erreicht und durchsuchte es. Beklommen fragte sich Sarah, ob die Soldaten tatsächlich nach ihnen fahndeten. Wie, in aller Welt, konnten sie von ihrer Anwesenheit in Alexandria erfahren haben?

Der hässliche Verdacht, dass sich ein Verräter in ihren Reihen befand, drängte sich auch ihr für einen Moment auf, aber es blieb keine Zeit, um ihm nachzugehen. Denn im nächsten Augenblick war Fackelschein zu sehen, der die Dunkelheit über dem Schacht rötlich färbte, und durch den Sand näherten sich knirschende Schritte.

»Sie suchen nach uns«, flüsterte Hingis kaum hörbar. »Und sie scheinen genau zu wissen, wo wir sind ...«

Sarah merkte, wie Ali Bey sie an der Hand nahm und in die Finsternis des Stollens hineinzog, die so vollkommen war, dass man die Hand vor Augen nicht mehr erkennen konnte. Du Gard und Hingis folgten – allerdings nur wenige Schritte. Unvermittelt endete ihre Flucht vor einem Hindernis, das sich nicht umgehen ließ. Mit den Händen versuchte Sarah, seine Ausmaße zu ertasten, und stellte entsetzt fest, dass es nicht nur die gesamte Breite des Stollens einnahm, sondern auch vom Boden bis hinauf zur Decke reichte. Eine Steinwand, glatt und massiv wie ein Quader, versperrte den Weg.

»Misch kwayyes«, flüsterte Ali Bey. »Das ist nicht gut ...«

»Es scheint sich um ein steinernes Falltor zu handeln, ähnlich wie die Baumeister der alten Pyramiden sie zu verwenden pflegten«, vermutete Sarah.

»Das bedeutet, dass sich etwas Wichtiges dahinter verbergen muss«, folgerte Hingis.

»In der Tat. Der Überfall auf das Lager erfolgte wohl, ehe mein Vater und seine Leute dazu kamen, die Pforte zu öffnen ...«

»He!«, ließ sich plötzlich ein heiserer Ruf in schlechtem Englisch vernehmen. »Ihr da unten!«

Sarah und ihre Gefährten erstarrten in der Schwärze.

»Kommen mit erhobenen Händen heraus«, verlangte die Stimme unbarmherzig.

»Er spricht Englisch mit uns«, fiepte Hingis panisch. »Sie wissen also, dass wir hier sind ...«

Zu gerne hätte Sarah widersprochen, aber der Schweizer hatte zweifellos recht. Wenn der Soldat sie in ihrer Muttersprache anrief, konnte das nur bedeuten, dass er über ihre Identität Bescheid wusste. Die Frage war nur, woher ...

»Still«, schärfte Ali Bey ihnen flüsternd ein. »Verhalten Sie sich ruhig, vielleicht ziehen sie wieder ab ...«

Die Soldaten jedoch dachten nicht daran.

»Wir genau wissen, ihr dort unten«, blaffte ihr Wortführer in schlechtem Englisch. »Kommen mit erhobenen Händen raus, oder wir kommen runter.«

»Komm nur, Feigling«, stieß Sarah zwischen zusammengepressten Zähnen hervor und griff nach ihrer Waffe.

»Hältst du das für klug?«, erkundigte sich du Gard.

»Wahrscheinlich nicht«, gab sie zu, »aber ich habe keine Lust, so zu enden wie diese armen Teufel dort oben.«

»Mit einer Hand voll Kugeln wirst du das nicht verhindern können«, orakelte der Franzose, und auch dem vermochte Sarah nicht zu widersprechen. Dennoch konnte sie nicht anders, als sich an den Perlmuttgriff des Marinerevolvers zu klammern, während die hässliche Ahnung sie beschlich, dass sie eine Reihe schwerer, vielleicht sogar tödlicher Fehler begangen hatte.

Den Fehler, London zu verlassen.

Den Fehler, alle Warnungen in den Wind zu schlagen und auf eigene Faust nach ihrem Vater zu suchen.

Den Fehler, anderen zu vertrauen ...

Unsteter Lichtschein drang plötzlich in den kurzen Gang. An einem Seil hängend, wurde eine Laterne herabgelassen, die baumelnd vor dem Stolleneingang auftauchte. Im nächsten Moment war zu hören, wie jemand die Sprossen der Leiter herabkletterte.

Es klickte, als Sarah den Spannhahn zurückzog.

Beidhändig zielte sie auf den Schacht – in dem plötzlich ein Paar in weißen Uniformhosen steckender Beine zu sehen war, die bis zu den Knien mit Gamaschen umwickelt waren.

»Schießen Sie«, raunte Friedrich Hingis Sarah zu. »Wenn Sie etwas zu unserer Rettung tun wollen, dann tun Sie es jetzt ...«

»*Non*«, widersprach du Gard, »das wäre völlig sinnlos. Vielleicht können wir mit ihnen verhandeln ...«

»Wenn schon«, knurrte Sarah, und ihr Zeigefinger krümmte sich am Abzug der Waffe.

Der Soldat ließ eine arabische Verwünschung vernehmen, als er auf den Grund der Grube sprang, sein Gewehr im Anschlag.

Sarah wusste, dass dies der Augenblick war, in dem sie schießen musste, wenn sie ihr Leben und das ihrer Gefährten mit Waffengewalt verteidigen wollte ... Aber sie tat es nicht.

Denn das Licht der Laterne, das in den kurzen Stollen fiel, ließ sie etwas entdecken, das eben noch in tiefer Dunkelheit verborgen gewesen war und das ihre Aufmerksamkeit so sehr fesselte, dass die drohende Gefahr schlagartig an Bedeutung verlor.

Es waren fünf Zeichen.

Fünf Buchstaben des griechischen Alphabets, die vor undenklich langer Zeit in die Stollendecke gemeißelt worden waren und die auf einen Schlag bewiesen, dass Sarah auf der richtigen Spur und dies tatsächlich der Ort war, an dem ihr Vater zuletzt gewirkt hatte.

Α Β Γ Δ Ε

«Das Alexandersiegel«, flüsterte Sarah.

Im nächsten Moment war es zu spät für jede Gegenwehr. Noch drei Soldaten setzten in die Grube und legten mit ihren Gewehren auf die Gefährten an, sodass jede falsche Bewegung den sicheren Tod bedeuten musste.

»Waffe fallen lassen, oder ihr alle tot!«, rief einer von ihnen heiser – und Sarah Kincaid ertappte sich dabei, dass sie den Revolver losließ, worauf er in den Schlamm fiel und sofort darin versank.

3

Fort Kait Bey, Alexandria
Nacht zum 11. Juli 1882

Fort Kait Bey trug seinen Namen nach dem Sultan, der es gegen Ende des 15. Jahrhunderts hatte errichten lassen, weit draußen auf der Landzunge, die den östlichen und den westlichen Hafen teilte und deren äußerste Spitze in antiker Zeit noch eine Insel gewesen war. Das Innere der Festung, die im Lauf ihrer langen und wechselvollen Geschichte zunächst den mameluckischen Herrschern, dann den osmanischen Eroberern, den Franzosen unter Napoleon und schließlich den Truppen des Mohammed Ali als Quartier gedient hatte, hatte Sarah Kincaid noch niemals zu sehen bekommen.

Auch jetzt bekam sie nur eine sehr verschwommene Vorstellung davon, wie es innerhalb der trutzigen, mit wehrhaften Türmen versehenen Mauern aussah, denn eingepfercht in einen Gefängniswagen, erheischte sie nur hier und dort einen Blick auf schussbereite Geschütze und weiß uniformierte Soldaten, die die Festung zu Hunderten zu besetzen schienen.

Von dort, wohin Sarah und ihre Gefährten anschließend gebracht wurden, gab es keinen Ausblick mehr nach draußen. Der Wagen fuhr in eine unterirdische Kasematte ein, wo man die Gefangenen mit vorgehaltenen Waffen zum Aussteigen aufforderte. Sarah und den anderen blieb nichts anderes übrig, als zu gehorchen. Sie hatten sich ergeben und waren der Willkür ihrer Häscher schutzlos ausgeliefert.

Und dabei konnten sie noch von Glück reden.

Im ersten Augenblick hatte Sarah gedacht, dass die Soldaten das Feuer eröffnen und sie alle ohne langes Federlesen töten würden, aber das war nicht geschehen. Stattdessen waren sie gefangen genommen und in den Wagen gesteckt worden, der bereits am Rand des Ruinenfeldes gewartet hatte – ein weiteres Indiz dafür, dass die Soldaten gut informiert gewesen waren ... Aber von wem?

»Wohin bringen die uns?«, raunte Hingis Sarah zu, während es über eine steile Treppe ging, die in eine unergründliche, von Fackeln nur spärlich beleuchtete Tiefe führte.

»Ich weiß es nicht«, gab Sarah offen zu.

»Sie hätten schießen sollen, als Sie die Gelegenheit hatten.«

»Dann wären wir jetzt tot.«

Ein bitteres Lachen entrang sich Hingis' Kehle. »Das sind wir doch ohnehin, oder etwa nicht?«

Sarah erwiderte nichts darauf. Auch sie wusste nicht, welches Schicksal sie erwartete, aber tatsächlich sah es ziemlich düster für sie aus. Seit sie nach Alexandria gekommen waren, hatte sich kaum etwas so entwickelt, wie Sarah es geplant hatte. Nun befanden sie sich in der Hand des Feindes und hatten noch nicht einmal herausgefunden, was mit ihrem Vater geschehen war.

Sarah gestand sich nicht gerne ein, dass die Expedition von Anfang an ein Fehlschlag gewesen war. Sie hätte auf die Zeichen der Zeit hören und umkehren sollen, damals, als sie noch Gelegenheit dazu gehabt hatte. Warnungen hatte es bei Gott gegeben, und sie waren deutlich genug ausgefallen, zunächst auf dem Montmartre, dann in jener düsteren Gruft auf Fifla, schließlich an Bord des Submarins.

Aber Sarah hatte sich nicht von ihrem Vorhaben abbringen lassen, hatte es unnachgiebig weiter verfolgt – und damit nicht nur ihr eigenes Leben, sondern wohl auch das ihrer Gefährten verwirkt. Es tröstete sie nicht, dass sowohl du Gard als auch Friedrich Hingis und Ali Bey ihr aus freien Stücken gefolgt waren. Mehr als je zuvor in ihrem Leben fühlte Sarah Verantwortung, nicht nur für sich selbst oder ihren Vater, sondern auch für jene, die ihr vertrauten ...

Längst wurde der Treppenschacht zu beiden Seiten nicht mehr von Mauern begrenzt, sondern von massivem Fels, in den der Gang getrieben worden war. Klamme Kälte schlug Sarah und ihren Gefährten entgegen und ließ sie frösteln, modriger Geruch erfüllte die Luft.

Endlich endete die Treppe und ging in einen langen Stollen über, der von mehreren Quergängen gekreuzt wurde. Hier und dort standen Wasserpfützen auf dem Boden, in denen sich der Schein der Fackeln spiegelte. Am Ende des Stollens gab es eine eiserne Gittertür. Dorthin führte man die Gefangenen.

Ein dicklicher Soldat, dessen weiße Uniformjacke sich über seinem Wanst spannte, hielt vor der Tür Wache. Hastig erhob er sich von dem Schemel, auf dem er dösend gehockt hatte, als er seine Kameraden kommen sah. Der Sergeant, der den Gefangenentrupp anführte, wies ihn an, die Jacke straff zu ziehen und den Fes, der seitlich auf seinem kugelrunden Kopf saß, gerade zu rücken. Dann forderte er ihn auf, die Tür zu öffnen. Mit vorgehaltenen Bajonetten wurden Sarah und ihre Begleiter in das modrige Dunkel gedrängt, das jenseits des Gitters herrschte.

»*Alors*, das dürfte Ihre Frage beantworten, Doktor«, sagte du Gard zu Hingis. »Man hat uns in den verdammten Kerker gesteckt.«

Leider war dies nur zu wahr.

Das Felsengewölbe, das sich vor ihnen erstreckte und dessen Höhe kaum ausreichte, um aufrecht darin zu stehen, war unverkennbar das Verlies des Forts – und Sarah und ihre Gefährten waren dort keineswegs allein. Je mehr ihre Augen sich an die schlechten Lichtverhältnisse gewöhnten, desto deutlicher waren hier und dort hohlwangige Gestalten zu erkennen, in Lumpen gehüllt und abgemagert bis auf die Knochen, mit langem Haar und wuchernden Bärten in den Gesichtern. Wie lange diese armen Kerle bereits festgehalten wurden, war unmöglich zu sagen. Einige von ihnen waren an die nackte Felswand gekettet, andere kauerten am Boden und starrten apathisch vor sich hin, jeder Lebenswille schien aus ihnen gewichen. Wasser rann hier und dort an den Wänden herab, es stank nach Exkrementen.

»Das ist unerhört«, ereiferte sich Friedrich Hingis lauthals. »Ich bin Schweizer Staatsbürger und verlange eine faire Behandlung. Dies hier ist völlig inakzeptabel.«

»Bien sûr, c'est vrai«, räumte du Gard ein, »ich vermute nur, dass man auf Ihre Proteste nicht viel geben wird. Falls Sie es noch nicht bemerkt haben sollten – dort draußen herrscht Krieg, und man betrachtet uns als Feinde.«

»Wir sollten Allah dankbar dafür sein, dass wir noch am Leben sind und man uns nicht an Ort und Stelle erschossen hat«, meinte Ali Bey. »Gewöhnlich werden Spione auf der Stelle getötet – und Einheimische, die ihnen helfen, gleich mit.«

»Aber wir sind keine Spione«, wandte Sarah ein, »und die Soldaten scheinen dies zu wissen. Offenbar sind sie über unseren nächtlichen Ausflug genau informiert gewesen.«

»Verrat«, kam Friedrich Hingis auf seinen alten Verdacht zurück.

»In der Tat, *mon ami*«, erwiderte du Gard nicht ohne Sarkasmus in der Stimme.

»Was soll das heißen? So, wie Sie das sagen, könnte man fast annehmen, dass Sie *mich* verdächtigen!«

»Habe ich denn Grund dazu?«

»Schluss jetzt!« Sarah verschaffte sich energisch Gehör. »Niemandem ist gedient, wenn ihr euch gegenseitig an die Kehle geht. Bei allem, was geschieht, müssen wir einen kühlen Kopf bewahren und versuchen, uns zu ...«

»Sarah?«

Eine Stimme aus der Tiefe der Kerkerzelle ließ sie abrupt verstummen.

»Bist du das, Kind ...?«

Sarah traute ihren Ohren nicht. An diesem grässlichen Ort

klang die Stimme dumpf und auch ein wenig fremd, dennoch hätte sie sie unter Tausenden herausgekannt.

»Vater ...?«

Sarah hielt den Atem an, als aus den dunklen Tiefen der Kerkerzelle eine undeutliche Gestalt hervortrat. Obwohl sie sich unter der Felsendecke nicht zu voller Größe erheben konnte, war deutlich zu erkennen, dass sie von stattlicher Statur sein musste. Ihre Kleidung bestand aus einem Tropenanzug mit einem abgetragenen Rock, den Sarah ebenfalls sofort erkannte. Dann schälte sich auch das Gesicht des Mannes aus der Dunkelheit, und erstmals nach den vielen Monaten, die seit ihrer Abreise aus Yorkshire verstrichen waren, blickte Sarah wieder in die milden Züge Gardiner Kincaids.

Infolge der Entbehrung mochten die Falten ein wenig tiefer geworden sein; das weiße, fast silberfarbene Haar war länger als gewohnt, ebenso wie der Bart um Gardiners markantes Kinn. Das stählerne Blau seiner wach blickenden Augen jedoch war geblieben – auch wenn es in diesem Augenblick wässrig verschwamm.

»Sarah! Beim Allmächtigen! Was ...? Wie ...?«

Lord Kincaid kam nicht dazu, auch nur eine seiner Fragen auszusprechen. Ohne ihrerseits auch nur ein Wort zu verlieren, stürzte Sarah ihm entgegen und schloss ihn in die Arme.

Wie lange Vater und Tochter so standen, wusste anschließend niemand mehr zu sagen. Das Gefühl der Dankbarkeit, das Sarah dafür empfand, ihren Vater lebend anzutreffen, war so überwältigend, dass es alles andere bei weitem überwog.

Für einen kurzen, seligen Moment kam es ihr vor, als wäre sie wieder das junge Mädchen, das seinen Vater auf abenteuerlichen Reisen um die ganze Welt begleitete, getrieben von Neugier und Wissbegier und angeleitet von einem Lehrer, wie man ihn sich besser nicht wünschen konnte, beschlagen in seinem Fach und voller Nachsicht und Verständnis für den bisweilen säumigen Schüler.

Im nächsten Augenblick jedoch war dieser flüchtige Eindruck

zu Ende. Jäh wurde Sarah bewusst, wo sie sich befanden und weshalb sie hier waren, und als sie sich endlich aus der Umarmung ihres Vaters löste, hatte sie den Eindruck, dies in mehrfacher Hinsicht zu tun ...

»Guten Tag, Vater«, sagte sie und versuchte ein Lächeln, das der alte Gardiner jedoch nicht erwiderte.

»Sarah«, wiederholte dieser nur, während er sie noch immer voller Unglauben und Staunen betrachtete. »Sarah ...«

»Ich bin es tatsächlich, Vater.«

»Warum bist du hier?«, erkundigte sich Lord Kincaid so schroff, dass Sarah innerlich zusammenzuckte. War da ein Hauch von Vorwurf, ja sogar von Anklage in der Stimme ihres Vaters zu hören gewesen?

»Ich bin gekommen, um nach dir zu suchen«, erwiderte sie wahrheitsgemäß. »Und wie es aussieht, habe ich dich gefunden.«

»Um nach mir zu suchen?« Gardiner Kincaids Mund blieb vor Verblüffung offen. »Aber wie bist du hierhergekommen? Ich meine, wie konntest du ...? Und woher wusstest du ...?«

»Ich hatte Hilfe«, erklärte Sarah bescheiden und trat beiseite, um ihre Begleiter vorzustellen. »Monsieur du Gard kennst du ja zweifellos, ebenso wie Dr. Friedrich Hingis von der archäologischen Fakultät der Universität Genf. Und dies hier ist Ali Bey, ein einheimischer Händler, der uns unterstützt hat.«

Lord Kincaid nickte jedem der Anwesenden zur Begrüßung zu, wobei er den Anschein erweckte, als würde er Gespenster sehen. »Sarah«, wiederholte er, und diesmal klang seine Stimme nicht mehr vorwurfsvoll oder anklagend, sondern nach mühsam beherrschter Panik. »Was hast du nur getan, Kind? Was hast du nur getan?«

Die Falten im wettergegerbten Gesicht des Archäologen schienen sich schlagartig zu vermehren, wachsendes Entsetzen zeichnete sich auf seinen Zügen ab, während ihm nach und nach klar zu werden schien, was die Anwesenheit seiner Tochter an diesem tristen Ort bedeutete.

»Nein«, rief er und wich zurück, hob abwehrend die Arme, als wären Sarah und ihre Gefährten nur eingebildete Schemen. Er wandte sich ab und stürzte davon, zurück in das schützende Dunkel.

Sarah wusste nicht, was sie von dieser Reaktion halten sollte. Einen Augenblick zögerte sie, schickte du Gard einen hilflosen Blick. Dann eilte sie dem alten Gardiner hinterher.

»Vater! Warte auf mich ...!«

Ohne sich auch nur einmal nach ihr umzudrehen, zog Lord Kincaid sich in den hintersten Winkel des Gewölbes zurück, wohin kaum noch Fackelschein drang, der Gestank jedoch weniger beißend war. Schmollend wie ein Kind kauerte er sich auf den Boden. Neben ihm war undeutlich eine zweite Gestalt auszumachen, um die Sarah sich jedoch im Augenblick nicht scherte.

»Was soll das, Vater?«, stellte sie ihn streng zur Rede. »Warum läufst du vor mir davon?«

»Weil du nicht hier sein solltest«, lautete die ebenso lapidare wie barsche Antwort. »Weil du nicht hier sein *darfst.*«

»Ich verstehe nicht, was du damit meinst. Was bedeutet das?«

»Es bedeutet, was es bedeutet. Dass du nicht hier sein dürftest. Dass es so nicht *geplant* war ...«

»Nicht geplant? Von wem? Von dir?« Trotzig stemmte Sarah die Arme in die Hüften. Mit vielem hatte sie gerechnet, aber ganz sicher nicht mit einer solch eigenartigen Begrüßung. Die Freude des alten Gardiner darüber, seine Tochter zu sehen, schien rasch verflogen zu sein. »Was soll das heißen, Vater? Verdammt noch mal, sprich mit mir! Nach allem, was ich auf mich genommen habe, um hierherzukommen, kann ich zumindest das verlangen ...«

Sie wartete, aber die einzige Antwort, die sie von Gardiner Kincaid erhielt, war ein heiseres Husten. Undeutlich konnte sie sehen, wie er sich augenscheinlich vor Schmerzen krümmte.

»Vater?« Sie kniete sich neben ihn. »Vater, was ist mit dir? Bist du in Ordnung ...?«

»Sei unbesorgt, mein Kind«, sagte die andere Gestalt, die bislang reglos im Dunkel gekauert hatte, und beugte sich vor. Erst als ihr Gesicht dicht vor dem ihren schwebte, erkannte Sarah, dass es sich um Mortimer Laydon handelte, den königlichen Leibarzt aus London, der zugleich der engste Freund ihres Vaters und ihr Pate war.

»O-Onkel Mortimer«, entfuhr es ihr verwundert, als sie die vertrauten, von einem Backenbart umrahmten Züge erkannte, »ich wusste nicht, dass du auch hier bist. In Paris stieß ich auf deinen Namen, aber ich hätte nicht gedacht, dass ...«

»Kein Gentleman, der etwas auf sich hält, würde einem Freund Hilfe gerade dann verweigern, wenn er sie am nötigsten braucht«, erwiderte Laydon leise. »Dein Vater bat mich, ihn auf dieser Reise zu begleiten, also bin ich hier.«

»Was fehlt ihm?«, fragte Sarah mit Blick auf ihren Vater, der sich inzwischen wieder gefangen hatte. Keuchend und geschwächt lehnte er an der Felswand, an der mit leisem Plätschern Wasser herabtroff.

»Seine Lunge macht ihm ebenso zu schaffen wie allen anderen hier«, erklärte Laydon schlicht. »Angesichts der verheerenden Örtlichkeit ist das kein Wunder.«

»Wie lange seid ihr schon hier?«, wollte Sarah wissen.

»Vier Wochen. In dieser Zeit haben wir kaum Tageslicht zu sehen bekommen. Nur ab und zu holen sie uns, um uns zu verhören – allen gegenteiligen Beteuerungen zum Trotz hält man uns noch immer für britische Spione.«

»Was ist mit den übrigen Teilnehmern der Expedition passiert?«

»Tot oder geflohen«, erklärte Gardiner Kincaid keuchend. »Nur Mortimer und ich wurden gefangen genommen. Wem wir dieses zweifelhafte Glück zu verdanken haben, weiß allein der Himmel.«

»Vielleicht wollten sie Sie als Geiseln behalten«, gab Maurice du Gard zu bedenken, der Sarah zusammen mit den anderen gefolgt war.

»Dann hätten sie auch die anderen nicht töten dürfen«, erwiderte Lord Kincaid, »schließlich waren mehr als die Hälfte meiner Leute Briten. Aber es war so, als hätten sie gezielt nach Mortimer und mir gesucht ...«

»So wie sie nach uns gesucht haben«, bestätigte Sarah. »Die Soldaten scheinen sehr gut informiert zu sein, und ich denke, ich kenne den Grund dafür.«

»Ich auch«, zischte Hingis. »Ich habe es schon einmal gesagt, und ich sage es wieder: Es ist ein Verräter unter uns!«

»Das scheint mir ziemlich unwahrscheinlich«, wandte Mortimer Laydon ein.

»Zumindest hat man uns beobachtet«, sagte Sarah, »und das offenbar sehr aufmerksam.«

»*Alors*, warum wurden wir dann nicht schon viel früher verhaftet?«, fragte du Gard.

»In der Tat«, stimmte Gardiner Kincaid zu. »Und weshalb sollten die Ägypter überhaupt solch große Aufmerksamkeit darauf verwenden, harmlose Archäologen zu beschatten?«

»Ich spreche nicht von den Ägyptern, Vater.«

»Nein? Von wem dann?«

»Ich denke, das weißt du sehr genau«, erwiderte Sarah und schickte ihrem Vater einen ebenso prüfenden wie provozierenden Blick.

Der alte Gardiner schluckte sichtbar.

»Wie viel weißt du?«, erkundigte er sich dann.

»Genug, um zu ahnen, dass du dich mit Mächten eingelassen hast, die sich jeder Kontrolle entziehen. Und auch genug, um daraus folgern zu können, dass es sich bei deiner Expedition um kein gewöhnliches Ausgrabungsprojekt handelte, sondern um eines der größten Wagnisse, das jemals ein Archäologe auf sich genommen hat. Es steht viel auf dem Spiel, nicht wahr, Vater?«

»Das ist wahr.« Gardiner kam nicht umhin, es zuzugeben. »Dennoch könnt ihr nicht ermessen, worum es tatsächlich ...«

»Hören Sie auf, in Rätseln zu sprechen!«, verlangte Friedrich Hingis schroff. »Wir haben Sie längst durchschaut. Wir wissen, dass Sie nach der verschollenen Bibliothek suchen, dass Sie das Geheimnis lüften wollen, das seit zweitausend Jahren ...«

»Schweigen Sie!«, herrschte Kincaid ihn an, dass es von der niedrigen Decke widerhallte. »Wissen Sie überhaupt, was Sie da sagen? Wie können Sie es wagen, etwas so Großes und Heiliges derart lapidar auszusprechen? Woher wissen Sie überhaupt ...?«

»Sehr einfach«, konterte Hingis genüsslich. »Ihre Tochter hat es mir gesagt.«

»Du?« Der alte Gardiner wandte sich an Sarah, maßlose Enttäuschung in der Stimme.

»Allerdings«, bestätigte sie.

»Warum?«

»Eine gute Frage, Vater.« Sie nickte. »Vielleicht, weil ich nicht mehr weiterwusste. Weil ich auf meine Fragen keine Antwort bekam. Weil ausgerechnet dein größter Konkurrent mir geben konnte, was ich brauchte, um mich auf die Suche nach dir zu machen.«

»Warum hast du das getan? Ich erinnere mich nicht, dich darum gebeten zu haben. Im Gegenteil, ich wollte, dass du nach Kincaid Manor zurückkehrst, dass du hütest, was ich dir anvertraut habe, und in Ruhe abwartest.«

»Worauf hätte ich warten sollen? Auf die Nachricht von deinem Tod? Darauf, dass man mir mitteilt, dass du in einem dunklen Kerker elend verhungert bist? Es mag eigenartig klingen, aber ich *wusste*, dass du dich in Gefahr befindest, und von dem Augenblick an, da ich es erfuhr, hatte ich nur das eine Ziel, dich zu suchen und zu retten.«

»Das war ein Fehler, Tochter«, rügte Gardiner Kincaid barsch. »Ein schwerer Fehler ...«

Kommandantur
Fort Kait Bey, Alexandria

Rahman El Far war unwohl in seiner Haut.

Als Obrist der ägyptischen Armee schätzte er es nicht, wenn Zivilisten ihm Befehle erteilten – in diesem Fall jedoch schien er keine andere Wahl zu haben.

Der Besucher war von oberster Stelle geschickt worden. Schweigend stand er inmitten des von einer Öllampe spärlich beleuchteten Arbeitszimmers, reglos und in einen schwarzen Umhang gehüllt. Das Gesicht des Fremden war im Dunkel der weiten Kapuze nicht zu erkennen, aber der Oberst hatte das Gefühl, dass unsichtbare Augen ihn fortwährend musterten, und das machte ihn nervös.

»Nun?«, erkundigte sich der Fremde in flüssigem Arabisch, das dennoch irgendwie fremdartig klang und einen barbarischen Akzent aufwies. Seine Stimme klang dumpf und drohend wie Kanonendonner. »Sind die Todesurteile gültig?«

»Nun – ja«, kam El Far nicht umhin zuzugeben, während er das Schriftstück in seinen Händen wieder und wieder überflog. Es war ein schriftlicher Befehl, von Premier Urabi persönlich unterzeichnet, sodass es daran nichts zu deuteln gab – die Frage war nur, weshalb ihn ein solch unheimlicher Bote überreichte. Obwohl er eine Anweisung seines obersten Vorgesetzten in den Händen hielt, beschlichen den Oberst Zweifel. Er würde einen Boten ins Hauptquartier schicken und die Sache überprüfen lassen, um sicherzugehen, dass ...

»Sie zweifeln«, stellte der Vermummte fest, als könnte er die Gedanken seines Gegenübers lesen.

»Verzeihen Sie.« El Far schluckte sichtbar. »Aber wir haben die beiden Engländer wiederholt verhört. Sie sind keine Spione, das wissen wir inzwischen. Und was die Neuankömmlinge betrifft – von ihnen wissen wir noch nicht einmal, wer sie sind.«

»Sie sind Feinde«, versicherte der Vermummte. »Das genügt.«

»Feinde Ägyptens?«

»Was spielt das für eine Rolle?«

»Ich bin Offizier, kein Henker«, stellte der Obrist klar.

Erneut lachte der Vermummte. »Nur Menschen dürften in der Lage sein, darin einen Unterschied zu sehen. Was Sie zu sein glauben und was nicht, interessiert weder mich noch den Premierminister, Oberst El Far. Ich will die Gefangenen tot sehen, und zwar noch heute Nacht – oder soll ich dem Pascha melden, dass Sie seine direkten Befehle missachten?«

»N-nein«, erwiderte der Offizier schnell, während er unter der Kälte schauderte, die von dem vermummten Besucher ausging und bis in den letzten Winkel des Zimmers drang.

»Dann tun Sie, was von Ihnen verlangt wird. Ich habe Ihnen gesagt, wo die Verräter zu finden sind, nun bringen Sie es zu Ende.«

»Ich soll alle erschießen lassen?«

»Alle bis auf den einen«, erwiderte der Vermummte, auf den Befehl deutend, »denn er steht in Wahrheit auf unserer Seite und ist mir ein nützlicher Informant gewesen.«

»Und die Frau?«

»Holt sie aus ihrer Zelle, und lasst sie im Glauben, dass sie sterben muss. Dann bringt sie zu mir. Für die anderen jedoch darf es keine Rettung geben.«

»Verstanden.« El Far nickte beflissen. »Es soll geschehen, wie Sie verlangen.«

»Gut so.« Das Haupt unter der Kapuze nickte. »Vollstrecken Sie das Urteil noch heute Nacht, Oberst El Far, und versuchen Sie nicht, mich zu täuschen. Das Auge sieht alles ...«

4

»Wie hast du es nur geschafft, mich zu finden?« Gardiner Kincaids Miene verriet maßlose Verblüffung. »Ich war darauf bedacht, keine Spuren zu hinterlassen ...«

»Es war nicht einfach, dir zu folgen, das gebe ich zu«, räumte Sarah ein, die sich mit ihren Gefährten niedergelassen hatte und zusammen mit ihrem Vater und Mortimer Laydon im Dunkel des Kerkers kauerte. »Dennoch ist es mir gelungen – vergiss nicht, ich hatte einen guten Lehrer.«

»Bist du Pierre Recassin begegnet?«, erkundigte sich ihr Vater, dem zunehmend unbehaglich zu werden schien. »Hast du mit ihm gesprochen?«

»Recassin ist tot«, eröffnete ihm Sarah hart.

»Was?«

»C'est vrai, mon ami«, versicherte du Gard. »Er wurde kurz nach Ihrer Abreise aus Paris ermordet.«

»Auf welche Weise?«, erkundigte sich der alte Gardiner, der die schreckliche Wahrheit bereits zu ahnen schien. »Wurde er ... enthauptet?«

»Allerdings«, bestätigte Sarah. »Woher weißt du das, Vater?«

»Mein Gott«, stöhnte Kincaid, ohne auf die Frage seiner Tochter einzugehen, »ich hätte nicht gedacht, dass sie so weit gehen würden ...«

»Wer? Von wem sprichst du?«

»Recassin war der letzte Nachkomme der Großmeister von Malta, ein Abkömmling einer illegitimen Blutlinie, aber nichtsdestotrotz der rechtmäßige Hüter des Codicubus.«

»Der Codicubus«, echote Sarah schnaubend. »Du kanntest also die wahre Bedeutung des Artefakts.«

»Wenn sie erfahren haben, dass Recassin nicht mehr im Besitz des Codicubus war«, sponn Gardiner seinen Gedanken unbeirrt weiter, »haben sie möglicherweise auch herausgefunden, an wen der Würfel übergeben wurde. Und das wiederum muss bedeuten, dass sie uns auf der Spur sind ...«

»So ist es«, bekräftigte Sarah, »und nicht nur das. Ich fürchte, dass unsere Gegner, wer immer sie sind, sich bereits hier in der Stadt aufhalten. Sie waren es, die uns die Soldaten auf den Hals gehetzt haben, da bin ich mir ziemlich sicher.«

»Der Würfel«, erkundigte sich Sarahs Vater nach dem Einzigen, das ihn wirklich zu interessieren schien. »Wo ist er? Wo hast du ihn versteckt? Ist er in Sicherheit?«

»Ich habe ihn nicht mehr«, gestand Sarah leise.

»Was soll das heißen?«

»Er wurde mir abgenommen und zerstört.«

»Zerstört?« Gardiner schüttelte den Kopf. »Der Codicubus kann nicht zerstört werden, es sei denn, man vermag ihn zu öffnen.«

»Er *wurde* geöffnet«, versicherte Sarah betreten, »und sein gesamter Inhalt wurde vernichtet.«

»D-die *pinakes?«*

»Verbrannt«, sagte Sarah nur, die nicht wusste, was sie davon halten sollte, dass ihr Vater sowohl den Inhalt als auch das Geheimnis des mysteriösen Artefakts genau kannte.

»Bist du dabei gewesen?«, erkundigte er sich. »Hast du es mit eigenen Augen gesehen?«

»Ja, Vater.«

»Wer war es?«, wollte der Alte wissen. »Wer hat diesen Frevel an der Vergangenheit begangen?«

»Ich nehme an, du kennst ihn«, konterte Sarah kühl. »Wahrscheinlich gehört er zu deinen vielen Bekannten, denen ich in den letzten Wochen begegnet bin, ohne je zuvor von ihnen gehört zu haben.«

»War er hochgewachsen?«, erkundigte sich ihr Vater – ob ihm Sarahs Sarkasmus entging oder ob er ihn geflissentlich ignorierte, war nicht eindeutig festzustellen. »Von geradezu hünenhafter Größe? Sprach er mit fremdem Akzent? Und trug er einen schwarzen Umhang, unter dessen Kapuze er sein Gesicht verbarg?«

»Ja«, bestätigte Sarah.

»Du bist Charon begegnet«, flüsterte der alte Gardiner so tonlos, dass Sarah ein eisiger Schauer über den Rücken lief. Und zum ersten Mal in ihrem Leben entdeckte sie in den Augen ihres Vaters das, was zwar andere dort schon gesehen haben wollten, sie selbst sich jedoch nie hatte vorstellen können: blanke Furcht ...

»Wer ist dieser Kerl?«, erkundigte sie sich.

»Der griechischen Sage nach war Charon der Fährmann der Unterwelt, dessen Aufgabe darin bestand, die Toten über den Fluss Styx zu setzen«, erklärte Friedrich Hingis.

»Das weiß ich auch«, erwiderte Sarah barsch. »Ich will wissen, was es mit diesem Hünen auf sich hat. Er wird ja wohl nicht der griechischen Unterwelt entstiegen sein.«

»Das wohl nicht, aber er trägt den Namen nicht von ungefähr«, erklärte Gardiner, der sich von seinem Schrecken noch nicht ganz erholt zu haben schien. »Hast du sein Gesicht gesehen?«

Sarah zögerte einen Moment mit der Antwort.

»Nein«, sagte sie dann, worauf die Züge ihres Vaters sich wieder ein wenig zu entspannen schienen. »Wieso?«, fragte sie. »Was hat das zu bedeuten?«

»Dass noch nicht alles verloren ist«, erwiderte Gardiner rätselhaft. »Dass es noch Hoffnung gibt, obwohl du dich sinnlos in Gefahr begeben hast.«

»Sinnlos?« Sarah hob die Brauen. »Ich wollte dich retten, Vater. Wie kann das sinnlos sein?«

»Hast du es denn noch nicht verstanden, Kind? Es geht hier nicht um mich, sondern einzig und allein um *dich*. Deine Aufgabe war es, den Codicubus zu bewachen, nicht mehr und nicht weniger, aber du hast dich meiner Bitte widersetzt, und wie ich feststellen musste, warst du dabei keineswegs allein.« Das galt du Gard, der denn auch wie ein gescholtener Schuljunge das Haupt senkte. »Was haben Sie sich dabei gedacht, Maurice? Ich dachte, ich könnte mich auf Sie verlassen – stattdessen muss ich nun feststellen, dass Sie mit meiner Tochter gemeinsame Sache gemacht und gegen meinen ausdrücklichen Willen gehandelt haben.«

»Je m'excuse, Monsieur«, drang es leise aus der Dunkelheit. »Es tut mir leid ...«

»Es tut dir nicht leid«, widersprach Sarah entschieden, »und mir auch nicht. Wir haben getan, wozu unser Gewissen uns geraten hat, das kann kein Fehler sein.«

»Euer Gewissen?« Gardiners Augen blitzten in der Schwärze. »Oder war es vielmehr eure Eitelkeit?«

»Was ist falsch daran?«, fauchte Sarah. »Du hast es vorgezogen, dich heimlich aus dem Staub zu machen, ohne auch nur ein Wort über dein Vorhaben oder die Natur deiner Forschungen zu verlieren. Du wolltest, dass ich gehorche, dass ich deinen Anweisungen folge, ohne Fragen zu stellen – aber so hast du mich nicht erzogen, Vater.«

»Vor allen Dingen habe ich dich zur Loyalität erzogen, Tochter. Das hast du wohl vergessen?«

»Was hast du denn erwartet? Dass ich dich einfach sterben lassen würde? Ich erkenne dich nicht mehr wieder ...«

»Dann erkenne dich selbst, Sarah«, erwiderte Kincaid streng. »Deines Leichtsinns und deiner Eitelkeit wegen ist ein Artefakt von unschätzbarem Wert verloren gegangen. Ist dir nicht klar, was der Codicubus bedeutet hat? Er enthielt den letzten noch existierenden Hinweis darauf, dass die Bibliothek von Alexandria noch immer existiert, dass sie die Jahrhunderte überstanden hat, unbeachtet von den Menschen. Nachdem der Codicubus vernichtet wurde, sind wir, die wir hier versammelt sind, die letzten Zeugen seines Inhalts, aber unsere Mission, die verschollene Bibliothek zu finden und ihr gesammeltes Wissen der Menschheit zurückzugeben, ist kläglich gescheitert. Damit ist jede Chance genommen, dass die Nachwelt etwas von unseren Plänen und unserem Handeln erfährt.«

»Oder fortsetzt, was wir begonnen haben«, fügte Mortimer Laydon leise hinzu.

»So ist es.« Gardiner nickte. »Aus diesem Grund habe ich den Codicubus für dich hinterlegt, Sarah. Ich wollte, dass du ihn hütest für den Fall, dass ich nicht zurückkehre, und dass du auf eigene Faust herausfindest, was mir verwehrt blieb.«

»D-das wusste ich nicht«, antwortete Sarah verwundert. »Warum hast du mir nichts davon gesagt? Du hättest mir einen Brief schreiben und mir wenigstens einen Hinweis geben können.«

»Das hätte ich gerne getan, aber Charon war mir auf den Fersen, sodass ich Paris rasch verlassen musste.«

»Das meine ich nicht. Du hast diese Expedition von langer Hand vorbereitet. In England wäre Zeit genug gewesen, mir davon zu berichten, aber das hast du nicht getan.«

»Nein.«

»Warum nicht?«

Im Halbdunkel der Kerkerzelle sandte Sarahs Vater seiner Tochter einen durchdringenden Blick. »Du würdest diese Frage nicht stellen, wenn du mir vertrauen würdest.«

»Ich habe dir vertraut, Vater. Aber in den letzten Wochen bin ich immer wieder auf einen Mann gestoßen, den ich nicht kannte. Da ist so vieles, von dem ich nichts wusste. Warum, Vater? Warum hast du mir nie etwas von diesen Dingen erzählt?«

»Ich hatte meine Gründe.«

»Davon bin ich überzeugt.« Sarah nickte. »Aus einem Anlass, den ich nicht kenne, hast du mir dein Vertrauen entzogen. Es hat eine Zeit gegeben, da hast du mich in alles eingeweiht und hättest keine Unternehmung begonnen, ohne mich daran teilhaben zu lassen.«

»Das ist wahr«, stimmte Gardiner zu. »Aber diese Zeiten sind unwiderruflich zu Ende.«

»Warum, Vater? Warum habe ich dein Vertrauen verloren?«

»Es ist keine Frage des Vertrauens, Sarah. Ich hatte eine Entscheidung zu treffen, und ich habe sie getroffen – ohne dich. Es mag nicht einfach für dich sein, das zu verstehen, aber so ist es nun einmal gewesen.«

»Aber ich hätte dir vielleicht helfen können.«

»So, wie du mir mit dem Codicubus geholfen hast?«

Sarah zuckte wie unter einem Peitschenhieb zusammen. In den letzten Tagen und Wochen hatte sie unablässig an ihren Vater gedacht, hatte um sein Leben gebangt und sich ausgemalt, wie es sein würde, ihm nach all der Zeit wieder zu begegnen, ihn endlich wieder in die Arme zu schließen. Aber ganz sicher hatte sie nicht angenommen, dass ihr Treffen sich so gestalten würde ...

»Du hattest recht mit deiner Vermutung, Sarah«, fügte der alte Gardiner leise und mit rauer Stimme hinzu. »Es ging bei dieser Sache tatsächlich um sehr viel mehr, als du dir vorstellen kannst.«

Nun war es Sarah, die betreten zu Boden blickte, sich durchschaut und gescholten vorkam wie ein Kind, das bei einer Missetat ertappt worden war. Der Vorwurf ihres Vaters schmerzte sie, und sie überlegte sich ihre Antwort gut, wählte jedes einzelne Wort mit Bedacht.

»Verzeih, Vater«, sagte sie schließlich. »Ich weiß, ich habe dich enttäuscht. Ich habe deine Erwartungen betrogen und gegen deinen Willen gehandelt. Ich hätte den Codicubus bewahren sollen, statt sein Geheimnis ergründen zu wollen, und ich hätte auf dein Wort vertrauen sollen, statt zu versuchen, dich zu retten. All diese Fehler habe ich begangen, und zu meiner Verteidigung kann ich nur die eine Entschuldigung hervorbringen, dass ich dich von Herzen liebe und dass der Gedanke, dich zu verlieren, mir unerträglich war.«

»Meine Tochter.« Lord Kincaids Züge entkrampften sich, wurden weich und milde. »Es ist gut. Gräme dich nicht länger. Was geschehen ist, ist geschehen, wir können nicht ...«

»Aber«, fuhr Sarah unbeirrt fort, »ich bin nicht die Einzige, die Fehler begangen hat.«

»Was?«

»Du magst es drehen und wenden, wie du willst, Vater – es war falsch, mich nicht in deine Pläne einzuweihen und mich dennoch zu einem Teil davon zu machen. Denn wie du siehst, bin ich hier, egal, ob du meiner Hilfe bedurftest oder nicht. Du hättest wissen müssen, dass ich so reagieren und mich auf die Suche nach dir begeben würde, denn ich bin deine Tochter, die du nach deinen Maßstäben erzogen hast. Und hier bin ich nun, Vater, und verlange Antworten.«

»Du verlangst ... *was?*«

»Maurice du Gard ist mir bedingungslos und ungeachtet aller Gefahren gefolgt, Ali Bey hat sich gegen sein eigenes Volk gewandt, um mir zu helfen. Und sogar Dr. Hingis hat seinen Schreibtisch verlassen und Entbehrungen auf sich genommen, um dich zu finden.«

»Aus völlig selbstlosen Beweggründen, da bin ich sicher«, spottete Gardiner, sehr zu Hingis' Verdruss.

»Wie auch immer«, wich Sarah aus. »Wir wurden verfolgt und entführt und sind dem Tod nur um Haaresbreite entronnen. Wir haben die Blockade überwunden und den Soldaten getrotzt, und das alles nur, um hier zu sein. Ich verlange weder, dass du darüber glücklich bist noch dass du dich dafür dankbar zeigst, zumal ich Fehler gemacht habe. Aber ich will Antworten, Vater. Meine Gefährten und ich haben ein Recht darauf zu erfahren, wofür wir unser Leben gewagt haben.«

»Das weißt du doch längst, sonst wäre dieser Aasfresser da« – Gardiner deutete auf Hingis – »nicht hier.«

»Wir wissen, dass du dich auf die Suche nach dem Museion begeben hast«, räumte Sarah ein. »Aber wer sind die Gegner, mit denen wir es zu tun haben? Wer ist dieser Charon? Und wer sind die Leute, in deren Diensten er angeblich steht?«

Gardiner Kincaid seufzte tief. »Ich weiß es nicht«, gestand er schließlich.

»Du – weißt es nicht?«

»Nur so viel kann ich sagen: Die Organisation, in deren Diensten er steht, ist alt – so alt, dass ihre Wurzeln bis an die Anfänge der Zivilisation zurückreichen. Die Menschheit hatte sie bereits vergessen, aber der Abgrund der Zeit hat sie wieder ausgespuckt wie der Magen eine verdorbene Speise.«

»Ein bildhafter Vergleich, fürwahr«, erkannte Hingis höhnisch an. »Vielleicht sollten Sie Ihr Geld lieber als Märchenonkel denn als Wissenschaftler verdienen, mein guter Kincaid – ich glaube Ihnen nämlich kein Wort.«

»Dann lassen Sie es eben.« Der alte Gardiner zuckte gleichgültig mit den Schultern. »Es ist Ihre Entscheidung, nicht meine.«

»Von was für einer Organisation sprichst du, Vater?«, wollte Sarah wissen. »Was hat das alles zu bedeuten?«

Sie bekam keine Antwort, was ihr ganz und gar nicht gefiel – und ein übler Verdacht befiel sie ... »Du kennst diese Leute, nicht wahr?«, bohrte sie weiter. »Ist es wahr, dass du mit ihnen zusammengearbeitet hast?«

Diesmal war es ihr Vater, der schmerzvoll zusammenzuckte. »Hat Charon dir das gesagt?«

»In der Tat.« Sarah nickte. »Und er behauptete auch, dass du noch immer in ihren Diensten stündest.«

»Das ist nicht wahr!«

»Er sagte, du hättest dich von ihnen losgesagt, aber dass du ohne es zu wissen noch immer für sie arbeiten würdest.«

»D-das ist völlig ausgeschlossen ...« Gardiner Kincaid schüttelte trotzig das Haupt, die Stirn in tiefe Falten gelegt.

»Wer immer diese Leute sein mögen, Vater, ich denke, du hast sie grob unterschätzt. Und ich verstehe nicht, wie du dich jemals mit ihnen einlassen konntest.«

»Aus demselben Grund, warum auch du dich mit dem Feind verbündet hast«, erwiderte Gardiner, auf Hingis deutend. »Ich brauchte ihre Hilfe. Sie hatten die Informationen, nach denen ich Jahrzehnte lang vergeblich gesucht habe, also willigte ich zunächst ein.«

»Da ist ein Unterschied«, widersprach Sarah entschieden. »Friedrich Hingis mag ein Intrigant und Speichellecker sein ...«

»Was fällt Ihnen ein?«, echauffierte sich der Geschmähte. »Ich verbitte mir derlei Beschimpfungen!«

»... aber er ist auch ein beschlagener Vertreter unserer Wissenschaft und will letzten Endes dasselbe wie wir. Diese Leute hingegen treten alles mit Füßen, wofür jemals Archäologie betrieben wurde. Sie sind weder an der Forschung interessiert noch an der Wahrheit. Ihnen geht es darum, das Wissen der Vergangenheit an sich zu reißen, es eifersüchtig zu hüten und allen anderen vorzuenthalten.«

»Das ist nicht wahr«, bestritt ihr Vater entschieden. »Diese Leute mögen eigenartige Methoden haben, aber sie sind ebenso daran interessiert, die Vergangenheit zu erforschen und für die Nachwelt zu bewahren wie wir.«

»Hör auf zu träumen, Vater!«, verlangte Sarah. »Das alles redest du dir doch nur ein, weil es dabei um die Erfüllung deines archäologischen Traumes geht, um das Erlangen wissenschaftlicher Ehren – und mir wirfst du vor, eitel zu sein.«

»Selbst wenn es so wäre – glaubst du denn, ich hätte die Wahl gehabt? Hätte ich der Organisation nicht geholfen, hätte es ein anderer getan« – er streifte Hingis mit einem Seitenblick –, »und nichts wäre gewonnen gewesen. Es war ein Zweckbündnis, nichts weiter. Ich brauchte sie, um an Hinweise auf den Verbleib der geheimen Bibliothek heranzukommen.«

»Dabei wusstest du, was sie vorhaben, nicht wahr? Du wusstest, dass sie das Museion nur aus dem einen Grund finden wollen, um es zu vernichten – so wie sie alle großen Bibliotheken der Antike vernichtet haben.«

»Was?« Hingis schnappte nach Luft. »Das ist nicht möglich!«

»Es ist möglich«, beharrte Sarah. »Haben Sie sich nie gefragt, weshalb die Wissenssammlungen der alten Welt allesamt in Rauch und Feuer aufgegangen sind?«

»Ich hatte niemals vor, mit diesen Leuten gemeinsame Sache zu machen«, verteidigte sich Gardiner Kincaid erbittert. »Ich wollte sie lediglich für meine eigenen Zwecke benutzen.«

»Vielleicht, aber in Wirklichkeit ist es genau umgekehrt gewesen, Vater. Deine Feinde waren über jeden deiner Schritte informiert. Sie haben dich beobachtet, so wie sie mich beobachtet haben, und nun sind wir beide hier, zur Untätigkeit verdammt, während die Gegenseite leichtes Spiel hat.«

»Mein Gott.« Gardiner Kincaid widersprach nicht mehr. Die geballten Fäuste an die Schläfen pressend, blickte er starr geradeaus. »Was habe ich nur getan? Ich habe mich kaufen lassen, ohne an die Folgen zu denken. Was für ein Narr bin ich gewesen ...«

Er vergrub sein Gesicht in den Händen, die voller Schwielen waren und ganz und gar nicht wie die eines Adeligen aussahen – und im nächsten Moment begann Gardiner Kincaid, zum Entsetzen nicht nur seiner Tochter, hemmungslos zu weinen. Krämpfe schüttelten ihn, ein bitteres Schluchzen entrang sich seiner Kehle, und über seine von der Sonne verbrannten Wangen rannen bittere Tränen der Reue.

»Vater«, sagte Sarah sanft und legte ihm den Arm um die Schultern, aber der alte Gardiner ließ sich nicht trösten.

»Nun erst wird mir alles klar«, flüsterte er. »Dabei hätte ich die Zusammenhänge erahnen, es besser wissen müssen ...«

»Das konntest du nicht, alter Freund«, wandte Mortimer Laydon ein. »Du hast getan, was du für richtig hieltest.«

»So wie wir alle«, stimmte Sarah zu. »Niemandem von uns ist ein Vorwurf zu machen, wir haben nur ...«

»Du verstehst nicht.« Gardiner Kincaid blickte auf, das Gesicht von Tränen überströmt, die in der schwachen Beleuchtung funkelten.

»Was verstehe ich nicht?«

»Du kennst die Zusammenhänge nicht«, entgegnete Sarahs Vater flüsternd und so leise, dass nur noch sie ihn hören konnte. »Die Wurzeln der Organisation reichen bis weit in die Vergangenheit ...«

»Ich weiß«, versicherte Sarah. »Der Vermummte sagte etwas von Alexander dem Großen ...«

»Diese Vergangenheit meine ich damit nicht, mein Kind. Ich meine *deine* Verg ...«

Weiter kam der alte Gardiner nicht, denn in diesem Augenblick erklang der harsche Tritt von Soldatenstiefeln. Sarah blickte auf und gewahrte fünf Uniformierte vor der Kerkerzelle – und instinktiv wusste sie, dass dies nichts Gutes zu bedeuten hatte.

Der Anführer der Soldaten, ein Lieutenant im blauen Rock, ließ sich vom feisten Wärter die Tür öffnen, dann trat er ein, den blanken Säbel in der Hand und begleitet von zweien seiner Leute, die Fackeln trugen. Die übrigen Soldaten blieben zurück, die Waffen im Anschlag.

Die anderen Gefangenen schienen den Offizier, der dunkle Haut hatte und einen gepflegten Oberlippenbart trug, nicht zu scheren; seine Aufmerksamkeit galt einzig und allein Sarah und ihrer Gruppe.

»Verdammt«, hörte sie ihren Vater flüstern. »Sie kommen wieder, um uns zum Verhör zu holen. Dabei habe ich diesen Bastarden bereits alles gesagt, was ich ihnen sagen konnte.«

»Ich glaube, du irrst dich schon wieder, Vater«, entgegnete

Sarah mit heiserer Stimme. »Die sehen nicht so aus, als wollten sie uns verhören ...«

Der Lieutenant blieb vor ihnen stehen, flankiert von seinen Männern. Im Licht der Fackeln zog er ein Schreiben unter seiner Uniformjacke hervor, das er entfaltete und verlas. »Gefangene des Pascha«, verkündete er. »Dem geltenden Kriegsrecht gemäß, wird über die gefangenen britischen Spione die Todesstrafe verhängt. Das Urteil ist noch vor Morgengrauen zu vollstrecken. Gezeichnet Ahmed Urabi, Premierminister.«

»Was?«, begehrte Sarah auf. »Wir sind keine Spione, und das wissen Sie genau!«

Der Offizier erwiderte nichts und begnügte sich mit einer abfälligen Handbewegung. Dann bedeutete er seinen Leuten, Sarah zu ergreifen.

»Nein!«, protestierte ihr Vater und raffte sich trotz seines geschwächten Zustands auf die Beine. »Lasst sie in Ruhe, ihr verdammten Kerle!«

»Den Alten nehmt als Nächsten«, wies der Lieutenant seine Männer grinsend an. »Er scheint es kaum erwarten zu können ...«

»Nein«, ächzte Gardiner entsetzt. »Nicht meine Tochter ...«

Aber es war zu spät.

Schon wurde Sarah ergriffen. »Vater!«, rief sie außer sich.

»Sarah!«

Ihre Hände hielten einander fest, und für einen Augenblick trafen sich ihre Blicke – ein Augenblick, der nur einen Lidschlag währte und in dem sie einander dennoch alles verziehen.

»Es tut mir leid, mein Kind.«

»Mir auch, Vater«, konnte Sarah gerade noch erwidern – dann wurde sie von seiner Seite gerissen. Ihre Hand entrang sich Gardiners schwieliger Pranke, und sie wurde mit roher Gewalt davongeschleppt. Zwar wehrte sie sich nach Kräften und trommelte mit geballten Fäusten auf ihre beiden Häscher ein – die Soldaten jedoch lachten nur darüber. Unaufhaltsam ging es zum Ausgang, als plötzlich eine Stimme wie ein Messer durch die klamme Luft schnitt.

»*Un moment, s'il vous plaît.*«

»Was?« Der Lieutenant blieb stehen und wandte sich um.

Du Gard hatte sich erhoben und kam gemessenen Schrittes auf den Offizier zu. Am Ausdruck seiner Augen konnte Sarah erkennen, was er vorhatte, noch ehe er es aussprach.

»Nein, Maurice«, rief sie deshalb – du Gard kümmerte sich nicht darum.

»Nehmen Sie mich«, bat er schlicht.

»Was sagt er?«, blaffte der Lieutenant, der bislang nur Arabisch gesprochen hatte und kein Englisch zu verstehen schien. »Ich kann nicht hören, was der Hund sagt.«

»Er sagt, dass sie ihn anstelle der jungen Frau nehmen sollen«, übersetzte Gardiner Kincaid.

»Nein«, erhob Sarah erneut Einspruch, aber niemand kümmerte sich darum. Mit einem genüsslichen Grinsen trat der Lieutenant auf du Gard zu.

»Hast du es mit dem Sterben denn so eilig, Franzose?«, erkundigte er sich. »Dein Tod wird die Verräterin nicht retten – er wird nur ihre Furcht verlängern.«

»Was sagt er?«, wollte du Gard wissen, und Gardiner übersetzte erneut. »Schön und gut«, erwiderte er dann. »Dennoch sollte eine Frau nicht die Erste sein, die von uns stirbt. Meine Ehre als Gentleman verbietet dies.«

Der Lieutenant wartete die Übersetzung ab, dann brach er in derbes Gelächter aus. »Von mir aus«, meinte er. »Du sollst die Gelegenheit bekommen, wie ein Gentleman zu sterben – auch wenn du in meinen Augen nicht mehr wert bist als ein räudiger Hund. Lasst das Weib gehen, und schnappt euch den Franzosen.«

Seine Leute stießen Sarah von sich und ergriffen du Gard, der keine Anstalten machte, sich zu wehren. Scheinbar willenlos fügte er sich in sein Schicksal und ließ sich von den Soldaten abführen – der Blick, mit dem er Sarah dabei streifte, war unmöglich zu deuten.

»Nein, Maurice!«, rief sie, während Tränen der Verzweiflung in ihre Augen schossen. »Tu das nicht …«

Aber du Gard wandte sich nicht mehr um.

Gefasst folgte er dem jungen Offizier und seinen Leuten zum Ausgang der Kerkerzelle, wo die übrigen Soldaten des Erschießungskommandos warteten. Geräuschvoll fiel die Gittertür ins Schloss, und die stampfenden Schritte entfernten sich wieder.

Zurück blieb unheimliche Stille.

Und drückende Dunkelheit.

Der Gleichschritt der Soldaten hallte in Maurice du Gards Bewusstsein wieder. Wie in Trance nahm er wahr, wie er durch einen langen Stollen und eine sich eng windende Treppe hinaufgeführt wurde, die in einen quadratischen Hof mündete.

Es war Nacht.

Ein sternklarer Flecken Himmel war über dem Viereck fensterloser Mauern zu erkennen; von fern erklang das Donnern der Brandung, die sich an den Fundamenten des Forts brach.

Während zwei Soldaten Aufstellung nahmen, führten die beiden anderen du Gard vor eine Wand, in der bereits zahllose Einschusslöcher klafften und darauf schließen ließen, dass er keineswegs der Erste war, den auf diesem Hof ein grausames Schicksal ereilte.

Der Lieutenant fragte ihn etwas, aber natürlich verstand du Gard kein Wort. Als Antwort begnügte er sich damit, freudlos zu grinsen, was dem Ägypter zu gefallen schien. Erneut erteilte er seinen Leuten eine knappe Anweisung, woraufhin einer der Männer ein schwarzes Tuch hervorzog, das er du Gard um die Augen binden wollte.

»Non!«, verlangte der Franzose daraufhin energisch. »Ich will meinen Henkern zumindest in die Augen sehen dürfen.«

Der Blick, den der junge Offizier ihm sandte, war schwer zu deuten. Feindseligkeit lag darin, aber auch eine Spur von Respekt, vielleicht sogar von Bewunderung. Mit einer unwirschen Handbewegung verscheuchte er die beiden Wachen, die daraufhin ihre Gewehre von den Schultern nahmen und sich zu ihren Kameraden stellten. Der Offizier sagte noch etwas, das du Gard nicht verstand, dann gesellte er sich zu seinen Leuten.

Den Säbel erhoben, gab er den Befehl zum Anlegen. Gefasst blickte Maurice du Gard auf die Klinge des Offiziers, die im Mondlicht unheilvoll blitzte.

5

Als die Schüsse fielen, zuckte Sarah zusammen.

Mehrmals hintereinander krachte es, und jeder einzelne Schuss erschütterte ihre Welt bis in die Grundfesten.

Erinnerungen kamen ihr in den Sinn.

Sie musste daran denken, wie sie Maurice du Gard zum ersten Mal begegnet war, damals, im Varieté. Niemals hätte sie geglaubt, dass sie in ihm etwas anderes sehen könnte als einen geckenhaften Scharlatan – nun hatte er sein Leben geopfert, um das ihre zu bewahren, und sei es nur für einige Augenblicke. Solchen Opfermut hätte Sarah ihm niemals zugetraut, und sie fühlte sich, als würde ihr das Herz aus der Brust gerissen.

Sie kauerte noch immer dort, wo sie niedergesunken war, nachdem die Soldaten sie von sich gestoßen hatten. Reue und Trauer erfüllten sie. Sie zitterte am ganzen Körper und fror erbärmlich, und ungehemmt stürzten Tränen in ihre Augen.

»Hier, mein Kind«, brummte eine tiefe Stimme, und etwas legte sich um ihre Schultern, von dem sie wusste, dass es Gardiner Kincaids abgetragener, an unzähligen Stellen ausgebesserter Rock war, der ihn schon auf zahllosen Reisen begleitet hatte. »Es ist gut«, sagte er beruhigend dazu, aber anders als früher vermochten seine Worte Sarah diesmal keinen Trost zu schenken.

Was geschehen war, lag in ihrer Verantwortung. Sie war es gewesen, die um jeden Preis diese Reise hatte antreten wollen, sie hatte zugelassen, dass du Gard sie begleitete, und nur ihrem Starrsinn war es zuzuschreiben, dass er nicht mehr am Leben war …

»Es tut mir leid, Vater«, flüsterte sie unter Tränen. »Ich bin an allem schuld, was geschehen ist ...«

»Das darfst du nicht sagen, Kind. Wir beide tragen Schuld, denn wir beide haben Fehler gemacht, ich ebenso wie du. Aber darauf kommt es nicht mehr an, hörst du?«

»Nein?«

»Keineswegs.«

»Worauf kommt es denn an?«

»Darauf, du Gards Opfer zu ehren. Er hat getan, was er für das Richtige hielt, und es steht weder dir noch mir zu, seine Entscheidung in Frage zu stellen. Er wollte, dass du lebst, Sarah, nur darum geht es.«

»Ich lebe«, bestätigte sie bitter, sich die Tränen aus den Augen wischend. »Die Frage ist nur, wie lange noch. Hast du nicht gehört, was der Kerl gesagt hat? Wir werden sterben, Vater. Alle.«

»Vielleicht«, räumte Gardiner ein. »Aber meine Hoffnung ist erst dann erschöpft, wenn sie auch den letzten von uns hinausgeschleppt und erschossen haben. Bis dahin werde ich nicht den Mut verlieren, ebenso wenig wie du, hast du verstanden?«

»Aber du Gard ...«

»Ob du verstanden hast, will ich wissen!« Er packte sie an den Schultern und schüttelte sie, worauf Sarah halbwegs aus ihrer Lethargie erwachte.

»J-ja«, bestätigte sie zögernd – während draußen auf dem Korridor erneut Schritte zu hören waren. »Hörst du das?«, fragte sie.

»Ja, mein Kind.«

»Sie kommen zurück. Sie holen sich den nächsten von uns.«

»Sieht ganz so aus.«

»Ich werde gehen«, stellte Sarah klar.

»Auf keinen Fall.«

»Lass mich gehen, Vater«, verlangte Sarah. »So vieles, was geschehen ist, liegt in meiner Verantwortung. Ich trage Sorge für meine Expedition.«

»So wie ich für die meine«, konterte Gardiner. »Hier geht es nicht um Verantwortung, Sarah, sondern darum, was vernünftig ist. Ich bin alt und schwach, du hingegen ...«

»Nein«, widersprach sie trotzig, woraufhin sich ein Lächeln auf seinen faltigen Zügen zeigte.

»Bisweilen«, sagte er, »bist du immer noch das störrische Mädchen, das ich großgezogen habe.«

»Ich bin deine Tochter«, erwiderte sie, »und deshalb weiß ich, was ich zu tun habe.«

»Vielleicht, aber du wirst nicht ...«

»*Alors*, streitet ihr euch tatsächlich darüber, wer seinem Schöpfer zuerst gegenübertreten darf?«

Die Stimme, deren charmanter Akzent unverkennbar war, ließ Sarah und ihren Vater aufhorchen. Überrascht schauten sie zur Zellentür, um dort einen Mann in blauer Offiziersuniform zu erblicken. Im nächsten Moment jedoch wurde ihnen klar, dass es Maurice du Gards blasse Züge waren, die sie unter dem schwarz bequasteten Fes anblickten und um die ein Hauch von Amüsiertheit spielte. Der feiste Zellenwächter lag bewusstlos zu seinen Füßen.

»M-Maurice«, presste Sarah tonlos hervor.

»*Oui, c'est moi*«, bestätigte der Franzose.

»Aber wie ... Woher ...?«

»Was ist mit den Soldaten geschehen?«, fragte der alte Gardiner, der seine Sprache schneller wiederfand.

»Ihr werdet es kaum glauben.« Ein jungenhaftes Lächeln glitt über du Gards Gesicht. »Diese unerfreulichen *messieurs* haben es vorgezogen, sich gegenseitig zu massakrieren.«

»Sie haben *was* getan?« Sarah begriff kein Wort.

»Der Einfluss der Hypnose«, erriet ihr Vater. »Erstaunlich, mein Freund. Ganz erstaunlich.«

»Die Macht des Geistes über schnöde Materie«, drückte du Gard es poetischer aus und tippte sich demonstrativ an den Fes, der ihm etwas zu groß war und der immer wieder über seine Brauen rutschte. »Ich habe den Offizier dazu gebracht, den Säbel gegen seine eigenen Leute zu richten. Der Rest war Chaos.«

»Und – der Offizier?«, erkundigte sich Sarah mit Blick auf du Gards blauen Uniformrock.

»Frag lieber nicht«, erwiderte der Franzose nur, die Hand auf dem Griff des Säbels. »Aber nun sollten wir sehen, dass wir von hier fortkommen. Ich fürchte, mein Kabinettstück wird nicht lange unbemerkt bleiben.«

»Aye«, stimmte der alte Gardiner mit verwegenem Grinsen zu, »und ich wette, dass sich der Beifall dafür in Grenzen halten wird. Haben Sie die Schlüssel?«

»Bien sûr«, antwortete du Gard, und schon im nächsten Moment klirrte und krächzte es metallisch im Gitterschloss. Es dauerte einen Moment, bis der passende Schlüssel gefunden war, dann endlich erklang das erlösende Klicken, und die Tür schwang nach draußen. *»Alors*, wenn ich bitten dürfte ...«

»Du bist einfach unglaublich«, lobte Sarah. Im Hinaushuschen hauchte sie ihm einen Kuss auf die Wange.

»Vraiment, chérie – hast du je daran gezweifelt?« Du Gard grinste. »Sind das Tränen, die ich da in deinen Augen sehe? Du hast meinetwegen doch nicht etwa geweint?«

»Natürlich nicht«, versicherte sie energisch und benutzte den Ärmel ihrer Bluse dazu, sich rasch die Augen zu trocknen. »Du solltest deine Wirkung auf Frauen nicht überschätzen.«

»Mais non«, erwiderte er nur.

Inzwischen drängten die übrigen Gefangenen aus dem Kerker – nicht nur Hingis, Ali Bey und Mortimer Laydon, sondern auch all die anderen armen Teufel, die in den Tiefen von Kait Bey inhaftiert gewesen waren. Was sich noch regen konnte, das lief, kroch und schleppte sich nach draußen. Sarah und ihre Gefährten ließen sie gewähren – zum einen hatte kein Mensch es verdient, in einer Hölle wie dieser eingesperrt zu sein; zum anderen würde die

Verwirrung ihrer Häscher desto größer sein, je mehr Gefangene entkamen …

Hals über Kopf eilten die abgerissenen Gestalten, von denen nicht wenige verstümmelt und geblendet waren, ihnen voraus, den Hauptgang entlang und die Treppe hinauf – von deren Ende ihnen plötzlich lautes Geschrei entgegendrang. Schüsse peitschten, und der Strom der Flüchtlinge geriet ins Stocken.

»Soldaten«, zischte Mortimer Laydon.

»Mince alors!«, wetterte Du Gard. »Diese *crétins* sind schneller, als ich dachte. Was jetzt?«

»Dort hinein, rasch«, drängte der alte Gardiner, und während die übrigen Flüchtlinge weiter durch den Hauptgang drängten, zogen er und seine Leute sich in einen schmalen Seitenstollen zurück. Zwar wusste niemand, wohin er führte, jedoch schien alles aussichtsreicher zu sein als eine direkte Konfrontation mit den Soldaten.

Ein Irrtum, wie sich zeigen sollte …

Der Gang, an dessen Wänden Fackeln angebracht waren, führte ein Stückweit in den Fels, ehe er eine Biegung beschrieb – auf deren anderer Seite die Flucht abrupt endete. Ein Eisengitter versperrte den Weg, das mit einem schweren Schloss gesichert war. Jenseits davon herrschte unergründliche Schwärze.

»Maurice?«, fragte der alte Gardiner, während im Hauptkorridor erneut Schüsse fielen, gefolgt von heiserem Geschrei. Die Soldaten schienen mit äußerster Brutalität gegen die entlaufenen Gefangenen vorzugehen …

»Bin schon dabei«, versicherte der Franzose, der seinen Schlüsselbund bereits durchsuchte. Erneut krächzte und knackte es metallisch, dann schwang die Tür quietschend auf.

»Gut gemacht.«

Gardiner Kincaid nahm eine brennende Fackel von der Wand und ging den anderen voraus. Nacheinander folgten sie ihm – zunächst Sarah, dann Mortimer Laydon, schließlich Ali Bey und

Friedrich Hingis. Du Gard war der letzte, der den Durchgang passierte. Sorgfältig verschloss er die Tür hinter sich.

Schon nach wenigen Schritten stießen die Gefährten auf eine weitere Überraschung: An seitlich in die Felswand geschlagenen Haken hingen Waffen, die man Gefangenen abgenommen hatte – Gewehre und Messer, aber auch Gardiner Kincaids Patronengurt, den Sarah unter Tausenden heraus erkannt hätte. Es war ein abgenutzter Sam-Browne-Gürtel aus britischen Armeebeständen, an dem ein klobiges Bowiemesser in einer fransenverzierten Scheide hing. Im ledernen Holster steckte außerdem jener Colt des Typs 1878 Frontier, der dem alten Gardiner stets zuverlässige Dienste geleistet hatte.

»Sieh an«, meinte er grinsend, »das nenne ich Glück im Unglück ...«

Er nahm seinen Gurt und legte ihn sich um, und auch die übrigen Flüchtlinge bewaffneten sich – Sarah und Mortimer Laydon mit Martini-Henry-Gewehren, die zur Ausrüstung der Expedition gehört hatten, sowie mit den dazugehörigen Munitionstaschen; Ali Bey holte sich den Krummdolch zurück, dem man ihm bei der Gefangennahme entwendet hatte. Während du Gard bei seinem Säbel blieb – Schusswaffen schienen ihm zutiefst verhasst zu sein –, griff auch Friedrich Hingis nach einem Gewehr.

»Endlich«, rief er triumphierend aus. »Damit sollte es uns möglich sein, uns einen Weg nach draußen zu erkämpfen.«

»Ich nehme Ihnen nur ungern Ihre Illusionen, *mon ami*«, wandte du Gard ein, »aber eine Hand voll Schießeisen dürfte reichlich nutzlos gegen eine ganze Garnison Soldaten sein.«

»In der Tat«, stimmte Gardiner Kincaid zu. »Deshalb werden wir uns so weit es geht in den Stollen zurückziehen und abwarten.«

»Aber wir wissen doch gar nicht, wohin der Gang eigentlich führt«, wandte Hingis ein. »Was, wenn er vom Einsturz bedroht ist?«

»Das Risiko werden wir eingehen müssen«, erwiderte Gardiner

achselzuckend. »Oder ist jemand anderer Ansicht?« Fragend blickte er in die Gesichter seiner Gefährten, fand jedoch keinen Widerspruch. »Dann ist es entschieden«, sagte er, ging weiter und setzte sich erneut an die Spitze der Gruppe.

»Und wenn es sich um eine Sackgasse handelt«, gab Hingis hilflos zu bedenken – aber auch dieser Einwand fand kein Gehör.

»Ich leide unter Klaustrophobie.«

Niemand antwortete.

Sich in Verwünschungen ergehend, die man einem Gelehrten seines Ranges kaum zugetraut hätte, fügte sich der Schweizer schließlich der Entscheidung der Mehrheit.

Gemeinsam folgten sie dem Stollen, der vor undenklicher Zeit von den Händen elender Sklaven in den Fels getrieben worden sein mochte und aus dem ihnen eisige Kälte entgegenschlug. Schon nach wenigen Schritten waren sie von Dunkelheit umfangen. Die Flamme, die der alte Gardiner vorantrug, schien Mühe zu haben, sich gegen die von allen Seiten herandrängende Schwärze zu behaupten.

Über eine Treppe ging es noch weiter hinab. Die Decke wurde niedriger, sodass Sarah und ihre Gefährten die Köpfe einziehen mussten, um sich nicht zu stoßen.

Erneut wechselte die Beschaffenheit der Wände. Sie wurden glatter, und hier und dort glaubte Sarah, Reste von Farbe zu erkennen. Unvermittelt löste der Fackelschein etwas aus der Dunkelheit, das seit Jahrhunderten keines Menschen Auge mehr erblickt haben mochte: eine in Stein gehauene Darstellung, die sofort die Aufmerksamkeit der drei Archäologen erregte ...

»Nun seht euch das an«, murmelte Gardiner.

»Ein Relief«, stellte Sarah fest. »Diadochenperiode.«

»Möglich«, pflichtete Hingis bei und nahm seine Brille kurz ab, um sie zu reinigen, ehe er sich wieder dem Kunstwerk zuwandte.

Obwohl sie vermutlich rund zweitausend Jahre alt waren, waren die Bilder noch gut zu erkennen. Ein hohes Gebäude war darauf zu sehen, das aus übereinander getürmten und sich nach oben verjüngenden Segmenten bestand. Am Fuß des Kolosses waren Schiffe abgebildet, so naturgetreu und detailreich, dass man phönizische Handelsschiffe von griechischen Frachtern und römischen Galeeren unterscheiden konnte.

»Das ist der Pharos«, stellte Hingis fest, »der berühmte Leuchtturm von Alexandria, dessen Flamme angeblich bis nach Athen zu sehen war. In der Antike galt er als eines der sieben Weltwunder.«

»Was Sie nicht sagen«, knurrte Sarah beiläufig, die mit dem Untersuchen der Wände beschäftigt war.

»Die Alexandriner behaupten, dass Fort Kait Bey einst auf den Grundmauern des Pharos errichtet wurde«, fügte Gardiner Kincaid staunend hinzu. »Vielleicht haben sie ja recht.«

»Vielleicht?«, hakte Hingis spöttisch nach. »Wenn alle Ihre Quellen so verlässlich sind, wundert es mich nicht, dass Schliemann Troja vor Ihnen entdeckt hat. Dass man als seriöser Wissenschaftler dem Geschwätz der Einheimischen keinen Glauben schenken sollte, bekommt man gewöhnlich schon im ersten Semester beigebracht.«

»Ich behaupte ja nicht, dass es tatsächlich so gewesen ist, aber meine Erfahrung lehrt mich, dass man in der Archäologie keine Möglichkeit außer Acht lassen sollte.«

»Und was sind das für Linien, die da aus dem Turmhaus kommen?«, fragte du Gard.

»Wer weiß?«, erwiderte Gardiner. »Es gibt antike Quellen, die berichten, dass der Leuchtturm in der Lage war, angreifende Schiffe in Brand zu setzen. Sie nennen diese Waffe das Feuer des ...«

»Vater!«

Sarahs Ausruf ließ den alten Gardiner herumfahren.

Er fand seine Tochter in der Mitte des Ganges stehend und hinauf zur Decke deutend, wo im Licht der Fackel fünf in Stein gehauene Buchstaben des griechischen Alphabets zu erkennen waren.

»Das Alexanderzeichen«, flüsterte er. »Es ist hier ...«

»Was hat das zu bedeuten?«, fragte Hingis.

»Das will ich Ihnen sagen, mein Freund«, erwiderte Gardiner im Überschwang der Freude, die er in diesem Moment verspürte, »es bedeutet, dass uns ein wohlwollendes Schicksal zurück ins Spiel gebracht hat – denn dieses Zeichen weist den Weg zu alten Geheimnissen, die ...«

In diesem Moment war ferner Donner zu hören, und eine schwere Erschütterung durchlief den Stollen.

»Was war das?«, fragte Mortimer Laydon erschrocken.

Erneuter Donner und ein weiterer Stoß folgten, diesmal so stark, dass Sand von der Gewölbedecke rieselte. Die Gefährten hatten Mühe, auf den Beinen zu bleiben.

»Ein Erdbeben!«, rief Hingis entsetzt.

Wieder eine Erschütterung, gefolgt von einer ganzen Kanonade dumpfen Getöses.

»Das ist kein Erdbeben«, stellte Gardiner Kincaid fest, »das sind Granateneinschläge.«

»Granateneinschläge? Aber wie ...?«

»Alors«, meinte du Gard mit einem tiefen, fast resignierenden Seufzen, »es sieht so aus, als wäre das Ultimatum abgelaufen, das die britische Regierung den Nationalisten gestellt hat. Die Bombardierung Alexandrias hat begonnen ...«

6

Fort Kait Bey, Alexandria
11. Juli 1882
7.00 Uhr

Erneut gab es einen Einschlag, der das Fort in seinen Grundfesten zu erschüttern schien. Sarah stützte sich an der Felswand, um nicht das Gleichgewicht zu verlieren, während sich Staub und Sand von der Decke lösten.

Was in diesem Augenblick über Tage vorging, wollte sie sich gar nicht ausmalen. Todbringende Geschosse, die zwischen den britischen Kriegsschiffen und den Stellungen der Verteidiger hin und her flogen und auf beiden Seiten Chaos und Zerstörung anrichteten; gewaltige Explosionen, die Jahrhunderte alte Mauern wie Papier zerfetzten; Trümmer und Splitter, die durch die Luft fegten und dabei blutige Ernte hielten; von Staub und Pulverqualm durchsetzte Luft, die erfüllt war von heiseren Befehlen und vom Geschrei der Verwundeten ...

»Rasch«, raunte Gardiner seinen Begleitern zu, »weiter!«

»So ein Wahnsinn«, ereiferte sich Hingis und machte nicht nur keine Anstalten, sich zu bewegen, sondern verschränkte noch dazu demonstrativ die Arme. »Kein Stück werde ich weitergehen. Unter diesen Voraussetzungen ist das reiner Selbstmord.«

»Wollen Sie Ihr Glück lieber mit den ägyptischen Soldaten versuchen?«, fragte Sarah spitz.

»Die dürften im Augenblick anderweitig beschäftigt sein«, meinte Hingis überzeugt.

»In der Tat – und zwar mit britischen Granaten, denen es ziemlich gleichgültig ist, auf wessen Seite wir stehen«, wandte der alte Gardiner ein. »Jetzt hinaufzugehen wäre Irrsinn. Im Gegenteil sollten wir noch tiefer in den Stollen eindringen und sehen, was es mit dem Alexanderzeichen auf sich hat ...«

Erneut ein Treffer, diesmal unmittelbar über ihnen. Schreie waren zu hören, so laut und gellend, dass sie selbst steinerne Mauern zu durchdringen vermochten. Ein Gesteinsbrocken fiel von der Decke und streifte Hingis an der Schulter.

»Ist das Ihr Ernst?«, zeterte er. »Wie können Sie in einem solchen Augenblick nur an Ihre Arbeit denken?«

»Ich bin Archäologe«, erwiderte Kincaid schlicht.

»Das bin ich auch – aber das bedeutet nicht, dass ich mein Leben dafür opfern würde. Alles hat seine Grenzen.«

»Vielleicht. Aber auch wenn wir das Zeichen nicht gefunden hätten, wäre es vernünftiger, hier unten zu bleiben, als mit Bomben und Granaten anzubinden.«

»Ich fürchte, ich muss meinem geschätzten Freund recht geben«, stimmte Mortimer Laydon zu. »In diesen Stollen scheint es mir im Augenblick sehr viel sicherer zu sein als an der Oberfläche.«

»Und wenn das Gewölbe einstürzt?«, fragte Hingis, und wie um seine Worte zu unterstreichen, waren mehrere Detonationen zu hören, gefolgt von einer weiteren, noch größeren Explosion, die darauf schließen ließ, dass ein Munitionslager getroffen worden war. Erneut prasselten Schutt und Staub auf die Flüchtlinge herab. »Sehen Sie, was ich meine?«

»Wenn diese Stollen so alt sind, wie wir glauben«, erwiderte Gardiner Kincaid, »haben sie schon zahllosen Kriegen und mehreren Erdbeben getrotzt. Auch die Royal Navy wird sie nicht bezwingen.«

Wieder eine Erschütterung, so laut und heftig, dass nicht nur Hingis glaubte, die Decke würde einstürzen.

»Bist du sicher, Vater?«, fragte Sarah.

»Etwas Glück gehört dazu«, räumte der alte Gardiner ein, hörbar nicht mehr ganz so überzeugt wie noch kurz zuvor. »Also?«

»Ich bin dafür, dass wir weitergehen«, stimmte Sarah zu und hob die Hand – und nacheinander erklärten auch Laydon, du Gard und Ali Bey ihr Einverständnis.

»Damit sind Sie wohl überstimmt, mein guter Hingis«, meinte Kincaid. »Natürlich können Sie auch umkehren, wenn Sie möchten, aber ich rate Ihnen gut, es nicht zu tun – ganz abgesehen davon, dass Ihnen der wissenschaftliche Ruhm entgeht.«

»Wissenschaftlicher Ruhm«, echote der Schweizer verdrießlich. »Ich gebe einen feuchten Dreck auf wissenschaftlichen Ruhm! Was habe ich davon, wenn ich tot bin?«

Der alte Gardiner lachte nur. Dann setzte er sich in Bewegung und ging der Gruppe wieder voraus, während an der Oberfläche das Bombardement fortgesetzt wurde. Dumpfe Schläge erschütterten den Stollen wieder und wieder, aber je weiter er in die Tiefe führte, desto leiser wurden sie, sodass auch Friedrich Hingis' Klagen allmählich verstummten. Allerdings nicht für lange.

Denn unvermittelt endete der Gang vor einer steinernen Wand, die aus mächtigen Quadern zusammengefügt schien.

»Ich wusste es!«, rief Hingis aus. »Mir war von Anfang an klar, dass dieser Gang eine Sackgasse ist.«

»Das ergibt keinen Sinn«, wandte Sarah ein, »wieso hätte man ihn sonst vergittert?«

»Vielleicht, weil man Besserwisser Ihres Schlages davon abhalten wollte, sich sinnlos in Gefahr zu begeben.«

»Möglich, aber nicht sehr wahrscheinlich«, erwiderte Sarah ruhig, während sie sich zusammen mit ihrem Vater daranmachte, die Wand zu untersuchen.

»Kommt mir bekannt vor«, stellte Gardiner fest.

»Mir auch«, stimmte Sarah zu. »Der Stollen unterhalb der Pompeius-Säule wurde ebenfalls von einer Mauer wie dieser verschlossen.«

»In der Tat.« Gardiner nickte. »Wir entdeckten die Wand am Morgen des 11. Juni, aber wir kamen nicht mehr dazu, sie zu untersuchen, da das Camp kurz darauf überfallen wurde.« Sein Blick wurde glasig, für einen Augenblick schien ihn die Erinnerung zu überwältigen. »Es war ein entsetzliches Massaker«, flüsterte er. »So viele Tote und so viel Blut ... Ob es das wert gewesen ist?«

»Ich weiß es nicht«, erwiderte Sarah, »aber ich denke, die Antwort befindet sich jenseits dieser Wand.«

»Was meinst du damit?«

»Ich spüre einen Luftzug«, erklärte sie, auf einen Riss im Mauerwerk deutend. »Und ich habe einen bestimmten Verdacht.«

»Was für einen Verdacht, mein Kind?«

»Wart's ab«, erwiderte sie, bückte sich und hob einen faustgroßen Stein vom Boden auf – den sie mit aller Kraft gegen die Wand schmetterte.

»Haben Sie nun völlig den Verstand verloren?«, erkundigte sich Hingis. »Was soll denn das werden?«

Sarah ließ sich nicht beirren und schlug ein zweites, ein drittes Mal zu. Der Riss im Mauerwerk vergrößerte sich, breitete sich aus wie ein Spinnennetz.

»Das ist kein massives Gestein«, stellte Gardiner Kincaid verblüfft fest, »sondern eine Attrappe ...«

Im nächsten Moment gab die Wand nach. Ein kürbisgroßer Brocken brach aus dem Mauerwerk und fiel nach innen, und man konnte sehen, dass die Wand keineswegs aus schweren Quadern bestand, sondern aus Kalkstein, und nur zwei Handbreit stark war.

Die Gefährten tauschten verwunderte Blicke, dann halfen sie Sarah dabei, auch den Rest der Wand zum Einsturz zu bringen, die die Fährnisse der Jahrhunderte offenbar unbeschadet überstanden hatte. Mit aller Kraft hämmerten und schlugen sie dagegen, und endlich gab der Kalkstein nach. Mit lautem Knacken brach er in sich zusammen – und als der Staub sich wieder legte, gab er den Blick auf einen Gang frei, der schräg in die Tiefe führte und dessen Wände von weiteren Reliefdarstellungen verziert waren. Der Fackelschein verblasste in gähnender Schwärze.

»Unglaublich«, kam selbst Hingis nicht umhin zuzugeben. »Sie hatten recht mit Ihrer Vermutung.«

»Wie steht es, Doktor?«, fragte Sarah grinsend. »Wollen Sie immer noch umkehren?«

»Das hängt ganz davon ab«, erwiderte der Schweizer, dessen Forscherdrang nun doch zu erwachen schien, »was wir dort unten finden werden.«

»Glauben Sie denn, Schliemann wusste, worauf er sich einließ?« Beherzt trat Sarah in den Korridor. »Nur eines ist sicher: Jemand wollte nicht, dass dieser Stollen geöffnet wird ...«

Zusammen mit ihrem Vater übernahm sie die Führung, es folgten Laydon, Hingis und Ali Bey. Die Nachhut bildete du Gard, der sich argwöhnisch umblickte und dessen Gesicht einmal mehr jenen harten, unnahbaren Ausdruck angenommen hatte, den Sarah schon wiederholt auf seinen Zügen gesehen hatte.

Zunächst führte der Stollen in flachem Winkel bergab, dann über steile Stufen, und je weiter er sich in die Tiefe bohrte, desto kälter und feuchter wurde es. Von den Detonationen, die an der Oberfläche tobten, war nichts mehr zu hören; drückende Stille herrschte, die nur von den Schritten der Flüchtlinge gestört wurde und vom leisen Plätschern des Wassers, das hier und dort in glitzernden Rinnsalen von den Stollenwänden floss. Viele der in den Stein gehauenen Darstellungen waren dadurch glatt gewaschen und nicht mehr zu erkennen; andere zeigten Szenen aus dem ägyptischen Pantheon, von der Entstehung der Welt durch Geb und Nut über die Reise des Sonnengottes bis hin zu Bildern der ibisköpfigen Gottheit Thot, dem Schutzherrn der Schreiber und Zauberkundigen ...

»Da stimmt etwas nicht«, meldete Hingis plötzlich Bedenken an.

»Wovon sprechen Sie?«, fragte Sarah.

»Ich spreche davon, dass wir nun schon seit einer halben Ewigkeit durch diesen Stollen gehen. Wir müssen die Halbinsel längst verlassen haben.«

»Das denke ich auch«, stimmte Gardiner Kincaid gelassen zu. »Dem Salzgeruch und der zunehmendem Feuchtigkeit nach zu urteilen, dürften wir uns schon seit geraumer Zeit unter dem Meer befinden.«

»Unter dem Meer?«

»Das Hafenbecken – meinen Berechnungen nach sind wir gerade dabei, es zu unterqueren.«

Beklommen blickte Sarah zur Gewölbedecke empor. Der Gedanke an die Wassermassen, die sich über ihnen türmten, bedrückte sie, und ein Blick in die Gesichter ihrer Gefährten verriet, dass es ihnen nicht anders ging. Einzig Sarahs Vater schien davon völlig unberührt, er wirkte im Gegenteil um vieles ausgeruhter als noch kurz zuvor in der Kerkerzelle. Die archäologischen Rätsel, die sie umgaben, schienen ihm ein Jungbrunnen zu sein, an dessen sprudelndem Quell er sich erfrischte.

»Aber wenn dieser Stollen unter dem Hafenbecken hindurch führt«, folgerte Sarah, »dann bedeutet das, dass er einst die Insel Pharos und das Festland miteinander verbunden hat.«

»Unglaublich, nicht wahr?« Ihr Vater nickte begeistert.

»Unglaublich ist es in der Tat«, stichelte Hingis, »vor allem, da sich nicht in einer einzigen antiken Quelle ein Hinweis auf einen solchen Verbindungstunnel findet.«

»Das ist nicht gesagt«, widersprach Gardiner. »Denken Sie nur an die Septuaginta.«

»Die Septua*quoi?«*, fragte du Gard.

»Die erste griechische Übersetzung des Alten Testaments, die einst auf Geheiß von Ptolemaios II. für die Bibliothek von Alexandria angefertigt wurde«, erklärte Sarah. »Der Überlieferung des Aristeas nach wurde die Septuaginta an zweiundsiebzig Tagen von ebenso vielen jüdischen Gelehrten angefertigt, und zwar auf der Insel Pharos.«

»In der Tat«, stimmte ihr Vater zu. »Allerdings haben viele Wissenschaftler – darunter auch ich – diese Darstellung stets bezweifelt, weil sie mit vielen Widersprüchen behaftet ist. Wieso zum Beispiel sollte man Übersetzungsarbeiten auf einer Leuchtturminsel durchführen? Wäre es nicht viel praktischer, in der Bibliothek zu bleiben, wo es weiterführende Literatur und Wörterbücher zum Nachschlagen gibt? Unter einer Voraussetzung allerdings ergeben Aristeas' Angaben durchaus Sinn ...«

» ... nämlich wenn es eine geheime Verbindung zwischen der Bibliothek und dem Pharos gab, die die Gelehrten jederzeit benutzen konnten«, vervollständigte Sarah den Satz. »Eine gewagte Theorie.«

»Gewagt ist gar kein Ausdruck«, stichelte Hingis. »Die Kollegen vom archäologischen Forschungskreis würden Sie dafür in der Luft zerreißen.«

»Vielleicht«, räumte Gardiner ein, »aber nicht diese Kollegen sind hier, sondern wir, und wir können uns dem Offensichtlichen nicht verschließen. Darüber hinaus gehe ich noch einen Schritt weiter, denn ich behaupte, dass dieser Stollen zum Friedhof der Götter führt.«

»Was bringt dich darauf?«, wollte Sarah wissen.

»Das Alexanderzeichen weist den Weg zum Grab des Königs«, meinte ihr Vater überzeugt.

»Zum Grab des Königs?«, fragte Hingis. »Zum Grab Alexanders also? Ich dachte, Ihre Suche gelte der verschollenen Bibliothek.«

»Glauben Sie denn, da bestehe ein Unterschied? Sind Sie je in Theben gewesen und haben das Ramesseum besucht?«

»Ich sehe nicht, was das eine mit dem anderen zu tun hat.«

»Dann will ich es Ihnen erklären«, brummte Gardiner nachsichtig. »In seinen Reiseberichten schreibt Hekataios von Abdera, dass es im Tempel von Ramses II., dem er den griechischen Namen ›Ozymandias‹ gab, einst eine heilige Bibliothek gab.«

»Und?«

»Sehen Sie denn nicht die Parallele? Die Weihestätte eines der mächtigsten Herrscher Ägyptens enthielt eine Bibliothek, und wir wissen von Alexander, dass er sich die Pharaonen in mehr als einer Hinsicht zum Vorbild genommen hat. Warum also sollte es in seinem Grabmal, das nach seinem Willen nicht nur letzte Ruhestätte sein sollte, sondern auch Ort der Verehrung und des ewigen Andenkens, nicht auch eine Bibliothek gegeben haben?«

»Sie meinen …?«

»Natürlich«, warf Sarah ein, der in diesem Moment die Zusammenhänge klar zu werden begannen. »Das war es, was Recassins Schwester uns zu verstehen geben wollte, als sie sagte, dass Ozymandias die Antwort kenne. Und deshalb fand sich auch eine Statue von Ramses unterhalb der Pompeius-Säule …«

»Das Mausoleum Alexanders ist gleichzeitig auch der Ort, wo sich das Museion einst befand«, meinte Gardiner Kincaid überzeugt. »Wer das eine findet, findet auch das andere.«

»Auf dem Grund des Meeres?«, fragte Hingis zweifelnd.

»Warum nicht? Es ist bekannt, dass die Architekten der Ptolemäerzeit wahre Meister der Tiefe waren. Ist Ihnen der Name Saint-Génis ein Begriff?«

»Wer soll das sein?«

»Ein Franzose, der als Beobachter an Napoleons Ägyptenfeldzug teilnahm. In seinen Aufzeichnungen über Alexandria ist mehrfach von einer ›unterirdischen Stadt‹ die Rede, die nicht weniger bedeutend sein soll als jene oberhalb der Erde. Die meisten glauben, dass er damit die Zisternen meinte, die sich zu Dutzenden unterhalb der Stadt erstrecken und oft mehrere hundert Fuß tief in den Boden reichen, aber ich vertrete die Auffassung, dass das längst nicht alles ist. Aufgrund der Studien, die ich im Vorfeld betrieben habe, bin ich überzeugt, dass Saint-Génis tatsächlich von einer in der Tiefe gelegenen Stadt gesprochen hat. Von einer Nekropole, um genau zu sein, nämlich dem ›Friedhof der Götter‹.«

»Aber Alexanders letzte Ruhestätte ist nicht unterirdisch gelegen«, widersprach Hingis. »Antike Quellen berichten von einem Hügelgrab, wenn ich mich recht entsinne ...«

»Eine Attrappe, um jene zu täuschen, die sich in unlauterer Absicht nähern«, erwiderte Gardiner mit Nachdruck. »Warum wohl, glauben Sie, habe ich Ausgrabungen an der Säule des Pompeius angestrengt?«

»Weil du dort nach einem Einstieg gesucht hast«, antwortete Sarah.

»Nach dem Studium meiner Quellen war ich mir ziemlich sicher, ihn gefunden zu haben – leider kam ich nicht mehr dazu, meine Theorie zu überprüfen. Wenn es jedoch stimmt, was ich vermute, wird uns auch dieser Gang ans Ziel bringen.«

»Unwahrscheinlich«, widersprach Hingis. »Selbst wenn Sie mit allem recht haben sollten – wer sagt uns, dass dieser Stollen noch intakt ist? Dass er tatsächlich auf die andere Seite der Bucht führt wie vor zweieinhalbtausend Jahren, trotz all der Erdbeben und Kriege, die in dieser Zeit gewütet haben.«

»Alors, wenn es nicht so wäre, hätten wir längst feuchte Füße bekommen«, antwortete du Gard mit zwingender Logik, auf die selbst Hingis nichts zu erwidern wusste.

Auf dem weiteren Marsch durch die Tiefe wurde kaum gesprochen. Jeder hing seinen eigenen Gedanken nach, und Sarah ertappte sich dabei, dass sie ihren Vater immer wieder mit verstohlenen Blicken bedachte. Auch wenn der alte Gardiner sie in mancher Hinsicht enttäuscht hatte, konnte sie nicht anders, als bewundernd zu ihm aufzuschauen. Sein enormes Wissen, seine jugendliche Neugier, sein wissenschaftlicher Entdeckerdrang, sein unerschütterlicher Mut und seine erstaunliche Gelassenheit – all das machte ihn zu jener Person, die Sarah stets hatte sein wollen. Von früher Jugend an hatte sie ihrem Vater nachgeeifert, um eines Tages zu werden wie er. Dabei, dachte sie bedrückt, hatte sie sich von diesem Ziel wohl weiter entfernt denn je ...

Der Stollen schien seinen tiefsten Punkt überwunden zu haben. Allmählich führte der Weg wieder bergan, und aus der Ferne war auch wieder der dumpfe Donner der Detonationen zu hören, begleitet von leichten Erschütterungen, die den Fels erbeben ließen.

»Das Bombardement dauert noch immer an«, stellte Mortimer Laydon fest.

»Verdammt«, erwiderte der alte Gardiner. »Wenn wir auf dieser Seite der Bucht etwas davon spüren, bedeutet das, dass sie nicht nur die Küstenbastionen beschießen, sondern auch die Stadt selbst. Das Erbe von Jahrtausenden, zerstört im Handumdrehen. Verdammte Idioten, was denken sie sich nur dabei?«

Die Fackel in seinen Händen war fast herabgebrannt. Zuerst half Sarah aus, indem sie ihre Beduinenverkleidung in Streifen riss und ihrem Vater gab, damit er den Stoff als zusätzliches Brennmaterial um den Schaft wickeln konnte, dann Hingis und schließlich auch du Gard, dem es sichtlich leid tat, sich von dem mit Arabesken bestickten Offiziersmantel zu trennen. Auch dieses Opfer konnte jedoch nicht verhindern, dass der Lichtschein spärlicher wurde. Endlich tauchte im Schein der immer karger werdenden Flamme eine Treppe auf, die steil nach oben führte.

»Na also«, brummte Lord Kincaid. »Sieht so aus, als hätten wir die andere Seite des Hafenbeckens erreicht.«

»Und mit ihr hat uns auch der Krieg wieder«, ergänzte Ali Bey, während im Hintergrund erneut ferne Explosionen zu hören waren.

»Die Treppe ist weniger gut erhalten«, stellte Sarah fest und erklomm die ersten Stufen. »Hier gibt es überall Risse, auch in der Decke und in den Wänden ...«

»Dann sollten wir zusehen, dass wir hinaufkommen«, drängte Hingis. »Ich bin nicht erpicht darauf, hier unten verschüttet zu werden.«

»Ich auch nicht, *mon ami*«, gab du Gard ihm mit freudlosem Lächeln recht. »Glauben Sie mir ...«

Sie verloren keine Zeit und erklommen hastigen Schrittes die Treppe. Einerseits war es ein beruhigendes Gefühl, der Oberfläche wieder näher zu kommen; andererseits nahm mit buchstäblich jeder Stufe die Stärke des Bombardements wieder zu.

»Idioten«, wetterte Gardiner Kincaid pausenlos vor sich hin. »Verdammte Idioten ...«

Die Treppe endete und führte in einen Korridor, dessen Wände erneut mit Inschriften und Abbildungen versehen waren. Allerdings zeigte sich auch hier, was sich am Fuß der Treppe bereits angekündigt hatte: Dieser Teil des Ganges hatte die Erdbeben der Vergangenheit weitaus weniger gut überstanden. Nicht nur, dass breite Risse Boden, Wände und Decke durchzogen – der Stollen war an einigen Stellen auseinandergebrochen, und die Bruchstücke hatten sich gegeneinander verdreht, sodass sich der Gang als eine steinerne, sich scheinbar ziellos windende Röhre präsentierte.

»*Malheureusement*«, merkte du Gard an, »sieht das nicht sehr ermutigend aus.«

»Habe ich das nicht gleich gesagt?«, wetterte Hingis. »Habe ich nicht prophezeit, dass die Decke über uns einstürzen wird?«

»Noch ist sie nicht eingestürzt«, konterte der alte Gardiner trocken. »Falls es doch passieren sollte – verklagen Sie mich.«

»Dazu hätte ich auch gute Lust«, ereiferte sich der Schweizer. »Leute wie Sie sind eine Schande für unsere Wissenschaft! Ich werde dafür sorgen, dass Sie aus sämtlichen Forschungskreisen ...«

Die Erschütterung, die den Stollen erbeben ließ, war so heftig, dass Ali Bey und Mortimer Laydon das Gleichgewicht verloren und stürzten. Ein ungeheurer Knall ließ Boden und Wände erzittern, und aus den unzähligen Rissen in der Decke rieselten Sand und loses Geröll.

»Streitet euch später weiter«, schlug Sarah vor, »jetzt haltet den Mund und lauft!«

Es gab keinen Widerspruch, nicht einmal von Hingis. Hals

über Kopf rannten die Flüchtlinge los, geradewegs durch den Stollen, dessen Wände sich – oder war es nur eine Täuschung im flüchtigen Schlaglicht der Fackel? – zu bewegen schienen. Gesteinsbrocken fielen von der Decke, sodass Sarah und ihre Gefährten die Köpfe mit den Armen beschirmen mussten. Außerdem lag plötzlich Staub in der Luft, der in den Augen brannte und sich schwer auf die Lungen legte.

»Weiter! Weiter!«, hörte man Gardiner Kincaid brüllen, ehe ihn ein heftiger Hustenanfall überkam, unter dem er sich vor Schmerzen krümmte. Sarah und du Gard eilten zu ihm, um ihn zu stützen, und gemeinsam hasteten sie durch den Donner, der gar kein Ende mehr nehmen wollte. Nur vereinzelt antwortete dem Beschuss ein fernes, schwaches Grollen, das der Allgewalt des britischen Angriffs jedoch nichts entgegenzusetzen hatte. Das Empire antwortete auf Urabis Erhebung mit der ganzen Schlagkraft seiner Marine, die sich rühmte, die modernste der Welt zu sein – ungeachtet einiger unbescholtener Untertanen Ihrer Majestät, sie sich in den Tiefen der Stadt aufhielten und verzweifelt versuchten, am Leben zu bleiben ...

Das Ende des Stollens kam in Sicht.

Unvermittelt riss die spärliche Flamme der Fackel es aus der Dunkelheit – eine breite Pforte, die zu beiden Seiten von steinernen Figuren gesäumt wurde. Die eine Statue war zerstört, sodass nicht mehr zu erkennen war, wen sie einst dargestellt hatte, die andere war noch vollständig. Und mit einer Spur von Bedrückung stellte Sarah fest, dass es Anubis war, der ihnen aus der Finsternis entgegenstarrte, die schakalköpfige Gottheit der Toten ...

»Die Nekropole!«, rief ihr Vater heiser. »Das muss der Eingang zum Friedhof der Götter sein ...«

Das Wissen, der Verwirklichung seines Forschertraumes näher zu sein als je zuvor in seinem Leben, verlieh dem alten Gardiner neue Kraft. Die Arme triumphierend emporgereckt, löste er sich aus Sarahs und du Gards Umarmung und stürmte die Stufen des

Portals hinauf, dessen hölzerne Torflügel schon vor langer Zeit aus den Angeln gefault waren. Der Weg war frei und führte in ein Gewölbe, das einst prunkvoll und von beeindruckender Größe gewesen sein musste.

Inzwischen lag es in Trümmern.

Nur die erste Reihe der Säulen, die die hohe Decke einst gestützt hatten, war unversehrt geblieben; wohl im Zuge eines der zahlreichen Erdbeben, die über Alexandrien hereingebrochen waren, hatte sich der Boden der Halle abgesenkt. Die aus einzelnen Segmenten zusammengesetzten Säulen waren daraufhin eingestürzt, woraufhin auch Teile der Decke eingebrochen waren. An einigen Stellen reichten Felsbrocken und die Trümmer gewaltiger Quadern bis zum Boden, an anderen wurden sie von abgebrochenen Säulenstümpfen noch halbwegs in der Höhe gehalten. Das Ganze erweckte den Anschein, als wollte es jeden Augenblick einstürzen, dabei hatte es in diesem Zustand vermutlich Jahrhunderte überdauert.

Ob es ein Durchkommen gab, war im schwachen Fackelschein nicht zu erkennen, zumal die Trümmer nicht das einzige Hindernis waren. Wasser war eingedrungen und hatte den abgesenkten Boden überflutet, sodass sich um die Ruinen herum ein unterirdischer See erstreckte.

»*Merde!*«, bemerkte du Gard passenderweise.

»Tja«, meinte Hingis nicht ohne eine gewisse Genugtuung. »Das war es dann wohl. Eine Sackgasse, genau, wie ich immer vermutet habe.«

»Das Peristyl«, stellte der alte Gardiner fest, die Bemerkungen seiner Begleiter einfach überhörend. »Dies muss einst die Vorhalle zur Totenstadt gewesen sein. Ich bin mir ziemlich sicher, dass sich auf der anderen Seite der Friedhof der Götter befindet – und mit ihm all das, wonach Historiker über Jahrhunderte hinweg vergeblich gesucht haben. Das Grab Alexanders und das Museion …«

»Hören Sie auf zu träumen, Kincaid«, wies Hingis ihn zurecht. »Unser Weg ist hier zu Ende.«

»Noch lange nicht«, widersprach Sarahs Vater. Er trat ans Ufer und bückte sich, tauchte einen Finger ins dunkle Wasser und leckte daran. »Salz«, stellte er fest. »Es muss eine Verbindung zum offenen Meer geben.«

»Was wollen Sie tun?«, fragte Hingis. »Hinausschwimmen wie ein Fisch?«

»Keine schlechte Idee«, konterte Gardiner und stieg ohne Zögern in das dunkle Nass, das ihm schon nach wenigen Schritten bis zu den Hüften reichte.

»Was haben Sie vor?«

»Was wohl? Einen Weg suchen natürlich.«

»Durch diese Ruine?« Demonstrativ verschränkte der Schweizer die Arme. »Ohne mich. Ich habe es Ihnen schon einmal gesagt, und ich sage es Ihnen wieder: Keine archäologische Entdeckung ist es wert, sein Leben dafür wegzuwerfen.«

»Ich fürchte«, ließ du Gard sich vernehmen, »damit hat er nicht ganz Unrecht, *mon ami*.«

»Jetzt umzukehren, wäre Unsinn«, stellte Gardiner klar. »Wir sind kurz vor dem Ziel.«

»Und wenn das Gewölbe einstürzt?«

»Es hat zwei Jahrtausenden getrotzt, es wird auch die Dummheit der königlich britischen Marine überstehen«, gab sich Gardiner überzeugt. Noch immer waren lärmende Detonationen zu hören, aber die Intensität des Beschusses hatte nachgelassen.

»Ich teile Vaters Ansicht«, sagte Sarah. »Ich denke, wir sollten es wagen und weitergehen.«

»Wie überraschend«, konterte Hingis. Dem Flackern in seinen Augen war zu entnehmen, dass auch er gerne erfahren hätte, was sich auf der anderen Seite des überfluteten Trümmerfeldes befand, aber die Aussicht, sich ins feuchte Element zu begeben, schien ihm ganz und gar nicht zu behagen.

»Ich denke, wir haben keine andere Wahl«, schlug sich auch Mortimer Laydon auf Gardiners Seite. »Das Risiko, das Hafenbecken noch einmal zu unterqueren, dürfte kaum geringer sein, als sein Glück hier zu versuchen.«

»Naram«, stimmte Ali Bey zu und stieg ebenfalls ins Wasser, das Gewehr beidhändig hochhaltend. »Ich bin ein Sohn der Wüste und traue dem Wasser nicht, aber ich denke, der *effendi* hat recht. Niemand sollte sein Schicksal zweimal auf dieselbe Weise herausfordern.«

Damit waren die Skeptiker überstimmt, und als Hingis sah, dass du Gard sich dem Beschluss der Mehrheit fügte, gab auch er seinen Widerstand auf. »Verraten Sie mir nur eines«, raunte er Sarah zu, während er mit vor Abscheu verzogenen Mundwinkeln ins seichte Uferwasser stieg, »wie haben Sie es mit einem solchen Vater nur ausgehalten?«

»Im Grunde«, entgegnete Sarah, »gibt es nur zwei Möglichkeiten – entweder, man verliert den Verstand, oder man wird wie er. Ich habe mich für Letzteres entschieden.«

Hingis blieb im knietiefen Wasser stehen. »Sie sind witzig«, konstatierte er, ohne dass festzustellen gewesen wäre, ob er es ernst oder ironisch meinte.

»Danke sehr«, erwiderte Sarah lächelnd, und zum ersten Mal, seit sie diese Reise angetreten hatten, hatte sie das Gefühl, dass in der Brust des stets so hölzern wirkenden Gelehrten ein Herz schlug.

Das Wasser war infolge des Sandes, den sie mit jedem ihrer Schritte aufwühlten, trübe geworden. Sarah spürte klamme Kälte an sich emporkriechen, hütete sich jedoch, darüber auch nur ein Wort zu verlieren.

Die tatsächlichen Abmessungen des Trümmerfeldes, das einst eine eindrucksvolle Säulenhalle gewesen sein musste, waren im spärlichen Licht der Fackel nur zu erahnen. Die Gefährten sahen nur, was die immer kleiner werdende Flamme aus der Dunkelheit riss, und das war wenig genug. Das Wasser reichte ihnen inzwischen bis zur Brust, und sie wateten vorbei an Säulen, die umgestürzt im Wasser lagen oder als baufällige Stümpfe aufragten, Stümpfe, die sich unter der schweren Last krümmten, die auf ihnen ruhte. Bisweilen erzitterten sie unter den Einschlägen der Geschosse, die unablässig niedergingen, aber noch hielten sie der zusätzlichen Belastung stand.

Sarah versuchte, keinen Gedanken daran zu verschwenden, was geschehen würde, wenn auch nur eine der Säulen nachgab. Das Gleichgewicht, das die zerstörte Decke hielt, schien höchst zerbrechlich zu sein, und obwohl sie es Hingis gegenüber niemals zugegeben hätte, würde Sarah laut aufatmen, wenn sie das Gewölbe hinter sich gelassen hatten ...

»Verdammt«, hörte sie ihren Vater plötzlich knurren, und am Tonfall erkannte sie, dass dies keine Floskel war.

»Was gibt es?«, erkundigte sie sich und arbeitete sich an die Spitze der Gruppe vor. Wie es aussah, hatten sie die gegenüberliegende Seite der Säulenhalle erreicht. Was allerdings fehlte, war ein Ausgang, denn dort, wo sich erneut eine riesige Statue des Totenwächters Anubis erhob, ragte ein ganzer Berg von Schutt und Trümmern aus dem Wasser – die Überreste zweier Säulen, die den Durchgang verschüttet hatten.

Ein wenig hilflos legte Gardiner Kincaid Hand an einen der riesigen Brocken. »Zwecklos«, stellte er frustriert fest, »sie lassen sich keinen Inch bewegen. Sieht so aus, als hätte unser geschätzter Kollege Hingis recht gehabt.«

»Habe ich es nicht gesagt? Warum nur hört nie jemand auf mich ...?«

»Was soll das heißen, Vater?«, erkundigte sich Sarah verwirrt. »Du willst aufgeben? Nachdem wir so weit gekommen sind?«

»Ob ich aufgeben will?« Gardiner schüttelte entschieden den Kopf. »Ganz sicher nicht – aber ich sehe nicht, welche Wahl uns bleibt. Ich bin kein Zyklop, der in der Lage wäre, Felsen mühelos hochzuheben und ...«

Durch meterdicke Schichten von Sand und Gestein drang erneut das dumpfe Lärmen der Granaten. Die Wasseroberfläche kräuselte sich, und im selben Augenblick verlosch die Flamme der Fackel, als hätte der Kanonendonner sie zu Tode erschreckt.

»*C'est la fin*«, kommentierte du Gard überflüssigerweise.

Schwärze stülpte sich über sie wie ein dunkler Sack, und da das Bombardement für einen Moment aussetzte, wurde es beängstigend still.

Niemand sagte ein Wort, denn jedem der Gefährten wurde in diesem Augenblick klar, dass sie verloren waren. Ohne Beleuchtung inmitten undurchdringlicher Finsternis zurück zum Stollen zu finden, war so gut wie unmöglich ...

Furcht erfasste Sarah und ließ ihre Gedanken erstarren – bis ihr klar wurde, dass sie die Mienen ihrer Gefährten noch immer sehen konnte. Je mehr Zeit verstrich, desto deutlicher schälten sie sich aus der Dunkelheit, von einem rätselhaft grünen Schimmern beleuchtet.

»*Un moment*«, rief du Gard, der es ebenfalls bemerkte, »etwas stimmt nicht. Ich kann noch immer sehen.«

»Ich ebenso«, erklärte Hingis zu seiner eigenen, deutlich hörbaren Verblüffung. »Wie in aller Welt ...?«

»Das Licht kommt von dort unten«, stellte Ali Bey fest. »Von unter Wasser ...«

Suchend blickten sich Sarah und die anderen um. Der Alexandriner hatte recht. Über Wasser mochte der Weg aus dem Peristyl versperrt sein – darunter jedoch schien es eine Öffnung zu geben, durch die der schwache Lichtschein drang.

»Wir müssen tauchen«, stellte Gardiner Kincaid fest.

»Aber wir wissen doch gar nicht, was sich auf der anderen Seite befindet«, wandte Hingis ein. »Außerdem bin ich Gelehrter und kein verdammter Fi ...«

Den Rest seiner Klage bekam Sarah nicht mehr mit, denn sie war bereits kopfüber untergetaucht. Kurzerhand hatte sie für sich beschlossen, den drohenden Disput zu beenden, indem sie das Terrain sondierte.

Schlagartig verstummten die Stimmen ihrer Gefährten, das Lärmen der Detonationen verblasste zu einem unwirklichen Rauschen. Dunkelheit und Kälte umgaben Sarah, und sie brauchte einen Augenblick, um sich im trüben Wasser zu orientieren.

Die Quelle des ominösen Lichts entpuppte sich als ein an die zwei Ellen breiter und etwa doppelt so hoher Spalt, der zwischen einem umgestürzten Säulensegment und einem Felsbrocken klaffte. Sarah schwamm darauf zu, fasste die Ränder des Spalts mit beiden Händen und schob sich hindurch. Das Salzwasser brannte in ihren Augen, zudem war es so trübe, dass sie keine drei Yards weit sehen konnte – so entging ihr der schlanke Schatten, der jenseits des Durchbruchs lauerte.

Sie merkte, wie die Luft in ihren Lungen knapp wurde, und ruderte mit den Armen, um möglichst rasch an die Oberfläche zu gelangen, von wo auch der Lichtschein drang. Mit einem erleichterten Schrei auf den Lippen tauchte Sarah auf und fand sich in einem breiten Gang wieder, der zur Hälfte geflutet war. Durch Risse in der Decke drang das Licht, das sie von der anderen Seite gesehen hatten.

Sarah gönnte ihren Lungen eine kurze Pause. Dann holte sie erneut tief Luft, tauchte hinab und schlüpfte abermals durch den Spalt. Im nächsten Moment befand sie sich wieder im Kreis ihrer Gefährten, die sie ebenso erstaunt wie entsetzt anblickten.

»Sarah!«, rief der alte Gardiner aufgebracht. »Was hast du dir nur dabei gedacht …?«

»Der Weg ist frei, Vater«, berichtete sie, ohne auf seinen Vorwurf einzugehen. »Dort unten gibt es eine Öffnung, die groß genug für jeden von uns ist. Auf der anderen Seite befindet sich ein Gang.«

»Ach ja?«, fragte Hingis. »Und wie, bitte sehr, sollen wir hinübergelangen?«

»Wir werden hindurchtauchen«, gab Sarah zur Antwort, »einer nach dem anderen. Maurice, du machst den Anfang.«

»Pourquoi moi?«

»Weil du deinen eigenen Worten nach ein guter Schwimmer bist«, erwiderte sie. »Hingis – Sie werden ihn begleiten.«

»Aber ich ...« Der Schweizer senkte verschämt seine Stimme. »Ich kann nicht schwimmen.«

»Ich auch nicht«, fügte Ali Bey hinzu. »Ich bin ein Sohn der Wüste, nicht des Meeres.«

»Dann werden Sie es lernen, alle beide«, kündigte Sarah unbarmherzig an. »Sie brauchen nur die Luft anzuhalten, du Gard wird Ihnen helfen, verstanden?«

»Naram.«

»Also los!«

Es kostete sowohl den Wüstensohn als auch den Schweizer sichtlich Mühe, sich zum Untertauchen zu überwinden. Aber die Brisanz ihrer Lage sowie der nicht enden wollende Granatendonner machten ihnen wohl klar, dass sie keine andere Wahl hatten. Nacheinander verschwanden sie unter Wasser, und du Gard tat sein Bestes, sie unbeschadet auf die andere Seite zu bringen.

»Wird es gehen, Onkel Mortimer?«, wandte Sarah sich an ihren Paten, über dessen ältliche Züge ein zuversichtliches Grinsen huschte.

»Du beliebst zu scherzen, mein Kind. In Oxford habe ich zu den besten Ruderern meines Jahrgangs gehört. Das feuchte Element ist mein zweites Zuhause.«

Damit war er auch schon verschwunden, und nur noch Sarah und ihr Vater waren übrig. »Du bist eine gute Anführerin«, stellte der alte Gardiner überraschend fest. »Die Leute vertrauen dir.«

»Nein.« Sarah schüttelte den Kopf. »Sie vertrauen dir. Als deine Tochter fällt lediglich ein Abglanz deines Ruhmes auf mich.«

»Das ist Unsinn, und das weißt du. Du bist weit mehr als das, Sarah. Du kannst nicht anders, als dem Ruf des Unbekannten zu folgen, und vermutlich ist es deine Bestimmung, alten Geheimnissen nachzuspüren, so wie ich es ein Leben lang getan habe. Es war töricht von mir, dich nicht in meine Pläne einzuweihen, aber für Reue ist es wohl zu spät, nicht wahr?«

Er nahm die Hände nach vorn und wollte ebenfalls untertauchen, doch Sarah hielt ihn zurück.

»Was ist?«

»Deine Lunge«, brachte sie in Erinnerung. »Wirst du es schaffen?«

Aus Gardiner Kincaids Augen sprach eine Mischung aus Belustigung und Dankbarkeit. »Du sorgst dich tatsächlich um mich, nicht wahr?«

»Natürlich, deshalb bin ich hier.«

»Meine Lunge«, versicherte er, »ist stark genug, mein Kind – und selbst wenn es nicht so wäre, würde ich nicht umkehren. Auf der anderen Seite dieser Öffnung befindet sich womöglich die Verwirklichung eines Traumes. Das, wonach ich mein Leben lang gesucht habe. Verstehst du, was ich meine?«

»Ich denke schon.« Sie nickte. »Viel Glück, Vater.«

»Wir sehen uns drüben«, entgegnete der alte Gardiner leichthin, dann stürzte er sich kopfüber ins dunkle Nass.

Sarah ließ ihm einen kurzen Vorsprung, holte schließlich tief Luft und folgte ihm unter Wasser. Schlagartig umfingen sie wieder Stille, Kälte und trübes Licht. Vor sich konnte sie undeutlich ihren Vater sehen. Mit gleichmäßigen Beinschlägen bewegte er sich voran, hatte schon den Spalt erreicht und schwamm hindurch.

Auch Sarah tauchte durch die Öffnung, dem Lichtschein entgegen, der von der anderen Seite drang – als sie aus dem Augenwinkel etwas wahrzunehmen glaubte.

War es nur eine Täuschung, oder hatte sich dort tatsächlich etwas bewegt? Ein schlanker, länglicher Schatten ...?

Das Salzwasser brannte wie Feuer in Sarahs Augen, während sie sich wachsam umblickte, aber im milchigen Grün ihrer Umgebung war nichts Verdächtiges auszumachen. Sie merkte, wie ihre Lungen sie allmählich im Stich ließen, und tauchte auf.

Ihr Vater war nur eine Armlänge von ihr entfernt. Hinter ihm stand Ali Bey, die Kleidung durchnässt und ein erleichtertes Lächeln im Gesicht. Auch Hingis, du Gard und Mortimer Laydon schienen die Tauchpartie gut überstanden zu haben – durch das hüfthohe Wasser waren sie bereits ein Stück den Gang hinab gewatet, durch dessen Decke blasses Dämmerlicht fiel.

»Alles in Ordnung?«, erkundigte sich Sarah.

»Zum Glück«, bestätigte Hingis. »Allerdings werde ich nach meiner Rückkehr nicht viel Gutes über diese Expedition zu berichten haben.«

»Das ist Ihr gutes Recht, *mon ami*«, meinte du Gard, der nachdenklich nach oben blickte. »Ich frage mich, woher diese Helligkeit kommt. Befinden wir uns so dicht unter der Oberfläche?«

»Kaum«, verneinte Lord Kincaid, »sonst würden wir die Detonationen um vieles deutlicher spüren. Ich könnte mir eher vorstellen, dass sich über uns alte Zisternen befinden, durch deren Brunnenschächte Tageslicht einfällt. Vor etwa vierzig Jahren hat ein Obrist namens Bartholomew Gallice eine Registrierung durchgeführt und dabei fast neunhundert Zisternen im Stadtgebiet gezählt – es ist also möglich, wenn nicht gar wahrscheinlich, dass sich eine davon über uns befindet.«

»Um die Zisternen Alexandrias ranken sich viele Geschichten«, fügte Ali Bey hinzu. »Einige von ihnen wurden bereits in den Gründertagen der Stadt erbaut, und wie es heißt, gibt es welche, die noch immer unentdeckt sind. Es gibt sogar Leute, die behaupten, dass dort immer wieder Menschen verschwinden, die ...«

Er stutzte, als er sah, wie sich der Ausdruck in den Gesichtern seiner Gefährten veränderte. Das Interesse, mit dem sie ihm soeben noch zugehört hatten, schlug in blankes Entsetzen um.

»Ali, Vorsicht!«, gellte Sarahs Warnruf.

Aber es war zu spät.

Für einen kurzen Augenblick war im trüben Wasser ein schlanker Schemen zu erkennen gewesen, der auf Ali Bey zuglitt. Im nächsten Moment tauchte eine Dreiecksflosse auf, und ein zähnestarrendes Maul wuchs hinter ihm aus dem Halbdunkel.

»Was …?«

Der Alexandriner fuhr herum – um gerade noch einen Blick auf den erbarmungslosen Jäger zu erheischen, der mit weit aufgerissenem Maul auf ihn zuschoss und dessen mörderische Kiefer sich einen Herzschlag später in sein Fleisch gruben.

»Ein Hai!«, brüllte Gardiner Kincaid und wich entsetzt zurück. »Ein verdammter Hai …!«

Ali Bey schrie entsetzlich, als das Tier ihn packte. Wo genau der Hai ihn erwischte, war nicht zu erkennen, denn im nächsten Augenblick schien das Wasser um ihn herum zu kochen. Schäumende Gischt spritzte empor, die sich blutrot färbte, während der kräftige Mann wie ein Spielzeug hin und her gerissen wurde. Seine durchdringenden Schreie hallten von der Gewölbedecke wider und übertrafen selbst das Dröhnen der Detonationen – bis sie plötzlich erstarben.

Schlagartig war Ali Bey verschwunden. Der Hai hatte sein Opfer unter die Wasseroberfläche gezogen, die sich glättete, als wäre nichts geschehen.

Sekunden verstrichen, in denen die übrigen Gefährten wie gelähmt waren vor Entsetzen. Der alte Gardiner hatte seinen Revolver gezückt und zielte dorthin, wo Ali Bey eben noch gewesen war, auch Sarah und Mortimer Laydon griffen nach ihren Waffen.

Plötzlich schoss in ihrer Mitte eine neuerliche Fontäne aus blutiger Gischt in die Höhe. Noch einmal tauchte Ali Bey auf, die Hände Hilfe suchend emporgereckt und einen Ausdruck namenlosen Schreckens im blutüberströmten Gesicht.

Dann verschwand er abermals – und diesmal kehrte er nicht zurück.

Bange Stille trat ein, in der niemand laut zu sprechen wagte. Dann ein plätscherndes Geräusch – und schaudernd sah Sarah noch mehr Dreiecksflossen durch die trübe Flut heranschießen.

»Fort von hier!«, schrie sie aus Leibeskräften, während sie gleichzeitig ihr Gewehr in den Anschlag riss und abdrückte – aber statt eines peitschenden Schusses entrang sich dem Martini-Henry nur ein metallisches Klicken. Der Zündmechanismus war nass geworden und verweigerte seinen Dienst.

Der kurze Augenblick, der ihr blieb, genügte nicht für einen Schrei, geschweige denn für ein Gebet. Schon war der pfeilschnelle, konisch geformte Körper heran, und Sarah rechnete schon mit demselben grausigen Schicksal, das auch Ali Bey widerfahren war ...

... als zwei Schüsse hämmerten.

Anders als Sarahs Waffe erfüllte Gardiner Kincaids Colt zuverlässig seine Pflicht. Die Kugeln fegten aus dem Lauf der Waffe, stachen ins Wasser und ereilten den gefräßigen Schatten, noch ehe er Sarah ganz erreicht hatte. Der Hai zuckte zusammen und warf sich herum. Dünne Blutfahnen quollen aus seiner Seite, und für einen winzigen Moment blickte Sarah in das kalte, schwarze Auge des Jägers, dessen halb aufgerissenes Maul vor Zähnen starrte.

»Rasch, Sarah! Worauf wartest du?«

Erst die Hand ihres Vaters, die sie an der Schulter packte und herumriss, befreite Sarah aus ihrer Starre. Jäh wurde ihr bewusst, dass sie ihr Leben soeben geschenkt bekommen hatte und dass sie Hals über Kopf rennen musste, um es zu behalten.

Mit beiden Händen paddelnd, setzte sie hinter den anderen drein, die bereits die Flucht ergriffen hatten. Für Ali Bey kam jede Hilfe zu spät, aber ihr eigenes Leben konnten sie retten.

Vielleicht ...

Erneut krachte ein Schuss.

Das von Mündungsfeuer beleuchtete Gesicht Mortimer Laydons glomm im Halbdunkel auf, und unweit von ihm spritzte

Wasser in die Höhe. Statt der dreieckigen Rückenflosse, die eben noch dort zu sehen gewesen war, tauchte eine breite Schwanzflosse auf, die wütend um sich schlug. Laydon fuhr herum und stürzte weiter den gefluteten Korridor hinab, der der Schlupfwinkel der Haie zu sein schien.

Sarah und der alte Gardiner, der den Rückzug der anderen deckte, indem er immer wieder feuerte und die Haie so auf Distanz hielt, holten auf. Weder Hingis noch du Gard waren besonders gut trainiert, und Mortimer Laydons Flucht ging schon aufgrund seines fortgeschrittenen Alters langsamer vonstatten.

»Bleibt alle beisammen«, schärfte Gardiner ihnen ein, »dann werden die Haie uns nicht angreifen ...«

Sogar Hingis war zu entsetzt und zu überanstrengt, um zu widersprechen. Noch immer schockiert über das, was dem armen Ali Bey widerfahren war, rotteten sie sich eng zusammen – und tatsächlich ließen die Haie zunächst von ihnen ab. Noch immer waren die Dreiecksflossen da und umkreisten sie drohend, aber die Jäger der Tiefe schienen zu verunsichert, um erneut anzugreifen.

Wenigstens im Augenblick ...

»Dort vorn ist das Ufer«, meldete du Gard, »ich kann es bereits erkennen ...«

»Darauf zu, los«, trieb Gardiner Kincaid seine Schützlinge an, während er seinen Revolver nachzuladen versuchte, was infolge der unzureichenden Beleuchtung und seiner klammen Hände allerdings eine schier unlösbare Aufgabe darstellte – dabei hatten die Haie ihre Überraschung verwunden und formierten sich zu einer neuen Attacke!

Sarah zählte vier Dreiecksflossen, die wie Klingen durch das dunkle Wasser schnitten, genau auf die Gefährten zu. Laydon, der ebenfalls hastig nachgeladen hatte, gab einen weiteren Schuss ab, der die Haie jedoch nicht aufhielt. Sarahs Waffe war nutzlos, Hingis trug seine noch immer auf dem Rücken und suchte sein Heil in der Flucht.

»Sie kommen näher!«, rief er panisch, als er die Haie heranschießen sah – im nächsten Moment gab er einen lauten Schrei von sich und verschwand unter Wasser.

Für einen Augenblick sah es so aus, als hätten die Haie ihn erwischt, dann tauchte er wieder auf, lauthals lamentierend. »Mein Fuß«, jammerte er. »Ich bin ausgeglitten und habe mir den Fuß verstaucht! Ich kann nicht weiter ...«

Er fiel zurück – worauf die vier Dreiecksflossen abrupt die Richtung änderten und auf ihn zuhielten.

»Helfen Sie mir! Bitte ...!«

Sarah sah den Gelehrten in den dunklen Fluten zappeln. Instinktiv wollte sie umkehren, aber ihr Vater hielt sie zurück.

»Du bleibst!«, schärfte er ihr energisch ein. »Gehorche mir wenigstens dieses eine Mal ...«

Damit wandte er sich ab und eilte Hingis selbst entgegen, der weiter wie von Sinnen schrie. Noch immer war der alte Gardiner damit beschäftigt, Patronen in die Kammern der Revolvertrommel zu stopfen, und es zeichnete sich ab, dass er das Wettrennen gegen die Haie verlieren würde ...

»Vater! Nein!«, schrie Sarah und wollte ebenfalls zurück, aber eine sehnige Hand, von der sie wusste, dass sie du Gard gehörte, hielt sie unnachgiebig fest. »Lass mich los!«, verlangte sie, »lass mich verdammt noch mal los ...!«

Du Gard dachte nicht daran.

Zusammen mit Laydon schleppte er Sarah den Korridor hinab, der zum Ende hin steil anstieg. Entsprechend nahm die Wassertiefe ab, sodass sie schneller vorankamen, aber das vermochte Sarah nicht zu trösten.

»Vater!«, rief sie verzweifelt.

Dann überstürzten sich die Ereignisse.

Fast im selben Augenblick, in dem der erste Hai Friedrich Hingis erreichte, hatte Gardiner Kincaid das Nachladen beendet. Mit einer schnellen Drehung des Handgelenks klappte er die Revolvertrommel ins Gehäuse zurück und betätigte den Abzug, nicht nur einmal, sondern gleich mehrmals hintereinander. Mit der linken Hand über den Spannhahn fächelnd, schickte der Archäologe den Haien ein ganzes Rudel tödlichen Bleis entgegen, das unter Wasser zwar an Biss verlor, jedoch ausreichte, um dem Blutdurst der Tiere Einhalt zu gebieten.

Zwei von ihnen wurden getroffen und trudelten wie Querschläger davon. Die Blutwolke, die sie im Wasser hinterließen, reichte aus, um ihre Artgenossen zumindest für einige Augenblicke das Interesse an einem vor Angst zitternden Gelehrten verlieren zu lassen – Augenblicke, die Gardiner Kincaid nutzte.

»Kommen Sie, Hingis«, rief er, wandte sich um und setzte den Korridor hinab, die eine Hand am Revolver, die andere am Kragen des Schweizers, den er einfach mitriss.

Je seichter es wurde, desto schneller kamen sie voran, und endlich erreichten sie das knietiefe Wasser, wo Sarah und du Gard sie in Empfang nahmen. Von den Haien war nichts mehr zu sehen. Der unterirdische Kanal lag wieder so ruhig da wie zuvor. Das durch die Decke einfallende Licht spiegelte sich in seiner ruhigen Oberfläche. Nichts schien mehr an das schreckliche Erlebnis zu erinnern – mit Ausnahme der Tatsache, dass einer von ihnen fehlte …

Erschöpft und niedergeschlagen sanken die Gefährten nieder. Während sich Dr. Laydon um Hingis' Fuß kümmerte, umarmte Sarah schweigend ihren Vater, froh darüber, ihn wieder sicher bei sich zu haben. Erleichterung sprach aus Gardiner Kincaids Gesicht, aber auch tiefe Erschöpfung. Sein Atem ging rasselnd und stoßweise, Hustenkrämpfe schüttelten ihn.

»Alles in Ordnung, Vater?«

»Keine Sorge, mein Kind«, beschied er ihr mit verwegenem Grinsen. »Es geht mir gut – ich werde wohl nur allmählich ein bisschen zu alt für derlei Dinge …«

»*Mon dieu*, was ist das gewesen?«, erkundigte sich du Gard. »Was waren das für Bestien?«

»Haie«, gab Sarah zur Antwort. »Tigerhaie, um genau zu sein. Man trifft sie häufig in trüben Küstengewässern an.«

»Verdammt und zugenäht!«, wetterte Hingis. »Wie, in aller Welt, sind diese Bestien hierhergelangt?«

»Ich sagte doch, dass es eine Verbindung zum offenen Meer geben muss«, erwiderte Sarahs Vater mit rauer Stimme. »Durch sie müssen die Haie hereingelangt sein.«

»Unfassbar!«, sagte Hingis nur.

Beinahe jeder erwartete, dass der Schweizer in erneute Beschimpfungen verfallen, dass er Lord Kincaid die Schuld an dem grässlichen Zwischenfall und vor allem auch am Tod Ali Beys geben würde – aber Friedrich Hingis schwieg.

Wortlos wie alle anderen kauerte er am Boden, bis auf die Haut durchnässt und frierend, und starrte auf das dunkle Wasser. Sarah dachte dabei an Ali Bey und an das schreckliche Ende, das ihn ereilt hatte, und zum ersten Mal fragte sie sich, ob die Jagd nach einem archäologischen Rätsel, so bedeutsam es auch sein mochte, all diese Opfer wert war ...

»Eh bien«, sagte du Gard, der sich als Erster wieder auf die Beine raffte. »Wenigstens wissen wir jetzt, weshalb das Alexandergrab nie entdeckt wurde.«

»Was meinst du?«, fragte Sarah.

»Alors, womöglich hat sich die Verbindung zum Meer bereits vor langer Zeit gebildet, und die Haie haben in all dieser Zeit den Friedhof bewacht.«

»Wer weiß?« Gardiner Kincaid nickte. »Aber wir haben das Hindernis überwunden – und werden zu sehen bekommen, was seit langer Zeit keines Menschen Auge mehr erblickt hat.«

»Nach allem, was hinter uns liegt, hätten wir uns das wohl verdient«, meinte Hingis, dessen Gesichtsfarbe noch immer von ungesunder Blässe war, »aber keiner von uns so sehr wie Sie.«

»Nanu?« Sarahs Vater hob die buschigen Brauen. »Welch ungewohnten Töne aus Ihrem Munde ...«

»Sie sind umgekehrt und haben mir das Leben gerettet«, stellte der Schweizer fest. »Wieso? Um ehrlich zu sein, glaube ich nicht, dass ich im umgekehrten Fall ebenso gehandelt hätte ...«

»Ehrlichkeit steht Ihnen gut zu Gesicht«, erkannte der alte Gardiner an. »Ich habe Sie gerettet, weil Sie zu meiner Mannschaft gehören.«

»Ich? Zu Ihrer Mannschaft?« Hingis lachte gequält.

»Ganz recht. In dem Augenblick, da meine Tochter Sie in das Geheimnis einweihte, fingen Sie an, ein Teil des großen Ganzen zu sein. Es mag Ihnen gefallen oder nicht, mein Freund – aber hierbei geht es um mehr als darum, ein paar verschüttete Fundamente freizulegen. Diese Mauern« – Gardiner machte eine ausladende Handbewegung – »beinhalten alles, weswegen Leute wie Sie oder ich sich jemals mit dem Studium der Archäologie beschäftigt haben. Letzten Endes tun wir das alles nur, weil wir uns nach Wissen sehnen, nach Antworten auf die grundlegenden Fragen, nach unserem Ursprung, nach dem Woher und dem Wohin. Ich mag nicht immer einer Meinung mit Ihnen gewesen sein, und ich gebe zu, dass ich für Ihre besserwisserische Art nicht allzu viel übrig habe – aber ich weiß inzwischen, dass Sie ebenso nach diesen Antworten suchen, wie meine Tochter und ich es tun. Und das macht uns einander gleich.«

Mit vor Staunen offenem Mund hatte Hingis zugehört, und Sarah wartete darauf, dass er, wie es seine Art war, in spöttisches Gelächter verfiel.

Aber er tat es nicht.

Noch vor ein paar Stunden hätte Friedrich Hingis über Gardiner Kincaids pathetische Worte wohl tatsächlich nur gelacht, hätte sie in Sarkasmus ertränkt, noch ehe ihre Bedeutung ihm klar geworden wäre. Die jüngsten Ereignisse jedoch schienen ihm verdeutlicht zu haben, dass für Einzelgänger kein Platz auf dieser Expedition war und sie alle aufeinander angewiesen waren.

»Ich weiß nicht, wie es Ihnen geht«, fügte der alte Gardiner lächelnd hinzu, »aber sollte dieses Abenteuer mein letztes sein, so würde ich mein Leben lieber im Kreis von Freunden beschließen als belauert von meinen Konkurrenten.«

»Ein wahres Wort«, stimmte Mortimer Laydon zu. »In der Tat ein wahres Wort ...«

Die verbliebenen Gefährten bereiteten sich auf den Abmarsch vor. Erst jetzt fiel ihnen auf, dass der Beschuss an der Oberfläche ausgesetzt hatte; just in dem Moment jedoch, in dem Gardiner Kincaid und seine Leute sich anschickten, ihre Reise durch das unterirdische Alexandria fortzusetzen, setzte das Bombardement wieder ein. Schrilles Pfeifen war zu hören, gefolgt von schweren Detonationen, die die Erde bis in die Tiefen erbeben ließen.

»Verlassen wir diesen Ort«, schlug Sarah vor und warf einen letzten schaudernden Blick auf das Wasser, das Ali Bey zum Verhängnis geworden war.

Sie übernahm die Führung der kleinen Gruppe, während ihr Vater diesmal die Nachhut bildete. Hingis blieb in seiner Nähe, als verspürte er den Drang, etwas wiedergutzumachen; in der Mitte marschierten Mortimer Laydon und du Gard, der für seine Verhältnisse erstaunlich still geworden war.

Sarah wandte sich zu ihm um. »Was hast du?«

»*Je ne sais pas.*« Er schüttelte den Kopf. »Dieser Ort gefällt mir nicht. Ich glaube, es war ein Fehler, hierherzukommen.«

»Niemand konnte wissen, dass das mit den Haien geschehen würde.«

»Ich spreche nicht von den Haien, *chérie*. Ich spreche von etwas, das diesen Ort umgibt. Von einer Aura der Kälte und des Bösen. Niemand von euch kann sie fühlen, dennoch ist sie real ...«

Sarah schwieg. Weder fragte sie, was du Gard auf solch düstere Gedanken brachte, noch wollte sie wissen, was seiner Ansicht nach zu tun wäre. Energisch verschloss sie sich allen Fragen – was nichts daran änderte, dass sie tief in ihrem Inneren ähnlich empfand.

Anfangs hatte sie es auf ihre Furcht geschoben, auf den Donner der Granaten, der sie allgegenwärtig begleitete und sie immerzu an die Gefahr erinnerte, die wie das Schwert des Damokles über ihnen schwebte. Dann hatte sie geglaubt, dass es an den Schuldgefühlen lag, die sie Ali Beys Tod wegen empfand. Als du Gard jedoch so offen aussprach, was ihn bewegte, kam Sarah nicht umhin sich einzugestehen, dass auch sie jene Kälte fühlte ...

Umzukehren kam nicht in Frage; selbst wenn sie es gewollt hätten, stellten die Haie ein Hindernis dar, mit dem keiner von ihnen es noch einmal aufnehmen wollte. Alles, was sie tun konnten, war weiterzugehen und dabei wachsam zu sein. Noch einmal wollte Sarah nicht von einer solch grausigen Überraschung ereilt werden ...

Der Gang endete vor Stufen, die steil hinaufführten. Die Lichtverhältnisse verbesserten sich, und von einem Augenblick zum anderen fanden Sarah und ihre Gefährten sich tatsächlich inmitten der Zisternen wieder, von denen viele so alt waren wie die Stadt selbst. Die meisten der geräumigen Gewölbe wurden nicht mehr genutzt und waren längst ausgetrocknet, aber hier und dort floss noch Wasser in den Kanälen, das vom westlichen Nilarm hergeleitet wurde.

»Anders als antike Metropolen wie Rom oder Athen ist Alexandria nicht im Lauf einer langen Entwicklung entstanden«, erklärte Gardiner Kincaid dazu, dessen Begeisterung wieder Oberhand gewonnen zu haben schien – wenn auch er etwas Ähnliches fühlte wie Sarah oder du Gard, so ließ er nichts davon erkennen. »Wie es heißt, entwarf der Architekt Deinokrates die Stadt gemäß den persönlichen Vorstellungen Alexanders. Es wurde die erste Siedlung der Alten Welt, die die Bezeichnung ›modern‹ verdiente, und war ihrer Zeit um Jahrzehnte, wenn nicht um Jahrhunderte voraus. Unter anderem wurde eine Kanalisation angelegt, die so mancher europäischen Stadt heutiger Tage gut zu Gesicht stehen würde, und es gab Zisternen und unterirdische Vorratslager, die das Überleben der Bevölkerung auch in schlechten Zeiten sichern sollten. All das ist wohlbekannt – aber niemals wäre ich auf den Gedanken gekommen, dass die Zisternen und der Friedhof der Götter zusammengehören könnten ...«

»Eine wahrhaft bedeutende Entdeckung«, stimmte Hingis zu. »Schon allein dafür wird man Ihren Namen in einem Atemzug mit Champollion und Schliemann nennen.«

»Danke, mein Freund«, erwiderte der alte Gardiner in einem Anflug von Überheblichkeit, der Sarah fast erschreckte, »aber ich habe nicht vor, es dabei bewenden zu lassen ...«

Sie durchschritten mehrere Kammern mit gewölbten Decken, die durch schmale Kanäle miteinander verbunden waren und in denen das Wasser knietief stand. Erhellt wurden sie von fahlen, senkrecht einfallenden Lichtstrahlen, die jeweils wie eine Säule in der Mitte der Zisternen standen. Durch einen der von dicken Eisengittern verschlossenen Brunnenschächte riskierte Sarah einen Blick nach oben – wenn sie jedoch geglaubt hatte, dort ein Stück blauen Himmels zu entdecken, so wurde sie bitter enttäuscht. Rauch und Staub verdunkelten die Sonne und schienen sich wie ein Leichentuch über die ganze Stadt gebreitet zu haben. Dazu glaubte Sarah, bitteren Brandgeruch zu schmecken. Wie groß das Ausmaß der Zerstörung war, ließ sich von hier unten aus unmöglich feststellen, aber Sarah nahm an, dass es beträchtlich sein musste. Dennoch dauerte der Beschuss noch immer an.

Jede Granate, die detonierte, ließ die Zisternen erbeben. Wellen breiteten sich über das Wasser aus, und Bruchstücke von Mörtel platzten von der Decke, aber noch widerstanden die Jahrtausende alten Gewölbe der zerstörerischen Gewalt. Nur wenn die Einschläge besonders nahe waren und den Boden unter ihren Füßen wanken ließen, schreckten Sarah und ihre Gefährten noch auf; ansonsten war ihnen der Krieg, der an der Oberfläche tobte, bereits zur schrecklichen Gewohnheit geworden. Unbeirrt setzten sie ihren Weg fort – bis sie erneut auf ein Hindernis stießen.

Eine steinerne Treppe führte aus dem Zisternenbecken in einen kurzen Korridor, der sich jedoch schon nach wenigen Yards in gähnende Tiefe stürzte: Ein Graben kreuzte den Gang, der drei oder vier Yards breit war und dessen Grund im Halbdunkel nicht zu erkennen war. Auf der anderen Seite des Grabens erhoben sich zwei mächtige Pylonen, die ein großes Tor umfassten. In jeden der Pfeiler war eine Inschrift in griechischer Schrift und Sprache gemeißelt.

»Das ist es«, flüsterte Gardiner Kincaid voller Ehrfurcht. »Der Eingang zum Grab des Königs ...«

»›Ich bin Alexander‹«, übersetzte Friedrich Hingis mit bebender Stimme die Inschrift, »›König von göttlichem Geschlecht‹. Und auf der anderen Seite steht: ›Wer mich finden will, der überwinde mein Werk und die Phalanx meiner Krieger.‹«

»Was mag das bedeuten?«, fragte Mortimer Laydon.

»In jedem Fall ist es ein Beleg dafür, dass Vaters Vermutungen richtig gewesen sind«, sagte Sarah, »denn wenn ich mich recht entsinne, befinden sich ähnlich lautende Worte über dem Eingang des Ramses-Tempels in Theben.«

»Das stimmt, mein Kind.« Gardiners Lächeln war voller Vaterstolz. »Du hast deine Studien sorgfältig betrieben.«

»Wie ich schon sagte – ich hatte einen guten Lehrer«, gab sie das Kompliment zurück. »Recassins Schwester hatte also recht – Ozymandias scheint die Antwort tatsächlich zu kennen.«

»In der Tat – nur hilft uns diese Einsicht nicht auf die andere Seite.« Sich durch den silbrigen Bart streichend, schien der alte Gardiner angestrengt nachzudenken. Das Dröhnen der Bombeneinschläge schien er nicht einmal mehr wahrzunehmen. »Der Graben scheint dazu da zu sein, das Mausoleum vor Überflutung zu bewahren, falls die Zisternen überlaufen sollten. Aber natürlich ist er auch dazu geeignet, unerwünschte Besucher fernzuhalten.«

»Das scheint den Erbauern klar gewesen zu sein«, wandte Hingis ein. »Mit dem ›Werk‹, von dem in der Inschrift die Rede ist und das es zu überwinden gilt, kann nur der Graben gemeint sein.«

»Peut-être, aber was hat die Sache mit der Phalanx zu bedeuten?«, fragte du Gard.

»Die Phalanx war eine spezielle Schlachtordnung der Mazedonier«, erklärte Sarah. »Man nimmt an, dass sie einen guten Teil zu Alexanders Sieg über das Perserreich beigetragen hat, denn gegen den Pikenwall seiner Soldaten waren sowohl das persische Fußvolk als auch die gefürchtete Reiterei machtlos.«

»Chérie« – du Gard lächelte matt – »du wirst mir doch nicht weismachen wollen, dass sich dort drüben eine Armee versteckt hält, oder?«

»Das gerade nicht, aber die Worte müssen eine Bedeutung haben, und wir täten gut daran, sie zu entschlüsseln.«

»Vor allem«, meinte ihr Vater, »müssen wir nach einem Weg suchen, den Graben zu überwinden.«

»In meinem Gepäck hatte ich ein Seil«, erwiderte Sarah, »aber es wurde mir abgenommen, als wir gefangen wurden.«

»Oha«, bemerkte du Gard trocken. »Wie heißt es so schön? Das Gepäck einer Frau birgt manches Geheimnis.«

»Und der Mund eines Wahrsagers manch albernes Geschwätz«, konterte sie schlagfertig. Einem losen Stein, der nahe der Abbruchkante lag, versetzte sie einen Tritt, sodass er in die Tiefe fiel. Augenblicke lang war nichts zu hören, dann ein leises Platschen.

»Wasser«, stellte Mortimer Laydon fest. »Nicht schon wieder ...«

»Der Graben scheint tatsächlich als Überlauf für die Zisterne zu dienen«, überlegte Gardiner. »Die Tiefe dürfte zehn bis fünfzehn Yards betragen.«

»Vorausgesetzt, der Wasserstand wäre ausreichend, würde man einen Sturz wohl überleben«, folgerte Sarah.

»Das schon – aber angesichts der glatten Wände des Grabens hätte man ohne ein Seil wohl keine Hoffnung, jemals wieder herauszukommen.«

»Dennoch muss es jemand wagen«, meinte Sarah überzeugt. »Seht ihr die Öffnungen auf beiden Seiten der Pylonen? Sie befinden sich ein Stück oberhalb der Inschriften ...«

»Was soll damit sein?«, erkundigte sich Hingis.

»Ihrer Form und Größe nach zu urteilen, scheinen sie für einen bestimmten Zweck konstruiert zu sein.«

»Ach so? Und was für ein Zweck könnte das sein?«

»Nun«, überlegte Sarah weiter, »soweit es sich erkennen lässt, verlaufen die Öffnungen schräg nach oben. Gerade, als ob sie dazu konstruiert wären, etwas auszuschütten.«

»Etwas auszu ...? Aber was? Noch mehr Wasser?«

Sarahs Blick und der des Schweizers trafen sich im Halbdunkel – und an dem verräterischen Blitzen in Friedrich Hingis' Augen erkannte sie, dass er das Rätsel nicht nur im selben Moment gelöst hatte wie sie, sondern auch denselben Entschluss fasste.

Da Sarah ganz vorn an der Kante stand, war Hingis im Vorteil. Er brauchte nicht erst Anlauf zu nehmen, sondern rannte einfach los. Die Zähne gefletscht und die Augen hinter den staubigen Brillengläsern weit aufgerissen, setzte der Schweizer auf den Graben zu.

»Verdammt, Mann, was ...?«, brüllte Gardiner Kincaid fassungslos – dann hatte Hingis auch schon die Kante erreicht und sprang, getrieben wohl nicht zu sehr von Heldenmut als vielmehr vom unbedingten Wunsch, der Erste zu sein. Von der Verstauchung an seinem Fußgelenk war nichts mehr zu bemerken.

Noch in der Luft, buchstäblich zwischen Tod und Leben schwebend, brachte er Arme und Beine nach vorn und katapultierte seinen hageren Körper so über den klaffenden Abgrund. Atemlos verfolgten Sarah und die anderen, wie er der gegenüber liegenden Seite entgegenflog – und sie um Haaresbreite verfehlte.

Die Spitzen seiner Stiefel berührten die Kante, glitten jedoch daran ab. Hart prallte Hingis gegen den Fels, und einen dramatischen Augenblick lang sah es so aus, als würde er abstürzen. In letzter Sekunde gelang es ihm jedoch, sich an den Fugen festzuklammern, die zwischen den steinernen Bodenplatten verliefen.

»Hingis!«, rief Gardiner Kincaid streng hinüber. »Sind Sie verrückt geworden?«

Der Schweizer ließ sich nicht beirren. Sich mit aller Kraft an sein Leben klammernd, gelang es ihm, sich emporzuziehen und ein Knie über die Kante zu bringen. Ächzend zog er sich vollends hinauf und wälzte sich auf sicheren Boden.

»Was tun Sie da, Mann? Was soll das ...?«

»Ich glaube, ich weiß es«, sagte Sarah tonlos, während sie fassungslos zuschaute, wie Hingis sich auf die Beine raffte und sichtlich erschöpft, aber mit einem triumphierenden Grinsen im Gesicht, in das Dunkel entschwand, das jenseits des Tores herrschte.

»Was weißt du?«

»Diese Öffnungen«, Sarah deutete auf die Pylonen, »gehören zu einem Mechanismus, der in der Lage ist, den Graben zu überbrücken. Hingis hat das im selben Moment erkannt wie ich.«

»*Vraiment, c'est fantastique*«, ereiferte sich du Gard, »und jetzt ist dieser impertinente kleine Bastard wahrscheinlich gerade dabei, diesen Mechanismus zu zerstören, um seine Konkurrenten möglichst hinter sich zu lassen, *n'est-ce pas?*«

Für ihr Leben gern hätte Sarah widersprochen, aber du Gard hatte genau das ausgesprochen, was sie selbst vermutete. Hingis hatte die Gelegenheit genutzt, sich abzusetzen und selbst die Lorbeeren zu ernten, die ihrem Vater zukamen.

»Nein!«, brüllte Gardiner Kincaid und ballte in hilflosem Zorn die Fäuste, denn ihm war klar, dass er aufgrund seines Alters und seines geschwächten Zustands nicht in der Lage sein würde, das todesmutige Kabinettstück des Schweizers nachzuahmen.

Schon trat Sarah zurück, um ihrerseits Anlauf zu nehmen und

auf die andere Seite zu springen – als sich ein durchdringendes Knacken vernehmen ließ.

»Was war das?«, fragte Laydon.

»Les grenades«, vermutete du Gard. »Das Gewölbe stürzt über uns zusammen!«

»Das war kein Granateneinschlag«, meinte Sarah bestimmt ... »Hört ihr nicht dieses Rauschen ...?«

Ihr Vater und die beiden anderen warfen ihr fragende Blicke zu. Plötzlich war es ganz deutlich zu hören – ein Geräusch wie von einem Wasserfall, der tosend in die Tiefe stürzte.

Aber es war kein Wasser, das sich schlagartig aus den Öffnungen zu beiden Seiten des Tores ergoss.

Es war Sand.

In zwei gewaltigen Kaskaden brach er hervor und ergoss sich in den Graben. Das Wasser darin zischte feindselig, als wollte es ihn vertreiben, aber schon im nächsten Augenblick hatte der Sand es aufgesogen, und immer noch mehr davon stürzte in die Tiefe. Innerhalb von Sekunden konnte man die Hand nicht mehr vor Augen erkennen, so dicht war der Staub, der aus dem Graben aufstieg. Sarah und ihre Gefährten zogen die Halstücher vor Mund und Nase, jedoch waren sie nur bedingt von Nutzen. Von Hustenanfällen geschüttelt, blieb ihnen nichts, als sich in den Gang zurückzuziehen und abzuwarten, wobei sie sich mit den Händen vorantasten mussten.

Eine endlos scheinende Weile waren Sarah und die Ihren zur Untätigkeit verdammt, konnten nichts tun, als am Absatz der Treppe zu kauern und der Staubwolke zuzusehen, die aus dem Durchgang quoll, begleitet von infernalischem Getöse ...

... das irgendwann erstarb.

Der schwere Sandstaub legte sich, und nachdem die Expeditionsteilnehmer Gesichter und Kleider notdürftig gereinigt hatten, erklommen sie erneut die Stufen und lugten vorsichtig über die Kante. Was sie sahen, überraschte sie.

Nicht nur, dass der Sand seinen Zweck erfüllt und den Graben aufgeschüttet hatte, sodass man die Kluft gefahrlos überqueren konnte – im hohen Tor stand auch eine schmächtige, nur zu bekannte Gestalt. Die Öllampe in ihrer Hand warf unstetes Licht auf ihre selbstzufrieden lächelnden Züge.

»Hingis!«, entfuhr es dem alten Gardiner. »Was, bei Kastor und Pollux ...«

»Geben Sie es zu«, verlangte der Schweizer, »Sie hätten nicht gedacht, mich noch einmal wiederzusehen.«

»Zugegeben«, gestand Sarah ohne Zögern und vor allen anderen.

»Ich gestehe, die Versuchung war groß«, bekannte der Schweizer. »Als ich begriff, was es mit der Vorrichtung auf sich hatte, da wusste ich, dass ich rasch handeln musste, oder mein Vorteil würde vergeben sein. Also handelte ich, noch ehe mir klar wurde, wie töricht das war, was ich tat – schließlich hätte ich bei dem Sprung leicht mein Leben verlieren können. Aber ich erreichte unbeschadet die andere Seite, und tatsächlich fand ich dort, was wir wohl beide vermutet hatten – die steinernen Hebel des Zugangsmechanismus. Zuerst verschwendete ich keinen Gedanken daran, sie zu betätigen, aber dann tat ich es doch. Und wissen Sie, warum?«

»Warum?«, fragte Gardiner.

»Weil mir Ihre Worte nicht aus dem Kopf wollten, Kincaid. Und weil ich nach allem, was Sie für mich getan haben, irgendwie das Gefühl hatte, Ihnen etwas schuldig zu sein. Ist das nicht seltsam?«

»Für einen Menschen Ihres Schlages wahrscheinlich schon«, räumte Sarahs Vater grinsend ein, während er den Sand durchquerte und sicher auf die andere Seite gelangte. »Umso mehr bin ich Ihnen zu Dank verpflichtet.«

»Gern geschehen.« Der Schweizer lächelte. »Allerdings muss ich mich vorsehen, dass so etwas nicht zur schlechten Gewohnheit wird. Schließlich habe ich einen Ruf zu verlieren.«

»Und die Lampe?«, erkundigte sich Sarah. »Woher haben Sie die?«

»Dort vorn gibt es eine Nische im Fels.« Hingis deutete durch das Tor. »Da finden Sie alles, was Sie brauchen.«

»Sieh an.« Sarah schürzte die Lippen. »So viel Sinn fürs Praktische hätte ich Ihnen gar nicht zugetraut ...«

Sie ließ ihn stehen und suchte die Nische auf, wo sie tatsächlich eine Reihe tönerner Lampen aufgereiht fand. Einige davon waren zerbrochen und nutzlos, andere noch völlig intakt. Mit Öl gefüllte Amphoren lagerten nicht weit davon, und sogar an Feuersteine hatte man gedacht. Offenbar, vermutete Sarah mit grimmigem Lächeln, hatten die Erbauer der Anlage mit Besuch gerechnet ...

Rasch stellten die Gefährten mehrere funktionierende Lampen her, sodass nun jeder seine eigene Flamme hatte.

»Weiter«, verlangte Gardiner Kincaid daraufhin. »Am Ende dieses Korridors werden wir hoffentlich finden, wonach wir suchen. Wissenschaftliche Erfüllung ...«

»... und ewigen Ruhm«, fügte Friedrich Hingis begeistert hinzu.

»Um der Wahrheit die Ehre zu geben«, murmelte du Gard halblaut, »wäre ich schon mit dem Ausgang zufrieden ...«

Der Gang, der sich dem Tor anschloss, führte schräg in die Tiefe. Die Wände waren mit Malereien versehen, wie Sarah sie farbenprächtiger und prunkvoller nie zuvor zu sehen bekommen hatte. Sie stammten aus ptolemäischer Zeit und zeigten Alexander bei den großen Taten seines kurzen Lebens: bei den Siegen über die Perser bei Issos und Gaugamela, beim Gericht über Artaxerxes sowie bei der Vermählung von Susa. Die Gewölbedecke war blau gefärbt und mit silbernen Ornamenten versehen, die im Schein der Öllampen wie Sterne glitzerten. Dies war zweifellos beabsichtigt und, wie Sarah wusste, eine weitere Parallele zum Tempel des Ozymandias.

Der Gang mündete in eine große, von Säulen gestützte Halle, deren Ausmaße allenfalls zu erahnen waren. Daran schloss sich eine Kammer an, die auf beiden Seiten Durchgänge zu weiteren Räumen besaß.

Gardiner Kincaid war die wachsende Ungeduld anzumerken. Um keine Zeit zu verlieren, teilte er die Gruppe kurzerhand auf und wies seine Gefährten an, das Terrain zu sondieren. »Und?«, erkundigte er sich, nachdem sie zurückgekehrt waren.

»Glauben Sie mir, dies ist kein Friedhof, sondern ein Labyrinth«, antwortete du Gard. »An die Kammer, die ich inspiziert habe, schließen sich noch zwei Kammern an. Und von beiden führen Korridore weiter in die Tiefe.«

»Genauso verhält es sich auf der anderen Seite«, bestätigte Sarah.

»Und sind diese Kammern alle leer?«, wollte ihr Vater wissen.

»Die, die ich gesehen habe, schon«, versicherte Mortimer Laydon. »Aber wenn meine durchaus bescheidenen Kenntnisse in Ägyptologie mich nicht trügen, ist dies nicht weiter ungewöhnlich, oder?«

»Allerdings nicht.« Hingis schüttelte den Kopf. »Die Erbauer der ägyptischen Grabanlagen verstanden sich meisterlich darauf, falsche Spuren zu legen, um eindringende Feinde und Plünderer zu täuschen. In den meisten Pharaonengräbern gibt es zahllose Nebenkammern, die meist nur diesem Zweck dienen. Die Kunst besteht darin, die echte Grabkammer zu finden.«

»So ist es«, stimmte Gardiner zu, »ich hätte es selbst nicht besser erklären können. Am klügsten wird es sein, wenn wir uns bei der Suche aufteilen, auf diese Weise kommen wir rascher voran.«

»Hältst du das für eine gute Idee, Vater?«, wandte Sarah ein. »Ich denke nicht, dass wir uns trennen sollten.«

»Und warum nicht?«

»Sarah hat recht«, pflichtete du Gard bei. »Wir sollten an einem Ort wie diesem beisammen bleiben.«

»An einem Ort wie diesem? Wovon sprechen Sie? Dies ist nicht die erste antike Grabstätte, die ich besuche.«

»Ich weiß, Euer Lordschaft, aber das hier ist anders. Unheil liegt in der Luft, ich fühle es.«

»Unheil?« Gardiner schaute ihn zweifelnd an.

»Sie kennen meine Fähigkeiten. Zwar widerstrebt es mir, gesondert darauf hinzuweisen, aber in diesem Fall kann ich wohl nicht anders. Unheil liegt über diesem Ort, ich fühle es deutlich.«

»Welcher Art?«

»Wie viele Arten gibt es denn?«, fragte der Wahrsager gereizt. »Tod, Verderben, Untergang – suchen Sie sich etwas aus. Dieser Ort ist geradezu davon durchdrungen.«

»Was erwarten Sie denn?«, fuhr Hingis ihn an, der inzwischen nicht weniger vom Beutefieber ergriffen war als der alte Gardiner. »Dass wir umkehren und aufgeben, da wir uns so kurz vor dem Ziel befinden?«

»Pourquoi pas? Glauben Sie mir, ich würde das nicht sagen, wenn es mir nicht ernst damit wäre«, versicherte du Gard, während er sich argwöhnisch umblickte. »Ich kenne das alles hier ...«

»Du kennst es?«, fragte Sarah.

»Ich habe es schon einmal gesehen«, bestätigte der Franzose rätselhaft und sandte ihr einen Blick, der Sarah zusammenschrecken ließ. Ihr wurde klar, das er auf die Vision anspielte, die er im ›Miroir Brisé‹ gehabt hatte, damals, einen Tag nachdem Gardiner Kincaids Expedition überfallen worden war.

Die Vision vom Tod ihres Vaters ...

Dies also war der Schauplatz der Vision, die du Gard an jenem Abend überkommen hatte, und Sarah begann zu dämmern, dass all dies kein Zufall war. Ihrem aufgeklärten, modernen Wesen entsprechend, hatte sie sich stets einzureden versucht, dass es etwas wie Schicksal nicht gab und jeder Mensch es selbst in den Händen hielt, seine Geschicke zu bestimmen. Auf dieser Reise jedoch war sie eines anderen belehrt worden ...

»Ich werde bei dir bleiben, Vater«, erklärte sie knapp, um zu vertuschen, dass ihre Stimme dabei bebte.

»Das kommt nicht in Frage.« Gardiner schüttelte den Kopf. »Ich brauche dich auf der anderen Seite.«

»Dann werde ich mich deinem Wunsch widersetzen«, widersprach sie trotzig, worauf ihr Vater nachsichtig lächelte.

»Mein Kind«, sagte er, »seit deiner Abreise aus Yorkshire hast du kaum etwas anderes getan. Entgegen meiner ausdrücklichen Anweisung bist du mir gefolgt, hast mir nachspioniert und dir deinen Platz auf dieser Expedition erstritten.«

»Vater, ich ...«

»Mit deiner Beharrlichkeit und deinem Mut hast du deinen Teil dazu beigetragen, dass wir es bis hierher geschafft haben«, fuhr der alte Gardiner fort, »und genau aus diesem Grund müssen unsere Wege sich hier trennen.«

»Aber ... warum?«

»Weil es für dich höchste Zeit wird, aus dem Schatten Gardiner Kincaids zu treten. Lange Jahre habe ich dich unterrichtet, und dabei hast du dich als die beste Schülerin erwiesen, die ich je hatte. Nun musst du deine eigenen Erfahrungen sammeln. Du hast es dir verdient, auf eigene Faust diese Kammern zu erkunden, Sarah. Vielleicht ist es dir bestimmt zu finden, wonach ich so lange vergeblich gesucht habe.«

»Aber ich ...«

»Willst du mir erzählen, dass du es nicht willst? Dass es dir gleichgültig ist, dass sich irgendwo innerhalb dieser Mauern eines der größten Rätsel der Menschheitsgeschichte verbirgt?« Er lächelte. »Du bist mir nicht nur aus Sorge um mich gefolgt, Sarah. Ich weiß es, und wenn du ehrlich zu dir selbst bist, dann weißt du es auch.«

»Dennoch werde ich dich nicht alleine gehen lassen«, beharrte sie.

»In diesem Fall«, erklärte Mortimer Laydon sich bereit, »könnte ich den alten Dickschädel begleiten. »Um ehrlich zu sein, ist mir der Gedanke, mich alleine durch diese düsteren Katakomben zu bewegen, nicht gerade angenehm. Auf diese Weise wäre uns beiden gedient.«

»Würde dich das ein wenig beruhigen?«, erkundigte sich Gardiner bei Sarah.

»Ein wenig«, erwiderte sie widerstrebend. Mortimer Laydon war nicht gerade der geborene Leibwächter, aber er war der engste Freund ihres Vaters. Sarah konnte nichts tun, das er nicht auch tun konnte, und vielleicht waren ihre Fähigkeiten auf der Suche nach Alexanders Grab und der verschollenen Bibliothek tatsächlich sinnvoller eingesetzt. Ihr Vater hatte offen ausgesprochen, was sie selbst sich nur widerstrebend hatte eingestehen wollen – dass sie nicht allein seinetwegen all dies auf sich genommen hatte, sondern auch um des Geheimnisses willen, dem sie auf der Spur waren ...

»Dann ist es beschlossen«, verkündete Gardiner schlicht. »Mortimer und ich werden uns diese Kammer hier vornehmen. Hingis, Sie übernehmen die andere Kammer auf der linken Seite. Sarah und du Gard, ihr seid für die rechte Seite zuständig. Erkundet das Terrain, und seht euch um, anschließend kehrt hierher zurück, wo wir uns wieder treffen werden. Aber seht zu, dass ihr euch nicht verirrt. Grabanlagen können bisweilen wahre Irrgärten sein, und ich habe leider kein Garn zur Hand, das ich euch geben kann.«

»Kein Garn?« Du Gard hob die Brauen.

»Der Sage nach gab Ariadne, die Tochter des Königs von Kreta, dem Helden Theseus einen langen Wollfaden mit, als sich dieser in das Labyrinth des Minotaurus begab«, erklärte Sarah. »Indem Theseus das Garn abrollte, fand er unbeschadet wieder aus dem Labyrinth heraus.«

»C'est vrai?« Du Gard schürzte die Lippen. »Daran erkennt man, dass es nur eine Sage ist – im richtigen Leben steht nie eine Königstochter zur Verfügung, wenn sie gebraucht wird ...«

Sarah verdrehte die Augen und schickte ihm einen tadelnden Blick, dann wandte sie sich ab und betrat die ihr zugewiesene Kammer.

»Viel Glück«, rief Gardiner Kincaid ihr hinterher, während in der Ferne Detonationen grollten wie ein Unwetter, das langsam, aber unaufhaltsam näher kam ...

7

Es war verrückt.

Maurice du Gard hatte das untrügliche Gefühl, schon einmal an diesem Ort gewesen zu sein. Die schmalen Gänge, der von Sand bedeckte Boden, die Stufen, die immer weiter in die Tiefe führten, die niederen Durchgänge – all das hatte er schon gesehen und war dennoch niemals zuvor hier gewesen.

»C'est incroyable«, murmelte er immer wieder vor sich hin, während er die in scheinbar wahlloser Folge aneinandergebauten und sich immer weiter verzweigenden Gänge und Kammern durchstreifte, *»c'est vraiment incroyable . . .«*

Er war noch ein Junge gewesen, als seine Mutter ihm erzählt hatte, dass sie *»le cadeau«* besaß – die Gabe, in die Zukunft zu sehen. Wenn du Gard zurückdachte, so konnte er sich nur an zwei oder drei Gelegenheiten entsinnen, an denen sie von ihren besonderen Fähigkeiten gesprochen hatte; und als läge die Unterhaltung nicht Jahrzehnte zurück, sondern erst ein paar Stunden, erinnerte er sich noch genau an den Wortlaut.

»Und du kannst tatsächlich sehen, was geschehen wird?«, hatte der junge Maurice gefragt, der es zunächst für einen Scherz, für ein launiges Spiel seiner Mutter gehalten hatte.

»Manches«, hatte sie nachsichtig geantwortet. »Anderes geschieht jedoch nie, vielleicht deshalb, weil Leute wie wir davon wissen.«

»Leute wie wir?«

»Ja, Maurice. Ich habe die Gabe von meiner Mutter, die sie wiederum von ihrer Mutter geerbt hat. Ich sehe also keinen Grund, weshalb du sie nicht auch besitzen solltest.«

»A-aber … ich bin kein Mädchen …«

»Nein, das bist du nicht. Aber die Gabe ist nicht abhängig von Geschlecht oder Alter, von Hautfarbe oder Religion. Sie ist, was sie ist – ein Geschenk.«

»Aber ich merke nichts davon.«

»Das wirst du. Habe Geduld, und warte ab.«

»Worauf soll ich warten?«

»Wenn der Zeitpunkt gekommen ist«, hatte sie ebenso weise wie rätselhaft geantwortet, »wirst du es wissen …«

Gefangen in seinen Erinnerungen, bemerkte du Gard weder, dass eine der sandbedeckten Fliesen unter seinen Füßen nachgab, noch hörte er das Knacken hinter den uralten Mauern.

Aber er erkannte die Situation wieder.

Einer jähen Eingabe gehorchend, warf er sich nach vorn, geradewegs auf den steinernen Boden, während die Wände des Stollens zusammenzurücken schienen. Ein wuchtiges Geräusch erfüllte die modrige Luft, und er spürte, wie etwas ihn nur um Haaresbreite verfehlte, sich hinter ihm zu schließen schien wie ein Vorhang. Die Öllampe entwand sich seinem Griff und rollte kullernd davon – und als du Gard sich stöhnend aufrichtete, erkannte er, mit welch knapper Not er seinem Ende entgangen war. Eiserne Speere, rostbesetzt, aber noch so tödlich wie vor zwei Jahrtausenden, ragten von beiden Seiten in den Gang, um jeden unerwünschten Besucher bei lebendigem Leib zu pfählen.

»Die Phalanx der Makedonen«, flüsterte du Gard, während er nach der Lampe griff und sich auf die zitternden Beine raffte. Wie in Trance folgte er dem Stollen zu einem Durchgang, hinter dem sich eine weitere Kammer zu befinden schien. In den Türsturz waren erneut jene Zeichen eingemeißelt, von denen du Gard inzwischen wusste, dass sie von großer Bedeutung waren.

ΑΒΓΔΕ

Verblüfft trat er vor, befühlte die in den Stein gemeißelten Lettern, als könnte er nicht glauben, dass das Schicksal ausgerechnet ihn dazu ausersehen hatte, das zu finden, wonach so viele andere vergeblich gesucht hatten – und im nächsten Moment traf ihn die Erkenntnis wie ein Hammerschlag.

Dies war der Ort aus seiner Vision!

Der Stollen, die mechanische Phalanx, die Zeichen im Stein – alles stimmte überein. Nur einen wesentlichen Unterschied gab es: Es war nicht Gardiner Kincaid, der in diesem Augenblick an dieser Stelle stand, sondern er, Maurice du Gard ...

Was hatte das zu bedeuten?

Hatte sich dadurch, dass er Sarah Kincaid nach Ägypten begleitete, die Zukunft verändert? War es das, was seine Mutter gemeint hatte, als sie sagte, dass manche Dinge deshalb nicht geschähen, weil jene, die die Gabe besaßen, davon wüssten?

Du Gard merkte, wie sich seine Nackenhaare sträubten. Plötzlich erinnerte er sich an den Schatten, den er gesehen hatte, an die Hand mit dem Messer! Unwillkürlich fuhr er herum, schaute sich wachsam um – aber es war niemand hinter ihm.

Bedeutete dies, dass die Gefahr gebannt war? Hatte sich das Schicksal betrügen lassen?

Du Gard wusste keine Antwort auf diese Fragen. Gebannt ging er weiter, bückte sich unter dem niederen Durchgang – und gelangte in eine längliche Kammer, deren Wände mit Hieroglyphen versehen waren. Auf der rechten Seite gab es eine Pforte, die der Wahrsager nach kurzem Zögern durchschritt – und unvermittelt fand er sich in dem wieder, was wohl das Allerheiligste der Anlage sein musste.

Die Kammer war hoch und geräumig; zu beiden Seiten gab es Durchgänge, die in Nebenkammern führen mochten. Darüber spannte sich eine gewölbte Decke mit einem künstlichen Sternenhimmel. Zwölf Obelisken, jeder an die drei Yards hoch, formten ein Rechteck, in dessen Mitte ein steinerner Sarkophag stand.

Maurice du Gard war weder Archäologe noch in Geschichte sehr bewandert, aber auch ihm war klar, was die fünf griechischen Buchstaben zu bedeuten hatten, die in die Stirnseite des Sarkophags gemeißelt waren.

Dies war das Grab Alexanders des Großen.

Einen Augenblick lang stand du Gard wie versteinert vor Ehrfurcht. Schauer durchrieselten ihn bei dem Gedanken, dass er der Erste war, der diese Kammer seit Menschengedenken betrat; dass es ausgerechnet ihm zuteil wurde, die Totenruhe eines der größten Feldherren und Eroberer zu stören, die die Welt je gesehen hatte.

War es Zufall?

Oder war es weit mehr als das ...?

Du Gards erster Impuls war es, kehrtzumachen und zu den anderen zurückzulaufen, um ihnen von seinem Fund zu berichten. Gleichzeitig erwachte jedoch seine Neugier.

Zu Beginn der Expedition hatte er kaum nachvollziehen können, warum die Vergangenheit solch große Macht auf Menschen wie Gardiner Kincaid und seine Tochter ausübte, und noch viel weniger hatte er verstanden, dass sie dafür ihr Leben riskierten. Nun jedoch, an diesem Ort und im Angesicht des Sarkophages, überkam ihn erstmals eine leise Ahnung. Eine unbestimmte Sehnsucht erfüllte ihn plötzlich, das Vermächtnis der Geschichte mit eigenen Händen zu berühren und so ein Teil davon zu werden.

»Ozymandias kennt die Antwort«, flüsterte er und trat vor, passierte die ihrerseits mit Hieroglyphen versehenen Obelisken und stand endlich am Fußende des bis auf die Inschrift schmucklosen Sarkophags. Der Gedanke, dass sich darin die sterblichen Überreste einer der berühmtesten Persönlichkeiten der Geschichte befanden, ließ du Gard erschaudern, und seiner Sehnsucht gehorchend, streckte er die Hand aus und legte sie auf den kalten Stein.

In diesem Moment geschah es.

Genau wie an jenem Abend, als er hinter dem Vorhang des »Miroir Brisé« auf den Beginn der Vorstellung gewartet hatte, und genau wie auf der Insel Fifla, als er die Stele berührte, überkamen ihn die Bilder einer Vision – und erneut trafen sie ihn so unerwartet, dass er sich nicht dagegen wappnen konnte. Ungefiltert stürzten sie auf sein Bewusstsein ein, und was du Gard sah, erschreckte ihn.

Eine Stadt …

Hohe Häuser und graue Gassen, zäher Nebel.

Eine vermummte Gestalt, ein Messer in der Dunkelheit.

Ein grässlicher Schrei, der die Stille zerriss.

Eine junge Frau, die einen grausamen Tod fand.

Blut, Blut überall …

So ging es weiter.

Wie ein Ungewitter stürzten die Bilder über ihn herein, ohne dass er die Augen schließen oder sich von ihnen abwenden konnte, und als wären sie eine Last, die sich zentnerschwer auf seinen Schultern türmte, brach du Gard unter ihnen zusammen.

Wie lange die Vision gedauert hatte, wusste er anschließend nicht zu sagen. So unvermittelt, wie sie über ihn hereingebrochen war, verschwand sie auch wieder – was blieb, waren die Bilder, die sich unauslöschlich in sein Bewusstsein eingebrannt hatten.

Er erinnerte sich an das Blut und an die junge Frau, die einen grausamen Tod gestorben war, und ein schrecklicher Verdacht durchzuckte ihn. Rasch griff er nach der Lampe, die seinem Griff erneut entglitten war, und zog sich auf die Beine. Das Alexandergrab keines Blickes mehr würdigend, stürzte er aus der Grabkammer.

Sarah …

Sarah Kincaid war in ihrem Element.

Mit einer lodernden Flamme in der Hand unterirdische Kammern zu erkunden lag ihr ungleich mehr, als sich den Zwängen der Londoner Etikette zu unterwerfen. Neugier und Abenteuerlust erfüllten sie, während sie durch den niederen Stollen schlich, und fast schämte sie sich dafür, denn es bewies, dass du Gard und ihr Vater nur zu recht gehabt hatten. Nicht nur um Gardiner Kincaids willen war sie nach Alexandria gekommen, sondern auch, um in seine Pläne eingeweiht und womöglich ein Teil davon zu werden ...

»Sarah ...«

Sie erstarrte, als sie das Flüstern vernahm.

Es war wenig mehr als ein Hauch in der kühlen, modrigen Luft, die die Gänge und Kammern erfüllte, dennoch glaubte Sarah, ihren Namen gehört zu haben – oder hatten ihre angespannten Sinne ihr einen Streich gespielt?

»Sarah Kincaid ...«

Jetzt war Sarah sicher, und sie glaubte zu wissen, dass das Flüstern hinter ihr erklungen war. Blitzschnell fuhr sie herum, leuchtete den Gang hinab – und tatsächlich war im Durchgang der angrenzenden Kammer für einen kurzen Moment ein flüchtiger Schatten zu erkennen.

»Vater?«, fragte Sarah laut. »Bist du das?«

Sie erhielt keine Antwort.

»Maurice?«

Erneut blieb es still.

Ihr Pulsschlag beschleunigte sich, und ihre Handflächen wurden feucht. Sie ließ das Gewehr von der Schulter gleiten und nahm es in den Anschlag. Zwar war es höchst zweifelhaft, dass die Waffe funktionieren würde, aber Sarah setzte darauf, dass ein schussbereites Martini-Henry einen potenziellen Angreifer abschrecken würde. Auch wenn es kein leichtes Unterfangen war, die Öllampe und die klobige Waffe gleichzeitig in den Händen zu halten ...

»Hallo?«, fragte sie noch einmal.

Als sie erneut keine Antwort erhielt, pirschte sie lautlos den Gang hinab, zurück in die Kammer, aus der sie gekommen war. Das Knirschen des Sandes unter ihren Füßen war zu hören, und plötzlich lag auch das unheimliche Flüstern wieder in der Luft.

»Endlich bist du hier ... nach so langer Zeit zurückgekehrt ... wir haben auf dich gewartet ...«

Sarah wurde von eisigen Schaudern durchrieselt. Die Stimme erweckte den Eindruck, als ob sie keinen Körper besäße und überall wäre. *Die Stimme eines Geistes*, dachte sie, um sich schon gleich darauf selbst zur Räson zu rufen. Sicher gab es eine rationale Erklärung für alles.

»Wer sind Sie?«, erkundigte sie sich laut und mit fester Stimme – ebenfalls zu flüstern, hätte nur bedeutet, sich auf das Schmierentheater einzulassen. »Was wollen Sie von mir?«

»Es ist deine Bestimmung, Sarah ... Du kannst dich ihr nicht entziehen ...«

»Was für eine Bestimmung? Wovon sprechen Sie?«

»Die Bestimmung zu finden, was anderen verborgen blieb«, lautete die rätselhafte Antwort – und plötzlich klickerten in der Tiefe der Kammer einige Steine, die verrieten, dass die Stimme keineswegs so körperlos war, wie es zunächst den Anschein gehabt hatte.

»Halt!«, rief Sarah energisch und zielte mit dem Gewehr in die Richtung, aus der das Geräusch gekommen war. Der Lampenschein erfasste schemenhaft den Ausgang der Kammer, und für einen kurzen Moment war eine dunkle Gestalt zu erkennen, die jedoch schon einen Lidschlag später wieder verschwunden war.

Sarahs Zeigefinger krümmte sich, aber sie widerstand der Versuchung abzudrücken. Sie hätte kaum eine Chance gehabt, den Unbekannten zu treffen, ihm vielleicht aber offenbart, dass das Gewehr unbrauchbar war. Zudem wusste sie nicht, ob der geheimnisvolle Fremde überhaupt eine Bedrohung darstellte.

Hätte er es darauf abgesehen, sie zu überfallen, hätte er sie nicht anzusprechen brauchen.

Aber woher kannte er ihren Namen? Und wie kam er dazu, von ihrer Bestimmung zu sprechen?

Sarahs Verlangen nach Antworten war stärker als ihre Vorsicht. Es drängte sie den Gang hinab und in die nächste Kammer, und als sie im Halbdunkel vor sich knirschende Schritte vernahm, begann sie zu laufen. Die Öllampe in der einen, das Gewehr in der anderen Hand, setzte sie durch die niederen Stollen, im Bestreben, ihren unbekannten Begleiter einzuholen. Wer ist er?, fragte sie sich immerzu. Wie kommt er hierher? Ist er bereits hier gewesen, oder ist er mir gefolgt ...?

Noch zweimal glaubte sie, einen Schatten davonhuschen zu sehen, aber es war ihr nicht möglich, Einzelheiten zu erkennen. Dann war der Schemen verschwunden und mit ihm das unheimliche Flüstern – und im nächsten Augenblick stand Sarah wieder in der Kammer, in der sich die Gruppe getrennt hatte.

Wütend wirbelte sie um ihre Achse und blickte sich um – und sog scharf die Luft ein, als sie im Durchgang zur benachbarten Kammer eine schlanke Gestalt gewahrte.

»Habe ich dich, du elender ...« Mit einer Verwünschung riss sie das Gewehr in den Anschlag.

»Sarah, *non!*«, scholl es ihr entgegen. »Hast du den Verstand verloren?«

»M-Maurice?«

»Wer sonst?« Die Gestalt trat vor, und Sarah atmete auf, als sie die vertrauten Züge du Gards erkannte. Allerdings sah der Wahrsager aus, als hätte er ein Gespenst gesehen.

Sein Gesicht war kalkweiß, Schweiß stand ihm auf der Stirn, sein langes Haar hing in feuchten Strähnen, und aus seinen blutunterlaufenen Augen sprach unverhohlene Furcht.

»Was ist geschehen?«, erkundigte Sarah sich erschrocken.

»Rien«, erwiderte er leise. »Nichts von Bedeutung ...«

»Es ist unglaublich! Einfach unglaublich ...«

Gardiner Kincaids Stimme war heiser vor Begeisterung. So groß die Gefahren und so schrecklich die lange Kerkerhaft gewesen sein mochten – im Augenblick überwog bei ihm der eigentümliche, fast kindliche Drang des Entdeckers. Wie viele Jahre hatte er mit geheimen Studien zugebracht und davon geträumt, einst an diesen Ort zu kommen und das Rätsel zu lösen! Es hatte großer Opfer und eines dunklen Bündnisses bedurft, um diesen Traum Wirklichkeit werden zu lassen, und nun, da er kurz vor der Erfüllung stand, fühlte sich Gardiner Kincaid wie ein kleiner Junge, der stets aufrichtig an den Weihnachtsmann geglaubt hatte und ihm zum Lohn leibhaftig begegnen durfte.

Euphorie erfüllte ihn bis ins Mark, während er die schmalen Korridore und Kammern durchmaß. Seine Schritte waren dabei so ausgreifend, dass Mortimer Laydon Mühe hatte, ihm auf den Fersen zu bleiben.

»Gemach, alter Freund«, raunte der Arzt ihm atemlos zu. »Was immer sich hier unten befinden mag – es hat zwei Jahrtausende gewartet, also wird es auch noch ein wenig länger warten können.«

Etwas widerwillig blieb Gardiner stehen, bis sein Begleiter aufgeholt hatte. »Du kannst dir nicht vorstellen, was es mir bedeutet, hier zu sein, alter Knabe.«

»Unterschätze mich nicht.« Über Laydons Züge huschte ein Lächeln. »Man muss kein Archäologe sein, um zu fühlen, dass dies ein besonderer Ort ist.«

»Nicht wahr?« Die Augen des alten Gardiner blitzten, während er den Marsch fortsetzte, verhalten zunächst, dann wieder in die alte Hast verfallend. »Jeder Fuß dieses Gewölbes, jedes Quentchen Luft scheint von Geschichte durchdrungen. Es ist ein wahr gewordener Traum, mein Freund.«

»Noch haben wir weder das Grab noch die Bibliothek gefunden«, brachte Laydon in Erinnerung.

»Selbst wenn wir nichts davon finden würden – allein die Existenz dieser unterirdischen Anlage wäre eine wissenschaftliche Sensation ersten Ranges. Aber ich bin überzeugt davon, dass wir noch fündig werden. Es liegt in der Luft, alter Freund. Ich kann es förmlich riechen ...«

Laydon lachte leise. »Du bist in der Wahl deiner Mittel immer sehr unkonventionell gewesen, Gardiner. Das macht dich so unberechenbar.«

»Unberechenbar?« Kincaid blickte über die Schulter zurück. »Für wen?«

»Für deine Tochter beispielsweise. Nicht von ungefähr wollte Sarah dich nicht alleine gehen lassen.«

»Sarah.« Der Archäologe schürzte die Lippen. »Wer hätte gedacht, dass sie mir bis hierher folgen würde?«

»Scharfsinn, Mut und Neugier hat sie zweifellos von dir geerbt – in gewisser Weise trifft sie also keine Schuld. Zudem fühlte sie sich von dir enttäuscht und im Stich gelassen.«

»Und das mit Recht.« Gardiner nickte. »Die Entscheidung, sie nicht einzuweihen, ist mir nicht leichtgefallen.«

»Ich weiß, alter Freund. Dennoch war es eine kluge Wahl. Hätte Sarah uns von Anfang an begleitet, wäre sie möglicherweise zusammen mit den anderen getötet worden, und ich weiß nicht, ob ... Was ist?«

Kincaid war stehen geblieben. Mit einer Geste gebot er Laydon zu schweigen, legte den Kopf schief und lauschte.

»Alles in Ordnung?«, erkundigte sich Laydon nach einer Weile.

»Ich nehme es an. Für einen Moment glaubte ich, hinter uns Schritte zu hören, als ob wir verfolgt würden ...«

»Das werden die anderen sein.«

»Wohl kaum.« Gardiner schüttelte den Kopf. »Ich hatte angeordnet, dass wir uns in der Vorkammer treffen.«

»Mit Verlaub, mein Freund – Sarah hält sich nicht mehr an deine Anordnungen, das solltest du inzwischen festgestellt haben. Sie ist eine junge Frau geworden und hat ihren eigenen Kopf.«

»Ich weiß . . .«

»Hast du es ihr eigentlich gesagt?«

»Ihr was gesagt?«

»Du weißt, was ich meine.«

Gardiner Kincaid wandte sich um.

»Nein«, gestand er, und seine Euphorie war plötzlich verflogen.

»Sie weiß also noch immer nichts über ihre Kindheit?«

»Nein.« Kincaid schüttelte den Kopf. »Alles, was damals war, ist unter dem Schleier der Dunkelzeit verborgen.«

»Und wenn sie es irgendwann herausfindet?«

»Wie sollte sie? Es gibt nur eine Hand voll Menschen, die das Geheimnis kennen, darunter du und ich.«

»Ich werde schweigen«, versicherte Laydon. »Aber ihr Misstrauen ist entfacht, Gardiner.«

»Ich weiß.« Er nickte wieder. »Ich habe Fehler begangen, aber ich werde alles wiedergutmachen.«

»Inwiefern?«

»Ich werde alt, Mortimer. Meine Kraft lässt allmählich nach, und bei kaltem Wetter schmerzen meine Knochen. Mein Atem wird kürzer, und auch mein Herz schlägt nicht mehr ganz so schnell, wie ich es gerne hätte. Unabhängig davon, was für einen Ausgang diese Expedition nehmen wird – es wird die letzte sein, auf die ich mich begeben habe.«

»Nun«, meinte Laydon, »als dein behandelnder Arzt kann ich dir zu dieser Entscheidung nur gratulieren . . .«

»Die Bibliothek von Alexandria ist ein Mythos. Ihrem Finder winken in der Tat immerwährender Ruhm und Anerkennung im Pantheon der Wissenschaft – und ich denke nicht daran, ihn für mich allein in Anspruch zu nehmen.«

»Was hast du vor?«

»All das hier« – er machte eine ausladende Handbewegung –

»soll Sarahs Entdeckung sein. Ihr wird die Anerkennung zuteil werden, die mir zeitlebens verwehrt wurde.«

»Sarah wird das nicht annehmen«, meinte Laydon überzeugt.

»Sie wird«, widersprach Gardiner, »denn dadurch wird sie die Aufmerksamkeit bekommen, die sie verdient, und diese knöchrigen Gelehrten werden sich nicht länger dagegen verschließen können, dass eine junge Frau unter ihnen verkehrt. Und vielleicht«, fügte er nach kurzem Zögern hinzu, »wird sie mir dann auch verzeihen, dass ich all dies vor ihr verheimlicht habe. Dabei war es nur zu ihrem Besten, Mortimer. Es war nur zu ihrem Besten ...«

»Ich weiß, alter Freund«, versicherte Laydon, und gemeinsam setzten sie ihren Weg fort.

Dem Gang schloss sich eine Kammer an, deren Wände erneut mit bildlichen Darstellungen versehen waren. Ägyptischer und griechischer Stil vermischten sich darin auf bemerkenswerte Weise. Andernorts, zu einer anderen Zeit, wären sie ein bedeutender Fund für die Kunstgeschichte gewesen, angesichts der Geheimnisse, die diese Stollen noch bergen mochten, maß Gardiner Kincaid ihnen kaum Bedeutung bei. Den Blick stets auf den nächsten Durchgang und die nächste Kammer gerichtet, ging er immer weiter.

Von fern war der Donner des Bombardements zu hören, das an der Oberfläche noch immer tobte. Kincaid wusste um die Feuerkraft der britischen Flotte, und er nahm an, dass die schweren Geschütze ihren vorrangigen Zweck bereits erfüllt hatten. Der weitere Beschuss diente vermutlich nur noch dazu, den Gegner zu demoralisieren. Dass dabei das Erbe von Jahrtausenden in Schutt und Asche gelegt wurde, schien niemanden zu kümmern. Die Erschütterungen waren bis in die Tiefe zu spüren, und hin und wieder, wenn die Einschläge nahe waren, rieselte Sand von der Decke. Weder Kincaid noch sein Begleiter kümmerten sich darum – ihre Aufmerksamkeit galt anderen Dingen.

Im Fackelschein tauchte eine Biegung auf. Im rechten Winkel knickte der Gang nach links und mündete abermals in eine Kammer. Dort endete der Pfad – und Gardiner Kincaid wusste instinktiv, dass er das Ziel seiner langen Suche erreicht hatte.

»Das ist es, Mortimer«, flüsterte er andächtig. »Der Zugang zur Bibliothek, wir haben ihn gefunden ...«

Die Stirnseite der Kammer wurde von zwei Statuen gesäumt. Die eine, im ägyptischen Stil gehalten, stellte die ibisköpfige Gottheit Thot dar, den Schutzherrn der Schreiber und Magier; auf der anderen Seite war, dargestellt im klassischen Stil, eine Statue der Pallas Athene zu sehen, der griechischen Göttin der Weisheit. Dazwischen befand sich eine hohe, schmale Pforte, auf deren anderer Seite sich zweifellos der Grund für all die Gefahren und Entbehrungen befand, die Gardiner Kincaid auf sich genommen hatte.

Einen feuchten Glanz in den Augen, trat er auf die Pforte zu und vergaß dabei alle Vorsicht. Denn in diesem Moment widerfuhr ihm, wonach er sich all die Jahre gesehnt hatte: Der Odem der Geschichte streifte ihn, und für einen kurzen Moment hatte Gardiner Kincaid den Eindruck, eins zu sein mit der Vergangenheit. Zu berauscht war er von diesem Gefühl, als dass er auf seine Umgebung geachtet hätte.

Weder bemerkte er die dunkle Gestalt, die sich aus dem Hinterhalt heranpirschte, noch sah er den Schattenriss der Messerhand, der lautlos über die Wände glitt.

Erst der gellende Schrei Mortimer Laydons riss ihn zurück in die Gegenwart. Blitzschnell fuhr er herum, die Hand am Griff des Revolvers – aber es war zu spät.

Der Schatten war bereits hinter ihm, und das Nächste, was Gardiner Kincaid spürte, war stechender Schmerz. Sein Mund öffnete sich, doch die Qual war so überwältigend, dass kein Laut über seine Lippen kam.

Die Klinge stieß ein zweites und ein drittes Mal zu.

Gardiner Kincaid wankte.

Entsetzt blickte er an sich herab, sah das dunkle Blut, das seinen Tropenanzug tränkte – und ein heiserer Schrei entrang sich ihm.

»Sarah . . .!«

8

»Hast du das gehört?« Sarah sandte du Gard einen fragenden Blick.

»*Oui*«, erwiderte er, »da hat jemand geschrien ...«

Noch immer befanden sie sich in der Vorkammer. Auch Friedrich Hingis war inzwischen eingetroffen – schon seiner verdrießlichen Miene war zu entnehmen gewesen, dass er in dem ihm zugeteilten Bereich nichts gefunden hatte, das von großer historischer Bedeutung gewesen wäre. Gemeinsam hatten sie auf Gardiner Kincaid und Mortimer Laydon gewartet, aber die beiden waren nicht zurückgekehrt.

Ein zweiter Schrei erklang, noch lauter und durchdringender als der erste, und erneut rief jemand Sarahs Namen.

»Vater«, entfuhr es ihr entsetzt, und noch ehe du Gard oder Hingis sie aufhalten oder auch nur etwas erwidern konnten, war sie bereits auf dem Weg.

Die Öllampe in der Hand und das schwere Gewehr über der Schulter, stürzte sie in den Durchgang, in dem ihr Vater und Mortimer Laydon verschwunden waren, und setzte mit ausgreifenden Schritten durch den sich anschließenden Gang.

»Sarah, *non!*«, hörte sie du Gard hinter sich rufen. »Warte auf uns ...!« – aber sie hatte keine Zeit zu verlieren.

Die Stimme, die ihren Namen gerufen hatte, war unverkennbar die ihres Vaters gewesen, und es hatte so viel Schmerz und Furcht darin mitgeschwungen, dass Sarah in Panik verfiel.

Tränen der Verzweiflung stürzten ihr in die Augen, und die Angst, ihren Vater im entscheidenden Augenblick im Stich gelassen zu haben, begleitete sie auf jedem Schritt. Hals über Kopf stürzte sie durch die halbdunklen Gewölbe. Als sie in eine Kammer gelangte, aus der zwei Ausgänge führten, blieb sie abrupt stehen.

»Vater!«, schrie sie aus Leibeskräften und mit bebender Stimme. »Wo bist du ...?«

»Hilfe«, drang es schwach zurück. Diesmal war es Mortimer Laydon, der rief, was Sarah nur noch mehr in Unruhe versetzte.

Obwohl die Katakomben ihre eigene Akustik besaßen und es bisweilen unmöglich war, Geräuschquellen exakt zu orten, glaubte Sarah, dass der Hilferuf aus dem linken Durchgang gekommen war. Keuchend rannte sie weiter, jetzt in Begleitung von du Gard und Hingis, die zu ihr aufgeschlossen hatten. Schier endlos schien sich der Pfad durch die Dunkelheit zu erstrecken. Sarah lief, so schnell sie konnte, und hatte dennoch das Gefühl, auf der Stelle zu treten. Das Herz schlug ihr bis zum Hals, während ihr gleichzeitig heiß und eisig kalt war.

»Vater«, stieß sie immer wieder hervor, »Vater ...«

Endlich beschrieb der Gang einen scharfen Knick, von dessen anderer Seite lodernder Lichtschein drang. Atemlos folgte Sarah der Biegung – und stieß einen Schrei aus.

Der Anblick war entsetzlich.

Etwa auf der Hälfte des kurzen Ganges kauerte Mortimer Laydon, den Oberkörper an die Stollenwand gelehnt und einen verkniffenen Ausdruck im Gesicht. Sein rechtes Hosenbein war blutdurchtränkt. Einige Yards weiter sah Sarah ihren Vater, bäuchlings im Sand liegend und völlig reglos. Blut tränkte sein Hemd und den sandigen Boden unter ihm.

»Vater!«

Sarah stürzte zu ihm und fiel bei ihm nieder, stellte fest, dass er noch atmete. Beherzt fasste sie den alten Gardiner an den Schultern und drehte ihn herum – was sie dabei sah, entsetzte sie jedoch nur noch mehr. Der Oberkörper ihres Vaters war mit Einstichen übersät, aus denen unaufhörlich Blut pulste.

»Nein, nein, nein ...«

In Ermangelung von Verbandszeug presste Sarah ihre bloßen Hände auf die Wunden und versuchte verzweifelt, die Blutung zu stillen, aber es gelang ihr nicht.

Immer mehr roter Lebenssaft trat hervor, besudelte ihre Hände und ihre Kleider.

»Sarah ...«

Gardiner Kincaids Stimme war nur noch ein Schatten ihrer selbst, ein kehliger Hauch, aus dem jeder Ton gewichen war.

»Vater?« Sie ergriff seine blutige Hand und blickte ihm ins Gesicht. Seine Züge waren bleich und teigig, dunkle Ränder umlagerten die fliehenden Augen, die kaum in der Lage waren, Sarah zu fokussieren. »Was ist geschehen?«

»Ein ... Überfall«, lautete die zögernde Antwort, die ihm unendliche Mühe zu bereiten schien. »Schatten ... aus dem Hinterhalt ... keine Chance ...«

»Wer?«, wollte Sarah wissen.

»Weiß nicht«, erwiderte Gardiner, während Blut aus seinen Mundwinkeln rann und den silbergrauen Bart hässlich färbte. »Wichtig ... musst mir zuhören ...«

»Nein, Vater.« Sie legte ihm sanft die Hand auf den Mund. »Du darfst nicht weitersprechen. Dadurch machst du alles nur noch schlimmer. Du musst dich ausruhen, hörst du?«

Der alte Gardiner versuchte so etwas wie ein Lachen, aber mehr als ein hohles Gurgeln brachte er nicht zustande. »Werde sterben«, erklärte er nüchtern, »nichts mich ... davor bewahren ... Aber musst wissen, dass ich ...«

Er unterbrach sich, als eine Welle von Schmerz seinen gepeinigten Körper zu durchlaufen schien. Sein Oberkörper bäumte sich auf, Krämpfe schüttelten ihn, und seine Hand schloss sich so fest um Sarahs, dass die Knöchel knackten.

»Vater«, flüsterte sie, während ihr Tränen über die Wangen rannen. Es zerriss ihr das Herz, ihn so zu sehen.

»Wollte dich ... nicht verletzen«, versicherte Gardiner atemlos. »Musste all das tun ... wollte dich schützen ...«

»Um mich zu schützen?«, fragte sie. »Wovor, Vater?«

»All diese Dinge ... mehr als du ahnst ... Aber geirrt, Fehler begangen ... nun dafür bezahlen ...«

»Was für Fehler? Wovon sprichst du?«

»Hätte dich ... einweihen sollen ... dir vertrauen wie früher ... Kannst du ... mir verzeihen?«

»Natürlich«, versicherte sie unter Tränen.

»Musst zu Ende bringen ... was ich begonnen ... hörst du ...?«

Sarah nickte nur, zu Worten war sie nicht mehr fähig.

»Flamme von Pharos ... Leuchtfeuer in der Nacht ... großes Wissen bringt große Macht ... niemals vergessen ...«

Erneut erfasste ihn eine Woge von Schmerz, und einen kurzen Augenblick lang befürchtete Sarah, es würde mit ihm zu Ende gehen. Wieder bäumte sich sein geschundener Körper auf, und ein Stöhnen entfuhr ihm, das aus dem tiefsten Grund seiner Seele zu stammen schien. Aber noch war Gardiner Kincaid nicht bereit, diese Welt zu verlassen, noch hatte er nicht alles gesagt ...

»Sarah ...«

»Ja, Vater?«

»Bin überzeugt ... kein Zufall, dass hier ... war deine Bestimmung, ebenso wie die meine ...« Und indem er doch noch ein Lächeln zustande brachte, fügte er hinzu: »Führe meine Mission fort ... suche weiter ... nach der Wahrheit ...«

»Das werde ich«, versprach sie, was ihm ein Gefühl tiefer Erleichterung zu verschaffen schien. Seine schmerzverzerrten Züge entspannten sich, und er holte tief und rasselnd Luft, sammelte Kraft für seine letzten Worte.

»Noch etwas, Sarah ...«

»Was, Vater?«

»Musst ... mir verzeihen ...«

»Das habe ich bereits getan.«

»Davon spreche ich nicht.« Er schüttelte den Kopf, worauf ein neuerlicher Blutschwall über seine Lippen trat. »Kennst nicht ... die ganze Wahrheit ...«

»Welche Wahrheit? Worüber?«

»Über das ... was gewesen ist ... Du bist nicht ...«

Seine Rede brach plötzlich ab.

Gardiner Kincaids glasige Augen weiteten sich, und er bedachte Sarah mit einem Blick, den sie nie vergessen würde. Sein Mund öffnete sich zu einem lautlosen Schrei, und er richtete sich halb auf – um schon im nächsten Moment zurückzusinken und im Sand liegen zu bleiben, blutüberströmt und reglos.

»Vater?«, fragte Sarah leise.

Sie erhielt keine Antwort mehr, dennoch brauchte sie einen Augenblick, um zu begreifen, dass das Leben aus Gardiner Kincaid gewichen war. Wie erstarrt kauerte sie an seiner Seite, hielt noch immer seine blutige Hand, während die schreckliche Erkenntnis in ihr Bewusstsein einsickerte – und mit ihr die Gewissheit, dass mit dem alten Gardiner auch etwas in ihr gestorben war.

Die Expedition nach Ägypten, die Jagd nach Informationen, die Suche nach dem großen Geheimnis – all das schien mit einem Mal jeden Sinn verloren zu haben, und es kam Sarah vor, als würde sie aus einem Traum erwachen. »Leb wohl, Vater«, flüsterte sie und schloss ihm die Augen. Eine Verzweiflung ergriff von ihr Besitz, wie sie sie noch nie zuvor in ihrem Leben verspürt hatte.

Schwärzer als jede Nacht.

Tiefer als jeder Abgrund.

Der Schmerz war so überwältigend, dass sie glaubte, darüber den Verstand zu verlieren. Aber es gab etwas, das ihren Geist vor dem Absturz in den Wahnsinn bewahrte und das ihr so deutlich vor Augen stand wie einst die Flamme von Pharos den Schiffern auf See.

Der brennende Durst nach Rache ...

Nur am Rande nahm Sarah wahr, wie ihre Begleiter näher traten und jeder auf seine Weise dem Toten die letzte Ehre erwies – du Gard, indem er ein leises *»Au revoir«* murmelte und bittere Tränen vergoss; Hingis, indem er die Hände übereinanderschlug und ein Gebet murmelte; der verletzte Laydon, indem er einfach nur dastand, auf sein Gewehr gestützt, und fassungslos auf den Leichnam starrte. Der notdürftige Verband, den er um seinen Oberschenkel gewickelt hatte, war blutdurchtränkt.

»Sarah«, flüsterte er mit tonloser Stimme, »es tut mir leid ...«

»Wie ist es passiert?«, wollte sie wissen.

»Ich weiß es nicht. Sie war plötzlich da ...«

»Wer?«

»Diese dunkle Gestalt ... Ich hörte ein Geräusch und wandte mich um, aber alles, was ich sah, war ein flüchtiger Schatten. Da spürte ich auch schon den stechenden Schmerz in meinem Bein. Ich sank nieder und verlor für einen Moment das Bewusstsein – als ich wieder zu mir kam, sah ich Gardiner dort liegen ...«

»Ich verstehe.« Sie nickte. »Bist du in Ordnung?«

»Nur eine Fleischwunde.« Noch sichtlich unter Schock stehend, blickte er an seinem verletzten Bein herab. »Mach dir deswegen keine Gedanken.«

»Diese dunkle Gestalt, die euch überfallen hat – trug sie einen schwarzen Umhang?«

»Ich weiß es wirklich nicht.« Der Arzt schüttelte den Kopf, aus seinen Augen sprach nackte Verzweiflung. »Ich allein trage Schuld an dem, was geschehen ist«, hauchte er. »Gardiner war mein Freund. Ich hatte versprochen, auf ihn aufzupassen. Du hast dich auf mich verlassen, und nun ...« Tränen stiegen ihm in die Augen, und er senkte demütig das Haupt. »Verzeih mir, mein Kind, ich bitte dich. Verzeih mir, was ich getan habe ...«

»Dich trifft keine Schuld, Onkel Mortimer«, erteilte Sarah ihm die Absolution. »Der Mörder allein hat Gardiner Kincaids Tod zu verantworten – und dafür werde ich ihn zur Rechenschaft ziehen, das schwöre ich beim Leichnam meines Vaters.«

Wütend wischte sie sich die Tränen aus dem Gesicht. Das Gewehr, das sich als so nutzlos erwiesen hatte, nahm sie von ihren Schultern und warf es von sich; mit zusammengebissenen Zähnen ging sie daran, die Schnalle von Gardiner Kincaids Waffengurt zu lösen.

»*Chérie*«, sagte du Gard und beugte sich zu ihr herab, um sie tröstend zu berühren – aber Sarah wollte keinen Trost. Wenn sie sich dem Schmerz ergab, würde sie nicht tun können, was sie als ihre Pflicht betrachtete ...

Energisch schüttelte sie du Gards Hand von sich ab, und mit einem Ruck zerrte sie den breiten Sam Browne unter Gardiners lebloser Gestalt hervor, an dem das Bowie-Messer und das Holster mit dem Colt Frontier hingen. Dann erhob sie sich und gürtete sich selbst das Leder um, zückte den Revolver und prüfte die Ladung.

»*Qu'est-ce que tu fais?*«, erkundigte sich du Gard betroffen.

»Was wohl?« Aus ihren tränengeröteten Augen schickte sie ihm einen düsteren Blick, ehe sie die Revolvertrommel wieder zurückschnappen ließ und die Waffe holsterte. »Ich werde Vater rächen, wie ich es geschworen habe.«

»Ein altes Sprichwort sagt, dass derjenige, der Rache üben will, bereit sein sollte, gleich zwei Gräber zu schaufeln«, gab der Wahrsager zu bedenken.

»Keine klugen Ratschläge, du Gard«, warnte Sarah ihn flüsternd. »Nicht heute ...«

9

Es war Sarah Kincaid bewusst, dass sie die Pforte zum Museion beschritt, jenem sagenumwobenen Ort, der über Jahrhunderte hinweg als verloren gegolten und nun auf geheimnisvolle Weise wieder aus der Dämmerung der Zeit aufgetaucht war.

Aber es war ihr gleichgültig.

Es scherte sie nicht, dass dies die Stätte war, an der die Idee von einer universalen Bibliothek geboren worden war und an der Gelehrte wie Euklid, Eratosthenes und Archimedes gewirkt hatten. Nur zwei Gefühle beherrschten sie, während sie die von Säulen getragene Eingangshalle durchschritt: die Trauer um ihren Vater, dem es nicht vergönnt gewesen war, das Ziel seiner Mühen mit eigenen Augen zu sehen – und der Hass auf seinen Mörder.

Natürlich wusste Sarah nicht mit Bestimmtheit, wer die Bluttat begangen hatte, aber sie hatte jemanden im Verdacht – jenen ebenso geheimnisvollen wie grausamen Vermummten, dem sie selbst wiederholt begegnet war. ›Charon‹ hatte ihr Vater ihn genannt, und ein Totenschiffer schien er in der Tat zu sein. Bei ihr und du Gard hatten seine Fertigkeiten versagt, aber bei Pierre Recassin und vermutlich auch bei ihrem Vater hatte er sein Mordwerk erfolgreich verrichtet – und dafür würde er bezahlen.

Von Rachegelüsten beseelt, ging Sarah weiter, die Hand immer wieder am Griff der Waffe. Es war Gardiner Kincaids Pragmatismus zuzuschreiben, dass er seine Tochter nicht nur in fremden Sprachen und Belangen der Wissenschaft unterrichtet hatte, sondern auch darin, sich ihrer Haut zu erwehren. Niemals hätte sie jedoch gedacht, dass sie diese Kenntnisse einst dazu einsetzen würde, seinen Tod zu rächen.

Der Donner, der das Gewölbe wieder und wieder erschütterte, wurde lauter wie bei einem heranziehenden Gewitter. Die Bombeneinschläge kamen näher, aber auch das nahm Sarah in ihrem Schmerz und ihrer Verzweiflung nicht wirklich wahr.

Sie passierte zwei Hallen, die von Säulen gesäumt wurden und in denen vermutlich einst die Schreiber ihrer Arbeit nachgegangen waren. In der gewölbten Decke gab es quadratische Öffnungen von rund zwei Yards Kantenlänge, die mit massiven Eisengittern verschlossen waren und einst die Mündungen von Lichtschächten gewesen sein mochten. Inzwischen waren sie mit Unrat und Schutt verstopft, und die Oberwelt hatte sie längst vergessen.

Erneut ein dumpfer Knall, noch näher diesmal. Eine Erschütterung ließ die Halle erbeben, sodass Sarah ins Wanken geriet. Dennoch setzte sie ihren Weg unbeirrt fort – und gewahrte plötzlich das Licht, das vom Ende der Halle zu ihr drang. Ein schmaler, von Pylonen umrahmter Durchgang führte in das Magazin, das eigentliche Herzstück der Bibliothek, und am flackernden Feuerschein konnte Sarah erkennen, dass sie nicht die Erste dort war.

Mit einer Verwünschung auf den Lippen ließ sie ihre Lampe fallen und griff nach dem Colt. Die Waffe ihres Vaters fühlte sich ungewohnt schwer an, sodass Sarah den Griff mit beiden Händen fassen musste. Es gab ein leises Klicken, als sie den Spannhahn zurückzog. Dann schlich sie lautlos weiter.

Von Säule zu Säule huschend, arbeitete sie sich an die Pylonen heran. Im Sand, der die Bodenfliesen bedeckte, waren Fußspuren zu erkennen. Ein wölfisches Grinsen spielte um Sarahs Züge, als sie feststellte, dass der Mörder ganz offenbar alleine war …

Endlich erreichte sie die Pforte.

Sich vorsichtig vorbeugend, spähte sie hinein.

Was sie sah, war nicht unbedingt das, was sie von einer antiken

Bibliothek erwartet hatte, denn in den in Stein gehauenen Nischen, die die Wände säumten, befanden sich keine Schriftrollen aus Pergament oder Papyrus, wie anzunehmen gewesen wäre. Stattdessen stapelten sich Kodizes darin, wie sie erst rund zweihundert Jahre nach dem angeblichen Untergang des Museions aufgekommen waren: zwischen Deckeln gebundene Blattsammlungen, keine Bücher im eigentlichen Sinn, jedoch deren unmittelbare Vorläufer. Dazu gab es Regale mit großen, ledergebundenen Folianten – zweifellos Abschriften berühmter Werke, die belegten, dass die Bibliothek bis ins Mittelalter hinein betrieben worden war.

Hier lagerten all die Werke, von denen die Welt annahm, dass sie unrettbar verloren waren, zerstört in den Wirren des Dunklen Zeitalters: die vollständigen Bücher des Aristoteles, die geographischen Schriften des Eratosthenes, die Kommentare Hypatias und noch viele mehr, deren alleinige Nennung das Herz eines jeden Gelehrten höherschlagen ließ – nur nicht Sarahs, das schwer war von Trauer und trunken von Hass.

Der Feuerschein stammte von einer Fackel, die einsam im sandbedeckten Boden steckte. Von ihrem Besitzer war nichts zu sehen. Wahrscheinlich, vermutete Sarah, war er bereits dabei, die Bestände zu plündern, ehe er den Rest der Bibliothek vernichtete.

»Nur über meine Leiche, Bastard«, flüsterte sie.

Der Schmerz in ihrer Brust hatte sich in pure Aggression verwandelt, die nach Auslass verlangte, nach einem Ziel, auf das sie sich richten konnte. Und dieses Ziel war nahe. Denn jenseits des Durchgangs fühlte Sarah tödliche Kälte, genau wie in jener Nacht auf dem Montmartre, die Ewigkeiten zurückzuliegen schien ...

Flüchtig blickte sie zurück, um zu sehen, ob ihre Begleiter ihr gefolgt waren, aber weit und breit war niemand zu sehen. Du Gard und Hingis schienen es vorgezogen zu haben, beim verletzten Mortimer Laydon zu bleiben. Sollten sie. Sarah brauchte keine Hilfe. Sie würde auch so zu Ende bringen, was sie geschworen hatte.

Sie holte tief Luft und fasste den Griff des Revolvers fester. Dann verließ sie ihre Deckung. In gebückter Haltung passierte sie den Durchgang, die Waffe im Anschlag, um auf alles zu schießen, was sich bewegte ...

Aber da war niemand.

Das Magazin, ein von Säulen getragenes Gewölbe von vielleicht fünfzig Yards Länge, aber nur rund zehn Yards Breite, zu dessen beiden Seiten sich die steinernen Regale reihten, war menschenleer – jedenfalls auf den ersten Blick.

Gehetzt schaute sich Sarah im Licht der Fackel um. Auf halber Höhe umlief eine steinerne, geländerlose Balustrade das Magazin, in deren Außenwand weitere mit Kodizes gefüllte Nischen eingelassen waren. Und vor einer dieser Nischen gewahrte Sarah eine dunkle Gestalt.

Sie brauchte einen Augenblick, um zu begreifen, dass es keine Täuschung war; dass dort oben tatsächlich jemand stand und auf sie herabblickte – jemand, der einen weiten, schwarzen Umhang trug, dessen Kapuze sein Gesicht komplett verhüllte.

Charon ...

Mit einer Verwünschung riss Sarah den Lauf des Revolvers empor – worauf der Vermummte nur ein leises Lachen vernehmen ließ.

»Willkommen, Lady Kincaid«, sagte er leise. »So begegnen wir uns also wieder.«

»Mörder«, zischte Sarah nur.

»Ist es nicht bedauerlich«, erwiderte der Vermummte, die Bedrohung durch die Waffe einfach ignorierend, »dass eine Bibliothek wie diese, erschaffen nur zu dem einen Zweck, göttliche Weisheit zu erlangen, am Ende nur menschliches Wissen enthielt? Und selbst das ist im Lauf der Jahrhunderte nutzlos geworden. Ist das nicht eine eigenartige Ironie des Schicksals? Den meisten Bibliotheken der alten Zeit hat ein Brand ein feuriges Ende bereitet. Hier war das feuchte Element am Werk, jedoch nicht weniger verheerend.«

»Was faseln Sie da?«, schnaubte Sarah.

»Sehen Sie sich um«, forderte er sie auf. »Feuchtigkeit ist durch die Wände gedrungen und hat schon vor langer Zeit vernichtet, worauf die Sterblichen in ihrer törichten Eitelkeit so stolz gewesen sind. Was auch immer Sie oder Ihr Vater unternommen haben, Lady Kincaid, es ist vergeblich gewesen, denn alles ist verloren.«

Verwirrt blickte Sarah zu den Regalen, wo sich ledergebundene Rücken eng aneinander reihten. Sollte der Vermummte recht haben mit dem, was er sagte? Oder versuchte er nur, sein frevlerisches Leben zu verlängern, indem er sie ablenkte?

»Sehen Sie nach, wenn Sie mir nicht glauben.«

»Das werde ich«, versicherte sie, »sobald ich Sie getötet habe. Sie elender Bastard haben meinen Vater auf dem Gewissen.«

»Und nun wollen Sie mich dafür töten? Ich hätte Sie für klüger gehalten. Noch immer durchschauen Sie nicht die wahren Zusammenhänge.«

»Ich weiß genug«, versicherte Sarah. »Ich weiß, dass mein Vater diese Bibliothek entdecken und sie der Menschheit zurückgeben wollte. Sie jedoch wollten dies von Anfang an verhindern. Ihr einziges Ansinnen war, sie zu vernichten – und dafür werden Sie sterben.«

»Sie wollen mich erschießen? Einfach so? Ohne mich jemals angehört zu haben? Ohne meine wahren Beweggründe zu kennen?«

»Ihre Beweggründe sind mir einerlei. Mein Vater ist tot, und auch du Gard und mich wollten Sie umbringen.«

»Das ist nicht wahr.«

»Ach nein? Warum haben Sie uns dann zurückgelassen in jenem finsteren Loch auf Fifla?«

»Wer, denken Sie, hat Ihre Fesseln so angelegt, dass sie sich im Salzwasser lösen mussten?«, fragte der Vermummte dagegen. »Wer hat dafür gesorgt, dass ein Boot zur Verfügung stand, mit dem Sie von der Insel fliehen konnten.«

»Sie wissen davon?«, erkundigte sich Sarah verblüfft.

»Nicht immer sind die Dinge so, wie sie auf den ersten Blick scheinen, Lady Kincaid, das sollten Sie inzwischen begriffen haben. Ihr Vater wurde ...«

Er unterbrach sich, als eine Serie schwerer Einschläge das Gewölbe traf. Wie weit sie sich unter der Erde befanden, wusste Sarah nicht zu sagen, aber die Detonationen reichten aus, um die Halle schwer zu erschüttern.

Sie wankte und sah, wie sich Risse im Boden bildeten, und als sie einen Herzschlag später wieder zur Balustrade hinaufblickte, war Charon verschwunden.

»Verdammt«, entfuhr es ihr, »wie ...?«

Aus dem Augenwinkel nahm sie einen dunklen Schemen wahr, der blitzschnell heranwischte. Instinktiv fuhr sie herum, jedoch zu spät.

Mit der Lautlosigkeit eines Schattens war der Vermummte von der Balustrade gesprungen und in Sarahs Rücken gelangt. In den Händen hielt er seine Waffe, eine sichelförmige, archaisch anmutende Klinge, die mit vernichtender Wucht niederging.

Sarah riss den Revolver empor und wollte abdrücken, als sich das spitze Metall bereits in ihre Schulter bohrte.

Der Schmerz war so überwältigend, dass sie aufschrie und den Colt fallen ließ. Benommen taumelte sie zurück, entsetzt auf den gesichtslosen Hünen starrend.

In diesem Augenblick traf ein weiterer Einschlag die Oberfläche. Ein infernalisches Bersten und Rauschen, das von einstürzenden Gebäuden zeugte, war bis in die Tiefe zu hören. Die Risse im Boden weiteten sich und wurden zu handbreiten Klüften, über die Sarah im Zurückweichen stolperte. Sie geriet ins Taumeln und fiel. Wie eine albtraumhafte Schreckgestalt erhob sich ihr schwarz vermummter Peiniger über ihr, die Sichel hoch erhoben.

Hilflos lag Sarah am Boden, wissend, dass sie der tödlichen Klinge rettungslos ausgeliefert war – als ein heiserer Schrei erklang und jemand an ihr vorbeistürmte, ein Gewehr in den Händen, das er am Lauf gepackt hatte und als Prügel benutzte.

Hingis ...

Sarah traute ihren Augen nicht, als sie sah, wie sich der Schweizer mit wüstem Gebrüll auf den Vermummten stürzte, das Gewehr wie eine Keule schwingend. »Zurück«, herrschte er ihn dabei an, »zurück!« Aber Charon dachte nicht daran zu weichen.

Dem wütenden Hieb des Gelehrten wich er aus, mit einer Geschmeidigkeit, die seiner hünenhaften Gestalt nicht zuzutrauen war. Seine freie Pranke bekam das Martini-Henry zu fassen und entwand es Hingis' Griff. Der Schweizer gab einen verblüfften Laut von sich. Entsetzt sah er die Sichel heranfliegen, ohne auch nur das Geringste dagegen tun zu können – und ehe er auch nur begriff, was geschah, hatte die Klinge ihm eine Hand abgetrennt.

Ein entsetzliches Heulen entrang sich Friedrich Hingis' Kehle. Mit aufgerissenen Augen starrte er auf den Stumpf, der einst sein linker Arm gewesen war und aus dem ein roter Blutschwall schoss.

Die Ereignisse überstürzten sich.

Während Sarah auf dem Boden nach ihrer Waffe suchte, eilte der humpelnde Mortimer Laydon heran, der das Einzige tat, was Hingis' Blutung stoppen und verhindern konnte, dass er elend zugrunde ging: Er riss die Fackel aus dem Boden und verbrannte den Stumpf, woraufhin der Gelehrte in nur noch erbärmlicheres Geschrei verfiel. Sein Geheul hallte von der hohen Decke wieder und vermischte sich mit dem Stampfen der Explosionen zu einem schaurigen Gesang.

Erneut schnitt Charons Sichel durch die Luft, aber diesmal galt sie weder Sarah noch Hingis, sondern du Gard, der beherzt herbeigeeilt war, den Mameluckensäbel schwingend.

Funken stoben, als die beiden Waffen aufeinanderprallten. Du Gard hatte sichtlich Mühe, den mit ungeheurer Wucht geführten Hieb zu parieren, aber es gelang ihm, obwohl er kein sehr geübter Fechter zu sein schien. Ein wütendes, fast animalisches Knurren entrang sich der Kehle des Vermummten, während die Kontrahenten sich über die gekreuzten Klingen hinweg anstarrten. Dabei erheischte du Gard für einen kurzen, winzigen Augenblick einen Blick auf das Gesicht unter der Kapuze – und erschrak.

Sein Entsetzen ließ seine Kräfte für einen Moment ermatten, worauf es dem Hünen gelang, ihn zurückzustoßen. Noch während du Gard taumelte, traf ihn die zur Faust geballte Pranke Charons und fällte ihn wie einen morschen Baum.

Sarah sah den Freund bewusstlos niedergehen. Den herrenlos am Boden liegenden Colt hatte sie inzwischen entdeckt und kroch darauf zu, wobei der Schmerz in ihrer Schulter jede Bewegung zur Qual machte. Mit zusammengebissenen Zähnen näherte sich Sarah dem Revolver, streckte die Hand danach aus und bekam ihn beinahe zu fassen – als jemand sie am Bein packte und brutal zurückriss.

Ihre verletzte Schulter schien zu bersten, und sie schrie auf. Tränen schossen ihr in die Augen und nahmen ihr die Sicht. Dann, plötzlich, spürte sie kaltes Metall an ihrer Kehle und wusste, dass sie verloren hatte. Verschwommen sah sie Charon über sich stehen, die Spitze der Sichel an ihren Hals pressend.

»Törichtes Ding«, knurrte er. »Du hast nichts begriffen. Du hättest alles haben können und hast es weggeworfen. Du hättest nicht zu sterben brauchen, aber du hast es selbst so gewollt.«

Sarah merkte, wie sich der Druck hinter der Klinge verstärkte. »Einen Augenblick«, rief sie heiser.

»Was willst du noch?«

»Dein Gesicht«, verlangte sie, »ich will es sehen.«

»Wozu?«

»Damals auf der Insel glaubte ich etwas zu erkennen ...«

Er schnaubte, als schien er genau zu wissen, wovon sie sprach – und während er mit der einen Hand weiter die Klinge hielt, schlug er mit der anderen die Kapuze zurück.

Was Sarah darunter erblickte, erfüllte sie mit Entsetzen, genau wie auf Fifla. Nicht, weil der Anblick so abstoßend gewesen wäre, sondern weil er etwas zeigte, das eigentlich nicht existieren durfte.

Das Gesicht des Hünen war schmal und ebenmäßig, mit hohen Wangenknochen und einer scharf gebogenen Nase, die ihm ein aristokratisches Aussehen verlieh. Dort jedoch, wo sich bei einem gewöhnlichen Menschen die Augenhöhlen befanden, war sein Gesicht völlig glatt. Statt zweier Sehorgane starrte Sarah ein einzelnes entgegen, das sich genau in der Mitte der Stirn befand.

Atemlos erkannte Sarah, dass sie sich in jener Nacht nicht geirrt und dass der Schmerz und die Erschöpfung sie keineswegs getrogen hatten. »Wer bist du?«, flüsterte sie eingeschüchtert. »*Was* bist du ...?«

»Ich bin Charon, Sohn des einen Auges«, erklärte er leise und in unverhohlenem Stolz. »Einst gab es viele von meiner Art. Als Mittler zwischen Göttern und Menschen wandelten wir auf Erden, aber die Sterblichen dankten es uns schlecht. Sie nannten uns Zyklopen und verstießen uns, jagten uns, bis nur noch wenige von uns am Leben waren. Über all die Jahrhunderte haben wir uns verborgen, nun jedoch sind wir zurückgekehrt.«

»Wozu?

»Um einzufordern, was den Menschen einst gegeben wurde und sie in ihrer Dummheit sträflich missbrauchten – göttliches Wissen.«

»Du bist wahnsinnig«, stellte Sarah fest, die den Glanz im Auge des Zyklopen wohl bemerkte.

»Glaubst du?« Zu Sarahs Verblüffung lächelte der Hüne. »Dabei solltest gerade du mich verstehen, Sarah Kincaid, denn ...«

Weiter kam er nicht.

Ein peitschender Knall erklang, der sowohl Sarah als auch ihren Peiniger zusammenzucken ließ.

Charon stand wie vom Donner gerührt. Seine Lippen bebten, aber er brachte keinen Laut mehr hervor. Stattdessen rannen plötzlich dünne Blutfäden aus seinen Mundwinkeln.

Sarah registrierte, dass der Druck hinter der Klinge nachließ. Sie nutzte die Gunst des Augenblicks und schlug die Waffe beiseite, zog sich rückwärts über den Boden kriechend zurück.

Aber der Zyklop machte weder Anstalten, sie aufzuhalten, noch ihr zu folgen. Die Sichelklinge entrang sich seinem Griff und fiel klirrend zu Boden, der Blick seines einen Auges trübte sich ein und schien in weite Ferne zu reichen.

Ein zweiter Schuss krachte, und der massige Körper kippte nach vorn. Hart schlug er in den Sand und blieb leblos liegen, der Umhang im Rücken blutgetränkt.

Verblüfft blickte Sarah auf und sah Mortimer Laydon, der nur wenige Schritte hinter dem Hünen stand, mit blutigem Bein und das Gewehr noch im Anschlag, aus dessen Lauf blauer Rauch kräuselte. Der Blick, mit dem er Sarah bedachte, war unmöglich zu deuten.

»Es ist vorbei, mein Kind«, erklärte er, während er die Waffe langsam sinken ließ. »Dein Vater ist gerächt ...«

Sarah nickte krampfhaft, während sie weiter wie gebannt auf den Leichnam starrte. Sie hatte angenommen, dass sie sich besser fühlen würde, wenn der Mörder Gardiner Kincaids nicht mehr unter den Lebenden weilte, dass sein Tod ihr ein wenig Trost verschaffen würde – aber das war nicht der Fall. Der Verlust ihres Vaters schmerzte Sarah noch immer, daran hatte auch Charons gewaltsames Ende nichts geändert. Nur ihr Hass war schlagartig verschwunden. Statt seiner fühlte Sarah trostlose Leere.

Erneut hallte das Gewölbe von Detonationen wider. Schwerfällig raffte sich Sarah auf die Beine, den Revolver ihres Vaters steckte sie mit zitternder Hand zurück ins Holster. Ihr verletzter Arm hing reglos an ihr herab, der rechte Ärmel ihrer Bluse war rot von Blut.

Laydon humpelte zu ihr und ging daran, aus dem anderen Ärmel einen Verband anzufertigen, den er um ihre Schulter legte, um die Blutung zu stillen. Wie er mit geübtem Blick feststellte, war die Klinge des Zyklopen nicht sehr tief eingedrungen, sodass keine irreparablen Schäden bleiben würden – aber auch das konnte Sarah nicht trösten.

Besorgt schaute sie sich nach du Gard und Hingis um. Den Schweizer fand sie am Fuß einer Säule kauernd, das Gesicht leichenblass und das Hemd mit Erbrochenem besudelt. Seinen verstümmelten Arm in der Achselhöhle verbergend, starrte er blicklos vor sich hin.

Du Gard war gerade dabei, sich von dem vernichtenden Schlag zu erholen, der ihn zu Boden geschickt hatte. Eine Platzwunde klaffte an seiner Stirn. Laydon schleppte sich auch zu ihm, um ihn notdürftig zu versorgen.

»So also endet die Expedition«, stellte Sarah ernüchtert fest.

Den brennenden Wundschmerz so gut wie möglich ignorierend, durchquerte sie die Halle und trat an eine der Nischen. Aus der Distanz betrachtet, hatte das Leder der Folianten makellos gewirkt, aus der Nähe konnte man jedoch erkennen, dass Charon recht gehabt hatte. Die Feuchtigkeit der Tiefe hatte sich verheerend ausgewirkt.

Entschlossen griff Sarah nach einem der kleineren Bände und wollte ihn aus dem Regal ziehen. Das poröse Leder gab nach und riss entzwei, und was zwischen den Buchdeckeln hervorquoll, war wenig mehr als eine übel riechende graue Masse.

»Nein«, hauchte Sarah und griff in den zähflüssigen Brei, als könnte sie noch etwas davon bewahren, aber die Überreste des einstmals so stolzen Wissensschatzes zerrannen ihr zwischen den Fingern. Angewidert wandte sie sich den Kodizes zu, die sich auf der gegenüberliegenden Seite in den Nischen stapelten, aber auch diese befanden sich in einem Stadium fortgeschrittenen Zerfalls.

Die hölzernen Deckel waren längst verfault, ebenso wie der Papyrus im Inneren. Die aus Pergament gefertigten Bände hatten der Feuchtigkeit zwar länger widerstanden, allerdings nicht die Tinte, mit der sie beschrieben worden waren.

Die Erkenntnis war niederschmetternd.

Dies war das Museion, die sagenumwobene Bibliothek Alexandrias, die den Brand der Stadt entgegen der historischen Überlieferung überdauert und sich allen Kriegen und Naturkatastrophen zum Trotz bis in die Gegenwart erhalten hatte – aber es war nichts als nackter Stein geblieben. Was den Wert einer Bibliothek ausmachte und sie mit Leben füllte, nämlich das niedergeschriebene Wissen vorangegangener Generationen, war längst verloren gegangen, aufgefressen vom Zahn der Zeit, der stetig daran genagt hatte.

Die Großmeister von Malta waren die Letzten gewesen, die um die Existenz der Bibliothek gewusst hatten; nach ihrem Untergang jedoch war sie in Vergessenheit geraten, und der Zerfall hatte seinen Lauf genommen. Zwar hatten ihre Erben das Geheimnis gehütet, jedoch ohne seinen Kern zu kennen – Steine eines Mosaiks, die nicht ahnen konnten, was der Sinn des großen Ganzen war.

Das also war die Wahrheit hinter Alexandria.

Die Wirklichkeit hinter dem Mythos.

Benommen sank Sarah nieder und strich sich das von Sand und Blut verschmutzte Haar aus dem Gesicht. Dafür, sagte sie sich, hat mein Vater also sein Leben geopfert – für ein paar Hände voll Dreck, die sich wie eine Verspottung all dessen ausnehmen, wofür er je gekämpft hat.

Nicht nur, dass er nicht mehr unter den Lebenden weilte –

Gardiner Kincaid war auch völlig sinnlos gestorben, für etwas, das seinen Wert schon vor langer Zeit verloren hatte ...

Das Gesicht in die schmutzigen Hände vergraben, kauerte Sarah auf dem Boden und wusste nicht, ob sie darüber lachen oder weinen sollte. All ihr Bemühen war vergeblich gewesen; weder hatte sie ihren Vater retten können, noch war es ihr gelungen, seine Mission erfolgreich zu beenden. Zwar hatte sie gefunden, wonach er sein Leben lang gesucht hatte, doch das Ergebnis war ernüchternd.

Gardiner Kincaid war es nicht mehr vergönnt gewesen, die Bibliothek von Alexandria mit eigenen Augen zu sehen – und fast beneidete ihn Sarah dafür ...

Ein dumpfer Donnerschlag brachte sie wieder zurück ins Hier und Jetzt. Etwas rieselte auf sie herab, und sie stellte fest, dass es Mörtel war, der von der hohen Decke bröckelte.

»Wir sollten fort von hier«, rief Mortimer Laydon nervös zu ihr herüber. »Wenn das Gewölbe nachgibt ...«

Gleichgültig zuckte Sarah mit den Schultern.

Wenn die Halle tatsächlich einstürzte, just in diesem Augenblick, und alles unter sich begrub – es wäre ihr egal gewesen. Fast alles, was ihr je etwas bedeutet hatte, hatte sie verloren ...

Mehrere Granaten schlugen hintereinander ein und entfesselten ein wahres Crescendo von Detonationen, das bis tief unter die Erde zu spüren war. Der Boden wankte, und die Risse weiteten sich noch mehr, Mörtel platzte von der Decke und fiel zu Boden, wo er in tausend Bruchstücke zersprang. Staub erfüllte die Luft, die unter dem Dröhnen der Einschläge erzitterte.

»Das Gewölbe! Es stürzt ein«, rief Hingis entsetzt, und sie schirmten die Köpfe mit den Armen ab, auch wenn es im Ernstfall herzlich wenig genutzt hätte. Im nächsten Moment jedoch verebbte das Bombardement, und die Gefährten glaubten aufatmen zu können – als sie plötzlich ein fernes Rauschen hörten, das sich mit jedem Augenblick intensivierte ...

»Was ist das?«, fragte Mortimer Laydon und schaute sich suchend um. Er konnte die Quelle des Geräuschs jedoch nicht ausmachen, das immer mehr zunahm und sich zu einem unheimlichen Rumoren steigerte. Der Boden unter ihren Füßen begann zu beben, und aus dem gegenüberliegenden Ausgang der Halle drang den Gefährten feuchte Luft entgegen, die nach Salz und Seetang roch.

»Wasser«, ächzte Sarah, der in diesem Moment dämmerte, was der Grund des Rauschens war – und schon einen Herzschlag später brach ein Schwall grünbrauner Gischt durch die Pforte.

Hingis, der noch immer benommen auf dem Boden gekauert hatte, sprang entsetzt auf. Den Sand, der im Lauf von Jahrhunderten eingedrungen war, vor sich hertreibend, hatte die Welle schon Sekunden später das hintere Ende der Halle erreicht. Ein Teil der Flut plätscherte durch den Eingang und verschwand, ein anderer schwappte von den Wänden zurück und setzte den Boden unter Wasser.

Einen kurzen, hoffnungsvollen Augenblick lang hatte es den Anschein, als wäre dies schon alles gewesen. Dann jedoch war erneut jenes unheilvolle Rauschen zu hören, und eine weitere Woge ergoss sich in die Bibliothek, die diesmal gar nicht mehr enden wollte.

»Verdammt«, rief Mortimer Laydon, der aufgrund seiner Verletzung Mühe hatte, sich inmitten der hin und her schwappenden Fluten auf den Beinen zu halten. »Der Beschuss muss eine Zisterne getroffen haben ...«

»Nein«, widersprach Sarah, »das ist Meerwasser. Offenbar befinden wir uns wieder in Ufernähe.«

»In Ufernähe? Aber wie ist das möglich ...?«

Ein neuerlicher Schwall brach herein, mit derartiger Wucht, dass er einen Teil der Pylonen mitriss, die den Ausgang säumten. Die Öffnung erweiterte sich dadurch, und noch mehr braune

Gischt strömte in die Halle, die bald zwei Fuß tief unter Wasser stand.

»Raus hier, wir müssen raus!«, rief du Gard, der zu Laydon geeilt war, um ihn zu stützen.

»Zurück in den Stollen«, rief Sarah und wollte los, aber du Gards Zuruf hielt sie zurück.

»Nein«, widersprach er, »das ist Wahnsinn! In dieser Richtung gibt es keinen Ausgang, das wissen wir, und keiner von uns hat mehr die Kraft, den ganzen Weg zurückzugehen ...«

»Aber ich muss zurück«, beharrte Sarah. »Dort ist mein Vater ...«

»Dein Vater ist tot«, schrie du Gard, »aber wir sind noch am Leben! Du hilfst ihm nicht, indem du dein Leben wegwirfst. Er hätte gewollt, dass du lebst. Dass *wir* leben ...«

»Und wenn schon«, knurrte Sarah.

In ihrem Ansinnen, ihren Vater zu retten, hatte sie kläglich versagt – sollte sie nun auch noch seine sterbliche Hülle zurücklassen? Ihm das Letzte verwehren, das sie noch für ihn tun konnte, nämlich ihn nach Hause zu bringen und in Heimaterde zu bestatten?

Es kam ihr vor, als würde er dadurch noch einmal sterben und als würde sie wiederum die Schuld daran tragen. Verzweiflung packte sie, und sie wollte du Gard eine trotzige Verneinung entgegenschleudern, als sie plötzlich an das denken musste, was ihr Vater zu ihr gesagt hatte. »Du bist eine gute Anführerin«, hatte der alte Gardiner festgestellt, »die Leute vertrauen dir ...«

Und plötzlich fühlte Sarah wieder die Verantwortung.

Auch wenn es sie nicht kümmerte, ob die Decke über ihr zusammenstürzte, auch wenn ihr jeder Lebenssinn genommen war, gab es dennoch Dinge, für die es sich einzustehen lohnte. Hingis, du Gard und Dr. Laydon hatten sie bis ans bittere Ende ihrer Suche begleitet, dafür stand sie in ihrer Schuld. Sie musste ihre Trauer verdrängen und dafür sorgen, dass ihre Gefährten sicher zur Oberfläche zurückkehrten. Das, dachte sie in Erinnerung an ihren Vater, war die wahre Mission, die sie zu Ende zu bringen hatte ...

Gehetzt blickte sie sich um, suchte nach einem Fluchtweg, der Rettung aus den immer weiter einbrechenden Fluten versprach – und fand ihn tatsächlich. Auf der Balustrade, die die Halle umlief, gab es einen schmalen Durchgang. Zwar wussten weder Sarah noch ihre Gefährten, wohin er führte, aber immerhin würden sie dem Wasser fürs Erste entkommen sein ...

»Dort hinauf, los!«, rief sie.

Inzwischen stand ihnen das Wasser bis zu den Hüften. Wankend und mit den Armen rudernd, kämpften sie sich zur Treppe, was infolge der reißenden Strömung alles andere als einfach war. Um Laydon zu entlasten, nahm Sarah ihm die Fackel ab, die die einzige verbliebene Lichtquelle darstellte. Verlosch auch sie, waren sie alle verloren ...

Hingis war der Erste, der die Stufen erreichte. Mit zusammengebissenen Zähnen schleppte er sich aufs Trockene, dann streckte er seine unverletzte Hand aus, um Sarah zu helfen. Gemeinsam bugsierten sie Mortimer Laydon die Stufen hinauf, als Letzter entstieg du Gard der tosenden Flut, die immer weiter anstieg.

Sarah konnte es sich nur so erklären, dass ein Bombentreffer eine Schleuse zum offenen Meer zerstört hatte, sodass Wasser in praktisch unbegrenzter Menge nachfließen konnte. Das Museion würde untergehen, verloren sein für alle Zeit – aber es war schon zuvor ein toter Ort gewesen, eine Ruine, die nur noch leere Hüllen beherbergt hatte. Nicht die einbrechenden Fluten, sondern die Gleichgültigkeit der Menschen gegenüber ihrer Vergangenheit hatten die Bibliothek in Wahrheit vernichtet.

Von der Balustrade aus erheischte Sarah einen letzten Blick auf das in Finsternis zurückgefallene Gewölbe, von dessen Grund ein dunkles Gurgeln drang. Das also war der Traum gewesen, für den ihr Vater sein Leben geopfert hatte ...

Erschüttert wandte sie sich ab, passierte als Erste den Durchgang. Der Stollen, der sich anschloss, führte nach oben, was die Gefährten einerseits mit Erleichterung registrierten, andererseits steigerte sich der infernalische Lärm der Bombeneinschläge mit jedem Schritt, den sie taten. Eine der Granaten schien unmittelbar über ihnen zu detonieren. Der Knall war ohrenbetäubend. Wie von einem riesigen Faustschlag wurden die Gefährten zu Boden geschmettert und glaubten für einen Moment, dass ihr Ende gekommen sei.

Aber die Stollendecke, von der einmal mehr Gesteinsbrocken und Sand rieselten, hielt, und zur Verblüffung Sarahs und ihrer Begleiter erfolgte kein weiterer Einschlag.

Es blieb ruhig.

Sekunden lang.

Nur noch das Rauschen aus der Tiefe war zu hören.

»D-der Beschuss scheint aufgehört zu haben«, stammelte Hingis, während er sich schwerfällig auf die Beine zog.

»Freuen wir uns nicht zu früh«, presste Laydon hervor. »Es könnte auch nur eine Feuerpause sein.«

»Weiter«, sagte Sarah nur.

Sie folgten dem Korridor bis zu einer hölzernen Tür, die jedoch morsch und faulig war, sodass ein Fußtritt genügte, um sie aus den Angeln zu befördern. Dahinter gab es eine Treppe, die steil emporführte und deren Ende im Fackelschein nicht zu erkennen war.

Trotz aller Schmerzen und Erschöpfung gönnten Sarah und ihre Gefährten sich keinen Atemzug Pause. Das Wasser war ihnen auf den Fersen, und in den schmalen Gängen würde es noch ungleich schneller steigen als in dem weiten Gewölbe. Wenn sie nicht davon eingeholt werden und elend ersaufen wollten, war Eile geboten …

So schnell sie es vermochten, schleppten sie sich die hohen Stufen hinauf. Du Gard, dessen Gesicht zwar auffallende Ähnlichkeit mit einem Kürbis angenommen hatte, der ansonsten jedoch unverletzt war, half Laydon, während Sarah und Hingis sich gegenseitig stützten.

Stufe für Stufe erklommen sie die Treppe, während das Brausen und Gurgeln hinter ihnen immer lauter wurde.

»*Vite, vite*«, drängte du Gard. »Das Wasser kommt näher ...«

Sarah warf einen gehetzten Blick zurück, konnte in der Dunkelheit jedoch nichts erkennen. Die Zähne zusammenzubeißen, weiterzugehen und zu hoffen, dass es genügen würde, war alles, was sie tun konnten.

Schritt für Schritt.

Stufe für Stufe.

Niemand sprach mehr ein Wort. Der heisere, keuchende Atem der vier Gefährten erfüllte die klamme Luft, begleitet vom unheimlichen Rauschen der Flut, die unaufhaltsam näher kam. Ein gehetzter Blick über die Schulter zeigte Sarah braunes, schäumendes Wasser, das hinter ihnen die Stufen heraufkroch und dabei sehr viel weniger Mühe hatte als die vier Flüchtlinge ...

»Schneller!«, trieb nun auch sie ihre Gefährten zur Eile an. »Schneller, verdammt noch mal, oder ihr werdet elend ertrinken!«

Niemand gab Antwort. Ihre männlichen Begleiter zogen es vor, ihren Atem zu sparen und das Letzte aus ihren geschundenen Muskeln herauszuholen – aber auch das war vergeblich.

Ein Fauchen erklang hinter ihnen wie aus dem Rachen eines gefräßigen Untiers.

Dann hatte das Wasser sie eingeholt.

Sarah und ihre Gefährten schrien auf vor Entsetzen, Furcht und hilfloser Wut, als die schlammige Flut sie erreichte. Blitzschnell kroch das Wasser an ihnen empor, machte ihre Kleider nass und schwer. Im nächsten Moment verloren ihre Füße den Bodenkontakt, sodass das Klettern keinen Sinn mehr machte.

»Schwimmt!«, brüllte Sarah aus Leibeskräften. »Schwimmt um euer Leben ...«

»Ich kann nicht …«, wollte Hingis in Erinnerung bringen, aber der Rest seiner Worte ging in einem jämmerlichen Gurgeln unter. Sarah bekam ihn am Kragen seines Rocks zu fassen und zog ihn wieder empor – dabei verlor sie die Fackel.

»Nein«, ächzte sie entsetzt, aber es war zu spät. Die Flamme tauchte ins Wasser und verlosch, und von einem Augenblick zum anderen umgab sie alle abgrundtiefe Schwärze.

Die Flutwelle erfasste die Gefährten und trug sie mit Urgewalt den Schacht empor, schneller, als sie ihn je hätten erklimmen können. Hingis schrie entsetzt, du Gard gab eine französische Verwünschung von sich – und für Sarah stand fest, dass dies das Ende war.

Welchen Sinn hatte es, noch weiter zu kämpfen, nun, da alles verloren war? Ihre Kräfte würden erlahmen, und sie würden ertrinken, einer nach dem anderen, würden elend zugrunde gehen. Ihre Hoffnung erlosch wie die Fackel, und einen quälenden Augenblick lang waren da nur die Schwärze, das infernalische Rauschen und die Verzweiflung …

Plötzlich schlug Sarah gegen ein Hindernis.

Es war eine massive Wand, die den Treppenschacht versiegelte und an der das Wasser sofort emporstieg. Damit war ihr Ende besiegelt. Innerhalb von Sekunden würde sich der Stollen bis hinauf zur Decke gefüllt haben und dann …

Sarah hörte die verzweifelten Schreie ihrer Gefährten. Mit den Beinen strampelnd, suchten sie sich über Wasser zu halten und dem Leben letzte Augenblicke abzuringen. Jäh wurde Sarah bewusst, dass sie abermals versagt hatte. Weder war es ihr gelungen, ihren Vater zu retten, noch ihre Gefährten zurück nach Hause zu bringen. Tiefe Resignation erfüllte sie, und sie bereitete sich darauf vor, ihrem Schöpfer gegenüberzutreten – als etwas Unerwartetes geschah.

Die Wand, gegen die der immer größer werdende Wasserdruck sie presste, gab plötzlich nach, und von der anderen Seite drang gleißend helles Licht in den Stollen.

Ehe Sarah oder einer ihrer Begleiter auch nur begriff, was vor sich ging, wurden sie von der Flut nach draußen gespült, in einen kurzen, waagrecht verlaufenden Stollen und von dort in einen Schacht, der mit Bretterwänden abgestützt war und senkrecht nach oben führte, ein Schacht, über dem sich ein rötlich gefärbter Abendhimmel wölbte.

Weder Sarah noch ihre Gefährten kamen dazu, sich zu fragen, wo sie waren. Sie hatten damit zu tun, sich rudernd und strampelnd über Wasser zu halten, das sie einmal mehr emportrug, aus dem Schacht in eine weite Grube. Von der schäumenden Fontäne ausgespuckt, überschlug sich Sarah mehrmals, ehe sie bäuchlings im Schlamm liegen blieb. Mit ermattenden Kräften rappelte sie sich auf die Beine und schaute sich um. Inmitten der Grube, unweit der Öffnung, aus der unaufhörlich Wasser sprudelte, ragte eine Statue auf. Rings verstreut lagen Sarahs Gefährten, erschöpft und voller Blessuren, aber noch am Leben.

»Auf die Beine, los«, trieb Sarah sie an und deutete zu den Leitern, die aus der Grube führten. »Dort hinauf, rasch ...«

Später wusste sie nicht mehr, wie sie zur Leiter gelangt war und sich daran emporgehangelt hatte, aber sie erinnerte sich noch genau an den Moment, in dem sie über den Rand der Grube blickte. Denn in diesem Augenblick ging ihr auf, wo sie sich befanden.

Im Licht der Abendsonne erhob sich ein einsames Monument, das sich wie eine Nadel in den orangeroten Himmel zu bohren schien.

Die Säule des Pompeius!

Hier also waren sie gelandet, just an der Stelle, an der ihr dramatisches Abenteuer seinen Ausgang genommen hatte.

Ohne es zu wissen oder auch nur zu ahnen, hatten sie die gesamte Stadt unterquert, was letztlich belegte, dass Gardiner Kincaid an der richtigen Stelle gegraben hatte und dass Sarahs zu Beginn geäußerte Vermutung, der Kreis könnte sich hier schließen, gleich in mehrfacher Hinsicht zutreffend gewesen war. Nicht nur, dass ihre Reise genau dort endete, wo sie begonnen hatte, sie lieferte auch den Beweis dafür, dass die Bibliothek von Alexandria und der Tempel der Serapis, dessen Überrest die einsame Säule repräsentierte, tatsächlich einst verbunden gewesen waren – durch einen geheimen Gang, der weit draußen auf der Insel Pharos seinen Anfang nahm ...

Schwerfällig erklomm Sarah den Rand der Grube und taumelte hinaus, dankbar dafür, noch am Leben zu sein, trotz allem, was sie erlitten hatte. In der Erwartung, frische, unverbrauchte Luft in ihre Lungen zu saugen, atmete sie tief ein. Aber die Luft war nicht frisch, sondern roch bitter.

Nach Rauch und Brand.

Und nach Tod.

Sarah wandte sich um, und was sie sah, erschreckte sie, denn das Häusermeer Alexandrias, das sich im Nordwesten abzeichnete, bot ein Bild des Grauens.

Allerorten loderten Feuersbrünste, schwarzer Rauch quoll zum Himmel und verfinsterte ihn. Das Ausmaß der Zerstörung war selbst auf die Distanz zu erkennen: zerschmetterte Mauern, zerstörte Türme, eingestürzte Kuppeln.

Du Gard, Hingis und Laydon traten neben sie, gleichermaßen froh, überlebt zu haben, aber nicht weniger erschüttert von dem Anblick. Einen ganzen Tag lang hatte das Bombardement gedauert, nun war es zu Ende und hatte eine Spur der Verwüstung hinterlassen.

Während sich Sarah ernüchtert umblickte, wurde ihr auch klar, woher all das Wasser gekommen war, das die Bibliothek überflutet hatte: aus dem Kanal Mahmûdije, der unweit verlief und an dessen Uferbänken mehrere Bombentrichter klafften.

Beim Graben des Kanals musste man Alexandrias verborgener Unterwelt unwissentlich sehr nahe gekommen sein, sodass eine der Detonationen wohl die Trennwand gesprengt und dafür gesorgt hatte, dass sich die Fluten aus dem vom Meer gespeisten Kanal in die Tiefe ergossen. Auf diese Weise hatten die britischen Geschütze nicht nur oberhalb der Erde verheerende Schäden angerichtet, sondern auch in der Tiefe. Die Royal Navy, dachte Sarah bitter, hatte allen Grund, stolz auf sich zu sein ...

»Sarah ...«

Sie reagierte nicht, als du Gard ihren Namen rief. Erst, als er sie am Handgelenk fasste, wurde sie aufmerksam. *»Regarde!«*, forderte er sie auf und deutete in die entgegengesetzte Richtung.

Zögernd kam Sarah der Aufforderung nach, ebenso wie Laydon und Hingis – und im Licht der untergehenden Sonne erblickten sie ihre stählerne Rettung.

Denn aus dem leuchtenden Band des Kanals Mahmûdije, dessen Wasser den roten Himmel reflektierte und der in Anbetracht des zurückliegenden Tages wie ein Fluss aus Blut anmutete, erhoben sich die dunklen, nur allzu vertrauten Formen eines flachen Schiffsrumpfes, über dem sich ein oval geformter Turm erhob.

»D-das ist nicht möglich«, entfuhr es Sarah voller Verblüffung.

»Alors, ganz offensichtlich ist es möglich«, widersprach du Gard grinsend und begann, wie von Sinnen zu winken, worauf man beobachten konnte, wie an Bord der ›Astarte‹ ein Luftfloß aufgeblasen und zu Wasser gelassen wurde.

Die Erleichterung war grenzenlos und ließ die vier Gefährten kurzfristig alle Schrecken und allen Schmerz vergessen. Die Aussicht, an Bord genommen zu werden und auf sicherem Wege zurück nach Hause zu gelangen, wog einen Moment lang stärker als alle Entbehrungen. Selbst Sarah sehnte sich inzwischen danach, diesen Ort zu verlassen, an dem ihr eine bittere Lektion erteilt worden war und an dem sie den schmerzlichsten Verlust ihres Lebens erlitten hatte.

Wankend und mit buchstäblich letzten Kräften stiegen sie den flach abfallenden Hang hinab und durchquerten die Barackensiedlung, die sich entlang des Kanalufers erstreckte und deren Bewohner sämtlich geflüchtet waren. Auf halber Strecke kamen ihnen Caleb und seine Leute entgegen, nicht wenig erschreckt über die verdreckten, durchnässten und blutenden Gestalten. Mit dem Floß wurden Sarah und ihre Gefährten an Bord gebracht, wo Capitaine Hulot sie bereits erwartete. Auch ihm stand das Entsetzen über den Zustand der Expeditionsteilnehmer ins Gesicht geschrieben.

»Willkommen an Bord der ›Astarte‹, Lady Kincaid«, sagte er ein wenig gequält.

»Ich danke Ihnen.« Sarah lächelte schwach. »Glauben Sie mir, Sie kommen genau im richtigen Augenblick.«

»Stets zu Ihren Diensten.« Hulot deutete eine Verbeugung an. »Begeben Sie sich gleich unter Deck. In der Messe werden wir uns um Ihre Wunden kümmern.«

»Ich bin Arzt«, meldete Mortimer Laydon sich zu Wort. »Ich werde helfen, so gut ich es angesichts meiner eigenen Verletzung vermag.«

»Sehr gut. Wir werden sofort auslaufen, damit wir die offene See noch vor Einbruch der Dunkelheit erreichen.«

»Verraten Sie mir nur eines«, bat Sarah. »Wieso haben Sie ausgerechnet hier auf uns gewartet?«

»Auf Sie gewartet?«

»Sie wissen, was ich meine. Sie konnten doch unmöglich wissen, dass wir hier sein würden. Wir wussten es ja selbst nicht.«

»Lady Kincaid« – Hulot schürzte ein wenig verlegen die Lippen – »wir haben nicht auf Sie gewartet.«

»Nein?«

»Allerdings nicht. Unser Auftrag lautete schließlich, Sie genau dort wieder an Bord zu nehmen, wo wir Sie abgesetzt hatten, nämlich im Hafen. Infolge der Bombardierung erwies sich dies jedoch als unmöglich. Also nutzten wir zunächst die Zeit, um die Reparaturen am Tiefenruder vorzunehmen. Anschließend warteten wir das Ende des Bombardements ab und fuhren dann in den Kanal ein. Mein Plan war es, Caleb mit einer Gruppe verkleideter Matrosen zum Hafen zu schicken, um Sie dort in Empfang zu nehmen. Meine Überraschung darüber, Sie hier anzutreffen, ist also entsprechend groß. Es war – wie sagt man doch gleich so schön? – ein glücklicher Zufall.«

»Durchaus nicht«, widersprach du Gard entschieden, ehe er durch das Turmluk stieg und Hingis und Laydon ins Innere des Bootes folgte, »es war Vorsehung.«

»Hm«, machte Hulot und strich nachdenklich über seinen schmalen Bart. »Wer weiß? Vielleicht hat er recht.«

»Vielleicht«, bestätigte Sarah und wollte ebenfalls einsteigen. Der Kapitän jedoch hielt sie zurück.

»Lady Kincaid?«

»Ja?«

»Was ist mit Ihrem Vater? Haben Sie ihn ...?«

Sarahs Blick verriet unendliche Trauer. »Nein, Monsieur Hulot«, sagte sie leise.

Über die schmale Leiter kletterte sie in das Submarin und begab sich, Hulots Empfehlung gemäß, in die Messe, wo in Windeseile ein behelfsmäßiges Lazarett eingerichtet worden war. Der Kapitän und seine Leute schienen einige Routine darin zu haben, Verwundete an Bord zu versorgen.

Ein junger Matrose, dessen Namen Sarah nicht kannte, kümmerte sich um ihre Schulterwunde. Das Reinigen mit Alkohol verursachte solch brennende Schmerzen, dass Sarah darüber fast das Bewusstsein verlor. Nur noch am Rande nahm sie wahr, wie der Matrose ihr den Verband anlegte und ihr Wasser zu trinken gab. Dann sank sie auf ihr Lager und schlief ein.

Sie bekam nicht mehr mit, wie die ›Astarte‹ im Schutz der hereinbrechenden Dämmerung auslief, wie sie dem Verlauf des Kanals folgte und, indem sie unter der Pont d'Ecluses hindurchtauchte, den Inneren Hafen erreichte. Weder sah sie die im grünen Zwielicht glühenden Bruchstücke antiker Säulen, die von Schlinggewächsen überwuchert den Meeresboden übersäten, noch die trutzigen Rümpfe der siegreichen britischen Kriegsschiffe, die in den Hafen eingelaufen waren und als drohende Schatten über ihnen schwebten.

10

Persönliches Tagebuch
Sarah Kincaid

Die Expedition ist zu Ende. Mit nichts als dem nackten Leben haben wir Alexandria verlassen und befinden uns auf dem Weg nach Europa.

Während meine Verletzung rasch verheilt und mir kaum noch Schmerzen bereitet, leidet meine geschundene Seele Qualen. Noch immer stehe ich unter dem Schock der Ereignisse und kann kaum glauben, was in Alexandria geschehen ist. Die Welt scheint mir fremd geworden zu sein. Vieles, das mir gestern noch selbstverständlich schien, sehe ich heute in einem anderen Licht. Ich bin nicht mehr die, die England vor wenigen Wochen verließ, nicht mehr das naive junge Ding, das sich nach exotischen Abenteuern sehnte und an kein Schicksal glauben wollte.

Habe ich tatsächlich gedacht, verhindern zu können, was in Wahrheit unvermeidlich war? Warum nur habe ich dem Wunsch meines Vaters nicht entsprochen? Warum bin ich nicht nach England zurückgekehrt, als er mich darum bat? Womöglich, klagt mich eine innere Stimme immerzu an, habe ich seine Feinde erst zu ihm geführt. Hatte ich überhaupt eine Chance, ihn zu retten?

Ich weiß, dass ich auf diese Fragen nie eine Antwort erhalten werde, ebenso wie mir klar geworden ist, was für eine selbstsüchtige Närrin ich gewesen bin. Mein Vater hat seinen letzten Atem dazu genutzt, mich um Vergebung zu bitten, dabei hätte es eigentlich umgekehrt sein müssen. Ich bedaure jeden Vorwurf, den ich ihm gegenüber geäußert habe, und wünschte mir, ihm noch einmal zu begegnen und ihm sagen zu können, wie ich empfinde. Aber natürlich wird dies nicht geschehen.

Ich habe Fehler begangen – und dies ist die Strafe dafür.

Die Gegenseite hat gewonnen, wer immer es in Wahrheit auch sein mag. Hatte Charon tatsächlich Auftraggeber, die das Wissen der Vergangenheit zu vernichten trachten? Oder war er nur ein Einzelgänger, der durch Zufall einem alten Geheimnis auf die Spur kam und in seinem Wahn gefangen war? Ich neige dazu, Letzteres zu vermuten, zumal Onkel Mortimer der Ansicht ist, dass es sich bei dem Einauge um eine Skurrilität handelte, um eine Laune der Natur, wie es sie auf Jahrmärkten zu begaffen gibt, und dass es keinesfalls mehr von Charons Art gebe. Endgültigen Aufschluss werden wir darüber wohl nie erhalten, denn der Mörder ist tot, und ich will nicht verhehlen, dass ich geheime Genugtuung darüber empfinde …

Südöstliches Mittelmeer
14. Juli 1882

Sarah setzte die Feder ab und überlegte, was sie ihrem Eintrag noch hinzufügen sollte, als es an das Schott ihrer Kabine klopfte.

»Ja?«, fragte sie.

»Hingis«, lautete die Antwort.

Sarah schloss das Tagebuch und legte es zurück in den Spind. Dann trat sie an die Tür, um zu öffnen.

Friedrich Hingis bot einen Mitleid erregenden Anblick. Den verstümmelten Arm trug er in einer Schlinge, seine Gesichtszüge hatten seit ihrer Abreise kaum an Farbe gewonnen, und seine Brille hatte im Zuge der Ereignisse einen Sprung davongetragen. In der Schiffsapotheke der ›Astarte‹ hatte sich ein Opiat befunden, das Dr. Laydon ihm verabreicht hatte, sodass er zumindest keine Schmerzen mehr litt. Die Tatsache, dass er seine rechte Hand verloren hatte, blieb jedoch bestehen und würde ihn den Rest seines Lebens begleiten.

»Du Gard sagte, Sie wünschten mich zu sprechen?«

»In der Tat.« Sarah nickte. »Ich möchte Ihnen danken, Doktor, für alles, was Sie für meinen Vater, für die Expedition und vor allem auch für mich getan haben.«

Hingis lachte leise, aber es lag weder Spott noch Hohn darin. »Ehrlich gesagt, habe ich nicht geglaubt, dass es einmal so weit kommen würde. Ich habe Menschen, die sich für andere einsetzen und dabei selbst Schaden davontragen, stets für Dummköpfe gehalten.«

»Vermutlich sind sie das auch«, gestand Sarah mit mattem Lächeln ein. »Nichtsdestotrotz verdanke ich Ihnen mein Leben und stehe damit tief in Ihrer Schuld. Was auch immer Sie aus meinem Besitz haben möchten – es gehört Ihnen.«

»Sind Sie sicher?«, fragte er lauernd.

»Allerdings.«

»Noch vor ein paar Tagen«, erwiderte der Schweizer gelassen, »hätte ich Ihnen vermutlich eine ganze Liste von Dingen aufgezählt. Geld, Privilegien, Bücher aus der Bibliothek Ihres Vaters. Ich habe mein ganzes Leben lang nicht eine Gefälligkeit geleistet, ohne eine Entschädigung dafür zu verlangen.«

»Und heute?«, fragte Sarah.

»Will ich nichts von alldem haben.«

»Nein?« Sie hob die Brauen. »Warum nicht?«

»Weil, Lady Kincaid, wie schwer der Verlust meiner Hand auch immer wiegen mag, er in keiner Weise mit dem zu vergleichen ist, was Sie erlitten haben. Ich hatte bislang noch keine Gelegenheit, Ihnen mein Bedauern über den Tod Ihres Vaters auszusprechen, was ich nun mit allem gebührenden Respekt tun möchte. Ich habe Gardiner Kincaid stets nur als Konkurrenten kennen gelernt, als Feind, den ich glaubte, bekämpfen zu müssen. Das war ein Irrtum, wie ich nun weiß. Ihr Vater war ein Ehrenmann, Lady Kincaid, und er hat mir das Leben gerettet, so wie ich das Ihre. Sie schulden mir also nicht das Geringste.«

»Ich ... danke Ihnen.«

»Dort unten in der Tiefe mag ich etwas verloren haben, aber ich habe auch etwas wiedergewonnen, das ich längst verloren glaubte, nämlich Selbstachtung und Stolz. Wissen Sie, welche Rolle ich bei der Entdeckung Trojas durch Schliemann spielte?«

»Welche?«, verlangte Sarah zu wissen.

»Keine. Zwar standen wir in Kontakt, und er hielt mich über den Fortgang seiner Grabung auf dem Laufenden, im entscheidenden Augenblick war ich jedoch nicht an Ort und Stelle.«

»Aber ich dachte, Sie wären sein Assistent gewesen ...«

»Ein Gefallen, den der gute Heinrich mir noch schuldete«, erklärte Hingis verlegen. »Ich war nicht besonders stolz darauf, aber von diesem Tag an öffneten sich für mich Türen, die mir ansonsten verschlossen geblieben wären. Über Nacht war ich ein geachtetes Mitglied der wissenschaftlichen Gesellschaft, und man gewährte mir Zutritt zu höchsten Kreisen. Vielleicht ist das auch der Grund dafür, dass ich Ihnen an der Sorbonne so feindselig begegnet bin ...«

»Nun«, vermutete Sarah, »das dürfte wohl vorrangig damit zusammenhängen, dass ich eine Frau bin ...«

»Durchaus nicht.« Hingis schüttelte den Kopf. »Ich habe Sie so verabscheut, weil Sie mich an das erinnerten, was ich selbst einst gewesen bin: jemand, der nichts vorzuweisen hatte und dennoch respektiert und gehört werden wollte ...«

»Ich verstehe«, sagte Sarah.

»... mit dem Unterschied, dass Sie über etwas verfügten, das ich wohl niemals besitzen werde«, fuhr Hingis fort, »nämlich jene Mischung aus Scharfsinn und Unerschrockenheit, die für unsere Wissenschaft unabdingbar ist. Aber ich werde diesen bedauerlichen Zustand beenden.«

»Welchen Zustand?«

»Auch Sie werden in Zukunft ein geachtetes Mitglied der wissenschaftlichen Gemeinschaft sein, Lady Kincaid. Unmittelbar nach meiner Rückkehr nach Paris werde ich Ihre Ehrenmitgliedschaft im archäologischen Forschungskreis beantragen. Da es im

Gremium einige Professoren gibt, die mir zu Dank verpflichtet sind, bin ich zuversichtlich, dass ...«

»Nein danke«, sagte Sarah bestimmt.

»Pardon?«

»Ich weiß Ihre Bemühungen sehr zu schätzen, Doktor, und es ehrt Sie, dass Sie mir helfen wollen, vor allem, da Sie schon mehr für mich getan haben, als ich jemals wiedergutmachen könnte. Aber ich lege keinen Wert mehr darauf, an Symposien teilzunehmen und von sogenannten Kapazitäten anerkannt zu werden, die ihr Lebtag nichts anderes getan haben, als hinter Schreibtischen zu sitzen und dabei langsam zu verstauben.«

»Aber ...«

»Ich werde nach Yorkshire zurückkehren«, kündigte sie an. »Nachdem ich der Regierung Bericht erstattet und dafür gesorgt habe, dass meinem Vater auch in Abwesenheit seiner sterblichen Hülle ein Begräbnis mit allen Ehrungen zuteil wird, werde ich mich nach Kincaid Manor zurückziehen. Nach allem, was geschehen ist, gibt es viele Dinge, über die ich mir klar werden muss, und in der Abgeschiedenheit Yorkshires hoffe ich, die Ruhe dafür zu finden.«

»Das ... kann ich verstehen«, erklärte Hingis zögernd, »obgleich ich es zutiefst bedaure. Es wäre mir eine Freude gewesen, Sie an der Sorbonne einzuführen – wir beide hätten dort viel zu erzählen.«

»Das bezweifle ich.« Sarah schürzte die Lippen. »Vergessen Sie nicht, Doktor, wir kehren mit leeren Händen zurück. Von unserer Expedition haben wir nichts zurückbehalten als unsere Erinnerung, und was glauben Sie, wie lange wird es dauern, bis man uns der Lüge und der Fälschung von Fakten bezichtigt? Ehrgeizige Doktoranden werden auftreten und uns zum wissenschaftlichen Disput herausfordern, und da wir keine Beweise haben, wird man unsere Berichte ins Reich der Legenden verweisen und uns öffentlich bloßstellen.«

»Ich weiß – schließlich bin ich selbst einst ein solch ehrgeiziger Doktorand gewesen.« Hingis rang sich ein Lächeln ab. »Dennoch könnten wir es wenigstens versuchen, oder?«

»Kaum. Ich werde der britischen Regierung nur deshalb Bericht erstatten, weil ich es meinem Vater schuldig bin. Danach werde ich niemals wieder ein Wort über das verlieren, was in Alexandria geschehen ist.«

»Gibt es eine Chance, Sie umzustimmen? Sicher nicht jetzt, aber vielleicht in einer Woche. Oder in einem Monat. Oder in ...«

Er unterbrach sich, als er das Kopfschütteln sah, mit dem sie ihm zu verstehen gab, dass sie dem Traum, ihrem Vater nachzueifern und ebenfalls Archäologin zu werden, entsagt hatte. Lag es an dem Schmerz, den sie empfand, an dem schrecklichen Verlust, den sie zu verkraften hatte? Oder steckten in Wahrheit noch andere Gründe dahinter? Hatten die Ereignisse von Alexandria an etwas gerührt, das Sarah Kincaid lieber in den Tiefen ihrer Seele vergraben wollte?

Friedrich Hingis wusste es nicht, und der feuchte Glanz ihrer Augen verriet ihm, dass es taktlos gewesen wäre, danach zu fragen. »Ich respektiere Ihre Entscheidung, Lady Kincaid«, versicherte er stattdessen, »aber ich wünschte, sie wäre anders ausgefallen.«

»Das ist sehr freundlich von Ihnen, Doktor – und bitte nennen Sie mich bei meinem Vornamen. Ich heiße Sarah.«

»Friedrich«, erwiderte er. Er verbeugte sich lächelnd und wandte sich ab, worauf Sarah das Schott schließen wollte, um wieder mit ihren Gedanken allein zu sein. Sie kam jedoch nicht dazu, denn plötzlich stand Maurice du Gard vor ihrer Kabine.

»*Chérie*, kann ich dich sprechen?«

»Natürlich«, erwiderte sie seufzend und ließ ihn eintreten. Anders, als es seiner ansonsten so ungezwungenen Art entsprach, setzte du Gard sich nicht einfach, sondern blieb stehen. Seiner Miene war zu entnehmen, dass er etwas auf dem Herzen hatte.

»Du weichst mir aus«, stellte er unvermittelt fest.

»Wie bitte?«

»Du weißt, was ich meine. Ich sehe dich weder in der Zentrale noch zu den Mahlzeiten in der Messe. Capitaine Hulot hat mir gesagt, dass du dir die Mahlzeiten in deine Kabine bringen lässt.«

»Das ist richtig.«

»Pourquoi? Um mir nicht zu begegnen?«

Sarah lächelte müde. »Du warst schon immer sehr von dir überzeugt, Maurice, aber nicht immer geht es um dich. Ich weiche keineswegs dir allein aus, sondern allen Menschen an Bord.«

»Pourquoi?«, fragte er wieder.

»Du weißt, wieso. Weil ich Zeit und Ruhe brauche.«

»Um zu vergessen?«

»Um zu verarbeiten«, verbesserte sie. »Es ist viel geschehen in Alexandria ...«

»Du machst dir Vorwürfe, nicht wahr? Du gibst dir die Schuld am Tod deines Vaters.«

»Nun, ich ...«

»Das brauchst du nicht«, versicherte er schnell. »Was geschehen ist, ist geschehen, Sarah. Blicke nicht zurück, es würde dich nur zerstören.«

»Und deshalb soll ich weitermachen wie bisher?«, fragte sie. »Einfach alles vergessen, was gewesen ist?«

»Dein Vater würde es so wollen.

»Bitte, Maurice.« Sie schüttelte den Kopf. »Ich möchte nicht darüber sprechen. Irgendwann vielleicht, aber nicht jetzt. Verzeih, wenn ich dir ausgewichen bin, aber ich wusste einfach nicht, was ich denken und fühlen sollte. Kannst du das verstehen?«

»Oui.«

»Ich fühle mich allein«, erwiderte sie und kämpfte gegen die Tränen an, die ihr erneut in die Augen treten wollten. »Und mir ist kalt. Unendlich kalt ...«

Er trat auf sie zu und schloss sie tröstend in seine Arme, aber er tat es weder wie ein Liebhaber noch wie ein Freund. Sarah merkte, wie er sich unter ihrer Berührung verkrampfte, und wich von ihm zurück.

»Was ist?«, fragte sie.

»Sarah, *chérie* ...« Er blickte verlegen zu Boden. »Ich muss dir etwas sagen. Etwas, das dich zweifellos verletzen wird, aber ich möchte, dass du die Wahrheit erfährst.«

»Die Wahrheit? Worüber?«

»Wahrscheinlich hast du es längst selbst bemerkt, aber für den Fall, dass es nicht so sein sollte, möchte ich nur sichergehen, dass du weißt, dass ...«

»Maurice, welche Wahrheit?«, hakte Sarah energisch nach.

»Die Wahrheit über uns«, eröffnete er. »Damals, in unserer ersten Nacht in Orléans ...«

»Ja?«

»... habe ich dich betrogen«, fuhr er mit gepresster Stimme fort.

»Inwiefern?«

»Ich habe dich hypnotisiert«, gestand er leise.

»Du hast *was* getan?«

»Dich hypnotisiert«, wiederholte er. »Ich habe meine Fähigkeiten dazu benutzt, dich meinem Willen zu unterwerfen, um zu bekommen, wonach ...« – er schaute auf und ließ seinen Blick begehrlich über ihren schlanken Körper wandern – »wonach ich mich gesehnt habe, seit wir uns das erste Mal begegnet sind.«

»Soll das heißen ...?« Sarah fühlte, wie sich ein Kloß in ihrem Hals bildete. »Willst du mir damit zu verstehen geben, du hättest mich nur benutzt?«

Er nickte kaum merklich.

»Dass alles, was zwischen uns gewesen ist, nur eine Lüge war?«, fragte sie ungläubig weiter. »Ein Schmierentheater wie in deinem verdammten Varieté?«

»*Chérie.*« Ein Lächeln, das wohl entwaffnen sollte, in Wirklichkeit jedoch nur unverschämt wirkte, huschte über sein noch immer ein wenig malträtiertes Gesicht. »Ich habe dir gesagt, dass du dich nicht in mich verlieben sollst, *n'est-ce pas?*«

»Allerdings«, räumte Sarah ein.

»Was meine Absichten betrifft, habe ich immer mit offenen Karten gespielt. Ich habe dir nichts versprochen und nie ein Hehl daraus gemacht, dass ich die Nächte ebenso zu pflücken gedenke wie die Tage. So bin ich, Sarah. Das ist mein Leben.«

»Auch das ist wahr.« Sie nickte, während sie zum zweiten Mal innerhalb kürzester Zeit das Gefühl hatte, als würde ihr der Boden unter den Füßen weggezogen. Niemals zuvor in ihrem Leben hatte sie sich so verlassen gefühlt, so getäuscht und so gedemütigt, und zur Trauer, die sie über den Tod ihres Vaters empfand, gesellte sich noch der Schmerz eines gebrochenen Herzens.

»*Alors*, ich …«

»Geh«, sagte sie nur.

Er zögerte einen Moment, dann nickte er bedächtig und wandte sich zum Gehen. »*Au revoir*«, murmelte er dabei, öffnete das Schott und wollte hinaus. Noch auf der Schwelle schien er sich jedoch anders zu besinnen, denn er wandte sich noch einmal um, einen Ausdruck unausgesprochenen Bedauerns im Gesicht.

»*Chérie*, ich …«

»Nenne mich nie wieder so«, empfahl sie ihm mit vor Enttäuschung und mühsam beherrschter Wut bebender Stimme. »Und jetzt geh, und komm niemals wieder!«

Er schaute sie betroffen an und sandte ihr zum Abschied einen undeutbaren Blick. Dann verließ er die Kabine.

Verbittert blickte Sarah ihm hinterher, nicht ahnend, dass ihre Pfade sich schon bald wieder kreuzen würden.

EPILOG

Montmartre, Paris
Drei Wochen später

Maurice du Gard saß nackt auf der Bettkante, das Gesicht in den Händen vergraben. Den Lärm, der durch das offene Fenster drang und vom nächtlichen Treiben in den Straßen kündete, nahm er nur am Rande wahr. Neben ihm, auf dem zerwühlten Laken, räkelte sich eine junge Frau, deren langes rotes Haar in üppigen Locken über das Kissen wallte. Sie war nackt wie er und schien sich ihrer Blöße nicht im Geringsten zu schämen.

»Noch einmal?«, fragte sie.

»Nein.« Er schüttelte den Kopf.

»Soll ich noch bleiben?«

»Nein. Deine Arbeit ist getan, dein Geld hast du bekommen. Jetzt verschwinde.«

»Wie du willst.« Sie wälzte sich aus dem Bett, schlüpfte wieder in ihre Kleider, die rings auf dem Boden lagen. »Aber so spricht ein feiner Herr nicht mit einer Dame, lass dir das gesagt sein.«

»Ich bin kein feiner Herr«, erwiderte er mit vom Alkohol rauer Stimme, »und du bist ganz sicher keine Dame, also erspar mir deine Heuchelei, und geh einfach.«

»Wie du willst«, sagte sie noch einmal. Er hörte, wie ihre empört trippelnden Schritte sich entfernten und wie die Zimmertür hinter ihr ins Schloss fiel. Erst jetzt fiel ihm auf, dass er sie noch nicht einmal nach ihrem Namen gefragt hatte.

Du Gard seufzte und strich sich durch sein langes, an der Stirn bereits lichtes Haar. Wie viele solcher Nächte hatte er in letzter Zeit verbracht, in denen er Zerstreuung gesucht hatte …

Vergeblich.

Zu viel hatte er gesehen, das ihn beunruhigte und das sich weder mit Absinth noch mit den Reizen einer Hure vergessen ließ. Die Bilder, die er im Zuge seiner Visionen gesehen hatte, zunächst auf der fernen Insel Fifla und später in der Grabkammer Alexanders des Großen, hatten ihm tiefe Einsichten gewährt.

Einsichten, um die er nie gebeten hatte und die ihm dennoch zuteil geworden waren, Einsichten in eine Zukunft, die zugleich großartig und beunruhigend war und in der Sarah Kincaid eine zentrale Rolle spielte. Du Gard hatte bestürzende Zusammenhänge erfahren, wusste nun um Sarahs Bestimmung – und ihm war klar, dass dieses Wissen gefährlich war. Zu gerne wäre er es wieder losgeworden, hätte es zurückgegeben wie einen Hut, den man beim Händler erstanden hatte und beim Tragen unbequem fand. Aber der Weg der Erkenntnis, das hatte seine Mutter ihn gelehrt, führte nur in eine Richtung.

Seine Mutter …

Ein wehmütiges Lächeln glitt über du Gards Gesicht, während er aufstand, zum Spiegelschrank trat und nach der Flasche mit dem grün schimmernden Inhalt griff. Er nahm sich nicht die Zeit, den Absinth in ein Glas auszuschenken, sondern trank aus der Flasche, in der Hoffnung, die grüne Fee würde ihm ein wenig Trost spenden. Was er im Spiegel sah, widerte ihn an: einen jungen Mann, der wie ein Greis aussah und seine Furcht im Alkohol zu ertränken suchte.

Auch du Gards Mutter hatte Visionen gehabt.

In ihrem Bemühen, die Menschen vor Fehlentscheidungen zu bewahren, hatte sie ihr Wissen nicht verschwiegen, sondern war damit an die Öffentlichkeit getreten – mit dem Erfolg, dass sie verhaftet und dem Richter als Aufrührerin vorgeführt worden war. Den Rest ihrer Tage hatte sie in einer geschlossenen Anstalt in New Orleans verbracht, wo sie zunehmend unfähig gewesen war, Wirklichkeit und Vision voneinander zu unterscheiden. In geistiger Umnachtung war sie zugrunde gegangen, ein Schicksal, wie du Gard es sich schwerlich schrecklicher ausmalen konnte und das er keinesfalls teilen wollte.

Aus diesem Grund würde er für sich behalten, was er gesehen und erfahren hatte – aber er würde auch nach Antworten suchen.

Man hatte ihn gelehrt, an ein großes Ganzes zu glauben, an ein übergeordnetes Schicksal, das aus Sternen und Visionen und aus den Karten des Tarot sprach. Diesem Schicksal wollte du Gard nachspüren, jedoch war Paris nicht der rechte Ort dafür. Zum einen war er überzeugt, dass man früher oder später nach ihm suchen würde, und er verspürte kein Verlangen danach, wie Pierre Recassin zu enden. Zum anderen wollte er in Sarah Kincaids Nähe sein, denn ihm war nur zu bewusst, dass sie einander nicht zum letzten Mal begegnet waren.

Du Gard lachte leise, während er sich einen weiteren Schluck Absinth gönnte. Was er Sarah erzählt hatte, war erstunken und erlogen gewesen. Weder hatte er sie in jener Nacht in Orléans mit unlauteren Mitteln betört, noch hatte er sie als flüchtiges Abenteuer betrachtet. Beides hatte er nur gesagt, um sie entgegen seiner wahren Gefühle dazu zu bringen, sich von ihm zu trennen und sich ins entlegene Yorkshire zurückzuziehen, wo sie – so hoffte er – einstweilen sicher sein würde.

Gesehen hatte er sie nach ihrem Gespräch an Bord der ›Astarte‹ nicht mehr. Während eines nächtlichen Aufenthalts vor Malta, wo Capitaine Hulot und seine Leute Frischwasser und Proviant an Bord genommen hatten, war Sarah heimlich von Bord gegangen. Wie du Gard später erfahren hatte, war sie mit einem Handelsschiff nach England zurückgekehrt – und dorthin würde auch er sich bald begeben.

In seinen Visionen hatte du Gard gesehen, dass sich dunkle Schatten über der britischen Hauptstadt zusammenzogen. Etwas, dessen Auswirkungen nicht nur das Empire, sondern die ganze

Welt betreffen konnten, würde sich ereignen, und Maurice du Gard wollte dabei sein, wenn es geschah.

»London«, flüsterte er.

Dort lag die Zukunft.

ENDE

DANKSAGUNG

Vor ziemlich genau einem Jahr habe ich mir an dieser Stelle gewünscht, dass Sarah Kincaids großes Abenteuer weitergehen und ich Gelegenheit erhalten würde, mehr von jener unheimlichen Verschwörung zu enthüllen, die im Nebel des viktorianischen Zeitalters vor sich geht. Dass dieser Wunsch in Erfüllung ging, verdanke ich natürlich vor allem Ihnen, meinen treuen Lesern, weshalb ich mich mit diesen Zeilen zuallererst an Sie richten möchte. Und natürlich bedanke ich mich auch für das viele Lob und die Anregungen, die mich sowohl schriftlich als auch auf den Lesungen von »Der Schatten von Thot« erreicht haben. Die Vorstellung, mit einem Roman etwas zu kreieren, das es dem Leser ermöglicht, in eine andere Zeit und Welt abzutauchen, ist es, die mich am Beruf des Schriftstellers nach wie vor am meisten fasziniert – in diesem Sinne hoffe ich, dass mir dies auch diesmal gelungen ist.

Der eine oder andere von Ihnen wird sich vielleicht wundern, dass der zweite Band mit den Abenteuern unserer unerschrockenen Heldin zeitlich vor dem ersten spielt, aber nach den Ereignissen aus »Der Schatten von Thot« schien es mir wichtig, zunächst jene dramatischen Geschehnisse von Alexandrien zu beleuchten und zu zeigen, wie Sarah zu der Person wurde, die die Leser kennen – und dennoch gleichzeitig ein wenig mehr von jenen Kräften zu enthüllen, die im Verborgenen arbeiten …

Von den verwinkelten Gassen des Pariser Montmartre über die unheimlichen Gestade einer Felseninsel bis ins ferne Alexandrien führte diesmal die Reise, und ich darf sagen, dass das Verfassen des

Romans selbst ein großes Abenteuer war, das mir viel Vergnügen bereitet und mich manche Nacht wachgehalten hat. Wie Sarah Kincaid hatte auch ich dabei einige treue Gefährten zur Seite, die ich an dieser Stelle kurz erwähnen möchte: meinen Lektor Stefan Bauer, dem ich für sein Engagement und die wunderbar freundschaftliche Zusammenarbeit danke; Daniel Ernle, den Zeichner mit dem genialen Strich, der immer genau zu wissen scheint, welche Illustration ich mir vorstelle; Simone Brack, die bei der Übersetzung der französischen Passagen diesmal allerhand zu tun hatte; meinen Agenten Peter Molden, der stets ein offenes Ohr für meine Anliegen hat; sowie das Weingut Franco Martinetti und dessen wunderbaren Montruc …

Und natürlich geht mein Dank wie immer auch an meine Familie und meine Freunde, ganz besonders an meine wunderbare Frau und meine kleine Tochter, die mich jeden Tag aufs Neue ins Staunen versetzt.

Michael Peinkofer

Eine mysteriöse schottische Sekte, ein berühmter Schriftsteller – und ein jahrhundertealtes Geheimnis

Michael Peinkofer
DIE BRUDERSCHAFT DER RUNEN
Historischer Roman
672 Seiten
ISBN 978-3-404-15249-0

Als ein Mitarbeiter des Schriftstellers Sir Walter Scott unter mysteriösen Umständen stirbt, ist dies der Auftakt zu einer höchst beunruhigenden Reihe von Ereignissen. Sir Walter stellt Nachforschungen an und stößt auf eine Mauer des Schweigens. Was verheimlicht der königliche Inspector, der eigens aus London geschickt wurde? Was für ein jahrhundertealtes Geheimnis hüten die Mönche von Kelso? Und was hat es mit der ominösen Schwertrune auf sich, auf die Sir Walter und sein Neffe Quentin bei ihren Ermittlungen stoßen? Ein Schicksal, dessen Ursprung Jahrhunderte zurückreicht, nimmt seinen Lauf …